JN206230

完本 人形佐七捕物帳

横溝正史

春陽堂書店

編集委員――浜田知明、本多正一、山口直孝

目次

解題・解説

装幀——クラフト・エヴィング商會［吉田浩美・吉田篤弘］

羽子板娘

人形佐七捕物帳

辰源のお蝶

——羽子板になった娘がつぎつぎと——

七草をすぎると、江戸の正月もだいぶ改まってくる。辻々をまわって歩く越後獅子、三河万歳もしだいに影をけして、ついこのあいだ、赤い顔をしてふらふらと、廻礼にあるいていたお店（たな）の番頭さんが、きのうにかわるめくら縞のふだん着に、紺の前掛けも堅気らしゅう取りすました顔もおかしく、注連飾り（しめかざり）、門松に正月のなごりはまだ漂うているものの、世間はすっかり落ち着いてくる。

このころになって、そろそろ忙しくなるのが、芝居、遊廓、料理屋さん。いまでは暮れも正月もない、遊びたいやつは遊ぶが、昔はげんじゅうだから、新年は家（うち）にいて年賀をうけたり、旧知、懇意のあいだがらを廻って歩くから、遊ぼうにも遊ぶひまがない。

その七草のばん、小石川音羽（こいしかわおとわ）にある辰源（たつげん）という小料理屋では、江戸座の流れをくむ、宗匠連（そうしょうれん）の発句の初会があるというので、宵から大忙しで、てんてこ舞いをしていた。

おかみのお源というのは、もと岡場所でかせいでいたという、噂のある女だが、鉄五郎という板場と夫婦（めおと）になり、ふたりで稼いでいまの店を、きずきあげたというだけあって、なかなかのしっかりもの、先年亭主の鉄五郎が亡くなってからも、女手ひとつで、ビクともしないところはさすがだという評判である。

そのお源が座敷へ出て、さかんに愛嬌をふりまいていると、水道端（すいどうばた）にすむ梅叟（ばいそう）という宗匠が、ふとその袖をとらえ、

「そうそう、おかみさん、お蝶（ちょう）ちゃんはどうしましたえ」

と、訊ねた。

「お蝶ですか、あいかわらずですよ」

「少しは、客の席へ出したらどうだえ。お蝶ちゃんもこんどはたいした評判だねえ。なにしろ羽子板になった江戸三小町、なかでも、お蝶ちゃんの羽子板が、いちばんよく売れるというから豪気（ごうぎ）なもんだ」

「なんですか、あんまり世間で騒がれるもんですから、当人はかえってボーッとしているんですよ」

と、いったが、お源もさすがに悪い気持ではないらしい。

「あんまり大事にしすぎると、かえってネコになってしまうぜ。少しは座敷へ出して、われわれにも目の保養させるもんだ」

「いえね、旦那、わたしもあの娘が手伝ってくれると、少しは、からだが楽になるンですけれど、ねっからもうねんねでね」

「そうじゃあるめえ、おかみさん」

　と、横合いから口を出したのは、俳名春林という町内のわかい男、

「うっかり客のまえへ出して、あやまちでもあったらたいへんだというんだろう。なにしろこのおかみときたら凄いからねえ。われわれなんぞ、てんで眼中にないンだから。いずれそのうち、ご大身の殿様にでも見染められて、玉の輿という寸法だろう」

「まあ、こちら、お口が悪いのねえ」

　といったが、さすがにお源はいやな顔をする。

　お源のひとり娘――といっても養女にきまっているが、お蝶というのは、まえから音羽小町とさわがれた縹緻よしだったが、ことしはとうとう、神田お玉が池の紅屋の娘、お組や、深川境内の水茶屋のお蓮とともに、江戸三小町とて、羽子板にまでなった評判娘。

　縹緻のいい娘をもった、こういう種類の女の心はみんなおなじで、お源も内々、そういう下心のあったところへ、ちかごろではさる大藩のお留守居役から、お側勤めにという下交渉もあるおりから、図星をさされて、お源はいっそう不愉快な表情をするのである。

「そうそう、それで思い出したが、深川のお蓮はかわいそうなことをしたねえ」

　と、話のなかへ割りこんできたのは、伊勢徳といって、山吹町へんのお店のあるじ、俳名五楽という。

「さようさ、せっかく羽子板にまでなって、これからおおいに売り出そうというおりから、春をも待たで、あんな妙な死にかたをしたンだから、親の嘆きもさることながら、当人もさぞ浮かばれめえな」

　梅叟は煙管をたたきながら、黯然とした表情をした。

　お蓮というのは、お蝶とともに、羽子板になった江戸三小町のひとり、深川に水茶屋を出している、八幡裏の喜兵衛というものの娘だが、暮れに柳橋のさるごひいきのうちへ、ごあいさつにいったかえりがけ、どういうものか大川端あたりで、土左衛門になってその死体がう

かんだ。なにしろ、羽子板にまでなった評判のおりから、お蓮の死は読売にまで読まれて、噂はこの音羽まできこえていた。

「なにしろ柳橋のひいきのうちで、たいそうもなくご馳走になって、当人したたか酔っていたというから、おおかた、足を踏みすべらしたンだろうという話さ」

「大川端もあのへんは危ないからね。しかし、ひいきもひいきじゃねえか、わかい娘を盛りつぶすさえあるに、それほど酔っているものを、駕籠もつけずにかえすというのは、いったい、どういう量見だかしれやアしねえ」

「ところが、旦那、さにあらずさ」

と、若い春林がにわかに膝をのり出すと、

「ここにひとつ、妙な聞きこみがありやす。たしか、お蓮の初七日の晩だといいやすがね、しめやかにお通夜をしている、八幡裏の親もとへ、変なものを、投げこんでいったやつがあるンですとさ」

「変なものって、なにさ」

「それが、旦那、羽子板なんです、お蓮の羽子板なんです。しかも押し絵の首のところを、グサリと、こうまっぷたつに、ちょん切ってあったということで」

「ほほう」

一同、おもわず眉をひそめると、

「すると、お蓮が死んだのは、あやまちじゃなかったのか」

「あっしもそう思うんで。押し絵になるほどの娘だから、なんかと色の出入りも、多かったろうじゃございませんか。絞め殺しておいて、河へぶちこんじまやアわかりゃしません。こんなことがあるから、小町娘を持った親は苦労だ。おかみさん、お蝶さんも気をつけなくちゃいけませんぜ」

「あら、いやだ。正月そうそうから縁起でもない」

お源はいまいましそうに、青い眉をひそめたが、そのときにわかに、内所（ないしょ）のほうでワアワアという、騒ぎが起こったかと思うと、ころげるように入ってきたのは、女中頭のお市（いち）、

「おかみさん、たいへんです、たいへんです、お蝶さんが、お蝶さんが……」

と、敷居のきわでべったりと膝をつくと、

「うらのお稲荷さんの境内で、ぐさっと乳のしたを抉（えぐ）られて――抉られて――」

きくなりお源は、ウームとばかり、その場にひきつけてしまった。

鏡の合図

――赤ん坊も三年たてば三つになる――


「こんにちは、親分はおいででごぜンすかえ」

護国寺(ごこくじ)わきに、清元延千代(きよもとのぶちよ)という名札をあげた、細目格子をしずかにあけて、ものやわらかに小腰をかがめたのは、年のころまだ二十一、二、色の白い、役者のようにいい男だった。

「おや、だれかと思ったら、お玉が池の佐七つぁんじゃないか。さあ、さあ、お上がンなさいよ」

「これは、姐(ねえ)さん、明けまして、おめでとうございます」

「ほっほっほ、佐七つぁんの、まあ、ごていねいな。はい、おめでとう。さあ、お上がンなさい。親分もちょうどおいでなさるから」

「佐七じゃねえか、まあ上がンねえ」

奥からの声に、

「それじゃご免こうむります」

ていねいにあいさつして佐七があがると、あるじの吉兵衛はいましも、長火鉢のまえにあぐらをかいて、茶をいれているところだった。

女房に清元の師匠をさせているが、この吉兵衛、またの名をこのしろといって、十手捕縄をあずかる御用聞き。音羽から山吹町、水道端へかけて縄張りとする、岡っ引きのうちでも古顔の腕利きだった。

「もっと早く、ご年始にあがるところでございますが、なにせここンところへきて、ばかにとりこんじまいまして」

「どうせそうだろうよ。若いうちはとかく楽しみが多くて、こちとらのような年寄りにゃ御用はねえもンだ。しかし、まあよくきてくれたな。お千代、茶でもいれねえ」

この佐七というのは、神田お玉が池あたりで、親の代から御用をつとめている身分。先代の伝次というのは、吉兵衛と兄弟分の盃もした、腕利きの岡っ引きだったが、せがれの佐七はあまり男振りがいいところから、とかく身が持てず、人形佐七と娘たちからワイワイといわれるかわりに、御用のほうはお留守になるのを、いまでは親代わりのつもりでいる吉兵衛は、日ごろから苦々しく思っているのであった。

「おふくろのお仙さんは達者かえ」

「はい、あいかわらずでございます。そのうち、いちどお伺いすると申しておりました」

「いや、それはどうでもいいが、おまえもあまりお仙さんに、心配かけるような真似はよしたがいいぜ。このあいだもきて、さんざん愚痴をこぼしていったっけ。おまえ、明けていくつになる」

「へえ、あっしは寛政六年、甲寅のうまれですから、明けて二になります」

「二になりますもねえもンだ。おまえのお父っつあんの二のとしといやア……いや、もう、よそう、よそう。いうだけ愚痴にならあな」

「面目次第もございません」

佐七は頭をかきながら、

「ときに、親分、ゆうべむこうの辰源で、とりこみがあったというじゃございませんか」

「なんだ、佐七、おまえその話でわざわざやってきたのか」

「いえ、そういうわけでもございませんが、ひょっとすると、あっしの縄張りのほうへも、係かり合いができてくるンじゃねえかと思いましてね」

「こいつはめずらしい。お千代、みねえ、赤ん坊も三年たてば三つになるというが、佐七もどうやら身にしみて、御用をつとめる気になったらしいぜ」

「なんだえ、おまえさん、そんな失礼なことを――」

「よしよし、おめえがそういう量見なら、おれも大きに力瘤の入れがいがあらあ。なるほどなあ、羽子板娘のもうひとりは、お玉が池の紅屋の娘だったな」

と、吉兵衛はしきりに感心していたが、やがて、ぐいと大きく膝をのりだすと、

「佐七、まあ、聞きねえ、こういうわけだ」

と、吉兵衛が話したところをかいつまんでしるすと、辰源のひとり娘お蝶はその晩、ただひとり、奥の内所で草双紙かなにかを読んでいた。するとそのとき、どこからか、きらり、きらりと光がさしてくる。お蝶はそれをみるとポーッと頬をあからめて、草双紙から顔をあげた。

と、いうのはお蝶にひとつの秘密がある。辰源の裏側に、富士留（ふじとめ）という大工の棟梁（とうりょう）の家があって、そこに紋（もん）三郎（ざぶろう）というわかいものがいるが、お蝶はいつか、この紋三郎と深いなかになっているのだ。しかし、なんといってもあいてはしがない叩き大工、慾のふかいお源がこの恋をゆるそうはずがない。ふたりはひとめをしのんで、はかない逢瀬をつづけているのだが、この逢い曳きの合図になるのは、一枚の鏡なのである。

　富士留の物干しに立って、蠟燭のうしろでこの鏡を振ると、こいつがちょうど、辰源の内所へ反射することになっている。恋するふたりはいつか、こんなはかない手段をおぼえていたのである。

　お蝶は壁にうつる光をみると、もう矢も楯もたまらなかった。

　ちょうどさいわい、母のお源は表の座敷につきっきりだし、女中たちもてんてこ舞いをしているおりから、だれひとり、お蝶の挙動に目をつけているものもない。彼女はそっと、庭下駄をつっかけたが、そのとき、

「お蝶さん、どこへおいでなさいますえ」

　と、うしろから呼びとめたのは、お燗を取りにおりてきた女中頭のお市だった。

「あの、ちょっと」

「いいえ、いけませんよ、お蝶さん。わたしはちゃんと知っていますよ、また、紋さんに逢いにおいでになるンでしょう」

「あれ、お市、そんなこと」

「かくしたっていけませんよ。おかみさんは誤魔化（ごまか）されても、このお市は騙（だま）されやしませんよ。むこうの物干しから鏡の合図で……ね、そうでしょう」

「お市、おまえそんなことまで知っているのかえ」

「それは亀の甲より年の功、いまもむこうで見ていたら、きらきらとその壁に映っていたじゃありませんか。ほっほっほ、それじゃお蝶さん、おかみさんの目が怖いから、なるべく早くかえっておいでなさいよ」

「あれ、それじゃお市、おまえこのまま見逭（みのが）しておくれかえ」

「わたしだって鬼じゃありませんのさ」

「お市、恩にきるよ」

　粋なお市のはからいに、お蝶はいそいそと出かけていったが、それからまもなく、客を送りだしたお市が、

なにげなく表をみると、お蝶と逢っているはずの紋三郎が、風呂帰りだろう、手拭い肩に友達とワイワイ話しながら通るではないか。

おやと眉をひそめたお市が、

「ちょっと、ちょっと、紋さん」

と、低声（こごえ）で呼びこむと、

「おまえ、お蝶さんといっしょじゃないのかえ」

「お蝶さん？」

紋三郎が、さっと顔色かえるのを、

「いいのよ、あたしゃなにもかも知っているンだから。しかし、変だねえ、さっきたしかに鏡の合図があって、お蝶さんは出かけたよ」

「鏡の合図？　そ、そんなはずはありませんよ。おいらアいままで、兼公（かねこう）とお湯へいってたんだもの――」

お市はようやく、ことの容易でないのに胸をとどろかせた。

「紋さん、いったいおまえさんたち、いつもどこで逢っているの」

「どこって、たいてい裏の駒止め（こまど）の稲荷だけど」

「それじゃおまえ、すまないが、ちょっといってみてきておくれ、なにか間違いがあるといけないから」

紋三郎ももとより惚れた女のことだ、異議なくお市の頼みを引きうけたが、それからまもなく、血相かえてとびこんで来ると、

「お市つぁん、たいへんだ。お蝶さんが、お蝶さんが殺されて……」

「……と、まあいうようなわけだ。そこで、大騒ぎがもちあがって、駒止め稲荷へでかけてみると、案の定（あんのじょう）、お蝶はひとつき、乳のしたを抉られて死んでいるんだが、ここに妙なのは……」

と、このとき吉兵衛とんと煙管（きせる）をたたくと、

「そのお蝶の死体のうえに、だれがおいたのか羽子板がいちまい、むろん、お蝶の羽子板だが、こいつがプッツリ首のところをチョン切ってあるのさ」

佐七はだまってきいていたが、

「それで、紋三郎という野郎は、どうしました」

「まあ、さしあたり、ほかに心当たりもないので、こいつを番屋へあげてあるが、人殺しのできるような野郎じゃないさ。それに、お蝶が出かけていったじぶんには、

ちゃんと風呂ンなかで、鼻唄かなんかうたっていやがったという、聞き込みもあがっているンでの」

「それにしても、ふたりのほかにだれしる者もねえはずの、鏡の合図があったというなアおかしゅうございますね。どうでしょう、親分」

と、佐七はキッと面(おもて)をあげると、

「親分の縄張りへ手をいれようなぞという、だいそれた量見じゃございませんが、ちょっと気になります。ひとつ、辰源のほうへお引き廻しを願えますまいか」

「よし、おまえがその気になってくれりゃ、おれもおおきに張り合いがあらあ。ちょうどこれから、出かけようと思っていたところだ。望みならおまえもいっしょにきねえ」

佐七より吉兵衛のほうがハリキッている。

鬼瓦の紋所

——残りの羽子板娘も行方不明——

正月というのに、忌中の札をはった辰源は、大戸をおろして、お源はまるで気も狂乱のていたらく。ことに女中頭のお市は、お蝶をだしてやった責任者だけに、お源からさんざん毒づかれたり、口説かれたりして、病人のように蒼い顔をしていた。

「おとりこみのところ恐れ入りますが、ちょっとお内所(ないしょ)を見せていただきとうございますが」

お蝶の死体にも羽子板にも目もくれず、いきなりそういった佐七は、半病人のお市に案内されてうす暗い奥の座敷へとおった。

「なるほど、むこうにみえるのが、富士留さんの物干しでございますね」

佐七は裏塀越しにみえる物干しと、座敷の壁を見くらべていたが、

「もし、お市さん、ゆうべおまえさんが見た鏡の影というのは、どのへんに映っていましたかえ」

「はい、あのへんでございます」

お市が裏のほうの砂壁を指すと、

「そりゃおかしい。お市さん、富士留さんのほうから、照らしたのなら、こっちのほうへ映らなきゃならんはずだ。ねえ、親分、そうじゃございませんか」

「なるほど、こいつは気がつかなかった。お市、まちがいじゃないかえ」

「いいえ、まちがいじゃございません。たしかにそっちの壁でした。表から入ってきて、すぐ目についたンでございますもの」

「なるほど、おまえがそういうンなら、そのとおりだろう。ときにお市さん、おまえ懐(ふところ)中鏡を持っちゃいませんかえ」

「はい、これでよろしゅうございますか」

「結構結構、それじゃ、親分、それからお市さんも、ちょっとここで待っていておくんなさい」

なにを思ったか人形佐七は、鏡をもってスタスタと座敷をでると、やがて内所を斜(はす)に見下ろす、二階座敷の小窓をガラリとあけて、

「お市さん、ちょっと見ておくンなさい」

と、キラキラ鏡をふりかざして、

「ゆうべおまえさんの見た影というのは、そのへんでございましたかね」

お市は壁に映る影を見ながら、

「はい、たしかにそのへんでございました。でも……」

佐七はにっこり笑うと、すぐまたもとの内所へかえってきて、

「お市さん、ゆうべあの二階座敷には、どういうお客がありましたえ」

お市はさっと顔色を失うと、

「それじゃ、ゆうべのお客さんが……」

「さようさ、そこの壁へ影をうつすなア、あの二階座敷よりほかにゃねえ。お市さん、その客というのはどういうひとですえ」

お市も、しかし、その客を知らなかった。紫色の頭巾をかぶったお武家で、この家(うち)ではじめての客だという。

「そういえばお蝶さんを送り出して、座敷へあがっていくと、そのお武家が窓のところに立っていなさいました。それから大急ぎで勘定をすませると、お出かけになりましたが……」

「親分」

佐七は意味ありげに、吉兵衛のほうをふりかえると、

「このぶんじゃ、どうやら紋三郎に、係かり合いはなさそうでございますねえ」

「佐七、おまえ、なにか心当たりがあるのかい」

「いいえ、いまのところはからっきし。しかし、お市さん、おまえそのお侍の顔に見覚えがあるかえ」

「さあ……」

と、お市は困ったように、

「なにしろ、はじめてのお客でございますから。しかし、ああ、思い出しました。そのお客様のお羽織の紋所というのがひどく変わっているのでございますよ。鬼瓦のご紋なので」

「鬼瓦？」

と、聞いて佐七はちょっと顔色をうごかしたが、

「いや、親分、いろいろ有り難うございました。それじゃこのくらいで」

「佐七、もう帰るのか、それじゃおれもそこまでいこう」

と、表へ出ると、

「おい、佐七、おまえなにか心当たりがあるンじゃねえかえ。あるならあるで、いって貰わにゃ困るぜ」

「いえ、もう、いっこう……」

「でも、おまえ、鬼瓦の紋所の話を聞いたときにゃ、顔色をかえたじゃないか」

「はっはっは、さすがは親分だ。兜をぬぎやした。親分え、それじゃちょっと神田（かんだ）まで、お運びねがえませんかえ」

「よし、おもしれえ、おれもひとつ、おまえの手柄をたてるところをみせてもらいてえもんだ」

ふたりは連れだって神田までかえってきたが、すると、佐七の顔を見るなり母のお仙が、

「佐七、どこをうろついていたンだえ。おや、これは護国寺の親分さんですかえ」

「おっ母（かあ）、留守になにかあったのかい」

「なにかどころじゃないよ。紅屋のお組さんがゆうべから帰らないというので、大騒ぎだよ」

聞くより佐七はさっと顔色をうしなった。

山の井数馬

——それじゃ、昨夜の辰源の客とは——

神田お玉が池で、古いのれんを誇っている質店、紅屋の娘お組は、きのう本郷（ほんごう）にいる叔母のところへ、遊びに

いってくると、供もつれずにひとりで出かけていったが、晩になってもかえってこなかった。

神田と本郷じゃたいして遠くもないことだし、それにお組は叔母のところへいくと、よくむだんで泊まってくることがあるので、紅屋では気にもかけずに寝てしまったが、朝になってきくと、ゆうべ、音羽の羽子板娘が殺されたという噂。

にわかに気になりだして、本郷へ使いを出してみると、使いといっしょに叔母のお葉が、血相かえてやってきた。

お組はきのう、お葉の許へはこなかったのだ。

「嫂さん、これはどうしたというんです。それならそれとなぜ、ゆうべのうちに使いをくれなかったんです」

と、お葉にきめつけられて、後家のお園は真っ蒼になった。

お葉は先年死んだ、お園の亭主甚五右衛門の妹で、本郷でも有名な小間物店、山城屋惣八にとついでいるので、主人なき紅屋にとっては、もっとも有力な親類筋なのだ。

そこへ変事をききつけて、お葉の亭主惣八もかけつけてくる。

番頭の清兵衛もくわわって、あれやこれやと、お組の立ち廻りそうなところを相談しているところへ、だれか帳場へ羽子板をおいていったものがあると、小僧の長吉が持ってきた。

みるとお組の羽子板で、しかも、例によって、その首がプッツリと、チョン切られているのだから、さあ、たいへん、紅屋の一家は真っ蒼になった。

佐七は親の代から紅屋へ出入りし、かつはしじゅう、ひいきにあずかっている大事なお店だから、おふくろのお仙からその話をきくと、さっと顔色かえたのもむりはない。

「親分」

佐七は人形とあだなをとった秀麗なおもてに、きりりと稲妻を走らせると、

「あっしが臍の緒切って、はじめての捕物でございます。縄張りちがいじゃございましょうが、どうか助けておくンなさいまし」

「ふむ、おもしろい。それでなにか心当たりがあるのかえ」

「まんざら、ねえこともございません。それじゃおっ母、ちょっと紅屋さんへ、顔を出してくるぜ。親分、お供ね

がいます」

外へでると、佐七はなにを思ったのか、矢立てと懐紙を取りだして、さらさらと、一筆書きながすと、辻待ちの駕籠を呼びよせた。

「おめえ、ちょっとすまねえが、これを名宛てのところへ届けてもらいてえ。それから向こうのおかたを駕籠でお迎えしてくるンだ。いいかえ、わかったかえ。御用の筋だからいそいでくれ」

「へえ、承知いたしやした」

駕籠舁きは、宛て名を見ながらいっさんにかけ出した。

「佐七、どこへ使いを出したンだ」

「なあに、ちょっと――親分、じゃ、まいりましょう」

と、さきに立って歩きだしたが、ふと思いついたように、

「親分、紅屋へ顔出しするまえに、ちょっと見ていただきてえものがあるンで。この横町をまいりましょう」

吉兵衛には、佐七のすることがさっぱりわからないが、なにしろ、日頃ぐうたらな佐七が、にわかにテキパキ、ことを運ぶのがうれしくてたまらない。

目を細くして、佐七のいうままに従っている。

やがて、佐七がふと立ちどまったのは、

「無念流剣道指南、山の井数馬」

と、看板のかかった町道場のまえである。

「親分、ちょっと武者窓から稽古の模様を覗いてまいりましょう」

「なんだえ、いまさら、やっとうの稽古をみたところが、仕様がねえじゃないか」

「いいえ、そうじゃございません。ほら一段高いところに、坐っていらっしゃるのが山の井数馬さま。親分、りっぱなかたじゃありませんか」

吉兵衛も、しかたなしに苦笑いしながら覗いたが、みると、わかい連中が盛んに叩きあっているむこうに、道場のあるじ、山の井数馬が、いかめしく肩いからせてひかえている。眉の濃い鬚の黒い大男だ。

「親分、ちょっとあの先生の、ご紋を見てくださいまし」

いわれて吉兵衛、山の井数馬の羽織をみたが、そのとたん、思わずあっと叫んだ。山の井数馬の紋所は、世にもめずらしい鬼瓦。

「さあ、親分、まいりましょう」

佐七はすましたもので、武者窓のそばを離れると、先に立ってあるきだした。

「佐七、おい、どうしたンだ。それじゃゆうべの辰源の客は、山の井数馬というあのお武家かえ」

「さあ、どうですか」

佐七は笑いながら、

「なんしろあの先生も変わりもンでさあ。近所のものが鬼瓦の先生と、あだ名をしたのをいいことにして、紋所まで、じぶんから鬼瓦にかえてしまったンですよ。さあ、紅屋へまいりました」

吉兵衛がまだ、なにか聞きたそうにするのも構わず、佐七は黒いのれんをおしわけると、ぐいと紅屋の帳場へ顔をのぞかせた。

証拠の羽織

――佐七これより大いに売り出す――


「おや、長吉どん、精が出るねえ。なにかえ、番頭さんはうちにいるかえ」

「はい、奥にいなさいますが、ちょっと取りこみがございまして」

「わかっているよ。お組さんの居所はまだわからないのかい。ああ、お葉さん、しばらくでござんした」

奥からちょっと顔を出したお葉は、幼なじみの佐七の顔を見ると、さすがに嬉しげに、

「おや、佐七つぁん、よくきておくれだったね、お組ちゃんのことできてくれたのかえ」

「そう、そう、お組坊がいなくなンなすったのだそうですね。さぞご心配でございましょう。しかし、きょうまいったのは、さようではございませんので、ちょっとお調べの筋があって、質草を見せていただきにあがったのでございます」

「おや、そう」

お葉はむっとしたように、

「それなら長どんに蔵へ案内してもらって、かってにお調べなさいな」

と、そのまま奥へ姿を消していった。

「長どん、すまないね」

吉兵衛に目配せをした佐七は、長吉をさきに立てて蔵

へ入っていくと、うず高く棚につみあげた質草を、あれかこれかと探していたが、やがて、

「これだ」

と、風呂敷包みの結び目をとくと、

「親分、これはいかがでございます」

ひろげて見せた羽織を見て、吉兵衛は思わず息をのんだ。

まさしく鬼瓦の紋所。

「親分、ここに頭巾もあります。ほら、こんなに濡れているところを見ると、ゆうべ着ていったものにちがいありませんねえ」

「佐七、それじゃゆうべの侍はこの家のもんかえ」

「おおかた、そうだろうと思います。だが、まあ、表へまいりましょうか」

羽織と頭巾をくるくると、風呂敷に包んだ佐七は、蔵から外へ出たが、あたかもよし、そこへさっきの駕籠屋がかえってきた。

「お玉が池の親分、わざわざのお迎えは、いったいどういう御用でございます」

と、不安な面持ちで駕籠の垂れをあげたのは、意外にも辰源の女中頭お市だった。

「あ、お市さん、ご苦労ご苦労、ちょっとおまえに用があったのだが、おいらが呼ぶまでここで待っていておくれ。親分、それじゃ奥へまいりましょう」

いましも山城屋夫婦に後家のお園、番頭の清兵衛が額をあつめて相談している奥座敷へ、ズイととおった人形佐七、

「ええ、みなさんえ、ちょっとお話があってお伺いいたしました。ご免くださいまし」

「ああ、これはお玉が池の親分、いま少しとりこみ中でございますが」

と、山城屋惣八がいうのを、

「はい、そのお取り込みのことで、まいりました。番頭さん、ちょっと顔をかしてくださいまし」

「へえ、わたしになにか御用で」

「そうさ、おまえさんでなければいけねえことなんで、ちょっとこの、羽織と頭巾を着ておもらいしたいんで」

包みをといて取りだした羽織と頭巾をみると、番頭の清兵衛、おもわず唇まで真っ蒼になった。

「親分、それはいったいどういうわけで」

「どういうわけもこういうわけもあるもんか。てめえがいやなら、この佐七が着せてやらあ。こいしろ親分、ちょっと手を貸しておくんなさいまし」

「よし、きた」

「それはご無体な」

すっくと立ち上がった清兵衛が、やにわに店へ逃げ出そうとするのを、左右から抱きすくめた佐七と吉兵衛、むりやりに羽織と頭巾を着せると、

「お市さん、お市さん、ちょっと、見ておくれ。ゆうべのお武家というのは、この男じゃなかったかい」

かけこんできたお市は、ひとめ清兵衛の顔を見ると、

「あ、このひとです、このひとです」

それを聞くと清兵衛は、にわかに力も抜け果てて、がっくりと畳のうえに顔を伏せてしまった。

「おい、清兵衛、辰源の羽子板娘を殺したのはおまえだろう。お組はどこへやった。お組坊も殺してしまったのか」

「はい」

と、観念してしまった清兵衛は、がっくりと首をうなだれ、

「お組さんは、下谷総武寺裏のお霜という、女衒婆のうちに押しこめてございます」

と、いったがそれきりウームという呻き声、にわかにがばと畳につっぷしたので、あわてて抱き起こしてみると、舌噛み切って死んでいた。

番頭清兵衛の悪事の仔細というのはこうなのだ。

亭主に死なれてから後家のお園は、いつしか番頭の清兵衛とひとめをしのぶ仲になっていたが、こうなると清兵衛もにわかに慾が出てきた。いっそ、お組を手に入れて、そっくりこの紅屋の家を横領しようという魂胆、それとなくお組に当たってみたが、むろんあいてはうんとはいわぬ。それのみか、ひそかに母との仲をかんづいていたお組は、いまのうちに切れてしまわねば、本郷の叔母さんに告げるという。こいつを告げ口されちゃ元も子もない話だから、にわかにお組を殺そうと思い立ったが、それではじぶんに疑いがかかるおそれがある。

おりもよし、おなじ羽子板娘のお蓮が、溺死したという噂を聞いたので、初七日の晩に羽子板を送り、なんとなく、お蓮の死に疑いをかけておいて、さてそのあとでお蝶も殺してしまった。

　こうしておけばお組が殺されても、羽子板の祟りとかなんとか、世間を誤魔化すことが出来る。無残な奴で目当てはお組にあるのだが、そいつをカモフラージするために、何んの遺恨もないお蝶まで殺してしまったのだ。

　そしてかんじんのお組は、女衒のお霜のもとへあずけ、いずれゆっくり慰みものにでもしたあげく、殺してしまうつもりだったのだろうが、そこをひとあしさきに、人形佐七に見顕（あら）わされてしまったのである。

「あっしゃ、羽子板娘が順々に、殺されるということを聞いたとき、すぐ胸に浮かんだのはお組さんのこと。するとふいに思い出したのは番頭の清兵衛のことで、あっしゃいつか清兵衛が、おかみさんと逢い曳きをしているとこを見たことがあるんで。ああ、後家とはいえ主人の女房と、ひとめをしのぶとは悪いやつだと、こう思うとなんだか清兵衛のやつが、怪しく思われてならねえんです。そこで音羽まで出向いて、あの鬼瓦の紋のことを聞いたときにゃ、こいついよいよ清兵衛だと思いました。というのは山の井先生というのは大酒呑みで、呑み代（のしろ）に困ると、羽織でもなんでも紅屋へ持っていくんです。だから紅屋なら鬼瓦の羽織もあるわけ。それに頭巾で顔をかくしていたなあ、町人髷をかくすためと、まあ、こう思ったわけです。野郎、お蝶からさきに殺すつもりで、あのへんをうろついているうちに、ふとあるところで、大工の紋三郎が酒の上から、あの鏡の合図のことを、口走ったのを聞いていやがったンでしょうね。それにしても、辰源の娘はかあいそうだったが、かねてごひいきにあずかっていた、紅屋のお組坊を救い出すことができたので、あっしも肩身が広うございまさあ」

　このしろ吉兵衛は、このあっぱれな初陣の功名に、おふくろのお仙といっしょに目を細くしてよろこんだが、これが人形佐七売り出しの手柄話。文化十二年乙亥（きのとい）の春のことである。

　紅屋の後家はその後、尼になったという。

謎坊主

人形佐七捕物帳

謎坊主春雪

——かければ解ける謎の春雪——

俗にいう化政度。——すなわち文化から文政へかけての時代は、江戸文化の爛熟期で、芸苑芸界あらゆる方面に、名人雲のごとく輩出したが、そのなかにあって、いっぷう変わった名人というのは、神田お玉が池の人形佐七。

　これが当時、江戸ひろしといえども、その右にでるものがない、と、いわれたくらいの捕物名人。

　捕物の名人なんていうと、あんまり、有難くないようなものだが、この佐七にかぎって、当時、江戸っ児のあいだに、湧くがごとき人気のあったのは、まことにふしぎなくらいである。

　それというのがこの男、人形という、異名でもわかるとおり、男でもほれぼれとするような、男振りをしているうえに、としが若く気前がよくて、しかも、捕物にかけちゃ、人形どこのさわぎじゃない、鬼神もはだしのもの凄さで、それでいてまた、やることが人情をはずれない。

　わるいやつは遠慮容赦なくふんじばるが、あやまって、罪をおかしたような不幸な連中には、いつも涙のあるはからいで、つまり酸いも甘いも、かみわけたそのやりくちが、めっぽう江戸っ児をうれしがらせたわけ。

　なるほどこれじゃ、ひとに嫌われる職業をしていながら、みょうに人気のあったのもむりではない。

　さて、この佐七がにわかにぱっと売り出したのは、文化十二年春のこと。

　したがって、まだ女房も持たず、辰や豆六という乾分も、いなかったころのことである。

　そのころ浅草の奥山に、ふしぎな盲目の坊主があらわれて、満都の人気をさらっていた。

　ひと呼んでこれを謎坊主。

　葭簀がけの小屋のおもてには、「頓智なぞ」の看板をかかげ、見物ひとりから、十文ずつの木戸銭をとる。

　本人はまだ十六七の小坊主だが、これが高座にあがって机をひかえ、拍子木をうちながら、見物より謎をかけさせ、当意即妙、どんな謎でも、とけぬということがない。

　そのさまあたかも、春の雪の解くるがごとしであったから、いつしかひと呼んで春雪坊。

　たまたま、解きそこなうことがあると、景品として、蛇の目の傘などだしたというから、さしずめ、今日の大道将棋、あれとおなじやりくちで、慾もからんで、ずいぶん客がつめかけたらしい。

　いまでも、この春雪坊のあらわした、謎解題集という本がのこっているが、そのなかには、かなりふるったやつがある。

　こころみに、いまその二三を書き抜いてみると、

両国橋とかけて　菖蒲刀と解く
　心は　人がきれぬ。
座頭の小便とかけて　川端柳と解く
　心は　みずに垂れる。
比丘尼の簪とかけて　ひとり飲みの酒と解く
　心は　さすところがない。
鍋のなかの氷とかけて　謎解坊主と解く
　心は　かければ解ける。

　その当時のことだから、しもがかったのや、いかがわしいのが多いのが残念だが、これだけでも、春雪坊の頓智振りは想像されよう。

　豊芥子筆記によると、

　――春雪もと奥州二本松の産とか、本名を順三といひしが、容貌すこぶるうるはしく黒縮緬の羽織に小紋の衣類を着して高座に坐れるところは、満更の素性とは思はれず、されば初めはその頓智を賞で集りし客も、いつしか、噂がひろがれるにや、後には漸く婦女小娘の客が多くなりしが、眼につきたり云々
――

　と、あるところをみても、かれの人気の、推移のさまが想像されよう。

　この謎坊主春雪は、文化十一年の秋から、翌十二年の春頃まで、江戸の人気をあつめていたが、ここにはしなくも、かれをとりまいて事件がもちあがり、俄然、佐七の売り出しということになったのである。

二枚の謎絵馬

――盲目坊主のふしぎな注文――

　本所松坂町にすむ、花房千紫というのは、もと狩野派の画工で、わかいころ旅絵師として、北は奥州、南は九州のはてまでも、遍歴したことのある男だが、中年をすぐるころより、江戸に落ちついて、五十の坂をこしたこのごろでは、たのまれれば扇面などに、筆をはしらせることもあるが、それはほんの手内職で、もっぱら、書画骨董の鑑定などして、世をおくっている男である。

　この千紫のもとへ、出入りの道具屋で佐兵衛という男、これは骨董の、才取りなどしている人物だが、それが、

「ごめん下さいまし。先生はおうちでございますか」

と、ぬっとくろい顔をだしたのは、文化十二年、二月もあとのこりすくなになって、にわかに目立って、あたたかくなってきた陽気に、子猫が縁先でぬくぬくと、日向ぼっこをしていようという、午下りのことだった。

「おや、佐兵衛さんかえ。おひさしいな」

　縁側の日溜まりにでて、万年青の手入れをしていたあるじの千紫は、眼鏡越しに、ジロリと佐兵衛をみると、なんとなくいやな表情だった。

「なに、久しいことがありますものか。つい、四五日あとにも、お伺いしたばかりじゃアありませんか」

「それはそうだが……」

　と、千紫は苦しそうな顔をして、

「佐兵衛さん、あのことなら、もうすこし待っておくれ。まだ埒があかないんだから」

「へえ、そりゃア待てとおっしゃれば、あっしゃいつまででも、待ちますがね」

　と、佐兵衛はスポンと、煙管の筒をぬきながら、

「ただねえ、なンしろあれは、あっしの物じゃねえんで困るンです。あれをあっしに頼んだご浪人というのが、すっかり尾羽打ち枯らして、いちにちも早くあいつを売って、金にしたいというンです。だもンだから、毎日のように、まだかまだかという催促、仲にはいったあっしも、だから、この節じゃ、だんだん切なくなってやりきれません。なンしろおまえさんに、あれを預けてからでも、もうかれこれ、ひと月になりますからねえ」

「そりゃアわかってるよ、佐兵衛さん。しかしすこしゃ、考えてくれなくちゃア困るねえ。いかにわたしが、いい

お得意さきを持っていたところで、かりにも、探幽という名のついた掛け軸、そう右から左へ、売れるわけのものじゃアないよ」

「そりゃア、まあ、そうでしょうがねえ」

佐兵衛はいくらか、皮肉な口調になって、

「そのことも、あっしはよくいってあります。しかし、貧すれば鈍するっていいましてね、ご浪人というのが、みょうに、疑いぶかくなっているんで困るンです。こう長くなるのは、仲にはいった者が、いかさまをやってるんじゃないかと、ちかごろじゃあっしにむかって、へんな厭味をならべるんです。あっしも、まあ、おなじ長屋のもののことだし、むこうの気の毒なようすも、よくわかってるンで、なるべく、腹は立てないことにしてるンですが、ちったァ辛うございますよ」

道具屋の佐兵衛はこのあいだ、おなじ長屋にいる浪人からたのまれて、狩野探幽筆としょうする掛け軸を、この千紫のもとへ、持ちこんだのである。これがしんじつの探幽ならば、その当時の値段にしても、ひと財産はあろうというもの。

浪人にとっては、おそらく、先祖からつたわったものであろうが、それを、手離そうというのには、よくよく、ふかい事情がなければならぬ。

ところが、預かった千紫のほうでは、どこかへ、売りつけてやると約束したまま、いまもって埒があかない。

売れないならば、返してくれといっても、さあ返そうともいわない。

まあ、もう二三日、まあ、もう二三日で、はやひと月もたってみれば、持ち主の浪人はいうにおよばず、仲にはいった佐兵衛まで、なんとなく、不安をかんじてきたのも、むりではなかった。

「佐兵衛さん、おまえさん、みょうなことをおいいだねえ。それじゃなにかえ、このわたしがあの探幽を、瞞着するとでもおもいかえ」

「いや、そういうわけじゃありませんが……」

「よして貰いましょう。こうみえても、花房千紫は、骨董の鑑定にかけちゃ、ちっとは江戸でしられた男だ。ずいぶん、高価な品物をあずかっても、いままでついぞ、そんな厭味をいわれたことはない。いいよ、そんなに信用がないのなら、なにも頼まれたくはない。探幽ならあの床の間にあるから、さっさと持ってかえっておくれ」

こういわれると、道具屋の佐兵衛も、それ以上、押していうわけにもいかない。

「まあ、まあ、いいじゃアありませんか。なにもあっしがおまえさんを、疑っているというわけじゃなし」

「疑られてたまるもンか」

「はっはっは、それじゃ、この話はまア、これくらいにしておいて、じつはきょうきたのは、そのことじゃありませんのさ。ほかにちょっと、おまえさんに、お願いしたいことがありましてね」

「なんだい、まだほかに、わたしに用事があるというのかい」

千紫はながい、女持ちの朱羅宇をひねくりながら、まだ、肚のおさまりかねる顔色だった。

「へえ、それがまことに、申しにくいことでござんすが」

佐兵衛はうこん木綿の風呂敷をひらきながら、

「まあ、馬鹿にするなと、憤らないでおくんなさいまし、じつは絵馬を二枚ほど、おまえさんに、描いていただきたいんで」

と、削りたての二枚の絵馬を取りだした。

「絵馬？」

「へえ、そうなんで。子供だましみたいな仕事で、馬鹿馬鹿しいんですが、つい、近所のものにたのまれましてね。だれかいい画工さんはあるまいかと、訊かれたもンだから、おまえさんのことをおもいだして、つい、安請け合いに引きうけたンです。たんとのお礼もできゃアしませんが、そのかわり、絵も筋さえとおってりゃいいんで、ザッとでけっこうでございます」

「ふむ、そりゃ、描いてあげないこともないが、なにか図柄に、お望みでもあるのかね。まさかめの字一字と、いうわけにもまいらんだろう」

「ご冗談でしょう、それならあっしでも描いてやりまさあ。ちょっとかわった、図柄でございますがね」

と、佐兵衛の話すところによると、一枚は曾我の鬼王が節季の債鬼に、責めたてられているところ。

歌舞伎の世界が常識として、世間にしみわたっていたそのころでは、曾我の鬼王といえば、貧乏人の代名詞みたいになっていたから、その鬼王が債鬼に責められている絵は、そうめずらしいことではなかった。

しかし、それを、絵馬にしたてあげるというのは、どうも解せない。

しかも、いま一枚というのは、さらにふしぎである。

お小僧と画工が碁を打っていて、そのお小僧が画工に、断りつけているという図が、所望だというのである。

「なんだえ、佐兵衛さん、それは判じ物かえ」

話をきいて、千紫はおもわず顔をしかめた。

「あっしにもよくわかりませんが、おおかたそうだろうとおもいます」

「それで願主の名は?」

「春雪とねがいます」

「あ、春雪?」

千紫もはじめて合点がいったように、

「春雪というのは、ちかごろ評判の、あの謎坊主のことじゃないかね」

「へえ、おまえさんもご存じですかね」

「いや、まだみたことはないが、たいした評判だからさ。するると、これもきっと謎だね。いったいなんと解くのだろう」

千紫はしきりに、頭をひねってみたが、春雪のように、頓智に恵まれていない千紫には、その奇妙な謎を、解くすべもなかったし、また、しいて、解こうという気持ちもなかった。

まさかその謎が、じぶんの身に関係があろうとは、おもいもかけなかったからだ。

売れっ子春雪
――年齢のちがう夫婦のかけひき――

「それじゃ、おまえさん、引き受けてくれますね」

「ああ、ほかならぬ、おまえさんの頼みだから、まあ、描いてあげよう」

千紫が気軽に引き受けると、佐兵衛もよろこんで、

「そいつはどうもありがとう。それで、いつごろ、できあがりますね」

「なあに、こんなもの、なぐり描きすりゃアすぐだわな。あしたにでも取りにきさっしゃい」

「ええもう、どうせむこうは盲目のこってすから、恰好さえついていりゃいいんで、ざっとで、よござんすよ。それから、先生、探幽のほうも、なるべく埒をあけておくんなさいよ」

「おっと、みなまでのたもうべからず」

佐兵衛が案外はやく、腰をあげそうなけはいに、千紫もいくらかうきうきとして、

「もうおかえりかえ。あいにく家内が留守で、おもてなしもできず、ごめんさっしゃい」

佐兵衛は、風呂敷をたたんでかえりかけたが、そのことばに、ふとおもいだしたように、

「そうそう、ご新造さんは、どこへおでかけになりました」

「女中をつれて朝から寺参り(てらまい)さね」

「それはそれは、ご殊勝なことで。そういえば、ついこのあいだも、奥山でお目にかかりましたっけ」

と、佐兵衛のつい口走ったことばに、千紫はぎっくりとしたように、聞きとがめた。

「はて、それはいつのことだね」

「さあ、あれはたしか戌(いぬ)の日でしたから、さきおとといのことでしたかね」

と、なにげなくいってのけてから、さっとかわった千紫の顔色に、佐兵衛はしまったと、心のうちで叫んだ。

花房千紫は、五十の坂をこえているうえに、ちかごろはもっぱら慾に凝っているから、年もいっそう老けてみえるのに、女房のお千代というのは、まだ三十をこえたばかりの姥桜(うばざくら)。

江戸者ではないという噂だが、色の白いいい女で、それだけ千紫の嫉妬も、尋常でないという話を、佐兵衛もうすうす知っていたから、つまらぬことをいってしまった、するとこのあいだの浅草参りは、旦那には、内証事であったのかもしれないと、あいさつもそこそこに、かえってしまったのである。

あとで千紫は、なんとやら胸のおちつかぬようすで、しきりに焦々していたが、こんなときには、いっそ仕事でもしたほうが、気が散るかもしれないと、絵筆をとりあげ、さっそく二枚の絵馬に、あの奇妙な謎絵をなぐり描きしたが、ようやくそれを描きあげ、願主(がんしゅ)、春雪と名前もはいったところへ、女房のお千代(ちよ)が、としわかい女中のお米(よね)をつれてかえってきた。

「ただいま、遅かったでしょう」

そういうお千代の顔をみると、ほんのりと汗ばんで、なるほどこれなら、千紫がやきもちをやくのも、むりはないとおもわれるようないい女。

千紫はさっきから、ムシャクシャしているのを、わざと色にもださず、

「なにさ、おまえこそ疲れたろう」

「ええ、もうすっかり春になって、それに埃のひどいこと」

眉のあおいお千代は、なんとなくすぐれぬ面持ちだった。

「そりゃもう春だもの、ひと風呂あびてくりゃアいい、疲れがおちるせ」

「ええ」

と、お千代は手ばやく着更えをすませると、

「おや、お仕事。めずらしい、絵馬ですね」

と、机のそばへよってきた。

「佐兵衛のやつに頼まれたのさ。あいつ、ろくな仕事は持ってきやがらねえ」

「おや、佐兵衛さんがきたの」

お千代は、ギクリとした表情をみせたが、すぐそれを、押しつつむように絵馬を取りあげ、

「まあ、妙な絵ですこと。これ、なんの場面ですの、いったい」

「なんだか、おれにもさっぱりわからねえ。謎坊主の春雪に、頼まれたというンだから、おおかた、これも謎だろう」

なにげなく千紫のいった、春雪という名まえをきいたとたん、お千代はどうしたのか、さっと顔色をかえて、おもわず、手にした絵馬を取りおとした。

千紫はびっくりして、

「お千代、ど、どうしたンだ」

「いいえ、なんでもありません」

お千代はきっと唇をかみながら、

「なんだか急にふらふらとして……また、血の道がおこったのかもしれません」

と、消え入りそうな声だった。

千紫は、疑いぶかそうな目で、じっと、お千代の横顔をみつめていたが、ことばだけはそれでも殊勝に、

「なにしろ、時候のかわり目だから、気をつけなくちゃいけねえ。まあ、風呂へでもいってきて、はやく横になりな。また、いつかのように、寝込まれちゃたまらねえからな」

「はい、そうしましょう」

なんとなく、良人のそばにいるのも、耐えられぬふぜいだったお千代は、そのことばに、ほっとしたように立ち上がると、いそいそと、近所の風呂屋へでむいていったが、そのあとで、千紫は女中のお米を呼びよせると、きっとことばをあらためた。

「お米、おまえ、まっすぐに、いわなきゃいけねえぜ。おかみさんはきょうどこへ行ったンだえ」

「はい、寺町の妙臨寺でございます」

お米はあらたまった主人の、ただならぬ顔色に、おびえたような目のいろをした。

千紫はそれをたたみかけるように、

「妙臨寺はわかっているが、それだけじゃあるまい、どこかほかへまわったろう」

「はい、あの……」

「つつまずいってしまいねえ。お千代はこのごろ、寺参りにかこつけて、ちょくちょく出歩くようだが、いったいお目当てはどこなんだえ」

「ええ、でも……」

「おまえ、お千代に口止めされたな。いわなきゃただじゃおかねえせ」

嫉妬にくるった主人の目つきに、お米はおどおどしながら、

「はい、あの、おかみさんはいつも、かえりには奥山へおまわりでございます」

そのじぶんの奥山には、不義の男女の仲宿になるような、曖昧茶屋がたくさんあったから、五十男の千紫は、いよいよ嫉妬に血相かえて、

「ふうむ、それであいての男というのは、どんなやつだえ」

「あれ、そんなンじゃございません」

お米はいまさら、主人の邪推に気がついて、びっくりしたように、

「おかみさんが、いつもみにおいでなさるのは、奥山のあの謎坊主でございます」

「なに、謎坊主？」

千紫は呆れたような顔をした。

「はい、おかみさんは、たいそうあれが、お気にいりのごようすで、いつもかえりに、お寄りになるのでございます」

これはまた、あまり意外なお米の告白に、千紫はおど

ろくというよりも、むしろ呆れはてたもようで、いまさらながら、あの奇怪な絵馬に目をやって、ウームと、唸ってしまったのである。

首無し死体
——運びこまれた葛籠のぬしは——

それから、およそ十日ほどのちのこと、松坂町(まつざかちょう)にひとつの事件がおこって、かいわいは、義士の討ち入り以来の大さわぎとなった。

事件というのはほかでもない。

花房千紫夫妻が、なにものにともなく、惨殺(ざんさつ)されてしまったのだ。それを発見したのは道具屋の佐兵衛で、れいの探幽を、催促がてらにいってみると、座敷の縁側に、お千代が血まみれになって倒れている。

仰天した佐兵衛が、腰もぬかさんばかりに、自身番へとびこんだから、さあ、騒ぎはにわかに大きくなった。

報(し)らせによって、役人がさっそく出張してみると、お千代は乳房のしたを、なにか鋭利な刃物でえぐられて死んでいるのだ。

血がすでにくろく乾いて、こびりついているところをみると、兇行(きょうこう)は前夜の四つ（十時）じぶんに、演じられたものにちがいない。

それにしても亭主の千紫はと、家(うち)のなかをくまなく捜索してみると、庭のすみにある井戸のなかから、みおぼえのある、十徳すがたの千紫の屍体(したい)があらわれたが、それをひとめみたとたん、町役人のひとりは、

「ウワッ！」

と、叫んで、腰をぬかしてしまったのである。

それもそのはず、千紫の死体には首がなかった。

「いい陽気になりました。なにかご近所がそうぞうしいようで」

事件が発見された日の午下り、松坂町の自身番へ、ひょっこり顔をだしたのは、神田お玉が池の人形佐七だった。

このへんは横網にすんでいる、鶉(うずら)の介十郎(すけじゅうろう)の縄張りだったが、介十郎と佐七は、兄弟分の盃をしたあいだがらだったので、見舞いかたがた、なにか助けることはないかと、顔をだしたのである。

「ああ、お玉が池の、いいところへきてくんなすった。どうも、いやにこみいった事件で、すっかり、手古摺っているところだ」

八丁堀の与力、神崎甚五郎と額をあつめて、ひそひそ話をしていた、鶉の介十郎は、佐七の顔をみると、そういって歓迎の意をしめした。

「佐七か、いいところへまいったな。ひとつ介十郎をたすけて、はたらいてみてくれないか」

神崎甚五郎もそばからことばをそえた。

「恐れいります。なに、横網の兄哥がこうして、控えてるんですから、あっしなどが、手だしをするがとこはねえとおもうんですが、なにも場塞ぎ、ひとつはたらいてみましょう。ところで兄哥、目星は強盗かえ、遺恨ですかえ」

「さあ、それがよくわからねえんだ」

介十郎の話によると、だいたいつぎのような事情がわかった。

花房千紫は骨董の鑑定やなにかで、そうとう裕福にくらしているもようだが、さりとて、その家構えは、とくべつに大きいというのではないから、あれだけの大事件が、だれにも知られずに、演じられたというのは、ふしぎというほかはなかった。

もっとも、女中のお米は、昨夜主人からひと晩ひまをもらって、宿元へかえっていたから、兇行はその留守をねらって、演じられたのである。

「ところが、近所の噂をきいても、また家の暮らしむきをみても、そうとう蓄まっているだろうとおもわれるのに、家のなかにゃ一文もねえンだよ。それに、もうひとつ、たしかに家のなかになけりゃならぬはずの、探幽の一軸というのが、なくなっているんだ」

探幽の軸というのはいうまでもなく、道具屋佐兵衛が預けたもので、兇行のあった前日、佐兵衛はその軸が、床の間にあるのをみたというのだが、それがなくなっているのである。

「だから、強盗とみられねえこともねえンだが、それにしても、なぜ、主人の首を取っていったのか、そいつがひとつのふしぎで、敵討ちじゃねえかと、おもわれる節もあるんだ」

なるほど、そのじぶんの習慣として、首がないというところから、ただちに仇討ちを、連想するのもむりはなかった。

「するとなにですかえ、千紫は敵持ちなのかえ」

「さあ、なんともわからねえンだが、かなり、悪どい商売もしていたし、わけえころにゃ、絵筆いっぽんで旅まわりもしたというから、どこでどんな種を、播いているかしれやアしれねえよ。それに、あの女房のお千代というのも、どっかの旅先で、捨ってきたのだという話だ」

「なにか、そのほかに、手掛かりになるようなものはねえですかえ」

「いや、それが、ここに妙なことがあるンだが」

昨夜、兇行が演じられたとおもわれる、四つ（十時）すこしまえに、一挺の駕籠が、千紫のすまいの裏門にとまって、駕籠のなかから、おおきな葛籠が、庭のほうへはこびこまれるのを、みたものがあるというのである。

「その葛籠というのが、からになって、女房の屍体のそばに、放りだしてあったンだが、そんなかから、お玉が池、こんなものがでてきたんだ」

介十郎が差しだしたものをみると、それは春雪著すところの、謎解題集である。

「なんだえ。こりゃ奥山でいま評判の、謎坊主の本じゃありませんか。それでなんですか、駕籠屋のほうは、当たりがついているンですかえ」

「そこに抜かりはねえ。いま、のろ松の野郎が探っているから、おっつけ、そのほうは目鼻がつくだろうよ」

「そうか、そりゃいい手廻しですね」

佐七はしばらく考えていたが、

「それじゃひとつ、お米という女中を、ここへ呼んでもらえませんか。すこしききたいことがある」

「おっと、よし、それじゃあっしがひとっ走り、いって参りましょう」

岡っ引きは尻がおもくてはつとまらない。

介十郎はすぐ駆けだしていったが、まもなく、目をまっかに泣きはらした、お米をつれてきた。

「お米さんというのはおまえさんかえ。こんどはとんだことだったが、おまえさんになにか心当たりはないかえ」

佐七は、すぐこう切りだしたが、すると、それにたいするお米の答えは、まったく意外だった。

「このあいだから、こんなことが起こるのではないかと、内々心配していたのでございます」

「なんだえ、それじゃ心当たりがあるンだね」

佐七も介十郎も、おもわず目を光らせたが、お米の話というのはこうである。

　主人の千紫はこのあいだから、口癖のように、なにかしらじぶんの身に、まちがいがおこるかもしれないといって、憂鬱な表情をしていたが、つい二三日まえ、じぶんの身に、万一のことがあったら、これを本所割下水にすむ、兄の天運堂其水というもののもとへ、とどけてくれと、一通の封書を、お米にことづけたというのである。

「それで、おまえ、その手紙を届けたのかえ」

「いいえ、けさ変事をきくと、すぐ、割下水へ行ってみたのですけれど、其水さんは、このあいだから旅へでて、お留守とのことですから、手紙はまだ持っております」

「いったい、その其水さんというのは、なにをするおひとだえ」

「はい、一二度、うちへもみえたことがありますけれど、なんでも、旅まわりの易者とやら。あまり、工面のいいほうじゃないらしく、いつも金の無心ですから、兄弟とはいえ、旦那さまはお兄さんがみえると、あんまりいい顔はしませんでした」

　その其水へあてた手紙というのを、手にとった佐七は、与力の神崎甚五郎の顔をみて、

「旦那、ひとつ、なかをあらためとうございますが、よろしゅうございますか」

「よかろう。どうせそういう男なら、いつかえってくるか、わかったものではない。あけてみろ」

　神崎甚五郎の許しに、佐七は手ばやく封をきって、なかみを読みくだしたが、みじかいその一文を読むと、おもわずあっと顔色をかえた。

「一筆書遺し申候。私事いつ何時凶事に遭ふや計り難く、萬一私身に、間違ひ有是候節は、下手人は謎坊主春雪と、お訴へ被下度、此段ひと筆書残し申候。千紫」

　与力の神崎甚五郎と鶉の介十郎も、おもわずあっと顔見合わせたが、あたかもそこへ、泡をくってとびこんできたのは、下っ引きののろ松である。

「親分、わかりました、わかりました。あの葛籠のなかにしのんで、千紫のうちへ担ぎこまれたのは、謎坊主の春雪でございます。下手人は、あの坊主にちがいありま

せんぜ。さっき踏み込んで、むりやりにしょびいてきましたが、ごらんなせえ、野郎の着物は、血塗(ちまみ)れでございまさあ」

　そういうあとから、まっさおになって、引立てられてきた春雪の衣類をみれば、なるほど、袖口といわず、裾といわず、いちめんに血がついているのだが、盲目の悲しさ、いままで、気づかずにいたのであった。

葛籠の内外(うちそと)

——春雪坊の世にも不思議な物語——

　ここで春雪が、すなおに恐れ入ってしまえば、佐七が腕を、ふるう余地もないわけであったが、かれの話すところをきくと、まことに妙なのだ。

　なるほどゆうべ、葛籠にはいって、千紫のうちへ忍びこんだのは、たしかにかれにちがいなかったが、それはだいたい、つぎのような事情によるのだ。

　人気稼業のかれとしては、ときどき招かれて、客席へはべることもめずらしくない。

　ちかごろ、春雪の衣裳もちもの、身のまわりの品々が、目にみえてよくなってきたのは、それだけ収入がふえた証拠だが、その収入はかならずしも、小屋の木戸銭とはかぎらない。

　小屋がはねてからの、夜の収入が大きいのである。

　夜の収入といっても、ふつうの座敷へよんで、春雪の頓智をたのしもうという、ものずきな客はごくまれである。

　その多くは、奥の離れの四畳半、枕の席の客であった。

　豊芥子筆記にも、容貌すこぶるうるわしくとあり、また、のちにはようやく、婦女小娘の客が多くなりしが、目につきたり、云々というのが、このかんの消息を物語っている。

　浮気な後家や年増には、春雪はよいおもちゃだったにちがいない。

　目のみえないのが、かえってよかった。

　目のみえるあいてだと、さすがに切りだすのを、憚(はば)かられるようなしぐさでも、めくらの春雪には要求できた。

　めくらの春雪があいてだと、女たちは、どんな恥知らずにでもなれるのだった。

太夫元に強請されて、はじめて春雪がそういう席へでたのは、謎坊主の噂が、そろそろ、ひとの口の端にのぼりはじめた、去年の暮れのことだった。

客は大伝馬町(おおてんまちょう)へんの、大店(おおだな)の後家で、うちには、春雪ぐらいのとしごろの、娘もあろうという大年増だった。

そういう席へ呼んでみて、その後家は、春雪を意外な掘りだしものであることに気がついた。

春雪はそのときまだやっと十六、うぶで、しおらしくて、万事におどおどとした、めくらながらも美貌の少年だったが、裸にしてみると、そのからだは、すっかり大人になっていた。

後家はその晩、一刻半(いっときはん)(三時間)にわたって、春雪のからだをもてあそんだ。

はじめは顔をあからめ、おどおどしがちだった春雪も、いったん、女を知ってしまうと、肚(はら)がすわった。かれは女のどんな需(もと)めにも、みずからすすんで応じて、ひるむところがなかった。

この一夜にして、春雪の性情(せいじょう)はがらりとかわった。それからのちの春雪は、そういう席というと、よろこんで出向いていった。

盲目のかれはカンがよかった。

女の急所をすぐ会得(えとく)した。女を七転八倒させる、あらゆる技術を身につけた。

ふしぎなことに春雪は、わかい女を好まなかった。かれがよろこんで、招きにおうじる客といえば、きまって、親子ほどもとしのちがう大年増だった。

春雪には、マザー・コンプレックスがあったらしい。じぶんの母のような年増女に、おもうぞんぶん、あまえてみたいという欲望と、その年頃の女を苛(いじ)めて、苛めて、苛めぬいてやりたいという欲望が、同居しているらしかった。

ゆうべ千紫の女房、お千代の招きにおうじたのも、あいての年かっこうをきいたからである。しかし、それにしても、その招待というのが妙だった。葛籠にはいって、忍んでくれというのである。

春雪は千紫の名も、お千代の名も、聞くのははじめてで、なんとなく、おぼつかなくおもったが、そこは稼(か)業柄(ぎょうがら)、いちいち、客の妙な注文を気にしては、いいお座敷も外してしまう。

そこで注文どおり、葛籠にはいって忍んでいったのだが。

「それが妙なのでございます。お座敷へはいってからも、だれも葛籠を、あけてくれるものがございません。それでそっと、葛籠から外へ、はいだしたのでございますが、なんせめくらの悲しさ、あたりにどんなことがおこっているやら、ちっとも気付かずに、そこらじゅうを撫でまわしていると、そのときそばで、きゃっというような声がきこえましたので……」

それはたしかに女——それも、わかい女の声だった。

春雪は、それが客のお千代であろうと、挨拶をすると、女はいきなり春雪の手をとって、

「春雪さん、こんなところで、まごまごしてると、とんでもないことになりますよ。さあ、外まで手をひいてあげるから、ぐずぐずせずにすぐお逃げ」

女はそういって、むりやりに春雪の体をひったて、外まででると、かれをのこして、いずこともなく、立ち去ってしまったというのである。

これは意外な新事実であった。

するとあの兇行に前後して、ここにひとりの、わかい女が登場してきたことになる。いったい、そいつは何者であろう。そいつが犯人なのだろうか。

春雪のくちぶりをみると、まさか、嘘をいっているとはおもえない。佐七はおもわず、与力の神崎甚五郎と顔見合わせたが、

「春雪さん、おまえさん、うまれは奥州の二本松だそうだね」

「はい、さようでございます」

「お米さん、おかみさんは、江戸者じゃないというが、どこのうまれか知らないかえ」

お米はなにかしら、おもいあたったように、

「そういえば、おかみさんのことばには、ときどきあちらの訛りが、でたようでございます」

春雪はそれをきくと、きゅうにせきこんだ模様で、盲いた目を見張りながら、

「あの、つかぬことを伺いますが、それでおつれあいというのは、画工さんではございませんか」

「春雪さん、画工さんだと、なにか心当たりがあるのかえ」

春雪はそれを聞くと、まるで、瘧にでもかかったように、血相かえて身ぶるいしたが、それっきり、あると

もないとも答えなかった。

千紫の書きおきによると、あきらかに春雪が下手人だとうったえている。

してみれば、千紫と春雪のあいだに、なんらかの、係かり合いのあることは明白だったが、しかし、春雪のようすをみると、かれはいままで千紫のことには、まったく気がついていなかったらしい。

神崎甚五郎はそれでも、唯一の容疑者として、春雪をひったてようといったが、佐七はなにをおもったのか、ひとまずそれを押しとどめ、春雪はいちじ町内預けということにして、かれはそれから、現場へおもむいて屍体をあらためたが、べつに得るところもなく、その日は失望のうちに、お玉が池の自宅へかえった。

ところが、その翌朝のおきぬけに、鶉の介十郎が、あの道具屋の佐兵衛と、もうひとり若い娘をひきつれて、風のように躍りこんできた。

「お玉が池、わかった。春雪はやっぱり、下手人じゃねえらしい。ここにいる娘が生き証人だ。お玉ちゃん、さっきの話をもういちど、ここでしてくれ」

お玉というのはまだ十六七、みなりは粗末だが、どこか、きりりとしたところのあるのも道理、彼女は佐兵衛や春雪と、おなじ長屋にすむ浪人、石田弥兵衛というものの娘だと、みずから名乗った。

「佐兵衛さんにきいていただけばわかりますが、わたしはあの晩、千紫さんにかけ合いがあって、まいったのでございます」

お玉はわるびれずに話した。

あの探幽斎の一軸というのは、じつはお玉の父、石田弥兵衛の手からでたものである。

石田弥兵衛はもと、中国筋のさる大名につかえて、そうとうの身分だったが、ながの浪々にかてて加えて、ちかごろは足腰もたたぬ病気に、ついたくわえも使いはたし、よんどころなく、先祖から伝わっている、探幽の一軸を手放すことにきめ、これを佐兵衛にたのんだのだが、その佐兵衛はまた、そいつを千紫のもとへもちこんだ。

それが、いつまでたっても埒があかぬので、佐兵衛をつうじていったん、あの一軸をかえすよう交渉したが、とかく言を左右にして、千紫はそれを肯こうとしない。劫をにやしたお玉は、そこであの晩、病中の父にかわって、みずからかけ合いにいったのである。

「すると、あのおかみさんの死体でございます。あまりのおそろしさに、気も遠くなるばかり、ぼんやりそこに突っ立っておりますと、そのとき、かたわらにある葛籠から、おなじ長屋の春雪さんが、そろそろ這いだしてまいりましたので、びっくりして、いっしょに逃げたのでございます」

お玉はこのことを、だれにも話さぬつもりでいたが、気の毒な春雪さんに、疑いがかかっているようすに、矢も楯(たて)もたまらなくなって、名乗りでたのだという。

「それにしても、春雪さんと千紫さんは、みょうな縁がございます。このあいだ、春雪さんにたのまれた絵馬を、じつはあっしが、千紫さんのところへ持ち込みましたので」

佐兵衛はそういって、あの奇妙な絵馬のいきさつを、佐七のまえで物語った。

「ふうん、それはみょうな絵馬だな。そして、その絵馬はいったいどこにあるンだえ」

「はい、できるとすぐ、浅草の観音さまの絵馬堂へ、奉納したようでございますから、いまでもそこにあるンでございましょう」

解ける謎絵馬

——春雪坊の世にも哀れな物語——

お玉の話によって、どうやら春雪の疑いはとけたが、それにしても、千紫と春雪のあいだに、どんな係かり合いがあるのだろう。

お米の話によると、お千代はかねてから、春雪に血道をあげていたらしいから、年寄りの嫉妬から、いちずに春雪を、憎んだのかもしれないが、しかし、お千代と春雪のあいだに、とくべつの情交(わけ)があったらしいとはおもえない。

だいいち、あの日まで、春雪はお千代の名前さえ、知らなかったというのに、千紫の書き置きは、その二三日まえに、書かれているのである。

それにしても、お千代はなぜ、春雪にたいして、とくべつの関心をもっていたのだろうか。

どうやらふたりは、同郷らしいから、そこになにか、つながりがあるのではなかろうか。

佐七はそののち、たびたび、春雪を呼びだしてたずねたが、春雪は頑強に、しらぬ存ぜぬのいってん張り、お千代のつれあいが画工ときいたときの、とりみだしたようすなど、気振りにもみせなかった。

劫をにやした佐七は、お米を呼んでたずねてみたが、それまでいちども、春雪が、たずねてきたことはないという。

千紫の兄の其水も、まだ旅からかえってこない。

ここですっかり、捜索の糸のきれたのに、当惑した佐七は、ある日、蔵前のほうへ、用があってまわったついでに、浅草まで足をのばして、あの絵馬堂をのぞいてみた。

それはもうあの一件があってから、一ヶ月ほどのちのことだった。

春雪の奉納した絵馬は、たずねるまでもなくすぐわかった。佐七はしばらく、千紫の筆になる、あの奇妙な謎絵と、睨めっこをしていたが、はたと膝をたたくと、その足で、町内あずけになっている、春雪のもとへやってきた。

「春雪、おまえ、その目がつぶれたのは、どういういきさつからだ」

いきなりズバリときかれて、春雪ははっと顔色をうごかしたが、佐七はすかさず、

「春雪、お千代はおまえのおふくろだな。かくしても駄目だぜ。あの鬼王の絵馬は、歳暮（生母）にうらみがあるという心。また碁打ちのほうは、目のかたきという心だろう」

図星をさされた春雪は、はっと両手をつくと、はらはらと涙を膝へおとした。

「恐れいりました。もうなにもかも申し上げます」

そこで春雪のはなしたところによると、かれはまことにあわれな身の上だった。

春雪は二本松の庄屋のひとり息子で、お千代（本名はお新）はその母であった。

ところが、いまから十二三年もまえのこと、かれの家へ草鞋をぬいだのが、当時、雁金紫紅と名乗っていた、旅絵師の千紫である。

江戸の水であらい上げただけに、千紫はさすがに垢抜けしていた。

また、お千代も田舎でめずらしい美人、いつしかひとめを忍ぶなかになったふたりは、まもなく、良人や子供を振りすてて逃げたのである。

「そのとき、わたしは五つでございました。母のただならぬようすに、行っちゃいや、行っちゃいやと、取りすがると、画工(えかき)の紫紅がなにをしやがると、絵の具皿を、投げつけたのでございますが、そのとき絵の具の朱が目にはいって……」

　朱には水銀が交っているからたまらない。春雪はそのときから、目がつぶれてしまったのである。

「しかし、わたしの目など、どうでもよろしゅうございます。かわいそうなのは父で、それからどっと患(わずら)いついて、まもなくあの世へ旅立ち、家はそれっきり、つぶれてしまいました」

　その日からおよそ十年、春雪は母のことを、忘れた日とてなかった。ところが、去年の秋、かれのふしぎな謎解きの才能が、旅まわりの興行師のみとむるところとなり、そのつてで出府したのだが、かたときも忘れられない無情の母と、ふたつにはじぶんの目をつぶした、かたきの紫紅にめぐりあいたいと、ああいう奇妙な絵馬を、奉納したのだった。

　しかもかれは、その絵馬を描(か)いてくれた画工(えかき)こそ、当の紫紅とは、夢にもしる由がなかったのである。

「なにしろわたしはこのように、目が不自由なうえに、ずいぶんむかしのことゆえ、にくい紫紅の顔もおぼつかなく、ただ手掛かりとなるのは、紫紅の左の腕にある、大きな牡丹(ぼたん)のかたちをした、痣(あざ)だけでございました」

　春雪はそういって、またしてもみえぬ目より、はらはらと涙をおとすのである。

「なるほど、すると、紫紅の左腕には痣があるのかえ」

「はい、牡丹のかたちをした痣がくっきりと……」

「よし、いいことを聞かせてくれた。春雪さん、いずれ礼はあとでするぜ」

　なんとおもったのか佐七は、いきなりそこを飛びだすと、千紫のもとの住家(すみか)へやってきたが、あたかもよし、そのときお米が、怯(おび)えたような表情(かお)をして、表にたたずんでいるところだった。

「ああ、親分さん」

　お米は佐七の顔をみると、いきなり、

「ちょうどよいところでございました。いま向こうへいくのが其水(きすい)さんで、旅で顔に大火傷をしたとかで、それはそれは恐ろしい顔になって、わたし、すっかり見違えてしまいました」

それをきくと人形佐七、ギクリとした面持ちで向こうをみると、いましも総髪の男が、みるからに、尾羽うち枯らした風体で、とぼとぼと両国橋へさしかかる。

佐七はすぐにそのあとを追っかけた。

証拠の牡丹

——その顔は眉もなければ睫もない——

「あ、もし、そこへおいでになるのは、天運堂さんじゃございませんかえ」

両国橋のうえだった。

うしろから、佐七にこう呼びとめられた、天運堂其水は、疲れたような足をとめると、ぼんやりあとを振りかえったが、ひとめその顔をみたとたん、さすがの佐七も、おもわずぎょっと息をのんだのである。

なるほど、これじゃお米が怯えたのもむりはない。

其水の顔には、眉もなければ睫もない。

顔いちめん赤くやけただれて、小鬢は、むしりとったように剝げあがり、片目は引きつり、もの凄いともおそろしいとも、いいようのない醜怪さなのだ。

「はい、わたしに、なんぞご用でございますかな」

佐七の顔をみても、其水のおもてにはなんの感動もあらわれない。

ぼんやりと、放心したような目差しは、旅先で遭ったおのが災難を、くやんでいるのか、それともじぶんの留守中におこった、兄弟の不幸をいたんでいるのか。

「おまえさんが、あの千紫さんの兄さんですね」

「はい、さようで」

其水は水銀でも飲んだような、がらがら声でそういうと、さすがに瞳をおとして足許をみる。

「こんどはまた、とんだことになりましたねえ。千紫さんご夫婦も、まったく、お気の毒なことになったもンですが、おまえさんも、さぞ驚きなすったことだろう。お力落としでもありましょうねえ」

「驚いたかとおっしゃるので？　はい、それはずいぶん驚きました。しかし、力落としかどうか、じぶんでもわかりません」

「へへえ、それはまたどうして？」

「なに、どうしてってわけじゃありませんが、千紫とわたしとは、もともと、あまり仲のよい兄弟じゃありませんので。あいつはいたって不人情なやつで、兄のわたしが困っていても、めったに助けてくれたことはありません。こんなことになるのも、日頃から、兄を粗末にした、天罰でございましょうよ」

其水は咽喉にかかったような声で、気味悪く笑うのだが、なにせあの化け物みたいな顔だから、いや、そのものすごいこと。

「なるほど、それじゃ、おまえさんがた兄弟は、日頃、あまり、往来をしていなかったので？」

「往来？　わたしのほうから訪ねていけば、剣もほろろのあいさつだし、千紫のほうから訪ねてくることは、まちがってもありませんから、往来していたなんて、義理にもいえません」

「ふむ、そうすると、おまえさんはこんどのことについて、下手人の心当たりはありますまいね」

「下手人の心当たり？」

其水はひとりごとのように呟いて、

「むろん、わたしに心当たりなど、あろうはずはございません。しかし……いま、お米にきいたところじゃ、千紫のやつは、わたしになにか書き置きを、残していったというじゃありませんか」

いいながら、其水はじっと佐七の顔をみる。

「ふむ、その書き置きだが、これはお上の手でひらいてみたんだ。そのなかにじぶんの身に、万一のことがあれば、下手人は謎坊主の、春雪だと書いてあるんです。おまえさん、それをどうおもいますね」

「どうおもうも、こうおもうもありません。千紫がそう書いているのなら、その春雪とやらが、下手人にちがいありますまい」

「おまえさんは春雪を、知っていなさるかね」

「さあてね、どこかできいたような名前だが」

「いや、その春雪について、おもしろいことがあります。春雪というのはいまでこそめくらだが、そのむかし、まだ幼いじぶんには、りっぱに目があいていたんです。そのじぶん春雪は、千紫さんをよく知っていたそうだが、いまでもはっきり憶えているのは、千紫さんの左の腕に、牡丹がたの痣があったそうで」

「…………」

「ところが、おもしろいじゃありませんか。このあいだ井戸からでてきた首なし死体には、痣なんか、これっぽっちもなかったンですぜ」

「あの、なんの話か存じませんが、わたしは少々急ぎますので、これにてごめん蒙ります」

「いや、もうすこし待っておくんなさい。おまえさんも兄弟のことだから、よくしっていなさるだろうが、千紫さんの左の腕に、牡丹がたの痣があったか、なかったか……」

「さあ、なにしろ長いこと会わないので、そんなことは忘れましたが……、では、これにてごめん蒙ります」

「おっと、ちょっと待ちねえ」

行きすぎようとする其水の左の腕を、やにわにむんずとつかんだから、おどろいたのは其水だ。

「あ、なにをする」

「なにもへちまもあるもンか、おまえの左腕をみてえのだ」

ぐいとまくりあげた其水の左の腕には、まごうかたなく、牡丹がたの痣がありありと。……

「あ、なにをしやアがる」

「其水、いやさ、千紫、うまく狂言書きゃアがったな。あの井戸からでてきた死体こそ、きさまの兄貴の其水だろう」

「畜生ッ」

叫ぶとみるや、やにわに懐中から抜きはなったのは匕首だ。そいつを逆手に、遮二無二突いてかかるのを、

「なにをしやがる」

二三合渡りあっているうちに、匕首を叩きおとされ、もうこれまでとおもったのか、あっというまもない、とっさに、橋の欄干をおどり越えると、ざんぶとばかりに、河のなかへとび込んでしまったのである。……

千紫のからだはそれからまもなく、土左衛門となって浮きあがったが、悪人の多いなかに、これほどわるいやつもなかっただろう。

謎坊主の春雪からたのまれた、あの二枚の謎絵馬、その謎を解いた千紫は、いっぽう女房お千代の素振りから、春雪こそ、じぶんをねらうかたきとしったから、さあ、恐ろしくてたまらない。

いまにお千代が手引きして、春雪にじぶんを討たせるのではあるまいかと、そこは脛に傷をもつ身の、みょうに邪推したかれは、先手をうって、女房お千代をころし

たのだが、それではじぶんに、疑いのかかるおそれがある。

　そこで日頃から、仲のわるい兄貴の其水をおびきよせ、これを殺して、こいつをじぶんの身替わりにたてたのである。こうしてじぶんは、死んだものになって、身を隠したのだが、これにはもうひとつ目的がある。

と、いうのはすなわち、お玉の父の弥兵衛から、あずかった探幽の一軸である。

　いうまでもなく、あの一軸はほんものだったから、その当時の値段にしても、莫大な財産だったにちがいない。

　おおかた、其水に化けてほとぼりのさめるのを待ち、上方へでも立ちのいて、ひそかにこれを、売り払おうという魂胆だったのだろう。

　それにしても、わるいことはできないもので、女房を殺してしまえば、だれしる者もないとおもっていた、あの痣の秘密を、当のかたきの春雪がおぼえていて、それから罪が露顕したのだから、けっきょく、千紫は首尾よくかたきを、討たれたかたちになった。

　春雪があの晩、葛籠(つづら)にはいって呼びこまれたのも、お千代はすこしも知らぬことで、みんな春雪に、罪をきせようという千紫の魂胆、いや、どこまでわるいやつかしれなかった。

　そののち、一軸はぶじに、お玉親子の手許へかえったが、縁というものはふしぎなもので、このことがあってから、おなじ長屋のお玉と春雪、みょうに心と心がかようて、それからまもなく、夫婦になったという。

　母のあわれな最期(さいご)をしった春雪は、おそらく、マザー・コンプレックスから解放されることだろう。

歎きの遊女

人形佐七捕物帳

中で目立ったひょっとこ面
——騒ぎのあとには死人がひとり——

「親分、いかがです。へへへ、ひとつ当たってみやしょうか」

「なんだえ、辰」

「お隠しなすってもいけません。むこうの花のかげで、女中あいてに茶をたてているご新造（しんぞう）、いい女じゃありませんか。あれなら親分が、魂をスッとばしても恥ずかしかアねえ。あれ、いやだな。ほら、ほら涎（よだれ）が垂れますぜ」

「ばかなことをいやアがる。ひとが笑うぜ」

にが笑いしたのは人形佐七。

ことしにわかに、パッと売り出した佐七は、いまでは巾着の辰という乾分（こぶん）もある。腰巾着の辰、すなわち巾着の辰である。

佐七は辰にからかわれて、人形のような頬を染めたが、それでもまんざらでもなさそうに、

「辰、それにしてもありゃ何者だろうな。どうせ堅気じゃあるまいがお囲いもンかな」

「へへへ、よっぽど気になるとみえますね。どれ、この巾着の辰が使いやっこになって、お伺いを立ててきますべえか」

「ばか、みっともねえ真似はよしねえ。いいから、もう少し、ここでようすを見ていろ」

ご近所の義理で、柄にもなく飛鳥山（あすかやま）へ、お花見にと繰りこんだ佐七だった。

だが、なにがさて当時の飛鳥山ときたら、「八笑人」にもあるとおり、賑やかなとか騒々しいとかいうだんじゃない。まるでもう気が狂ったような騒ぎ。おまけに佐七の連中ときたら、神田でうまれて、神田でそだった生えぬきの江戸っ児、遊び好きの、洒落（しゃれ）好きの、芸人ばかりそろっていたから、やれ芸尽くしだの茶番だのと、うっかりつきあっていると頭痛がしそうだ。

いいかげんに座をはずした佐七は、気に入りの乾分、巾着の辰五郎というのをつれて、いましも、ひとかげまばらな花の下で、いい気持ちに酒の酔いをさましているところだった。

その佐七の目に、ふとうつったというのが、少し離れたむこうの花の下で、女中あいてに静かに茶を立ててい

る女、年は二十二か三か、まったく水の垂れそうないい女だ。

　どう見ても素人とはみえないが、それでいて、どこかきりりとしたところがあり、といっておつに澄ましているのでもない。さんざ道楽をしぬいた佐七でさえが、おもわず見惚(みと)れるほどの女振り。

「親分、これからむこうへ押しかけて、茶の所望をしようじゃありませんか。どうせ花見の席は無礼講だ。親分はあの新造と話をしなせえ。あっしゃ女中のほうに当たってみやすから」

「なにをいやアがる。ああして茶を立てているところをみると、待ち人があるにちがいねえ。ばかをすりゃとんだ赤っ恥をかくぜ。ほら、みろや、むこうのほうでも、じっとあの女をみているお侍があらあ」

　なるほど、少しはなれた花の下から、五十がらみの浪人ていの侍が、編み笠片手に、じっと女のほうを眺めていたが、なんとやら、その目付きが佐七には気になった。

「なあに、ありゃなんでもありませんのさ。お侍でも浪人でも、いい女はやっぱりいい女だ。それにしても野郎、年甲斐もなく涎の垂れそうなつらアして、気のくわねえさんぴんだ」

「ばか、大きな声をしやアがって、きこえるぜ」

　佐七があわてててとめたが遅かった。浪人は鋭い目でジロリとこちらをみると、すっぽりと編み笠をかぶりなおして、逃げるように去っていく。

「それみねえ、だからいわねえことじゃねえ」

　佐七はさすがに気の毒に思ったが、酒の元気で辰はいっこう平気なものだ。

「はっはっは、逃げていきやアがった。聞こえたってかまうもンか。それより、親分、あ、いけねえ、いつのまにか、先客がとび込みやアがった」

　なるほどみれば、例の女のそばへ、そのとき、足許も危なくよろよろと、転げこんだ男がある。紺かんばんに下帯一本、ふうの悪い折助が、酔いにまぎれて悪ふざけをしているらしく、女はきっと柳眉(りゅうび)を逆立て、いずまいを直(ただ)した。

「そうら出やアがった。親分、いまだ。おまえさんがあの女を助ける。女のほうからほの字とくらあ。お誂えむきの人情本さね」

「なにをいやアがる。ばかも休みやすみいえ」

なんとやら、さっきの浪人の目つきが気になる佐七は、依然無言のまま、むこうのようすを眺めていたが、折助の悪ふざけは、しだいに露骨になってくる。もうこれ以上、捨ててはおけない。佐七が腰をあげようとしたときだ。

女の肩にしなだれかかった中間（ちゅうげん）が、なにやら、その耳にささやいたかとおもうと、いままで逃げ腰になっていた女が、ハッとしたようすで、あいての顔を見直したから、おや、こりゃ風向きが変わってきたぞと、佐七がおもわず二の足を踏んだのが、あとから思えばそもそも間違いのもと。

ちょうどそのとき、むこうの花のふもとから、わっしょい、わっしょいと肩組みあって踊り出してきたのは、十五、六名の若いもの、揃いの衣裳に、めいめい花見のお面や目かつらをつけたのが、いきなりわっと女と中間のまわりを取り巻くと、手を握るやら、しなだれかかるやら、だんごのように揉みあって、いやもう、たいへんな騒ぎになった。

なかでもひとり、ひょっとこの面をかぶっている男、そいつだけ衣裳がちがっているのだが、それがひとりで暴れているのが目についた。

「畜生ッ、いやなわるさをしやアがる」

「だからいわぬこっちゃねえ。親分がはやくとび出さねえからですよ」

だが、その騒ぎもながくはつづかなかった。さんざっぱら暴れまわった若いものが、わっと歓声をあげて、四方に散ったあとには、女と女中と、例の紺かんばんの三人だけ。

佐七はふいにはっと顔色かえ、

「おい、辰、いま逃げていったやつを引っ張ってこい」

「へえ」

「へえじゃねえ。人数はたしかに十五、六人、のこらずここへ引っ張ってくるんだ」

いいも終わらず、たたたたと女のそばへ駆け寄って、

「ご新造、こ、これはいったいどうしたンですえ」

「はい」

さっきの騒ぎで逆上したのか、ほんのりと頬を染めた女は、女中とふたり、瘧（おこり）が落ちたようにきょとんとしていたが、佐七に指さされてひとめ、中間のほうへ目をやるや、

「あれえっ」

と、叫んで、女中のからだにしがみついた。

むりもない、中間の咽喉にはぐさりと一本、銀簪が、深く食いこんで、あたりはいちめん唐紅。むろんすでにこときれていた。

「野郎、やりゃアがったな」

それとみるより巾着の辰、尻端折っていちもくさんに駆け出した。

風呂敷の中は血塗れ獄衣

——中間のことばに顔色が変わった——


さあ、たいへんだ。

花見るひとの長刀どころの騒ぎじゃない。げんにここにひと殺しが行なわれたのだ。しかもじぶんの面前で、あっというまに演ぜられたこの惨劇に、佐七が地団駄ふんで、くやしがったのもむりはない。

ちょうどさいわい、おりから与力の神崎甚五郎が手先をつれて、このまわりに出廻っていたが、騒ぎを聞きつけてすぐ駆けつけてきたので、花見の席はたちまち、取り調べの場と早変わりをする。

女の名はお粂、としは二十三、親も親戚もなく、そこにいるお銀という、ことし二十五になる女中のほかに、数人の女とともに、お茶の水に住むものとばかり、それ以上、多く語ることを好まないらしいところをみると、最初、佐七がにらんだとおり、お囲いものかなにかであろう。

「ところで、お粂とやら、この男に見覚えがあるか」

「いいえ、それがいっこう。お銀、おまえ知っておいでかえ」

「いいえ、わたしも、いっこうに存じませぬ」

女中のお銀というのは、いかにもしっかりものらしい中年増だったが、これも唇をふるわせて否定する。

「でも、ご新造、この簪はたしかおまえさんのものでしたねえ」

「あれ」

女はおもわず頭に手をやって、

「まあ、それではさっきの騒ぎのあいだに、だれかが抜きとったのでございましょうか」

「ふうん、すばしっこい真似をしやアがる。しかし、おまえさん、ほんとうにこの男に見覚えはありませんかえ」

「はい、いっこう。ふいにここへ躍りこんで、なにやらいやらしいことばっかり」

「そいつはあっしもむこうから見ていたが、こいつなにか、おまえさんにいやアしませんでしたかえ」

「え？」

「いや、これはあっしの当て推量だが、こいつのことばでおまえさんの、顔色が変わったようにみえたからさ」

　女はハッと顔色を動かしたが、

「いえ、あの、それは親分のお目ちがいでございましょう。いっこうそのような覚えは」

「ないといいなさるか」

「はい」

「なるほど、するとあっしの思い過ごしか。いや岡っ引きというやつは、疑り深いものと思いなさるだろう。はっはっは。ときにここにある風呂敷包みは、おまえさんがたのものですかえ」

　佐七は踏みにじられた緋毛氈のうえから、垢じんだ浅黄色の風呂敷包みをとりあげた。

「ああ、それならそこにいるそのひとが、持ってきたものでございます」

　女中のお銀が倒れている中間を指した。

「なるほど、この野郎のものか。旦那、なかを調べてもかまいませんか」

「よかろう、開けてみろ」

　甚五郎の許可に、手早く結び目をひらいた佐七は、風呂敷のなかから出てきたしろものをひろげてみて、おもわずハッと顔色をかえた。

　なかみは水浅黄色の単衣いちまい、しかもこれがただの単衣ではないのである。その両脇には、槍でついたような孔がひとつずつあいていて、しかもそこから脇腹へかけて、べっとりと黒い血がしみついている気味悪さ。

「なんだ、こりゃお仕置き人の獄衣じゃないか」

　さすがの甚五郎も、職掌柄なれているとはいえ、あまり意外なしろものに、おもわず顔をほかへそむけるのだ。

「旦那、そうらしゅうございますね」

　品もあろうに三尺高い木のうえで、ありゃりゃという非人の掛け声もろとも、処刑をうけた仕置き人の、不浄の獄衣というのだから、この花のお山の出来事にしちゃ、あまり話がかけはなれている。佐七が顔色をかえたのもむりではない。

　おりからそこへ巾着の辰が、さっきの騒ぎの十数名、揃いの衣裳のわかいものを、まるで金魚のうんこのように、ゾロゾロあとに従えてかえってきた。

撫子浴衣にひょっとこの面
——その東雲はわたくしでございます——

「親分、やっと探してきやした。ひでえ野郎どもじゃありませんか。またむこうのほうで、さんざん暴れていやアがるんです」

　みちみち辰の口から、このおそろしい出来事を聞きしったとみえて、総勢十五名のわかいものは、さっきの勢いはどこへやら、酒の酔いもさめはてて、青菜に塩とばかり、すっかりしょげきっている。

「旦那え、どうもすンません。いま承りますと、とんだことが持ち上がりましたそうで。まさかあっしらの仲間に、そんなだいそれた真似をするやつはあるまいと思いますが、どうぞご得心のいくようお調べ願います」

　なかで頭立ったのが、いたみいって頭をかいた。

　この一行は下谷練塀町にすむ棟梁、染五郎というものの身内の連中で、みんな素性のわかったものばかり。酒のうえからついあんな悪戯をしたが、だれひとり、殺された男を見知っているものはないという。

「それにしてもふしぎですね。おまえさんたちが暴れ込むのを待ちうけたように、こんな騒ぎが起こったンですから、あまり平仄があいすぎましたね」

「いや、そのお疑いはごもっともで。それについてここへくるみちみち、みんなと話し合ってみたんですが、おい、留、ここへ出ろ、てめえからさっきの話を申し上げてみろ」

「へえ、へえ」

　一同のなかから現われたのは、大工にはおしいような、ちょっと凄味のあるいい男、小博奕でも打ちそうなやつが揉み手をしながら、語ったところによると——

　あの騒ぎの起こる少しまえのこと、染五郎の身内十五名のものは、少しはなれたむこうの桜の下で酒宴を張っていた。持ってきた酒もあらかた片づけて、みんなもういいかげんに酔っ払って、なかには管を巻くやつ、鼻唄をうなるやつ、留吉はひとり離れて、ぼんやりと風をいれているると、そこへやって来たのが、ひょっとこの面をかぶった男で、

「兄哥、どうしたい、ひとつついこう」

と、なれなれしく盃をさした。

面をかぶっているから人相はわからないが、衣裳がちがうから、むろん身内のものではない。しかし、花の山にはよくある慣い、留吉も遠慮なく盃をうけ、しばらくふたりでいい気持ちになって、さしつさされつしているうちに、

「おい、兄弟、むこうのほうに、そりゃ凄いような新造がいるから、ひとつあの女を、からかってやろうじゃないか」

と、そいつがいい出したのである。

「よかろう、そいつはおもしれえ」

留吉が勢いこんで、他の連中を誘うと、そこはみんな若いもの、ましてやお神酒がいいぐあいに廻っているのだ。たちまちわっと沸き立って、ああいう騒ぎがはじまったのである。

「それで、そのひょっとこ面の男はどうしましたえ」

「それがわからねえンで。ここで揉み合っているときにゃ、たしかにいたんですが、あん畜生、いつの間にやら消えちまやアがった」

むろん当の留吉が知らぬくらいだから、他の連中に心当たりがあろうはずはなかった。

しかし、留吉の話に、嘘があろうとは思えない。げんに佐七はじぶんの目で、ひょっとこ面の男がひとり、暴れているのを目撃しているのだ。他の連中が団子つなぎの揃いの衣裳を着ているのに、そいつだけが、撫子の浴衣をきていたのも覚えている。

念のため、十五人の体をしらべてみたが、だれもひょっとこの面を持っているものはいなかった。こうなると佐七も困じ果てる。

みんな悪いことをしたのには違いないが、それとて、法に触れるほどのことでもない。花の山で女をからかうぐらいのことはありがちなこと。あいてに危害でも加えたというならともかく、そうでもないのだから、罰しよ

うにも罰しようがない。と、いって、下手人にたくみに利用されたからには、係かり合いたるはまぬかれぬ。

　佐七は与力の神崎甚五郎とも、よく相談したあげく、

「よくわかりました。おまえさんがたにゃ、おぼえがないとしても係かり合いだから、町内預けぐらいのことは、覚悟してもらわにゃなりません」

「へえへえ、どうも恐れ入ります」

「ところで、その沙汰は追ってのこととして、きょうのところ、おまえさんがたにひとつ頼みがある」

「へえ、そりゃもう、どんなことでもいたします」

「頼みというのはほかでもない。おまえさんがたで手分けをして、これから撫子浴衣に、ひょっとこ面の男を探してもらいてえンで」

「ああ、そんなことなら造作ありませんや。おい、みんなきいたか、撫子の浴衣にひょっとこ面の男だよ。それ、行け」

　頭立ったやつの命令に、若いものがバラバラと散ったあと、なに思ったのか留吉のみは、妙にもじもじしながらあとに残っていたが、

「親分え、じつアさっき、申し忘れたことがございますンで」

「なんでえ、留さん」

「へえ、じつはさっき、ひょっとこ面の男がこう申しましたンで、むこうにいるのはありゃ、元吉原(よしわら)の玉屋(たまや)で全盛をうたわれていた、東雲(しののめ)という太夫だとこう申しますンで。なんせ東雲太夫なら、こちとらのようなもンでも、名前ぐらいは知っていようという名高い花魁(おいらん)、それでつい、ああいう悪戯をやっちまったんでございます」

「なんだえ、東雲太夫だと？」

　東雲太夫なら佐七もその名をしっている。

　二束三文のはした女郎とちがって、いわゆる大名道具、花魁(おいらん)の価値のだいぶさがったそのころでも、東雲太夫といえば、嬌名一世にうたわれたものである。

　佐七もかねて、名前を聞いていたからおどろいて、

「して、して、その東雲太夫はどこにいるンだ」

「はい、あの、その東雲はわたくしでございます」

　お粂がそのとき、ポーッと頬をそめ、白魚のような指を緋毛氈のうえについたから、佐七は二度びっくり。佐七がおもわず見惚れたのもむりはない、この女こそ、一世を風靡(ふうび)した遊女、東雲の成れの果てだったのだ。

奇怪なるお迎え輿

——騙されてうれしいのは人形佐七——

お茶の水と神田お玉が池といえば、つい目と鼻のあいだ、そのちかまにあんな美い女が住んでいたのかと、佐七はいまさら、じぶんの迂闊さが腹立たしくなってくるくらいだ。

あれからというもの、佐七の目にはお粂の面影がちらついて離れない。これを大げさにいうと、寝ては夢、起きてはうつつまぼろしのというやつである。

岡っ引きが女に惚れたというと、いささか話が妙だが、岡っ引きとて生身のからだ、ましてや血の気の多い人形佐七、しかもうまれつきどういうものか、女にはいたって目のないほうだから、佐七がそれ以来、東雲花魁のまぼろしに、いちじにボーッとしてしまったのも、これまたむりのない話。

飛鳥山のひと殺しは、ついに下手人はわからずじまい。下手人はおろか、被害者の身許さえ判明しないのである。

染五郎身内の若いものが、せっかく手分けして山中を狩り立ててみたけれど、むろんそのころまで、目印の衣裳、お面でうろついているほど、犯人は愚かなやつではなかった。

見つかったのは、桜の枝にブラ下がっていた撫子の衣裳と、ひょっとこの面ばかり、それがあたかも佐七の愚を、嘲笑するかのように風に吹かれているのを、若い衆のひとりが発見したのである。いうまでもなく下手人は、はやくも衣裳をかえて逃走したのである。

場所は飛鳥山だから、佐七はかならずしもこの事件に、責任をもつ必要はなかったのだが、しかし、なんといってもじぶんの眼前で、行なわれた事件だけにくやしさは一杯。

それに気にかかるのはお粂の身辺だ。事件は偶然、お粂の身辺で演ぜられたのだろうか。それとも、お粂になんらかの係かり合いがあるのだろうか。

佐七にはどう考えても後者のように思われる。花のかげから、お粂のほうを見ていたあの浪人ものの目つきといい、はたまた、折助のもっていた風呂敷包みのなかから出てきた、あの気味悪いお仕置き人の血まみれ獄衣といい、あのうつくしい遊女の身辺に、なにかしら容易ならぬ悪企みが、計画されているように思われてならぬ。

ああ、あの女の力になってやりたい。そしてこのおそろしい事件から、あの女を救ってやりたい。あれから三日、佐七が寝てもさめてもそんなことを考えているところへ、乾分の巾着の辰が、風のように舞いこんできた。

「親分、たいへんだ。留吉の野郎が姿をかくしやアがった」

「なんだ、留吉の野郎が逃らかったと？」

「そうなンで。あっしゃはなからあの野郎を、臭いとにらんでいたんです。大工のくせに、いやに目つきの鋭い野郎で、それに極内で、小博奕にも手を出しているという話もあります」

「よし、支度をしろ」

　佐七がすっくと立ち上がったときである。表へとまった駕籠一挺、音羽のこのしろ吉兵衛が急病だから、すぐこの駕籠できてくれという口上である。

　おりもおり、佐七はちょっと眉をひそめたが、このしろ吉兵衛といえば、佐七にとって親代わりの恩人だ。御用も御用だが、このほうも捨ててはおけぬ。

「おい、辰や、聞いてのとおりだから、おれアちょっと音羽のほうへ顔を出して、それから下谷へまわるから、てめえひとまず染五郎のほうへいってろ」

「おっと、合点。音羽の親分によろしくいっておくんなさい」

　巾着の辰が尻端折ってとび出したあと、佐七が表へ出てみると、迎え駕籠というのは辻駕籠ならぬ、りっぱな朱塗りの駕籠。

「おや、これがあっしの駕籠ですかえ」

「へえ、ちょうどほかのが出払ってましたもンで」

　ふかくも怪しまず佐七はその駕籠にのったが、しばらくいってふと外をみると、どうやら方角がちがっている。

「おや、若え衆。こりゃ道がちがやアしねえかえ」

「お静かになさいまし」

　駕籠の外からこたえたのは、意外にも女の声だった。

「え？」

「けっして悪いようにはいたしませぬ。仔細あってあからさまに、おまえさんをお迎えすることのできぬもの。いつわりを申して申しわけございませんが、どうぞ黙って乗っていてくださいまし」

　それからあとはうんともすんとも答えない。ただ、ひたひたと草履の音が、駕籠のそばにきこえるばかり。

「ふうん、こいつはおもしろくなってきたわい」

佐七は駕籠のなかで腕をくんだまま、黙りこくって成り行きにまかしている。

やがて駕籠は大きなお屋敷のなかへはいった。玄関からそのまま座敷へ通される。そこでドシンと息杖をおろすと、

「あ、お連れ申してくれましたかえ」

と、聞きおぼえのある女の声。佐七はそれをきくとおもわず、ぎょっとして、全身が火のようにほてるのを感じたが、やがてスラリと駕籠の戸を外から押しひらき、

「親分さん、無礼なお迎え、どうぞ堪忍してくださいまし」

駕籠のまえに手をつかえたのは、佐七が夢にも忘れることのできぬ、遊女東雲のお粂だった。こんな嬉しい迎えなら、いくら騙されてもいいとばかり、佐七のやつ、おもわずポーッとなりやアがった。

ふしぎなお粂の身の上噺(ばなし)
――素性を知りたくば飛鳥山へ――

「花魁、いやさ、お粂さん、こりゃいってえどうしたことでござんす。用事があるならそういってくださりゃ、すぐにもとんでめえりますものを、おまえもよっぽど物好きじゃねえか」

「なんとも申しわけございません。でも、これにはいろいろ仔細のあること。親分さん、どうぞわたしを助けておくんなさいまし」

惚れた女から、こうじっとうわ目で見られて、佐七はおもわず、ぶるぶるぶるッと身顫(みぶる)いをした。

「助けてくれとは、お粂さん、そりゃいってえどういうわけですえ」

「はい、それをお話するにはどうしても、ひととおり、わたくしの身の上からお話し申し上げねばなりません。どうぞ聞いてくださいまし」

こう前置きして、お粂の語った話というのは、だいたいつぎのとおりである。

お粂は、父も知らなければ、母も知らず、じぶんが何

者であるか、まったく知らぬあわれな孤児。七つのときに吉原の玉屋へ売られ、二十二になる去年まで、東雲と名乗って全盛をうたわれていたが、去年の暮れのことである。

茶屋から名指しであがった客がある。宗十郎頭巾でおもてをつつんでいるので、よくわからなかったが、そうとう年輩のお武家である。

侍は頭巾を脱ごうともせず、また床（とこ）へ入るのでもなく、ひと晩東雲と語り明かしてかえったが、それから三日目、莫大な身代金（みのしろきん）をつんで、東雲を落籍（みうけ）し、このお屋敷へ住まわせたのである。

武家はそれから、月にいちどずつこの屋敷へやってくる。しかしいつも頭巾で面（おもて）をつつみ、身分を明かすのでもなく、姓名を名乗るのでもない。

また、東雲を落籍したのだが、けっして色恋の沙汰でない証拠には、いままでついぞ、いやらしい素振りをみせたことがない。ただ半刻（はんとき）あまりしずかに茶を飲み、なにくれとなく、お粂の身の上話など聞いたうえ、月々の仕送りをおいて、いずこともなく立ち去るのである。

お粂はひょっとすると、これはじぶんの親戚（みより）のものか、それとも父を知っているひとでもあろうかと、ときどき口裏（くちうら）をひいてみるが、その話になるとあいてはいつも、ことばを濁すばかりか、けっしてじぶんの身分姓名を、知ろうとしてはならぬ、また、じぶんのあとをつけたり、またひとにこのようなことを話してはならぬと、かたく申しつけるのであった。

この素性の知れぬ人物の世話になっていることが、お粂にはしだいに気味悪くなった。そこへもってきて、このあいだ、知らぬ男より、とつぜん妙な手紙が舞い込んだのである。

仔細（わけ）あって、わたしはおまえの素性を知っている。またおまえの父の遺品（かたみ）も持っている。おまえがじぶんの素性を知りたくば、あす、飛鳥山へ花見にこい。そのとき、おまえの身分を知らせてやろうし、また、おまえの父の遺品を、わたそうという手紙なのである。

「それで指図どおり、飛鳥山へまいりましたところが、あのような騒ぎが起こりましたので、わたしには、なにがなにやらわかりません」

「ふうん」

あまり奇妙なお粂の話に、佐七はおもわず吐息をつい

て、

「すると、あの折助は、おまえさんに素性を教えようとしたのかえ」

「はい、そうらしゅうございます。いろいろ悪ふざけをいたしますので、逃げようとするはずみに、きのうの手紙を見なすったか、と、こう、耳もとでささやきます。ハッとして顔を見なおし、これからわけを聞こうとするところへ、ああいう騒ぎが持ちあがったので、せっかくのところ、そのあとが聞こえませんでしたのが、いかにも残念でなりません」

「するとなんだね。おまえさんに身分を知らせたくない男が、あの折助を殺ったとみえるが、それにしても父つぁんの遺品というのは？」

「それがあの騒ぎで、つい、貰うことができませんでしたが、ひょっとすると、あの風呂敷包みではないかと思うと……」

お粂はそういうと、おもわず色蒼ざめて身をふるわせた。むりもない、それが父の遺品とすれば、お粂の父は、じつにお仕置き人ということになる。

佐七はいまさらのように、このあやしい因縁につきまとわれた、うつくしい女の顔を、哀れぶかく見直さずにはいられなかった。

「それで、花魁、いや、お粂さん、きょうあっしをお招きなすったのは？」

「さあ、それでございます。このような恐ろしいことが起こってみれば、どのようなことをしても、わたしはじぶんの素性を知らずにはおられません。それで、親分さんにお願いというのは、いつもくるお侍のあとをつけていただきとうございます」

「ほほう、侍のあとをつける？」

「はい、あのひとなれば、きっと詳しい事情を知っているのに違いございません。ちょうど、さいわい、きょうはあのひとがくる日ゆえ、おまえさんにあとをつけていただいて、むこうの身分姓名を、しっかと突き止めていただきとうございます。わたくしもこうなったら、たとい父が非人乞食、あるいは天下をねらう大罪人でも、はっきりと、身の素性を知りとうございます」

お粂はわっと、佐七の膝に泣き伏した。

意外、ひょっとこ面の謎

——佐七はお粂の手をとり引き寄せた——

それからおよそ、一刻あまりのちのこと。

お茶の水から本郷、本郷から上野へと、佐七はおりからの朧月をさいわいと、必死となってひとりの武士のあとをつけていた。

いうまでもなくその武士は、たったいま、お粂の寮から出てきた人物、すっぽりと宗十郎頭巾に面をつつみ、とぼとぼと肩を落としてゆくうしろ姿の、なんとやら異様に淋しくみえるのが、佐七の胸を強くうった。

「あいつだ、たしかに飛鳥山の花の下で、じっと花魁のほうをみていた男だ」

顔は見えない。

しかし、朧月夜に浮き出したそのうしろ姿に間違いはない。佐七はいまにも、躍りかかって引っ捕えようかと思ったが、お粂の頼みを考えると、すぐその考えを揉み消した。お粂はただつけてくれろとばかり、捕えてくれとはいわなかった。

佐七がつけているのを知ってかしらずか、武士は鶯谷のほうへ下りてゆくと、ある大きな冠木門のなかへスィと吸いこまれてゆく。

その武士のうしろ姿を見送っておいて、佐七も屋敷のなかへ忍び込んだ。と、まもなく、ぴったり、閉した雨戸のなかから、カンカンと鉦をたたく音。

おりがおりだけに、その鉦の音の異様な淋しさが、佐七の胸にしみとおった。

息をころして佐七が、雨戸の外でうかがっていると、やがてプッツリ鉦の音もやみ、やがて、プンと鼻をついたのは線香の匂いだ。

「はてな」

佐七がいよいよただごとならずと、庭に踏みこみ、雨戸に手をかけたときである。冠木門のまえに、一挺の駕籠がとまったかとおもうと、転げるように出てきたのは意外にも、たったいま、別れてきたばかりの東雲のお粂ではないか。

「おや、お粂さん、おまえどうしてここへ」

「おお、親分さん、あのひとは――？　あのひとは――？」

お粂の声はうわずって、眼の色もただごとではない。

「あいつはたしかに、この家のなかにいますぜ」

「早くきておくんなさい。おお、もう遅すぎたかもしれぬ」

しどろもどろのお粂のようすに、佐七はなにがなにやらわからぬながらも、雨戸を蹴破りなかへ躍りこんだが、その拍子に、さすがの佐七もおもわずその場に立ちすくんだ。

座敷のなかは唐紅。その血の海のなかに、三人の男が死んでいるのだ。

そのなかのひとりはいうまでもない、さっき佐七があとをつけてきた武士、これはみごとに腹かっさばいて、はや虫の息だった。

もうひとりの男は、これも武士だが、腹かっきった男に、どこやら容貌の似かよったところがあるのをみれば、どうやら兄弟らしい。これは袈裟がけに斬られて死んでいた。

さらに、三人目の男だが、これを抱き起こして佐七もおどろいた。これぞ余人ではない、棟梁染五郎の身内のわかい衆、行方をくらました留吉ではないか。

佐七もさすがに呆然として、

「お粂さん、こ、こりゃいったいどうしたことだえ。そしてまた、おまえさんにはどうしてこの家がわかったンだえ」

「親分さん、これを見ておくんなさい。この書き置きが、お侍のかえったあとの座敷にのこっておりました。ああ、わたくしはなんという因果なものでございましょう」

お粂は、切腹した武士のそばにかけより、その耳に口をつけると、

「熊谷さま、熊谷さま、怨みは怨み、ご恩はご恩、かならず大切に回向しますほどに、どうぞ、どうぞ成仏してくださいまし」

武士はそれをきくと、にっこり笑ってそのまま息がたえてしまった。

さて、お粂よりわたされた遺書によって、だいたいつぎのような事情が判明したのである。

切腹した武士は熊谷武兵衛、また斬り殺されている侍は、同名新之助といって、ふたりは兄弟で、もと天草の浪人だった。おなじ天草の浪人に磯貝九郎右衛門というものがあって、これがお粂の父親になる。

この三人は主家を浪々するとまもなく、密貿易の仲間に入り、それぞれいっぽうの旗頭になった。密貿易と

はいうものの、これは一種の海賊である。しだいにお上(かみ)の詮議がきびしくなるにつれて、仕事のほうも思わしくなくなり、やがてこの三人のあいだに仲間割れを生じ、ついに武兵衛、新之助のふたりは、お粂の父を密訴しておいて、じぶんたちは稼ぎためた金をそっくり手に入れ、この江戸へ逐電(ちくでん)してきたのである。

お粂の父、九郎右衛門はむろん、捕えられると同時に刑場の露ときえ、海賊仲間はそれきり四散してしまった。

こうして幾年かたつうちに、寄る年波、兄の武兵衛はしだいに昔の所業が悔まれてくる。なんとかして九郎右衛門のあとを弔いたいと思っているうちに、ふと九郎右衛門が丸山の遊女にうませた子供が、江戸の吉原で花魁になっているときき、これを身受けして、せめて九郎右衛門の菩提(ぼだい)を弔うつもりだった。

ところが、兄の武兵衛とちがって、あくまでも腹黒い弟の新之助は、兄のそういう仏心が危なっかしくてたまらない。九郎右衛門の遺児に近づくことは、取りもなおさず、むかしの仲間に居所を知らせるようなものである。

武兵衛兄弟に、裏切られたむかしのなかまは、つねに九郎右衛門の遺児の身辺に、注意を怠らないにちがいない。そう思うと新之助は、兄の所業が心許なくてしようがなかったが、その懸念は果たしてまもなく、事実となって現われたのである。

かねてより、東雲に眼をつけていたむかしの仲間の久造(きゅうぞう)というものが、東雲の奇怪な身受け沙汰から、ついに熊谷兄弟の居所をつきとめた。

こいつがまた悪いやつで、あいての居所をしると、九郎右衛門の血まみれ獄衣をネタに、兄弟をゆすりにかかる。その要求がしだいに大きくなるので、しまいにはねつけると、こんどは東雲にそのことを打ち明けるという。兄の武兵衛はこのじぶんより、すでに覚悟をきめていたが、弟のほうは、あくまで生きのびたい心。そこで賭場で知りあいになった留吉に命じて、久造を殺させたのである。あの折助が久造だったことはいうまでもない。

意外にもあのひょっとこ面は、留吉自身だったのである。かれはあの日、二枚の衣裳と二種の仮面で、たくみにひとりふた役を勤めたのだ。なにしろほかの連中は、酔っ払っていることとて、かれが衣裳を脱ぎかえるひまは、じゅうぶんあったと思われる。

さすがの佐七も、これにはまんまと一杯ひっかかったのだ。

「それにしてもお粂さん、おまえさんこれからさき、どうなさるつもりだえ」

長い遺書を読みおわって、佐七はほっとお粂をみる。

「はい、どうせ、わたしのような因果なものは、尼にでもなろうと思います。どうせ行くところはなし、鎌倉へまいれば尼寺があるとのこと」

「尼になる？　それもよかろう。しかし、お粂さん、行く先がなにもないわけじゃなし」

「え？」

「よかったら、あっしのところへきてくんねえな」

「あれ、親分さん、ご冗談ばっかり。わたしのようなものを」

「なにを冗談いうものか、どうせ割れ鍋にとじ蓋だあな。お粂さん、あっしゃ、ひとめ、おまえを見たときから、あっしゃ、あっしゃ――」

お粂の手をとった人形佐七、おもわずそのからだを抱き寄せたという。

それからまもなくお玉が池の佐七の家には、お粂というきれいな女房が、長火鉢のまえに坐ることになったが、ところがこれが、寛政五年癸丑（みずのとうし）のうまれというから、佐七よりもひとつ姐さん女房、しかもこれが、ぉッそろしくやきもち焼きときているうえに、持ったが病いで、佐七がちょくちょくうわ気をするところから、風雲お玉が池、ときおり珍妙な騒動が持ちあがろうというお話は、いずれそのつど稿を改めて。

山雀（やまがら）供養

人形佐七捕物帳

大胆きわまる犯罪予告

――珊瑚の根掛け頂戴に参上可致候――

「おお、これは佐七か」

「へえ、なにか火急の御用だそうで、お招きにあずかりまして恐れ入ります。で、御用の筋と申しますのは」

「佐七、貴様も少々ヤキが廻ったな。世間でも申しておるぞ。人形佐七も女房を持ってからいささかおとなしくなったと」

「なんですえ、旦那、あっしのおとなしいのは初手からで、自分でもよく存じておりますが、いきなりそうおっしゃられると、佐七も面喰ってしまいます」

南町奉行付与力、神崎甚五郎から御用の筋があると呼びつけられた人形佐七は、いきなり相手からヤキが廻ったの、おとなしくなったのときめつけられ、いかに日頃から贔屓になっている旦那とはいえ、こと、恋女房に関するだけに、いささかムッとなってしまった。

「佐七、口惜しいか。いや、口惜しいだろうな。だが、口惜しくばなぜ働いてみない」

「旦那、なんでございますえ。そう回りくどくおっしゃらずに、ハッキリ御用を命じて下さいまし。佐七は血のめぐりの悪い男、謎をかけられちゃわかりかねます」

「紫頭巾のことよ」

「え?」

「どうだ。一言でもあるかえ」

「旦那、恐れ入りました。一言もございません。だが旦那え、なにかあいつがまた悪戯をはじめましたかえ」

「佐七、これをみろ」

甚五郎が懐中を探って、ポンとそれを放り出した、一通の封じ文を、取る手おそしと開いてみて、佐七はあっと驚いた。

来る十五日はおんまへ様かた、お初様お祭とやら、その当日の賑わひには是非々々参上、御新造さまの珊瑚の根掛けを頂戴致したく存知をり候へば、何卒よろしくお願ひ申し上げ候。

紫頭巾の女より

近江喬四郎さま

「ふうむ」

「どうだな、佐七、悪事というやつは度重なるにしたがって、しだいに手がこんでくる。いまのうちに刈りとっておかねば、どのような事態が持ち上がるやもはかられぬぞ」

「恐れいりました、旦那。面目しだいもございませんが、しかし、旦那え、あっしもあいつについてはいささか心当たりもございます」

「なに、心当たりがあると申すか」

「十五日と申せばあしたですね、旦那、しばらくこいつはあっしにまかせてくださいませんか」

佐七はなにを考えたのか、きっと唇をかみしめてそういった。

女賊岡っ引き腕くらべ
——お万はあっと顔色かえた——

そのころ、江戸には不思議な怪盗が横行していた。

根掛け、櫛（くし）、笄（こうがい）、簪（かんざし）など、盗むものはたいてい女の所持品（もちもの）で、したがってたいした金目のものはなかったが、その遣口（やりくち）がいかにも大胆不敵、あたかも役人衆を嘲弄するようなおもむきのあるところから、江戸中の岡っ引きは、地団駄を踏んで口惜しがったが、いまだにその犯人をあげることはおろか、その目星すらつかないのだ。

いつしか犯人は紫色のお高祖頭巾（こそずきん）をかぶった女だという評判が立ったが、これもはっきりは分らない。

そういう騒ぎのやさき、あの予告状だ。なるほどいままでずいぶん大胆不敵な手口を見せたことはあるが、犯罪を予告してきたのははじめてだから、佐七はなんとなく腑に落ちない。

「ああ、いやな事件になりそうだな」

神崎甚五郎のまえを立派に引き受けてきた佐七が、腕組みをしながら、ぼんやり通りかかったのはお茶の水の並び茶屋。なに気なくそのまえを通りすぎようとするところを、

「おや、お玉が池の親分さん、なにをそんなに考え込んでいなさるのさ」

仇（あだ）っぽい声とともに、ぽんとうしろから叩かれた佐七は、夢からさめたようにうしろを振りかえったが、相手の顔を見たとたん、どきりと心中を見抜かれたように表情（かおいろ）を動かした。

「おや、山雀（やまがら）お万（まん）じゃないか」

「お万かじゃァありませんよ、親分さん、しっかりして

おくんなさいよ。いかに綺麗なおかみさんができたからって、そうお疲れのところをみせつけられちゃ、あたしも少々焼けますね」
　二十六、七の中年増、小股の切れあがったいい女、山雀使いのお万といって、佐七もかねて顔見知りのあいだだが、いまそのお万に肩を叩かれ、佐七がドキリとしたというのは、これには少々わけがある。
「なにをいやアがる」

　佐七は苦笑いをしながら、

「おれのことよりおまえはどうだえ。こんなところで情人(いろ)と待ち合わせてえのは罪が深いぜ。だが、そんなことはどうでもいい。お万、ここで会ったのはさいわいだ。おまえにちっと話がある」

　と、人影のない土堤っぷちへお万を誘い、むかい合って草にしゃがむと、

「おい、お万、この文(ふみ)をどう思う」

　と、いきなりお万の眼のまえへ差しつけたのは、たったいま神崎甚五郎のもとから預かってきた例の奇怪な封じ文。お万は不思議そうに眼を走らせたが、たちまちハッと顔色をかえる。

「お万」

「え」

「おつにまたおまえ、びっくりするじゃアねえか。おまえ、なにか紫頭巾の女とやらに、心当たりがあるンじゃねえかな」

「いやですねえ、親分、なんのことかと思えばそのことですの。あたしの顔さえみれば紫頭巾、紫頭巾と、あたしがそんな大それた女に見えますかえ」

「そうさな。見えねえこともねえようだ」

「おお、いやだ、鶴亀鶴亀」

　お万は袖を掻きあわせ、

「なにを証拠にそんなこと」

「その手証(てしょう)がねえから弱っているのさ。しかしなアお万、芝(しば)の伊予屋(いよや)の娘の嫁入衣裳が、ズタズタに切り裂かれていたときにゃ、おまえたしかにあの近所で山雀を使っていたね。それから浅草で、若い娘の銀簪(ぎんざし)が抜かれたときも、おまえは丁度そばにいたそうだ。そのほか、紫頭巾の女といえば必ずおまえがそばにいるから、こいつあんまり平仄が合いすぎるぜ」

「まあ、いやなこと。どうせあたしは大道芸人ですもの、

どこへでもいきますのさ。それをいちいち親分さんのように言われちゃ、あたしも立つ瀬がありません。チョッ、親分も男らしくない。そんなにあたしをお疑いなら、ハッキリ手証をおさえて、あたしを御用になさりゃいいじゃありませんか」

「言われるまでもねえ、お万」

佐七はギロリと眼を光らせ、

「いまにれっきとした証拠をおさえ、きっとおまえに泥を吐かせて見せるぜ」

「おお、怖い」

お万はわざと大仰に身をふるわせ、

「親分さんにそう言われると、あたしもなんだか、じぶんが紫頭巾のような気がしてきました。ほっほっほ、でも、あたしがほんとうに紫頭巾で、御用になるようなことがあるなら、おまえさんみたいないい男のお縄を頂戴したいものですね。人形の親分、まあよく十手を磨いておいておくんなさい」

「おまえも足下に気をつけねえよ」

「女賊岡っ引き腕くらべの段ですかえ、ほっほっほ」

お万はしゃんと立ち上がり、

「それじゃ親分、きょうはこれで」

と、バタバタと土堤を駆け出したお万はそのまま、さっき出た水茶屋へとってかえした。

裏切られた山雀お万
――昔をいまになすよしもがな――

「お美乃ちゃん、例の来ていて?」

「あい、いまお見えになったとこ、いつものお部屋で」

「ああ、そう、有難う」

お万はちょっとうしろを振り返ってみたが、佐七の姿はすでに見えない。お万はほっとしたように奥の部屋へと入っていく。

と、そこにはひとりの武士が、いかにも手持ち無沙汰らしく、まだ春寒の手焙のうえに手をかざしていた。三十二、三の、いい男だが、どこか片付かぬ面持ちなのだ。

お万は相手の顔を見ると、さっきのはずんだ調子もたちまち凝結したように、むっつりと無言のまま男とは少し離れたところへ横坐り。

「お万」

「……………」

「お万」

「なんですね、お万お万となれなれしく」

男は哀願するように、

「おまえ、拙者がわざわざこうして来ているのに、もうすこしやさしくはできないものかな」

「いやなこった。喬四郎さん、あたしとあなたの仲は七年まえに綺麗になったはず。それをいまさら、奥さまとの仲がうまくいかないからといって、……ああ、いやなこと」

「お万、私が悪かった」

武士は畳に手をつくとハラハラと涙を落とす。お万は白い眼でそれをみると、

「ふふん」

と、鼻で笑いながら、

「おまえさん、近頃は大そう芝居が上手におなりだこと。いまさら、おまえさんが泣いたとて、謝ったとて昔をいまになすよしもがな。あのときあたしゃ、血の涙でおまえさんに頼みました。あたしはいいけど、生まれたばかりの赤ん坊が可哀そうだからと、手を……手を合わせておまえさんに頼みました」

お万もしだいに涙声になり、

「それをおまえさんはどうだろう。じぶんの出世ばかり考えて、さっさと、近江様のお屋敷へ養子にいってしまった。その後、里子にやった赤ん坊は死んでしまうし、自暴自棄(やけ)になったあたしゃ、しだいに身を落として、いまじゃしがない大道芸人の山雀のお万さ。それに引きかえ、おまえさんは楊枝削りの御家人から、いまじゃ立派なお旗本。もし喬四郎さん、いいえ、旦那様、手をあげて下さいまし。大道芸人などに手をつくと、ご先祖の罰が当りますよ」

お万の口吻(くちぶり)より察するにこのふたり、もとは子までなした仲だったのを、男のほうがふり捨てて、おのれより身分の高い家柄へ、養子にいったものらしい。

「それにしても可哀そうなのは里子にやったお君(きみ)のこと、あたしゃアあれからまた芸者に出て、半月あまり客に連れられ、箱根へ遠出をしてかえってみると、お君はそのあいだに白い位牌になっているじゃアありませんか。里

親のお関さんにきけば、ひと晩の患いでいけなくなったとのこと。あたしゃそのとき、泣けて泣けて……」

白い障子にカーッと西日が照って、しいんとしたこの部屋に、ふとガサリというような音が聞えたが、お万はもちろん、男のほうでも気がつかない。

「両親そろっていながら、そのどちらにも死水をとってもらえぬその不愍さ」

「お万、それについて拙者にも話がある」

「いいえ、いまさら聞きとうもございません。おまえさんはあのじぶん、近江様のお嬢さんに見染められ、ぬけぬけそこへ養子入り……それをいまごろになって昔のこと、ほっほっほ、喬四郎さん、どうせ家つき娘はわがままな者ときまっていますよ」

「お万」

男はふいに思い入ったようすで、

「わたしは家を出ようと思う」

「え」

「家を出ておまえといっしょに暮らしたい。近江の家は親族のうちに、いくらでも継ぎたいものがある。わたしは昔の貧乏暮らしがなつかしい」

「まあ、なにを阿房らしい。ああ、分った、栄耀に倦きてくさやの茶漬けというご趣向ですかえ。いやなこと」

お万は吐き出すようにいったが、ふと思いついたように、

「ああ、そうそう、そういえば喬四郎さん、あすはなにやら、おまえさんのお屋敷でお祭ごとがあるとやら。近江様のお祭といえばずいぶん名高いものですが、ひとつあたしをお慰み、山雀の曲芸でもさせておくンなさいませんか」

「お万、なにをいう」

「いいえ、冗談じゃございませんのさ。あたしもちかごろ不景気ゆえに、お座敷を稼がねば暮らしていけぬ。殿様、お願い申し上げます」

ガサッとそのとき、裏手にあたってひとの気配。こんどはふたりとも気がついた。

「おや、だれかいるのかしら」

お万が立ち上がりかけたときである。表のほうからあわただしく駆け込んできたのは茶汲女のお美乃だ。

「お万さん、お逃げなさいよ、こちらの奥様が血相かえて」

「なに、奥が」

　喬四郎がハッと顔色かえたとき、お万はまるで陽炎のような身軽さ、障子をひらいてはや縁側からまっしぐらに、――喬四郎の妻の数江が、嫉妬に顔をひきつらせて、阿修羅のように駆けこんできたのはちょうどその瞬間だ。

「あなた」

　数江は見栄も外聞もない、良人の胸ぐらに取りすがると、

「女をどこへやりました。いいえ、女をどこへおかくしなされました。ええい、口惜しい。紫頭巾の女から、あのような恐ろしい手紙がきているというのに、あなたは女とうつつを抜かして、あたしは……あたしは……」

　あまり美しくもない女が、泣けば、騒げば、いっそう醜く顔はゆがむのである。かりにも何百石のお旗本の奥方の、あまりといえばあまりの狂態に、茶汲女のお美乃はあきれかえって口も利けなかったが、そのときそっと裏口から外へ出てきた男がある。佐七だ。

「いや、とんだ飛び入りのお茶番だが、それにしても、はてな」

　佐七はなんとやら腑におちぬ面持ちで、腕こまねいてしまったのである。

逃げていく紫頭巾

――土蔵の中には山雀お万――


　四谷に広大なお屋敷を持つ、お旗本近江喬四郎の屋敷では、毎年弥生三月の二の午の日に、屋敷を開放して、邸内にあるお初稲荷というのへ、いっぱんの参詣を許すことになっている。

　またこの日にはなにかゆかりの仏でもあるのか、貧民に施米をしたり、蜜柑をまいたりするので、お初稲荷のお祭といえば、近所の子供が指折りかぞえて待つくらい。邸内はその日にかぎって、独楽廻しだの居合抜き、さては紙芝居、いやそのじぶん紙芝居はなかったが、とにかく、たいへんなにぎわいを呈するのが例だった。

　その午下りのこと、神崎甚五郎の添書を持って、ぶらりとこのお屋敷を訪れたのは、いわずと知れた人形佐七だ。殿様にお眼通りをねがって添書をわたすと、

「そのほうが佐七か、大儀であったな」

喬四郎はなんとなく気のすすまぬようすだ。きのうのいきさつを知っているだけに、佐七はおかしくてしょうがないが、知らぬ顔して、

「で、いちおう奥方様にお眼にかかりとうございますが」

「奥か、いや奥は病気で寝ているゆえ、会うことは叶うまい」

さては不貞寝（ふてね）かと、佐七はいよいよおかしくなる。

「たあいもない、奥が騒ぎ立てるゆえ、いちおうお届け申したが、心配するほどのことはあるまい。が、まあ、せっかく来てくれたもの、用人に案内させるから、いちおう屋敷の内外に気を配ってくれ」

手を叩くと出てきたのは、斑鳩三平（いかるがさんぺい）というわかい用人、喬四郎の命をうけると、ジロリと佐七の顔をみながら、無言のままに立ちあがる。ひととおり屋敷のなかを案内してもらって、庭のほうへ出ようとすると、そこへチョコチョコと六つ七つの女の児（こ）が走ってきて、

「斑鳩の小父（おじ）さま、奥さまが御用だといってお呼びになっていてよ」

と、ませた口調でそのまま庭のほうへ。佐七はその顔をみるとなぜかぎょっとして、

「おや、あれはこちらの？」

「なに、飯焚き婆（ばばあ）の子供だ。しかし奥方がお呼びとのことゆえ、拙者はこれでご免こうむる。お庭のほうはひとりでも分るだろう」

「いえもう、あっしひとりで沢山でございます」

三平とわかれた佐七が、裏庭へ廻ってみると、いやもうにぎやかなこと、赤い幟（のぼり）のひらひらするお初稲荷のまえあたり、裏木戸からなだれ込む参詣の人々で、押すな押すなの大混雑。

佐七はその混雑のなかで、またさっきの少女の姿をみつけた。赤い帯をチラチラさせたその姿が、飯焚き婆の子供とはみえない可愛らしさ、

「坊や、坊や」

と佐七は呼びとめ、

「おまえ、なんという名だえ」

「あたい、お美智（みち）」

「お美智坊か。いい児（こ）だね。年はいくつだえ」

「六つになるの」

「ほう、六つかえ、そしておまえ、もう先（せん）からここにい

るのかえ」

「ええ、ずっとまえからよ」

「おお、利口な児だ。それでなんだろう、お殿様はおまえをさぞ可愛がっておくれだろう」

「ええ、あたいお殿様大好きよ。だけど奥さま、とても怖いの、ヒステリーよ」

まさかそんなことは言わなかったろう。

「小父さん。向うへいきましょうよ。あちらに山雀の曲芸があるの。とてもおもしろいわ」

お美智の顔をしげしげ見ながら、なにかぼんやり考えこんでいた佐七は、山雀の曲芸ときくと、ぴくりと眉を動かして、

「おお、そうだったな。どれどれ、小父さんも一緒にいこう」

来てみたがそこには山雀の籠ばかり、なかに二、三羽の山雀がピイピイと鳴いていたが、目当のお万の姿はみえなかった。

「おや、お万は」

佐七がきっと振りかえったときだ。参詣人の踏み込めない奥庭のほうで、

「アレー、だれか来てえ」

と、絹を裂くような女の声。

「しまった!」

叫んだ佐七がお美智をそこへ振りすてて、驚き騒ぐひとびとのなかを掻きわけ、境の柴折戸踏みこえて奥庭へ駆けこんだとたん、どんとばかりに真正面からぶつかったものがある。三平だ。

「曲者! 曲者! むこうだ、むこうだ」

みると紫色のお高祖頭巾をかぶった女が、裾をみだして木立のなかを、いちもくさんに走ってゆく。佐七と三平それを見るとすぐさまあとを追っかけたが、庭隅にある白壁の土蔵のまえまでくると、ふいと、その姿を見失ってしまった。

「この土蔵のなかですね」

「どうやら、そうらしい」

土蔵の扉が薄目に開いている。ふたりがなかへ踏みこんだとたん、なにやらどんという物音とともにキナ臭い匂いがパッと鼻をつく。

「あっ」

ふたりが立ちすくんだとたん、

「あれ、怖い」

奥のほうから駆け出してきたのは、余人でもない山雀お万。

奇怪な珊瑚の行方

――佐七は地団駄踏んで口惜しがった――


「お万」

佐七は思わずにやにやと微笑(わら)いながら、

「とうとう年貢のおさめどきが来たぜ」

「あれ、なんですえ、親分さん、気味の悪い」

「お万、この場に及んでおまえまだ四の五の、言いのがれをするつもりかえ。こんどこそ手証をおさえた。紫頭巾の手証をおさえたぜ」

「あれ、怖い、親分さんは、あたしの顔を見さえすれば、紫頭巾のことばかり。どこにその紫頭巾とやらがあるのですえ」

「いまにわかるさ。それにさっきの悲鳴からすれば、おおかた紫頭巾は奥方の、珊瑚の根掛けを手に入れたはず」

「そして、それをこのあたしが持っているとでもお言いですかえ。まあおもしろいこと」

「斑鳩さま。この土蔵にはほかに出入口はありませんかえ」

「ふむ、入口のほかに小さい窓があるきり、とても人間の出入りのできるようなものではない」

「ようがす。それじゃ紫頭巾と珊瑚の根掛けは、たしかにこの土蔵のなかにあるはず、ひとつ探して見ましょう。お万、その場に及んで吠え面かくな」

「ほっほっほ、親分こそ」

暗い土蔵のおくへ踏みこんだ佐七は、思わずあっとひくい叫び声をあげた。さっき妙な音とともにキナ臭い匂いがしたも道理、床にはくろい灰がいちめんに散乱して、縮緬(ちりめん)を焼くような匂いがあたりいっぱい立てこめている。

「お万、やったな」

「なんですね、親分さん」

「花火の火薬で、頭巾を木っ葉微塵(こっぱみじん)にしたのだろう」

「おやまあ、親分さんの疑り深い、あくまであたしを罪におとす気ですかえ。なるほど頭巾は焼くことができるとしても、まさか珊瑚の玉はそういうわけにはまいりますまい。その玉はいったいどこにあるのですえ」

「お万、体を調べてもよいかえ」

「あい、ごずいいに」

お万はみずからするすると帯を解く。持っていないのだ。いや持っていないばかりではない。土蔵の周囲、紫頭巾の逃げた道筋、くまなく調べてみたけれど、珊瑚の玉はどこにもない。あの、咄嗟の間に、お万はいったいどこへ珊瑚をかくしたのだろう。

「親分さん、お疑いが晴れましたかえ」

佐七は口惜しそうに唇を嚙みながら、

「お万、おまえはどうしてこのような、土蔵の中に隠れていたのだ。それが分らぬうちは、おまえを放すわけにゃいかねえぜ」

「あれ、困りましたね。そんなこと、御用人のまえではちと言えないじゃありませんか」

「なに」

「ああ、ちょうどさいわい向うからお殿様が」

あたりを憚るように、木の間がくれに土蔵のまえへあらわれた喬四郎は、佐七や三平の姿をみると思わずぎょっと立ちすくんだ。

「三平、これはいかが致したのじゃ」

「はい、お殿様、この女が紫頭巾の女じゃそうにござります」

「お殿様、あたしが、この土蔵のなかにかくれていたのが疑いのもと、言いわけが立たずに弱っておりますのさ」

喬四郎はお万の顔から、佐七の顔と、困惑した面持ちで眺めていたが、

「佐七とやら」

「へい」

「この女に罪はない。許してつかわせ」

「じゃと申しまして」

「この女が土蔵のなかにかくれていたのは、拙者の指図じゃ、お万は拙者の懇意のもの、ここでゆっくり語り合おうという寸法。はっはっは、三平、奥には内証にいたせ」

佐七はかあっと血が逆流する。みすみすお万が紫頭巾の女とわかっていながら、証拠のない口惜しさ。いまもいまとて、喬四郎の言葉添えがある以上、お万を捕え

るわけにはいかないのだ。佐七は地団駄踏んで口惜しがったが、そのとき、事件は意外な方へ転回した。

「殿様、殿様、たいへんでございます、たいへんでございます」

呼吸せききって駆け込んできたのは五十五、六の老婆だが、お万はその顔をひと眼見ると、

「おや、おまえはお関さん、おまえどうしてこのお屋敷に」

お関というのは、お万の娘を預っていた里親だ。そのお関もお万の顔をみると、一瞬間棒立ちになったが、すぐ顔をそむけて、

「殿様、奥さまが……奥さまが……」

「なに、奥がいかがいたした」

「お池のそばで、何者かに胸を抉られ」

言ってからお関ははっと気づいたように、お万のほうへ振りかえる。お万の顔は紙のように真白になった。

お美智の可愛い発見
——山雀の脚には珊瑚の玉が——

近江の家の家付き娘、喬四郎の妻数江は、むざんにも池のなかへ半身突込み、池の水をまっかに染めて死んでいるのだった。引きあげられたその死体のまわりに、石のように黙然と集まっているのは、人形佐七をはじめとして、喬四郎、お万、三平、お関。

佐七は油断なく、その場の空気に気をくばりながら、数江のそばへ身をよせると、がっくりと崩れた髷を調べてみる。髷はかきむしられたように毛が散って、根掛けはどこにもみえなかった。

「旦那、奥さまの根掛けは珊瑚でしょうね」

「ふむ」

喬四郎は呻くように呟いた。

「殿、わかりましたぞ」

そのとき叫んだのは用人の斑鳩三平だ。

「おおかた、紫頭巾の女が、珊瑚の根掛けを盗むために、奥方を殺めたに違いございません」

「いや、まあ待っておくんなさい」

佐七は蒼白んだお万の横顔に眼をやりつつ、

「あっしにゃアどうもうなずけない。なるほど、紫頭巾の女というやつア、ちかごろ若い女に悪戯をいたしますが、人を殺めるほど大それたやつたア思えませんのさ」

「いやなに、佐七とやら、しからばきのう参った、あの封じ文はどうだ、きょう珊瑚の根掛けを頂戴に参上すると申して寄越した。しかもきょうのこの仕儀、あいつの仕業とよりほかには思えぬではないか」

「さあ、あっしにゃその手紙からして、怪しいもんだと思われますのさ。泥棒するのにいちいち、前触れをするやつはありますまい。それほどの大悪党とは思えません。それにだいいち、奥方が珊瑚の根掛けをしていようなんどと、どうしてあいつが知りましょう」

「え?」

「どうも、この狂言はちっとばかり、入り組んでいるように思えますね」

佐七がジロリと三平のほうへ眼をやったときだ。

「母(かあ)ちゃん、母ちゃん」

叫びつつ走ってきたのは、さっきのお美智。お関のそばへ駆けよるのを、

「あれ、お美智。おまえこんなところへ来るんじゃない。むこうのほうへいっておいで」

お関が何故か、ひどく狼狽(ろうばい)するのを、佐七はじっと見つめながら、

「おお、婆さん、婆さん、これはおまえさんの子だったのかえ」

「はい、あの、さようでございます。さ、さ、お美智や、むこうへいって待っておいで」

「あい」

お美智がなにか不平らしく、むこうのほうへ駆け出そうとするのを、

「おお、お美智坊や、ちょっとこっちへ来な、おまえはいったい、懐中(ふところ)になにを持っているのだえ」

「小父さん、これ?」

お美智は可愛く小首をかしげながら、

「これ、いいものよ」

「いいものってなんだよ、さ、さ、小父さんにお見せ」

「ええ、見せてあげるけど、むごいことしちゃいやよ、ほんとに可愛いんだもの、さっきむこうの土蔵の窓から飛び出して来たのよ」

「土蔵の窓から」

さっきから、瞳をこらして一心に、お美智の顔を眺めていたお万は、そのとき、おもわず泳ぐような手つきをする。佐七はジロリとそれを尻眼にかけつつ、

「ああ、いいとも大丈夫、さあ、そうっと小父さんの手におわたし」

「ええ」

お美智は懐中を開くと、破りすてた巻紙のはしで包んだものを、さもだいじそうに佐七の手へ移す。巻紙のなかでは、がさごそと小さな生物(いきもの)の動く気配がした。

「ねえ、可愛いでしょう。逃がしちゃ厭よ」

佐七は巻紙をのけて、なにかしらぎょっとしたように、あわててそれを袂(たもと)へ捻(ね)じこむと、なかから現れたのは一羽の山雀。しかもその山雀の片脚には、紅紐が結びつけてあったが、そいつをくるくると解きほごすと、なかからポロリとこぼれ落ちたのは、まぎれもない根掛けからむしりとった珊瑚の玉。

南無三証拠の反古(ほご)
――ええい、それ見られては――

「やあ、わかったぞ、わかったぞ、紫頭巾は山雀お万だ。盗みとった珊瑚の玉を、飼いならした山雀の脚につけて、土蔵の窓から放したのだ。佐七、なぜその女をひっ捕えぬ。殿、この女こそ、奥方のかたきでございますぞ」

いきり立つ三平の言葉に、喬四郎は真蒼(まっさお)になった。

「お万」

呼んだがお万は無言である。松の梢(こずえ)に身をよせたお万の眼からは、涙が滝のように溢れている。

「小母(おば)さん、小母さん、小母さんはどうしてそんなに泣くの」

不思議そうにお万の顔をのぞきこむ、お美智の声をきくと、お万はひしとばかりにその体を抱きしめて、いよいよ激しく泣き入るのだ。佐七は何を思ったのか、

「いえもし、斑鳩さま、それは少しちがいましょう」

「え、なんだと、これほどたしかな証拠が揃っているのに、佐七、貴様はお万をかばうのか」

「いえなに、かばうというわけじゃありませんが、奥方

を殺した下手人はほかにあります。お美智坊、お美智坊」

「小父さん、なあに」

「おまえ、この手紙の切端（きれはし）はどこで拾ったのだえ」

佐七が取り出したのは、さっき山雀を包んであったあの巻紙の切端。

「あい、それかえ、それはさっき斑鳩の小父さんの、袂（たもと）から落ちたのを拾っておいたのよ」

三平はびっくりした。あわてて両の袂を探るのを、せせら笑いながら佐七が、

「殿、こちらにあるのはきのう神崎の旦那からお預かりしてまいった、紫頭巾の封じ文、こちらにあるのが、斑鳩さんの袂から落ちた書きつぶし、ひとつ見較べておくんなさいまし」

喬四郎は二枚の紙を見較べてあっと驚いた。

来る十五日はおんまへ様かた、お初様お祭とやら、その当日の賑わひには是非是非参上……。

文句から、墨色から、まったく同じ物なのだ。

「ええい、それ見られては！」

やにわに刀を抜き放った三平が、喬四郎めがけて斬ってかかるのを、

「無礼者！」

腰をひねったその拍子に、ザーア、血煙立てて三平はその場にのけぞっていた。

怨みは消える山雀供養

——お万は土に両手をついて——


「殿様え」

佐七が口を切ったのは、それからよほど立ってからのことだった。足下（あしもと）には、三平と数江のふたつの死体が転がっている。

「あっしゃア初手（はな）から、あの手紙のぬしはこのお屋敷者と睨んでいたんです。なにか悪事を企んで、それを紫頭巾に押しかぶせる魂胆と睨んでいたが、まさか奥方を殺そうとは思いも寄りません。いったい、こいつはなんの怨みで数江様を——」

「佐七」

喬四郎は沈痛な色をして、

「ふたりは不義を働いていた。拙者が構いつけぬゆえ、

可哀そうに奥にも魔がさしたのじゃ。それさえあるに三平めは、奥をそそのかして拙者を毒害させようといたしおった。それを奥が聞かぬゆえ」

「分りました。それさえ分りゃ、あっしの役目もすみました。不義者の御成敗とあらば、だれに憚（はばか）るところもない。こちとらの出る幕じゃございません。ではごめんくださいまし」

「あれ、親分さん」

お万がついとそばへ寄ると、

「おまえ、あたしをこのままに」

「お万さん、なんだえ、このままもあのままもありゃアしねえ。おまえは山雀のお万さ、はい、さようなら」

「だっておまえ、紫頭巾を」

「紫頭巾なんて、この事件にゃ係かり合いはねえのさ。みんな斑鳩三平の企みごと、神崎の旦那にもそう申し上げるつもりさ。また紫頭巾というやつは、むかし想う男を大家のお嬢さんに、横取りされた口惜しさから、つい、若い、大家の娘とみれば詰まらぬ悪戯をするようだが、なあに、今度出やがったら、きっと引っ捕えてみせるのさ」

「親分、それじゃ……」

「お万さん、おまえもつまらねえ意地を張らずに、こちらの旦那がいうように身を固めたらよかろうぜ。死んだと思ったおまえの娘も、里親のお関さんぐるみ、旦那がちゃんと引きとっておいて下すったのじゃねえか」

「え？」

「いや、きのうの水茶屋のいきさつを、つい洩れ聞いてしまいました。旦那、ごめんくださいまし」

「佐七、面目ない。拙者はもう侍がいやになった。この家は親戚のものに譲ってお万といっしょに、お美智いやお君もつれて出るつもりさ」

「お万もそれで喜ぶでしょう。そして、紫頭巾もこれが最期だ。ほい、しまった、山雀をまだつかんでいました。こいつを放してやりゃア、ほうらもう、なんの証拠もねえわけさ」

佐七の手をはなれた山雀が、ピイピイと声をあげてとんでいくのを見送りながら、

「親分さん」

土に膝をついた山雀お万は、お美智をひしと抱きしめながら、おもわず両手を合わせてしまった。

山形屋騒動

流れ寄る葛籠

——緋色の扱帯が蛇のように——

梅雨どきの、きょうも霧のような小雨のしぶく朝のこと。

朝のはやい永代橋の橋番三平爺(さんぺいじじ)いは、明けの七つ半(午前五時)頃、いつものくせで、ひろい大川にむかって、だれはばかるところもなく、さも気持ちよさそうに小用をたしていたが、そのとき、ふと奇妙なものが眼にうつった。

上げ潮のひたひたと、押しよせる杭のあいだに、なにやら黒いものが、小雨にうたれてゆらゆらと漂うている。

「おや」

と、小首をかしげてよく見ると、黒いものというのは葛籠である。ふとい綱で、がんじがらめにしばった葛籠が、ようやく白みかけた水のおもてに、ぷかぷかと浮かんでいるのをみて、三平爺いはきゅうにはっきり眼がさめた。

「婆(ば)あさんや、婆あさんや、ちょっと出てみな」

「なんだえ、爺(じ)いさん、朝っぱらから、すっとんきょうな声をだしてさ」

寝ぼけまなこの女房のお力(りき)が、裏木戸から顔をだすと、

「まあ、なんでもいいから、ちょっとここへきてみな。葛籠が流れてきてるよ。みょうな葛籠だ」

「葛籠?」

婆あさんもけげんそうに、そばへ寄ってくると、

「おや、まあ、ほんとうだねえ。だれがあんなもの落としていったんだろう。ずいぶん、そそっかしいやつもあったもんじゃないか」

「ばかをいうな。だれが間違って、あんな大きなものを落としていくもンか。なにかわけがあって、流したのにちがいねえ。どれ、ひとつ上げてみよう」

「およしよ、おまえさん。係かり合いになると悪いから」

「なに、悪いことがあるもンか。あやしいものがあれば、取り調べるのが橋番のお役目だ。それに、婆あさん、もしなかから、金目のものでも出てきてみねえ。たんまりお礼がもらえるぜ」

「だって、おまえさん、気味が悪いじゃないか」

「いいってことよ。いいからむこうへいって、なにか竿のようなものでも持ってきな」

「およしよ、およしッてばさあ」

昔は、小博奕（こばくち）もうったこともあろうという、きかん気の、脂切った五十男の三平爺いと、気の小さい、しなびたような女房のお力が、しきりに押し問答をしているところへ、ぬうッと割りこんできた男がある。

「父（とっ）つぁん。いやに揉めているが、なにか変ったことでもあったかえ」

「おや、お玉が池の親分さん」

お力はあいての顔をみると、それごらんなとばかり、爺いさんの袖をひきながら、

「なに、なんでもありませんのさ。それより、親分は朝っぱらから、どちらへ。お楽しみの筋でございますかえ」

「ばかをいいねえ。ちょっと妙なことがあって、ゆうべから夜っぴて、橋のうえで、立ちん坊をきめこんでいたんだが……おや、父つぁん、あそこに浮かんでいるのは、葛籠じゃねえか」

水のおもてにふと眼をとめて、なにかしら、さッと額に稲妻をはしらせたのは、いわずとしれた人形佐七。

「はっはっは、お眼にとまりましたか。じつは揉めているのもあの葛籠のことなんでして。あっしがあげてみようというのを、婆（ばば）あめ、気味悪がって、いらぬ制（と）めだてをしゃァがるンで」

「父つぁん、年寄りを使ってすまねえが、おまえちょっとあの葛籠を、あげてみてくれないか。おいらにちょっと、思う筋があるから」

「ようがすとも。ほうらみろ、親分さんもああおっしゃる」

三平爺いは尻からげもかるがるしく、するすると、石崖をつたっておりていくと、浮かんでいる葛籠に手をかけたが、なにが入っているのかめっぽう重かった。

「や、こいつは重いや」

「どうだ、手をかそうか」

「なあに、ようがす。どうにか背負（しょ）えまさあ」

うんとこしょ、と綱のむすびめに両腕をとおした三平爺いが、石崖のうえに這いあがってきたときには、びっしょり額に汗をかいていた。

「ご苦労ご苦労、骨を折らせてすまなかった。それじゃさっそく、中をあらためてみよう」

佐七はなぜか気の騒ぐ風情で、綱のむすびめを解く手

ももどかしく、いそいで蓋をとりのけたが、そのとたん。お力婆あさんはおもわずあッと、うしろに尻餅をついてしまった。むりもない、葛籠のなかからでてきたのは、金でも衣類でもなかった。長襦袢もなまめかしいわかい女が、ぐったりと、海老のように体をねじまげて、しろい頸には、緋色の扱帯が、蛇のようにまきついている。

生きている背虫娘

——これは山形屋のお鶴ちゃん——

「だから、いわないことじゃない。朝っぱらから縁起でもない。ああ、鶴亀鶴亀」

お力は歯の根をガタガタ鳴らせながら、それでも怖いものみたさとやら、おもわず女の顔をのぞきこんだが、

「おや、まあ、おまえさん、これは、山形屋のお鶴ちゃんじゃないか」

「そうよなア、体つきが変だとおもったが、やっぱりお鶴ちゃんだな。だれがこんな、むごいことをしたものか。南無阿弥陀仏南無阿弥陀仏」

娘の胸に手をあてて、体の温味をはかっていた佐七は、老夫婦のささやきを小耳にはさむと、顔をあげて、

「父つぁん、念仏をとなえるのはまだはやいぜ。この娘、まだ死んじゃいねえようだ」

「えッ、親分、なんですえ。それじゃまだ、生きているんですか」

「そうよ、下手人は、息の音をとめたつもりだったろうが、少しはやまったな。みねえ、まだ動悸がうってらあな。だが、父つぁん、おまえいま、お鶴ちゃんとかいったが、見識人かい」

「ええ、ええ、存じておりますとも。北新堀の山形屋のお鶴ちゃんといやア、このかいわいでは、知らぬものはありません。因果な娘で、親分、ごらんなさい、こんなきれいな顔をしていますが、これでかたわでございますよ」

「かたわ?」

「へえ、そうなんで。親分、その背中の瘤をごらんなさい。背虫でございます」

佐七もさっきから、みょうに窮屈な姿勢だとおもって

いたが、なるほど、いわれてみると、肩から背中へかけて、妙に骨がもりあがっていて、顔はまるで、そのなかへめり込みそうである。

「ふうむ」

うつくしい縹緻を持ちながら、因果なこのうまれつきに、佐七はふと不憫なような、おそろしいような気がして、おもわずゾーッと身をふるわせた。

「なにしろ、父つぁん、このままじゃ仕方がねえ。すまねえが、ちょっとのあいだ、家をかりるぜ。それから、おっかあ、おまえすまねえが、ちょっとひと走り山形屋へ——」

と、いいかけたが、すぐ思いなおしたように、

「いや、そいつはおれがいってみよう」

と、いいながら、ちょっぴりと、水にぬれた女の体を抱きあげた。

意外、ここにも死体が
——藤蔵は咽喉笛かき切られ——

佐七がどうしてこうもうまく、この場にいきあわせたのか、それにはふかい仔細がある。きのうの夜、佐七のもとへ、奇妙な手紙がどこからともなく、舞い込んできた。

人形の親分、今夜から明日の朝へかけて、永代橋のうへに立つてゐなさい。お前さんの大好きな血塗れ騒ぎが持ち上る。世にも恐ろしい血塗れ騒ぎ、若い娘が殺される。恐ろしい、恐ろしい人殺し騒ぎだ。——どこの気狂いがよこしたのか、手紙にはそんなことが書いてある。筆蹟をくらますためか、わざとゆがんだ、下手な字で。——

ことわっておくが、このじぶんにはまだ、辰や豆六という愛嬌者は、弟子入りしておらず、佐七はいっぴき狼だった。

佐七はその手紙をよむと、なにかしらゾーッと、背中に冷水を、浴びせられたような恐ろしさをかんじた。馬鹿か気狂いか悪戯か、いやいや、佐七にはそうは思われ

ない。いままでの経験から、犯罪者というやつには、なにかしら、常人には理解のできない、心理のあることを知っていた佐七は、さてこそ、手紙を受け取ると、だれにも知らさず、ゆうべから徹夜で、橋のうえで立ちん坊をきめこんでいたのだが、はたせる哉、手紙の文句は嘘ではなかった。

北新堀きってのものもちといわれた、山形屋は金物問屋である。

亭主の藤蔵というのは、二、三年まえから中風でねついたきり、家の采配は、後妻のお紋というのがふるっていたが、この山形屋にはふたりの娘がある。

姉をお鶴といってことし十九、妹のお雛というのはとって十八、ひとつちがいの姉妹だが、じつをいうと、このふたりのあいだには、血のつながりはなかった。お鶴というのは先妻の娘、妹のお雛は後妻のお紋のつれ子である。

このほかに、お鶴の兄の重三郎というのがあったが、これは先年、身をもちくずして行方しれず、だから、姉のお鶴に婿養子をとって、家のあとめをつがせようと、子飼いの番頭、世之助というのへ白羽の矢がたち、その祝言の日どりも、二、三日ののちに迫っているという、きょうとつぜん、その花嫁たるべきお鶴の身に、このようなおそろしい変事が、降ってわいたのである。

こういう事情を橋番の三平から、ちくいち聞いた人形佐七が、やってきたのは北新堀、山形屋のまえである。

まだおろしてある、大戸をトントンたたきながら、

「ごめんくださいまし、ごめんくださいまし、山形屋さん、大変でございますよ」

なるべく家人をおどろかさないように、ものしずかに大戸を叩いているとき、とつぜん、奥のほうから、

「あれーッ！」

という、女の悲鳴が聞えたかとおもうと、にわかに家のなかが騒々しくなった。

なにかあったらしい、右往左往する足音がきこえてくる。佐七は、いよいよ耐まりかねて、

「ごめんくださいよ、もし、山形屋さん」

と、声を張りあげて呼ばわっていると、その声がきこえたのか、やがて、バタバタという足音とともに、ガラリ、耳門をひらいたのは、後妻のお紋であろう。眉のあおい、大柄な女が、気も顛倒しそうな顔をだした。

「どういう御用でございましょうか。いますこし、とりこみ中でございますが」

とりこみ中とは、おおかた、お鶴のいなくなったことを指すのであろうとおもった佐七が、

「じつはそのことで、参ったものでございますが、あっしゃお玉が池の佐七と申すもので」

と、ちらりと十手の房をみせると、

「まあ、親分さん、どうしてこんなにはやく。どうぞお入りくださいまし。いま、お訴えに出ようと、思っていたところでございました」

と、寝間着すがたの取りみだしたお紋に、手を引かれるようにくらい店をぬけ、うらの離れへ案内された佐七は、髪の毛も、逆立つばかりの思いがしたのである。

なんということだろう。お紋が取りみだしているのは、お鶴のことではなかった。屏風をめぐらせた離れのなかには、あるじの藤蔵が咽喉笛(のど)をかき切られ、朱(あけ)にそまって死んでいるのである。

下手人はお雛か
——扱帯はお鶴の妹のもの——

かえすがえすのこの椿事(ちんじ)に、さすがの佐七も呆然とした。

藤蔵はするどい刃物、——おそらくは剃刀(かみそり)のようなものであろう。——で、ぐさりと咽喉笛をかき切られているのだから、むろん、いっしゅんにしてこと切れたことだろう。犯人はいうまでもなく、お鶴を葛籠づめにしたやつにちがいない。

お鶴がさきか、藤蔵がさきか、いずれにしても、親をころし、娘をころして、それを葛籠につめて大河に投げこむ、あまり恐ろしい、鬼のような仕打ちに、さすが、ものなれた佐七も、しばらく、言葉のでなかったのもむりはない。

藤蔵の枕もとにあった、金唐革の手文庫はむざんに打ちくだかれ、なかにあった百両の金が紛失している。

「おかみさん、このような騒ぎがあったのを、どうしてまた、いままで気づかずにいたのでございます」

佐七のするどい視線にあうと、お紋はおもわず眼を伏

せた。

「申しわけございません。でも、旦那はお体をわるくしてからというもの、いつもひとりで、この離れへ伏せることになっておりますし、わたしどもは表のほうで、寝るものでございますから」

「それじゃ、誰も気づかなんだとおっしゃるんですね」

「はい、さっき、女中のお仲がこの襖をひらくまで。……もし気づいたら、わたしを起こさないはずはございません」

「奉公人たちは、みんな家にいますかね。誰もいなくなったものはありませんか」

佐七がそう問いかけたときである。長松という小僧が、おそるおそる襖のあいだから顔をだした。

「おかみさん、番頭さんは、きのうの昼すぎ出ていったきり、ゆうべはとうとう、お帰りではございませんとみえて、寝床をしいたふうもございません」

「まあ、世之助が……?」

お紋がおもわず、怯えたような声を出したとき、またもや、しのびやかな足音がきこえたかとおもうと、十七、八の、眼もさめるようにきれいな娘が顔をだした。いうまでもなく、お紋のつれ子のお雛である。

「おっ母さん、おっ母さん」

お雛は眼をまっかに泣きはらし、唇をふるわせながら、怯えたような声をだした。

「どうしたのでしょうね。お鶴ちゃんの姿がみえませんの」

「まあ、お鶴が――世之助も――」

「おかみさん、お話ちゅうだが、その世之助さんというのは、お鶴さんの婿に、きまっていたひとじゃありませんか」

「はい、さようでございます。しかし、世之助がどうして、それにお鶴まで……ああ、恐ろしい、あたしにはなにがなんだかわけがわからない」

「おかみさん」

そのとき、ふいに、佐七がきっとするどい声をだした。

「おまえさん、この扱帯をだれのだか、ご存じありませんかえ」

ぞろり懐中から取りだしたのは、姉娘お鶴の首にまきついていた、真紅なあの扱帯である。お紋はそれを見るとふしぎそうに、

「ああ、それは、――お雛ちゃん、その扱帯はおまえさんのじゃないか」

「はい、でも、それが――」

お雛も眉をひそめて、じぶんの扱帯を覗きこむのを、じっと瞳をすえて見ていた佐七は、ふいに、ほろりと吐きだすようにつぶやいた。

「おかみさん、お嬢さんもおどろいちゃいけませんぜ。この扱帯というのはね、いま、おまえさんがたが探していなさる、お鶴さんの首に、まきついていたンですぜ」

「えッ！」

お紋とお雛はおもわず、さっと顔を見合わせた。

「そうですよ、お鶴さんはこの扱帯で首をしめられ、葛籠につめこまれ、永代の橋のうえから投げこまれたのが、さっき、浮かびあがったばかりのことなんで」

みなまで聞かずにお雛は、

「あれ、おっ母さん、おっ母さん」

母のお紋に縋(すが)りついたかとおもうと、そのままウーム、と気をうしなってしまった。お紋は蠟のように真っ白な顔をして、まるで幽霊でもみるような眼で、気をうしなったわが子の顔を眺めている。

佐七すっかり五里霧中
――番頭世之助は行方不明――

「旦那、お雛は口をわりましたかえ」

「おお、佐七か。それがしぶとい女での、さっきも吟味方にたずねてみたが、いかに責め立てられても、あの娘、いっこうに白状せぬと申すことだ」

与力の神崎甚五郎は、しぶい顔を佐七のほうにむける。

事件があってからはや五日目、お鶴の首にまきついた、扱帯がのがれぬ証拠で、お雛は奉行所へ引ったてられたが、その吟味の結果いかにと、きょうしも佐七は、じぶんをひいきにしてくれる、甚五郎のもとへお伺いにきたのである。

「旦那、それはあたりまえでございます。白状しようにもあの娘は、てんでこの事件には、係かり合いはねえンですから」

涼しそうにいう佐七のことばに、甚五郎はおどろいたように、あいての顔を見なおした。

「なんと申す。お雛には罪はないというのか。しかし、佐七、あの娘を縛ったのは、そのほうではないか」

「さようでございます」

「それでいながら、あの娘に罪はないというのか。これこれ、佐七、冗談もいいかげんにしろ。それとも、なにかまたそのほう、考えるところあってのことか」

「旦那」

佐七はズッと膝をすすめると、

「じつは、お雛を縛ったのは、あの娘を助けるためでございます」

「なに？　お雛を助けるためとな」

「さようでございます。あのままにしておいたら、お雛の生命(いのち)まで、狙われそうな気がしましたから、かわいそうだが縄をかけて、奉行所へ送ったのでございます」

いよいよ奇怪な佐七のことばに、甚五郎はドキリとしたように瞳をすえた。

「すると、佐七、下手人はほかにあるというのか」

「はい、さようで」

「してして、そやつは何者だ」

「それがあっしにもわからねえンで」

「なにをたわけた。佐七、冗談もいいかげんにしろ。そのほうのいうことはさっぱりわからん。きょうはよほど、どうかしているぞ」

「いえ、旦那、正気でございます。なにやつか存じませんが、下手人はほかにあります。旦那、きょうお伺いしたのはほかでもありません。お雛には罪のないということを、それとなく、吟味方の旦那のお耳に入れて、なるべくあの娘を、お手柔かにあつかっていただきたいンで。いまのところはこれ以上、申し上げることはできませんが、二、三日のうちにゃ、かならず眼鼻をつけてごらんにいれます」

自信ありげにそういった佐七は、まだなにか、問いたげな甚五郎をあとにのこして、そのまま八丁堀のお役宅をでると、やってきたのは北新堀。

佐七はいったい、なにを考えているのか、みずから縛ったお雛に罪はないという。いささか矛盾のようだが、しかし、それにはそれだけの根拠があるのである。

だいいちあの奇怪な手紙だ。お雛が下手人としたら、なぜあのような手紙を、じぶんによこす必要があるだろう。世間の憶測では、お雛もかねてより、番頭の世之助に恋していた。その番頭が、いよいよお鶴の婿ときまったので、たまりかねてやったのだという。

なるほど、ありそうなことだ。しかし、またひるがえって考えると、あの百両の金はどうしたのだろう。犯行を誤魔化すためといえばいえないこともないが、それくらい知恵のまわる娘が、扱帯をそのままにしておくというのは変だ。

それにお雛というのは、まことに気質のよい女で、かたわで、それゆえに、わがままなお鶴につかえるのに、まるで、親身の姉妹以上だという評判もある。後妻のお紋というのも、仏のようにいい女だという召使いの噂。

色恋や、金銭沙汰では、どうかすると、仏が鬼になることもめずらしくないが、もうひとつ、番頭世之助の行方である。世之助は犯罪のあった昼ごろから、姿をくらまして、いまだに行方はわからないのである。

「それにしても、あのお鶴という娘が、もうすこし取りとめがあったなら――」

そのかんじんのお鶴というのは、いのちはかろうじてとりとめたものの、まるで気抜けがしたように、なにをたずねても、要領をえないのである。

暗闇のなかに寝ているところを、ふいに咽喉をしめられて、そのままあとはなにも知らぬと、たださめざめと泣くばかり。体がかたわばかりではない、どうやらお鶴は、智能さえひとにおとっているようにみえた。

「ひょっとすると、家出をした、お鶴の兄の重三郎というのが……」

と、佐七がおもわず口にだして呟いたとき、ふいに、

「こん畜生！　人殺し野郎め」

ののしる声とともにドタバタとつかみあうような物音。佐七はそれをきくと、はっとして足をとめた。

また現われた第三の死体
――佐七もあっと肝をつぶした――

気がつくと、そこは山形屋の裏木戸からほどちかく。佐七はちかみちをしようと、堀沿いにやってきたのだが、その堀のそばに小さなお稲荷さまがあって、お稲荷さまの祠の裏っ側には、大きい柳の木が二、三本、女の洗い髪のように枝をたれている。

このへんは堀のおおいところで、地盤もゆるく、この新堀ひとつへだてた霊岸島には、コンニャク島という異

名があるくらいだ。地盤がいつもコンニャクみたいに、ブルブル、揺れているところからきた異名である。

したがって、ふだんでも陰湿で、ものさびしい土地柄だのに、ましてやいまは梅雨どきの、しかもほの暗いたそがれごろ、また降りだした霧雨のなかに、お稲荷さまの鳥居も、祠も、玉垣も、ぐっしょり濡れて黒ずんでいる。むろん、堂守りとているわけではなく、そのころ江戸には、こういう稲荷が無数にあったものである。

いまきこえてきた声は、そのお稲荷さまの祠の裏っ側かららしい。声のぬしは、あたりをはばかっているのかもしれないが、霧雨しぶく、逢魔がどきのしずけさのなか、佐七の耳にはいやに大きくひびいた。

佐七がそっと足音しのばせ、祠のまえまで忍びよったときである。

「こん畜生ッ。さては山形屋の旦那を殺したのは、やっぱりおまえだったンだな」

しわがれた声が、祠のうらから聞こえてくる。佐七にとっては、聞きおぼえのある声だった。

佐七がはっときき耳を立てると、

「ちがう、ちがう、おれじゃねえ、おれはなんにも知らねえンだ」

「それじゃ、なにしにおまえさん、ここへ忍んできなすった。そして、この孔のなかはどうしたというンだ」

「そんなことおれの知ったことか。そこをはなせ、ええい、そこをはなさねえか」

なにやらことりと、祠の床へおちる物音。佐七がおもわず狐格子のあいだから、なかを覗きこもうとしたときである。とつぜん、

「うわーッ、人殺しい！」

のけぞるような声だった。

これ以上、ぐずぐずしていることはできない。佐七がタタタタと土をけって、祠の裏っ側へ廻ったときだ。片肌脱いだひとりの男、二十五、六、色のぬけるように白い男が、満面ぼーッと朱をはいて、匕首逆手にきっと突っ立っていた。みると、足もとには半面血にまみれた白髪の爺い、永代橋の三平爺いが、喘ぐようにぼりぼり土をつかんでいる。

「爺いさん、すまねえ、斬るつもりじゃなかったンだ」

「な、なにをいやアがる」

三平爺いがパッと、泥をつかんで投げつけるのを、ひ

らりとかわしたくだんの男が、匕首逆手に握ったまま、タタタタと逃げ出そうとするその鼻先へ、

「野郎、待て」

十手を口に、捕縄をしごきながらあらわれたのは佐七である。

「あ、親分」

三平爺いは土のうえに這いつくばったまま、

「よいところへ来ておくんなすった。そいつが山形屋の総領息子、重三郎でございます」

「重三郎、神妙にしろ」

「ええい、いられねえところへ」

重三郎は必死の面持ちで、あたりを見まわしていたが、なに思ったのか、ふいにからりと匕首を投げだすと、

「親分、恐れいりました。親父をやったのは、たしかにあっしにちがいございません」

さっきの形相はどこへやら、あまりの神妙さに、佐七はむしろ呆然としながら、それでも手早く縄をかけると、

「おい、父つぁん、けがはどうだえ」

「いえなに、大したことはございません。しかし、親分、悪いやつじゃございませんか。さっき、この野郎の姿をみかけたので、こっそり後をつけてくると、野郎、ここで穴掘りをはじめやアがった。なにをするのかと見ていると、ぶるぶるぶる、親分、まあ、このおそろしいやつを見ておくんなさい」

三平爺いの指さすところをみると、なるほど、一本の柳の根もとに赤黒い土が、いま掘ったばかりとみえ、まだ、しめりけをみせて盛りあがっている。佐七はつかつかと孔のそばへよると、ひょいと中をのぞきこんだが、そのとたん、おもわずあっとたじろいた。

逢魔がどきの薄暗に、孔のなかから、幽霊のようにほの白い顔をうかせているのは、年のころ二十五、六、月代のあとのあおい男、めくら縞に紺の前掛け、とわずとも行方不明となっている、番頭の世之助であることは、ひとめでもって知られるのであった。

その世之助の咽喉のあたり、まるで狂犬にでもかみ切られたように、バックリと柘榴がたにわれて、なんとも、名状することのできない恐ろしさ。

藁人形と呪いの銀簪

——願主、寅年の女と書いてある——

「はい、たしかに、あっしのやったことにちがいございません。家を出てからも、番頭の世之助には、ちょくちょく、無心をふっかけておりましたが、あの日、とうとう、小っぴどく跳ねつけられたので、つい、かっとしてやってしまいました。死骸はああして、土のなかに埋めてしまいましたが、こうなれば毒喰わば皿、どうしても、金子の入用がございましたので、その晩、家へしのびこんで、親父の手文庫に、手をかけたところを眼をさまされ、ついこれもやってしまいました。その物音をききつけて、妹のお鶴がやってきたので、これはまたしめ殺し、大川へ投げすてたのは、みんなこのあっしのしわざ、お雛はなにも、知らねえことでございます」

お白洲の砂に坐ったとき、重三郎はわるびれず、こういって、いっさいの犯行を肯定してしまった。

こうなると、もうなにもいうことはない。当人が神妙に自白したのだし、自白の筋道もとおっている。

お雛はぶじに親許へかえされ、重三郎は親殺し、番頭殺し、二重三重の大罪に、いまはもうお仕置の日を待つばかり。さすがに世間をさわがせたこの事件が、かくもみごとに解決したのは、やっぱり人形佐七だと、だれひとり賞讃せぬものはなかったが、そのなかにあってただひとり、浮かぬ顔して考えこんでいるのは、当の人形佐七である。重三郎がすなおに泥を吐いてから、半月ほどのちのこと、なにかしら心ひかれるままに、きょうしも北新堀へ立ちよったところを、バッタリと出会ったのは橋番の三平爺いだ。

「親分、おめでとうございます。こんどはまたたいしたお手柄で、江戸中の評判でございます」

「おお、父つぁん。それが、あんまりおめでたいことはねえのさ」

「へっへっへ、ご冗談で」

「いや、冗談じゃねえ、ほんとのことさ。このまま重三郎が、お仕置きにあうようなことがあったら、おらあ生涯うかばれめえぜ」

「親分、おからかいなすっちゃァいけません」

三平爺いはなぜか妙な顔をした。

「いや、ほんとうのことさ。ときに父つぁん、おまえにききてえと思っていたんだが、重三郎のやつぁ、なぜまた、あの死骸を掘りにきやアがったんだろう」

「さあて、おおかた、気になっていたんでござんしょう」

「ふむ、それもあろうが、父つぁん、あいつ、おまえが飛びだすまえに、なにか掘り出してかくしやア――」

と、いいかけて、佐七はどきりとしたように瞳をすえた。

「はて、あっしゃいっこう気がつきませんでしたが」

と、いいながら三平爺いが、佐七の顔をみると、佐七はまるで、あらぬかたを見ていたが、ふいにはたと両手を打って、

「そうだ、わかった。おっと、父つぁん、また会おうぜ」

あっけにとられた三平爺いを、あとにのこして佐七が、宙をとぶようにやってきたのは、新堀沿いのさびしいあの祠のまえだった。

このあいだ、佐七がこの狐格子のまえに立って、三平爺いと、重三郎との争いをきいているうちに、ふと耳にしたのは、なにかカタリと、お堂の床におちる物音、あのときは騒ぎにまぎれて、そのまま忘れてしまっていたが、いま、三平爺いと話しているあいだ、ふとそのことを思い出したのだ。

古びた狐格子をギイとひらいて、お堂のなかに踏みこむと、埃のつもった床のうえ、うすぐらい祭壇のうらがわに、なにやらピカリと光るものがある。簪だった。土にまみれた銀の簪だった。しかもその簪の両脚には、赤黒いものがべっとりとついている。

わかった、わかった。このあいだ、佐七がきいた物音は、この簪が床におちる音だったのだ。

だが、どこから落ちてきたのだろう。佐七はお堂のなかを見まわしたが、そのとき、ふと妙なものが眼にうつった。祭壇のちょうどうらがわに、ガッキリと、釘で打ちつけてあるのは、八寸ばかりの藁人形、その藁人形には、無数に五寸釘がうちつけてある。

佐七はぎょっとして、藁人形に顔をよせたが、見ると願主、寅年の女。

「ふうむ」

佐七は小首をかしげ、指折りかぞえていたが、おもわず手にした簪のうえに眼をおとした。簪の脚が血にそまり、土にまみれているのは、たしかに世之助の死体と

いっしょに、掘りだされたものにちがいない。

掘りだしたのは重三郎だろう。重三郎は死体を掘りだしたあと、三平爺いとあらそっているあいだに、壁のすきまからうしろ手に、この簪をお堂のなかに、つっこんだのにちがいない。

佐七はあらためて祭壇のまわりの、床のうえを見まわしたが、床の埃が、ひどくみだれているのに眉をひそめた。寅年の女が夜な夜な、五寸釘をうちにきたとしたら、床の埃がみだれているのはとうぜんだが、現場はそれ以上だった。

さいきん、だれかがそこで、寝ていたのではないかと、思われるような埃のみだれだった。

野伏（のぶせり）か乞食が宿にしていたのか。しかし、ただ、おとなしく寝ていたようには見えない。だれかがそこで寝ていたばかりか、ころげまわり、のたうちまわったとしか思えないほど、大きく埃が渦をまいて、かきみだされていた。

えたいのしれぬ現場の謎に、佐七がじっと考えこんでいるとき狐格子のそとでコトリというあやしい物音。

はっとした佐七が、そっと表をのぞいたとたん、バタバタと足音をたてて逃げていく人影の、うしろ姿をちらと見たとき、佐七はどうしたのか、狐につままれたような顔をした。

闇を衝く女の悲鳴
——意外意外下手人と共犯者——

さっきからすやすやと、眠っているとみえたお雛は、ふいに、むっくり枕から頭をもたげた。それから、隣室に寝ている母のお紋の、寝息をじっとうかがっていたが、やがてかすかにうなずくと、そっと寝床をはなれ、手さぐりに縁側へでると、ソロソロと忍びやかに雨戸をひらく。

外はねっとりとしたあたたかい闇、お雛はもういちど、母の寝息に耳をすまして、素足のままで庭へおりた。

庭から裏木戸をひらくと、目と鼻のあいだにお稲荷さまの祠がある。この深夜、お雛はいったい、なにをしようというのだろう。ひょっとすると、あの藁人形の呪いのぬしは、妹娘のお雛ではあるまいか。そしてこよいも、丑の刻参りとやらに、出かけるのだろうか。

　お雛は祠のまえに手をあわせて、しばらくいっしんになにやら拝んでいたが、やがて、立ちよったのは御洗水のまえ、するすると帯をとくとみるや、意外にも、水垢離を取りだしたのである。

　なにやら、熱心に口のなかでとなえながら、そのたびにザーザーと冷水をあびる。一杯、二杯、三杯、五杯、十杯。いかに梅雨どきとはいえ、冷たさが錐のように体中にしみとおって、どうかすると、気がとおくなりそうになる。お雛は歯をくいしばって、ものの四刻半（半時間）も水垢離をとっていたが、ようやくそれがすんで、ふたたび着物を着おわったときだ。

　ひたひたと、しのびやかな草履の音とともに、闇のなかを、こちらへ近づいてくる人物がある。

　お雛ははっと、御洗水のかげに身をかくした。足音はお雛がいま出てきた、裏木戸のまえでとまった。それから、とんとんと、かるく二、三度木戸をたたく音。すると、家のなかから、しのびやかな足音がしたかとおもうと、木戸をひらいてあらわれたのは、意外にも姉娘のお鶴である。闇のなかでもお鶴の姿だけは、あの背に負うた瘤のために、はっきりそれとわかるのだ。

「小父さんかえ、さっきからザーザーと、水をつかう音をさせていたのは？」

　お雛はそれをきくとぎょっとして、いよいよ体を小さくした。

「いいや、おれゃ知らねえ。だが、そんなことはどうでもいいよ。はやく逃げなきゃ、お鶴ちゃん、おたがいに身が危くなってきたぜ」

　ひくい男の声がきこえる。お雛はどきりとしてきき耳を立てた。

「小父さん、佐七のやつがあの藁人形を、見つけたというのはほんとうかえ」

「ほんとうとも、ほんとうとも。藁人形ばかりじゃねえ。おまえがかわいい男の咽喉仏を、ぐさッとやったあの簪まで、とうとう見つけだしやアがったぜ」

「ええ？」

　お鶴のひくい、呻くような声をきいたとたん、お雛はゾーッと総毛立った。

「だからさ、もういっときも、ぐずぐずしちゃアいられねえ。おまえ、金子の用意をしてきたかえ」

「あい、すこしは持ってきたが、小父さん、おまえ、そんなこといって、あたしを担ぐんじゃあるまいねえ」

「ばかなことをいっちゃいけねえ。なあ、お鶴、こないだから、このお堂のなかでおめえを抱いて、さんざん、うれしがらせてやったからって、おれゃアおまえがかわいくなって、こんなことをいうンじゃねえ。おまえがつかまったらこんどはおれの番だ。おまえのことだからすぐ口をわって、親父を殺したなア、橋番の三平だというだろう。さあ、おたがいに脛(すね)に傷もつ身だ。手のまわらねえうちに、道行きときめこもうぜ。なにさ、抱いてほしくばいくさきざきの、旅の宿でいくらでも抱いて、のたうちまわらせてやらアな」

　ああ、なんということだ。ふたりの話のようすをきくと、番頭の世之助を殺したのは姉のお鶴、そして、父藤蔵をころしたのは、意外にも橋番の三平らしい。お雛はあまりのおそろしさに、おもわずあっと、ひくい叫びをあげたからたまらない。

「ああ、だれかいる」

　いきなり、そばへとんできたのは背虫のお鶴。

「あら、お雛ちゃん」

「お鶴ちゃん、かんにんして」

「それじゃ、おまえ、いまの話をきいてしまったんだね。ええ、もう憎い。おまえのために、かわいい世之助さんを殺してしまったこのあたし、どうしてくれよう」

「お鶴、かまうこたアねえ。この匕首で殺してしまえ」

「あいよ」

　三平にわたされた匕首さかてに、お雛の髪をわしづかみ、めった斬りに斬りつける。

「あれ、お鶴ちゃん、だれかきてえ」

「おのれ、逃がすものか」

　気も狂乱の背虫のお鶴が、お雛の体をひきすえて、ぐさっと匕首をふりおろそうとしたときだ
「お鶴、御用だ。三平も神妙にしろ」

　三平爺いはその声をきいたとたん、また降りだした小雨のなかを、雲を霞(かすみ)と逃げだした。

背虫娘呪いの狂言
――さても考えたり葛籠のからくり――

「これでどうやら、なにもかも、納まりがついたようでございます」

　板橋の宿でとらえられた三平が、江戸へ送られてきて、なにもかも泥を吐いてから二、三日のちのこと、佐七は神崎甚五郎の質問にこたえて、ポツリポツリと謎解きである。

「世之助を殺したのはお鶴だったんだな」

「はい、そのとおりでございます。まわりから口説きおとされ、世之助はお鶴の亭主ときまったものの、それがいやでたまらない。かたわものとはいいながら、お鶴は根性がねじけていた。疑いぶかく嫉妬ぶかい。世之助がそれをうとましく思っているのを、お鶴はそれを世之助が、お雛にほれてるからだと邪推したんですね」

「それで、お雛の藁人形をつくって、呪いころそうとしたんだな」

「そうです、そうです。それを世之助が知ったんですね。それで、お鶴をあの場へつれていき、みっちり意見をくわえたところが、それをお鶴がかんちがいした。お雛にほれてるから、お雛をかばおうとしてるンだと邪推したお鶴は、いきなり簪をぬいてついてかかった。まさかあいてを、殺そうとまでは思っていなかったンでしょうが、はずみというものは怖いもんです。もののみごとにあいての咽喉を抉ってしまった」

「そこを、三平に見られてしまったのか」

「そうです、そうです。山形屋の旦那がころされたまえの日の、暮れの五つ（午後八時）ごろだったそうです。この三平というやつが悪いやつで、死体のしまつはじぶんがつけてやるからと、お鶴をお堂のなかへひっぱりこんで、さんざんおもちゃにしてしまったンです」

「お鶴には人殺しという弱身があるから、三平のいうなりになってしまったわけだな」

「そうです、そうです。そうして、さんざんなぐさんだあとで、三平がこうもちかけたんです。いかに死体を土中に埋めたところで、いずれはだれかに見つかるだろう。そうすればおまえに疑いがかかってくる。だから、おまえもだれかに狙われているように、見せかけておいたほうがよいと、葛籠づめの一件を、三平のほうからもちだしたんです」

「お鶴がその手にのったんだな」

「お鶴はがんらい悧巧なほうじゃありません。としにくらべておくれているほうです。だから、それでお雛に罪をかぶせることができるならと、一も二もなく賛成してその晩、裏木戸をあけておく約束をしてしまったンです」

「ところが、腹にいちもつある三平は、それをしおに、盗みをはたらく算段をしていたというわけか」

「そうです、そうです。しかし、三平もまさか人殺しをしようとまでは、思っていなかったそうですが、つい眼をさまされて、騒ぎたてられそうになったもんだから、剃刀（かみそり）をふりまわしているうちに、これまた、はずみで藤蔵の、咽喉を抉ってしまやアがった」

「しかし、佐七、そのほうのところへ手紙を投げこんだのは、いったいだれだえ」

「それはもちろん、三平です。おまえが葛籠づめになっているところを、だれかに見せておかねばならない。それにはお玉が池に佐七という、悧巧ぶった頓馬（とんま）野郎がいるから、そいつを踊らせてやろうじゃないかというと、お鶴がまた一も二もなく賛成したそうです。そのときにゃ三平も、まさかじぶんが人殺しまで、やるはめになろうたア思っていなかったんですね。しかし、それがけっきょく、おのれの首をしめる原因になりました」

「と、いうと……？」

「いえね、山形屋の亭主がころされたのを、丑満時（うしみつどき）（午前二時半）とみると、お鶴が葛籠につめられて、河へ投げこまれてから、あっしが三平に命じて、葛籠を河からひろいあげた七つ半（午前五時）までにゃ、およそ一刻（二時間）はたっているはず、それにしちゃ葛籠のしめりかげんが、少ないんじゃないかと思ったんです。なにせ、葛籠のうわっつらは、まだ濡れてもいませんでしたよ」

　神崎甚五郎は眼をみはって、

「それじゃ、葛籠は河へ投げこまれたんじゃなかったのか」

「お鶴がいかにぬけた娘でも、そこまであぶない橋はわたりません。お鶴を長襦袢のまンま、橋番所のちかくまでつれてきて、あそこで葛籠につめて、流れないように、そうっと杭のあいだへおいたンだそうで」

「しかし、そういうことに、三平の女房は気がつかなかったのか」

「それというのがあの爺い、としのわりにゃ脂切ったやつで、よくコンニャク島の白首のところへあそびにいくんだそうです。だからあの朝も、朝がえりだとばかり、女房のお力は思っていたそうです」

「それにしても三平は、なぜひと思いに、お鶴をころしてしまわなかったんだろう。お鶴を殺しておきさえすりゃ、露見しなくともすんだであろうに」

「あっしもそれを訊ねてみました。あっしがあの葛籠の一件を、あやしいとにらんだのも、葛籠の濡れかげんも濡れかげんですが、なかの女が生きているのが、ふしぎだと思ったからです。ところが三平のいうことにゃ、あいつもやっぱりひと思いに、殺してしまおうかとも思ったそうです。しかし、そこで思いなおしたというのは、生かしておいてもお鶴じしんに、世之助殺しという大罪がある」

「だから、お鶴の口から藤蔵殺しの下手人が、われるようなことはよもあるまいと、たかをくくっていたわけか」

「そうです、そうです。それともうひとつ、生かしておいてときどきは、れいの稲荷の祠へよびだし、なぐさんでやろうという肚もあったんですね」

神崎甚五郎はぎょっとしたように、

「それじゃ、ふたりはそのごもちょくちょく……」

「三平も覚悟をきめたか、笑いながら泥を吐きましたが、あっしも生娘を、一人前の女にしてやったのはうまれてはじめて。はじめは怖がって堅くなっておりましたが、秘術をつくしてかわいがってやってるうちに、われを忘れて破目をはずし、のたうちまわるその味が、コンニャク島の白首などとちがってまたかくべつ。それを忘れかねて、そのごもちょくちょく、お堂の床で抱いて寝て、さんざんかわいがってやりましたよと、ヌケヌケ泥を吐きましたが、お鶴にしてもうまれてはじめて知った男の味、まんざらでもなかったんじゃないでしょうか。どうせああいう体ですし、少々足りないときてますからね」

男も男だが女も女だ。あの埃だらけのお堂の床で、脂切った五十男と、すこし足りない、二十まえのかたわ娘が、恥も外聞もわすれて、くりひろげていたであろう、情痴の場面のかずかずを想像すると、神崎甚五郎もむしずの走るような嫌悪感を、おぼえずにはいられなかった。

「ときに、佐七、山形屋の総領息子は、なぜあのようないつわりを申し立てたのであろうな」

「なあに、ありゃお雛を助けたかったからなんで。あいつがちょくちょく、無心をふっかけていたなア、番頭じゃなくお雛だったんですね。ご承知のとおり、ふたりは兄と妹といっても、血筋のうえではあかの他人、いつか妙な仲になっていたんですね」

「なるほど」

「それだけに重三郎にはお雛が下手人とはおもえない。そこでひと知れず番頭の行方をさがしているうちに、とうとう祠のうらの柳の根もとの、掘りかえした跡を見つけた。そこを掘りかえして、世之助の死体を見つけたまではよかったが、いっしょに出てきたのがお鶴の簪……」

「なるほど、泥棒をとらえてみればわが子なりというわけだな」

「そうです、そうです。さすが肉親の情として、それをいうに忍びない。と、いって黙っていればお雛がお仕置にあう。そこで、じぶんで罪をかって出たんですが、それをまたお雛が水垢離とって、むじつの罪の晴れるのを、祈っていたというンですから、こちらのほうは、泣かせる話じゃありませんか」

「いや、めでたくほんとの下手人が挙がったというのも、お雛の念（おも）いが、とどいたのかもしれないな」

神崎甚五郎はそういって歎息した。

三平はいうまでもなく、引きまわしのうえ獄門になったが、お鶴はそれよりまえに牢死した。死んだときお鶴は妊娠していたということだが、これでは牢死したほうが、しあわせだったかもしれない。

重三郎とお雛はめでたく夫婦になったが、この一件のために、山形屋はつぶれてしまったので、いまではその行方を知っているものもない。

非人の仇討（あだうち）

宮芝居金子雪之丞

——これで御用が勤まりますかえ——

目に青葉山ほととぎす初鰹(がつお)——。

花も散って、青葉若葉の色が目にしみるようになると、だれしもこう、からだの芯(しん)がぬけるようにかったるくなるもので、つい朝の寝床が離れにくく、まことに朝寝によい季節で。

また、朝湯の味というのがかくべつで。その朝湯がえりに、鰹のいきのいいやつでも見つけようものなら、上戸(じょうご)ならずとも、つい一杯ひっかけたくなるというようなわけである。

しかし、その朝、神田お玉が池で人形佐七が、女房お粂の酌(しゃく)で、初鰹かなんかを肴(さかな)にして、ちょっと一杯やっていたというのは、そんなのんきな沙汰(さた)ではなく、佐七としては針のむしろはおおげさとしても、心中ははだ平らかではなかったので。

「おまえさん、なんだかいやに酒がまずそうじゃないか」

「なにをいやあがる。朝湯がえりに女房の酌でちょっと一杯、こんなうまい酒がまたとあるか」

「ほっほっほ、どうだかねえ。そんなら、もっとジャンジャンお飲みよ。あたしが酌をするんだから」

「べらぼうめ。うわばみじゃあるめえし、そうガツガツ飲めるかい。酒というものはな、盃をこうなめるようにして、チビリチビリとやるところに味わいがあるんだ。ううい」

「あれ、おまえさん、また酔っぱらったふりをして、意見をすっぽかそうというんじゃあるまいね」

「なによ、これっぽっちの酒で酔っぱらうおれじゃあねえ。それに、でえいち、酒は飲んでも飲まいでも、勤めるところはきっと勤めるこの佐七だ。きょうというきょうは、辰(たつ)と豆六、うんととっちめてくれなきゃ腹がいえねえ。お粂、酌をしてくれ」

なんだか妙な雲行きだが、これにはひとつのわけがある。

ちかごろ、辰と豆六のご乱行が目にあまっているところへもってきて、ゆうべもついに無断外泊。いったいどこへしけこんだのか知らないが、朝になっても梨のつぶて。

そこで、お粂がブックサいいだした。ここらでみっちり意見してもらわなきゃ困ります。しかし、どうせ脛(すね)に傷もつおまえさんのことだから、しらふでは意見がしにくうございましょう。さ、さ、どうぞ一杯召しあがって……というようなところからはじまった酒だから、これでは佐七もうまかろうはずがない。

「ときに、お粂、もう何刻(なんどき)だえ」

「そろそろ午(うま)の刻（十一時）ですよ」

「なんだと、昼だとお？　さあ、承知できねえ。野郎、ちょっとあめえツラしてると、ひとをなめやあがって。朝がえりにことかいて昼がえりとは……ようし」

「その調子、その調子、きょうというきょうは、お手並み拝見といきますよ。さあ、もっとジャンジャンお飲みなさいよ」

牝(めん)鶏すすめて牡(おん)鶏時をつくるとはこのことである。お粂にけしかけられた人形佐七が、きょうというきょうは辰と豆六、いやというほど脂をしぼってやると、柄にもなく肩ひじいからせ、いきまいているおりしもあれや、表の格子が威勢よく、ガラガラガラッとあく音がしたかと思うと、疾風のごとくとびこんできたのは巾着の辰。ひとめ茶の間をみるより目をまるくして、

「あれっ、これは親分、いってえどうしたことでございます。いいわけえもんが朝っぱらから酒びたり、これでお上の御用が勤まりますかえ」

と、その場にひらきなおったから、これにはお粂佐七のご両人、気をのまれて口あんぐり。さぞやさぞさぞしっぽをたれて、小さくなってかえってくると思いのほか、のっけから意見をされて、佐七もお粂も目をパチクリ。

「た、た、辰……」

「た、た、辰じゃありませんぜ。しかも、姐(あね)さんのお酌とは恐れいったね。姐さん、おまえさんもおまえさんだ。ちったあ親分に意見しなきゃいけねえじゃありませんか」

「そ、そ、それはそうだけれど……」

勝手がちがってお粂もへどもどしながら、

「ときに、豆さんは……？」

「おっと、そのこと、そのこと。あっしとしたことが、あまりおまえさんたちがだらしがねえんで、すんでのことで忘れるところでした」

と、上がり框(かまち)へとんでて、

「おい、豆六、はいってきねえ。ひとつ、ふたりでみっ

ちりと、親分と姐さんに意見をしようじゃねえか」

「へ、へえ……親分や姐さんに意見とは……」

と、おっかなびっくりではいってきた豆六も、ひとめその場のようすを見、かつはまた、辰からパチパチ目くばせの怪電波をうけるにおよんで、しめたっとばかりにおさまって、

「これはけしからん。朝っぱらから初鰹で一杯とは、こらまたたいした栄耀三昧」

「しかもよう、豆六、姐さんもご同腹ってえんだから恐れ入るじゃねえか」

「そやそや、姐さんとしたことが、このような心得ちがい、こらいったいどないしたこったす。おはら庄助さんは朝寝朝酒朝湯がすきで、そいで身上つゥぶした」

と、豆六め、はんぶん踊りながら、

「そないなことになったらどないしまんねん。どっちゃにしても、こないなとこ、うっかりお客さんにみせられしまへんやないか」

「あら、豆さん、どなたかお客さんがいらっしゃるのかえ」

「そうだんがな、表に待っていやはりまんがな。兄哥、意見はあとでみっちりするとして、ともかくここ片付けよやおまへんか」

「そうだ、そうだ、こんなとこうっかりひとに見せられやあしねえ。お玉が池の佐七というやつは、わけえ身空で朝っぱらから女房あいてに差しつ差されつなんて噂が、パッと世間にひろがってごらんなせえ、ご先代さまにも申し訳ありますめえ」

辰め、とうとうご先代さんをひきあいに出して、ガタピシガタピシ、そこらを片付けはじめたから、お粂佐七のご両人、顔見合わせておもわずクスリ。

さては辰と豆六め、朝帰りの敷居がたかく、表をまごまごしているところを、だれかこのうちへ訪ねてきた客にぶつかったので、これさいわいと逆手に出てきやあがったかと思うと、おかしいやら、かわいいやら。

「辰、豆六もすまねえ、すまねえ。お粂、おめえなにをまごまごしてるんだ。はやくそこらを片付けねえか」

「あいよ、辰つぁんも豆さんも、堪忍しておくれ、ほんとにわたしがいたらなかった」

と、さっそくそこらを片付けてしまうと、

「姐さん、あんたなにをボンヤリしてはりまんねん、は

よお客さんを案内してきておくれやすな」

と、また豆六にけんつく食わされ、

「あれ、ごめんなさい」

と、笑いをかみころして格子へ出たお粂は、そこであっとおどろいた。

格子の外に立っているのは、ひとめでそれとしれる歌舞伎役者。友禅の振袖のうえに黒縮緬かなんかの羽織をきて、眉をそった跡も青々として、額においた野郎頭巾もなまめかしく、まるで女のようにやさしい姿だ。

お粂もさすがに驚いて、

「あの、辰つぁんや豆さんのお連れさんとは、おまえさまでございますか」

「はい」

「親分がお目にかかりたいと申しております。どうぞお入りなすってくださいまし」

「それではごめんこうむります」

ボーッと頬を紅らめながら、左に小褄をとってはいってくるその姿なり形なり、どこから見ても女としか受け取れぬ。

「ああ、雪さん、遠慮はいらしまへんで。どうせむさ苦しい家ださかいにな」

「いいよ、豆六、わかったよ。どうせこちとらの家は、おめえみてえな素姓のいいものには向くめえ。だが、辰、どちらの太夫さんだえ」

「おやおや、驚いた。雪さんを知らねえとは情けないね。いま湯島で大評判の金子雪之丞さんですよ」

「おっと、お噂はかねがねうけたまわっております。とんだご無礼いたしました」

「あの、いいえ、わたくしこそ」

雪之丞はふたたびポーッと顔紅らめた。

おかげで、辰と豆六は、朝がえりの意見もまぬがれて、ホッと安堵の胸をなでおろしている。

ごひいき迎え駕籠

――そらまあご愁傷さまでした――

江戸時代には公許の芝居は三軒しかなかったが、ほかに湯島の天神や芝の神明などに、いわゆる宮芝居というのがあって、これを緞帳芝居といった。

引き幕、廻り舞台など、ばんじ本格的な装置は許されない習慣になっていて、鬘、衣裳などもすべて簡略を旨としなければならないという、三座にくらべるとひどく迫害をうけていたものだが、どうかするとその宮芝居に、すばらしい役者が現われることがある。

　そのころ、湯島の境内で人気を集めていた宮川左近の一座へ、さきごろ現われた金子雪之丞などもそのひとりで、役者が世襲になっていて、ほかからとび込んだ者では、なかなかうだつがあがらないような仕組みになっていたそのころでは、器量のあるものがどうかすると宮芝居で気をはいたものである。

「雪之丞さんなら、名前はかねがねきいておりましたが、それがまた、あっしにどういう御用で」

「はい、あの、それが……」

「いいから、いっちまいねえな。なにも恥ずかしがることはねえやな」

「そやそや、人気稼業にはありがちのこっちゃ。なんなら、わてがいうたげまひょか」

「いいえ、それではわたくしが申し上げます」

雪之丞は居住いを直すと、つぎのような話をはじめたのである。

　いまからちょうど三日まえ、雪之丞の出ている小屋へ、一挺の駕籠が迎えにきた。もっとも、その前日から太夫元をとおして渡りがついていたので、あすのひる八つ半（三時）ごろ、駕籠の迎えをよこすから、雪さんのからだをかしてほしい。長くは手間を取らせないからと、かなりの祝儀をはずんだらしい。

　こんなことはよくある慣いで、太夫元もべつに怪しみはしなかったが、ただちょっと気になるのは、あいての素姓がわからないことだった。いささか憚るところがあるから、それだけは聞いてくれるなという使いの口上である。しかし、これとてもよくある慣いで、いずれ大身のご後室さまか、ご大家の淫奔娘、深く詮議をするのは野暮というもの、そこは祝儀がきいて、太夫元もこころよく承諾した。

　雪之丞も役者冥利、もとより異存のあろうはずはなく、心待ちしていると、はたして一挺の駕籠が迎えにきた。

　八つ半といえば芝居はまだ開いている。しかし、雪之丞はちょうどその前後、一刻（二時間）ほどからだがあいているので、むこうでもそれは承知のうえで、つぎの出幕までにかならずかえすという固い約束なのである。おおかた先方では、夜よりかえって昼間のほうが、首尾がしやすかったのであろう。

「ところが、それからが妙なのでございます。わたくしが駕籠に乗りますと、まもなく駕籠の周囲に、すっかり目隠しをしてしまったのでございます」

しかし、そのときは雪之丞もたいして気にもとめなかった。先方では身分をあくまでかくしておくつもりらしいが、そういう遣口からみると、かならずご大家の者にちがいない。と、そう思うと、雪之丞はこの冒険に、いっそう気がうきうきとするのであった。

駕籠はそれからずいぶん長いあいだ、方々を歩き廻ったらしい。そうして、やっと駕籠がおりて、雪之丞が解放されたのは、ぴったり雨戸をしめきった薄暗い座敷のなかだった。

「お待たせいたしました。さぞご窮屈でございましたろう。さあ、お出になってくださいまし」

駕籠舁きは雪之丞が出ると、すぐ駕籠を片付けて、つぎの部屋へさがってしまった。そこで雪之丞がぼんやり控えていると、やがてさやさやと衣擦れの音がして、あらわれたのは品のいいひとりの老女。

「お待ちしておりました。お嬢さまがお待ちかねゆえ、さあどうぞ」

そういう老女のあとについて、長い廊下をわたっていくと、やがて奥まったところに、ぼんやりと灯の色がもれている。断っておくが、その廊下もことごとく雨戸がとざしてあって、老女は燭台をかかげて案内したのである。

やがて、灯のついた部屋へはいると、そこにはひとりの娘が恥ずかしそうに、顔をかくして控えていた。見ると、酒肴の用意も手抜かりなくととのえてある。

「さあ、お嬢さま、雪之丞さんをお連れして参りましたよ。雪之丞さん、お嬢さんをお願いいたします」

老女は雪之丞の手をとって、娘のそばへ引きすえると、そのまま部屋を出ていこうとしたが、そこで立ちどまると、

「雪之丞さん、お嬢さまは仔細あって、お顔をかくしていらっしゃいますが、そのお顔を見ようとしてはなりませぬぞ」

ぐさっと釘をうつようにいうと、そのままさやさやと、衣擦れの音をさせながら立ち去ってしまった。雪之丞が妙なことをいうと思って、娘のほうを振りかえると、意外にも娘は、小豆色の頭巾をすっぽりかぶっているのである。

雪之丞も変だと思ったが、初心(うぶ)な娘として、顔を見られるのが恥ずかしいのもむりはない。その初心なところが、雪之丞にはいっそう心惹(ひ)かれる想いで、そこでまあ、いろいろ口説もあり、盃のやりとりもあったわけだが、

「そのお嬢さまというのが、いつまでたっても打ちとけないのでございます。盃をさせばいくらでも飲みますし、話をすればうけこたえもいたしますが、いざとなるとはぐらかしてしまうのでございます」

雪之丞もしだいにじりじりしてきた。それに、いつまでも娘のあいてをしているわけにもいかない。なにしろ、時間をきっての逢瀬(おうせ)だから、早く話をつけなければかえるにもかえれない。

「お嬢さま、あなたのようにそう固苦しくしていられては、話もしにくうございます。もう少しうちとけてくださいな」

「だって、あたし……」

「それに、水臭いじゃございませんか。そんな頭巾(ずきん)を召していらしちゃ、情も移りにくいじゃございませんか」

「でも、おまえ、これだけは……」

「よろしゅうございます。お嬢さまがそのように水臭いことを仰有(おっしゃ)るなら、わたしこれでご免蒙(こうむ)ります。これでも忙しいからだでございますから」

雪之丞がわざと気強くそういって、立ちあがりそうにすると、

「あれ、おまえ、そんなことといって……」

と、娘は雪之丞に縋(すが)りついたが、そのときどうしたものか雪之丞、くらくらと目まいがすると、それきり気が遠くなったのである。

「酒に酔ったとは思えません。酔うほどにも飲みはしなかったのでございますから。それだのに、かんじんなところで気が遠くなって……」

「とんだご愁傷さまでした」

「ほんまにいな、これからが正念場やいうのになあ」

辰と豆六はお悔やみをいっている。

「いえ、冗談どころじゃございません」

雪之丞はにこりともせず、

「それで、こんど気がつくと、驚くじゃアございませんか。湯島境内のなかに駕籠がおきっぱなしになっておりまして、そのなかでわたくし、いい気持ちに眠っていたのでございます。おやと思って懐中に手をやりますと、ちゃんとご祝儀がはいっておりました」

雪之丞は狐につままれたような顔である。

佐七は苦々しげに眉をひそめて、

「それで、おまえさんがここへきなすったのは、その娘を探してくれとでもおいいなさるのかえ。それならお断りしなきゃなりませんねえ。それゃアまあ、かんじんのところで幕になった残念さはお察しするが、そうしてちゃんと祝儀まで忘れずに包んでくれたのなら、なにもいうことはなさそうに思うがね」

「親分、親分、どうしたもんです。雪さんの話はこれからじゃありませんか」

「えっ？　じゃ、まだつづきがあるのか」

「あたりまえだっしゃないか。これだけの話やったら、なんで兄哥やわてが雪さんをここまでお連れしまっかいな」

「親分、おまえさん、さっきの豆六の台詞じゃねえが、おはら庄助さんで、少しオツムがいかれちまったんじゃありませんか」

「そやそや、朝寝朝酒朝湯がすぎて、そいでそないな早トチリしやはりまんねん。姐さん、あんさんも気イつけておくれやすや」

お粂佐七のご両人、思惑が鶍の嘴とくいちがい、朝帰りの辰と豆六に、さんざん意見をされている。

「あらま、辰つぁんも豆さんもご免なさい。以後つつしむことにいたしますが、それじゃこちらのお話、まだつづきがおありなのかえ」

「ありともありとも大ありでさあ。しかも、それが奇々怪々、奇妙きてれつの話なんで」

「いや、どうも、これは失礼いたしました。それでは雪之丞さん、その奇々怪々、奇妙きてれつの話というのをうかがおうじゃありませんか」

雪之丞は事情を知らないから、目をシロクロさせながら、この親分乾分のやりとりをきいていたが、やがて佐七にうながされるままに語りだした話というのは……。

駕籠のなかで目をさました雪之丞が、おもわずはっとしたというのは、時刻はすでに七つ半（五時）を過ぎている。七つ半といえば自分の出幕が終ったころだ。あんなに固く約束しておきながら、自分の幕をすっぽかしたとあっては、太夫元（たゆうもと）にも申し訳ないし、ほかの役者衆にも合わせる顔がない。

　そこで、あたふた小屋へかけ込んだ雪之丞が、おそるおそる太夫元のところにお詫びにでると、

「雪さん、おまえなにをいってるんだい。バカだね。あんまり可愛がられすぎたので、どうかしたんじゃないか。おまえちゃんといまの舞台を勤めたじゃないか」

「ええっ！」

　と、雪之丞は二度びっくり。聞いてみると、雪之丞の留守中に、だれか雪之丞の役をそっくりそのまま、勤めたものがあるらしかった。

疑問の吹き替え

――さあ起きなはれ起きておくれやす――

「ほほう、それは……」

　ここにいたって人形佐七、思わず膝を乗り出した。

「しかし、それはおかしいじゃないか。だれかほかの者が吹き替えを勤めたとしても、舞台へでればすぐわかりそうなもの」

「ところが、その幕というのは、わたしは幕切れにほんのちょっと顔を出すだけ、台詞（せりふ）とてもなく、それに深編み笠（がさ）をかむっておりますから、役者がかわっていても、だれも気がつかなかったのでございます」

「だけど、一座のなかにだれか代役を勤めたものが……」

「それがあるくらいなら、わたしもこんなに心配しやアしません。厚く礼をいうばかりでございますが、だれも心当たりがないと申します。それのみならず、わたしのことを、夢でも見てるんじゃないかとからかうんです。それからみると、だれが代役を勤めたにしろ、よっぽどうまくやったにちがいなく、それを考えると気味が悪くてたまりません」

　これでは、雪之丞が気味悪がるのももっともだった。

「それで、おまえさんの連れこまれた屋敷というのは……？」

「それがまたいっこう……でも、あとになって考えてみたのでございますが、駕籠屋はわざと遠まわりをしたのではないか、したがって、そのお屋敷も案外湯島にちかいのではないかと思われます」

「それで、その駕籠屋というのは……？」

「それがまたおかしゅうございます。連れこまれたお屋敷というのが、たしかにご大身の武家屋敷とおもわれますのに、駕籠というのがふつうの辻駕籠でございました。こんなこともみんなあとになって気がついたのでございますが……」

「それでそのお嬢さんというのは……？　とうとうお顔は見ずじまいかえ」

「はい。でも、とてもお姿のよいかたでございました。ただ、お顔のほうはどうですか……」

「親分、これゃなんですぜ。そのお嬢さん、ご大身のうちにうまれたが、おっそろしく不縹緻で、だれもお嫁にもらいてがねえ。そこでとうとういきおくれちまったんでさあ」

「そやそや、そこで性のなやみちゅうやつで、雪さんみたいなきれいなひとを……雪さん、あんた眠り薬かなんかで眠らされてるまに、あんじょう可愛がられたんとちがいまっか」

「あれ、そんなこと……」

雪之丞はパッと頰に紅葉を散らして、

「もしそんなことがあったとしたら、あとで思いあたるところがあるはず、そのようなことはいっこうに……」

と、穴があったらはいりたそうなその風情が、このうえもなくなまめかしい。

「豆六、よしんばおまえのいうようなことがあったとしても、それじゃ雪さんの代役を勤めたのはいったいだれだえ」

「あっ、さよか。ほんなら、だれかが雪さんのかわりをやりたいばっかりに、そないなけったいな芝居うちよったんだっしゃろか」

「いまのところ、そう考えるよりほかはねえようだな。ところで、雪之丞さん、おまえさんはこのあっしに、どうしろとおっしゃるんで」

「はい、わたしとしてはなんだか気味悪うございますから、そこのところを親分さんに、ようく調べていただきたいと思いまして……なんだかこのうえまた、なにかよからぬことが起こるのではないかと、それを思うとそら恐ろしいような気がいたします」

「なるほど、よくわかりました。それじゃまあ、およばずながら、なんとか働いてみましょう」

「なにぶんよろしくお願いいたします。それではまもなく芝居がはじまりますから」

と、雪之丞がかえり支度をはじめると、

「おい、豆六、それじゃこちとらも雪さんとご一緒しようじゃアねえか」

「あら、辰つぁん、おまえさん雪之丞さんとご一緒して、どうしようというのさ」

「だから、駕籠屋を探すんでさあ」

「そやそや、兄哥は駕籠屋をお探しやす。わては雪さんの連れこまれたお屋敷ちゅうのを探してみまっさかいにな」

「そうだ、そうだ、善はいそげだ。雪さん、いこうよ。豆六、おまえもいっしょに来い」

「よっしゃ。これも御用のためだっさかいな」

ずるいやつは辰と豆六、御用にかこつけてさっさと飛び出してしまったから、あとではお粂と佐七が大笑い。

「野郎、とうとう逃げちまやあがった」

「でも、いじらしいじゃないか。よっぽどきょうの朝帰りが気にとがめているんだよ」

「その埋め合わせに、なにか働いてみようと思ってるんだろう」

「だから、あんまりしからないほうがいいかもしれないわねえ」

お粂も根はおひとよしなのである。妙にしんみりいったところをみると、辰と豆六の作戦は、どうやら図に当たったらしい。

「ときに、お粂、おまえいまの雪之丞の話をどう思う」

「さあ、あたしにゃよくわからないが、これ、なにかの前触れじゃないかしら」

「前触れというと？」

「初手(はな)はそうしてなんでもなくすましておいて、そのあとでなにかやるつもりじゃないかしら」

「豪(えら)い、さすがは佐七の女房だ。おれもさっきからそう思っているんだが、なんだかいやなことが起こりそうな気がしてならねえ」

佐七は腕こまぬいて考えこんだが、不幸にしてその予感は的中した。しかも、あまりにも早く事実となって現れたので、さすがの佐七も唖然(あぜん)とした。

その日の七つ（四時）さがり、慣れぬ朝酒についうとうとしているところへ、弥次郎兵衛(やじろべえ)みたいに大手をひろげて、舞いこんできたのはうらなりの豆六である。

「あれ、こらまたどもならんがな。ええ男が午睡(ひるね)なんかしやはって、いったいなんちゅうこったす。さあ、起きなされ、起きておくれやす」

「まあ、豆さんの騒々しい。外でなにかあったのかえ」

「騒々しいもヘチマもおまっかいな。さあ、親分、はよ顔あろておくれやす。人殺しや、人殺しだすがな」

「なに、人殺し……？」

むっくり起きなおる佐七の頭のうえから、豆六がじだんだ踏みながらの大雷。

「そうだすがな、湯島の宮芝居の座頭(ざがしら)、宮川左近はんが殺されはってん。それも、たったいま舞台のうえのことだっせ。さあ、これで目がさめやはったやろがな。ああ、しんど」

きょうは佐七さんざんである。

返り討ち非人小屋

——疑いうけたは嵐三右衛門——

けがの功名とはこのことである。雪之丞を送っていった辰と豆六、これも役得とばかりに見物席へまぎれこんでいたその鼻先で起こった事件。豆六がすぐにお玉が池へすっとんだので、佐七が駆けつけたときには、まだご検屍の役人も顔を出していなかった。

「親分」

佐七が楽屋口から入っていくと、まずいちばんにとび出してきたのは巾着の辰、うしろで雪之丞もふるえている。

「とうとうひょんなことが起こりました」

「おお、そうだってな。してして、座頭の死体は」

「はい、まだ舞台にございます。わたしはもう恐ろしゅうて、恐ろしゅうて……」

雪之丞は目に涙をいっぱい溜(た)めて顫(ふる)えている。非人姿の色若衆の扮装(こしらえ)が、まるで白百合の花のよう。

「そうだろう。が、まあ、とにかく死体を見せてもらおう」

瓦燈口から舞台へ出てみると、そこはどこかの土堤の場らしい。正面に非人の蒲鉾小屋があって、その蒲鉾小屋のなかに、非人姿の宮川左近が、胸にぐさりと大刀をつったてたまま、虚空をつかんで死んでいる。青くぬった青黛、のびた月代、つづれの衣裳。それはむろん役の扮装だが、それがこの際、あまりにも死人の形相によく釣合って、陰惨な舞台のつくりまで、なにかしら、そのまま現実のように思われる。

その死体の周囲には、いろんな扮装をした役者や裏方の連中が、不安そうに額を鳩めていて、客席にはもうひとりの見物も残っていなかった。

「いったい、これはどうしたんです」

「お玉が池の親分さん、とんだことが起こりました。じつはこういうわけで……」

頭取がおそるおそる語るところによるとこうである。

いったい、いま出している狂言というのは仇討ちもので、宮川左近の扮した武士と、金子雪之丞の扮した弟と、ふたりが敵をさがして流浪しているうちに非人に落ちる。そして、この蒲鉾小屋に起き伏ししているところへ、敵がしのんできて、宮川左近を返り討ちにして立ち退くという場面なのである。

「それで、きょうも敵役の嵐三右衛門さんが、深編み笠の扮装でこの場へ出まして、蒲鉾小屋のなかで、座頭を殺して立ち退いたのでございますが、そのあとで手負いになった座頭が、垂れをめくって舞台へころげ出て、雪之丞さん役の弟の名を呼びながら悶絶するという、そういう段取りになっておりますのに、いつまでたっても座頭が出てまいりません。愚図々々していると舞台に穴があきますので、雪之丞さんに無理に出てもらいましたところ、座頭は蒲鉾小屋のなかであのように……」

「それで、嵐三右衛門という役者はどうしました」

「それが妙なんで。どこを探しても見当たりません。妹のお藤というのがついそこの水茶屋に出ておりますので、いまそこへ聞きにやっておりますが……」

いっているところへ、息せき切ってとびこんできたのは、十七、八のかわいい娘。

「あ、おまえはお藤さん」

娘はその雪之丞の胸にすがりつくと、

「兄さんが座頭を殺したというのは、それゃほんとのことかえ。いいえ、嘘です、嘘です、そんなこと。雪さん、おまえ嘘だといっておくれ。兄さんに限ってそのような……」

お藤はわっとその場に泣きふしたが、おりからそこへ検屍の役人もかけつけてきた。

お高祖頭巾の女

——三右衛門も雪之丞とおなじ手に——

なににしても姿をかくした嵐三右衛門という役者を探しだすのが目下の急務と、三右衛門の立ち廻りそうなところへ、八方人を走らせたが、なんと、当の本人三右衛門は、つい目と鼻のあいだの、湯島の境内の裏っ側、ひとけのない大銀杏(いちょう)のしたに放り出された駕籠のなかで、前後もしらず高鼾(いびき)。これを聞いた刹那(せつな)、佐七はおもわず辰や豆六と目を見交せた。

「親分、もしや三右衛門も……」

「雪之丞とおんなじ目えにおうたんとちがいまっしゃろか」

「ふむ、そんなことかもしれねえな」

三人の胸に期せずして浮かんだのは、三日まえ雪之丞が遭遇したという、あの妙な出来ごとである。三右衛門もおなじ手にはめられたのではあるまいか。

三人のその予感は、あまりにもうまく的中した。それからまもなく人々の介抱によって目をさました三右衛門が、寝ぼけまなこをこすりながら話したところは、なにからなにまで、雪之丞の話とそっくりだった。

ただちがっているのは、雪之丞の場合、太夫元(たゆうもと)をとおして話があったというのに、三右衛門のばあい、きのう直接お高祖頭巾(こそずきん)の女がかれのところへ来たというのである。このお高祖頭巾の女というのは、太夫元のところへきた使いとおなじらしいが、ふたりともどんな女だったか、はっきりわからないというのだから、頼りないことおびただしい。なにしろ、相手はお高祖頭巾に面(おもて)を包んでいたうえに、口数などもいたって少なく、お屋敷ものらしいというほかに、とんと見当がつきかねるというのである。

「それでなにかえ、三右衛門さん、おまえのときにも老女というのが出てきたのか」

「老女……？　いいえ、そんなものいやあしません。駕籠から出るとすぐ頭巾をかぶった娘が出てきて、酒盛りになりましたので」

　三右衛門のことばに嘘はないらしい。

　座頭が殺されたと聞いたときの驚きよう、またその疑いが自分にかかっていると知ったときの仰天ぶり、いかに役者とはいえ、あまり神（しん）に入りすぎていた。

　それに、そういえばきょうの敵役（かたき）はおかしかったと、頭取はじめ一同が口々に言い出した。

「あの場は三右衛門さんの見せ場だから、いつもは長い台詞もあり、大見得もあるのに、きょうはつかつかと蒲鉾小屋のなかへはいっていくと、すぐ出てきて、そのまま下手へ消えてしまいました。編み笠もとらずに、あんな芝居ってあるもんじゃないと、みんなふしぎがっていたのでございます」

「どうしたものだろうな、佐七」

　こういう話をきいて苦りきった面持（おもも）ちで佐七にささやくのは、おなじみの与力神崎甚五郎。

「みんなああして三右衛門の肩をもつが、おれはやっぱりあいつが怪しいと思う。引っ立てたもんかどうだろうな」

「いえ、旦那、それはしばらくお待ちくださいまし。あっしに少し考えるところがございますから。なに、逃がしゃアしません。大丈夫です」

　と、佐七はかるく受け合ったものの、さて、どこから手をつけてよいやら、思案投げ首のていである。

鳥金宮川左近
――一座で怨まぬ者はありません――

「辰、豆六、ちょっと耳をかせ」

「へえへえ、親分」

　佐七がなにやら耳打ちすると、

「あ、なあるほど、いや、大丈夫です」

「細工はりゅうりゅう、見てておくれやすや」

「豆六、それじゃいこうか」

「おっと合点（がてん）や」

　なにを耳打ちされたのか辰と豆六、糸の切れた奴凧（やっこだこ）のように楽屋口からとび出していったが、そのあとを見送っておいて、人形佐七がぶらりとはいってきたのは楽屋番、弥助爺さんの詰め所である。みると、爺いめ、座頭が殺されたというのに、太平楽に詰め将棋かなんかやっている。

「爺っつぁん、いやに熱心じゃないか」

「おや、これは親分、どうもご苦労さまで」

弥助爺いはあわてて居住いを直すと、はらわたのはみ出た座蒲団をすすめたが、そのとき伸ばした右袖から、ちらりと見えたのが倶利伽羅紋々。

「爺っつあん、おまえおつなものをしょってるじゃねえか」

「おや、とんだものがお目にはいりました。いえ、もう、若えじぶんの悪戯で。えっへっへ」

弥助爺いはあわてて腕を袖のなかにかくすと、まの悪そうな笑い顔。手持ちぶさたに鉈豆煙管を取りあげる。

「いや、かくさなくったっていい。じつは、爺っつぁん、おまえに聞きてえことがあるんだ。おまえ、座頭の殺されたことは知ってるだろうな」

「へえ、そういう噂で」

弥助爺いはぷかりと煙を輪にふいている。こいつひと筋なわではいかぬ親爺である。

「それで、おまえに聞きてえのだが、きょうあの土堤場のあいているあいだに、だれかここから出入りしたものはねえか」

「親分さん」

弥助爺いは煙管をおくと、

「ここは三座とちがってたかが宮芝居、楽屋番といったところでかたちばかり。すきなときにすきな野郎が出入りしますから、あっしにゃいっこうわかりかねますんで、へえ」

「なるほど、そんなものかなあ。しかし、爺っつぁん、おまえは役者とちがって、こうして楽屋番をしていれゃ、かえって一座のようすもよくわかるだろう。どうだえ、座頭を殺しそうなやつがいるかえ」

「いますねえ」

「え、だれだえ」

「さようさ、まずあっしでさあ。それから頭取。女形の衣川あやめ、敵役の三右衛門さん。親分さん、この小屋にいて、宮川左近を憎まねえものはひとりだってありませんのさ。あいつはちきしょうでさ。一座のものに烏金をかして、ギリギリしぼりとるんですから、だれだってこんどのことを、いい気味だと思わねえものはねえでしょうよ。だけど、親分さん、こういったからって、三右衛門さんが下手人だっていうんじゃありませんぜ。あの人は敵役こそしておれ、人間はきわめつきの善人でさ。あの人にひと殺しをする甲斐性があったら、あっしゃ鯱鉾立ちで江戸中を歩いてごらんにいれますぜ」

佐七はまるでこの親爺に翻弄されているような気がした。こいつなにか知っている。知っているが口はわらないだろう。このつらだましいじゃ、背中に鉛をいれられても、白状しないにちがいない。

「そうか、座頭は烏金をかしていたのか」

「そうでさあ、一座のもので座頭から烏金をかりてねえものはねえでしょう。それでみんな絞られてたんでさ」

「爺っつぁん、雪之丞はどうだえ」

「えっ？」

と、弥助はぎくりとした顔をして、

「親分さん、どうしてそんなことをお訊ねになるんで。あんなかわいい雪さんが……バカバカしい、冗談もいいかげんにしてくださいよ。それに、だいいち、あの子は座頭を殺すわけがねえ。烏金なんか借りちゃいませんからねえ。あの子は身持ちがいいから」

烏金とは高利の金。きょうかりてあすの朝烏の鳴くじぶんまでには、高利をつけて返さねばならぬところから、ひとよんで烏金。これをやれるやつは、よほど強慾非道な人間にかぎっていた。

「三右衛門はだいぶん借りてるんだろうな。ギューギューしぼられてる口だろう」

「だから、親分、さっきいったじゃありませんか。あの人にひと殺しをする甲斐性があったらあっしゃ江戸中さか立ちして歩くって」

「おまえにさか立ちしてもらったところでなんにもならねえ」

佐七はせせら笑って、

「ときに、爺っつぁん、雪之丞は三右衛門の妹のお藤というのとできてるんじゃねえのか」

「さあてね、そんなこともあるかもしれません。できてたっていいじゃありませんか。似合いの夫婦だ」

爺さんそれきりつむじをまげて、なにをきいても返事もしない。

佐七はやむなくいったんそこをひきあげて、かえってきたのがお玉が池。待つまほどなく鉄砲玉のようにとびこんできたのが辰と豆六で。

「親分、とうとうひっ捕らえてきましたぜ。おまえさんのおことばどおり、おき捨てられた駕籠をはってたら、のこのこいつらがかえってきやアがった。やい、やい、おめえら、キリキリこっちへはいりゃアがれ」

ポンポンととぶ辰の威勢のいいことばのあとから、

「もし、権三はんと助十はん、さあさ、こっちへはいっておいでやす。なんにも怖いことあらしまへんぜ。うちの親分さんは血も涙もあるおかたやさかい、ちゃっとこっちゃへはいっておいでやすな」

これはまたいたってお優しいので。

「親分、申し訳ありません。あっしらなんにも知らねえのに、とんだ係かり合いにされちまって、弱っているんでございます」

駕籠舁きの権三と助十、辰に小突かれたり、豆六に真綿で首をしめられたり、硬軟じざいにイビられたとみえて、おいおい手放しで泣き出したから、佐七はにが笑いをしながら、

「なにも泣くことはねえやな。それじゃ、このあいだ雪之丞さんを連れ出したのもおまえたちだな」

「へえ、さようで。しかし、まったくなんにも知らねえんで。ただ、お高祖頭巾の女にたのまれて、いわれたとおりしただけなんで」

「すると、おまえたち、むこうのお屋敷というのを知っているんだな」

「へえ、それは存じておりますが……」

権三はまたベソをかくような顔をして、

「それがまったく妙な話で、じつはかようでございます。雪さんときも、きょうも、おふたりの酔いがさめるまでは、湯島境内のどこかひとめにつかぬところへ、駕籠をかくしておけという命令なんで。へえ、みんなお高祖頭巾の指図なんです」

「それでそのとおり、きょうも三右衛門さんを大銀杏のしたへおきっ放して、そこらをぶらぶらしていますと、左近さんが舞台で殺されたという噂、しかも下手人は三右衛門さんだという評判に、すっかり肝をつぶして、兄貴と談合のすえ、ともかくもういちどあのお屋敷へいってみよう、むこうがいちばんたしかな生き証人だというんで……」

「そこで、助十とふたりで、追分（おいわけ）のそのお屋敷へ引きかえしてみたところ、なんと、親分さん、そこはもう長いこと空き家になっているお屋敷だと聞いて、いや、もうおったまげてしまいました」

汗をふきふき権三と助十がこもごも語るはなしを聞いて、

「ふふん、おおかたそんなことだろうと思ったよ。だが、まあ、いいや。空き家であろうとなんであろうと、ともかくそこへ案内しろ」

佐七ははたしてその空き屋敷で、いったいなにを発見しただろうか。

仕組んだり殺人狂言
——わっ親分、そら殺生やがな——

「お藤さん、いるかえ」

切り通しの裏っ側、わびしい長屋に住んでいるお藤を、その晩ぶらりと訪ねて来たのは、いわずとしれた佐七である。そのうしろには巾着の辰が、神妙な顔をしてひかえているが、豆六の姿はみえなかった。

「あら、親分さん」

お藤はなんとなく片付かぬ顔である。

「だれかお客人でもあるのかえ」

「いえ、あの、だれも」

「そうかえ、そんなら、ちょっとじゃまさせてもらうぜ。辰、おまえは表で見張ってろ」

「おっと合点」

お藤ははっと胸をつかれた顔色で、

「親分さん、なにか御用でも」

「まあ、いいやな。あがってゆっくり話をしようよ」

ずかずかとうえにあがると、出してあった座蒲団にあぐらをかいたが、

「おや、お藤坊、かくしっこなしにしようぜ。座蒲団があったけえや。だれかきていたんだろ」

「いえ、あの、それは……おお、そうそう、さっきまで楽屋番の弥助さんが……」

「ああ、そうか、それでおれも安心した。また美しい猫でもきているのかと思ってな、はっはっは。ときに、三右衛門さんは？」

「はい、兄さんは番所へ」

「おお、そうか、それはご愁傷さまだが、しかし、お藤坊、あきらめなせえ。犯した罪はつぐなわにゃならねえ」

「えっ、親分さん、それじゃおまえさんまで」

お藤がさっと真っ蒼になったとき、どこかでごとりと音がした。佐七はさあらぬていで、

「お藤坊、おれはさっき追分の空き屋敷へいってきた。ほら、三右衛門さんや雪さんが連れ込まれたというお屋敷よ。ところで、そこでなにを見つけたと思う。ほら、こんなものを拾ってきた。お藤坊、見おぼえがあるかえ」

佐七が襟からぬきとったのは一本の爪楊枝（つまようじ）、お藤ははっと顔色かえた。

「おい、お藤坊」

佐七はいくらか調子をかえると、

「もうまっすぐに申し立てろ。爪楊枝にゃ桔梗屋（ききょうや）ふじと書いてある。頭巾をかぶったお嬢さんというのはおまえだろう。お高祖頭巾の女もおまえだ。また、雪さんの身がわりで舞台に立ったのは三右衛門だ。みんな兄と妹が共謀（ぐる）になってやった仕事だ。まずさいしょ雪さんをあざむいて、世間に妙な噂を立てさせ、こんどは兄貴の三右衛門の番だ。三右衛門はいったん空き屋敷へ出向いたが、すぐ裏口から引き返し、座頭を殺しておいてもういちど追分へとってかえし、酔ったふりして権三と助十にかつがれて、湯島へかえってきたんだろ。座頭の左近から借りた烏金の返済にこまって、とんだ狂言かきゃアがったな」

「ちがいます、親分、それはちがいます」

そのとき、押し入れの襖をひらいてとびだしたのは金子雪之丞。

「あれ、雪さん、おまえが出ては」

「いいえ、お藤さん、いわせておくれ。三右衛門さんに疑いがかかってはならぬと仕組んだ狂言も水のあわ。親分さん」

「おお、なんだえ、雪之丞」

「座頭を殺したのはこのわたくし、はい、雪之丞でございます。三右衛門さんの衣裳をかりて、座頭を刺し殺しました。三右衛門さんはなにも知らないことでございます」

佐七はにわかにやさしい声になって、

「雪さん、それを知らねえおれだと思うのか」

「えっ？」

「いまおれがいったのは、おまえがそこにいることを知ってのうえのこった。それじゃおまえがお高祖頭巾だな。いや、おまえばかりじゃあるめえ。お藤坊もお高祖頭巾を勤めたはず」

「はい、こうなったらなにもかくしはいたしません。きょう兄をあざむいた頭巾のお嬢さんも、駕籠舁きをだましたお高祖頭巾も、それからまたこのあいだ、雪さんの身がわりを勤めて舞台に出たのも、みんなこのわたしでございます。それもこれも、兄に疑いがかからぬよう、雪さんが仕組んでくだすったのに……」

「雪之丞、それじゃきょうおまえがお玉が池で話したのはみんな嘘だな」

「はい、申し訳ございません。三右衛門さんに疑いがかかってはならぬと、あらかじめわたしもおなじ目にあったよう、みんなに思いこませたかったのでございます」

「しかし、おまえたちはいったいどうして、こんな大それたことをやらかしたんだ」

「親分さん」

お藤はわっとその場に泣き伏すと、

「座頭はわたしの敵でございます。兄の借金のかただといって、むりやりにわたしを手籠めにして……」

「よし、わかった。しかし、ふたりとも、たとえ非はむこうにあるとも、天下の法はまずまげられねえ。ふびんだがしょっぴいていくぜ」

「はい、覚悟はできております、親分さん」

雪之丞とお藤のふたりが、愁然として立ちあがったときである。あわをくってとびこんできたのはうらなりの豆六だ。辰もあとからついてくる。

「親分、えらいこっちゃ、えらいこっちゃ」

「騒々しい、豆六、どうした、何事が起こったんだ」

「騒がしいちゅうたかて、これが静かにしてられまっかいな。わてがちょっと目をはなしてるまに、弥助の爺さん、首くくりよった」

「えっ、弥助爺いが首くくったと……？」

「さいだす、さいだす。しかも書き置きのこしていきよった。兄哥、びっくりするやおまへんか。これ見ると、弥助爺いが座頭を殺したんやて。わてもうびっくりしてもて」

しかし、豆六はあまりびっくりしたようでもない。

「べらぼうめ、てめえがボヤボヤしてやあがるから、だいじな下手人を死なしてしまうんだ。チェッ、だらしのねえ。なるほど、親分、この書き置きをみると宮川左近を殺した下手人は、弥助にちげえねえようですね」

佐七も書き置きに目をとおすと、

「雪之丞さん、お藤さん」

「はい」

「おめでとうよ。これで三右衛門さんの疑いも晴れるだろうよ」

「あれ、親分さん」

「なにもいうめえ、いうんじゃねえぞ。弥助爺さんは老先の短えからだ。それにひきかえ、おまえたちはまだわけえ。せいぜい爺さんの供養をしてやんなせえ」

「それだといって、親分さん」

「いや、おいらはこれで忙しいんだ。これからお玉が池へかえってとっくりと」

「えっ？」

「女房とふたりでこいつらにお仕置きしなきゃならねえんだ」

「わっ、親分」

「そら殺生や」

「あっはっは」

わいわいいいながら去っていく三人のうしろ姿を、お藤雪之丞、両手をあわせて伏しおがんだ。

三本の矢

人形佐七捕物帳

婿選び波間の堤灯

——娘を射落す三本の矢——

江戸の夏は両国の川開きより始まる。

玉屋ア、鍵屋ア。

のぼり龍、下り龍。

虎の尾！

夜空にひらく花火の虹、隅田の川をいろどる七色の万華鏡に、血の気の多い江戸っ児(こ)がわっと湧いて、人死にの二、三人も出ないことには、江戸に夏が来たような気がしない。

　この川開きの夜のこと。両国橋から少し上手(かみて)へのぼったところ、ひしめく屋形舟の群から、超然とかけはなれたあたりに、唯(ただ)一艘(そう)、妙にとりすましている物静かな船があった。

　捲上(まきあ)げた簾(すだれ)のかげから覗いてみると、船の中なる人物というのは、五十五、六の総髪の武士が一人、これは体でも悪いのか、いかにも大儀そうに脇息(きょうそく)によりかかっている。

　その武士の蔭により添うように、つつましく袂(たもと)をまさぐっているのは、おそらく武士の娘であろう、十八、九の素晴しい美人だが、白い項(うなじ)をくっきり見せて、言葉少なにひかえている様子はどう見ても楽しい花火の客とは見えぬ。なんとなく生贄(いけにえ)の座へでも坐ったように、妙に憂わしげな風情なのは、何か曰(いわ)くがありそうである。

　この二人のほかに舟の中にはもう三人、同じ年頃の若侍が、何か一心に思い込んだ様子で、肩肱いからせてひかえている。

　一人は色飽くまでも赤黒く、頬も顎も蒼々として、眼光の鋭さ、逞ましい肩をぐいといからせたところは、とんと、鍾馗(しょうき)様が髭を落としたよう。これに反してもう一人は、胡瓜(きゅうり)のような馬面で、微笑(わら)うとニューッと犬歯が露出するのが、いかにも気味悪く、いずれ女には好かれぬ容貌だ。

　さてもう一人だが、これは三人の中でも一番年も若く、まずは色白の美男子、眼もとも涼しく口もとも尋常で、どうかすると浮気な娘が、ポーッとなりそうな若侍だが、しかし仔細に注意していると、三人の中でもこいつが一番喰わせ者らしい。涼しい眼つきの中には、どこやら猫のような狡猾(こうかつ)さがあって、薄い唇のはしに刻んだ微笑は、いかにも残忍酷薄の相を現わしている。

さてこの一行を何人かというに、先ず総髪の武士は妻恋坂に塾を開く柳川主膳という神学者、神学のほかに武芸十八番、わけても日置流の弓術をよくするという。

傍にひかえている娘は深雪とて主膳の一粒胤、当年とって十八歳、深窓に育った、まことに白百合の如き楚々たる佳人だ。

さてほかの三人の若侍はといえば、これはともに主膳の高弟で、そして同時に娘深雪の求婚者なのだ。白須賀八郎右衛門——これが鍾馗侍の名前である。馬面をしたは大場弥五郎、さてもう一人の色男は久米源之丞という。

「それでは、先生にもいよいよ御異存はございませぬな」

「ふむ、そのほうたちのよいように致せ」

「深雪様にも?」

「はい、父の申しますことなら」

深雪の声は消えもいりそう、伏目になった睫毛のはじには、何故か涙が光っている。

「大場氏、久米どの、おのおの方にも異存はないな」

「なんの異存がござろう、いつまでこうして競争していても果しのない話。先生や深雪どのさえ御承諾あらば、早く極まりをつけたいものじゃて、のう、久米氏」

「いかにも、大場どのの仰せらるる通りでござります」

最後につつましく言った源之丞、片頬に笑靨をうかべつつ、ニタリと、舐めるような眼差しで深雪の横顔を偸視ている。

「おお、これで衆議一決いたした。しからば年役に拙者から先ず、御免」

ずいと膝をずらした八郎右衛門が取りあげたのは、傍においてあった弓と矢だ。これを持って舟べりへ出ると、弓に矢をつがえてきりきりと引きしぼったから、驚いたのは、その近くにいた屋形船の客衆だ。

「おや、一寸見な、向うでお侍が弓と矢を持ち出したぜ、一体、何がはじまるのだろう」

「さようさ、さっきから妙にひっそりしていると思ったが、大方花火でも射落すつもりだろう」

「何を馬鹿な。とにかくもう少し側へ寄って様子を見ようじゃないか」

いい加減花火にあいた客たちが、ワイワイと舟を漕い

で群がりよって来るのを、

「寄るな、寄るな、寄って怪我すまいぞ」

　言いながら、一心こらして覘い定めた八郎右衛門、やがてひょうッと切って放てば、矢はツーと暗い波間を縫うて、はるか上手に浮かんでいる、箱提灯の蛇の目の紋に発矢とばかり突立った。さっきから、固唾をのんでこの様子を眺めていた大場弥五郎、ニヤリと微笑うと、

「いや、お見事、お見事。しかし、些か蛇の目の中心を外れたそうな」

「フフン、それでも当らぬよりはまし、さあ、今度は御貴殿の番だ。まあ、やって見さっしゃい」

「しからば御免」

　袴の股立きりりと取った大場弥五郎、これまた己れの弓と矢を持ち出すと、覘い定めてひょうッと射る。これまた発矢と箱提灯に命中した。

　さて三の矢は久米源之丞、二人が終ったその後で静々と弓に矢をつがえると、同じく箱提灯を覘ってひょうッと切って放てば、これまた、プッツリと、波間にうかぶ箱提灯に命中した。

舟べりに立つ幽霊
——おお、あなたは兵頭静馬様——

さてこの三人、花火をよそに何をしているかというと、これ決して気紛れや酔興からではない。

　さっきも言った通りこの三人、ともに深雪に想いをかけ長い間激しい競争をして来たが、一向埒があかぬところから、今宵弓術くらべをして、一番勝った者が深雪の婿になろうという相談。されば上面は至極暢気にかまえているものの、心中激しい嫉刃をといでいるのだ。

　的と定めたのは、上手の波間にうかべた箱提灯、この提灯の蛇の目の中心を射抜いた者が、つまり深雪の婿がねに定まろうというわけ。ところが今三人の放った矢は、悉く提灯に命中したから、この中でも一番中心に近い者が勝利者というわけだ。

「先生、御覧下さい、三人とも見事的を射抜きましたから、これよりいよいよ側へ漕ぎ寄せ、いずれが中心に近いか、とくと検分いたさねばなりませぬ」

「ふむ、よいように致せ」

　主膳はいかにも大儀そうな面持ちだ。

「それ船頭、的のそばまで漕ぎよせよ」

八郎右衛門がせっかちに、船頭をせき立てた時である。向うに見える箱提灯のそばへ漕ぎ寄せた一捜の屋形船の中からスーッと黒い手がのびた。

「や、や、何奴か折角の的に悪戯をする奴がありますぞ」

八郎右衛門の言葉も終らぬうちに、黒い手が矢にかかったと思うと、片っ端から抜いてしまったから、驚いたのはこっちから見ている三人だ。

「おのれ、曲者！」

「これ、船頭、早く舟をやらぬか」

躍起となっていきり立ったが、もとより水のうえのこと、彼等の思うようにならぬ。

屋形船は矢を抜きとってしまうと、そのまま的を離れて、スイスイと群がる舟の中へかくれてしまう。もとより船中の灯という灯は悉く消してあるので、どんな船やら、また乗手はどんな人物やらさっぱり分らない。

馬鹿を見たのはこちらの三人だ。折角の腕くらべもこれでは何にもならぬ。まるで狐につままれたように顔見合せているところへ、ふいに、ドシンと艫のほうに当って大きな物音がした。

ハッとした一同がその方へ振返って見ると、舟べりに何やら黒い影が蹲まっている。

「ヒャーッ、旦那、人が降って来ましたぜ」

船頭の物に脅えたような叫び。成程、艫に蹲まってじっと顔を伏せているのは確かに人だ。ピッタリ両手を舟底について、額をそれにすりつけている。銀杏に結ったはけ先が少し乱れて、小鬢がわなわなとふるえている。

「何奴だ！　貴様は何者だ！」

憤りっぽい八郎右衛門が一番に我鳴り立てたが、相手は顔をあげようともしない。ヒクヒクと肩がふるえて、クックックッという声は、泣いているのか笑っているのか。――

深雪は思わず父の側へ摺り寄った。

「これ、顔をあげろと申すに、何用あってこの舟へ迷いこんだ、とっとと消えうせろ」

そのとたん、男がスーッと顔をあげたが、その顔を見た拍子に、

「あれ、あなたは――」

深雪が飛び立つように身を起した時、ドカーンと空に花火がひらいて、男の顔を真蒼に染めたが、ああ、その

顔の恐ろしさ！

　年は二十六、七であろう。もとは相当美男子であったろうと思われるのに、今では頬の肉はゲッソリと落ちて、さながら骸骨のように瘠せおとろえ、土気いろをした皮膚は、たった今、墓場から抜け出してきた幽鬼のようだ。

　しかも額と唇のはしからタラタラと滴る血潮、頬にかかったほつれ髪――、男はふらふらと立上ると、生気のない眼で舟の中の人々を見廻した。

　八郎右衛門も弥五郎も、さては源之丞も、この男の顔を見た瞬間、暫くジーンと血が凍ったような表情をしたが、やがていっせいに刀をそばへ引き寄せると、

「己れ！　兵頭静馬！　貴様どうしてここへ」

　さっと三人が一様に、刀の鞘を払ったとたん、

「クッ、クッ、クッ、クッ！」

　笑い声なのだ。骨を刺すように気味悪い笑い声なのだ。男はひらりと身をひるがえすと、ふらふらと舟からとんだ。水の中へではない、隣の舟へとび込んだのだ。

「待て、静馬！」

　八郎右衛門も弥五郎も源之丞も、たたたたと舟底鳴らして艫のほうへ出ていったが、奇怪な男は、隣の舟から更にその向うの舟へととんでゆく、そのまた身軽いこと。

　それと見ると三人も、さっと隣の舟へとび移り、己れ、逃がしてなるものかとばかり、次から次へと群がる舟をとび越えとび越え、暗い川面を追っていったから、さあ、川のうえは大騒ぎ。

　それにしても兵頭静馬！　いったいこの男は何者であろう。

波間に漂う大場弥五郎
――胸にはぷっつり白羽の矢が――

「父上様」

　柳川主膳の膝にしっかと縋りついていた深雪は、三人の若侍の姿が見えなくなると、ほっとしたように顔をあげた。

「今のは確かに静馬様でございましたね」

「ふむ」

　主膳の顔には、沈痛な色が浮かんでいる。

「静馬さまがいったいどうしてここへお見えになったの

でございましょう。あの人は遠い遠い、南の島にいることと思っていましたのに。父上様、あの方は御赦免になったのでございますか」

「そういう噂は聞かなんだが」

「ああ、それではあの方は島を破って……」

「これッ」

きっと娘を制した主膳は、

「滅多なことをいうものではない」

「はい」

がっくりと首うなだれた深雪の瞳には、いっぱい泪（なみだ）が浮かんでいる。

兵頭静馬、この人こそはありし日の深雪の想われ人だったのだ。妻恋坂の塾生のうちでも、一番才あり智あり情あり、深雪はもとより主膳の気にも入っていたから、遠からず深雪と夫婦になり塾の跡をつぐ者と思われていたのに、去年の秋、思わぬ疑いをうけ、捕われ人となり、お白洲の調べも碌々なくそのまま八丈島とやらへ送られてしまった。その静馬の姿をいま、はからずもこの川の上で見たのだから、深雪が千々（ちぢ）に想いを砕くのも無理ではない。

深雪はふいにゾーッとしたように肩をすぼめると、

「父上様」

「何んじゃの」

「静馬様はもしや死んだのではございませぬか」

「何と申す」

「そして、今のは幽霊とやらでは――」

「馬鹿なことを申すまいぞ。幽霊などと、そのようなことがあってよいものか」

「でも今のお姿はまるで生きているようではございませんでしたもの。もしや八丈島でお亡くなりになり、その魂がこの婿選びの席へ迷っておいでになったのではございますまいか。あのように固くお約束をしていたものを、お帰りも待たで婿を持とうなどと、ああ、あの方はさぞやお怨みでございましょう」

「何を申す、たわけた事を申すな」

主膳はいかにも切なげに、肩で息をすると暗然として顔を外向（そむ）けてしまった。

と、丁度その時、またもや舟から舟へとんで帰って来たのは、白須賀八郎右衛門。

「おお、白須賀か、してして、さっきの男は」

「残念ながら見失うてしまいました。しかし、先生あいつはどうやら島抜けをして帰って来た様子でございます」

「ふむ」

と、いった主膳の面には何故か恐怖の表情がいっぱいうかんでいる。

「なに、お気遣いなさることはございますまい。島抜けは縛り首の大罪、いまに引っ捕えて眼にもの見せてやりましょう」

「してして他の者は」

「さあて、大場にも久米にも途中ではぐれてしまいましたが、なに、今に戻って参るでございましょう」

その言葉も終らぬうちに、久米源之丞が抜身をさげたまま、隣の舟からとび込んで来た。

「おお、白須賀氏にはお戻りか。静馬の奴はどうなされた」

「残念ながら取逃がした。して御貴殿は？」

「いやもうすばしこい奴で、それにこの大勢の舟故どれへまぎれ込んだやら、さっぱりわけが分りませぬ。大場氏は？」

「まだ帰って参らぬが、おっつけあの男も見失って帰って参るでござろうよ」

だが、その大場弥五郎は中々帰って来なかった。花火もあらかた終ってしまって、そろそろ客舟も引きあげようという頃になっても、大場弥五郎の姿は見えぬ。

「はて、あの男はいったいどこまで追っていったやら」

「大方舟が離れてしまったので、致方なく陸へでもあがったのでございましょうか」

成程、今まで周囲に群がっていた舟は、いつの間にか散ってしまって、あとには黒い水ばかり。

「先生、そろそろ引きあげましょうか。婿選びは又日を改めて」

「ふむ」

深雪はこういう話をききながら、物思わしげに舟べりから、黒い水の上を眺めていたが、どうしたのか、ふいに、

「あれえ！」

と、叫ぶと、ひしとばかりに主膳の膝へすがりついた。

「これ、いったい、如何いたしたのじゃ」

「水の上に誰やら人が、――」

「何、人が？」

さてはまたあの静馬かと、八郎右衛門と源之丞の二人が、おっとり刀で舟べりから覗いてみると、ああ、何んという事だ、ひたひたと舟べりに打ち寄せる水の上に、土左衛門が一人、ぷかぷかと浮かんでいるではないか。

「ええい、縁起でもない。大方花火騒ぎに足すべらして、川の中へ落っこちたのであろう」

刀のこじりでぐいと土左衛門を向うへ押しやった拍子に、くるりとその顔がこちらへ向いたがそのとたん、八郎右衛門も源之丞もさっと真蒼になってしまったのである。

ああ、何んという事だ。その土左衛門というのはたった今、静馬のあとを追っていった大場弥五郎ではないか。しかもその胸もとには、プッツリと一本の白羽の矢が突立っている。

「あっ」

と、叫んだ八郎右衛門は、あわてて手をのばすと、その矢羽を引寄せあらためたが、そこには確かに大場弥五郎という名札がくくりつけてあるのだ。つまりその矢こそ、さっき弓術くらべに弥五郎が用いた、あの白羽の矢だったのだ。それと見るより八郎右衛門と源之丞、思わずハッと顔見合せたが、丁度その頃。

あらかた舟も散ってしまった矢(や)の倉河岸(くらがし)で、すらりと屋形船の障子を開いて、つと空を振仰いだ女がある。

「おや、もう花火も終ったようだ」

誰にいうともない独語(ひとりごと)。年はさよう、三十五か六か、切髪に紫色の被布を着たところは、いずれ何んの某(なにがし)と、むずかしい院号でも持っていそうな女。

「吉(きち)どん、さっきの騒ぎはどうしたのだろうねえ」

船頭の吉は棹(さお)を取りあげ、

「さようでさ、若侍が抜身を提げ、船から船へととび廻っていましたが、いやもうこの混雑の中を危いことでございます」

「ほんに、怪我をすると馬鹿馬鹿しいから、そろそろ引きあげることにしましょうか」

「おっと合点で」

船頭の吉が棹を突張った拍子に、女はピタリと障子をしめる。後はただ、ギイギイと櫓(ろ)を漕ぐ音。――と、この屋形船の後見送って、つと傍の伝馬船から顔をあげた男がある。

「辰や、お前いまの女を知っているかえ」

「あい、親分、ありゃ下谷の練塀町に碁会所を開いている女で、たしかお蓮とか申しましたっけ。しかし親分、あの女がどうかしましたかえ」

「何さ、何んでもねえが、少しばかり腑に落ちねえことがあるのよ」

伝馬船の上に立ちあがり、きっと遠ざかり行く屋形船の後を見送ったのは、これぞ余人ではない、お馴染みの人形佐七に巾着の辰。

駕籠を追う源之丞

——静馬様はどこにおいでですえ——


「佐七、大儀だったな。その方にまた頼みたい事がある」

ずいと膝を進めたのは、お馴染みの神崎甚五郎、あの両国の川開きから二日目のこと。

「へえ、お頼みと仰有いますのは」

「されば、島破りの兵頭静馬という浪人を探し出して貰いたいのじゃ」

「兵頭静馬と申しますと」

「その方も聞き及んでいるだろうが、先達ての川開きの夜の騒ぎだ。妻恋坂柳川塾の塾生で、大場弥五郎という者が何者かに殺害されたが、下手人は確かに兵頭静馬、このままに差しおかば、弥五郎のみではない、他に二人殺されそうな奴がある。まことに困ったことが出来いたした」

神崎甚五郎がいかにも困じ果てた如く話すところによるとこうなのだ。

文化八年、江戸に住む国学者の多数が、幕府に対する陰謀のかどで処罰されたが、問題の兵頭静馬も彼等の一味と見做されて、八丈島へ流された。実はこれには訴人する者があったので、その訴人者というのが大場、白須賀、久米の三人。ところがその後取調べがすすむに従って、どうやら静馬の無罪が判明したので、御赦免船が出ようとしている矢先へ、静馬が島を破ってしまったのである。

「島破りは大罪だが、事情が事情ゆえ、何んとかお慈悲を願うてやろうと思っているうちに、この度の人殺し。静馬にとってはむろん怨み重なる三人ではあるが、人を殺してしまっては、いかに何んでもお慈悲を願(ねご)うてやるわけにも参らぬ。されば、この上とも、罪を重ねぬうちに、何んとか早く見附け出して懇々と説諭を加えねば相成らぬ」

「いや、なるほどよく分りました。そういう事なら一つ働いて見ましょう。なに、俺(あっし)にも少々心当りがございますので」

神崎甚五郎のまえで潔く受合った人形佐七、そのまま役宅を辞すると、お玉が池のわが家へと帰って来た。

「お粂、辰の野郎は面(つら)を見せねえか」

「あい、親分、俺(あっし)ゃさっきからここにとぐろを巻いておりやすぜ」

勢いよく奥から飛び出して来た辰五郎の顔を見るより早く、

「おお、辰か、手前(てめえ)すまねえが、これから一寸下谷の練塀町のお蓮のところへ行ってみてくれ」

「親分、御用ですかえ」

「ふむ、先達ての川開きの晩、あの女の船へ浪人者が一人迷いこんだのを、俺(おら)アちらと見かけたんだ。その浪人に御用がある。今でもお蓮のところに隠れているかどうか、お前こっそり当って見てくれ」

「おっと、ようがす」

下っ引きは尻が軽くなくては勤まらない。辰五郎が出て行くあとを見送って、人形佐七は妻恋坂へとやって来た。

妻恋坂に塾を開く柳川主膳、もとは何百人という大勢の門弟を取り立てていたが、近頃では病身ゆえ滅多に講義の席にも出ぬところから、門弟も一人減り二人減りどうやら門前雀羅(もんぜんじゃくら)というかたち。この柳川塾の裏口へさしかかった時、佐七は、何を思ったのかふと道のかたわらに身を寄せた。

今しもギイと裏門を開いて出て来たのは、一挺の駕籠、佐七の前を通ってスタスタと向うへゆく。摺れちがいざま、ふと駕籠の中を覗いてみれば、乗っているのは眼の覚めるような綺麗な娘。

「そうそう、柳川主膳にゃ、妻恋小町といわれる娘があるという話だが、あれが確かにそれに違いねえ。しかし、今頃娘ひとりでいったいどこへ行くのだろう」

佐七は暫くその後を見送っていたが、何と思ったのか、ひとり頷くと、こっそりその後を尾けてゆく。ところがもの三町もゆかぬうちに、佐七はふと妙なものを見附けた。佐七と駕籠の丁度中程をもう一人若い侍が、やっぱり見え隠れに駕籠のあとをつけてゆくのだ。

「はてな、あの野郎も駕籠をつけてゆく様子だが、こいつ妙なことになって来たぞ」

佐七は益々興味ありげに、駕籠と侍、この二つをつけてゆく。

五月といえば日の長い絶頂だが、その長い日もいつしか暮れて、そろそろ蝙蝠(こうもり)のとぶ時刻となったが、それでもまだ駕籠はとまらない。どこへ行くのか、散々佐七を引摺り廻した揚句(あげく)、急に足を早めて潜(くぐ)ったのはとある一軒の古寺だ。佐七はハッと立止まってあたりを見廻す。今まで駕籠に気をとられてうっかりそれと気附かなんだが、ここはどうやら練塀町の裏通り。

はてな、すると静馬という侍が娘を呼び出したのかな。――そんなことを考えているうちに、一旦中へ入った駕籠は、やがて娘だけ寺へ残してすたすたと出て来た。こいつをやり過しておいてさっきの若侍も寺の中へ忍び込む。この若侍とはほかでもない、あの久米源之丞なのだ。

佐七もそれを見ると、素速く横門から中へ入ったが、丁度その時、荒れ果てた庫裡(くり)のまえに立って娘の呼んでいる声が聞えた。

「静馬さま、静馬さま、お手紙により深雪が参りました。静馬さま、どこにおいででござんすえ」

人形佐七は真逆様(まっさかさま)

――パチリパチリと碁石の音――

庫裡の中は真暗だ。じっと耳をすましていると、どこやらかすかに虫の声、人の気配は更にない。深雪は暫くその庫裡のまえに立っていたが、ふいにゾーッと襲われたような寒さを感じた。

「静馬さま、静馬さま」

呼んで見たがやっぱり返事はない。無住の古寺と見えて、草蓬々(ぼうぼう)と生いしげっているのを、深雪はその時はじめて気がついた。いっそ逃げてかえろうか。――そう思ってくるりと身をひるがえしたとたん。

「ううむ」

と、奥の方で人の呻き声。

深雪はその声にハッと気を取り直した。あの呻き声は、もしや静馬ではあるまいか。そう考えるともう一刻の猶予も出来ぬ。庫裡の中へ入るとあたりは漆(うるし)の闇、その闇の中を手探りにゆくと向うにボーッと仄暗い行燈(あんどん)の灯(ひ)が見える。行燈のそばには誰やら寝ているらしい。呻き声はそこから聴えるのだ。

「静馬さま、深雪でございます」

ひととびに、その行燈のそばへ飛んでいって、寝ている男の夜着に手をおいた。そのとたん、むっくり起き直った一人の男、

「おお、深雪どのか、よう来られたの。待ちかねましたわい」

行燈の灯を半面にうけて、にやりと笑ったのは、ああ何んということ、あの鍾馗のような白須賀八郎右衛門ではないか。

「あれえ、あなたは――」

「おっと、どっこい、逃げることはござるまい。いずれ汝(そなた)の婿に定まるこの八郎右衛門だ。何もそう怖がることはない筈じゃて」

毛むくじゃらの腕がむんずと深雪を抱えると、じゃりじゃりとした頬を擂りつけて来る淫(いや)らしさ。深雪はきりりと柳眉(りゅうび)を逆立てて、

「白須賀様、それではさっきのお手紙は、お前さまがお書きになったのじゃなあ」

「ふふふ、さようさ、家ではとかく人眼も多く、それにあの源之丞奴(め)が、何彼(なにか)と邪魔立ていたしおる故(ゆえ)、一寸(ちょっと)静馬の名前を借りたのじゃて、ははははは、何んと智恵者であろうかの。これ、もそっとこちらへ寄りやれというに」

「いいえ、なりませぬ。無礼をすると許しませぬぞ」

「許さぬとは、いったいどうするのじゃ」

「ええい、こうして!」

と、深雪がきっと懐中(ふところ)から、匕首(あいくち)を抜き放ったそのとたん、

「うわッ!」

と、ひと声、闇を貫く悲鳴と共に、白須賀八郎右衛門、虚空(こくう)をつかんでのけぞったから、驚いたのは深雪である。

「白須賀様、もし白須賀様、どうなされましたえ」

呼んで見たが答えはない。深雪は思わずハッと息をのむと、顔を覗き込んだが、そのとたん、ゾーッと総毛立

つような怖ろしさを感じた。

白須賀八郎右衛門の毛むくじゃらの胸もとには、プッツリと一本の矢が突立って、まだプルプルと矢羽根をふるわせているではないか。しかもその矢羽根には、白須賀八郎右衛門という名札がついている。

この間の矢なのだ。大場弥五郎が己れの矢で射殺(いころ)されたと同じように、白須賀八郎右衛門も矢張り自分の矢で殺されたのだ。

「ああ!」

深雪は思わずあたりを見廻したが、その時、どこやら闇の底から、

「クッ、クッ、クッ、クッ!」

と、聴きおぼえのあるあの気味悪い笑い声。それは、さながら冥府から聴える声か、それとも気狂いの笑い声か。——深雪は思わず、総毛立つ怖ろしさを覚えたが、

「静馬様、静馬様」

と、思いきって呼んでみる。

その時、ふいに向うのほうで、ドタンバタンと激しい物音。

「静馬、神妙にしろ」

人形佐七の声なのだ。それについて、クックックックッと、またしても気の狂ったような笑い声。深雪がハッと立上った時である。突然あーっと魂消(たまげ)るような声と共に、どこやら深い地の底で、ドタリと重い物が落ちるような音がした。

深雪はそれを聞くともうこれ以上、恐ろしい古寺の中に隠れている気がしない。彼女はあとをも見ずに一散(いっさん)に、寺の外へとび出していったが、こちらは人形佐七だ。

さっき本堂の傍で、たしかに静馬とおぼしい影をみつけて、いきなり飛びかかったひょうしに踏んでいた床板がくるりと外れて、佐七の体はもんどり打って陥穴(おとしあな)の中へ落ちていったが、幸いどこも怪我はなかったらしい。

暫くしてむっくりと起きあがると、きっと闇の中に瞳をすえる。もう、あの怪しげな人の笑い声も聞えなければ、深雪の声も聴えない。見上げると、遥か頭上に陥穴の口がぼんやり見えるが、とてもそこまで登ろうなど思いもよらぬ。

人を呼ぼうか——人を呼んだとてこの古寺、誰も聴きつける者のないのは分っている。佐七はすっかり困(こう)じ果てたが、その時フーッと頬を撫でる一陣の風に、ふと気

がついて見ると、その深い陥穴には横孔が一つついているのだ。

「はてな？　こりゃ妙だ。よし、どこまで行けるかひとつ行って見てやれ」

　横孔は思ったより広かった。暗闇の中を、手探りにそろそろ這ってゆくと、その抜孔は随分深く、いくら行っても果しがない。こいつ一体どこまで続いているのだろうと、ずんずん歩いてゆくうちに、ふいにパッタリ突当ったのは一挺の急梯子。はてなと首をかしげたが、ほかに行くところもないから、ままよとばかり登ってゆく。登り切ると、やがてゴツンと板で頭を打った。

　この板を持ちあげてみるとそろそろと動く。それと同時に、ボーッと灯の色がさして来た。

（しめた、どうやら抜けられたらしい。それにしてもここは一体どこだろう）

　板を持ちあげて、その上へ這いあがった時、どこか間近かで、パチリパチリと碁石の音。

　佐七はその時はじめて、自分がどこか人家の押入の中にいることに気がついた。灯の色というのはその押入の襖の隙からさしているのだ。佐七が何気なくその襖を開いた時、

「おやまあ、お玉が池の親分さん、とんだところからお出でですこと、ほほほほほ」

　艶やかな嬌笑と共に、こちらを振返ったのは、意外にもお蓮である。そしてお蓮と差し向いに碁盤をはさんでいるのは、確かにさっきの若侍久米源之丞なのだ。抜穴は意外にも、お蓮の碁会所へ通じているのだった。

佐七を嘲弄うお蓮の囲碁

——今度はお前さまの番でござんす——


　意気込んで押入からとび出した佐七は、すっかり出鼻を叩かれたかたちだった。

　引っこみがつかぬとは、おおかたこういう時に使う言葉であろう。

「ほほほほほ、人形の親分さん、この暑いのに、どこかで煤払いでもござんしたかえ」

　嬌笑一番、虫も殺さぬ艶冶たる眉目容の、どこを押せばこんな音が出るかと妖しまれるばかりのするどい毒

舌、お蓮はジロリと佐七の不態をアザ笑うと、そのままやおら源之丞のほうへ向きなおって、

「源之丞さま、わたしの手番でございましたっけね」

白魚の指が碁盤におどって、パチリと碁石の音が小気味よい。

どうせ、女世帯で碁会所をひらいているくらいの者、箸にも棒にもかからぬ強か者はわかっているが、これはまた格別の度胸、岡っ引きの一人やふたり、屁とも思っていないらしい。

それにまた不思議なのが源之丞の態度、じっと碁盤に瞳をすえたまま、肩ひと筋うごかさぬ。さっき深雪のあとを慕って、あの古寺へしのびこんだことなど、どこの世界の出来事かといわぬばかり、澄ましかえった表情の憎らしさ。

佐七はつかつか碁盤のそばへ歩みよって、

「お蓮さん、お蓮さんとかいったっけねえ。おめえにちょいと訊ねてえことがある」

「まあ、この蚊のうるさいこと」

お蓮は舌を鳴らして、

「源之丞さま、こうすればいかがでござんす」

パチリと白石をおく。

「や、や、こいつが、そういう手があるとは知らなんだ。変な奴がまいこんだので、うっかりその方へ気をとられているうちに、こいつ一大事出来いたしたぞ」

「お蓮さん、これ、お蓮というのに」

「ほほほほほ、よい気味、よい気味、ひとを苛めてばかりおいでゆえ、たまにはこういうこともござんす。これで胸がスーッといたしました」

「こう、お蓮さん、おめえ、俺の言葉が耳に入らねえのか」

「まあ、この辺の蚊と来たら、やり切れませんねえ。妻恋坂あたりへ出ればよいのに」

お蓮はピシャリと蚊を叩いて、

「源之丞さま、お前さまのほうへはあまり出ませんかえ」

「おお、出るとも、出るとも。このごろは朝からうろうろ。うるさくておかげで午睡もろくろく出来ぬしまつさ。しかし弱ったな。見事にここのところを切られてしまったが、はて、何かよい思案はないものか」

「あっぱれ、しとめたり那須の与市、——というところ

でござんすね。ほほほほ、源之丞さま、お気の毒ながら、この二つの石は死にました。ほら、一の矢、二の矢、――と、そして今度はお前さまの番でござんす」

「なに、拙者の番だと」

源之丞の顔色がさっと変った。うわ眼使いにジロリとお蓮の顔を見ると、膝においた握り拳が瘧のようにブルブル顫える。

お蓮はすまして、

「ほほほほほ、源之丞さまの、これはまあ大仰な驚きよう。あまり思案がお長いゆえ、こんどはお前さまのお手番と、憚りながら御注意申上げましたのさ」

「ふうむ」

と、佐七は思わず唸った。皮肉といおうか、辛辣といおうか、お蓮の舌は必ずしも佐七ばかりを嘲弄しているのではなかった。碁石にかこつけ、持って廻ったいいようは、暗に来るべき源之丞の運命を諷刺しているのではあるまいか。

それから後は源之丞、手筋が乱れて散々のていたらく、お蓮はいい加減に碁石をおくと、

「源之丞さま、見ればきついお疲れの御様子、ここいらで切上げると致しましょうか」

「ふむ」

と、源之丞は蒼白んだ面をあげた。

「どうで勝負は知れております。碁石を数えるには及びますまい」

「お蓮さん、勝負はついたかえ」

「おや、親分さん、お待ち遠さま。して、何か御用でござんすか」

お蓮はサラサラ碁石をかき寄せると、澄ましたもので、帯のあいだから利休縫いの莨入れを取り出したが、その時、源之丞の立上る気配に、

「おや、もうお帰りでございますかえ」

「ふむ、また来よう。この次にはお蓮、きっと敵を討つぞよ」

「ほほほほほ、返り討ちを用心あそばせ」

「なに」

源之丞はきっと気色ばんだが、佐七の鋭い視線にあうと、チョッと舌を鳴らして、そのままコソコソと帰ってゆく。

古寺の闇に蠢く曲者
——妙なところに三本目の矢が——

佐七はじっとその後姿を見送って、

「お蓮さん、あのお侍はチョクチョクここへやって来るのかえ」

「あい時々。親分さん、お茶でも召上れ」

「なに、構わねえでくれ。いつも一人かえ」

「以前には三人連れでございましたけれど、一人は死に、あとの一人は仲違いをしたと見えて、このごろは大抵お一人でお見えになります」

「その連れというのは大場弥五郎と白須賀八郎右衛門、お蓮さん、そうだろうな」

「ほほほほほ、親分さんはよく御存じでございますこと、それじゃ何もお訊ねになることはないじゃありませんか」

お蓮ははぐらかすように笑ったが、その手に乗るような佐七じゃない。いよいよ膝を乗り出して、

「いってえ、三人はここに集まって、どういう話をしていたえ」

「そうですね、三人とも負けず劣らずの悪者で、師匠の大事なお嬢さんを、賭けで争っているとやら、はたで聴いていても、腹の立つようなことばかりでござんした」

お蓮は自棄に雁首を叩いたが、憤るといっぺんに年が老けて、厚化粧で小皺をかくしているものの、どう踏んでも三十五より下ではないらしい。その怒りがあまり尋常ではないので、佐七はふと小首をかしげた。

「お蓮さん、おめえたいそう気を揉むが、深雪さんとやらを知っているのかえ」

「あたしが？」

お蓮はぎょっとしたのを、周章て笑いにまぎらしながら、

「ほほほほほ、あたしが何んで知りますものか。でもあたしだって、女ですもの、女の大事な操を賭けできめるなどと聴けば腹も立ちます。それに師匠の娘に対して、とやかくと淫らな品定め、誰だっていい気はしないだろうじゃありませんか」

佐七はきっとその顔を見て、

「そうかえ、まあそういう事にしておこうよ。しかしお蓮さん、もう一つおめえに訊ねてえことがある」

「あい、何んでござんす」

「この間の川開きに、おめえも出かけていったようだが、あの時、おめえの船にまぎれこんだ男があったな」

「あい、ござんした」

　驚くかとおもいのほか、お蓮は平然として莨の煙を輪に吹いている。

「あの男を、おめえどうしたえ」

「どうもしますものか。とび込んだと思うと、すぐまたほかの船へとび出していきましたもの。親分さん、あれは気狂いでござんすか」

「こいつは妙だ。俺もあの時、おめえの船のすぐ側にいたんだが、男はそれきり外へ出やしなかったぜ。おい、お蓮さん、おめえ詰まらねえ侠気（おとこぎ）を出して、あんな男をかくまっていると、とんだ目にあうぜ。あいつは島破りのお尋ね者だ」

「まあ、親分のきついお疑い。なんなら、家探（やさが）しでもなんでもしてごらんなさいな」

　成程、これでは箸にも棒にもかからない。佐七は現にこの目で、あの川開きの夜、静馬がお蓮の船にとび込んだきり、そのまま、姿をかくしてしまったのをハッキリ見たのだ。しかし、女の様子から見ると、家探しなどしても無駄なことは分りきっている。

　佐七は話題をかえて、

「お蓮さん、それじゃもう一つ訊ねるが、この押入の抜孔はどうしたのだえ。龕燈壁（がんどうかべ）や抜孔は天下の御法度（ごはっと）だ。おめえ、何かいうことがあるか」

　お蓮はほほほと笑って、

「何かと思ったら親分さん、そのことでござんすか。それなら前に、裏の古寺に住んでいた坊主にきいておくんなさいまし」

「何？」

「なんでもそいつは大それた破戒坊主で、この家（うち）へお妾を囲っていたとやら。抜孔はその通路（かよいじ）に坊主が掘ったものでござんしょう。あたしは何んにも知らずにこの家を借りたまでのこと、抜孔のことは、ちゃんと自身番まで届けてありますから、なんならお訊ね下さいましな」

　佐七は思わずうむと唸ってしまった。これではてんで勝負にならない。まるで駆け出しの青二才みたいに、散々この女狐（めぎつね）に翻弄されている感じだ。長居をすればするほど、こっちの器量をさげるばかり、佐七はいい加減に切りあげてお蓮の家を出たが、もしこの時佐七に少しでも囲碁の心得があったら、さっきお蓮と源之丞の並べていた碁石が、まったく出鱈目(でたらめ)であったことに気附いた筈だが、残念ながら、さすがの佐七も、そこまで見抜く眼力(がんりき)はなかったのだ。

それはさておき、表へ出た佐七が、そこからぐるっと廻ってやって来たのは、もとの古寺、あのまま放っておいた白須賀八郎右衛門の死骸の始末もつけねばならぬ。

湿った土を音もなく踏んで、真暗な本堂までやって来た佐七は、そこで思わずぎょっとばかりに立ちどまった。本堂の暗闇に、誰やら蠢く者がある。

あっと息を殺して様子をうかがっていると、怪しの人影は八郎右衛門の死骸を探っている様子、猶予はならじと躍りこんだ佐七は、さっきお蓮に翻弄されたムシャクシャ腹もあったのだ、

「この野郎」

とばかりポカポカポカ。

「あ、痛え、ダ、誰だ」

怒鳴った声に佐七は聞きおぼえがあった。

「あ、手前(てめえ)は辰じゃねえか」

「そういう声は親分」

「おお、辰か」

「親分、あんまりひでえじゃありませんか。だしぬけにポカポカなんて、いってえ俺(あっし)にどういう怨みがあるんです。え、親分。お前さんのいいつけを守って、大した手柄を立てたこの巾着の辰五郎に、何んの落度があるんです。おお、痛えッ」

しだいに闇に眼がなれて来るにしたがって紫色の腫れあがった頰っぺたをかかえて、口をとがらせている辰五郎の顔が、ボンヤリ浮きあがって来る。何んのことはない、とんと潮吹(ひょっとこ)のお面そっくりだ。

「ははははは、まあ堪忍しろよ、あやまちだ、あやまちだ。だが辰、てめえの手柄というのはいったい何んだえ」

「おお、それそれ、親分まあこっちへ来て見なせえ」

辰五郎が手探りに案内したのは、本堂の裏っ側、地獄極楽の無惨な絵が、ズラリと掛け並べてある中に、木彫りの不動様の像が一体あったが、辰五郎が指さしたのはその不動尊。

「親分、これですよ」

「何んだ。こりゃ不動様じゃねえか。こいつがいってえ、どうしたというのだ」

「そういう声は親分」

「不動様にゃちがいねえが、それが唯の不動様じゃねえんで。親分、不動様の右手をごらんなせえ」

いわれて佐七はあっと驚いた。不動尊像が振りかざしている降魔の利剣とは、一本の白羽の矢ではないか。

「いかがですえ、親分。どこの世界に不動様が矢をふり翳しているなんて図がありますものか。まあ、その矢を調べてごらんなせえ」

手に取ってみると、久米源之丞と名札が。——たしかに川開きの夜、盗まれた三本の矢の最後の一本なのだ。

「ふふん、うめえところへ隠しやがったな」

「どうです、大した手柄でござんしょう」

辰五郎、調子に乗ってあまり高くもない鼻を蠢めかしている。

「辰、こりゃ面白え。この矢はこのままここへおいておこう」

「え？　親分、そりゃどういうわけなんで」

「なに、下手人はいつかこの矢をとりにやって来るにちがいねえ。白須賀八郎右衛門も、大場弥五郎もみんな自分の矢で殺されたんだ。下手人が久米源之丞を覘っているとすりゃ、いつかこの矢を取りに来るにちがいねえ。辰、おめえ暫く泊りこみで、この矢の番をしていなくちゃならねえぜ」

なるほどこれは名案だった。

が、それより前にもう一つ、奇怪な事件が起ろうとは、さすがの佐七も神ならぬ身の、ついぞ気附かなんだのも無理はない。

意外なる父の秘密
——下手人は幽霊の如く消えた——

話し変ってこちらは妻恋坂に神学の塾を開く柳川主膳、以前より気分がすぐれなかったのが、あの川開きの夜以来、俄かに病勢がすすんで、奥のひと間に閉じこもったきり、出入りの者の足音にも、ビクビクと怯えるばかりか、今日このごろでは厳重に部屋をしめきって、はては内側から心張棒をかっている有様は、どうしても唯事とは思われない。

「源之丞さま、父上は一体どうなされたのでございましょうね。あたしはもう心配で夜もろくろく眠れませぬ」

あの川開きの夜以来、深雪の身辺には、あまり恐ろしいことが起りすぎる。大場弥五郎につづいて白須賀八郎右衛門の怪しい死にざま、そして今また、頼りに思う父主膳の、この気狂いじみた所業に、深雪はしみじみ心細く、胸も千々に砕けるのだった。こんな時に静馬様でも。――と心ひそかに思っていても、その静馬は天下のお尋ね者、そして、このいやないやな源之丞を頼りにせねばならぬかと思えば、深雪はあまりの悲しさに、胸もつぶれるばかりである。

「さればでございます」

ほの暗い絹張行燈の灯影とともに、思い乱るる深雪の姿、むっちりとした肉付を、源之丞はさも好もしそうに打ち眺めながら、

「この間からの数々の変事といい、それにまたあの兵頭静馬奴が、島を破ってこの江戸表へ舞い戻ったので、それが先生のお悩みの種かと存じます」

「あれ、源之丞さま、それは異なことを仰有います。なるほど大場様や白須賀様の非業の御最期は恐ろしいことでございますけれど、静馬様が舞い戻ったとて、何故に父上様があのようにお怖れになるわけがございましょう。静馬様は天下の罪人」

深雪は思わずホロリとして、

「現れればひっ捕えてお上にお手渡しするまでのこと。また静馬様とて、天下に身の置きどころのない体となったのもみんな自分のお心から、何も父上をお怨みすることはないではございませぬか」

二世を契ったその人を、天下の罪人と呼ばねばならぬ深雪の悲しさ、その思い悩んだ顔へ源之丞はニヤリと意地の悪い微笑をくれ、

「ほほほほほ」

と、まるで女のようにいやらしく笑うと、

「それはお前さまが何も御存じない故」

「あたしが何も知らぬとはえ」

「されば、大場や白須賀が、何故あのように惨たらしゅう殺されたと思召す。そしてまた何人の手にかかったとお思いでございます。あれもみんな静馬めのため」

「え？」

深雪とて薄々それを感知せぬではなかった。しかし、静馬が何んのために、大場や白須賀を殺すのであろう。

囚人(めしうど)となったはみんな自分の心がら、たとい大場や白須賀が自分に想いを寄せたとはいえ、殺すほどの事はなかろう。そのような静馬様ではない。下手人はほかにあるのだ。静馬様に限ってそのような……。

「ほほほ、お前さまがそのように疑うのも尤(もっと)も。しかし深雪様、静馬奴(め)が二人を殺すには立派なわけがあるのでございます」

「え？　わけというのは？」

「されば、静馬めが陰謀に加担したなどというはみんな嘘」

「げっ」

「ほほほ、あれは大場と白須賀が上手に書いた狂言でございます。つまり静馬めは二人にまんまとはめられたのでございます」

さすがに自分もその仲間とはいわなんだ。

「いかがでございます。これで静馬めが下手人のいわれも、よく納得がいったでございましょう」

「でも、でも、何もそれじゃというて、静馬様が父上まで。——」

「それだからお前さまは何も御存じない。ことの張本人はみんな先生。いえ、お驚きは御尤もでございますが、大場や白須賀をそそのかして、そのような偽りの狂言を書かせたのも、みんな先生でございます」

と、これはまたあまりにも意外な言葉、深雪はハッと驚いて、

「嘘じゃ、嘘じゃ。父上が何故(なにゆえ)そのようなことを。——嘘じゃ、嘘でございましょう」

「ほほほ、先生のお娘として、お前様がそう仰有(おっしゃ)るも無理はありませぬ。しかしこれは神かけて真実、静馬めを陥れた発頭人は、柳川主膳先生」

「ええい、そのようなことを聞きとうもない。父上が、何んでそのような卑怯なことをなされましょう」

「卑怯——？　ほほほ、卑怯とはよく言われました。その卑怯なことを先生がなされたのでございます。理由はな、とかく学者というものはな、人一倍嫉妬心が強いもの、お前様もよく御存じの通り、静馬めは学問もよく出来た、胆力も据わっていた、弁舌も爽かに、どこから見ても師匠まさり。柳川塾の兵頭静馬は、師匠の主膳より人間が上じゃそうなと、そういう噂が高くなるにつれて、先生のお心は平かではなかったのでございます。ほほほ、

自分の手がけた弟子が高名になることは、師匠としては嬉しい筈のところ、主膳先生に限ってそこが違っておりました。深雪様、こういえばお前様にもお心当りがございましょう」

　言われて見ると深雪には、ギックリ思い当る節がある。はじめのうちは父主膳も、静馬の出来るのを何よりも楽しんでいたのに、後にはしだいによい顔を見せぬようになり、しまいにはとかく、影へ廻っては静馬のことを口汚く罵っていたのを、わが父ながら浅間しく思っていたが、ああ、知らなんだ、知らなんだ。深雪はワッとその場に泣き伏した。

　源之丞はニンマリとしてその肩に手をかけ、

「さあ、そういうわけゆえ、お前様がどのように静馬めを想うていても、これは所詮叶わぬ事、静馬にとっては畢竟お前は敵の娘。なあ、それよりこの源之丞の心にしたがい、静馬めを討果すが父への孝行。ほほほ、いやか、たといいやと仰有っても、この広いお屋敷には、先生のほかにはわれわれ二人きり。しかも先生は何もかも御承知じゃ。お前はわたしのものになる。のう、お前のその体は、所詮この源之丞のものじゃ」

　羊の皮を着た狼は、ついに皮をぬいで正体を現わした。舌なめずりをしながら、じりじりと深雪のそばによると、やにわにぐっと肩を抱きすくめる。深雪はあれととびのいて、

「な、何をなされます、穢わしい、そばへよると許しませぬぞ」

「ほほほほ、いくらもがいても誰も邪魔するものなぞありはしない。さあ、こちらへおいで、ほほほ、何んて綺麗な肌であろう」

　深雪の体をしっかり抱きしめた源之丞、無理無態に頬ずりしようとするその息使いの荒々しさ。深雪はもがけど、叫べど、源之丞のいった通り屋敷内には父ひとり、しかもその父は源之丞と同腹なのだ。源之丞はますます図にのって、あわや怪しからぬ振舞いに及ぼうとした、丁度その時、

「うわッ！」

　と、唯ならぬ叫び声、父の声なのだ。と、つづいて、閉めきった寝室の中から、

「うぬ、静馬め、うせたな」

　主膳の声が聴えたと思うと、ドタドタと入乱れた足音、

二人がハッと聴耳たてた時、

「うわッ！」

と、魂消る主膳の声とともに、急にあたりはシーンと静まりかえった。

「あ、父上が、父上が――」

「先生、先生――」

静馬が屋敷にいるとすれば、源之丞も深雪に構ってなどおれぬ。おっ取り刀で寝室の前へかけつけると、襖は例によって、中からしっかり心張棒がかってある。それを無理矢理に蹴破って中へ踏込んでみると、主膳は胸をひと抉り抉られて、あたりは唐紅。むろん主膳はすでに息絶えていたが、ここに驚くべきはその寝室、雨戸は勿論、縁側の障子まで、うちがわからしっかり心張棒がかってあって、どこからも人の出入りをした様子は見えぬ。


しかし、さっき主膳の叫んだのは、たしかに、おのれ静馬めという言葉。して見ると静馬は、風のように戸の隙間からでも入って来たのであろうか。あまりの事の奇怪さに、源之丞と深雪は、思わずゾクリと襟元が寒くなった。

狂える静馬

――矢を取りに来た者がある――

「べら棒め、箱根からこっちは、お化けや幽霊など出る筈がねえ。静馬が風の様に戸の隙間から入って来て、柳川主膳を殺めたと。チョッ、笑わしやがらあ」

威勢よく啖呵を切ってみたものの、この謎ばかりは人形佐七にもちと難かしかろうと思われた。

「ひょっとすると、深雪と源之丞が心を合せて主膳を殺め、一狂言書いたのではあるまいかの」

これが神崎の旦那の意見だったが、佐七は何故か強くそれを打消し、却って当の源之丞に向って、

「深雪さんに訊いてごらんなさい、きっと静馬の居所を知っておりますぜ。静馬をかくまう者はあの女よりほかにはねえ筈。あの幽霊下手人の一件だってきっと深雪さんと静馬の書いた狂言、よく吟味してごらんなさい」

こう吹きこんだから耐まらない。それ以来というものは、日毎夜毎源之丞は深雪を責め折檻。それもそうだろう、今や静馬に敵と覘われる者は自分ひとり、いつ何時寝首をかかれるかと思えば、一時も心の安まる折がな

い。その静馬の居所を、深雪が知っているかと思えば、今やもう恋どころの騒ぎではない。想いを遂げるのは、静馬を片附けてからとして、さしあたり何んとしても静馬のありかを白状させねばならぬと思えば、少し手荒な真似もやむを得ない。

「可哀そうに近頃じゃ、柳川の娘は毎日のように、源之丞の手にかかって、ひどい折檻だそうだ」

　こういう噂が、妻恋坂からパッと江戸市中にひろがった。しかも、この噂をバラ撒いた発頭人というのが、人形佐七その人だから、これには何かわけがあると見なければならぬ。

　こうして噂が市中にひろがってから三日目の晩のこと、お玉が池の佐七のところへ、あわただしく外からかけ込んで来たのは、あの古寺へ泊りこんでいた巾着の辰五郎。

「親分、来ましたぜ、来ましたぜ。三本目の矢をこっそり取りに来た奴がありますぜ」

「来たか」

　佐七は思わずピカリと眼を光らせた。

　分った、分った、源之丞に深雪を疑わせたのも、またああいう噂を江戸中にバラ撒いたのも、みんな下手人をあの矢のあり場所へひきよせようという佐七の魂胆。

「そしてそいつは誰だえ、俺のいった人間とはちがっていたかえ」

「いや、恐れ入りやしたよ。親分の仰有ったとおり。俺ゃまさかと思っていたんでげすが、さすがに親分だ、何もかもお見通しだ」

「おだてるな。そしてそいつは矢をもってどこへ行ったえ」

「それが妻恋坂のほうなんで」

「よし、分った。手前はこれからひと走り、神崎の旦那のところへ使奴になってくれ。柳川塾門下生殺しの下手人を今宵お引渡しいたしますから、妻恋坂までお忍びで、お運び願いますというんだ」

「ようがす。それじゃ親分、いずれ後程」

　韋駄天走りに辰五郎が走り去ったあと、人形佐七はブラリ懐手で外へ出ると、悠々と妻恋坂さして出かけていったが、それにしても大の男を三人まで殺害した兇悪な犯人を捕えるのに、佐七の身ごしらえはあまり手軽にすぎやしないか。

　それはさておき、佐七が柳川塾へついたのは、夜ももう九つ（午後十二時）過ぎ。裏木戸からこっそり忍びこむと、どこやらでザーザーと水の音がする、はてな、と小首をかしげて向うを見たが、さすがにその時ばかりは佐七も驚いた。夏とはいえ、夜も九つ過ぎといえば江戸の大地は肌寒いくらい冷える。そのうそ寒い井戸端に赤い腰巻一枚でしばりつけられているのは、あろうことかあるまいことか、主膳の娘深雪なのだ。しかもその側には源之丞、悪鬼の如く猛り立ち、ひと言いってはかけ、二言怒鳴っては釣瓶の水を浴せる。

「ええい、まだいわぬか、まだ申さぬか。剛情な女よのう、ええい、こうしてくれるわ」

叫ぶとみるや、ピシャリ割れ竹の音。ヒーッと深雪は悲鳴をあげたが、もとより知らぬ静馬のありか、言いたいにもいいようがないのである。

「知らぬ、わたしは何も知りませぬ。知っていたらこのわたしが、たとい昔の許婚者とはいえ、父を殺した敵ですもの、きっとお上へ訴人します。源之丞さま、疑い晴らして」

ことを分けた言い分も、血迷った源之丞の耳に入らばこそ。

「ええ、ぬけぬけと白々しい、人形佐七ほどの男がいう言葉、たしかに、お前が知っているにちがいない。さあ、早くいってしまえ」

おやおや、こいつは少し薬が利きすぎたかと、佐七は思わず苦笑い。

「深雪さん、堪忍しておくんなさい。さぞ痛かろう、辛かろう。しかし、この埋合せはきっとするぜ」

佐七が思わず心の中で手を合わせた時、ヒタヒタと軽い足音とともに、うしろから忍びこんで来たのは神崎甚五郎と巾着の辰。

「佐七か」

「しっ」

神崎の旦那もみちみち辰五郎に事のいきさつを聴いて来たと見え、多くは語らぬ。木蔭にたたずみ、じっとあたりの様子をうかがっている。向うでは深雪の折檻がいよいよ手荒くなって来た。

「これでもかえ、ええい、これでもいわぬかえ」

ピシャリ、ピシャリと割れ竹の音が身にしみる。

「あ、痛ッ、あ、あ、静馬さまア」

父の敵と思いながら、思わず深雪の唇から洩れるのは、恋しい昔の許婚者の名。

「静馬さまア、静馬さまア」

闇をつんざくその悲鳴に、突如、

「おお」

と、どこかで応ずる声がしたかと思うと、ふいにフラフラと佐七のまえへ現れたのは、髪振り乱した一人の男。足下も定かならず、宙にういた眼つきといい、明かに気が狂っているのだ。

「あ、静馬だ」

と、低声（こごえ）で叫ぶ甚五郎。

「しっ、黙っておいでなせえ。しかし、悪いところへあの気狂い奴（め）、やって来やがったな」

何故か佐七は当惑したように舌打ちをする。して見ると、今宵、佐七が網を張っている下手人とは、兵頭静馬ではなかったのかしら。

「静馬さまア、静馬さまア」

深雪の声に、静馬は何か思い出そうとする風情で、フラフラと木立ちを縫うていきかけたが、その時突如向うのほうで、

「ウワーッ！　ダ、誰だ――あ、あー」

源之丞の魂消（たまげ）る声なのだ。

「そら、出たッ。辰、逃がすな」

狂える静馬には眼もくれず、タタタタと井戸端へかけつけると、

「人形の親分さんかえ」

深雪のいましめを解きながら、沈んだ声でこちらを振りかえったのは意外にもお蓮ではないか。その側には源之丞が、胸をぐさりと矢尻でえぐられ、いまだにヒクヒク手足をふるわせている。深雪は気を失って正体もなかった。

「お蓮、神妙にしろよ」

「あい、逃げもかくれも致しませぬ。源之丞を片附ける迄、よう待って下さいました。とてものことに親分さん、何故わたくしがこのような、大それたことをしたか、そのわけは、どうぞこの娘に内緒で。――」

言ったかと思うとあっという間もない、お蓮はひらりと身をひるがえして、井戸の中へざんぶととび込んでしまった。折から源之丞の死骸を見つけた静馬の骨を刺すような気味悪い笑い声――空には月も星もない。

娘を想う母の真情
――自業自得の柳川主膳――

「旦那、まだお分りじゃございませんか。お蓮の最後の言葉でたいてい分りそうなもの。あの女は深雪の母親でござんすぜ」

「何、深雪の母じゃと」

甚五郎もハッと驚いた。一件落着してから三日ほど後のことである。江戸にはそろそろ秋風が立ちそめて、もう単衣(ひとえ)ではうそ寒い。

「そうなんで、若い時分に主膳との間に出来たのがあの深雪なんで。その後お蓮は主膳の性質に気の喰わぬところがあって、家をとび出してしまったんですが、今じゃ誰もそんなことを知っている者はない。主膳にしても女房のほうから逃げてしまったとあっちゃ器量の悪い話ですから、門弟にも深雪にも、母は死んだと話してあったんです。さてお蓮の方じゃ主膳にゃ未練はないが、やっぱり娘の深雪は可愛い。その深雪が三人の悪侍の餌食になろうとしているんですから、これじゃ母として黙ってはいられぬじゃありませんか。あの三人の悪い奴が、深雪を女房にするというのは表面(うわべ)だけで、順繰りにおもちゃにしようという寸法、あの賭矢もその一番駆けを極めるだけのこと、そういう相談を聞いちゃ、お蓮も母としてひっこんじゃいられませんやね。娘をかけたその矢で、逆に天罰思い知らせたという寸法です」

「成程、それで三人を殺した理由(わけ)は分ったが、しかし、主膳を殺めたのは？」

「ははははは、旦那は主膳が他人手(ひとで)にかかったとお思いですかえ。大違いでさ。主膳の奴、静馬をあまり恐れすぎたもんだから、夜中、夢に見て暴れ廻っているうちに、われとわが刀で胸を貫いて死んでしまったんです。自業自得とはほんにこのことですね」

佐七はいかにも小気味よげに打ち笑った。

狂える静馬はその後、深雪の手厚い介抱でしだいに快方に向っているという。気が狂いながらも兵頭静馬、恋しい深雪と憎い敵を求めて、あの川開きの船までも、ふらふらとさまよい歩いたのであろう。その夜お蓮が静馬をかくまったのは、はじめはほんの侠気(きょうき)からであったが後には可愛い娘の恋人と知って、真剣にあの古寺の中へかくまっていたらしい。

静馬はもとより陰謀の疑いも解けていたことだし、島を破ったのも狂気の致すところとあって、格別のお慈悲で赦免の沙汰であったが、これには神崎甚五郎の尽力が大いに働いたものと見ねばならぬ。

犬娘

人形佐七捕物帳

犬におびえる男

――生命にかかわる一大事――

「お玉が池の親分はおいででございますか。おいでございましたら、ちょっとお目にかかりたいのでございますが」

その当時、有名だった柳橋（やなぎばし）は万八（まんぱち）の表玄関に立ったのは、年のころ二十四、五、色白の華奢（きゃしゃ）な男、物におびえたように、ソワソワと眼の色さえも尋常ではなかった。

「お玉が池の親分さんかえ。こうっと、おお、お梅さん、人形の親分さんはお見えになったかえ」

「いいえ、まだでございます」

「まだ、お見えにならないそうで」

「私（わたくし）、いまお玉が池のほうへお伺いいたしましたら、今宵はこちらに何やらお集まりがあって、親分さんもおでかけとのこと、私、取るものもとりあえずこちらへとんで来たのでございます。もし、お願いでございます。親分さんがおいでございましたら、どうか、どうか、ひとめ会わせてくださいまし。もし、お願いでございます」

若い男はいまにも泣き出しそうな表情（かおいろ）で、盲縞（めくらじま）の細い肩を、さっきから、しきりにわなわなと顫（ふる）わせているのである。

万八の男衆は不思議そうに、

「そりゃ人形の親分も来なさることにはなっているが、おおかた、どこかへ寄り道でもなすったのだろうよ。まだ、こちらへは顔出しをしてはいなさらねえのさ」

「いいえ、もう後生でございますから、会わせてくださいまし。ああ、こういううちにも心がせく。もし、番頭さん、お願いでございます、お願いでございます」

「俺ゃ番頭じゃねえよ」

「いいえ、もうどなたでもよろしゅうございます。人間ひとり生きるか死ぬかという境目。もし、おまえさん、拝みます、頼みます。あ、あれえッ！」

真蒼になった男がだしぬけにしがみついて来たので、これには男衆のほうが肝をつぶした。

「お、おまえさん、ど、どうしたのさ」

「あ、あれは、何んでございますか。あ、あの植え込みの蔭にいるのは」

妙な男は歯の根もあわぬほど、ガクガクと顫えているのである。

男衆もぎょっとして、こわごわ小暗い植え込みの下を覗いてみたが、チョッと舌を鳴らすと、

「なんだ、あれは犬じゃないか、白ッ、白ッ」

「まあ、するとこちら様の飼犬でございましたか」

「さようさ、ああ、びっくりした。おまえさんはいったい、何だと思いなすった」

「はい、あの――」

と、男はいくらか落ち着いてくると、さすがに極まりわるげに、

「私、狼かと――」

男衆は眼を丸くして、

「馬鹿なことをいうんじゃねえ。江戸のまんなかに狼なんど出てたまるもんか。おまえさんもずいぶん素頓狂なことをいう人だ。白ッ、白ッ、奥へいってろ。お前がそんなところにうろうろしているから、こちとらまで肝を冷やしたじゃねえか」

「すみません」

男は素直にあやまったが、

「もし、お願いでございます。人形の親分さんに会わせてくださいまし。人の生命にかかわる一大事でございます。ああ、怖ろしい、考えてもゾッとする。もし、拝みます、頼みます」

ほほけた髪のほつれ毛をかきむしりながら、男はまた始めたのである。

屏風の蔭から唸り声
――はい、明日人が殺されます――

男衆はほとほと呆れてしまったように、この妙な男の顔を見守っていたが、その時、玄関に立ってさっきから、一伍一什の様子を見ていた女中のお梅が、男衆のそばによると、何やらそっと耳打ちした。

「なんだ、あ、そうか。そんならそうと、何故早くいってくれねえんだ。俺ゃすっかり持てあましていたところだぜ」

男衆は妙な男のほうを振りかえると、

「あの、もし、おまえさんえ、人形の親分はまだお見えにならねえが、乾分の巾着の辰五郎さんが、お見えに

なっているそうです。その人ではいけませんかえ」

　妙な男はちょっと考えるふうであったが、溺れる者が藁にでも縋るように、

「はい、あの、その人でも結構でございます。どうぞ会わせてくださいまし。ああ、もう心がせいてならぬ。お願いでございます、お願いでございます」

「おお、もう、せわしないこと」

　女中のお梅は、大きなお尻をふりながら、奥へかけこんだが、間もなく急ぎあしに出て来たのはお馴染みの巾着の辰五郎。

「おまえさんかえ、うちの親分に用があるというのは……」

「はい、私でございます。それではあなたがお玉が池の親分さんの、お身内の方でございますか。お願いでございます、助けてくださいまし、助けてくださいまし」

　いきなりひしとばかりに縋りつかれて、辰五郎、眼を白黒させたが、そこはさすがに佐七のもとで年期を入れただけあって、唯事ならずと見てとったのであろう。

「お梅さん、どっか静かな座敷はあいてねえか。なに、離れがあいてる？　そいつは好都合だ。それじゃちょっとそこを貸して貰おう。もしえ、おまえさん、こんなところで話もならねえ。まあお上んなさいまし」

　辰五郎としては上出来だった。

　離れ座敷というのは、玄関から鍵の手の廊下の突当り、庭には秋雨の音がしめやかだった。

「ここなら邪魔の入る気遣いもねえ。それにしてもずいぶん頓狂なひとじゃねえか。こういう稼業の店先に立って、やれ狼だの、やれ、生きるの、死ぬのといやあ、誰だっていい表情はしねえのさ。で、話というのはどんなこったえ」

「人殺しでございます」

「なに、人殺し？　いってえ、誰が殺されたのだ」

「いいえ、殺されたのではございません。これから殺されるのでございます」

「なんだと、これから殺される？」

　辰五郎は眼を丸くして相手の顔を見直した。こいつござっているのではあるまいかと思ったのである。

「はい、これから殺されるのでございます。おお恐ろしい、明日の未の刻（午後二時）になると、人間がひとり殺されるのでございます。あなた、助けてくださいま

し、助けてくださいまし」

男は必死となって、指をポキポキ折っているが、辰五郎にはいっそ馬鹿らしいとしか思えない。

「だっておまえ、おかしいじゃないか。そんなことが分っていたら、何故、当の本人に知らせてやらねえんだ。どんな深い事情があるかも知らねえが、未の刻と時刻まで分っていりゃ、おめおめ殺されるのを待っている白痴(こけ)もあるめえ」

「いいえ、それがいけないのでございます。誰がどんなにしても、こればかりは、防ぐことが出来ないのでございます。恐ろしい死霊の祟りでございます。それに私にもまだよく分らないことがございますので……」

「死霊の祟り?」

辰五郎はふいに眼を光らせた。

「おめえさん、何んという者だ」

「私でございますか」

男はぐっと生唾をのみこむと、

「いいえ、これはまだ申し上げることは出来ません。人形の親分さんでないと申し上げるわけには参りません」

「おい、詰まらねえ狂言は止せ」

辰五郎はとうとう癇癪玉(かんしゃくだま)を破裂させてしまった。

「おまえ、これは調伏だろう」

「調伏?」

「そうよ、今宵この万八で百物語があるということを聞きこんで、親分をもてあそぼうというのだろう。いったい誰に頼まれた」

「め、滅相もない。そ、そんな暢気(のんき)な沙汰じゃございません。ええい、私の顔を見ても分りそうなもの。ああ、あなたでは分りませぬ。親分はどこにいる、人形の親分さん」

あたかもよし、その時、男の恋こがれている人形佐七の到着を、奥へ知らせる声が、長い廊下をつたわってここまで聞えて来た。

「あ、親分さんがお出(い)でなすった」

「おっと、待ちねえ。なるほどまんざら冗談でもねえようだが、おまえがとび出しちゃかえって話に手間がとれる。俺がいって親分をここへ呼んで来るから、おめえちょっとの間(ま)待っていなせえ」

「はい、お願いいたします。ああ、私はもう胸がわくわくしてなりません」

男は坐っているのももどかしげに立ち上がって、座敷の中をぐるぐる歩き廻った。辰五郎はなかなかかえって来ない。例の冗談が多くて、要領へ入るのに手間がかかるのだろう。障子の外には秋の雨がしとしとと、植え込みの葉を滑っている静かさだ。

その静かさがいっそう男の不安を掻き立てると見える。ぐるぐる、ぐるぐる独楽のように座敷のなかを歩き廻っている。放っておけば今にも走り出しそうだ。ふいに男はぎょっとしたように立ちどまった。ほの暗い蘭燈の灯を宿した瞳が極度の恐怖にふるえている。どこかで、ウーと、唸るような声が聞えたからである。獣の声だ。

男はわなわな顫えながら、広からぬ部屋のなかを見廻したが、その眼はひたと、床わきの袋戸棚のまえにある二枚折りの屏風に注がれた。屏風には六歌仙の絵が張りまぜてある。

その時、またもや、屏風の蔭から、ウーと獣の唸るような低い声がきこえた。男は必死となって歯を喰いしばっている。全身にビッショリ汗をかいている。いまにも失神しそうな眼の色をしている。

やがて、男はしだいに屏風のほうへ吸いよせられていった。一足ごとに、足の裏でミシリと畳を吸う音がした。男は屏風のはしに手をかけた。中を覗きこんだ。

ウームと屏風の蔭にのめりこんだ。

六歌仙舌出し小町

――屏風のうしろから人の指――

その年は、九月に入ってから急に陽気が冷えて、毎日雨が降りつづいた。

大川端のこの秋雨を楽しみながら、少し季節は外れているが、百物語をやろうというのが、万八における今宵の集まりだ。

会する者はちょうど百人。武家もいれば町人もいる、医者もいれば坊主もいる、学者もいれば役者もいる。あらゆる階級を網羅していたが、ことごとく当代一流の人物ばかり、つまり各々のみちにおける名人上手、あるいは達人を集めたのである。

人形佐七も捕物にかけては、当代きっての達人だから、この百人の中にえらばれたのは、何んの不思議もない。

定刻より少しおくれて、この万八へやって来た人形佐七、表玄関からあがると、いきなり巾着の辰五郎につかまったが、辰五郎の話と来ると例によって修辞沢山、舌の滑りは見事だが、肝腎の要領にふれぬもどかしさ。

「辰、いってえ、何んの話だえ。狼だの、死霊だの、未の刻だの、まあ、落ち着いて話しねえ」

「だからさ、ええ、じれってえな。未の刻なんですよ、そいつが死霊なんで、明日人が殺されるんじゃありませんか」

「馬鹿も休み休みいいねえ。それが今夜の筋書か」

「そうじゃねえんで、そうじゃねえったら。俺(あっし)もはなはそう思ったんですが、すると、そいつの眼が、急にこうキリキリと釣り上がりやがった。そして、おまえさんじゃ分らねえ、ああ、親分さん、人形の親分さあん」

「馬鹿、つまらねえ声は懐中(ふところ)へねじこんどけ。で、誰がそんなことをいったんだ」

「だからさ、奥にいる男がでさ」

「なんだ、客人が待っていなさるのか。何故それを早くいわねえのだ」

「だって、親分、お止(よ)しなせえ。あいつは気違いにきまってまさあ。明日人が殺されるって、ウプ、ずいぶん人を喰った野郎です」

「いいから、その御仁のところへ案内しろ」

要領を得ぬながらも、何やら意味ありげな辰五郎の話に、ふいと胸騒ぎをかんじた人形佐七、辰五郎の尻をついて、あの離れの座敷までやって来たが、

「辰、その方はどこにいなさるのだ」

「あれ、消えちまやがった」

「この座敷に間違いはねえのか」

「へえへえ、これにちがいがございませんとも。おや、縁側の障子がひらいている。さっきはたしかに、しまっていたはずなんだが。奴さん、ここから出ていきやがったかな。親分、こいつはやっぱりキ印(じるし)ですぜ。取りあうのはお止しなせえ。俺ゃなんだか、気味が悪くなって来た」

「ふむ」

と、佐七も不審らしく首をかしげながら、

「いったい、その人はどういう風態だったえ」

「へえ、それがどこかの手代とでもいいたげな若僧――うわッ、親分、あ、あ、あれは何んでございます」

辰五郎の奴、いきなり佐七の腰に武者振りついたから、佐七も驚いて、

「辰、どうしたのだ、何んだ、何んだ」

「あれでございます。ほら、屏風に張ってある六歌仙の小町が、舌をかみ切っているじゃございませんか」

「小町が舌を？」

佐七もぎょっと、瞳をすえたが、ああ、何んという奇怪さ。極彩色の小町の口から、何やらぬっと突き出して、しかも、そこからタラタラと、一条の血の垂れている気味悪さ。佐七はつかつか側へよってちょっと小町の舌をすかして見たが、

「や、や、こりゃ人間の指だぜ」

叫ぶと同時に屏風の裏側をのぞいてみたが、あとにも先にも佐七はこんなにむごたらしい人間の死にざまを見たことがなかった。

さっきの男が、床わきの袋戸棚に寄りかかったまま、屏風にしっかと指を立て、そしてその咽喉(のど)は、まるで、狼にでも喰いきられたようにパックリと赤い柘榴(ざくろ)をひらいているのだ。

「うわッ、お、お、親分」

辰五郎の奴、意気地なくもへたへたとその場にへたばってしまったが、その時縁側の障子のすきから、ぬうっと覗きこんだ人物がある。

「うわッ、親分、出た！」

佐七は、さっと後ろへとびすさって身構えたが、相手の顔を見ると、さも意外そうに、

「おお、これは樋口(ひぐち)様じゃありませんか」

「なんだ佐七か、辰どうした」

いぶかしげに小首をかしげながら、座敷を覗きこんだのは、樋口十次郎(じゅうじろう)といって、町方与力(よりき)。年は若いが、腕も立ち、学もあり、ゆくゆくは奉行にでもなろうという評判の若侍。狂歌をよくするところから、これも今宵の百人のひとりなのだ。

「樋口様、あなたどうしてここへ」

「佐七、それが妙なものを見ての」

「妙なものとは？」

「さればさ、今、裏木戸より若い娘が、狼かとも思わるる犬を従え、忍び出るところを見たゆえ、すぐさま後を追うてみたが、掻き消すごとく雨のなかに姿を見失(みうしの)うてしまった」

「狼のような犬？」

佐七は思わずドキリとする。

「さようさ。それで犬の足跡を逆にここまでつけて来たが、佐七、見やれ、ここにも点々と牡丹散らしの跡がついているわ。あ、あれはなんだ」

叫ぶと共に座敷へとび上がって、屏風の蔭を覗きこんだ樋口十次郎。

「や、や、これは清七」

「樋口さま、あなた様はその者を御存じでございますか」

「おお、よく知っている。日本橋の鼈甲問屋、長崎屋の手代清七というものじゃが、さてまた無残な」

「日本橋の鼈甲問屋、長崎屋？」

佐七は思わず呼吸を弾ませると、くるりと辰五郎のほうを振りかえった。

「辰、人の殺されるのは明日の未と申したな。あの明日の未……」

佐七は呆然と眼をみはったのである。

謎の生葬礼

――神隠しにあった娘のお君――


文化八年九月十三日、日本橋馬喰町の鼈甲問屋、長崎屋重兵衛宅から奇妙な葬式が出た。

柩の中なるは主人の重兵衛その人だが、ところでその重兵衛はまだ死んでおらぬというのだから、甚だもって不思議な葬式だ。

これにはひとつの理由がある。

主の重兵衛。当年とって四十二、つまり男の厄年だ。この厄年にはまったのか、一粒種のお君というのが、しばらくまえから神隠しにあったまま未だに行方が分らない。重兵衛の悲歎はいうもおろか、金にあかして捜査につとめたが、一向手掛りもなかった。こうなると苦しい時の神頼み、重兵衛は神の代りに仏に頼んだ。つまり旦那寺にあたる、谷中感光院の住職日照というのに占ってもらったところが、まことに奇妙な卦が出た。

重兵衛にはさる人の死霊がついていて、娘お君の神隠しもこの死霊がなす業。来る九月十三日が危ないというのである。重兵衛はこれをきくと何か思い当る節でもあるのか、いよいよ恐れてこの大難を逃れるすべはないかと日照に相談したところが、それには唯一つ、九月十三日の未の刻に、重兵衛が死ぬよりほかに道はないという。但しほんとうに死ぬには及ばない。唯、死んだ気になって、一応葬式を出せば、法の力で罪業消滅、障礙退散の祈禱をして進ぜようという和尚の宣託。真似ごとだけなら、いと易いことだから、重兵衛は和尚の言葉にしたがうことにしたが、さあ、この噂がパッと江戸中にひろがったから、寄ると触るとたいへんな評判。瓦版にまですられるほどのトピックとなって、江戸中の人は、九月十三日を待ちかねていたのである。

　九月十三日は朝から妙に蒸々とするいやな天気だった。それでも、この奇怪な葬式を見ようというので、日本橋から谷中にいたる沿道はいっぱいの人だかり。

「おお、ちょっと見や。あの棺桶のそばにつき添っていくのがおかみさんのお千さんだ。三十九というが実にいい女じゃねえか」

「いい女でも何んでも、亭主が死んで一年もたたぬに、その弟とくっつくような女は真平だ。ざまあ見やがれ、手前の心得違いから、先の亭主の死霊が今度の亭主にとりついて、見や、今に蔵の屋根にペンペン草が生えらあ」

　沿道にならんだ人々が、わざと聞えよがしに罵る声、耳に入れれば、白無垢に藁草履、珠数とる指もつつましく、亭主重兵衛が生きながら入った棺につきそった女房のお千は、身も切られるほどの思いであろう。

「でえいち、先の重兵衛の死にようだって臭いもんだ。何んでも二人はそのまえからくっついていて、邪魔だもんだから、今の重兵衛が、笹子峠で荒治療をしたのだという話さ。それがおまえ、九月十三日のことだというじゃねえか」

　昔の人は因縁話を好む。ここに至って、お千は思わず駕籠わきでよろけた。

「可哀そうなのは娘のお鶴よ、母の不行跡を見るに見かねて、家をとび出してしまったが、それを思や、お君の神隠しなんぞ、当然の酬いだあね」

　お千の胸には千筋の怨みが、地獄のしめ木となって絡みついて来る。

　このお千、先代の長崎屋重兵衛に嫁して二十年、夫婦のあいだには今年十九になるはずの、お鶴という娘までありながら、見たところでは、二十七、八にしか見えぬという水々しさ。長崎屋のおかみさんは、商売物の鼈甲のように年がふるほどいよいよ艶が出て来る。あんな美しい女はねえと、日本橋界隈でも評判の美人、夫婦仲もいたって睦まじかったが、そのお千の星に、三年まえ突如大きな黒雲がかかった。

長崎屋には甲府に大事なお得意があって、毎年秋には主人みずから、鼈甲をかついで出かけることになっている。三年まえの秋なかば、重兵衛は三つ違いの弟銀之助とともに出かけたが、九月十三日の未の刻、笹子峠で狼の群れに襲われた。弟の銀之助は、いのちからがら逃げのびたが、兄の重兵衛は不幸にも狼の餌食になった。咽喉笛をパックリかみさかれて、死んでいたという。

これがお千の運の蹟きはじめ。むろん、亭主に死なれてお千の歎きは深かったが、しかし、彼女の感情のなかには、歎きよりももっと根強いものがあった。淋しさ、閨淋しさである。お千は年ふるほどに艶の出る、不思議に水々しい体の持主、こいつが彼女の悲歎を裏切った。お千はいつしか亡き良人の弟銀之助と懇ろになったのだ。

銀之助も少し以前に、女房に死なれた男やもめ。後妻の口は降るほどあったが、お君という年頃の娘があるので、その折り合いもどうかと、二の足をふんでいるうちに嫂とひょんな仲になった。隠すより現わるるはなしで、こういうしくじりはすぐ知れる。親類でも、世間の口の端にのぼらぬうちにと、いち早く二人を夫婦にして、銀之助に兄の名跡をつがせた。

銀之助改め重兵衛は娘のお君をつれて、本家へのりこんだのである。ところがそこには、先代の娘お鶴というのがある。これとどうも折り合いが悪く、お鶴はとうとう家をとび出して、行方をくらましてしまった。

これが二年まえのこと。

されば、世間がお千を悪くいうのも無理ではなかった。

「おお、辰や、ちょっと見や」

「へえ、親分、何んでございます」

「きょろきょろするない、鳩が豆鉄砲でも喰やアしめえし。そっとうしろを向いて見ねえ。馬鹿、そう、大っぴらにやるない。こっそり首根っ子を廻してみろというんだ」

おびただしい会葬者の群にまじって歩いているのは、

いうまでもなく人形佐七と乾分の辰五郎。昨夜の手代清七の言葉からこの葬式にこそ変事はあるのだと、二人で会葬に加わったのだ。

佐七の言葉にそっとうしろを振りかえって見た辰五郎、不審そうに、

「親分、なるほどずいぶん大勢の人ですね」

「馬鹿野郎、そんなことをいってるんじゃねえ。四、五間うしろから、お高祖頭巾をかぶった娘のついて来るのが眼に入らねえのか」

「へえい、なるほど、よくは分りませんが、仲々の逸物らしゅうげすな。やっぱり親分はお眼が高いや」

「張り倒すぜ。誰が縹緻のことをいった。娘の連れを見ろというんだ」

「連れって、親分、それはお間違いでげしょう。娘に連れらしい奴はありませんぜ」

「チョッ、どこまでドジに出来ていやがるんだろう。連れったって人間じゃねえ。娘のうしろからついて来る犬を見ろというんだ」

「え、犬?」

辰五郎が思わず大きな声をあげた時だ。

さっきから、辰五郎がジロジロと振りかえってみるのに、不安らしい眼つきをしていた件の娘、ふいにつつーと葬式の列より出ると、ついと道を横へそれた。小豆色のお高祖頭巾に、矢絣の裾をはしょって、手にした綱の先には、仔牛ほどもあろうと思われる赤犬を曳いている。

「馬鹿野郎、手前があまり大声を出すもんだから、感づきゃがったじゃねえか。辰、手前は構わねえから、この葬式についてゆけ、俺はあの娘をつけて見る。辰、いま何時だろうな、何んだか空がいやに暗くなって来たが」

「へえ、かれこれ八つ（午後二時）でございましょう」

「未といえばもう間もなくだな。よし」

きっと瞳を定めた、人形佐七。これまた葬式の列をはなれると、一散に娘のあとを追い出した。

そこはすでに谷中の附近、道をわきへそれると大きな竹藪がある。娘はその竹藪の下のあたりを犬を曳いたまままうつむき加減に、すたすたと足を運ばせていたが、その時ふいにポツリポツリと大きな雨粒が落ちて来たかと思うと、あっという間もない、ざーッと竹藪を叩いて、秋には珍しい銀の雨。見る見るうちに路地も竹藪も煙と

なって、にわかにひらめく紫電、はためく雷（いかづち）。

「おうい、待ちねえ、そこへ行く娘さん、ちょっと待ちねえ」

車軸を流す雨とは全くこのこと。瞬く間に全身ビッショリ濡れ鼠となった佐七は、声を限りに呼ばわりながら、今しも狭い藪の小路（こみち）へさしかかったが、その時である。

娘がふいにくるりとこちらを振り返ったかと思うと、手にした曳綱をさっと放したから耐まらない。

真一文字に雨を横切って疾風（はやて）の如くこちらへとんで来る赤犬の形相の物凄さ。全身を波のようにうねらせて、ハッハッと長い舌を吐きながら、音もなく、声もなく、ひょうひょうと宙をとんで来る姿は、さながら、魔界の使者とも思われる。

むき出した牙の、剣（つるぎ）のような恐ろしさ。焔（ほのお）を吐くかと思われるその双眼の獰猛（どうもう）さ、さすがの佐七も思わずジーンと体がしびれた。

逃げようにも竹藪の中の一本道、赤犬は牙を鳴らせておどりかかった。

危機一髪。

むろん、これをまともに喰（くら）っていたら、佐七はひとたまりもなく、咽喉をかみさかれていたことだろうが、危く体をひらいてやりすごしたはずみに、ずでんどう、竹の根っ子につまずいて俯向（あおむ）けに倒れたのである。

赤犬は虚空（こくう）をうって、二、三間さきの大地に、もんどり打ってひっくりかえったが、すぐパッととび上がると、怒りに顫える声をあげて、再び猛然と襲いかかって来る。

（ああ。もう駄目か）

佐七は観念の眼を閉じたが、その時突如、大地を揺がす轟音とともに、さっと数百丈の火柱が立って天も地も、空も土も、佐七の眼のまえに激しい旋風（つむじかぜ）となって四方に散った。

柩からぽたぽたと血
――血の泡が紅珊瑚のように――


この落雷は、長崎屋重兵衛の葬式をも木っ葉微塵（こっぱみじん）に叩きつぶした。

人々はわっと叫ぶと、肝腎の柩も投げ出して、われがちにと路傍につっぷす。雨はいよいよ激しく、あたりは日蝕のような物凄い幽暗。

と、この時、フラフラと雨の中より躍り出したのは、さっきの犬娘だ。娘は柩の蓋に手をかけ、じっと中を聴きすますように耳を傾けていたが、その時、またもや、紫色の稲妻が、かみそりの光のように娘の姿を浮きあがらせた。

しかし、誰一人、この奇怪な娘の出現に気づいた者はない。いや、よし、気づいたとしても、おそらくそれを雷雨中の一瞬の幻と見たことであろう。

しばらくじっと、柩の中の無言の声に、耳をすませていた奇怪な娘は、ふいに喘ぐようにうしろへよろめくと、何やら二言三言、呪文のようにつぶやいていたが、やがて、掻き消すようにいずこともなく立ち去った。

雷雨があがったのは、それから瞬時の後のこと、まるで、あの娘こそ大雷雨の精であったかのように、娘が立ち去ると間もなく、西のかたよりさしはじめた陽の光が、見る見る空いっぱいにひろがって、そして、雨ははれたのである。

こういう出来事のために、葬式が感光院へ着いたのは、予定より大分おくれた。待ちかねた寺では、葬式が着くと早速読経に取りかかる。長崎屋重兵衛の柩は、本堂正面の蓮華台のうえに据えられた。高らかな日照の読経の声が、雨あがりの寺の隅々まで響きわたったが、しかし寺に溢れた人々は、誰一人、この読経に耳を傾けている者はいなかったのである。

「いや、恐ろしい雷様だったじゃありませんか。私はもう三年がとこ、寿命をちぢめましたよ」

「なに、私など驚きません。大方、こういう妖異もあろうかとかねてから考えていたんでございますから」

「はてな、それはどういうわけなんで」

「つもっても御覧なさい。この葬式が無事にすめば、重兵衛の奴あ、罪業消滅するというんですぜ。これじゃ先代だって済まされないわけじゃありませんか」

「すると、今の雷様は先代の怨念だとおっしゃるんで」

「その通り、昔話に天神様は雷となって時平公をお取り殺しになったということ。みていて御覧なさい、棺の蓋をとって見ればきっと重兵衛の奴、雷にうたれて死んでいますぜ」

「まさか、そうお誂え向きにゆきますまい」

「ゆきますとも、そういかなくちゃ、この作はゼロでさ」

まさか、そんなことをいいはしまいが、寺内はワイワイと大騒ぎ。それにしても巾着の辰五郎の気の揉みようは、ひと通りやふた通りではない。

親分はいったいどうしたんだろう。やがて、未の刻が来ようというのに、未だに姿を見せないのは、何か、間違いがあったのではなかろうか。辰五郎は一人でやきもきしているが、そういううちにも、本堂ではしだいに読経がすすんでいる。

緋の衣をまとうた日照というのは、五十がらみの眉の濃い、坊主には惜しいほどのいい男、幅のある太い声が、しいんと寺内にひびき渡って、今しも鈴がさわやかな音を立てた。

と、その時、突如、あっというただならぬ叫びが本堂の一隅より起ったのである。

「御坊、しばらく」

人々はハッとしてその方を振りかえったが、まだ日照は気附かぬのか、相変らず鈴をふりながら読経をつづけている。

「御坊しばらく、しばらく。人々あれを見られよ、一大事出来いたしましてござりますぞ」

大音声に呼ばわったのは、他ならぬ樋口十次郎だった。

「あ、あなたは十次郎さま」

お千は十次郎の顔を見ると、何故か、蒼い眉根に、さっと恐怖のいろを走らせたのだ。

日照も漸く気がついて、

「おお、これは樋口どの、何事が出来いたしました」

「何事ではござりませぬ。重兵衛どのの身に、何か変事出来いたしたと覚ゆる。早々その柩の蓋をとって見られよ」

「何をたわけたことを申さるる。祈禱の加護によって重兵衛どのは無事息災。今日限り怨敵退散いたされるのだ。世迷語にて祈禱の妨げいたされるな」

「ええい、まだ気がつかれぬか。日照どの、お千どの、柩の下より滴々として赤い血汐の滴りおるを気づかれぬか」

シーンと寺内にひびき渡った十次郎の声に、一瞬間、本堂も、庭も、庫裡も、水を打ったように静かになった。

(そうら、はじまった。ああ、じれってえな。親分は何

を愚図愚図していなさるのだ。あ、未の刻だ)

辰五郎の言葉も終らぬうちに、お千がふいにふらふらと立ちあがった。

「あなた、あなた」

蓮華台の棺(かん)に手をかけたお千の顔の蒼さ、唇の白さは、まるで幽霊そのままだった。

「さあ、御祈禱はすみました。障礙(しょうげ)は退散いたしました。早く無事な顔を見せて、世間の人たちを見返してやってくださいまし。あなた、重兵衛さま、もし、あなた」

返事はない。滴々と棺より滴る血汐が静かに蓮華台にひろがって、お千の白無垢をまっ紅(か)に染めた。お千はきっと血の出るほど唇を噛みしめると、懐剣を抜いて十文字に縛ってあった綱を切った。蓋をとった。

と中から出て来たのは重兵衛の達者な姿か? 否! では重兵衛の死骸であったか? 否! 否!

おお何んという意外さ、何んという奇怪さ、さっき経帷子(きょうかたびら)に身をやつして、自らこの棺の中へ入った重兵衛の姿はどこへやら、そこには、神隠しにあった重兵衛の娘お君が、がっくりと島田の根も横に傾いて、――そして、ああ、見よ、白い咽喉には真赤な柘榴がパックリとはぜて、そこから血の泡が紅珊瑚のように連なっているのだった。

お千はウーンと呻ると、危く抱きとめた十次郎の腕の中にくらくらと倒れた。

犬をつれた娘

――喰わせ者の坊主日照――

「佐七、そのほうにしては、珍らしくドジを踏んだものだな」

柔和なおもてに、渋い微笑を刻んでいるのは、お馴染みの神崎甚五郎。そのまえでは佐七が、亀の子のように首をすくめて恐縮しているのである。

谷中感光院において、あの怪事件のあったその翌日のこと。

天神記を思わせるような、昨日の大雷雨もケロリとおさまって、今日はまたお江戸の天地は洗いあげたようなすがすがしい秋日和なのだ。お役宅の庭には、昨日の豪雨にひしがれた萩がおどろに乱れて、飛びから蜻蛉(とんぼ)の翅(はね)が、スイスイと銀いろに輝いているのも快い。

「いや、全くもう、何んとも申し上げようのない大失態で、面目次第もございません。佐七一代の不覚でございました」

佐七は思わず袖口で額の汗を拭いた。

昨日(きのう)、狼のようなあの妖犬に襲われた佐七は、危く落雷のために、かえって犬の牙からは免(のが)れたものの、そのまま気を失ってしまって、間もなく息を吹き返したときはすでに遅し、感光院は一大事出来。

せっかく怪事件を予知しながらも、それを防止することの出来なかった佐七の口惜しさ、たかが女と相手をあなどってかかったのが、まず第一のしくじりで、佐七はいまでも、あの恐ろしい犬の牙を思い出すと、ゾッと寒気がするのである。

「佐七、それにしても長崎屋重兵衛の行方はいまだに分らぬのか」

「へえ、今朝までのところは、何んの音沙汰もございませんようで。何にしても、これから第一不思議な話で、日本橋の店を出る時には、たしかに主の重兵衛が、あの棺桶に入っていたにちがいないとお千がいうのでございます。それがいつの間にかすりかえられたやら、感光院で棺桶を開いてみた時には、娘のお君が惨(むご)たらしゅう」

と、佐七は思わず顔をしかめた。

「途中ですりかえたのかな」

「さようでございます。すりかえるとすれば、あの大雷の最中(さなか)にちがいございません。家(うち)を出てから寺へつくまで、さし担(にな)いでズッと担(かつ)いで来たものですが、あの雷の最中だけは、みんな棺桶をおっぽり出して、逃げ出してしまったというから、すりかえるとすれば、その時よりほかに相違ございません。しかし」

「しかし？　何んだの」

甚五郎は、じっと屈託ありげな佐七の面(おもて)を注視する。

「さればでございます、私(わたくし)思いますに、この事件は、最初(はな)からよくよく企まれた事件にちがいございません。重兵衛が生葬礼(いきどむらい)をという噂を聞いた時から、悪者のほうでは、重兵衛の棺桶と、娘のお君の棺桶をすりかえるつもりだったことにちがいありませんが、それにしても、あそこであの大雷が鳴ろうとは、どうしてあらかじめ知ることが出来ましょう。まず第一にその点が不審でございます」

「なるほど、それもそうだ。すると、すりかえたのはほかの場所かな」

「ところが、担ぎ人夫の申しますには、あの雷の最中よりほかには、一刻も棺桶の側をはなれたことはないと申します。もっとも、お寺のほうで、もしいかさまをしようとすれば出来たかも存じませんが」

「寺は感光院だの」

「はい、さようで」

「佐七、これは我々の領分ではないがの、あの寺も一応洗ってみる必要があるな」

佐七もハッとしたように、甚五郎の顔を振り仰ぐと、

「すると、旦那、感光院に何かいかがわしい所業でも……」

「さようさ、日照という坊主は、とんだ喰わせ者らしいぞ」

多くは語らず甚五郎、ズバリというと、じっと意味ありげな表情で佐七の面を注視する。

「佐七、その方、樋口十次郎を存じおろう」

「はっ、存じております」

知らないでどうしよう。この事件のそもそも最初、あの柳橋の万八における清七殺しの場面から、樋口十次郎は妙に今度の事件と因縁がふかいのである。

「樋口どのはいまでこそ、我々の仲間だが、もとは、寺社係のほうであった。お寺社のほうをしくじったのも、あの感光院に探りを入れようとして失敗したのが原因だということ。つまり日照めが大目附に賄賂をつかって、ていよく樋口どのを追払ったのだな」

「へへえ、そういうことがございますので。しかし、旦那え、樋口さまは一体、長崎屋さんとどういう関係がございますんでしょうね。昨日なども、ちゃんと親族格で葬式に連なっておりましたが」

「それはかようだ。樋口どのがあの寺に手を入れようと肝胆を砕いていた頃、和尚の日照に取り入ってしげしげ出入りをしていたものだが、そこへ檀家の先代重兵衛もよくやって来て碁を打つ。つまり碁敵だ。ところが樋口どのはあのように、器量人ゆえ、まず長崎屋のほうが惚れこんで、娘——確かお鶴とかいったな、そのお鶴をやろう、貰おうという話まであったそうだ。それが先代にわかにあの通り、非業の最期を遂げたうえ、娘お鶴が

家出をしてしまったものだから、今では立ち消えとなっているようだが、おおかたそういう因縁であろう」

佐七にとっては、それこそ全く初耳といってもよかった。して見ると樋口十次郎が、妙にこの事件に縁の深いというのも、お役目のうえばかりでなく、ひょっとすると、何か一役つとめているのではあるまいか。

暫く二人の間には、味の濃い沈黙がおちて来た。ややあって、神崎甚五郎、つと面（おもて）を上げると、

「佐七、犬娘のあたりはついたか」

「え？」

「はははは、あたりがつかずば樋口どのにきいて見よ。万八の裏庭で、樋口どのは犬娘にお会いなされたとやら。樋口どのは、犬娘が何者か、ちゃんと当りがついているはず」

「旦那、するとあいつはもしや先代重兵衛の遺児（わすれがたみ）のお鶴では……」

「はははは、分ったか。そこまで分れば下手人も、おおかた分ったであろう」

神崎甚五郎はさとすように佐七の眼をきっと見据えたが、しかし、何んとやらその時佐七は甚五郎の説に承服しかねるものを感じたのだった。

番頭清七の恋人
――手紙には抹香の香り――

犬娘お鶴と感光院日照。――甚五郎の説によればこの二人の中にこそ下手人はあるという、しかし、日照はともかくとして、お鶴はあのかよわい身で、考えるさえも恐ろしい肉身虐殺。佐七はいまさらのように、ゾッとするような不気味さを感じるのだ。

それから間もなく、甚五郎のお役宅を辞した人形佐七が、あてもないままに、ブラリとやって来たのは日本橋は長崎屋の前。

さすがに昨日の今日とて、長崎屋はピッタリと表の大戸をおろしていたが、佐七が前を通りかかった時、一挺の駕籠（かご）がピタリととまって、中から現われたのは、まぎれもない、感光院の日照である。

年は五十になるかならず、でっぷりと脂ぎった色白の、眉の濃い、坊主にしておくのは勿体ないようないい男、

ジロリと路傍に目をくれると、そのままズイと長崎屋の中へ消えた。

　佐七は思わずハッとする。

　別に日照が長崎屋を訪れたとて、不審を打つ科は毛頭ない。旦那寺の和尚が、檀家を訪れるのはあたりまえのこと。ましてや、昨日あのような椿事があった以上、日照が長崎屋へやって来るには何の不思議もないが、しかし、佐七にとってはちょっと拙かった。

　まさか当の本人の来ているまえで、感光院のことを聞き出すわけにもゆくまい。

　佐七が当惑して、長崎屋のまえを行きすぎようとする時、中から出て来たのは、少し愚鈍らしい、十七、八の女中だ。用事でもあるのか、女中は急ぎあしで、佐七の側を抜けてゆきすぎたが、しばらくその後を追っていた佐七は、ふと人影のない横町で、女中をあとから呼びとめた。

「姐や、姐や、ちょっと待ちねえ」

「あら、わたしでござんすか」

「さようさ、おめえはたしか長崎屋の者だねえ」

「はい」

「名前はなんというんだえ」

「はい、お近と申します」

「お近さんか。それじゃお近さんに訊ねてえことがあるが、おめえ、何んでも正直に話さねえといけねえぜ」

　チラと十手の端を見せられて、お近はたちまち、おびえたような眼の色をした。

「はい、あの、どのような御用でございましょうか」

「まず第一に、感光院の日照さんだが、あの坊さんはちょくちょくお店へやって来るのかえ」

「はい、よくお見えになります。お店の旦那寺でございますから」

「それで、日照さんという方はどんな方だえ」

「さあ、そのようなことわたしには分りませんが、たいへんお偉い方だと申しますことで、旦那様もお内儀さんもずいぶんの御信仰でございます。ことにお内儀さんは、和尚さまのおっしゃることなら、どんなことでもおききになるようでございます」

「なるほど、そりゃまあ、そうなくては叶うまい。時にお近さん。清七どんを憶えているだろうな」

「はい」

と、答えたお近は、たちまち眼にいっぱい涙をうかべたから、佐七はハハアと思わず胸の中でニッコリした。

「清七どんも、とんだことになったもんだが、ほんとうに惜しいことだ。あのような若い身空で、しかもいい男だったになあ」

「はい、親分さん」

お近はこらえかねたように、前垂れに顔を押しあてる。

佐七はわざと不審そうに、

「お近さん、お前、清七どんの身内の者かえ」

「いいえ、さようではございませんけれど」

お近はあわてて前垂れをはなすと、耳の附根まで真紅(まっか)になった。佐七はやっと気がついたように、

「ははあ、そうか、こいつは俺も知らなんだ。固い固いという評判の清七どんが、そんなに濡事師(ぬれごとし)たあ気がつかなんだ。それじゃお前、清七と……」

「あれ、親分、ちがいます。わたし清どんと何んの関係もありません」

「ほほう、そうかい。しかし、それじゃ何んだって、清七どんのことをそんなに泣くのだ」

「はい、あの、それは……」

と、ちょっと言葉に詰まったようすだが、すぐ、思いきめたように、

「それはわたしのほうでは、清どんのことを憎からず思っておりましたけれど、向こうの方ではわたしなんどに鼻もひっかけません。清どんのお好きなのは……」

「お君さんかえ？」

「いいえ、ちがいます」

「ほほう、それじゃ誰だえ」

佐七は当てが外れて訊(き)き返した。

「はい、あの清どんの好きなのは……」

と、お近は口ごもりながら、

「あの、お内儀さんでございました」

「なに、お内儀さんて、お千さんのことかえ」

「はい」

「あの清七がお内儀さんと……」

佐七は思わずぎょっと声を立てる。

お近はあわてて、

「あれ、親分、こんなことを申し上げたとて、お二人の仲が怪しいなどと思ってくだすっては困ります。そりゃ清どんはお内儀さんが好きでしたけれど、お内儀さんの

方では、そんなこと、何んでもなかったのでございます」

「なるほど、片思いという奴だな。長崎屋のお内儀さんも、あの年であまり美しすぎるから、方々で罪をつくるんだ。それでお近さん、清七どんが殺された日のことだが、何かあの人に怪しい素振りでもなかったかえ」

「はい、後から思えばたいへん妙でございました。何かこう、世にも恐ろしい様子で、いつもなら、お内儀さんの声をきいてすら、犬のように喜ぶあの人が、あの日に限って、お内儀さんから逃げよう、逃げようとしているような様子でございました」

さすがに惚れた男の素振りだけに、お近の観察は意外に詳しかった。

清七が、巾着の辰五郎に洩らした言葉によると、彼はその翌日のあの怪事件を既に知っていたらしい。彼が何か物におびえた様子だったというのはそのせいでもあろうが、しかし、そのことが長崎屋のお内儀お千と何か関係があるのだろうか。

「フム、それは妙だな。ところでお内儀さんとお君さんの折り合いはどうだったな。どうせ腹を痛めぬ娘のことだからよくあるまいが」

「さあ、別にどうということもございません。特別に可愛がりも致しませんが、といって憎いというようでもございませんでした」

「なるほど。それからもう一つ訊ねるが、家出したお鶴だが、おまえ、お鶴さんの居所を知らないかえ」

「存じません」

お近は真実、お鶴の居所については何も知らぬらしく、キッパリと答えた。

「そうかえ。じゃ、最後にもう一つ訊くが、お君さんはいったいどのようにして神隠しにあったのだ」

「はい、あのそれは、浅草の観音様へ、お内儀さんと御一緒にお参りしたのが、人混みにまぎれて見えなくなったきり、うちへ帰って来なかったのでございます」

佐七はなおもいろんなことをきき訊したが、それ以上、お近は別に、役に立ちそうなことも知っていなかった。やむなく佐七は、お近に別れてブラブラと、お玉が池のわが家へ帰って来たが、と、思いがけない手紙が、彼の帰りを待ちうけていたのだ。

――犬娘のお鶴は、浅草の非人の寄せ場にゐる。

と、唯それだけ。何者が投げこんでいったとも知れぬ手紙を、佐七はじっと眺めていたが、ふいにはっとしたように顔色を動かした。

お君が神隠しにあったのは浅草の観音様、そして、ついその近所にお鶴は身を隠していたのだ。しかし、この手紙は、いったい誰が寄越したのだろう。佐七は暫くじっと考えこんでいたが、何に気づいたのか、ピクリと眉を動かした。わざと筆跡をくらましたその手紙から、しかし隠すことの出来ないほのかな匂い――それは抹香の匂いなのだ。

分った、分った。この手紙は感光院日照が、わざと筆跡をかえて書いたものに違いない。

恐ろしや狼の呪い
――押し出した非人の群――

空には月が瘠せて、待乳山の影も黒く、大川の水も逆に流れるかと思われる丑満時。

その川端を、人眼を忍ぶように歩いてゆくのは、ほかならぬ人形佐七だ。向こうの方にチラホラと、灯の洩れるのは、これぞ人の恐れる非人の寄せ場、そこばかりは一種の治外法権となって、いかなるお上の手も届きかねるところから、様々な恐ろしい犯罪が醗酵する。

その恐ろしい、この世からなる地獄の底に、人もあろうに長崎屋の愛娘ともあろう者がおちこんだのだ。なるほど、非人部落へおちるぐらいの娘なら、あのような恐ろしい仕事もしかねまい。

佐七は一種暗澹たる気持ちで、しだいにその寄せ場まで近づいて来たが、と、その時である。向こうから飛ぶようにやって来た一つの影。何か物に躓いた様子で二、三歩よろめいたが、すぐ地上に体を伏せた。

と、あっという鋭い叫び声とともに、すぐムックリと起き上がると、くるりと、身をひるがえして今来た道を一散に走ってゆく。

「ムク、ムク!」

影はうしろを向きざま低い声で叫んだ。と、その時、佐七は思わずゾーッと全身の毛がソバ立つような怖ろしさを感じたのだ。暗闇の中から、ヒラリと躍り出した一匹の犬が、縺れるようにしながら、黒い影と共に走って行く。犬と人——二つの影は瞬くうちに、暗闇の中へ溶けこんでしまった。

物蔭から、この様子を眺めている佐七は、ビッショリと脇の下が汗なのだ。まぎれもなく今の人影は、犬娘お鶴にちがいなかった。

それにしても、お鶴はいったい、何をあのように驚いたのだろう。

ソロソロと物蔭から這い出した佐七は、さっきお鶴が躓いたところまで近づいて来たが、月明かりに見ると、誰やら地上に倒れている。

佐七はハッとしてそれを抱きあげたが、その途端一度ならず二度三度、眼前（めのまえ）につきつけられたあの恐ろしい狼の呪いに、全身、粟立つような恐怖にうたれたのも無理はない。

抱きあげたのは、経帷子（きょうかたびら）を着た一人の男、年は四十から五十までの間と見える。大店（おおだな）の主（あるじ）ともいいたげな面差し（おもざし）の、その咽喉笛がガブリと狼の牙にでも噛み裂かれたように。——

「あっ、重兵衛だ！」

ああ、重兵衛も、ついに狼の呪いにやられたのだ。そして、その狼とは取りも直さず、犬娘のお鶴の連れているあのムクに違いない。

佐七が思わず呼吸（いき）をのみこんだ時、ふいに、嵐のように大地を蹴って、こちらへ近づいて来る足音が聞こえた。と、見れば向こうのほうより、十四、五人、ひとかたまりになってワラワラと、風のようにとんで来る人影——

何事だろうと佐七は、とっさの間に、かたわらの物蔭に身をひそめたが、その瞬間、サーッと灰色の虹のように、彼の鼻先をとんでいったのは、まぎれもなくそのムク犬なのだ。

その犬から少しおくれて、彼のまえを通りすぎたのは、犬娘のお鶴、そして彼女の周囲（まわり）には凄まじい形相をした非人どもが手に手に薪や棍棒を持って従っている。

「さあ、早く来ておくれ。愚図愚図していると、あの人も殺されてしまう。今日こそ日頃の御恩返しをしなけりゃならないよ」

喘ぐようなお鶴の声が、物蔭にひそんだ佐七の耳をうった。

「合点だ。あん畜生！　ひでえ野郎だ！」

一体、何事が起ったのだろう。非人たちは眼をいからせ、犬とお鶴を先頭に、嵐をまいて見る見るうちに闇の中へ溶けこんでゆく。

佐七はあまり意外な出来事に、しばし呆然として、その後姿を見送っていたが、やがて自分も雪駄を脱ぐと、これまた非人の一団のあとをしたって一目散。

暫く走ってゆくうちに、佐七はどうやら彼等の行先が分って来た。爪先は谷中のほうへ向いている。分った、分った、彼等は感光院を襲撃しようというのだ。だが、感光院にいったい何事が起ったのだろう。いまお鶴がいったあの人とは誰のことだろう。

非人の群は音もなく、声もなく、まるで不気味な嵐のように、夜の闇を走っていたが、漸く感光院の表まで来た。

佐七は素早く闇を縫うて、お鶴の身近に迫っていくと、その時、お鶴が一同に向かって、

「いいかえ、どんなことがあっても樋口さまをお救い申さねばならないのだよ。樋口さまはね、昨夜、この寺へ忍びこんだきり、いまだに出ておいでにならないのだ」

あっと、佐七は思わず闇の中で叫んだ。してみると、樋口十次郎、あくまでも感光院怪しと睨んで、ついに昨夜、危険を冒して寺内に忍びこんだと見える。

「樋口さまはいいお人だった。ねえ、みんな、そうだったじゃないか」

「そうとも、そうとも」

風に和するが如く、十四、五人の非人が声を揃えて答える。

「樋口さまは、お優しいひとだった。ねえ、みんな、そうだったじゃないか」

「そうとも、そうとも」

「あの方は、いつもわたしたち仲間に親切だったね。そうじゃないか」

「そうとも、そうとも」

「そして、あの方は、いつもわたしに元の身分にかえるようにおっしゃってくだすった」

「しかし、おめえは俺らに義理を立てて、それを聞かなんだなあ」

非人の一人が答えた。

お鶴は、ふいとありし日のことでも思い出したのか、淋しく首をうなだれたが、すぐきっと面をあげると、

「ほほほほほ、そんなことはどうでもいいの。それより、

あの人がわたしたち仲間につくしてくれたことを忘れちゃいけないよ。しかもその人は今、この寺に囚われの身となっているが、ひょっとすると……」

と、お鶴は怪しく声を顫わせたが、すぐきっと頭をあげると、

「さあ、みんな、いいからこの寺を叩き毀しておしまい」

お鶴の声と共に、ワーッという鯨波の声、手んでに薪や棍棒を振りかぶった非人の群は、またたく間に、寺の門を押し毀し、我れがちに境内へと躍りこんだのである。

生葬礼謎の結末

——蓮華台の下を覗くと——

これを下手に制めようなものなら、非人の群に叩き殺されてしまうだろう。勢い立った非人の群、しかもその中には狼のような犬さえ混っているのだ。

佐七は門前に佇んだまま、しばし中の物音に耳を澄しているよりほかに仕様がなかった。

中では物凄い叫び声、悲鳴、物を毀す音、入り乱れた人の足音、時ならぬこの大騒ぎに、近所の人も眼をさましたらしいが、誰ひとり起き出そうとしないのは、大方、かねて問題のある感光院のこと故、捕物とでも間違えたのであろう。

すさまじい騒ぎはおよそ、小半刻あまりも続いたが、やがて、それも次第におさまると、後には月のみ冴えて、あたりは水の引いたあとのような静けさ、それがいっそ物凄かった。

佐七はそっと隠れ場所から這い出すと、ソロソロと寺内に忍び込む。いや、どこもかしこも、散々に荒らされて、足の踏みどころもないくらい。しかし、庫裡にも納所にも人影はなかった。あの大勢の非人どもは、いったいどこにいるのだろう。また、寺の者はどうしたのだろう。

と、見ると、本堂のほうからチラホラと灯が洩れている。覗いてみて佐七はあっと驚いた。

十数名の坊主が、珠数つなぎになって、そのぐるりをズラリと非人どもが取り巻いて、今や吟味の真っ最中。

「和尚はどこへ参ったのだ。これ、隠し立てを致すとか

えってためにならぬぞ」

　そういう声には聞きおぼえがある。ハッとして覗いてみると、お鶴と犬の間に厳然と立っているのは樋口十次郎。なるほど、一日囚われの身となっていたと見え、髪は乱れ、着衣のところどころに鍵裂き（かぎざ）も出来ているが、その態度には、日頃と変らぬ落ち着きがある。

「早く日照の所在を申せ。いかに包みかくすとも、当寺の秘密は残らず握ったこの十次郎、所詮助からぬ日照の身を、かばい立て致すとその分にはさしおかぬぞ」

「はい、私どもは何も存じませぬ。和尚さまはたしかに寝所（しんじょ）においでなされたはず」

「嘘をつけ。和尚の寝所は一番におそったのだが、坊主の姿は見えなかったぜ。おい、いってえ日照はどこへ隠れやがったのだ」

　どうやら日照は、門前の騒ぎを早くも聞きつけ、風を喰（くら）って逃げたと見える。

　佐七は暫くこの押問答を聞いていたが、ふいにつかつかと中へ入っていった。驚いたのは非人の群だ。だしぬけに人が現われたものだから、ぎょっとして手に手に棍棒を振りあげるのを、

「まあ待ちねえ。樋口さま、とんだところでお目にかかりました」

「おお、佐七か。どうしてここへ」

「なに、みんなの後をつけて参りましたのさ。聞けばおまえさんは、一日この寺に囚われていなすったとのこと。しかし、まあ、無事で何よりでございました」

「おお、佐七、喜んでくれよ。苦心のかいあって、遂に坊主の正体を見破ったぞ。しかし、あいつを取り逃がしたのが、何よりも口惜しいわい」

「それにつきまして、私に考えがございます。ちょっとお待ちなすって下さいまし」

　佐七は縛られている坊主の一人に向かって、

「おめえ、和尚の着ていたものを、何んでもいいから、ここへ持って来ねえ」

　縛（いましめ）を解かれた坊主はすぐさま、和尚の寝所から、緋の衣を持って来る。それを受け取った佐七は、暫く、じっと傍のムクを見ていたが、やがていきなりその衣をムクの鼻にあてがって、

「こう、匂いをよく嗅いでおきねえ。そうして、この匂いのするところへ、俺を案内してゆくんだ。ムク、ムク

といったな、貴様は悧巧な犬だから、俺のいうことがよく分るはず。それ、もっとよく嗅いでおくんだ」

　ムクはじっと佐七の眼を見ながら、クンクンと衣を嗅いでいたが、やがて本堂の中をウロウロと歩きはじめた。

　一同は息をころして、その様子をば眺めている。ムクは、本堂を出て和尚の寝所へいった。しばらく戸まどいしたように、クルクルとその辺を嗅ぎ廻っていたムクは、再び本堂へとって返すと、何を思ったのか、グルグルとあの蓮華台の周囲を歩き廻っていたが、やがてパッとその上へとび上がると、にわかにけたたましく吠え出した。

　と、見るより年かさな所化の一人が、矢庭に立って逃げ出そうとするのを、非人の一人が足をさらったから耐まらない。本堂の板の間に仰向けにひっくり返るところを、佐七がしっかり押えつけ、

「ふふん、大方、こんなことだろうと思っていた。この蓮華の台座に何かカラクリがあるんだろうな。さあ、白状しろ、この台座はどうしたら開くんだ。いわねえと、痛い目に遭わせるぞ」

「はい、申します、申します、こうなったらもう致し方はございません。右から二つ目の花弁を左の方へ押して御覧なさいまし」

　聞くより樋口十次郎、所化にいわれた通りにやれば、蓮のうてながパッと八方に開いて、そこには縦に階段がついている。

「佐七、続け」

　樋口十次郎と、人形佐七は、勇躍してその梯子をおりていったが、と、そこには十畳ばかりの広い板敷。

　この板敷へおり立った十次郎と佐七は、そこであっと驚いた。

　見ればそこには和尚の日照が、これまた咽喉を喰い切られ、朱に染まって死んでいるではないか。しかも咽喉を喰い切られたのは、たった今のことと見え、鮮血が泡の如く吹き出しているその恐ろしさ。

　十次郎と佐七は思わず顔を見合わせたが、やがて、きっと佐七の眼をつけたのは、板の間の次にある瓦燈口。覗いてみるとそこは艶めかしい座敷になっていたが、その座敷の中にも誰やらひとり倒れている。

　佐七はつかつか中へ入って、その体を抱き起したが、そのとたん、あとからそっと入って来たお鶴が、

「ああ、母さん」

つぶやくようにいってから、

「母さん、よく自害してくれました。これでお前の罪業の万分の一は消えるでしょう」

いったかと思うと、佐七の抱いた体に取りすがり、よよとばかりに泣き伏したのである。

それこそ、鼈甲のように年をとらぬと謳われた、お鶴の母お千の死骸に違いなかったのだ。お千はみごとに胸をついて、既にこと切れていた。

「お鶴さん、それじゃおめえさんのおっ母さんが、あの下手人?」

あまり意外なこの発見に、さすがの佐七も二の句がつげぬ。

「はい、私ははじめから、このことを知っておりました。清七に聞いたのでございます。そして、清七を殺すところを、私はこの眼で見たのでございます。これを見てくださいまし」

お鶴が母の懐中から探り出したのは、それこそ狼の歯のように、鋭いギザギザをもった大きな釘抜、しかもその釘抜には一角に生々しい血が附着しているのであった。

「母は日照に欺されたのでございます。母が何よりも恐れたのは、自分の美しさが滅びるということ、自分の若さが失せるということ。ところがこの夏頃より、母は、しばしば得体の知れぬ腫物に悩まされました。そこへ日照めがつけこんだのでございます」

得体の知れぬ腫物は、先代重兵衛の祟りだと日照がまずおどかしたのである。そしてこのまま進んだなら、お千の相好は見るかげもなく、化物のようになってしまうだろう。

これが日照の言葉だった。そしてこの祟りからのがれるには唯一の方法よりない。罪の相手の現重兵衛と、その血のつながりのお君の生命をちぢめねばならぬというのだ。

お千は自分の若さを保つためには、いかなる物をも犠牲にして悔いなかった。それと見るより日照は、しすましたりとばかり、後は詳しい筋書を書いてあたえた。

お君の神隠し、重兵衛の生葬礼、みんな二人の書いた狂言だった。重兵衛の棺桶は、日本橋の店を出る時から、お君の棺桶とすりかえられていたのだ。こうして彼等は、出来るだけ事件を複雑らしく見せかけたのだろう。

しかし、この仕事はお千にとっては、あまりに大きすぎる仕事だったので、ひそかに自分を慕っている手代の清七を手なずけて、片棒かつがそうとしたのだけれど、清七が裏切りをしそうだったので、やむなく、万八まで後を追って、最初の血祭にあげたのである。

「私はその途中で清七に会って、すべての事情をきき、どんなに驚いたでしょう。こちらから親子の縁を切った母さんですけれど、それでもやっぱり母は母、訴えて出ることもならず、どんなに苦しんだことでございましょう」

　哀れな犬娘お鶴はまたもや、ワッとばかりに泣き伏したのである。

　感光院の日照が何故そのようなことをお千にさせたのか。それは、お千が日照の秘密の御殿で自殺していたことでも、およそ事情が分ろうというもの。日照の毒牙にかかって、お千もはじめて目がさめたのであろう。

　日照があの奇妙な釘抜をお千に使わせたのには、大体二つの意味があったと思われる。一つは、事件を先代重兵衛の祟りらしく見えるようにすることと、もう一つは、犬娘、お鶴に罪を被せるためであったろう。

　先代重兵衛が、二代目重兵衛に殺されたのか、あるいは真実犬に喰い殺されたのか、そこまでは分らない。

幽霊山伏

松の上には白衣の山伏
——首縊りの綱を握って——

その年の霜月から師走へかけて、江戸八百八町には、不思議な殺人事件が頻発して、そうでなくても空っ風におびえている人々を顫えあがらせた。

俗にこれを「槍突き」といって、年代記にも残るほどの大騒動。槍突きというのは、被害者が、いずれも見事な槍のひと突きで、乳房と、乳房のあいだを貫かれて、殺されているところから、世間ではそう呼んでいたのだが、この「槍突き」殺人にはいろいろと妙なところがあった。

というのはほかでもない。覘われるのがいずれも十七から二十ぐらいまでの妙齢の処女であるということ、それからもう一つは、夜道でいきなりこの災難にあうものと、いったんどこかへかどわかされて、後日、死体となって現れるものと、このふた通りの殺され方があるのである。

だが、いずれにしても、生命を落すのにふたつはないのだから、江戸中の娘という娘がふるえあがって、ちかごろは、夜道はおろか昼間さえ、滅多に外へ出ぬという始末。おかげで、盛り場などもとんとさびれてしまって、大弱りだったと年代記にも出ているくらい。

八丁堀でもむろん躍起となって、岡っ引き連中を督励しているのだが、まるひとつきあまりというもの、とんと下手人の目星もつかずに過ぎた。

なかには槍術自慢の若侍が、新身の試し斬り、じゃなかった、試し突きとばかりに、悪戯をしているのだろうという者もあったが、それならば何も娘ばかり覘わなくてもよさそうなもの、仮りに娘なら突きよいとしても、一旦、かどわかしておいて、突殺すというような手間暇は、どうしても単純な試し斬りの類いとは思われぬ。

何しろ、被害者がいずれもたったひと突きで見事にこと切れているのだから、下手人の輪郭をつかむことさえ出来ぬというのが、捜査上の大困難。

ところがそのうちにまた、不思議な評判が江戸中にひろがった。

というのは、槍突きの下手人は、真白な法衣をまとうた山伏だというのである。

この噂の口火をきったのは、麻布狸穴附近に住む、豆腐屋のおかみさんでお篠という。

暮もおし詰まった十八日の朝早く、お篠は近所に嫁いでいる娘が俄かに産気づいたという報らせに、迎えの弥七という婿と二人で、まだ明けやらぬ暗い道を急いでいた。

夜の長いころのこととて、空にはまだいっぱい星屑が散らかっていて、筑波おろしが襟元に寒かった。

「おっ母さん、なんだか今夜あたり槍突きの出そうな晩ですね」

提灯を持った弥七は、別にこの義理の母をおどかすつもりはなかったが、つい心にあることを口に出した。

「まあ、いやなことをお言いでないよ。冗談がほんとうにならないでもないじゃないか」

「はははは、おっ母さんはそれで案外若いつもりですね」

「おや、どうしてさ、弥七さん」

「だってさ、槍突きは若い娘ばかり覘うといいますもの」

「すると、さしずめわたしのような、皺苦茶婆は心配無用とおいいかえ。弥七さん、お前も随分口が悪いねえ」

冗談をいいながら、途中にある浅間神社の塀下まで来たときである。弥七は何やら、冷たいものに額を撫でられて、おやとばかりに立止まったが、つぎの瞬間、あれえッと叫ぶと、そのままへたへたとへたばってしまった。

その大仰な驚きように、お篠もはや逃げ腰になって、

「や、弥七さん、ど、どうおしだえ」

と、理由は分らぬなりに、これまた歯の根が合わなかった。

「お、お、おっ母さん、あ、あれを御覧」

腰が抜けてしまったらしい。地面にへたばったまま、弥七の指さす方を見て、

「あれえ！」

と、お篠もその場に腰を抜かしてしまった。

無理もない、浅間神社の塀内から、ヌッと突出している松の枝から、ブラリと二本の足がブラ下っているのだ。いや、いや足ばかりではない。腰から帯、帯から襟、襟から髪容――ああ、首吊りだ、女の首吊りだと、折からの星影に、しだいに上へ視線を辿っていった二人の眼に、その時、ふとうつったのは、首をくくった女の真上の枝に、真白な法衣をまとうた山伏が、何かこう、天狗

でもあるように、片手に綱の端を握り、うんと両脚ふんばっている、それは何ともいいようのない恐ろしい恰好であった。

「あれえッ！」

ここにおいて若い婿と、中婆さんのお篠とは、犇とばかりに抱きあって、そのまま地面に顔を伏せてしまったが、後になって分ったところによると、その首吊り娘というのは、三日程まえに神隠しにあった、芝神明まえの矢場女、お銀という娘で、その胸には例によって、ぐさっとばかり、見事な槍の痕があった。

無論あの奇怪な山伏は、二人がぶるぶる顫えている間に、いずこともなく立去ったと見えて、正体のほどは分らない。

天水桶にどたりと娘が
——塀を乗り越え白衣の山伏

「佐七、どうしたものじゃ。この騒ぎが起ってから、もうひと月あまりにもなるぞ。その方にも似合わぬことではないか」

今日もきょうとて、かねて御贔屓にあずかる、与力神崎甚五郎の役宅に呼び寄せられた人形佐七は、散々な油の絞られようだった。

「旦那、御勘弁なすって下さいまし。俺だってこれで決して、怠けているんではねえんで。随分足を擂粉木にして飛び廻っているんですが、何しろ相手の方が、俺よりは役者が一枚うえと来てやがるんで」

「今度ばかりはさすがの貴様も兜を脱いだな。それでどうだ。山伏のほうはあたりがついたか」

「へえ、そのほうも、お寺社の係りと連絡をとって、抜かりなく手を廻しているつもりでござんすが、今のところ」

「当りはつかぬか」

「面目次第もございません」

「佐七、これは拙者だけの考えだが」

と、神崎甚五郎は何を思ったのか、ずいと膝を進めると、

「山伏、山伏と、真実の山伏ばかりを追っかけ廻しているのはちとどうかと思うな。真実の山伏が人殺しをする

のに、一見それと分る山伏の風態をいたしておろうか」

「へえ、すると何かほかのものが、かりに山伏の風態をいたしておるとのお見込みで」

「さようさ」

「だが、山伏の衣裳がそうどこにでもございましょうか。豆腐屋のおかみの言葉によると、まるで鞍馬の大天狗みたいな風をしておりましたそうで」

「されば、あるところへいけばある。たとえば芝居だ」

「へえ、すると下手人は役者だと仰有るので」

「そのほかお能だ。のう、佐七、武家にもお能をたしなむ者はずいぶんある。とすれば、あの見事な槍の突傷も、まんざらそぐわぬこともないではないか」

「なある」

　佐七もぽんと手を打った。

「こいつは佐七め、兜を脱ぎやした。そういえば豆腐屋のおかみの言葉によれば、かの山伏の顔は、まるでのっぺらぼうのお面のようだったと申します。こいつは少し考えさせられますね」

「フフン、貴様もそう思うか。それでは一つその見当で当ってみてくれ」

　負うた子に教えられるというわけでもないが、今迄、捕物にかけちゃ旦那より俺の方が一枚上手だと内々自負していた佐七が、その旦那に教えられたのだから、こいつはよっぽど変な風向きだと、お役宅を辞した人形佐七が、腕拱きながらやって来たのは狸穴のお篠の宅。念のために、いろいろと山伏の風態をきいてみたが、なるほどどうやら能衣裳らしくもある。佐七も今更甚五郎の眼力に感服しながら、お篠の宅からブラブラと帰りがけ、やって来たのは六本木、いつの間にやら日はとっぷりと暮れ果てて、時刻はかれこれ五つ半（午後九時）、何しろ物騒な噂のひろがっている折からとて、日が入ると共に殆んど人通りはない。

　ヒューッと筑波おろしが旋風を巻いてゾッと襟元に滲み入る寒さ、片方はお旗本の下屋敷、片方は藪という淋しいところだ。

「チェッ、八丁堀からまっすぐに帰ればよいところを、麻布くんだりまで脚を延ばしたおかげで、すっかり暇どってしまった。これから神田まで帰るにゃ、ずいぶんの骨だぜ」

　そんなことをブツブツと呟きながら、新宮様の下屋敷の側まで来たときである。向うからツッーと地面を這ってとんで来た白いものがある。はっとした人形佐七が、思わず傍の天水桶のかげへ身を隠したとたん、彼の鼻先をすれすれに闇のなかを飛んでいったのは、なあんだ、驚かせる、一匹の白犬ではないか。

「チェッ、詰まらねえ、幽霊の正体見たり枯尾花か。なるほど、今頃こんな夜道をする奴あ、犬よりほかにねえ筈だ」

　呟きながら、裾を払って起き上がろうとするところへ、ドサリと音を立てて、天水桶の上へ落ちて来たものがある。はっとした人形佐七、一旦あげかけた腰をおろして、そのまま首を縮めたが、見ると天水桶のうえから、彼の鼻先へダラリとブラ下がっているものがある。暗闇の中で手をのばして探って見ると、柔かい縮緬の手触りだ、どうやら振袖らしい。

　どきりとした佐七が、尚も手を伸ばして探ってみるに、つと指先に触ったのは、氷のように冷い手、しかも女だ、女もまだうら若い娘の柔かさ。分った、分った、天水桶の上へ落ちたのは大方、このお下屋敷の女中だろう。

　しかし、何故身動きをしないのだろう。そしてまた、この手触りの冷さは？

　佐七が思わずごくりと呼吸をのみこんだ時、バリバリと忍びやかな音を立てて塀を乗り越えて来るものがある。曲者は天水桶を足場にして、ひらりと地上に飛びおりると、ぐったりとしている娘の体を抱きあげたが、そのとたん、人形佐七は、漆のような夜目にも白く浮きあがった白衣を見た。山伏なのである。

「おのれ、曲者！」

　だしぬけに声をかけられて、山伏も驚いたらしい。ハッとこちらを振返ったが、ああ、まぎれもない、その顔は、ツルツルと白い光沢を持ったお能の面。武悪というあの奇怪な面なのだ。

「待て！」

　いきなり飛びつく佐七の腰を、足をあげてどんと蹴ったから耐まらない。思わずよろよろよろめく隙に、相手は娘の体をおっぽり出して、そのまま闇の中をまっしぐらに。

「曲者、曲者だ、お出会い下され」

　声高に叫びながら、佐七は小半丁あまりも追っかけたが、何しろ幽霊のように宙をとんでいく相手、残念ながら間もなくその姿を見失ってしまった。

「チェッ！　しまった。せっかくあそこまで追っかけながら、今夜は運がねえと見える」

地団駄踏んで口惜しがりながら、元来た道へとって返すと、地面に放り出された娘の体のうえに提灯の灯がユラユラと揺れているのが見えた。

おやと、佐七は思わず足音を忍ばせたが、見ると、まだ年の若いいい男だ。武家とも見えず、町人とも見えず、総髪を大たぶさに束ねた若者が、提灯の灯でじっと娘の体を検めている。

「もし」

だしぬけに佐七が声をかけたとたん、相手は俄かにフーッと提灯の灯を吹き消すと、そのまま闇の中をタタタタタと、軽い音を立てて逃げ去った。

後には佐七が呆然と立ちすくんでいる。

互いにかばう美人主従
——佐七の面前で人殺しが——

昨夜はよっぽどヘマ続きな晩だったわいと、その翌日、佐七は起きぬけからはなはだ機嫌がよろしくない。

槍突きの当の下手人とも覚しき、あの幽霊山伏を取り逃がしたうえに、更に奇怪なあの若者だ。あいつは一体何者だろう。何か槍突きに関係があるのだろうか。

佐七はあれから新宮様の下屋敷を叩き起したが、娘は果してそこの腰元楓という女だった。幸い楓はまだ、殺されてはいなかった。間もなく息吹返した彼女の話によると、奥方の御用で長廊下を急いでいくと、ふいに庭から白いものが躍り出して、ぐんとひと突き、脾腹を突かれたまでは憶えているが、そのあとの事は何が何やら分らないという。

してみるとあの幽霊山伏め、ちかごろでは若い娘が用心して、滅多にひとり歩きをせぬところから、大胆にも今度は、家の中まで入りこむことになったらしい。

こいつはいよいよ面倒なことになったと、ぼんやり長火鉢のまえで腕拱いているところへ入って来たのは女房のお粂。

「おまえさん、お客さまだよ」

「はて、朝っぱらから誰だえ、辰の野郎か」

「辰つぁんなら、あたしの案内など待ちますものか。赤坂の緒方さま宅、お美乃さんと仰有る方でございます」

「赤坂の緒方さまと仰有ると？」

「さあ、わたしはよく知りませんが、緒方春浦さんといって画の先生とやらでございます」

「何？　緒方春浦？」

　緒方春浦なら佐七も知っている。当代切っての土佐派大家、将軍家からお扶持さえ戴いているという名画家である。

「何んの用だか知らねえが、まあこちらへ通して見ねえ」

　お粂の案内で、間もなくそこへ入って来たのは、なるほど、画家に使われている女中らしく、年は若いが、どこかりんとした張りのあるいい女、水も滴るばかりの美人だ。

「佐七さまでございますか。緒方春浦宅召使い、お美乃と申します」

　と、手を仕えたところは、武家でもなく、町人でもなく、なるほど画家の召使いだ。

「はい、俺は佐七でございますが、で、どういう御用で」

「はい、お願いと申しますのは、ほかでもございませぬ。近頃評判の幽霊山伏についてでございます」

「なに？　幽霊山伏ですって」

　この女から、事もあろうに幽霊山伏の噂を聞こうとは、夢にも思わなかった佐七は、思わず眼を丸くした。

「はい、その幽霊山伏が、私主人宅に折々出るのでございます」

「なに、幽霊山伏が」

「さようでございます。親分さま、どうぞお嬢さまを、お助け下さいまし。あの者はきっとお嬢さまを狙っているにちがいございませぬ」

　いったかと思うと、お美乃がハラハラと涙を落したから、あまり唐突な話にさすがの佐七もどぎもを抜かれてしまった。

「お美乃さん、お美乃さんと仰有いましたね。どうしたものでございます。話があまり唐突で、この佐七にもちとのみこみかねます。もちっと順序立ててお話下さいましな」

いわれてお美乃はハッと頬を紅に染めたが、やがて彼女がおびえたような眼の色をしながら、語ったところによるとこうなのだ。

緒方春浦には浜路という今年十七になる娘がある。母には早く死に別れ、継母の手にかけるのは可哀そうだというところから、父春浦が固く独身を守って、もっぱら絵筆に親しんでいるので、いたって淋しい暮しだった。

その浜路が、この間から三晩ほどつづけて、幽霊山伏の姿を見かけたというのである。

最初の晩は、御不浄に立って、ふと厠の窓から外を見ると、庭の奥に何やら白いものが蠢いているのである。よくよく見ると、それは真白な顔をした山伏だった。

浜路はびっくりして、自分の部屋へ逃げて帰ったが、その時には彼女はまだ幽霊山伏の噂を知らなかった。その噂をはじめて聞いたのは翌朝のこと、さては昨夜見たのが、ちかごろ評判の高い、槍突きの下手人だったかと思うと、浜路は歯の根も合わぬくらい恐ろしく、その話をお美乃に打ちあけたのである。

「わたくしも、はじめのうちはほんとうに出来ませんでしたが、その次ぎの晩も、お嬢さまは御覧になったと仰有います。そして昨夜はとうとうこのわたくしが――」

といって、お美乃はさも恐ろしそうに、いきをのんだ。

「見なすったか？」

「はい」

「で、それはいったい何刻ごろでしたな」

「はい、確か五つ半（午後九時）ごろでございました」

五つ半と聞いて、佐七は思わず小首をかしげる。五つ半といえば、昨夜佐七自身が六本木で幽霊山伏に出会った時刻である。なるほど麻布と赤坂ではあまり遠くないが、すると、あれから幽霊山伏め、またもや赤坂のほうへ現れたのであろうか。

「なるほど。それで、お美乃さん、いったい俺にどうしろと仰有るのでございますか」

「親分さま、お助け下さいまし。あのものはお嬢さまを狙っているのにちがいございません。一度、宅までお運び願って、とっくりと取調べて戴きたいのでございます」

「して、それはお前さまの御一存でございますか」

「いいえ、いいえ」

お美乃は力をこめて、

「お嬢さまがお願いしてみてくれとのことでございます。それでわたくしがお使いに参りましたのでございます」

「それで先生は何んと仰有いましたね」

「はい、先生はまだこのことを御存じございませぬ。先生は気丈な方故、このような騒ぎを知ったら、どのように御立腹かも分りませんので」

「なるほど、それじゃ俺にすぐ来てくれろとこう仰有るので」

「そう願えますれば」

見るからに怜悧そうな娘だ。主人を想う一心を、面に現わして必死となって頼むお美乃の誠心に打たれた佐七は、

「ようございます、お役に立ちますか立ちませぬか、ともかくお供を致しましょう」

「まあ、お越し下さいますか。これでわたくしも落着きました」

「お粂、ちょっと出て来るから着物を出してくれ」

と、そこで、いそいそと案内するお美乃のあとについて、佐七はそれから赤坂の、緒方春浦の屋敷までやって来たが、なるほど、当代きっての大家といわれるだけあって、豪勢な家構えである。娘の浜路はその裏のほうの、別棟になった寮風の建物に住んでいるのであるが、佐七が来たというと、飛立つばかりの欣びで出迎えた。

「ああ、お美乃や、こちらが親分さんかえ」

と、そういう口の利き方は、とうてい十七とは思えぬほどませている。体つきも成熟して、どうしても二十より下とは見えない。糸切歯の綺麗な、大した美人というのではないが、愛嬌のある可愛い娘だ。

「ああ、あなた様が浜路さまですか。お美乃さんからあらかた聞きましたが、あなた様からもっと詳しいことを承りとうございます」

「はい、あらましのことはお美乃から申上げたことと思いますが、――お美乃や、おまえちょっと、向うの部屋を片附けて来ておくれ」

「はい」

お美乃は佐七に黙礼すると、廊下を渡って向うの座敷へ入った。さて、この座敷というのが間もなく問題になるので、ここで簡単に、寮の間取りを説明しておくと、

いま浜路と佐七がさし向いになっている座敷から鍵の手に廊下があって、その向うにお美乃の入った部屋がある。だから佐七は浜路と話をしながらも、お美乃がその部屋へ入ってうしろ手に、縁側の障子をしめるのを目送していたが、さて、改めて浜路のほうへ振りかえると、

「さあ、どうぞお話し下さいまし。さっきお美乃さんに聞きますと、あなた様は幽霊山伏を御覧になりましたそうですね」

「はい、見ました。それでわたし、お美乃のことが心配で、心配で……」

「なに、お美乃さんのことが心配だと仰有るのは？　お美乃さんはお美乃さんで、またあなた様のことを心配しておりますが」

「ほほほほほ、わたしのようなお多福を、何故あのものが狙いましょう。それより、あの美しいお美乃、あれは主人想い故、わたしのことを心配してくれますが、わたしはお美乃のほうが危う思われてなりませぬ」

言いながら、浜路は涙ぐんだ眼で、そっと向うの座敷を見やったが、その時だった。

「あれえ！　助けて！　人殺し！」

離れ座敷の障子のうちから、唯ならぬお美乃の叫び声、ついで、何やらバサリと投げつける音、どんと人の倒れる響。はっと顔色失った浜路は、佐七に会釈をするのも打ち忘れ、

「お美乃、どうおしだえ、お前にも似合わない。仰山な」

いいながら障子をひらいて中へとび込むと、

「あれえ！」

「お美乃や、お美乃や、どうしたのだえ」

という声が聞えたが、ついで、
という浜路の叫び声。佐七ももはや躊躇は出来ない。浮かした腰をそのままもちあげ、タタタと廊下を渡って障子の中へとび込むと、座敷の中ではお美乃が虚空をつかんでこと切れている側に、浜路がべったり腰をつき、両手でひしと顔を覆うている。

お美乃は胸に見事なひと突き、槍の突傷なのである。

心にかかる富士見西行

――このお屋敷に蛇が出ますか――

佐七は呆然としてしまった。

覗きからくりの絵板が一枚、カタリと落ちるその転瞬のあいだに、世にも恐ろしいことが起ったのだ。たった今まで、元気に立働いていたお美乃が、一瞬のうちにもうこの世のものでない冷い骸になってしまったのだ。しかも、驚いたことには、この座敷には、いま佐七が入って来た縁側よりほかに、どこにも出入口がない。一方は砂壁、一方は押入、もう一方は床の間になっていて、その床のわきには半月形の窓があいていたが、これにも竹格子が嵌っているから、人の出入りをするような隙間はない。しかも竹格子の内側にはちゃんと、障子がしまっているのだから、外から槍で突いたとも思われないのだ。

佐七はすっかり面喰ってしまったが、念のために、あの窓の向うを調べてみようと、縁側の方へ振りかえったとたん、

「浜路様、浜路様、今の叫び声は何事でございます」

と、叫びながら、庭づたいに主屋からやって来た若者がある。その若者の顔を見て、佐七は思わずあっと魂消た。

昨夜、新宮様のお下屋敷の塀外で、提灯の灯を吹消して逃げ去ったあの若者だ。

「ああ、新三郎さま、たいへんでございます。たいへんでございます。お美乃が、お美乃が」

「なに、お美乃どのが」

はっとばかりに顔色かえた若者が、お美乃の側へ駆け寄ろうとするのを、

「寄っちゃいけません、寄っちゃいや。血でお召物が汚れます。あれ、新さま」

夢中になって止めている浜路を尻目に、佐七は気がかりな裏庭へ廻ってみたが、果して窓の外にもどこにも足跡らしいものはなかった。

「フフン、なるほど幽霊なら足跡はない筈か」

ぐるりと一応、庭の周囲を見廻って、もとの座敷へ来てみると、いつの間にやって来たのか、五十恰好の、総髪の人物が、お美乃の死体をまえに、浜路から何やら聞きとっているところだった。鶴のような痩躯、上品な面

差しの中にもどこやらに一脈の鋭さがあるのは、聞かねど知れた、これが緒方春浦にちがいない。

ジロリと鋭い一瞥を佐七の面に眼をくれると、

「おお、そなたが評判の佐七どのか。今娘より一伍一什の話をききました。幽霊山伏を見たという話を、もう少し早く打ち明けてくれたら、このようにならずとも済んだものを」

春浦先生は悲痛のいろを面に漲らせながら、いたいたしげにお美乃の死顔を凝視ている。

「恐れ入ります、手前というものが側にひかえながら、大切なお召使いをこのような目に遭わせ、なんとも不調法でございました」

「いやいや、その挨拶は痛み入ります。して下手人の目星はつきましたか。やっぱり娘の申すとおり、近頃評判のあの幽霊山伏とやらで」

「さあ、今のところは何んとも申上げかねます。卒爾ながら、この座敷をちょっと取調べてみたいと思いますゆえ、甚だ何んでございますが、皆様向うへお引取り願えますまいか」

「おお、それは尤も、浜路、新三郎、来やれ」

「じゃといって父様、お美乃をこのまま」

浜路は何んとやらあとに心の残る風情であったが、父にうながされて、すごすごと障子の外へ出ていった。真紅に眼を泣き張らしているところを見ると、この主従、よっぽど仲のよい間柄だったと見えるのだ。

佐七は主従三人のあとを見送り、先ず最初にお美乃の傷口を改めたが、これは最初見とどけた通り、たしかに槍の突傷に違いない。乳房と乳房の中程を、ものの見事に貫いているのだ。

佐七は更に、何かよき手懸りもがなと、あたりを暫く見廻していたが、そのうち、ふと眼についたのは、側の欄間にかかっている、富士見西行の額である。

その額のうしろから、何やらブラリとブラ下っているものが、佐七の眼を鋭くひいた。

「おや、何んだえ」

と、怪訝そうに側へよった人形佐七は、そっとそれに手を触れたが、そのとたん、思わずあっと息をのんだ。

暫く彼は気味悪そうにそのものを眺めていたが、何を思ったのか、ズルズルとそいつを額のうしろから引き摺り出すと、袂の中へ捻じこんで、プイと障子の外へ出たが、そのとたん、出会頭にバッタリと顔を合わせたのは、六十ちかい、朴訥そうな老人だった。

大方この家の取締りでもしているのだろう。小さい髷をきちんと結んで、袴にも皺は寄っていなかった。

「ああ、お玉が池の親分さまでございますか。先生がお茶をさしあげるようにと仰有ってでござりますれば」

「いいえ、もうそれには及びませぬ。それよりあなたさまはこちらの——？」

「はい、宮園左内と申しまして、先生のお世話をさせて戴いている者。さきほどお眼にかかりました新三郎めの父にございます」

「なるほど」

と、佐七は広い庭を見廻しながら、

「よく手入の行きとどいたお庭でございますが、これでもやっぱり夏場になると、蛇などちょくちょく出ましょうな」

あまり意外な佐七の質問に、左内は眼をパチクリさせながら、

「いいえもう、そのような忌わしい虫は決して出はいたしませぬ。たとい出たところで、お美乃という娘が大の蛇嫌いゆえ、大騒ぎをしてみんなに退治させてしまいまするで」

「ああ、さようでございますか。それでは、また後程、お伺いいたします故、先生にはお前さまからよろしくお伝え下さいまし」

何を思ったのか人形佐七、呆気にとられた左内をあとにろくすっぽ挨拶もせずに外へ飛出してしまった。

はて恐ろしき娘心
——その時さっと槍の穂先が——

それからどこをどううろついていたのか、佐七が再び赤坂の緒方春浦の宅まで引返して来たのは、夜ももう五つ半（午後九時）頃。ようやくお役所への届けもすんだと見えて、いましも与力の神崎甚五郎も出向いて来たばかりのところだった。

「おお、佐七か。さきほどよりどのくらい、その方を探していたか知れぬぞ。一体どこをうろついていたのだ」

人の好い甚五郎も待ちくたびれたのであろう、いつに

なく苦りきった顔附きである。

「なに、一寸（ちょっと）心当りのところを聞いて廻っておりましたが、どうやら目鼻がつきました」

「目鼻がついたと申すか。それでは貴様、幽霊山伏の正体が分ったか」

「いえ、まあ、とにかくこちらの先生やお嬢様に、お眼にかかってお話いたしとうございます。ああ、ついでに新三郎という人にも来て戴きたいので」

　二人が案内されたのは、緒方春浦宅でも一番上等の客座敷、画家とはいえ、春浦ぐらいになると、武道のたしなみもあると見え、床の間には刀、槍の穂先などが飾ってある。

　佐七がジロリとその槍の穂先へ眼をやった時、春浦に浜路、それから新三郎の三人が入って来て二人に目礼するとそれぞれその場に着席する。

「佐七、さあこれで揃った。貴様下手人の心当りがあるように申したが、一体それは誰だな」

「旦那、まあそうせかないで下さいまし。それを話すまえに俺（あっし）の方から皆様にお訊ねいたしたいことがございますので」

　と、佐七は一番に、新三郎の方へ向くと、

「宮園さま、あなた様にはまえにお眼にかかったことがございましたね」

「はて、わたくしに？　一向覚えがございませぬが、どこでございましたっけ」

「昨夜、ほら、六本木の新宮様の塀外で」

　聞いて新三郎はハッと顔色をうごかしたが、すぐからからと笑うと、

「おお、するとあの時声をかけられたのは、お手前でございましたか。なるほど、あの時の私の素振りは、ずいぶん怪しゅうも見えましたでしょうが、何しろだしぬけに声をかけられたのと、掛り合いになるのを怖れたばかりで、他意はございませぬ。お許し下され」

「なるほど、どちらへお出掛けの途中でございましたか」

「六本木の高坂（たかさか）様と仰有るお方の宅へ先生のお使いで参りました。その事ならば先生もよく御存じでございます」

「いや、よく分りました。それでは先生」

　と、佐七は今度は春浦のほうへ向き直って、

「先生はお能のお稽古をなすっていらっしゃいますか」

「お能？」

と、春浦は眉をひそめ、

「ふむ、若い頃にはいくらかやりましたが」

「山伏の衣裳をお持ちではございませぬか」

春浦はいよいよ驚いたらしく、

「あるとは存じますが、何分昔のこと故(ゆえ)しかとは憶えておりませぬ。しかし佐七どの、この春浦に何か疑わしいかどでもござるかな」

柔和な面だったが、さすがにむッと気色ばんで見せた。

「いいえ、あなた様に何んのお疑いをかけましょう。でも、それでは山伏の衣裳をお持ちなのでございますね。いや恐入りますが一寸(ちょっと)、その槍の穂先を見せて戴けませぬか」

「おおおお、お検(あらた)め下されい。まさか血はついておりますまい」

と、言いながら、春浦は穂先をとって鞘(さや)を払ったが、そのとたん、一同はっと呼吸(いき)をのんだのである。ああ、何んということだ。その穂先には、まだ生々しい血のりがべっとりと附着しているではないか。

「おお、これは！」

と、驚く春浦を尻眼にかけ、

「有難うございました。これで何もかも目鼻はつきました。お美乃さんはその槍の穂で突き殺されたのでございます」

「してして、お美乃を殺した男というのは？」

「神崎様、俺(あっし)はまだ下手人が男とも女とも申してはおりませぬ」

「なに、すると下手人は女とな。あの、幽霊山伏が女とな」

「はい、さようでございます。しかもその下手人はちゃんとこの席においでございます」

一瞬間シーンとした沈黙が落ち込んで来た。一同の眼は言い合せたように、浜路の面に注がれたが、その時ふいに浜路が、

「ほほほほほ」

と、ヒステリックな笑い声をあげた。

「このわたしがお美乃を殺しましたと？　でもお前さまはよく御存じの筈、お美乃が人殺し、助けてと呼ばわった時には、わたしはお前さまと話をしておりました。それにまた、わたしが幽霊山伏などと、ほほほほほ、その

ような馬鹿げたこと！」

「佐七、間違いではないか。槍突きの下手人が、このようなかよわい女性とは受取れぬぞ」

甚五郎、いかにも心配そうだ。

「いいえ、俺(あっし)の申している幽霊山伏というのは、お美乃さんの見たという幽霊山伏のこと。ほかのはどうか知りませぬが、この屋敷に現われたのはたしかに浜路様」

「まあ、わたしがなんでそのようなこと」

「されば、世間で幽霊山伏の評判が高いのにかこつけ、一狂言お書きなすったのだ。お前様はここにいる新三郎様に恋していられたが、その新三郎さまはお美乃さんと深い仲、それを嫉(ねた)んでお前さんはお美乃さんを殺そうと思ったのだが、唯(ただ)殺しては足がつく故、ああして幽霊山伏の噂を利用されたのだ」

「ほほほほほ、まあ、よくも、そのような作りごとを仰有ります。それではお美乃のあの叫び声はどうしたのでございます」

「お前さま、これに見覚えがおありかえ」

佐七がぬらりと懐(ふところ)中からひき出したのは、ああ、何んと一匹の蛇。浜路はそれと見るよりハッと顔色をうしなった。

「この蛇を座敷の中へひそましておいたのが、お前の悪企み、お美乃さんは大嫌いな蛇を見るなり、日頃のたしなみも打ち忘れ、人殺し、助けてえと叫んで、蛇を鴨居に投げつけると、そのまま気を失ってしまったのでございます。そこへお前さまが入っていって、隠し持ったあの槍で、ぐさっとひと突き。大方お前さまは、あの窓の障子に槍を突込んだ孔でもあけ、ひとの眼をくらますつもりだったろうが、それより前に、蛇を探すのに夢中だった。蛇を残しておいては、後日の証拠になろうも知れず、そこでそこいらを探したが、どっこい、蛇はあの富士見西行の額のうしろへ、投げつけられて入った故、お前さまの眼に触れなんだのだ。浜路さま、お前さまがこの蛇を買った蛇屋を、俺(あっし)ぁ今日一日かかって探し出しましたぜ」

ああ、何んという奇怪な犯罪、何んという恐ろしい娘心。一同はっと真蒼になった時、浜路はよろよろと立上って縁側へ出た。

「お待ちなさいまし、どこへ行く」

佐七があとを追おうとした時だ。突如、庭の石燈籠(いしどうろう)の影から閃めいたのは、一穂の槍、ぐさっと太股貫かれて、佐七はあっと前へのめったが、その時、さあーッと白い風を巻いて浜路の側へ走り寄ったのは幽霊山伏。浜路をかかえて、闇の中を一散にとんでいく。この意外な出来事に、神崎甚五郎も、春浦師弟も、暫く呆然として気抜けの態だった。

焙り出された幽霊山伏
――白い衣裳に血が点々と――

藪から棒とは全くこのこと、いや、藪から棒ならまだしものこと、闇から真槍なのだから耐まらない。ふいを打たれて、さすがの人形佐七も思わずばったり前にのめったのである。

相手にとっては、それだけの隙で十分なのだ。

「曲者だ、出会え、出会え！」

一瞬のおどろきから、はっとばかりに我れにかえった神崎甚五郎が、刀をとるや、蒲団を蹴って立ちあがった時には、白衣の山伏はすでに、裏木戸を滑って、おもての闇へと消えていた。

これ逃しては役目の手前面目ない話だ。甚五郎は必死の覚悟、袴の股立とる手もおそく、曲者のあとを追ってさっと庭へとびおりる。

「御免！」

それにつづいたのは宮園新三郎、床の間に飾ってあった銘刀が、この際何よりの得物だった。こいつをかいこみ、師匠に一礼すると、ざざざっと庭に敷いた玉砂利を蹴って、甚五郎のあとよりつづく。

この時、佐七も漸く立ちあがった。

さいわい傷は急所をはずれていた。夥しい出血を、咄嗟の手当てに、ありあう手拭いで強く縛りあげると、なあに、これしきとばかり、そこは気丈な男のことだ、十手をついてよろよろと立ちあがったのである。

この際、いちばん泰然としていたのは主の緒方春浦だった。黙然として膝もくずさず、じっとある一点を注視している行儀のよさ、しかし、仔細にその表情を見れば、そこに非常な苦悶のいろが見られたであろう。膝においた拳が、瘧を患っているようにブルブルふるえ、細面の双頬には、俄かに皺がふかくなった。きらりと、眼に光るのは露か涙か。――しかし、佐七もいまはそんなことに、深く注意をはらっているいとまはなかった。跛（びっこ）をひきながら、よろよろと表へ出ると、出会頭（であいがしら）にどんとぶつかったは宮園新三郎。

「おお、宮園様、してして、曲者はいかが致しました」

せき込んで訊ねると、

「佐七どのか。それが不思議にも見えぬのでございます」

「なに？　曲者の姿が見えませぬとな」

「されば、表へ出ると、そのまま風のように消えてしまいました」

と、おびえたようにあたりの闇をすかしている。

「馬鹿な、大の男が消えるなんて、そんなべら棒な話があるものじゃございません。どこかそこいらに隠れているにきまってまさあ。で、浜路様は？」

「されば、その浜路様も一緒に見えなくなったのでございます」

「ふふん、こいつはいよいよ奇妙だわえ」

佐七が疑いぶかい眼で探るように相手の顔を見ているとき、神崎甚五郎もあわただしく駆け戻って来た。

「佐七、どうしたものであろう。曲者は俄かに消えてしまったぞ」

「旦那、まあ俺（あっし）にまかせておおきなさいまし。これが逃げてしまったというならともかく、消えたとあらば脈がございます。芝居の宙乗りじゃあるまいし、そうやすやすと消えられて耐まるもんですか。これにゃきっとからくりがございます。まあ見ていておくんなさいまし」

佐七はずっと道の前後（あとさき）を見廻したが、なるほどどこにも隠れ場所になりそうなところはない。片側はお屋敷の塀つづき、片側はどこか町家（まちや）の寮と見えて黒板塀がつづいていたが、その塀のうえには頑丈な忍び返しがついていて、とても乗り越えられるものではない。これには佐七もはたと当惑した。

「なるほど、こいつは――」

と、額に八の字を寄せ、腕拱（うでこまね）いて考えていたが、その時、町家の塀を曲って、ちょろちょろとこちらへ走って来た小さい犬、何やら口に咥（くわ）えていたが、重さに耐えかねたのか、三人のまえまで来ると、ちゃりんとそれを落していったから、

「おや、何んだろう」

と、訝しげに拾いあげてみるとこれが銀の簪だ。

「はて、こりゃ簪だが、宮園様、おまえさんこれに見憶えはありませんか」

新三郎は手にとってみて、

「おお、これは浜路様の——」

「簪ですかえ。しめた！　それじゃ山伏め、向うのほうに逃げたに違いねえ」

跛をひきながら黒板塀を曲ると、そこに小さな稲荷の祠がある。

佐七はきっとその祠に眼をつけ、

「旦那、この祠の中はお検めになりましたか」

「おお、見たとも、見たとも、何んでこのような屈竟な場所を見遁すものか、検めてみたが中は藻抜けの殼」

「さようでござんすかえ」

佐七はじっと、風にはためく色手拭いを眺めていたが、

「まあ、ようがす。どうで無駄になるかは知れませんが、物は試しだ、まあ、ひとつやっつけて見ましょう」

と、路傍に落ちている塵芥、縄切などを集めはじめたから、驚いたのは神崎甚五郎。

「佐七、そのようなものを集めて、いったい如何いたす所存じゃ」

「まあ、いいから見ていて下さいまし」

やがて、祠のそばには塵屑が山と積まれる。

「旦那え、これから先はえてして乞食非人の類いがこのような祠に野宿して、よく焚火から火事騒ぎを起すもんでございます。見ていて下さいまし。ほら、このように——」

カチカチと石の音をさせて、附木の火を塵屑にうつしたから耐まらない。乾き切った季節のこととて、パッと焔の舌が風に煽られて燃えあがる。

「あ、もし、お玉が池の親分、いったい何をなさいます。附火は天下の大法度でございますよ」

「いいから、見ていてごらんなさい。なあに、大きくなりゃ、そこにお誂え向きの水もございまさあ。ほうら、燃えろ、燃えろ」

そうでなくても、赤いものを見たがる季節に、傍からこうけしかけるのだから耐まらない、めらめらと炎えあがった赤い舌が、さっと、祠の壁を這うて、その先は狐格子の中までとどいた。

と、その時である。

ふいにバリバリと板を破るような音。

「そら、出た！　宮園様、おまえ様、その火を消しておくんなさい。狐をあぶり出しゃ、もう用事はございません」

佐七がきっと身構えた時である。狐格子を中から左右にパッと押しひらいて、よろよろと外へ躍り出して来た男、まごうかたなき白衣の幽霊山伏なのだ。それと見るより甚五郎と佐七が、

「御用だ！」

左右から躍りかかったが、これはどうしたこと、さぞや手強く抵抗するだろうと思ったのに、意外に相手はおとなしく、へたへたとその場に両手をついた。

「おや」

と、甚五郎と顔を見合せた人形佐七、

「旦那、どうも変ですぜ。息使いが尋常じゃありませんや」

と、佐七はふいに息をのんだ。

「旦那、血だ、血が……」

と、見れば、土のうえにがっくりと両手をついた白衣の山伏の膝のあたり、点々として赤い斑点がついているではないか。しかも、その血は、刻々として白衣のうえにひろがってゆく。——

「佐七、切腹じゃ、蔭腹を切りおったのだ。その面体をよく検めて見よ」

「おっと、合点だ」

蔭腹きった山伏の、背後に廻ってぐいとその体を抱き起した人形佐七が、顔につけた能のお面を、すっぽり外したその刹那、燃えのこりの芥火に、顔を見て、のけぞるばかりに驚いたのは宮園新三郎。

「あ、あなたは父上！」

と、魂消るばかりに絶叫したが、いかさまこの奇怪な幽霊山伏こそ、余人ならぬ新三郎が現在の父、宮園左内！

ああ、いま江戸を騒がせている槍突きの下手人とはこの左内老人だったのだろうか。

すっぽり被った島田の鬘
――白湯の垂れそうな娘振り――

佐七はスッカリ当惑してしまった。

お美乃の話から、ようやく幽霊山伏の端緒をつかんだと思ったのもつかの間、それはお美乃には現在のお主にあたる浜路が、嫉妬のあまり書いた狂言、さては又、浜路を吟味している最中へ、おどり込んだ幽霊山伏こそ、真実のものであろうと思ったのに、これはまた、緒方家の御用人、宮園左内だ。左内は蔭腹切って死んでしまったから、吟味の由もなかったが、聞かずともその心中はよく分っているのである。お主の娘の一大事とばかり、咄嗟の機転で山伏の装束に身をやつし、上役人の眼をくらまして娘浜路を救い出したのにちがいない。

だが、さて、その浜路は――？　これがまた、不思議と行方が知れないのだ。あの御稲荷様の祠の中を、隈なく探してみたけれど、浜路の姿はどこにも見当らなかった。おそらく、一同が左内の方に気を奪われている間に、浜路はどこかへ姿をくらましたものにちがいない。

「ちょっ、とんだ飛び入りがありやがったばっかりに、滅法急がしくなって来やがった」

浜路のゆくえも探さねばならないし、また一方、幽霊山伏も捕えねばならぬ。その後もほんとうの幽霊山伏は、江戸の天地をわがものがおに駆け廻っていると見え、頻々として槍突き沙汰は絶えないのである。

「お粂、おめえ、ちょっと淡路屋さんまで行って来てくんねえか」

思案にくれた人形佐七が、ある晩、思いきったように女房に向ってそういったのは、緒方春浦宅の事件があってから十日ほど後のこと。

「あい、淡路屋さんに何か御用かえ」

「ふん、淡路屋さんのお民坊は、今年十八だったな。いい娘だ。あのお民坊のいちばん派手な衣裳を一寸借りて来てもらいてえんだ」

「あれ、お前さん、気でも狂いやしないかえ。お民坊の衣裳を借りて来てどうするのさ」

「何んでもいいやな。亭主のいうことだ、はいはいといって素直に聞きねえ。おお、そうそう、ついでにお高祖頭巾も借りて来な」

「ええ、そりゃお前さんが要るというなら、借りて来ようが、……妙だねえ」

女房が出ていったあと、佐七は今朝ほど外から持って帰った、欝金風呂敷を後生大事にひらいたが、と、中から出て来たのは、何んという事、十七、八の娘の髪のような、大きく結った島田の鬘。

鏡に向ってこいつをすっぽりかぶってみて、

「はははは、丁度いい具合に頭に合わあ。とんだお茶番だが、お役目ならこいつも致し方がねえ」

ひとり言をいっているところへ、お粂が帰って来て眼を丸くした。

「あれお前さん、いったいどうしたのよう、変なものをかぶってさ」

「いいから、衣裳を出しねえな。お粂、手伝ってくんな」

女房の手を借りて、派手な娘の衣裳を着ると、出来た、出来た、さすがは人形と仇名のあるくらいいい男の佐七だ。水も滴る――というわけにはゆかぬが、白湯ぐらいは滴りそうな、どこから見ても天晴れ立派な娘振り。

「あれ、お前さん、ほほほほほ」

「どうだえ、お粂、宮芝居の役者にもこれくらいのはいねえぜ。ああ、われながら岡っ引きにゃ惜しいもんだ。どれ、お化粧をするから、白粉を貸してくんな」

「あれ、あとからお化粧をする人がありますものか。さあ、じっとしていて下さい。あたしがお化粧をしてあげましょう」

「おっと、頼む。出来るだけ厚化粧にしてくんねえよ」

白粉を塗り、紅をさせば、ああ、今度こそ水も滴るばかりの娘ぶり。お粂も思わずほれぼれとして、

「まあ、何んて綺麗!」

「どうだ、惚れ直したか。それじゃお粂ちょっといってくるぜ」

「あれ、お前さん、そんな服装で、どこへおいでだえ」

「知れてらあね、槍突き探索だ。その代り、真実の娘と間違われ、ぐさっとひと突き、やられるかも知れねえぜ」

「あ、もし、待って!」

「騒ぐな。手前も岡っ引きの女房じゃねえか」

お高祖頭巾をスッポリかぶった人形佐七、そのまま女房の手を振りきって、空っ風の吹きすさむ、夜の闇へプイと飛び出していた。

さあ現れた幽霊山伏
——佐七は風呂敷をかぶせられて——

神田から麻布まで。

それも普通の歩きかたならともかく、若い娘の歩きかたで歩を運ぶのだから、思ったよりも手間どって、狸穴（まみあな）附近までやって来た時には、夜も大分ふけていた。

「おお、お誂向きの時刻になったな。もうそろそろ、あいつの出そうな時分だが」

空っ風がざっと旋（つむじ）をまいて吹きぬける。空には星がチカチカと、寒そうにまたたいていたが月はどこにもない。凍（い）てついたような冬の夜空に、厚化粧の頬が強張（こわば）って、お高祖頭巾の下より洩れる息が夜目にも白いのである。佐七が殊更（ことさら）に麻布をえらんだには、ひとつの理由（わけ）がある。

槍突きに突きころされる被害者にも、ふた通りあるということはまえにも述べておいたが、ほかの場所で殺されるのは、たいてい、いったん拐（かどわ）かしておいて、それから槍で突き殺すのだが、麻布から赤坂へんへかけての槍突きは、いつもその場を去らず殺される。これには何か仔細がなければならない。

つまり、この槍突きは洒落（しゃれ）や酔興の沙汰ではなく、何か娘の身に入要（いりよう）なものがあるにちがいないのだ。ほかの場所で突き殺したのでは、その入要なものが手に入らない。そこでいったん、己が屋敷につれ帰り、所望のものを手に入れたうえ、槍で突き殺してしまうのだろう。

それに反して、麻布、赤坂へんでは、その場を去らず突き殺しても、十分、目的のものが手に入るのだということは、下手人がその界隈の人間であることを意味している。さてこそ佐七は、この不気味な冒険の第一夜に、選（よ）りによって麻布をえらんだのである。しかし、そういう佐七にも、相手が娘のからだから、何を所望しているのか、いまのところ分らない。

ゴーンと増上寺（ぞうじょうじ）の鐘が、凍てついた余韻をのこして、時刻はそろそろ真夜中にちかくなった。佐七はさきほどより、わざと淋しい屋敷町、寺町筋などを選って歩いているのだが、まだ、目的の幽霊山伏は出現（いで）ましまさぬ。

「ちょっ、今夜は不漁（しけ）か。どれ、それじゃ河岸をかえて、赤坂のほうへでも歩いて見ようか」

佐七の足はわれ知らず、あの緒方春浦の屋敷のほうへ引き寄せられる。

　むろん、この夜更けのこととて、道々誰ひとり出会うものはない。近頃では犬ころさえ、噂におびえ外出をせぬのか、乾いた大地に、佐七がわざと高らかに鳴らす駒下駄の音ばかりが、いやに淋しい。

　やがて緒方春浦の屋敷がすぐ前に見えて来た。この間、佐七が宮園左内をいぶり出したあの祠に、色手拭いがヒラヒラと舞っている。

　ふいにざあっと空っ風が、枯枝を鳴らして通りすぎた。

「おお、寒い！」

　佐七が思わず肩をすぼめた時である。ふいに背後からハタハタと軽い草履（ぞうり）の音。

（来たな！）

　佐七がきっと体を固くした時、

「お女中」

　うしろから声をかけたものがある。意外に優しい、まだ若々しい声だった。

「あれえ！」

　と、佐七はおびえたように、袖かき合わせ身を顫（ふる）わせて後退（あとずさ）り、このへん佐七の芸もかなり堂に入ったもの。

「いや、怪しいものではござらぬ、御安心なされ。したがこの夜更けに、お女中はいったいどこまで参らるる」

「はい、あの母（かあ）様が急病故（ゆえ）、霊庵（れいあん）様をお迎えに参ります」

「なるほど、しかし、お女中はちかごろの物騒な噂を御承知ないか。若い女の身空でこの夜道、はて、大胆極まることじゃて」

「あい、その噂を知らぬではございませぬが、何をいうても母ひとり娘（こ）ひとり、怖さをこらえて参りました」

「それはお気の毒な。して霊庵どのというのはどの辺かな」

　そういう声に佐七は、さっきから聞きおぼえのあるのをかんじていたが、この時やっと、相手が誰であるか分ったのだ。

　宮園新三郎、そうなのだ。それにしてもこの夜更けに、新三郎はいったいどこへ出かけたのだろう。なるほどここは緒方春浦の屋敷の間近だから、他出（たしゅつ）からかえって来たと思えば不思議はないが、いつぞやの新宮様の下屋敷の場合といい、なんとなく佐七は、この美しい画家の弟子に、うたがいの念がはれなかった。

「はい、あの霊庵様というのはついそこの横丁」

「はて、この辺にそのような医者のいること耳にしたおぼえはないが」

しまった！　と思ったが仕方がない。

「いえ、あの、近頃お越しになったとやら」

「おお、さようか。それではそこまで送って進ぜよう」

送られては困るのである。

「いえ、あの、あたしひとりで参ります。あれえ」

佐七はわざと気味悪そうに、相手からあとじさりをすると、バタバタ駒下駄鳴らして逃げ出した。新三郎はあきれたように、あと見送っていたが、やがて苦笑いをするとくるりと背を向ける。と、この時である。

「あれえ！」

と、押し殺したような叫び声。はっとした新三郎が、振りかえって見ると、南無三、たったいま逃げていった娘の身に、いまや一大事がふって湧いたのだ。

一大事というのはほかでもない。娘に化けた人形佐七が、たくみに新三郎を振り捨てて、曲り角までやって来たとき、例の稲荷の祠のかげから、ぬっと出て来たのは白衣の山伏だ。佐七はそれに気がつかなかった。新三郎のほうを振りかえりながら、何気なく祠の側をすり抜けようとしたその時、山伏は手にした大きな風呂敷を、いきなりフワリと佐七の頭からかぶせてしまったのである。

蝶網に押えられたあわれな蝶！

佐七はバタバタ大地を蹴ったが、相手は鋼鉄のような腕で、ぐいぐいと強くしめつける。

「あれえ、あ、あ、あー」

佐七は次第に気が遠くなってしまったのだ。

だが、ここに不思議なのは、ものの半丁とは離れぬところで、この様子を目撃しながら、新三郎はしびれたように身動きもせぬ。まるで石になったようにじっとその場に立ちすくんでいるのだ。

ああ、臆病風に吹かれたのか、それともこれには何か仔細でもあるのだろうか。

救いの主は意外や浜路
――私は逃げることの叶わぬ身――

それからおよそどのくらいの時刻がたったのか佐七に

もよく分らない。

　ゾーッと身にしみる寒風に、ふとわれにかえったところを見れば、どうやら固い板の間に風呂敷をかぶせられたまま寝かされているらしい。冷たい固い板の感触が、しんしんとうずくように身内に伝わって来る。ごろり、横向きになってみたが、生憎の風呂敷であたりの様子はさっぱり分からぬ。その風呂敷を取ろうにも、両手は扱帯で縛られているのである。

「ちょっ！」

　佐七は思わず舌打ちをした。こうしているうちにも、あの怪物がやって来ようも知れぬ。来たが最後だ。ほんとの娘と間違えられ、ぐさっと槍のひと突きを食えば、人形佐七、あたら花の盛りを人知れず散ってしまわねばならぬ。

「ええ、口惜しいな。こうと知ったら、神崎の旦那にでも知らせて、こっそり後からついて来て貰ったものを」

　いま更、くやんだとて後の祭。自暴自棄になった人形佐七がドタバタと板の上であばれている時、ふいにボーッと風呂敷の外が明くなった。誰か入って来たのだ。しかも相手はどうやら女！　さやさやという衣触れの音とともに、プーンとえならぬ芳香が鼻をつく。

「もし」

　女はそっと佐七の肩に手をおいた。

「お静かになさいまし。騒ぐと却ってお身のためになりませぬぞ。さあ、いま縛めを解いてあげましょう」

　女の柔い指先が、扱帯の端にふれたと思うと、佐七の両手は俄かに自由になった。

「お風呂敷もおとりなさいまし」

　相手はまだ若い娘だ。敵か味方か、いずれにしても、幽霊山伏の身辺に、若い娘がいるというのは心得ぬ。ひょっとするとこの娘も、自分と同じように拐かされて来たのではあるまいか。

　佐七は手早く風呂敷を頭からとりのけた。

「有難うございました。お蔭様で助かりました。ああ、もう、怖いこと！」

　肩をふるわせながら、何気なく相手の顔を見た人形佐七、この時ばかりはあまりの思いがけなさに、あっとばかりに仰天したのだ。

「ああ、あなたは浜路様！」

　思わず地声になるところを、佐七はあわてて袖で押えた。

「え？」

と、相手はハッと手燭から顔をそ向けると、

「お前さま、あたしを御存じかえ」

「はい、わたくしはつい、お前様の近所に住居いたすもの。あなた様のお顔はよく存じております。それではあなたもあの幽霊山伏に？」

浜路は俄かに顔色蒼褪めたが、ブルブルと肩をふるわすと、

「いえいえ、いまはそのようなことお話している場合ではございませぬ。さあ、逃げましょう。この恐ろしい場所から、一刻も早く逃げねばなりませぬ」

「それでは浜路様、あたしを助けて下さいますか」

「あい、その代り、お前様きっと約束してくれねばなりませんぞえ」

「お約束とは」

「これからあたしが案内するところには、一人の若者がお待ちしております。その若者はお前様に眼隠しをいたしましょう。それを嫌うてはなりませぬ。そうすればその人が、きっとおまえを安全な場所へ連れていってくれましょう。お約束してくれますかえ、その間中決して口を利かぬということを」

「はい。でも、あなた様は？」

「あたし？」

浜路ははっと淋しい頬をふるわせると、

「あたしは逃げることはなりませぬ。あたしは逃げることも出来ぬ哀れな身のうえ。いえいえ、それを聞いては下さいますな。それから、あたしのことを有難いとお思い下されば、今夜このような場所で、あたしに会うたということを、くれぐれもひとに仰有って下さいますなえ」

「でも、でも、親御様がさぞ御心配でございましょう。せめて、先生にでも」

「父？」

浜路はうつろの眼を見張ったが、すぐ淋しい微笑をうかべると、

「いえいえ、父には尚更このようなこと、決して決していってはなりませぬ。あ、そういううちにも時刻がうつる。それでおまえ様、こうおいでなされませ」

浜路に手をとられた人形佐七は、よろよろと裾踏みし

だいて立上る。それにしても、浜路は何故いっしょに逃げてはいけないのだろう。そうだ、彼女にはお美乃殺しの大罪がある。たとい幽霊山伏の手から逃げても、所詮助からぬ生命なのだ。それと知って幽霊山伏のほうでは、彼女を手先に使っているのではあるまいか。浜路は手燭を袖で覆うて、なるべくあたりの様子を佐七の眼から遮るようにしながら、そっと板戸を押しひらく。

「さあ、こちらへ——」

　と、いいかけたが、ふいに彼女はあっと叫ぶと、あわてて手燭の灯を吹き消した。

画家の良心呪いの屏風

——因果はめぐる槍突き親娘——

「あれ、どうしたのでございますえ」

「いけません、いけません。あの人が参りました。ああ、どうしたらよかろう」

　浜路は真蒼になって、佐七の腕を袖のうえから、ぎゅっとばかりに握りしめたが、

「ああ、もうおしまいだわ」

　投げ出すように呟くと、

「あなた、よいことがございます。そこに長持ちがござんすゆえ、暫くそこに入っていて下さいまし」

「でも、それではあなた様が」

「いいえ、いいえ、あたしのことは心配して下さいますな。あたしにはよい思案がございます。ああ、そういううちにも、足音がだんだん近くなって来た。ちっとも早う」

　無理矢理に押しこめられて人形佐七、部屋の隅にある大きな長持ちの中にスッポリ身をひそめたが、これは必ずしも臆病のせいではなかったのだ。

　何んとも合点のいかぬ浜路の素振り、かつは又、幽霊山伏を何者とも知らぬ人形佐七は、相手の言葉に従って、もう少しここで様子を見ようと決心したのだ。

「お前さま、どのようなことかあっても口を利いてはなりませぬぞ」

「あい」

　と、低声で答えたものの、浜路はいったいこれから先どうするのであろうと、佐七はなんだか気になって、

そっと長持ちの蓋を細目にあげて見ていると、彼女はさっきの風呂敷をスッポリ頭からかぶってしまった。それから扱帯をぐるぐる両手に巻くと、床のうえへ横になり、じっと身動きもしないで息をこらしている。分った、分った、浜路は咄嗟の機転。佐七の身替りになって、怪物の眼をくらますつもりらしい。と、殆んど間髪をいれぬ次ぎの瞬間、板戸がスルスルと静かに外からひらかれた。誰か、この部屋へ入って来たらしい。

佐七はせまった息使いを身近に聞いた。長持ちの蓋の隙から、そっと覗いてみるのだけれど、何しろ手燭を吹き消した薄暗がり、相手がどんな人物かさっぱり分らぬ。板に吸いつく不気味な足音。怪物はそろそろと浜路のそばへ近づいたが、

「おお、まだ気を失っている」

陰気な声なのだ。

それから、何やらもぞもそと懐中（ふところ）を探っていたが、ふいに、ギラリと光ったのは槍の穂先。

「あ、待て！」

佐七が叫んだのと、浜路がわっと悲鳴をあげたのと殆んど同時だった。

「曲者、御用だ、神妙にしろ！」

長持ちから躍り出した佐七の姿に、驚いたのは怪物よりもむしろ、浜路のほうだった。

「あれ、お前は人形の親分さん！」

風呂敷を自らかなぐり捨てるより、さも苦しげに床のうえに起き直ると、それでも浜路は曲者と佐七の間にさっと両袖ひろげた。

「親分さん、まあ、待って、待って下さいまし。父さん、あたしじゃ、あたしじゃぞえ」

「おお、お前は浜路か」

その声に、佐七もぎょっと曲者の顔を、薄暗がりの中で見直したが、ああ、何んということだ、槍の穂先で娘の腹を、ぐさっとばかり抉（えぐ）っているのは、まぎれもなく緒方春浦ではないか。

「父さん、お前の絵は今夜出来あがるとのこと。絵が出来あがればもうこれからは、あのように惨（むごた）らしい真似はせずともすむ筈。これが最後じゃ、最後のひとりにこの浜路の血を役に立てて下さいまし」

「おお、浜路！」

「親分さん、お美乃を殺したこの浜路、お前にすればお

白洲へ、引いていきたかろうが、お慈悲に見遁して下さいまし。あたしは何も知らなんだ。左内にこの蔵の中へかくまわれる迄は、父が恐ろしい幽霊山伏とは夢にも知らず、その幽霊山伏をだしにつかって、お美乃を殺したのは、これも何かの祟りでござんしょう。後生のほども恐ろしい。せめて、その幽霊山伏の手にかかって死ぬが、罪亡ぼしの万分の一。父さん、娘の血が役に立って、あの絵が出来あがったら、おまえも死んで――死んで下さいまし」

「おお、娘、よくいうた。絵さえ出来ればどうで死ぬ覚悟のこの春浦じゃ。必ず腹掻っさばいて後から行くぞ」

「父さん」

にっこりと微笑ったのが最後だった。

浜路は父の腕に抱かれて、そのままがっくり息がたえてしまったが、そこへ浜路を待ちわびたのであろう。待たせてあるといった若者が、あわただしく入って来たが、いうまでもなくそれは宮園新三郎。二人は相手を佐七と知らず、しめし合わせてこの場から佐七の娘を救い出そうとしたのだけれど、意外に早く春浦がやって来たので、浜路が身替りとなったのだった。

さて、緒方春浦が何故このような恐ろしいことをやったかというに、その年将軍家の姫君から春浦に雛屏風の御所望があった。春浦は幾枚か書きあげてお眼にかけたが、どの色もお気に召さぬという。はては春浦も腕が下ったなどとの取沙汰。それが口惜しさに、ある時、ある秘密の絵具、若い女の血でなぞったのをお眼にかけたところが、それがお気に召して、是非その色との御所望に、春浦は爾来、若い女の血をあさる悪鬼と化したのであった。

春浦は浜路から得た血で、六双の雛屏風に最後の筆を加えると、見事に腹かき切って死んでしまった。

その後、この屏風は上役人の手で焼き払われたとも、あるいは姫君のお気に召して、お輿入れの際御持参されたとも伝えられるが、真偽のほどはよく分らない。

屠蘇機嫌女夫(めおと)捕物

春色お玉が池

——ヘッヘッヘ、親分お楽しみで——

「おまえさん、おまえさん、ちょっと起きなさいようッ、起きてくださいよウ」

たつみ上がりのお粂の声に、のっそり起きなおった人形佐七、宿酔(ふつかよい)の目をショボショボさせながら、

「お粂、ど、どうしたい、朝っぱらから、やけに大きな声を出すじゃアねえか」

「大きな声もだしますよウ、おまえさん、ゆうべはおそくまで、いったいどこを、ほっつき歩いていたンですよウ」

と、お粂は胸倉でもとらんばかりの剣幕(けんまく)。きりきりと歯をくいしばり、柳眉(りゅうび)をさかだてた血相が尋常(ただごと)でないから、そこは脛(すね)に傷もつ人形佐七、心中おもわずドキリとした。

それは屠蘇機嫌(とそきげん)まださめやらぬ正月八日、いわゆる松の内である。

現今(いま)ではばんじが簡略主義になって、七日になると、さっさと門松を取り払ってしまうが、むかしはすべてに厳重だったから、松飾りなども十五日まで、飾ってあったもんだそうで、したがって松の内とは、正月十五日までをいったもんだそうである。

いや、松の内の講釈はこれくらいにしておいて、正月八日の朝のこと、神田お玉が池の佐七のうちでは、風雲まさに急をつげんとしているというのは……。

「ど、どこってしれてらあな。ゆうべは七草だったろう。だからよ、柳橋(やなぎばし)でこちとら仲間の新年の寄り合いがあってよウ、そのくずれでほうぼう飲み歩いたが、ああ、頭が痛い、お粂、お冷水(ひや)をいっぱいくんねえな」

佐七がわざとはぐらかすのを、お粂はしかし耳にもいれず、

「柳橋はわかってますよウ。新年の寄り合いは、おまえさんに聞かなくったって知ってますよウ。だけど、辰つぁんや豆さんの話では、寄り合いは五つ半（九時）ごろお開きになったはず。それだのに、おまえさんのかえってきたのは、何刻(なんどき)だったとお思いだえ。九つ半（一時）を過ぎてたじゃアないか。それまでどこをどう、うろついていたンですよウ！」

「ど、どこって、それや諸処方々(しょしょほうぼう)」

「諸処方々じゃわからない。さあ、いっておくれ。どことどこと、はっきりいっておくれ」

「そ、それゃおまえ、酔ってたから、よくおぼえちゃいねえが、三の輪の親分や、天神下の兄哥に誘われて……」

「うそおっしゃい。辰つぁんや豆さんの話じゃ、三の輪の親分も天神下のも、寄り合いの果てぬまにおかえりになったとやら」

「げっ、辰や豆六がそんなことをぬかしたか」

「ええ、ええ、あたしゃなにもかも聞きましたよ。くやしいッ」

「な、なにをしゃアがる。朝っぱらから変な声を出しゃアがって、みっともねえ真似するな」

「みっともないのはおまえさんのことですよ。お上の御用をきいてる身で、しかも、あたしというものがありながら、水茶屋の女風情にのぼせあがって……ええ、もう、くやしい、あたしゃどうしよう」

いやもう、正月そうそうひどい荒れ模様……いまのことばでいうと、ヒステリーというやつである。

人形佐七の恋女房お粂というのは、もと勤めをしていた女だけに、嫉妬もなみなみならず、いちどヒステリーを起こすと手がつけられない。

もっとも、それもむりではない。

人形とよばれるほどの男振り、度胸がよくて、気前がよくて、捕物にかけちゃ三国一、世間でチヤホヤすれば、当人だってまんざらではない。

ちょいちょい、女と変な噂を立てられるところから、亭主に惚れぬいている女房としては、気が気でないのもむりはなかった。

「ばか、辰や豆六がなにをぬかしたか知らねえが、あいつらのいうことを、いちいち真にうけるやつがあるもんか。水茶屋の女がどうした」

「あれ、まだあのように白ばっくれて、それじゃおまえさん、この手紙はどうしたンだえ」

いきなりお粂が突きつけたのは、水茎の跡もなまめかしい女の手紙、佐七はギクリと、

「あ、そ、それをおまえがどうして……」

「どうしようとあたしの勝手さ。これでもまだ嘘だとおいいかえ。よもやよもやと思っていたが、いやらしいこの手紙、佐七さままいる銀杏茶屋のお亀より、……あたしゃくやしいッ」

ビリビリと手紙を破りすてたお粂が、いきなりすっくと立ちあがったから、驚いたのは亭主の佐七だ。

「お粂、血相かえてどこへ行くんだ」

「どこへいくって知れてますよ。きょうというきょうは、あたしも腹にすえかねたから、音羽の親分のところへいって、ようく話をつけて貰います」

音羽の親分、このしろ吉兵衛というのは、佐七にとっては後見役、親代わりの大恩人だ。

「ま、まあ、待ちねえ。きょうのところはおいらが悪い。あやまる、あやまるから勘弁してくれ」

捕物の名人も、こうなっちゃだらしがない。

「いいえ、いやです、いやです。おまえさんのあやまるにゃ聞きあいたよ」

「お粂、それじゃてめえ、おいらがこれだけいっても、承知できねえというのかい」

「あい、できませんよ」

「べら棒め、できなきゃ勝手にしやがれ」

「ええ、しますとも」

売りことばに買いことばというやつである。焼きも焼いたり、真っ黒焦げに焼きたてたお粂が、血相かえて飛び出したあとへ、のこのこと二階からおりてきたのは、おなじみの巾着の辰とうらなりの豆六だ。

「へっへっへッ、親分、お楽しみで」

「この野郎」

「おっと危ない。親分、そら、おかど違いだッしゃろ」

「なにがおかど違いなもんか。てめえたちがよけいなことを喋舌りやアがるから、こんな騒ぎが持ちあがるんだ」

「そやかて親分、姐さんがあんまり気の毒ですもン。親分もすこし度がすぎまっせ。なあ、兄哥。わてらほんのはしくれだけしか、喋舌らへんのにあの騒ぎや。みんないうてしもたら、姐さん焦げ死んでしまいまっせ」

「ばかなことをいわずに、てめえたち、ちょっとあとを追っかけてくれ」

「あっしゃいやです。御用の筋なら骨惜しみはしねえが、夫婦喧嘩は犬も食わぬといいます。なあ、豆六、おまえいくかい」

「わてもご免こうむらして貰いまっさ。親分、あんたいかはったらどうやねン」

辰と豆六、このときとばかりいい気になってうそぶいている。

「おい、辰に豆六、そんなこといわねえで、おいらが頼む。まっすぐに音羽へいきゃいいが、胸のせめえ女のことだ。途中で間違いがあっちゃならねえ。ひとつ頼むから助けてくれ」

「それじゃ、親分がお頼みなさるんで」

「おお、頼む」

「手をついて?」

「あっ、いやな野郎だ。足下をみやアがる。仕方がねえ、手をつこう。これでいいかえ」

さすがの佐七も、正月そうそうさんざんだ。女房に取っちめられたり、乾分に手をついたり、よっぽどきょうは悪日にちがいない。

「はっはっは、ようがす、親分がおっしゃるならいって参りましょう。だがえ、親分、おまえさんもあれほど好きな姐さんがありながら、浮気の虫がおさまらぬとは、さて、因果なたちもあったもんだなあ」

「なにをいやアがる。いやな野郎だ」

「はっはっは、それじゃ豆六、いこうか」

口ではなんのかのといっても、そこはだいじな親分と姐さん、どちらに間違いがあってもならぬと辰と豆六は、尻端折ってとびだした。

抱きつく越後獅子
――渡されたのは一羽の折鶴――

こちらはお粂だ。

とつおいつ思案に暮れながら、水戸様のまえを通って、江戸川べりを大曲までくると、そこから水道端へ道をとって、やってきたのは牛の天神。

そこんところを左へ曲がろうとする出鼻、いきなりよろよろとむこうから、しがみついてきたものがある。

「あっ、なにをおしだえ」

はっと夢からさめたように、お粂は袖をはらったが、あいてはしっかり抱きついたまま離れない。

みればスッポリ頭から、獅子頭をかぶった越後獅子である。

越後獅子は三河万歳や鳥追いとともに、江戸の春のお景物。松の内に越後獅子にあうのは珍しくないが、それにしてもフラフラと、体の中心もとれないのは、おおかたどこかで、ふるまい酒にでもありついたのだろうとお粂は思った。なんといってもまだ正月八日、おそい年賀で顔を赤くして、フラフラ歩いている人間もまだいることはいる。

それにしてもこの越後獅子、お粂にむしゃぶりついたまま、離れないものだから、お粂は怒り心頭に発した。

「おふざけでないよ。お放し。放さないと声をたてるよ」

「おかみさん、――姐(ねえ)さん――お願いだ」

あいてはしっかりお粂の袖をとらえたまま、そういう声も尋常(ただごと)ではなかった。

「お願い？　頼みがあるなら離れておいい。いきなり抱きつくやつがあるもんかね」

「これを――これを渡して――」

「これを渡せ？　だれに渡せばいいのさ。ちょいとおまえさん、しっかりおし、いったいこれをだれに渡せばいいのさ」

「湯島の境内、――銀杏茶屋のお亀に――」

そこまでいうと越後獅子は、そのままくたくたと、土のうえに這いつくばった。

おどろいたのはお粂である。

たったいま、その女のことで、犬も喰わぬ夫婦喧嘩をしてきたばかりの銀杏茶屋のお亀、そのお亀になにを渡せというのだろうと、いま握らされたものに目をやると、なんとこれが、しわくちゃになった真っ赤な折鶴(おりづる)。

「おまえさん、これをお亀さんに渡すのかえ」

ぼんやり男を見下ろして、お粂はそこでまたはっと仰天した。

土のうえに牡丹(ぼたん)のような血がひとかたまり。

「あれ、おまえさん、ど、どうおしだえ」

お粂が男の背中を抱えたはずみに、がっくりと獅子頭がとれた。

その下から現われたのは、二十五、六の色白のいい男。みるとその唇のはしから、たらたらと血の糸が垂れて、はや越後獅子はこと切れていたから、これにはお粂も仰天して、

「あれえ、だれか来てえ！」

おもわず金切り声を張りあげたが、その声をききつけたのか、あたかもよし、おりから、天神の境内を突きぬけて、すたすたとこちらへやって来たのは、くわい頭に

十徳姿、ひとめで医者の代脈(だいみゃく)としれる若者だった。

「おかみさん、どうかしましたか」

「あ、たいへんでございます。このひとが……」

「なに、このひとが――、おお、血を吐いている。これはたいへん、どれどれ、わたしがひとつ診(み)てあげましょう」

たとい代脈でもそこは医者だった。

仔細らしく脈をとったり、口中を調べたり、肌の色をあらためたりしていたが、にわかにはっと顔色をかえると、

「おかみさん、こりゃたいへんだ。毒をのんでる」

「え、毒を?」

「そうです。ごらんなさい、ほら肌のうえに紫色の斑(ぶち)ができている。じぶんでのんだか他人にのまされたか、ともかく、ただの死にざまではありません」

「まあ、恐ろしい。あたしゃどうしよう」

「おまえさん、このひとのお識り合いかえ」

「いいえ、滅相もない。ここまでくるといきなりこのひとが、どんとぶつかって、――こんなこととしったら、もっと早く逃げるのだった」

「なににしてもこのまま、捨てておくわけにはいきませぬ。とにかく町役人にとどけましょう」

この若い代脈はすぐむこうの白壁町(しらかべちょう)にある、沢井玄徳(さわいげんとく)という医者の弟子で、玄骨(げんこつ)という妙な名前の男だった。

みたところ、としは二十六、七か、顔いちめんに面皰(にきび)のある醜男(ぶおとこ)だが、それでいて妙にべらべらとした着物を着て、おつに気取っているのがきざだった。

玄骨の届け出によって、すぐ町役人が駆けつけてきた。

取りあえず、死骸は自身番へかつぎ込まれる。

お粂と玄骨は係かり合いだから、ひととおりの取り調べはまぬがれられない。

「玄骨さん、この死骸をさいしょにみつけたのはおまえさんかえ」

「いいえ、わたしじゃありません、そこにいるおかみさんでございます」

「ああ、このひとかえ」

と、町役人はじろりとお粂の風体をみて、

「玄骨さん、おまえさんの診察(みたて)じゃ、この死骸はたしかに毒をのんでいるというんだね」

「はい、それはもう間違いございません」

「はっはっは、玄骨さんの診察じゃ怪しいもんだが――しかし、毒をのんでいるということにゃ間違いはなさそうだ。それにしてもこの越後獅子は、ちかごろ、ちょくちょくこのへんへ廻ってくる男だが、どうしてこんなことになったろう。おかみさん、この男は死にがけになにかいいやアしなかったかえ」

「いいえ、べつに……」

と、お条が口籠っているところへ、

「どうした、どうした、なにかあったのか」

と、野次馬を押しのけてぬっとばかりに自身番へ入ってきた男がある。

お条はその顔をみるとはっとばかりに手にしていた真っ赤な折鶴を、あわてて袂のなかにねじこんだ。

「ああ、これは鳥越の親分さん、よいところへおいでなさいました。どうやら人殺しらしゅうございます」

「なに、人殺しだと?」

ギロリと目を光らせたのは、いわずとしれた鳥越の茂平次。

茂平次は下谷から、浅草を根城にしている御用聞きだが、根が傍若無人の男だから、どこへでも勝手に羽根をのばすのである。

としは佐七と二十ちかくもちがっているが、色が黒くて大あばた、おびんずる様みたいにてらてらと、黒光りしているところから、人呼んで海坊主の茂平次、またの名をへのへの茂平次とも呼ぶ。

役目をかさに威張りちらすところから、ひとびとからげじげじのように忌み嫌われている。この捕物帳にはなくてはならぬ敵役だが、こういう男には乾分もつかぬか、いつもひとりでのさばっている。

茂平次はちょっと死体を改めて、

「おお、なるほどこれは一服盛られたらしい。そして最初にこれをみつけたのはだれだえ」

「はい、それはあたしでございます。親分さん、ご機嫌よろしゅう」

だしぬけに声をかけられた茂平次は、はっとお条の顔をみると、真っ黒な海坊主づらに、みるみる疑いぶかい色をうかべた。

「おや、だれかと思えばお玉が池のお条さん、おまえがまたどうしてここに……」

「べつにどうという仔細はありませんのさ。用があって通りかかったところ、ひょっこりこんな事件にぶつかったンです」

「ふっふっふ、そうじゃあるめえ。おい、お粂さん、かえったら佐七にいいねえ。手柄を誇るのもいいけれど、女房まで駆りだしての、事件あさりはみっともねえからよしねえとな」

「あら、親分のお疑いぶかいこと。それじゃ御用聞きの女房は、うっかり表も歩けませんね」

「なんだと?」

「ほっほっほ、まあせいぜいお働きなさいまし。さっきのことづけは、しかと佐七に申しつけますが、そのかわり親分、犬骨折って鷹の餌食にならぬように、ご用心なさいまし」

　お粂はくるりと背をむけると、音羽行きは忘れたように、家路をさしてまっしぐら、息せききってわが家へとび込んだ。

疑問のお亀兄妹(きょうだい)

――親分さん、今夜人が殺されます――


「おや、お粂、おまえ音羽へいったのじゃないのか」

「おまえさん、それどころじゃない、御用だよ」

「なに、御用だと?」

「あいな、それもおまえのかわいい人、お亀さんの身にかかわる一大事」

「なにをいやアがる」

　佐七は苦笑いをして、

「ひとが真(ま)にうけてりゃ、まだあんなことをいってやアがる。これお粂、やきもちを焼くならもっとはっきり焼きねえ。ネチネチするやつア大嫌いだ」

「あれ、おまえさん、ほんとのことだよ。あたしゃ海坊主に変なことをいわれて、くやしくてたまらない。おまえさん、きいておくれ」

　と、お粂の口から一伍一什(いちぶしじゅう)の話を聞いて、佐七もはじめて驚いた。

「ふむ、するとその越後獅子が死にがけに、この真っ赤な折鶴を、お亀に渡してくれといったンだな」

「あい、だからおまえさん、海坊主のやつが手を廻さないうちに、これからすぐに、お亀さんのところへいって聞いてごらんな。なにかきっとわかるにちがいないよ」

「まあ、よそう」

「あれ、なぜさ」

「おまえがまた、へんに気をまわすと厄介だもの」

「あれ、それとこれとは話がちがうよ。そのかわりおまえさん、あたしゃおまえに手柄をたてさせたいばっかりに、息せき切ってかえって来たんだから、おまえさんもお亀さんに会っても、けっしてへんな真似しちゃアいやですよ」

と、きゅっと佐七の太股をつねったから、

「あいたたた、なにをしやアがる」

と、佐七が思わず飛びあがったところへ、表に声あり。

「ようよう、おふたりさん、お睦まじゅう」

「なんだ、びっくりするじゃないか。辰、豆六、音羽へはいかなかったのか」

「行こうと思ったんですが、途中で姐さんが血相かえて、とんでくるのをみかけたもんですから、やれまたひと騒動かと」

「びくびくしながら、ようすをみにかえりましたンやけど、無事におさまってまずは目出度い」

「なにをいやアがる。ちょうどいい。辰、豆六、てめえたちもいっしょに来い」

「姐さん、いいんですかえ」

「仕方がない。そのかわり辰つぁんも豆さんも、親分がお亀さんにむかって、へんな目付きをしたら構うことはない、うんとつねっておやり。お亀さんというのは上方もんでお世辞がいいというから、あたしゃいっそ気が揉めるのさ」

「こいつはいい、それじゃ豆六、抜かるな」

「合点や」

と、辰と豆六、しきりに悦に入っている。

神田から湯島まではたいした距離ではない。

それから三人が遅まきながら、茶漬けをかきこんで、湯島の境内まできてみると、銀杏茶屋はがらあきだ。

隣の茶屋で聞いてみると、いま迎えのものがきて、お亀はなにやら顔色かえて、とんでかえったという話。

「それじゃ家のほうへ廻ってみよう」

「あれ、家をご存知だすかいな」

「大存じのこんこんちき、ときどきおかよいになりますとさ」

「なにをいやアがる。黙ってろ」

お亀のうちは切り通しの裏っ側、日当たりのわるい長屋のいちばん奥だった。

みると長屋の門(かど)ごとに、人がたって、なにやらひそひそとささやき交わしている。

はてなと三人がそのあいだを入っていくと、思いがけなくお亀の家より、ひょっこり出てきたのは海坊主の茂平次だった。

「ああ、こりゃ鳥越の兄哥」

「ふふん、やっぱり来たな。牝(めん)鶏すすめて牡(おん)鶏時を告ぐるとやら。だが、佐七、これゃおれが拾った事件だぜ。変なちょっかいを出すのはやめて貰おうか」

「兄哥、おれゃなにも……」

「おお、そうかい。いま聞きゃおまえちょくちょく、お亀のところへかようそうだの。ふん、岡っ引きが女に鼻毛をよまれてりゃ世話はねえ」

毒口を叩きながら、茂平次はこそこそと立ち去った。

それにしてもあの茂平次が、どうしてお亀のところへやってきたのだろうと、不審に思いながら格子をひらけば、

「あら、お玉が池の親分さん」

と、飛びたつように取りすがったお亀は、どうしたことか、目をまっかに泣きはらしている。

銀杏茶屋のお亀というのは、としは十七か十八か、まだ二十歳にはなるまい。

うまれは大阪とやら、去年の夏頃この江戸へくだってきて、湯島の水茶屋へでるようになったが、上方(かみがた)式の丸ぽちゃで、靨(えくぼ)のいたってかわいい娘、上方ことばもなめらかで、お世辞がいいところから、たちまちぱっと評判になって、このお亀がでるようになってから、湯島はにわかに、繁昌するようになったとさえいわれるくらいだ。

佐七とはべつに、お粂が妬くほど深い仲ではないが、さりとて、通りいっぺんの客と茶汲み女の仲でもない。どちらから誘うともなく、ときどき、ここの長火鉢のまえに坐って、酒くみかわすほどの仲だった。

「お亀さん、これはどうしたというンだえ。みれば表には人だかり。それにおまえ、目を泣きはらしているよう

だが、なにか変わったことでもあったのか。——あっ、痛っ、辰、なにをしゃアがる」

「へっへっへ。姐さんのおいいつけで」

　辰と豆六、首をすくめて笑っている。

「親分さん、兄さんが——」

「えっ、兄さんがどうしたというんだ」

「はい、その兄さんが毒をのまされて……」

と、お亀はわっと泣きくずれた。

　そのことばに、はっと顔見合わせた三人が、家のなかをみれば、上がり框に投げだしてあるのは、まがうかたなき越後獅子の獅子頭だ。

　しかも、奥の襖のかげからみえるのは、顔に白布をかぶせた、人の形である。気がつくと線香の匂い。

　佐七はつかつかとうえにあがると、白布をちょっとのけてみて、

「それじゃお亀さん、牛の天神のわきで殺されたというのは、おまえの兄さんかえ」

「はい、兄の弥七でございます。懐中にここのうちの書き付けを持っておりましたので、いま鳥越の親分さんが、連れてきてくだすったのでございます」

「ふうむ」

と、おもわず唸った人形佐七、じっと弥七の死に顔をみつめていたが、

「お亀さん、それじゃその兄さんからな、おれゃことづかったものがある。お亀さん、おまえこれに心当たりがあるかえ」

　佐七が袂からさぐりだした真っ赤な折鶴をみて、お亀はさあッと唇まで真っ白になった。

「おお、心当たりがあるんだな。なんでも通りがかりのものが弥七つぁんの死にがけに、これをおまえに渡してくれと、ことづかったそうだが、この折鶴にゃ、いったいどういう曰くがあるんだ」

「親分さん」

　お亀はにわかにガタガタとふるえだした。

「人殺しでございます。それは今夜、だれか殺されるという印でございます。ああ、恐ろしい」

「なに？　人殺しがある？　してして、だれが殺されるンだ」

「だれかは存じません。でも——いえいえ、もうなにも聞いてくださいますな。あたしゃこわい、恐ろしゅうご

ざいます」

お亀はわっと畳のうえに泣き伏すと、それきりなにを訊いても首を振るばかり。

あまり意外なお亀のことばに、佐七も啞然(あぜん)として二の句がつげない。

これでは、辰も豆六も、まさかお尻はつねれなかった。

忍び寄る代脈玄骨
——親分、お亀のことばが当たった——

その晩のことである。

佐七は辰も豆六もつれずただひとり、お粂にもないしょで、そっとお亀の家を見張っていた。

あれから佐七はお亀をなだめたりすかしたり、ことばをすっぱくして、折鶴の秘密を聞きだそうと試みたが、お亀はあいかわらず泣いて頭をふるばかり。つい口走った人殺しのことも、言を左右にして白状しようとはせぬ。

そこは惚れた弱身で、佐七もあまりつよい詮議はできかねる。

それに辰と豆六のてまえもあり、諦めて、いったんお亀の家を出たが、夜になってから、こっそりひとりで、ひきかえしてきた佐七なのである。

どうしても気にかかるのは、今夜人殺しがあるというお亀のことば。お亀はどうしてそんなことをしっているのか。

いや、それを知っていながら、お亀は手をつかねて人殺しの行なわれるのを、傍観しているつもりだろうか。いやいや、きっとなにかあるに違いないと、さてこそ佐七は宵からこうして、お亀の家を見張っているのだ。

佐七がここへやってきたのは、暮れの六つ半（七時）ごろのことである。冬のことだからあたりはもうまっ暗だったが、お亀の家ではさぞやお通夜で、混雑しているだろうと思ってやってきたのに、案に相違して家のなかは森閑として、お亀の叩くらしい鉦の音ばかりが陰気である。

しかし、考えてみるとそれもむりではない。

ときどきこの家へやってきて、長火鉢のまえへ坐っていた佐七ですら、お亀に兄があるということは、きょうがきょうまで知らなかった。お亀はいつも口癖のようにいっていた。この広い世間に親もなければ兄妹もない、あわれはかない身でございますゆえ、親分さん、なにかと相談にのってくださいと……。

佐七はそれを真にうけて、つい鼻の下をながくしていたのである。もちろんなにかその裏に、あるらしいことは感じていたが……。

佐七でさえその調子だから、長屋の衆もすっかり騙されていた。じじつお亀は通いのばあやと、ふたりきりの暮らしで、ときおり佐七みたいな客がきて、酒を飲んでいくことはあっても、泊まっていくようなことはいちどもなく、お亀さんは稼業ににあわず堅い女だと、近所でも褒めものになっているところへ、思いがけなく兄と称する男が、こともあろうに毒害死体となって運びこまれてきたのだから、長屋の衆も気味悪がって、よりつかぬのもむりはない。

佐七はお亀の打つらしい、鉦の音をききながら、とつおいつ思案にくれていた。正面切って訪ねていって、慰めかたがた探りをいれようか、それともここでようすを見ていようかと、思い惑うているうちに、五つ半（九時）を過ぎたころである。

お亀のうちの格子がひらいてだれか出てきた。通いのばあやらしい。ばあやがかえっていくと、あとはお亀がひとりだけ。兄の亡骸をまえにおいて、なんぼうか心細いことであろう。思いきって訪ねてやろうと、佐七がものかげから身をのりだしかけたときである。

ことことこととどぶ板をならしてこっそりと、この露地のおくへ忍んできた男がある。

そのタイミングからいって、通いのばあやがかえっていくのを、待っていたのではないかと思われたので、佐七ははっとものかげに身をかくして、しばらくようすをうかがっていると、男はあたりを見まわしながら、はたしてお亀の家のまえに立ち、ほとほとと格子を叩いている。

「お亀さん、お亀さん、わたしだよ。ここを開けておくれな」

低声で呼ぶと家のなかから、お亀の声で、

「玄骨さんかえ」

「あい、その玄骨だよ。ばあやはもうかえったンだろう。はやくここを開けておくれな」

「はい、いま開けますから、ちょっと待っててくださいな」

驚いたのは佐七である。

玄骨という珍しい名前から察すると、忍び男というのは、どうやらきょうお条が、牛の天神で出会ったという、医者の代脈らしい。

しかし、その代脈がどうしてお亀を知っているのか。いやいや、なんだっていまごろお亀の家へ忍んできたのだろうと、いささかやきもちもてつだって、佐七がピッタリ格子に耳をつけていると、どうやらなかでは酒盛りがはじまったらしい。

やにさがった玄骨の、いやらしい濁み声にまじって聞こえるのは、甘い、とろけるようなお亀の鼻声……。さあ、佐七はいよいよおさまらない。

今夜この家には仏が眠っているはずである。さっきから線香の匂いが鼻をついている。

その仏をまえにおいて、いったいこれはなんたることだ。さっきから途切れ途切れに聞こえてくる、ふたりのことばを総合するに、今夜の玄骨の訪問は、お亀のほうから手紙かなんかで、呼び出しをかけたらしい。

その手紙にどんなことが書いてあったかしらないが、玄骨はてっきり今夜この場で、お亀をものにするつもりらしく、酒がまわるにつれて、しきりにお亀に挑んでいる。それをまた、お亀がたいして嫌がるふうもなく、なんとかかんとかあやしているところをみると、お亀もその気でいるのではないかと、佐七は業が煮えてたまらない。

ひとつ踏みこんで、思いっきり恥をかかしてやろうか、いや、待て、しばし、これにはなにか仔細があるのではないか、ここが辛抱のしどころと、胸をさすってようすをうかがっていると、やがてお亀の声で、

「あら、玄骨さん、おまえさんどうしたのよう。そんなところで居眠りをして……だらしがないねえ。眠いなら横になりゃいいじゃアないか。ちょいと、玄骨さん、玄骨さんたら玄骨さん……ああ、とうとう眠ってしまったようだ」

寝息をうかがっているのか、家のなかはしばらく水をうったような静けさ。

佐七がなおも息をころしてうかがっていると、さらさらと衣摺れの音、お亀が着更えをしているらしい。と、思っているうちに、だれかがこちらへ出てくるようす。

佐七がはっとばかりに、もとの物蔭へ身をかくして、ようすをうかがっているともしらず、そっと格子をひらいて、出てきたのはお亀である。

みるとお高祖(こそ)頭巾に面(おもて)をつつみ、そわそわあたりを見廻しながら、うしろ手に格子をしめると、そのまますたすたと、急ぎあしに歩きだしたから、佐七は大いに驚いた。この夜更けに、しかも男を放ったらかして、いったいどこへいくのだろう。

なににしても怪しい素振り、よしよし、それならこっちも覚悟がある。あくまであとをつけてやろうと、おりからのおぼろの闇をさいわいに、佐七があとをつけてくるとは、神ならぬ身のしらぬが仏。

お亀は切通しから、加賀様のお屋敷わきを通りぬけて、春日町(かすがちょう)から富坂(とみざか)、伝通院(でんつういん)のまえをだらだらくだって、やって来たのは水道端、牛の天神のほとりまでくると、ふいにその姿がみえなくなったから、佐七ははっとしてその場へ駆けつけた。

うろうろとそのへんを探してみたが、お亀の姿はどこにもみえない。

「お亀さん、お亀さん」

低声(こごえ)で呼んでみたが、むろん返事はなく、聞こえるのはざわざわと、牛の天神の森をゆすぶる風の音ばかり。

「チョッ、惜しいことをした。せっかくここまでつけてきながら、見失うとはなんてえざまだ」

それにしても、いよいよ怪しいのはお亀の挙動だ。

牛の天神といえば、きょうお亀の兄の弥七が殺された場所である。そうするとお亀はなにか、弥七殺しの下手人に心当たりがあるのだろうか。そしてその下手人が、このあたりに住んでいるのだろうか。

なおもうひとつおかしいのはあの玄骨である。

玄骨もたしかこの近所に住んでいるはずだが、残念なことに、その住み家を佐七は聞きもらしていた。

ひとつだれかを叩きおこして、玄骨の師匠沢井玄徳というのをきいてみようかと思ったが、なにをいうにも真夜中のことである。

「ええ、なにからなにまで、勝手の悪いことだらけだ」

佐七は中っ腹になって、なおしばらく、そのへんをうろついていたが、お亀の姿はそれきりみえない。

仕方がないからもういちど切り通しへとってかえそうかと思ったが、そこでぬくぬく寝ている、玄骨の面(づら)

をかんがえると、なんとなく胸糞が悪くなって、

「チョッ、仕方がねえ。今夜はこれで諦めてかえろう。万事は夜があけてからのことだ」

と、重い足をひきずって、その晩はともかくお玉が池へひきあげたが、さて、その翌朝(よくあさ)のことである。

「親分、たいへんだ、たいへんだ。お亀のことばが当たった！」

「なに？ お亀のことばが当たったと？」

「へえ、さいだす、さいだす、お亀がきのういうたとおり、ゆンべ人殺しがおましたそうやな」

「しかもところは牛の天神のすぐちかく、白壁町に住んでいる、医者の沢井玄徳と、妾のお夏というのがゆうべのうちに、何者かに斬り殺されたという話です」

朝湯がえりの辰と豆六が、血相かえての注進に、佐七はぎょっと寝床のうえに起きなおったのである。

浪人初瀬九十郎
——おさまらないのは佐七の胸——

さて、沢井玄徳と妾のお夏殺し一件というのはこうである。

玄徳の弟子の玄骨がゆうべ九つ半頃（一時）、ふらりと白壁町の家へかえってくると、雨戸がいちまいこじあけてある。

おやと思ってなかへ入ってみると、さあ、たいへん、座敷のなかは唐紅、枕をならべて寝ていた玄徳と、妾のお夏がむざんに斬り殺されている。

「ひえッ！」

と、腰を抜かさんばかりにおどろいた玄骨は、そのまま表へとび出すと、

「人殺しイ、だれかきてえ」

と、金切り声をふりあげたから、たちまち近所は大騒ぎになった。

殺された玄徳というのは年のころは五十五、六、あぶらぎった大男で、診察(みたて)は上手だという噂だが、なにせ評判の強慾親爺、ないしょで金貸しもしているというくら

いだから、強盗（ものとり）か遺恨か、どちらにしても、とばっちりをくったお夏がかわいそうだと、近所のひとは噂をした。お夏というのは二十七、八の年増ざかり、去年この家へ女中に住みこんだのだが、縹緻（きりょう）がいいものだから、いつか独身者（ひとりもの）の玄徳が手をだして、そのまま、ずるずるべったり妾にしてしまった。

しかし、根が強慾非道な玄徳のことだから、そういう破目になっても、めったに小遣いなどやらぬらしく、お夏はいつもひどい服装（みなり）をしていた。

だから近所では、よくあれで、お夏が辛抱していると噂をしたものである。

「ご免くださいまし、またとんだことができましたそうで」

と、佐七が辰と豆六をひきつれて、白壁町の玄徳のところへやってきたのは、いまにも雨か雪がこぼれ落ちそうな昼前のことだった。

「おお、佐七か、よくきたな。また厄介なことが持ちあがったぞ」

と、奥から顔をだしたのはおなじみの八丁堀の与力、神崎甚五郎である。

海坊主の茂平次もいそがしく、家のなかを駆けずり廻っていたが、佐七の顔をみるとにやりと、薄気味のわるい微笑をうかべた。さすがに甚五郎のまえでは、いがみあうわけにもいかぬ。

「おや、旦那、おはやいお着きでございます。して、傷のようすは」

「貴様、じぶんで調べてみろ」

「はい」

と、佐七がおくへとおると、ふたつならんだ死体の枕もとに、黙然（もくねん）として蒼い顔をならべているのは例の代脈玄骨と、飯焚きともみえる老婆。

それからもうひとり、四十がらみの月代（さかやき）ののびた浪人が、悄然としてひかえている。

みるとこの浪人は目が悪いらしく、紅絹（もみ）のきれで、しじゅう目をふいているのが、このさい妙にあわれを誘うばかりか、羊羹色（ようかんいろ）の紋付きに不精髭（ぶしょうひげ）、どこか影のうすい人物だった。

「旦那、このご浪人は？」

「おお、拙者のことでございますか」

と、浪人は不自由な目を、ぼんやりと佐七のほうへむ

けて、

「拙者は殺されたお夏の兄、初瀬九十郎と申します。みらるるとおり尾羽打ち枯らして、伝通院の裏店にわび住まいをいたしおりまする」

九十郎がさびしげな微笑をうかべて、語ったところによるとこうである。

かれはもと西国の大藩に仕えていた武士だが、ふとしたことから禄をはなれ、それからのちは妹とふたり、京大阪を放浪したあげく、去年江戸へでてきたのであるという。

九十郎は易の心得があるので、江戸へでてきた当座、伝通院でひとの運勢を占っていたが、つもる苦労で眼病を患い、しだいに物のあやめもみわけがつかなくなったので、易者をつづけるわけにもいかなくなった。

ながい浪々の生活で、金目のものは売りつくしていたから、こうなると、たちまち兄妹はその日の糊口に差しつかえた。そこでやむなく妹のお夏を、玄徳のもとへ奉公にだしたのだが……。

「あれもかわいそうなやつでござる。あの年になるまでさだまる良人も持たず、玄徳どののおもちゃにされたあげく、このようなむざんな最期。なにとぞ拙者の心中、お察しくだされい」

九十郎が男泣きに泣いたのもむりはない。

お夏は小遣いも貰えぬくらいだから、さぞや九十郎への仕送りも、思うにまかせなかったことだろう。あげくのはてには、玄徳のとばっちりをうけて殺されたのだとすれば、これほど埋まらない話はなかった。

「いや、お気の毒でございます。しかし、いまにお妹さんの敵もしれましょう」

佐七はふたつの死体をあらためたが、べつに変わったところもない。ふたりともただひと突きに、突き殺されているのである。おおかた寝入りばなをおそわれて、抵抗する暇もなかったのだろう。

「そして、なにかなくなったものがありますかえ」

「ふむ、そこにいる玄骨の話によると、玄徳はいつも、金唐革の手文庫に、大まいの金子をおさめて、枕もとにおいて寝たそうだが、それが見当たらぬようだ」

「してみると強盗ですかねえ。しかしゆうべこの家には、玄徳とお夏さんのほかにゃア、だれもいなかったンですかえ」

佐七はわざと空とぼけた。

玄骨がなんと返事をするかと思ったのだが、すると、そのとき、横合いから海坊主の茂平次がにやにやと、薄気味悪いつらを突きだした。

「その返事は、おいらがしよう。飯焚きのおさんはきのうの朝からひと晩泊まりで、本所の姪のところへ行っていたンだが、それにひきかえ玄骨は、おもしろいところへいっていたというぜ」

「はて、おもしろいところとは？」

佐七はあくまで空とぼけるつもりだ。

「おまえも会やアしなかったかえ。うっふっふ、銀杏茶屋のお亀のところでよ」

「はい、お亀のいえで九つ（十二時）過ぎまで、ぐっすり眠っておりました。そしてかえってきてこの騒ぎを、みつけたのでございます。お疑いならどうぞお亀に、おたずねくださいまし」

お亀、お亀と心安そうにいうこの代脈の面皰面を、佐七はそのとき、はりたおしてやりたいと思ったことである。

松に吊した折鶴

――あっ、風をくらって逃げやがった――


それにしても怪しいのはお亀だ。

人殺しの予言といい、昨夜こっそり玄骨を盛りつぶして、この近所へ忍んできたことといい、お亀こそ、この事件の中心人物にちがいない。

昨夜、ふがいなくも牛の天神の近所で、ふっとお亀の姿を見うしなったが、あのときお亀はこの家へしのびこんで……と、そう考えると佐七は世の中が味気なくなる。

それにしてもおかしいのは、玄骨のことばである。少しもお亀を疑うような、口ぶりがうかがわれないところをみると、お亀が抜けだしたのを知らぬはもちろん、目がさめたときには、お亀はちゃんとかえっていたとみえる。

よしよし、いまにお亀をつかまえて、なにもかも泥を吐かせてやらにゃならぬと、佐七がやきもきする思いで、縁側に立っているところへ、にやにやしながら、近付いてきたのは海坊主の茂平次だ。

「佐七、なにかあたりがついたかえ」

「兄哥、こんどばかりは兜をぬいだ。おれにゃさっぱり見当もつかねえ」

「おやおや、人形佐七ともあろうものが、ああ、これだから、女に鼻毛をよまれたくはねえもンだなあ」

「なに？　それじゃ兄哥は、お亀がなにかこの一件と、係かり合いがあるというのかえ」

「うっふっふ、どうだろうなあ、しかしまあ考えてもみねえ。ここへ押し入ったやつは、ゆうべにかぎってこの家に、玄徳とお夏がふたりっきりだということを知っていたんだ。それを知っていたなあだれとだれだえ。おさんと玄骨よ。おさんはあんな婆あだからべつとして、さて玄骨だ。あいつはお亀のところへいって、そいつを喋舌ったにちがいねえ。そこでお亀が玄骨を盛りつぶして、そのまにこっそり抜けだして、――いや、待てよ。あんな荒療治は女ひとりにゃむりだから、玄骨も共謀かもしれねえ。そうだ、ふたりは馴れ合いだ。玄骨のやつがお亀のところで、寝ていたというなあまっかなうそで、じぶんでこっそり引きかえし、玄徳とお夏を殺っつけたンだ」

茂平次にしてはなかなかうがった考えだった。

佐七は少々気味悪くなってきたが、さあらぬ体で、

「しかし、それじゃきのう毒をのまされた、お亀の兄の弥七というのはどうしたンだえ。ありゃこの一件と係かり合いはねえのかい」

「むろん、おおあり名古屋よ。なあ、佐七、芸者の兄に坊主の姪というやつほど、当てにならねえものはねえ。弥七はお亀の兄じゃなくて亭主よ。お亀はああみえても淫奔者だから、その亭主が鼻について玄骨に乗りかえたんだ。こうなるとじゃまになるのは亭主の弥七だ。そこで玄骨がお手のものの薬で一服盛ってころりよ。どうだ、佐七、とんだ照魔鏡だろう」

これには佐七も内心の、おかしさをかくすわけにはいかなかった。

殺された弥七というのは、役者のように色白のいい男だった。茂平次のことばがほんとうで、弥七がお亀の亭主だとしたら、なにを好んで玄骨の面皰面に乗りかえよう。

佐七がおもわずにやにやすると、茂平次は目にかど立てて、

「やいやい、佐七、なにがおかしい。おいらのことばが

問違っているとでもいうのか。よし、それじゃひとつ、いいことを聞かせてやろうよ」

と、茂平次は反身になり、

「きのう、牛の天神で血を吐いて死んだ弥七だがな、その弥七がそれより少しまえ、この家から出てくるのを見たものがあるンだ。どうだ、佐七、これでもおいらのいうことに、おかしいところがあるというのか」

佐七はおもわずはっとした。

得意になった茂平次が、べらべらとまくし立てたいまのことば。……そこにこそ、この事件の秘密があるのではあるまいか。

弥七が死ぬ少しまえに、この家から出てきたとすれば、一服盛られたのもこの家だったかもしれない。ここなら毒薬はお手のもの。

しかし、それは玄骨だったろうか。いやいや、ひょっとすると玄徳の手によって、薬をのまされたのではあるまいか。お亀はそれを知っていたから、ゆうべこっそり忍んできて、兄の敵を討ったのではあるまいか。

だが、そうなると、玄徳とお亀兄妹の関係だ。お亀とその兄が江戸へくだってきたのは、去年の夏ごろのことだという。玄徳とむかしからの識り合いでないことはたしかである。

ひょっとすると、弥七は玄徳に金でも借りていたのではあるまいか。そして、借金のいいわけにきたところを、玄徳が……しかし、それでは話があべこべである。

それにもましておかしいのは、弥七とお亀の兄妹だ。

佐七はついぞお亀の口から、弥七の名前をきいたことがない。そんな兄が江戸にいるとは、きのうまで夢にも知らなかった。切り通しの近所のものに聞いてみてもおなじである。

してみると、弥七お亀の兄妹は、たがいにあいての存在を、世間にかくしていたものらしいが、そうしてふたりはこの江戸で、いったいなにを企んでいたのであろうか。

敵さがし……？

しかし、佐七はすぐその考えを打ち消した。どう考えてもお亀は武家の出ではない。腹からの町人である。

町人だとて敵をもたぬこともあるまいが、それならそれで、なぜ正直に打ち明けて、じぶんの助けを乞わなかったのだろう。なぜ玄骨ごときを、味方に抱きこもうとしたのであろう。

玄骨のことを考えると、佐七は胸がムシャクシャするのは、岡っ引きとて人間である。これが嫉妬というものか。

「鳥越の兄哥、どちらにしてもここはこのくらいにしておいて、切り通しへいってみようじゃありませんか。お亀にゃお亀で、なにかいいぶんがあるかもしれませんぜ」

「佐七、てめえそんなうめえことといって、まさかおいらの手柄の横奪り(よこど)を……?」

根性のねじけた海坊主は、どこまで疑いぶかいかしれぬ。

「あっはっは、それゃありませんのさ。お亀が下手人なら、器用に兄哥にわたしますさあ。また玄骨が共謀(ぐる)ときまったら、いっしょにひっくくって、初春早々の手柄にしなせえ」

と、あとは町役人にまかせたふたりは、いったん玄徳の住居(すまい)を出たが、そのとたん佐七の足は、その場に釘着けになってしまった。

「おや、佐七、どうしたンだ。なにかみつかったのか」

「あ、兄哥、あれを見ねえ、あの門松(かどまつ)を……」

「な、なに、門松……?」

まだ松の内だから玄徳の住居の門口にも、門松が二本飾ってある。

「佐七、あの門松がどうしたというンだ」

「いえ、なにさ、あの門松の松の枝に、なにやらブラブラ、ぶらさがっているじゃないか」

「どれどれ」

と、茂平次もふりかえってみて、

「なんだ、あの折鶴のことか。佐七、あれがどうしたというンだ」

「なあに、門松の枝に真っ赤な折鶴とは、正月早々、とんだ風流だということさ。兄哥、それじゃひとつ、お亀のうちへいってみようよ」

と、にわかに機嫌をなおした佐七が、茂平次ともども切通しへいってみたが、お亀の家(うち)はもぬけの殻(から)、お亀は湯島の茶屋にもいなかった。

「しまった。風をくらって逃げやアがった。だが、佐七、これでいよいよ、お亀が下手人ときまったぜ」

と、あざわらうような茂平次のことばに、佐七はまたはっと眉根をくもらせたのである。

小夜嵐お茶の水
――お亀は谷底へまっさかさまに――

お亀の姿はそれから、二日たっても三日たってもあらわれない。

茂平次は地団駄ふんでくやしがった。そのはら癒せに、とうとう玄骨をひきあげたが、どういうものか、これはその日のうちにかえされた。

じつは佐七がそっと、神崎甚五郎に耳打ちをしたからで、こうして玄骨を泳がせておいて、ひそかにようすを、うかがってみようと思ったからである。

ところが案の定。事件があってから十日目の晩のこと、それまで神妙にとじこもっていた玄骨が、ソワソワと白壁町の家を抜けだしたから、

「親分、親分、野郎、どこかへ行きますぜ」

「叱ッ、黙ってろ。気付かれぬようにしろよ」

と、辰と豆六をひきつれた人形佐七、見えがくれに玄骨のあとをつけていく。

そうとは知らぬ代脈玄骨、十徳姿に頭巾をかぶって、ウソウソとあたりに気をくばりながら、足を急がせるようすはただごとではない。

それを尾行するこちらの三人、なにしろ稼業だからこういうことは手に入っている。

それにさいわいの曇り空、四つ（十時）もすぎて、真っ暗なのがなによりもありがたい。

玄骨は不安そうに、しきりに前後左右を気にしながら、水戸様のお屋敷のよこから、濠端へでると、そこを左へとって、すたすたと足を急がせる。

やがて左手にみえだしたのが湯島の聖堂、その右手には、お茶の水の断崖がきりたてたようにそそり立っている。みるとその崖のうえには、おびただしく材木が積んである。目下聖堂に普請がおこなわれているので、その材木がそのへんいったいに、大きな山をきずいているのである。

ここまでくると玄骨は、にわかにきょろきょろ、あたりを見廻していたが、やがて、つとひとつの材木の山のなかへわけてはいった。

「お亀さん、お亀さんはいるかえ」

小声でよぶ声に、あとからうかがいよった三人は、おもわず顔を見合わせた。

「あい、玄骨さんかえ」

と、そういう声はたしかにお亀だ。

「おお、約束どおりきてくれたか。それではお亀、少しもはよう」

「あれ、おまえなにをするのだえ」

「なにをするとはしれたこと、あの晩約束したとおり、ここで夫婦(めおと)の固めをするのさ」

「あれ、いやらしい。そこをお放し。だれがおまえにそんな約束を――」

「だれがとは馬鹿らしい。おまえがその口で、こういったではないか。今夜のことを見逃がしてくれたら、十八日の晩お茶の水の材木置き場であおう。そしてそのときこそはなんでもきくと、あれほどかたい約束をしたではないか」

玄骨は息をはずませている。

「なるほどそうはいったけれど、だれも夫婦になるとはいやアしない。おまえの女房になるなんて、考えてもあたしゃいやさ」

「げッ、お亀さん、そ、そりゃ本気かい」

「ええ、本気とも。いままでおまえと親しくしていたのも、ほんとをいえば、ちょっとあたしに心願の筋があってのこと。あたしゃおまえに女房になれといわれる筋はない」

「ええい、よくもいったな。ようし、おまえがその気ならわたしのほうにも考えがある。わたしゃおまえのためにいままで黙っていたが、こうなれば破れかぶれだ。あの晩のことをすっかり喋舌ってやる」

「あれ、あの晩のこととはえ？」

「しれたことさ。玄徳夫婦の殺された八日の晩のこと、わたしゃおまえに盛りつぶされ、つい、うとうととしていたが、九つ（十二時）頃にふと目をさますと、おまえの姿がみえなんだ。はてどうしたのであろうと思っていると、そこへ、こっそりかえってきたのはおまえ、はて、いったいいまじぶん、どこへいってきたのだろうと、寝たふりをしてみていると、おまえは血に染んだ手を土瓶(どびん)の湯で、こっそり洗っていたではないか」

ああ、これではもうお亀の罪は疑いもない。

辰と豆六はすぐにも跳び込みそうにせき込んだが、佐七がそれを抑えてなおも耳をすましていると、こんどはお亀の声で、

「なるほど、そんなことがあったかもしれぬが、それがどうして、玄徳さんとやらに、係かり合いがあるとおいいだえ」

「おや、図々しいとはおまえのことだね。あの晩わたしがいったとき、今夜うちには師匠夫婦がふたりきりかと、しつこくわたしにたずねたね。それからまた、わたしが目をさましたとき、このことかならず他言してくれるなと、泣くように頼んだのはなんのためだ。またすぐその晩から姿を消したというのも、身にうしろぐらい筋がある証拠。お亀、これほどわたしがいっても、おまえがしらをお切りなら、もっとたしかな証拠をみせよう」

「証拠とは——?」

「おまえ、この簪にみおぼえがあるかえ」

「あっ、それはわたしの——」

「そうだろう、お亀、これをどこで拾ったと思う。あの晩、おまえに別れて白壁町へかえったとき、むごたらしゅう殺された、おかみさんの枕もとに落ちていたのがこの簪。お亀、おまえこれでもいい開きがあるというのか」

お亀はいよいよ動きがとれぬか、いまはもう答えるすべもなく、たださめざめと泣くはかり、玄骨はにわかに声をやわらげ、

「お亀、なにも泣くことはない。わたしだってこんなむごいことはいいたくないのさ。おまえに惚れてかよいつめたこのわたしだ。それをおまえはいつも土壇場になってお茶を濁してしまう。さあ、わたしのいうこと聞いておくれ。そうしたら——」

「あれ、玄骨さん、そればっかりは堪忍して」

お亀が叫んだのとほとんど同時に、きこえてきたのはぎゃあッという異様な悲鳴。

佐七と辰と豆六がおもわず顔を見合わせたとき、にわかにドドドドと、はげしく材木を踏み鳴らす音。

「お亀、待てえ!」

そういう声は、たしかに海坊主の茂平次だ。

「あ、こらいかん。海坊主のやつが先き廻りさらしくさった」

豆六が叫んだせつな、さっと材木のなかから跳びだし

てきたお亀は、茂平次の十手の下をひらりと潜ると、あっというまもない、お茶の水の谷底へまっさかさまに――。

「しまった！」

手にのこったお亀の片袖を握りしめて、茂平次が地団駄ふんでいるのを尻目にかけて、佐七が材木のあいだへ入ってみると、あわれ、玄骨は胸にぐさりと懐剣を突ったてたまま、材木にもたれて立ち往生だった。

恐怖の折鶴呪文
――あれ、あれ、まっ赤な折鶴が――

「佐七、どうしたものだ、貴様らしくもない。こんどばかりは茂平次に兜をぬいだな」

それから数日ののちのことである。

八丁堀へ呼びだされた人形佐七は、神崎甚五郎からさんざん油をしぼられていた。

しかし、佐七はすましたもので、

「旦那、なんのことですえ」

「なんのこととは知れたこと、玄徳殺しだ」

「へえ、すると玄徳殺しの下手人がつかまりましたか」

と、佐七はあくまで空とぼけているから、神崎甚五郎も呆れたように、

「佐七、なにを申す。貴様もこのあいだ、材木のかげで、一伍一什の話を聞いていたというではないか。玄徳殺しはさておいても、玄骨殺しの罪だけは、なんといっても申し開きは立つまいよ」

「へへえ。するとお亀が白状しましたか」

「いや、なに、お亀は、さいわい崖の途中の木の枝にひっかかって、あやうく生命をとりとめたとはいうものの、なにを申すにもあの重態、いまのところ口もきけぬが、しかしいずれは白状いたすであろう。そうなれば、なんといっても、佐七、貴様の負けだぞ」

「そうですかねえ。いや、まあ、ようがす。たまには鳥越の兄哥にも花を持たせるもんです。旦那、お亀が口をきけるようになったら、またご挨拶にあがります」

と、その日はそのままかえっていったが、それから十日ほどたつと、神崎甚五郎のところへ佐七から使いがやってきた。

明日昼八つ半（三時）ごろ、伝通院わきの常磐花壇へお運びをねがいたい。玄徳殺しについて、重大なことをお耳に入れるつもりであるという、使いの口上である。常磐花壇というのは花屋ではない。当時江戸でも有名な料亭だった。

はてな、佐七のやつ、じぶんを伝通院わきの料理屋へ呼び出して、なにをやらかすつもりかと思ったが、なにせお亀があれいらい、気も狂乱のていたらくで、取り調べもいっこう進展せぬのに、困じはてていたおりから、神崎甚五郎もその気になって、その翌日常磐花壇へ出向いていった。

「これはこれは、旦那にはわざわざのお運び、佐七身にあまる仕合わせと存じまする」

と、佐七がもっともらしい顔で迎えいれたのは八畳と六畳のふた間つづきの奥の離れ座敷。見ると佐七ひとりで、辰や豆六の姿は見えなかった。

「佐七、拙者をこうして呼び出したからには、なにかしかとした土産があるのであろうな」

「あっはっは、旦那も慾がお深い。たまには仕事のことを忘れてご遊興……と、いったところで、信用なさるような旦那じゃありますまい。じつはここでちょっと旦那に、会っていただきたいひとがございましてね」

と、いっているところへ女中が障子の外へきて、

「初瀬九十郎さまというかたが、お玉が池の親分さんに、お目にかかりたいといって、おみえになっておりますが……」

「ああ、そう、それじゃすぐにもこちらへ、お通し申し上げてくンな。お目がご不自由だから疎略のないようにな」

「承知いたしました」

と、女中がひきさがったあとで甚五郎が、ふしぎそうに眉をひそめて、

「なに、初瀬九十郎がまいったとな。佐七、拙者に会ってもらいたい人物というのは……？」

「はい、初瀬さんのことでございますよ。なにしろ目の不自由なかたですから、旦那のほうからお運びねがったンです。旦那の口から妹殺しの下手人がわかったとききゃ、さぞお喜びのことだろうと思いましてね」

意味ありげな佐七のことばに、甚五郎がおもわず目を光らせているところへ、九十郎がオロオロと、不自由な

目で、手探りしながら入ってきた。

「おお、初瀬様、わざわざお運びねがって恐れいりました。じつはここに八丁堀から神崎甚五郎様が、お出ましになっていらっしゃいます」

「なに……？　八丁堀から神崎殿が……？」

九十郎は不自由な目を見張って、ハッとしたような顔色だった。甚五郎はまだ佐七の心をはかりかねているから、下手なことをいってはならぬと、ただ軽い咳払いである。

「いや、それというのも、お亀というのがようやく、口がきけるようになりましたそうで……」

「おお、すると、やっぱりお亀とやらが……？」

「へえ、なにもかもすっかり、喋舌ってしまいましたそうで」

「なに？　なにもかもすっかり喋舌ったと……？」

九十郎はなぜかはっと顔色をうごかした。

「おや、どうかなさいましたか。お亀がなにもかも喋ったと聞いて、きゅうにお顔の色がかわりましたが、初瀬さんはなにか、お亀に喋舌られると、つごうの悪いことでもおありなんで……」

「いや、なに、べつに……」

と、九十郎はなんとなく、尻こそばゆそうにもじもじしていたが、そのとき、天井から舞いおりてきたのは、なんとこれが、真っ赤な一羽の折鶴ではないか。

真っ赤な一羽の折鶴は、さながら生けるもののごとく、ヒラリヒラリと九十郎の顔のあたりを舞っている。

甚五郎はあっけにとられて、

「やあやあ、これゃ折鶴が……」

と、おもわず声を張りあげたが、その声音が真に迫っていたから、九十郎もギョッとしたように、

「な、なに、神崎殿、折鶴がどうかいたしましたか」

「おお、真っ赤な折鶴がおてまえの、頭のうえをヒラリヒラリと舞うているわ。やあ、やあ、やあ、またもや現われた真っ赤な折鶴……一羽、二羽、三羽、四羽、五羽……こはいかなこと、血にぬれたような真っ赤な折鶴が、六羽、七羽、八羽、九羽、十羽、……初瀬殿、おてまえの頭のうえを気が狂うたように、あれあれ、舞い狂うておりまするぞ」

甚五郎のことばに嘘はなかった。

天井からスルスルと舞いおりてきた真っ赤な折鶴が、

五羽、十羽、十五羽、二十羽としだいに数をましながら、初瀬九十郎の頭上や顔のまわりを、はじめは緩く廻転していたが、数をますにしたがって、しだいに廻転の速度をはやめ、はては気が狂ったように乱舞しながら、いっせいに九十郎めがけて攻撃を開始した。

　たかが折鶴の攻撃というなかれ、これが三十羽とまし、五十羽とふえ、いっせいに九十郎めがけて躍りかかっていくさまは、それがかえって折鶴だけに、一種妖異な無気味さである。しかも、この折鶴、嘴に針でもふくんでいるとみえて、九十郎の肌にはみるみるいちめんに、赤い斑点ができたかとおもうと、やがてポッツリ、南京玉のように血が吹きだした。

　さて、その間九十郎はどうしていたかというに、かれはさいしょ甚五郎の口から、

「あれあれ、真っ赤な折鶴が……」

　と、聞いた瞬間からはやもう顔色がかわり、逃げ腰になっていたが、それでもできるだけ、冷静に、事に処するつもりだったらしい。

　はじめのうちは折鶴の攻撃をあちらに避け、こちらに逃げ、

「こは迷惑な、いったいなにゆえこのような悪戯を、拙者にむかってしかけなさるぞ」

　と、いかにも盲いたるもののごとく、刀をもってウロウロしていたが、やがて折鶴が五十とふえ、百をかぞえ、身のまわりいったいを、飛び交うまっ赤な渦にとりかこまれ、しかも折鶴の口にふくんだ針につつきまわされ、満身創痍となるにおよんで、ついにたまりかねたのか、刀をズラリと抜きはなつと、

「おのれ、計ったな。こうなりゃやぶれかぶれだ。どいつもこいつも刀の錆びにしてくれるわ」

　と、両眼かっと押し開いたから、

「それゃこそにせ盲目だ。初瀬九十郎、御用だ！」

佐七の声とともに、ばらばらと躍りこんできたのは辰と豆六、折り重なってすばやく縄をかけていた。

　……と、いいたいのだが、この捕物、じつはそうとう骨が折れたのである。あいてはもう、こと破れたりとしってやけのやん八、ズラリと抜き身をふりかぶっているのだから、これをお繩にするには、そうとう紆余曲折があったと思っていただきたい。

「佐七、これゃどうしたものだ。このおびただしい折鶴

はなんの真似だ」

　ざんばら髪でお縄にかかった九十郎をまえにして、神崎甚五郎はあっけにとられた顔色である。

「あっはっは、この折鶴ですか。これは結城のあやつりですよ。結城の師匠の一座にたのんで天井裏から、折鶴乱舞の修羅場をちょっと、お目にかけたンでさあ。師匠、師匠、天井裏の師匠」

「あいよ、お玉が池の親分」

「ありがたく礼をいうぜ。おかげでうまくいったよ。いずれお奉行所からお沙汰があるだろうから、きょうはこれでお引き取りください」

「なにをこれしきのこと。御用があったらまた仰せつけくださいよ」

　天井裏を二、三人、ごそごそと這いまわる音を聞いて、甚五郎はいよいよ目を丸くしている。

「いや、どうも失礼いたしました。こうでもしなきゃこの野郎の、にせ盲目を暴露するのは、むつかしかろうと思ったもんですからね」

「佐七、するとこの男、目が不自由だといったはいつわりだったのか」

　神崎甚五郎はいまだに半信半疑の体である。

「へえ、大嘘のこんこんちき。目が見えぬなどといつわって、そのじつ、こいつこそ玄徳夫婦を殺した下手人でございますよ」

「しかし、佐七」

と、甚五郎はまだ不審の晴れやらぬ面持ちで、

「玄徳はともかく、お夏はげんざいの妹だというではないか。それをなにゆえ……？」

「旦那、それからして大嘘なのでございます。お夏を妹だなどといったはまっ赤な嘘、ほんとうはこいつの情婦でございます。その情婦を玄徳のところへ住みこませたのは、はなから玄徳の財産をねらっての仕事。しばらくようすを見ていたすえ、つごうのよい晩を見はからって、お夏がうちから九十郎の手引きをするンです。その合図というのが、ほら、あの門松にブラさげてあった真っ赤な折鶴。あれがこんや忍んでこいという合図の目印。九十郎はそれをみると忍びこんで、まんまと首尾よう玄徳を殺したばっかりか、刷毛ついでにお夏も殺してしまったンです」

「それゃまたなぜに？」

「いや、そこンところはこいつの口から聞かにゃなりませんが、妹にしろ情婦にしろ、お夏が殺されていたばっかりに、こいつは疑いからまぬがれたンですから、はなからこいつ、その気じゃなかったかと思うンです。おい、九十郎、てめえこの莨入れにおぼえがあるか」

だしぬけに突きつけられた、印伝革の莨入れをみると、九十郎ははっとばかりに顔色を動かした。

「ふふん、やっぱりてめえの莨入れだな。旦那、これは玄骨が殺された晩、お茶の水の材木置き場で拾ったンです。こいつもあの晩、玄骨のあとをつけ、お亀があそこにいることをしると、闇にまぎれて懐剣を投げつけたンです。なあに、狙いは玄骨じゃアなく、お亀ですが、闇にまぎれて狙いが狂い、つい玄骨を殺してしまったンです。どうだ、九十郎、恐れ入ったか。そればっかりじゃねえぜ。けさの飛脚で上方へ、問い合わせておいた返事が到着したが、それでてめえがお夏といっしょに、京大阪でかさねてきた悪事のかずかずも、掌をさすように分明した。おい、九十郎、まだこれでもシラを切る気か」

佐七にこうたたみかけられて、さすが凶悪無慙な初瀬九十郎も、ついに観念のまなこを閉じたのである。

凶悪無慙な九十郎

——空には鳶がピーヒョロヒョロ——


初瀬九十郎が京大阪で、かさねた悪事のかずかずというのはこうである。

九十郎とお夏のふたりは、こんどとおなじ手口で、さんざん京大阪を荒してきたのである。

小金のありそうな家へまずお夏を住み込ませる。単なる女中奉公のばあいもあったが、たいてい色仕掛けであいての主人をたらしこむ。こうして家内のようすをつぶさに見きわめ、金のありかを見定めたうえ、つごうのよい晩を見計らって、お夏が合図の目印で、九十郎をうちへ引きいれるのである。

その合図の目印には、折鶴のほかにてるてる坊主がつかわれた。夏場だとよく風鈴がもちいられたそうである。

この目印には色わけがしてあつて、緑の晩はうちへきてもよいが、まだ大事決行には早いという合図、つまりたんなる逢い曳きの印である。黄色の場合はぜったいに、うちへ近よるなという危険信号。そして、それが真っ赤な色にそめられた晩こそ、被害者にとっては命取りとなった。

弥七お亀の兄妹の父は、棒手振りから身を起こした古着屋で、小金もたくわえ、四つ橋のちかくにささやかながらも店をもち、いたって平穏無事に暮らしていたが、長年連れ添うてきた女房に、先き立たれたのがケチのつきはじめで、ついお夏の色香にひっかかってしまった。

そのころお夏はお筆と名のり、はじめは家の外で逢うていたのが、とうとう四つ橋の店へ妾としてのりこんできた。そのじぶん弥七は商売見習いとして、同業者のところへ奉公にあがっていたが、家にいるお亀は、わかい妾におぼれきった父の、情けない姿を目のあたり、見るにつけても泣きの涙で半年あまり。

すると、ある晩、強盗がしのび入り、父を殺し、金をうばって逃走した。お筆はそれからまもなく、暇をとってでていったが、お亀が気になってならなかったのは、父が殺された翌朝、裏の勝手口の軒下に、ブラ下がっていた真っ赤な折鶴。

お亀はなんとなく、それがお筆の手引きの合図のように思われてならなかった。そこで弥七お亀の兄妹は、お筆のあとをしたって江戸へくだってきたが、兄妹いっしょに暮らしていては、とかく世間の誤解も招きやすく、それではお亀の人気にもさわろうと、わざとべつべつに暮らしていたのである。

そのうちとうとう弥七が、お筆の居所をさぐりあてた。そこでひそかにその挙動に目をつけていたのである。

「そのお筆がお夏と名をかえ、玄徳さまのところへ住みこみました。しかも、ちょうどさいわいそのまえから、玄骨さんがあたしのところへ、ちょくちょく遊びにきておりましたので、いろいろようすを聞き出しておりました。あの日も兄さんは越後獅子に身をやつし、玄徳さまのお宅の付近を見張っていたのでございましょう」

そして、とうとうあの運命の折鶴が、門松にブラ下がっているのを見つけたので、それをひそかにむしり取り、かえろうとするところを、お夏に見付けられたのだろう。

ここでお夏がどういう口実で、弥七をうちへ引っ張りこんだか、またどういう手管で毒を盛ったか、そこらのところはふたりとも、仏になってしまったいまとなっては、突きとめるよすがもないが、弥七に毒を盛ったのが、お夏であることはまちがいあるまい。

「あたしとしてはなんとかして、玄徳さまにこのことを、お報らせしたいと思いましたが、なにをいうにもハッキリとした証拠のないこと。とつおいつ、思案をしているうちに夜になってしまいました。それでもあまり心配ゆえ、夜更けてこっそりようすを見にいったところ、玄徳さまばかりか、お筆まで殺されていて……」

ここが九十郎の奸智にたけたところで、お夏が助かっていればもっと早く、九十郎に疑いがかかっていたかもしれない。海坊主の茂平次がいかにぼんくらでも、九十郎をくさいと睨んだかもしれないのである。

ところがそのお夏も殺されていた。じつはお夏の殺されたことにこそ、この事件のいちばん重要な意味があったのである。女も二十七、八といえばトウが立っている。玄徳でさえお夏のからだをおもちゃにしながら、財布の紐はチャッカリ締めてゆるめなかった。だから九十郎もお夏の色香も、ここらが限度と見極わめをつけたのと、これを殺すことによって、疑いを他へそらせようという、一石二鳥を狙ったのだが、いったいどこまで凶悪なやつかわからなかった。

おかげで世間一般が、だまされたくらいだから、女のお亀が思い惑うて、佐七にハッキリ、打ち明けかねたのもむりはなかった。

佐七はお亀兄妹といい、初瀬九十郎兄妹といい、みんな京大阪に縁があるので、本筋は上方(かみがた)のほうにあるのではないかと、玄徳が殺されたその翌日、早飛脚をもって大阪へ、おなじような事件はなかったかと、訊ねてやったのであった。

お亀はそのごからだも本復して、さみしく故郷の大阪へかえっていった。

「それにしても、お亀という女もかわいそうな女だったな。おいらの手をかりて、親の敵をうとうと思っていたンだろうが、そういう手はずにいたらぬまえに、たったひとりの兄貴を殺され、ああして、ひとり淋しく上方へかえっていったが、さぞ心細いことだろう」

しんみりとした佐七のそういうことばを聞いても、お粂はもう嫉く気はなかった。

「ほんとにお気の毒でしたわね。そんなこととはつゆしらず、辰つぁんや豆六さんにけしかけられ、やきもち焼いたりして、あたしゃ恥かしくってならないよ」

「そうとも、そうとも、だからこんごは、せいぜい慎しみねえ」

佐七は大納まりにおさまって、にやにや顎をなでていたが、むこうのほうでは辰と豆六が首をすくめて、

「へっへっへっ」

と、くすぐったそうな笑い声。

曇りのち晴れ、きょうは日本晴れの上天気で、空にはピーヒョロ、ピーヒョロ、鳶(とんび)がのどかに輪をえがいている。

仮面の若殿

掏摸騒動

——股ぐらからブラブラ紺の財布が——

冬枯れの中の小春の柳哉(かな)

と、いうのは桃里(とうり)の句だが、きょうのようなお天気を、小春日和(びより)というのだろう。

ひところ江戸の町々を、かぐわしく匂わせていた菊の花も色あせて、朝な朝な、霜柱も目立つ十一月なかば。

きょうはめっぽうよいお天気で、歩いていても、背中がジーンと暖かくなるような、小春日和の暖かさを、からだいっぱい楽しみながら、人形佐七がやってきたのは柳原堤(やなぎわらどて)。

土堤のうえの柳並木も、まったく冬枯れのなかの小春の柳である。時刻はかれこれ午(ひる)ちかく。

「ああ、世のなかにはいい女もいるもンだなあ」

場所は柳原堤のはずれ。八辻ケ原(やつじはら)へさしかかろうとするところで、佐七はいましもまえをいく娘をみて、しみじみ、心のなかでそう呟いた。

娘というのは年のころ十七八、黄八丈の黒襟に、結綿(ゆいわた)の花簪(かんざし)もにおわしく、ふるいつきたいほどいい女だ。

「ああ、世のなかにゃ、しみじみ、いい女もいればいるもんだなあ」

根が女には目のない人形佐七である。

しかも、きょうはさいわい、口のうるさい辰や豆六もそばにはいない。

じつのところ、辰と豆六、ここのところご乱行で、無断外泊がつづいているが、ゆうべもどこへしけこんだのか、ふたり揃ってかえってこない。

きょうというきょうは帰ってきたら、うんと油をしぼってやろうと、お粂とふたりで、手ぐすねひいて、ふたりのかえってくるのを待っていたが、そのまえに、よんどころない所用があって、かくはめずらしくも、佐七ひとりの外出とあいなったしだい。

しかし、世のなか、なにがさいわいになるかしれたものではない。ふたりがいないから、お粂に告げ口される心配もないと、佐七はにやにや、ほくそえみながら、鼻の下をながくして、娘のあとをつけていったが、このとき、むこうからやってきたのが、二十五六のいい兄哥(あにい)。

どんと娘にぶっかって、そのまま五六歩いきかけたが、どうしたのか、にわかにきょときょと懐中(ふところ)をさぐると、

ぎくりとうしろをふりかえって、

「もしもし、姐さん、ちょっと待っておくれよ」

「はい、あの、待てとおっしゃるのは、わたしのことでございますか」

娘はおどおど立ち止まった。

「そうさ、おめえさんよ、姐さん、つまらねえ悪戯はよしにしようぜ。きれいな顔をして、おめえもずいぶん大胆な娘だな。いま、おいらの懐中から抜いた財布を、こっちへけえしてもらいてえ」

「あれ、ま、そのようなこと……」

娘はまっさおになったが、佐七もおどろいた。

はてな、するとあの娘は巾着切りかな。いい縹緻をしてこれだから、いまどきの娘はゆだんがならねえ。

跳びだそうか、いや、待て待て、もうすこしようすを見ていようと、はや、バラバラとむらがりよった野次馬の、うしろに立って見ていると、

「おい、おい、冗談じゃアねえぜ。おいらはいそいでいるンだ。財布さえけえしてもらやア文句はねえ。いま、おめえがどんとぶつかった拍子に、そのやわらかい手が、おいらの懐中へはいった。おやと思ってさぐってみると、お店からあずかってきた財布がねえ。なあ、姐さん、器用にけえしておくんなせえな」

「だって、だって、それはあんまりです。あんまりでございます。そのようないいがかりを……」

娘は羞恥と恐怖にあおくなったり、赤くなったり、穴あらばはいりたき風情だ。

「なに、いいがかりだと、こうこう、姐さん、おいらがおとなしくでりゃ、いい気になりゃアがって、いいがかりたアなんだ。こうなりゃアお立ち合いが証人だ。はだかにしてでも、財布をださせてみせるぞ」

落花狼藉とはまさにこのこと、すでにあわやというところへ、

「町人、しばらく待て」

と野次馬のなかから、ズイとまえへでたひとりの侍がある。

品のいい、年輩のご浪人だ。

「いまあれできいておれば、この娘ごがそなたの財布を、掏りとったともうすが、しかとさようか」

「へえへえ、それにちがいございませぬ。虫もころさぬ

顔をして、いや、もう、ふてえ阿魔だ」

「して、その財布とはどのような品だの」

「へえ、紺の財布に、ながい紐がついてますンで」

「なるほど、その財布を摸られたゆえ、これなる娘ごをはだかにするというのだな。したが、町人、もしこの娘ごが、そなたの財布を所持せぬときは、そのほう、いかがいたす所存じゃ」

「いえ、もう、そんなはずはございませぬ。こいつが抱いているにちがいねえンで。が、まあ、ようがす。旦那がそうおっしゃるなら、万一、娘が所持せぬときは、あっしの首を差し上げましょう」

「しかとさようか」

「お立ち合いが証人だ。二言はございませぬ」

「ふうむ、さようか」

ご浪人はにっと片頰に笑みをうかべると、

「しからばきくが、町人、そのほうの股ぐらに、ブラブラしているもの、そりゃなんだな」

「え、あっしの股ぐらに」

兄哥はなにげなく、おのれのまえに目をおとしたが、とたんにあっと叫んで、まっさおになった。

端折った着物の裾から南無三、財布がのぞいている。

「げっ、こ、これは……」

「粗忽者、約束により素っ首もろうぞ」

「わっ、ご、ご勘弁を……」

兄哥は両手で、首根っこをおさえると、雲を霞と一目散、いや、その逃げ足のはやいこと。

あと見おくって野次馬は大笑いだ。

娘もほっとしたように、ご浪人に礼をのべてかえっていく。

「ちょっ、そそっかしい野郎もあるもンだ。股ぐらへ財布が、ずりおちているのも気がつかず、とんだいいがかりをつけやアがる」

佐七もあまりのおかしさに、わらいを噛みころしながら、お玉が池のわが家へと立ちかえったが、さてはなしというのはこれからなのだ。

「いまかえったよ」

と、ガラリとおもての格子をひらくと、ゆうべどこかへしけこんでいた辰と豆六が、長火鉢のそばで、お粂をあいてに、なにやらおもしろそうなはなしの最中。

「おや、おかえンなさい」

「親分、おかえり」

「親分、おかえりやす」

辰と豆六は寸ののびた顔をしている。

佐七はわざと顔をしかめてみせて、

「なんだ、いやににぎやかだな。おおかたつまらねえ、のろけでも喋(しゃべ)ってやアがるンだろう。お粂もいいかげんにきいておかねえか、みっともねえ」

「いえさ、そんなはなしじゃありませんのさ。辰つぁんと豆さんがけさ、水天宮さまのそばで、おもしろい茶番を見てきたって、そのはなしなんですよ」

「親分、のろけじゃありませんや。女掏摸のはなしなんで。それがめっぽういい女だから、あっしもはなは、ドキドキしてましたが、けっきょくそれが、とんだ茶番で大笑いでさ」

「なんだ、女掏摸だと」

長火鉢のまえで、お粂のつめた煙管(きせる)を、スパスパ喫っていた佐七は、おもわずはてなと向きなおる。

「あ、あれや。これやさかい姐(あね)さんが気をもむのンもむりはおまへン、女のはなしだとすぐこれや」

「ばか野郎、女掏摸がどうしたんだってンだ」

「へっへっへ、いや、姐さんに叱られるかもしれねえが、親分にみせたかったね。ゾッとするほど、いい娘でさ。そいつが、どっかの兄哥とぶつかったと思いなせえ。そうすると兄哥め、掏摸だ掏摸だとばかな騒ぎで、その娘にむしゃぶりつきましてね。娘が財布を掏ったというンでさ。そしてあわや娘をはだかにというところへ、まっぴらごめんとあらわれたのがこのあっしでさ」

「兄哥、狡(こす)いよ、狡いよ、わてもいっしょやおまへンか」

「なあに、てめえなんか附け足しよ」

「あれ、あないなことというてる。それじゃ契約違反や。よっしゃ、ほんなら、ほんまのこと暴(ば)らしたろ」

「いいよ、いいよ、そうそう、親分、そのとき、豆六もたいそう威勢がよかったンで」

「そうだンがな。わていうたりましたンやで」

「豆六、なにをいうたったンだ」

「兄(あ)ンちゃん、あんた財布を掏られたちゅうが、いったいどないな財布やねン。へえ、紺の財布にながい紐がついてまンねン。ああ、さよか、そやけど、その財布をこの娘はんが持っておらなんだら、あんたはん、どないしやはりまンねン。冗談やおまへン。そのときには、わて首を差し上げまっさと、こないその兄ンちゃんがいいまッしゃろがな。そこで……」

「おい、おい、豆六、そのあとはおれにいわせろ。そこでねえ、親分、あいてが首を差し上げると、見得を切りゃアがったでしょう。そこであっしがわざとおだやかにね、しかとさようかと念を押すと、野郎、お立ち合いが証人だとぬかしゃアがった。ここにおいて、あっしはハタと睨みましたね」

「そして、わてがいうたったンです」

「はてな、辰が睨んで、おまえがいったのかい」

「そうですとも、兄哥はドングリ眼（まなこ）で、睨みがききまッさかい、睨むほうは兄哥にまかせておいて、いうほうをわてが引き受けたンです」

「そうそう、口はおめえのほうが達者だからな。で、なんというたったンだ」

「ええと、なんちゅうたかな。そやそや、こりゃこりゃ兄ンちゃん」

「なんだ、こりゃこりゃ兄ンちゃんていったのかい」

「へえ、わてもう、ええとこ見せたろ思て、浮かれてましたさかいにな」

「ふむ、ふむ、それで……？」

「こりゃこりゃ兄ンちゃん、あんさん、その股ぐらにブラブラしてるのン、そら、なんだンねン」

「いわれて、野郎、おどろきゃアがった」

「そそっかしいやつやおまへンか」

「股ぐらに財布のずりおちているのも、気がつかねえンでさ」

「おかげでわてはもう、やんややんやと見物にほめられるし」

「娘にゃゾッコン惚れられるし」

「ことしはなんて年まわりがいいんでしょう」

辰と豆六、掛け合い噺よろしく、ふたりともたかくもない鼻をひこつかせ、両人両様におさまりかえったから、佐七はあきれかえって、ふたりの顔を見まもっていたが、やがて、とんと煙管を叩くと、

「辰、豆六、おめえたちなかなかはなしがうまいが、それゃすこし筋がちがやアしねえか」

「と、おっしゃいますと……？」

「娘をたすけたのはおめえたちじゃアあるめえ。年輩の

ご浪人のはずだ」

「わっ、親分、あんさん、そ、それをどうして……？」

「あら、まあ、おまえさん、そんならいまの辰つぁんや、豆さんのはなしはみんなウソかえ」

「いや、まんざらウソでもねえンだが、こいつら朝帰りでテレくせえもんだから、ひとの手柄をわがことの自慢ばなしにでっちあげて、われわれを煙(けむ)にまこうとしゃアがったにちがいねえ。辰、豆六、与太もいいかげんにしろ。そして、その娘というのは、黄八丈の黒襟で、結棉に薬玉(くすだま)の花簪(はなかんざし)かなんかさしていたろう」

「そうそう、こいつは奇妙だ」

「親分、お手の筋」

「なにが奇妙でお手の筋だ。しかし、辰、豆六、おめえたちがその一件を見たのは、水天宮様のご近所だというンだな」

「へえ。しかし、それがなにか……？」

「時刻はいつごろだ」

「へえ、けさの五つ半（九時）頃でございます」

「はてな」

佐七はおもわず唸(うな)ってしまった。

河豚騒動
——血相変えて路地から飛びだし——

どうにもわけがわからないのである。

辰と豆六が朝帰りに、水天宮のそばでみたという三人と、佐七がはからずも柳原堤でみかけた三人と、たしかにおなじ三人にちがいないのだが、どんな理由で、かれらがそんな人騒がせをするのか、さすがの佐七にも見当がつかない。

念のために水天宮様のきんぺんと、柳原堤付近をしらべてみたが、べつに変わったこともないという。

掏摸騒ぎでひとを集めておいて、そのあいだに相掏摸が野次馬の懐中物を掏るとか、近所の空巣をねらうというのは、昼夜用心記にもある古い手だが、どうやらそれでもないらしい。

茶番にしては季節はずれだし、がんらい茶番というやつはさいごに種明かしをして、あっと見物の肚胆(どぎも)をぬいてよろこぶのが眼目だが、そういう趣向もないからおかしい。

佐七はなんだかいやな気持ちだったが、それから三日目、辰と豆六をつれて、上野の広小路（ひろこうじ）をあるいていると、豆六がふいに袖（そで）を引っぱった。

「あ、親分、ちょっと見なはれ、このあいだの娘がむこうからやってきよった」

「なに？　このあいだの娘」

と、みるとおどろいた。

柳原堤の娘が、むこうからスタスタとこっちへやってくる。

「辰、おまえの見たのもたしかにあの娘か」

「あっ、なあるほど、ちがいねえ。ああ、見れば見るほどいい女、どこで会ったってまちがえっこありませんやね、なあ、豆六」

と、いううちにこっちからやってきた兄哥が、どんと娘にぶつかった。

これもまた、たしかに柳原堤のあの兄哥、二三歩行きすぎてからくるりとふりかえると、

「もしもし姐さん、ちょっと待っておくれでないか」

と、呼びとめたからおどろいたのは辰と豆六。

「ちょっ、あん畜生、またはじめやアがった」

「叱（し）っ、いいから、てめえ黙ってろ、けっして途中で口出しをするンじゃねえぞ。知らぬ顔して、おわりまで見ているンだ。豆六もいいな」

「へえ」

なにくわぬ顔をして見物していると、それからあとは、このあいだとそっくりおなじだ。

兄哥が娘をはだかにしようとする。

このあいだの浪人があらわれる。

けっきょく財布は股ぐらにあって、兄哥は頭をかかえて逃げていく。

なにもしらぬ見物は大喜びだが、辰と豆六は狐につままれたような表情（かお）だった。

「親分、こりゃまア、どうしたンでしょうね」

「ふむ、どうもおかしい、あいつらまんざら、智恵のねえふうでもないに、いつもいつもおなじ筋書き、狂言をかえねえところが妙だ。辰、豆六、耳をかせ」

佐七がなにやらささやくと、辰と豆六はうなずいて、

「おっと合点。するとあっしゃあの浪人を……」

「わてはあの兄ンちゃんを、つけていきまンねンやな」

「そうだ、どこまでも見失うな」

「そして親分は……？」

「おれはあの娘をつけていく」

「そんなン、狡い、狡い」

「親分、豆六のいうとおりだ。こいつは役どころを変えたほうが、いいンじゃありませんか。あんなきれいな娘をつけると、あとでまた、姐さんがやかましゅうござんすぜ」

「ほんまや、ほんまや」

「ばか野郎、冗談いわずにはやくいきねえ」

「おっと、泣く子と」

「親分には勝てまへン」

首をすくめた辰と豆六、みえがくれに、浪人と兄ンちゃんのあとをつけていくのを見送って、こちらは人形佐七も、奇怪な娘のあとをつけはじめる。

娘はそんなことと知るやしらずや、袖かきあわせてスタスタと、広小路から不忍池、さらにそこから根岸へとみちをとったが、なにを思ったのか、そこからふたたび引き返すと、山下から黒門町、よくまあ、娘のくせに足がつづくもんだとあきれるほど、さんざん、ほうぼうを引っぱりまわしたあげく、やってきたのは浜町の裏通り、かどにいかり床という髪結床があって、そのよこが袋小路、娘はズイとなかへはいると、いちばん奥のうちへ消えた。

「はてな、すると、あのうちがそうかな」

佐七が見送っていると、いかり床のなかから、

「親分、親分」

と、呼びながら飛びだしてきたのはおどろいた、なんと巾着の辰ではないか。

「おや、辰、てめえどうしてここへ」

「叱っ、歩きながら話しましょう。おお、おどろいた。いまそこで顔をあたっていると、ちらとあの娘の顔が鏡にうつったじゃありませんか。あっしゃびっくりして、もう少しで顔をきるところでさ」

「なんだって、また御用の途中、ろくでもねえつらア磨いてやがるンだ」

あんまりおどろかされたもンだから、佐七は業腹でたまらない。

おもわずことばを強くすると、辰はぷっとふくれあがって、

「あれ、いやンなっちゃうな。あっしが柄にもなく、ぉめかしをしていたのも御用なればこそ。親分、あの浪人

も、あそこの横町にいるんですせ」

「なんだ。それじゃやっぱりあの奥のうち」

「そうでさ。だからあっしゃ顔を剃りながら、いろいろ、亭主にきいていたんでさ」

「あ、そうか。てめえにしちゃ上出来だ。で、なにか聞き込みがあったかい」

「へえ、なんでもあの浪人というのは、梁川甚兵衛といって、もと、どこかのお旗本の御用人だったそうですが、ちかごろおいとまになって、あそこへ引っ越してきたんだそうで」

「ひとり住まいか」

「そうなんで。もっともさっきの兄哥ですがね、ありゃア源助といって、これまた、どっかの折助をしていたというはなしですが、こいつが、三日にあげず泊まりにくるというはなしです」

「そして、あの娘はなにものだえ」

「あれゃア甚兵衛の姪だそうですが、どこかお屋敷奉公をしてるってえはなしです」

「だが、辰、ありゃお屋敷ふうじゃねえぜ」

「それでさ。あっしもそこを突っ込んだンですが、いつも、くるときゃ竪矢の字だそうです。しかし、お屋敷ふうは窮屈だてンで、くるとああして、下町ふうにつくるんだというはなしです」

「そんなにたびたびやってくるのか、よほど気楽なお屋敷とみえるなあ」

　はなしのうちに町内を、ひとまわりしたふたりが、ふたたび、もとのいかり床のまえまでくると、そこに豆六が立っていて、なにやらしきりに路地のおくをのぞいている。その背中を、辰がポンとかるく叩くと豆六は、

「ひえッ！」

と、悲鳴をあげてとびあがったが、

「なんや、兄哥だっか。びっくりさすやないか。あれッ、親分も」

「豆六、それじゃさっきの兄ンちゃんも、この路地のおくかえ」

「さよさよ。ああ、さよか、ほんなら、親分、兄哥、さっきの娘や浪人も……？」

　三人は思わず顔を見合わせた。

　こうして三人ひとつところへ落ち合ったところをみると、さっきの一幕はいよいよ、馴れ合いの茶番とき

まったが、さて、いったいかれらは、なにを企んでいるのであろうか。

そこに犯罪が行なわれているのなら、うむをもいわさず、踏みこんで、ひっとらえるという手もある。しかし、いままでかれらが知っている、三度の茶番で三度とも、怪しいことが演じられたというふしもない。あの騒ぎのあいだに、だれかが摸られたという訴えもなく、ご近所に空巣がはいったというはなしもない。

いったい、なんのために昼日中、大道のなかで飽きもせず、あんな馬鹿なことをやっているのか、それがわからない以上、うっかり踏みこむわけにもいかない。うっかり早まっては、ひっこみのつかぬ破目にならぬともかぎらない。

そこで、もうすこしようすを見ていようと、四半刻（しはんとき）（半時間）ほどそのへんを、ぶらぶらしているところへ路地のおくから、バタバタと、飛び出してきたのはさっきの娘だ。

ところが、これが変わっているのである。服装（みなり）からかみかたち、すっかり変わっているのである。

なるほど、こんどはどうみても、お座敷勤めの腰元ふうだった。

娘はなぜか顔色あおざめ、吐く息さえも切なげに、よろよろこっちへやってきたが、佐七をみるとはっと顔をそむけて、そのままバタバタかけぬけた。

「それ、豆六」

佐七が娘のほうへ顎をしゃくると、

「おっと合点（がてん）や」

「手だしをするな。ただどこのお屋敷へはいっていくか、そこをこっそり見定めてこい」

「おっと、合点、承知之助だす」

豆六が見えがくれに、娘のあとをつけていくのを見送って、佐七は辰と顔見あわせた。

「親分、なんだか妙ですね」

「そうよなあ、辰、おらアなんだか胸騒ぎがしてきた。ひとつあのうちをのぞいてみよう」

路地のおくのそのうちを、のぞいてふたりはあっとびっくり仰天した。

七輪、餉台（ちゃぶだい）、銚子、杯盤などの散乱したなかに、虚空（こくう）をつかんで死んでいるのは、まぎれもなくさっきの浪人と若者、すなわち梁川甚兵衛と源助だ。

ふたりは鍋のものをつついているうちに、毒がまわって死んだらしい。

佐七はつかつかうえへあがると、箸をとって、鍋のなかをつついていたが、

「辰、これゃ河豚だせ」

「河豚……？　すると親分、こいつらは河豚の毒に、あてられて死んだんですかえ」

「ふむ、なんともいえねえが。だが、辰、せっかくだが、ここは黒門町の弥吉の縄張りだ。あまり荒さねえうちに、おまえ、ひとっ走りいってこい」

土岐騒動

——若殿は去年の春から行方不明——

これが河豚の中毒だとすれば、なんのへんてつもない事件だが、このあいだからの、妙な掏摸騒ぎのいきさつがあるだけに、佐七にはなんとも合点がいかなかった。

腕こまぬいて考えているところへ、巾着の辰のしらせによって、黒門町の弥吉がかけつけてきた。

「兄哥、わざわざしらせをもらってすまねえ」

弥吉というのはしごく神妙な人物で、佐七とは日頃から昵懇のあいだがらだから、べつに厭味なこともいわれない。

挨拶もいたっておだやかだ。

「なに、おたがいさまよ。はなしはあらかた、辰からきいてくれたろうが、ここはおまえの縄張りだ。まあ、ひとつはたらいて手柄にしねえ」

「まあ、兄哥、そんな因業なことはいわずに、片棒かついでおくンなさいよ」

そこで、ふたりはさっそく家のなかを調べてみたが、べつにこれはというものは見当たらぬ。

いかに昵懇とはいえ、他人の縄張りにこれいじょう、手をいれるのもどうかとおもって、あとはばんじ弥吉にまかせて、佐七はひとまず引きあげることにした。

おもてへでると辰が、

「親分、さっき黒門町のにも話したンですが、河豚とみせかけあの娘が、一服盛って、ふたりを殺しゃアがったンじゃありますまいか」

「これ、辰、めったなことはいうもンじゃねえ。しかし、

それにしても、さっきの娘、ありゃすこし変だったなあ」

「変ですとも、まっさおになってさ、足許さえもよろよろと、ありゃアよっぽど、心にとがめることがあった証拠だ。だから、あいつがころりと一服」

「なに、おれのいうのはそうじゃねえ。あの女の服装(みなり)だ。おいらが町内をひとまわりするのに、どれだけ時間がかかるとおもう。ほんのまたたくまだ。そのあいだに着物はともかく、頭まで結いかえるというのは、いったいどうしたンだ」

「あ、なある、するとあれは鬘かな」

「そうよ、てめえはいまはじめて気がついたのか。娘はさっきでていくとき、大きな風呂敷包みをもっていたろう。あンなかにまえの鬘をはじめ、衣裳万端、包んでもっていきゃアがったんだ。だが、どうも変だな。おれにゃアまだ、腑に落ちねえことがある。しかし、まあ、豆六がなんとか探ってくるだろう」

　佐七はなんとなく浮かぬ表情(かお)で、お玉が池のわが家(や)へかえってきたが、するとと女房のお粂が待ちかねていたように、

「あら、おまえさん、遅かったね。さっきから二度も、八丁堀からお迎えがあったよ」

「おお、そうか、なんだろう。それじゃひとつこの足で、お伺いしてみよう。辰、てめえもいっしょにこい。お粂、豆六がかえってきたら待たせておけ」

　八丁堀というのは、かねて佐七がごひいきにあずかっている、与力の神崎甚五郎である。

　さて、お伺いしてみると、甚五郎の御用というのはこうであった。

「佐七、どうも困ったことが出来(しゅったい)いたした。これは表向きにならぬことゆえ、働いてもらっても手柄にならぬかもしれぬが、そちを見込んでたのみたい」

「へえ、それは、もう、日頃ごひいきになっておりますことゆえ、旦那のおっしゃることなら、水火(すいか)もあえて辞しませぬが、それで、御用とおっしゃるのは」

　佐七は膝を乗りだした。

「ほかでもない。番町に土岐頼母(どきたのも)というお旗本がある。神君(しんくん)いらい、由緒ある名家で、千五百石の大身(たいしん)だが、その頼母どのがけさ亡くなられた」

「へえ、すると、そのご最期になにかお疑いでも」

「いや、これは医者がついていることゆえ、べっして疑わしいことはないが、問題はその跡目相続だ。頼母どのにはふたりのご子息がおありになる。兄が藤之助どのとて当年十八歳、弟を千弥どのともうされて十二歳。むろん順当ならば、ご嫡男藤之助どのが跡目相続をされるはずだが、かんじんの藤之助どのというのが昨春いらい、どうしたことか、お行方が知れぬそうだ」

「へえ、これはまた――」

「屋敷においても、うちうちで捜索中だったらしいが、いまにいたるもあいわからぬ。で、土岐家親族一統では、次男の千弥どのを跡目にと、本日大目付さままで申し出られたそうだが、嫡男ご死亡とあればともかく、いまのところそういうわけにはまいらぬ」

「ごもっともさまで」

「と、いって由緒あるお家柄ゆえ、なるべくならば傷をつけずに、おんびんに跡目を立てさせて進ぜたいと、お上のかくべつのご慈悲だが、どこの家でも、たたいてみれば埃のでるもの」

「なるほど、すると、土岐様にもなにか、こみいった事情があるンでしょうな」

「されば、ご嫡男、藤之助どのというのは、頼母どのが腰元に手をつけてうませたもの、生母はとっくに亡くなられたそうだが、それにはんして、千弥どのこそは、まさしく奥方のお腹だ」

「はてね、よくあるやつだが、それで奥方が……」

「いや、そうもいえぬ。この奥方というのば、まことによくできたお女性だという評判だが、どうも生家の後押しが、あるのではないかとおもわれる」

「生家というのは」

「鵜飼采女正どのともうして八百石の知行取り、奥方の実兄にあたられるが、頼母どののほうによき親戚がないところから、ばんじ取りしきっておいでになる。なかなかの器量人だ」

「さようでございますか。そして、あっしはなにをすればよろしいのでございますか」

「それよ、藤之助どのの行方を調べてもらいたいのだが、まえにも申すとおり、お上にもなるべく、ことを荒立てぬようにとのご配慮ゆえ、その旨を、よくふくんでいてもらわねばならぬ」

「よろしゅうございます。ひとつ働いてみましょう。しかし、もうすこし、くわしく聞かせてくださいまし。藤之助さまは、いったいどういうふうにして、姿をおかくしなすったのでしょう」

「されば、土岐どのには小梅に下屋敷があるが、去年の春頃より藤之助どのは、なにやら気分がすぐれぬともうされて、その下屋敷のほうへ、保養にまいっていられたところが、ある晩、とつぜん姿が見えなくなられたと申すことだ」

「なるほど、しかし、その下屋敷にはどうせ、ご家来のひとりやふたりは、ついていかれたことでしょうが、どうでしょう、そのひとたちに当たってみては」

「ところが、そのものどもは、若君を見失ったというとがでおいとまとなり、いまでは、どこにいるやら、わからぬと申すことだ」

「ようがす、そのほうからひとつ探してみましょう。念のためにお伺いいたしますが、そのご家来のお名前はわかりませんか」

「されば、ひとりは、梁川甚兵衛ともうして、藤之助どのつきの御用人、いまひとりは下郎で、たしか源助とかもうした」

梁川甚兵衛と下郎の源助、なんとさっき、河豚にあたって死んだ男たちではないか。

ここにいたって、人形佐七、めぐりあわせのあまりにも意外なのに、おもわずあっと肝をつぶした。

覆面の武士

——あわれお雛はひっかつがれて——


「親分、神崎様の御用というのは、どんなことでございましたえ」

声かけられて、佐七はぼんやり顔をあげた。

「おお、辰、せっかくだが、こればっかりはおまえにもいえぬ。神崎様からかたく口止されたんだ」

八丁堀のお役宅を辞したのが、かれこれ、六つ半（七時）、冬の夜の闇は凍って、師走にちかい風がゾーッと襟元にしみて寒いのである。

佐七は、心に思うところがあるから、黙々とかたらぬが、こうなると手持ち無沙汰なのは巾着の辰、かたときも、舌を動かしておらずにはいられないのが、この男の性分だ。

「ねえ、親分、あっしゃアどう考えても、業腹でたまらねえ。ほら、あの娘よ。へんてこな掏摸騒ぎなんかおこしゃアがって、どうでもくさいのはあの娘だ。いかり床のそばで、捕えちまえばよかったンじゃねえかと、さっきから、しみじみ臍を嚙んでいるンでさ」

「ああ、あの娘か。あれなら気遣いはねえよ。放っておいてもいまにむこうから、おいらの懐中へ飛びこんでくるのさ」

「へえ、そんなにうまくいきますかね」

辰は半信半疑のてい。

「いくとも。辰、それじゃ夜道のつれづれに、おまえにひとつ謎解きをしてやろう。てめえは、このあいだからの掏摸騒ぎを、いったいなんと心得る。ありゃアみんなあいつらが、おれという男をいかり床の横町まで、誘きだそうという魂胆よ。わかったか」

「わからねえ」

「ふっふっふ、しようのねえやつだ。まあ、聞きねえ。辰、お江戸はずいぶんひろいンだぜ。それだのに、よりによって、われわれの鼻先ばかりで、ああいう騒ぎがおこるというのは、いってえどういうわけだ。つまり、あいつらおいらのお通りを待っているのさ。まずだいいちが水天宮よ。おまえたちのこったから、ああいうところをみれば、家へかえって、きっとこのおれに喋舌るだろう。そうすれば、そのつぎ、おれがおなじような場面を見れば、かならずあとをつけていく。つまり、それがむこうの狙いどころで、あれはみんなおいらに怪しまれて、あとをつけてもらいたさの茶番狂言さ」

「へへえ。しかし、なんだって、そんなまわりくどいことをしゃアがるンだろう。はなしがあるなら、じかにやって来りゃアいいじゃありませんか」

「なに、おおかた、ひとに知られたくないはなしなのさ。だから、辰、心配するな、いまに娘のほうから、おれのところへやってくるぜ」

「はてな、親分、おまえさんの自惚れもいまにはじまったことじゃねえが、そううまく問屋がおろしますかね」

「おろすとも。辰、ご苦労だがてめえちょっと、首をうしろに曲げてみねえ。お目当てさんは、ちゃんとそこへきていらっしゃらアな」

いわれて辰はあっと二三歩とびのいた。

いつのまにちかづいてきたのか、お高祖頭巾の女がひとり、ひたひたと寄り添うように歩いているのだ。

「親分さん、まことに恐れいりました。さすがは、江戸一番と、噂にたかい人形の親分さん、なにもかもお見通しでございます」

お高祖頭巾の女がよってくるのを、辰は気味悪そうによけながら、

「こう、こう、姐や、あんまりそばへ寄らねえでくンねえ。ああ、おどろいた。気味の悪い女だ」

「ごめんくださいまし。このあいだから、親分さんにおちかづきになりたいと、どのように、苦心いたしましたかしれませぬ。しかし遅すぎました。梁川様はとうとうあのようなご最期。こうなってはいっこくも猶予はならじと、ぶしつけながらあとを慕ってまいりました」

「いや、よくわかりました。お女中、あなたは土岐様のご家中でしょうね」

図星をさされたが、娘はべつにおどろきもせず、

「はい、腰元の雛（ひな）ともうします」

「そしてあなたのおはなしというのは、藤之助さまのお行方を、さがしてほしいとおっしゃるンでしょう」

「恐れいりました。そう、なにもかもご存じならば、つつまずおはなしいたします。お家はもう大乱脈、奥方さまをはじめとして、奥方さま兄上鵜飼采女正さま、ご家老河田権右衛門（かわだごんえもん）さま、このおかたたちが腹をあわせ、ご嫡男、藤之助さまをどこへやら押し籠めもうし、梁川さまや、源助どのはおいとまになりました。わたしはくやしくてなりませぬ」

雛は涙ぐんでいるらしく、しょんぼりと、うなだれている姿があわれである。

「わたしはおふたかたと力をあわせ、手をつくして、若様のお行方をさがしましたが、とてもわれわれの力にはおよびませぬ。それで親分さんのお力をおかりしようとおもったのですが、なにぶんにも、こと荒立ててはお家にきずのつくこと、ひそかにおねがい申し上げたいと、あのような狂言かいて、親分さんをひとしれず、梁川さまのご浪宅へ、ご案内するつもりでございました。しかし、その梁川さまも、ああして人手におかかりなされて……」

「すると、お雛さま、あなた、やっぱりあれを毒害だとおっしゃるンで？」

「はい、それにちがいございませんとも。河豚の毒とみせかけて、だれかがふたりを、殺したにちがいございませぬ。梁川さまは藤之助さまつきの御用人、なにかと邪魔になったのでございます。おいたわしい藤之助さま、味方はことごとく遠ざけられ、いまごろは、どこにどうしておわすことやら。……」

お高祖頭巾のしたで、お雛は声をのんでむせび泣いた。

「お雛さま、しかし、おまえさんはどうしてまた、とくべつ、藤之助さんの肩をおもちなさるンで」

「わたしは若様と乳姉弟でございます。もったいのうはございますが、若様を他人とはおもえませぬ。親分さん、おねがいでございます。若様をお探しくださいまし」

忠義にこった腰元雛が、ながす涙は血の涙、よよとばかりに、闇のなかでしゃくりあげた。

「ときにお雛さま。さっきあっしの身内のもので、豆六ともうすものが、あなたさまのおあとを、慕ってまいったはずでございますが」

「豆六さまとおっしゃいますと」

「えっへっへ、豆六さまなんて柄じゃありませんや。うらなりの胡瓜（きゅうり）みてえに、いやにひょろ長え顔をした野郎で、額から顎まで、ずうッと見おろすと、日が暮れるという、一名これを日暮らしの顔」

辰のことばに、

「ほっほっほ」

と、雛はさびしくわらって、

「いいえ、そのようなかたには、いっこう心当たりがございませぬが……」

「はてな、豆六のやつ、どうしゃアがったのかな」

と、佐七が小首をかしげているとき、むこうからバラバラと、こちらへちかづいてきた怪しの影。

佐七は闇のなかできっとこれをみて、

「おや、辰、気をつけろ。お雛さま、ご用心なさいまし」

十手をとって、四方八方に目をくばったとき、いつのまについてきたのか、はやうしろからも三四人、バラバラと三人を取りまくと、いきなり、お雛のからだをひっかついだ。

「あっ、なにをしゃアがる」

かけよる佐七のまわりには、ズラリと白刃の襖（ふすま）である。

みるとみんな黒装束覆面の侍、黙々として、佐七が右へよれば右、左へよれば左へと、白刃の襖はおもむろに移動する。

一言も口は利かないのである。

「あれえ、親分さアん！」

むこうでお雛の声が聞こえたが、それも束の間、さるぐつわでもはめられたのか、やがてしんとしずかになって、タタタタと大地を蹴ってはしる音のみ。お雛はついにさらわれたのだ。

「こん畜生！」

巾着の辰は、業をにやしたか、おもてもふらず白刃の襖におどりこんだが、とたんにさっと白刃の稲妻、峰打ちくってひっくりかえった。

「あ、おのおの、傷をつけてはなりませぬぞ」

と、頭立ったものの声、やがてときをはかって、

「それ、一同！」

合図とともに、さっと白刃を引いたかとおもうと、あとはタタタと、潮の退くごとく散っていく足音。

あとには佐七が、呆然として立ちすくんでいた。

その夜、豆六はかえってこなかった。

相手は千五百石
——おれの生命なんかひと山いくら——

「兄哥、うちかえ」

その翌日、お玉が池の佐七の住居へ、ひょっこり顔をだしたのは、黒門町の弥吉である。

「おお、黒門町の、よくきておくンなすった。で、なにか目星がついたかえ」

「それがすこし妙なのさ」

弥吉は当惑したように、

「おまえさんのはなしもあるから、おれゃ念には念をいれて、三人の医者にみてもらったンだが、だれのいうのもおなじこと、ありゃアやっぱり河豚の毒にちがいねえというぜ」

「なに、やっぱり河豚か」

佐七はきいてがっかりした。

「どうもそうらしい。あっしもそれで、ほうぼうの魚屋をきいてまわったんだが、すると、浜町河岸の魚屋で、きのう源助に、河豚を一匹売ったというのがある。そのとき、くわしく料理のしかたを教えたそうだが、源助め、

鼻であしらってかえったということだから、料理のしかたをまちがえて、中毒したとしか思えねえンだ」

「なるほどなア」

「なにしろ、あいてが河豚じゃどうにもならねえ。せっかくだが、兄哥にちょっとことわりにきた」

「おお、そうか。なるほど河豚じゃ十手風もきかねえな。いや、ごていねいにありがとう」

弥吉がかえったあと、佐七はうかぬ顔をしていたが、やがて辰を呼びよせると、

「辰、豆六はどうしたンだろうな」

「親分、ひょっとするとあの野郎、ゆうべの一味にとっつかまったか、殺されたか……」

「まさか、殺しはしまいが、それについておまえに頼みがある」

「なんですえ、あらたまって」

「わるくすると生命のない仕事だが、おまえ、きいてくれるかえ」

佐七はいやにしんみりしていたが、聞くなり辰はプッとふくらせた。

「べらぼうめ、親分、水臭えこたアいいっこなしにしやしょう。それに、豆六のこともある。はばかりながら、あっしの生命なんか、ひと山いくらという口だ。こいつが役に立つンなら、こんなありがたいことはねえ。で、御用というのは」

「ありがたい、辰、よくいってくれた。じつはこうだ」

なにやら囁かれて、

「へえ、すると、番町の土岐屋敷へ忍び込むンで」

「そうよ、むこうは十手風のきかねえ、ご大身のお旗本だ。みつかって、笠の台がとんだところで、どこへ尻をもっていくわけにもいかねえ」

「おもしろい、やりましょう。千五百石があいてならやすくはねえ。ひとつ大暴れにあばれてやりまさア」

「これこれ、暴れちゃいけねえ。豆六だって、まだ殺されたときまっちゃいねえ。それに、むこうは殿様ご他界で、取りこみの最中とおもうから、そこがつけ目だ。うまくやってくれ」

「おっと合点だ」

辰はその晩、番町の土岐屋敷へしのびこんだが、さてどうなったか梨のつぶて、朝になってもかえってこないから、佐七はきつい心配だ。

お粂はなにも知らぬらしく、

「おまえさん、辰つぁんも豆さんも、またゆうべかえらなかったね。どこへしけ込んだのかしらないが、少しはおまえさんいっておくれよ。ちかごろ少し度がすぎますよ」

「黙ってろ。しけ込みはしけこみでも、辰も豆六もひょっとしたら、冥土とやらへしけ込み……」

「え?」

「なに、こっちのことよ。なあ、お粂、今夜はひょっとすると、おいらもかえらねえかもしれねえ」

「あら、おまえさん、どこへおいでだえ」

「辰と豆六をむかえいくのよ。はっはっは、木乃伊(ミイラ)取りが木乃伊になるかもしれねえから、お粂、おまえもその覚悟でいてくれろ」

きりりと柳眉(りゅうび)を逆立てるかと思いのほか、お粂はじっと佐七の顔をみて、

「おまえさん、それじゃ土岐様のお屋敷へ……。いいえ、知ってますよ。やきもちを、やくばかりが女房の能じゃない。おまえさん死ぬ覚悟で……」

お粂はおもわず声をうるませる。

「泣くな。おまえも御用聞きの女房じゃねえか。なあに、おれは辰や豆六みたいにドジは踏まねえつもりだ。が、まあ、褌だけはあたらしいのを締めていこう」

いざとなれば千五百石、抱きこんで死ぬつもりの人形佐七、まあたらしい褌をきりりとしめて、その晩、土岐屋敷へ忍びこんだが……。

窖蔵の若殿

――白い仮面が幽霊か幻のように――


こちらは番町、土岐屋敷。

あしたが頼母さまのお葬(とむらい)で、今宵はうちわばかりのお通夜であった。

夜がふけるとどういうわけか家来、近習ことごとくとおざけ、ぴったり雨戸をしめた奥のひと間には、頼母さまのご遺骸。枕下には逆さ屏風、線香の煙もしめやかに、ついているのは奥方に、奥方の兄鵜飼釆女正、それから家老の河田権右衛門、一徹らしい老人だが、みんななんとなく打ち沈んでいる。

佐七はもはや生命がけである。

見つけられたら、殺されることはきまっているが、こうなってはあとへはひけぬ。

とくいの忍びで、奥庭へしのびこむと、さいわいの雨戸の節穴、そこから息をこらして、なかのようすを伺っていると、それとは知らずなかの三人、そっとあたりを見まわすと、なにやら意味ありげなめくばせ、やがて権右衛門はツーと畳をすべると、床の間の置物をかたづけだしたから、

「はてな、なにをするのかな」

と、佐七が固唾をのんでいると、やがて権右衛門と釆女正が、床の間の畳をあげはじめたから、佐七はいよいよおどろいた。

床の間のしたは、窖蔵になっているらしい。

権右衛門が合図をすると、やがてミシミシというかるい足音、だれか窖蔵からのぼってくるのである。

佐七はおもわず身ぶるいをした。

ふかく考えるまでもなく、窖蔵に押し込められているのは、まさしく若殿藤之助さまにちがいない。

「畜生、ひどいことをしゃアがる」

佐七がおもわず歯ぎしりしたとき、窖蔵のなかから出てきたのは、意外、意外、ゆうべの腰元のお雛ではないか。

さては、お雛もあれから無理無体に、ここへ押し込められたのかとおもったが、どうやらそうでもないらしい。お雛はしとやかに三人に一礼すると、窖蔵のなかからだれか助けだした。

こんどこそ若殿にちがいなかった。

お雛のかげになって顔は見えぬが、なりかたち、藤之助さまにちがいない。

藤之助さまはお雛に手をとられ、よろよろと、父の遺骸のそばへよると、

「父上様！」

腸をたつような悲痛な声だ。

藤之助さまはひしと白布に顔をおしあて、声をしのんで咽び泣いた。

とたんに、お雛はもうすにおよばず、奥方はじめ、釆女正も権右衛門も両手で顔をおおうと、咽び泣きをはじめたから、おや、これは風向きがかわったぞと、佐七はおもわず小首をかしげた。

「父上様、藤之助でございます。果報つたなく父上さまの、ご臨終にもお目にかかれず、藤之助、いかばかり悲しゅうございましたでしょう。父上様、父上様、わたしは世にすてられたからだでございます。神にすてられたからだでございます。お慈悲ぶかい母上や、伯父上、また権右衛門の情けで、いままで生命をつないでまいりましたが、父上様お亡くなりあそばしては、もはやこの世に未練はございませぬ。父上様、いずれあとおいかけて、きっと、冥土でお目にかかります。父上様。……」

あとには嫋々としてむせび泣く声ばかり。

藤之助も泣く。奥方も泣く。采女正も泣く。権右衛門も泣く。

お雛にいたっては身をもんで泣きに泣いた。

佐七はあまり意外なこの光景に、しばし、呆然としてこの場のようすをながめていたが、そのうちに、ふと頭をあげた藤之助の顔をみたとたん、ジーンと、からだがしびれるようなおどろきに打たれたのだ。

若殿様は世にも奇妙な、なんともいえぬ気味わるい、仮面をかぶっていた。

哀れ若殿
――河豚鍋だけは、およしなさいまし――

「そういうわけで、旦那、あっしもいちじは驚きましたが、こうなりゃザックバランに、なにもかも打ちあけあったほうがいいと思って、雨戸をひらいてとび込みました」

その翌日の朝まだき。八丁堀の神崎甚五郎のお役宅をおとずれた佐七は、まだもらい泣きののこっている目を、真っ赤にしばたたいていた。

「話しあってみると、まことにおいたわしいおはなしで、奥方さまのご心中をお察し申し上げると、あっしゃ柄にもなく泣いてしまいました。はっはっは、鬼の目にも涙たア、旦那、ほんとにこのことでございますねえ」

甚五郎もはなしを聞くと、あまり意外な真相に唖然としたが、そこは情けを知る武士のこと、しだいに暗涙をもよおしながら、

「さようか、そういう仔細があるとはつゆ知らなんだ。なるほど、藤之助どのが、そのようなご病気を患うていられるとあっては、他聞をはばかるのあまり、いろい

ろ、小細工をされたのもむりはないな」

「さようでございます。藤之助さまをあのような窖蔵に、おかくまいなされたのは、むしろ奥方さまのお慈悲でございましょう。ですから、旦那、こうなったうえは、ご次男千弥さまが、しゅびよく家督相続できますよう、お上へおとりなしなさるのが道だろうと存じます」

「いや、よくわかった。さっそくその由を大目付さままで申し上げよう。しかし、佐七、藤之助どのはどうして、そのようなご病気におかかりなされたのであろう。あれはたしか、うちに伝わる血のせいだと申すことだが」

　この時代にはまだ藤之助のわずろうている病気が、遺伝だと信じられていたのである。

「そうなんで。なんでもご生母さまとおっしゃるかたが、その筋だったそうで。よくその血統をただしもせずに、お腰元に召し上げられたのが不覚のもと。そのじぶん、まだ病いのきざしもみえず、それはそれはおうつくしかったそうで、つい殿様もご存じなく、お情けをかけられたということでございます。ところが若君ご誕生まもなくそろそろ顔に、病いのきざしが現われたともうすことで」

　佐七はいかにも心苦しそうに顔をしかめた。

　あわれ藤之助さまは、千五百石の大身のご嫡男にうまれながら、誕生の当日より、すでに呪われた運命にあったのだ。

「ご生母さまは、病いのきざしが現われるとまもなく、ご自害をしてお果てなされたので、このことを知るものは、殿様ならびに奥方をのぞいては、鵜飼釆女正様、河田権右衛門様のほかに、だれひとりとてございませぬ。さて、こうなると、気づかわれるのは若殿さまのこと。殿様はいっこくもはやく、藤之助さまを若隠居として、ご次男千弥様を、跡目とさだめたいとおぼしめされたそうですが、それでは奥方の義理がすみませぬ。それで、一日一日とのばしているうちに、去年の春頃より藤之助さま、なんとなくからだがだるいとおっしゃって、梁川甚兵衛、源助の両名をひきつれ、小梅の下屋敷へおでかけになったのでございます」

「なるほど、するとあのころより、そろそろ、病いのきざしがみえはじめていたのだな」

「さようで。しかし、若殿さまはもちろん、そのようなことはご存じない。ましてや、梁川甚兵衛や源助も、まったく気がつきません。ところが、ある日、ご家老の河田権右衛門さまがお見舞いに参上して、はっとそのことに気がつかれました。そこでお屋敷へかえると、この由、殿様に言上(ごんじょう)して、奥方や鵜飼釆女正さまと鳩首(きゅうしゅ)ご相談のうえ、その夜のうちに、ひそかに若殿をお屋敷へおつれして、あの窖蔵へおかくまい申し上げたのだそうでございます」

「しかし、なぜそのことを、梁川にはからなんだのであろう」

「それというのが、梁川甚兵衛や源助は、お屋敷にとっては譜代の家来でなく、新規お召し抱えの新参ものゆえ、なんとも心をはかりかねたと申すことで。そのかわり、おいとまのときにはふたりとも、莫大な金子(きんす)をくだしおかれ、また、若殿がご他界のあかつきは、甚兵衛のほうはあらためて、千弥さまつき御用人として、めしかかえる所存であったと、奥方様のおことばでございます。ところが梁川甚兵衛のほうでは、そのようなことはゆめにも知るよしなく、ひたすら奥方一味のご陰謀と曲解して、源助と力をあわせて、いろいろ、藤之助さまお救い出しのために、骨を折っていたようでございます。いや、なんと申してもご大身ともうすものは、むつかしいものでございますな」

佐七は苦笑いをしたが、甚兵衛がそう曲解したのもむりはない。

おなじお屋敷にいるお雛さえ、奥方の心中を忖度できず、ひそかに甚兵衛と通謀して、若殿をおすくいしようと、苦心していたのだから。

お雛はあの晩、家中の侍によって、無理無体にお屋敷へつれかえられ、奥方の口より、はじめて、かなしい若殿の身のうえをきいたのである。

「かわいそうにあの娘は、生涯若殿のお守りをして、ご他界のあかつきには、尼になるともうしております」

佐七はあのうつくしい娘が尼になるのかとおもうと、われにもなく熱いため息がでる。

「ところで佐七、辰や豆六はいかがいたした」

「ああ、辰と豆六ですか。あいつらもけなげなやつで、ふたりとも、首尾よくお屋敷へしのびこみましたが、運悪くつかまって、お蔵のなかへ押し込められていたのを、わけを話してあっしが貰ってまいりました」

その辰や豆六はのちにいたるまで、土岐屋敷でみた白い仮面をかぶった男のことをはなし、あれはきっと幽霊にちがいないと、固く信じてうたがわない。

　ふたりともよっぽどあの仮面が、薄気味悪かったらしいのである。

「そうすると、佐七、梁川甚兵衛や源助の死んだのは、べつに毒を盛られたわけではなく、あれはやっぱり、河豚の中毒であったのか」

　そう聞かれると、佐七ははじめて、ほがらかにわらって頭をかいた。

「いや、旦那、面目次第もございませぬ。あればっかりは、佐七一世一代の大縮尻（おおしくじり）でございました。場合が場合だけに、あっしもすこし考えすぎました。あいつはやっぱり、河豚にあてられたにちがいございません。いや、梁川甚兵衛というひとも、よくよく運の悪いひとですが、それにつけても旦那、爾今（じこん）、河豚鍋だけはおよしなさいまし」

座頭の鈴

人形佐七捕物帳

因縁話　鈴の来歴

――血まみれ座頭のかたみの鈴――

いつの世にも、たえないものはゲテ物趣味で。

人間、家もおさまり、身もおさまり、老後のうれいもなくなると、そろそろ頭をもちあげるのが、あやしげな骨董趣味で、やれ、芦屋の茶釜だの、それ利休の袱紗などと、騒いでいるうちはまだよいが、これがしだいにこうじると、やがて長柄の橋の鉋屑だの、玉の井の蛙の干物だのと、あやしげなものを珍重するようになってくる。

それはその年の、師走のはじめのこと、柳橋の柳光亭という料理屋で、やはりこういうあやしげな、ゲテ物趣味の会があった。

師走というのに、こんなのんきな会をしようというのだから、集まったのは、いずれも大店の旦那衆。

ちかごろ手にいれた掘り出しものを、おもいおもいご披露におよぼうというわけ。集会は暮れ六つ（六時）ごろからはじまって五つ時（八時）には、じまんのたねも、ほぼ出尽したかたちだったが、なかにひとり、ニヤニヤわらっている御仁がある。

「さあ、さあ、伊丹屋さん、こんどはいよいよおまえさんの番だ。そう笑ってばかりいずと、じまんの掘り出しものを、ひとつ拝ませてくださいな」

「いや、このひとは性質がわるいよ。いつも、掘り出しものをしてきては、さいごに、人気をさらっていくンだから。今夜もその表情では、なにか趣向がありそうだ。さあ、真打ちがでたり、でたり」

まわりから、寄ってたかっておだてられ、いささか得意の鼻をうごめかしたのは、石町に老舗をもつ、伊丹屋藤兵衛という大旦那。

「いや、そうおっしゃって、いただくほどの物ではありません。今夜のはごくつまらないもンで」

と、ひととおり謙遜はしたものの、得意の色はかくしきれないから、ほかのものはいよいよ黙ってはいない。

「さあ、とうとう、伊丹屋さんの本音がでた。みなさん、覚悟はよいか」

「ええ、もうこうなったら仕方がない。伊丹屋さん、矢でも鉄砲でもだしてください」

はたからワイワイ騒ぎたてられ、それではと伊丹屋藤兵衛が、風呂敷包みをといてとりだしたのは、なんと一個の鈴ではないか。

「みなさん、ごらんください。わたくしがお目にかけたいというのは、じつはこの鈴なんで」

藤兵衛のしかつめらしい顔に、どれどれと、一同好奇の目を見張りながら、じゅんぐりにまわしたが、この鈴、べつに変わったところもない。

さしわたし三寸あまり、まるいふつうの鈴で、春駒の彫りもつきなみだし、音色だってたいしたものではない。

「伊丹屋さん、これは古いものですか」

「さあ、たいして古くもないでしょう」

「すると、この彫りが名人の作というわけで」

「なに、そうでもありますまい」

「はてね」

と、一同がけげんそうに、首をかしげるのをみた伊丹屋藤兵衛、じぶんはよしと膝をすすめて、

「なにね、鈴そのものには、なんのへんてつもないんですが、じつはその鈴を手にいれたてんまつに、一場の物語があるンです」

「あ、なアるほど」

ひとをおどろかせることの好きな藤兵衛が、こよいの会にわざわざ持ちだしたからには、話というのは、よほどかわっているに違いない。一同が、期待にみちた瞳をあつめていると、藤兵衛はポンと煙管をたたいて、

「じつはその話を、きいていただこうと思ってまいったんですが、そのまえにお願いがある。と、いうのは、この話は、この場限りのことにしていただきたいので」

と、なにやら仔細ありげなくちぶりなのである。

一同はいよいよ好奇心をもよおして、

「ええ、そりゃもう大丈夫です」

「そうですか。そう約束ができれば、わたしも心おきなく話ができます。あれは去年の秋のことでした。わたくし箱根へ湯治にまいりまして」

と、はなし出したところを、

「そうそう、そのせつはおたのしみで」

と、話の腰をおられ、

「いえ、なに」

と、藤兵衛が顔をあかくして、ツルリと、顎をなでたのにはわけがある。

藤兵衛には、お米というう つくしいお囲者があって、

去年の湯治も、そのお米同伴だったことを、みんなに知られているからだ。

「その湯治からのかえりでした」

藤兵衛はまたもや、半畳がはいるのを恐れるように、ことばをはやめて、

「神奈川（かながわ）にひと晩泊まって、さてその翌日、ついでといってはわるいが、川崎（かわさき）のお大師様（だいしさま）へおまいりしようというわけ。ところがつれの足弱（あしよわ）が、まえの晩から、少しからだぐあいを悪くして、しかたなしに、これは供のものをつけて、ひと足さきに、品川まで送りとどけました。さて、そのあとはわたくしひとり、あいにく駕籠が出払っておりましたので、ままよ、江戸はちかいんだとばかり、徒歩（かち）でまあ、ぶじにお参りもすませたと思ってください。さて、それからブラブラやってきたのが鈴ヶ森、あいにく、日もとっぷりと暮れました」

「なるほど」

話が佳境（かきょう）にはいってきたので、一同しいんと聞き耳をたてている。

座をとりもつ芸者たちも、むこうのすみにひと塊（かたまり）になって、聞くともなしにこの話をきいている。

外にはサラサラ霙（みぞれ）の音がしていた。

「みなさんもご承知のとおり、あのへんは、昼でも気持ちのよいところじゃない。おまけにバラバラ時雨（しぐれ）さえもよおしてきました、こいつはいけないと、わたくしも思わず足を早めましたが、そのとき、かたわらの草叢（くさむら）のなかからウーム、ウーム……」

「あれ、気味の悪い」

「しっ、静かに。どうしました」

「わたくしもゾーッとしましたが、元気をだしてちかづくと、座頭（ざとう）がひとりたおれている。唸（うな）り声（ごえ）というのは、その座頭なんです」

「病気ですか、癪（しゃく）でもおこしたんですか」

「なんの、それが、土手っ腹をえぐられて虫の息、朱（あ）けにそまって苦しんでいるンです」

「ひえっ！」

一同はおもわず息をつめた。

藤兵衛もさすがにゾッと襟元（えりもと）をちぢめると、

「いまだから、こうして話もできるんですが、そのときの怖かったこと。でもまあ、捨ててはおけぬので、いろいろ手をつくして介抱（かいほう）しましたが、寿命がなかったのか、

まもなく息はたえてしまいました。ところが、息を引きとるまぎわです。その座頭というのが、苦しいなかから、胸にさげているのをひきちぎって、わたしの手に握らせたのが、ほらこの鈴なんですよ」

一同おもわず、あっと、藤兵衛の手にした鈴をみる。

そのときだ。

向こうのほうできいていた芸者のなかから、フラフラと立ちあがって、それからまた、べったり坐ったわかい妓(こ)があったが、話にむちゅうになっていた一同は、だれもそのみょうな素振(そぶ)りに気がつかなかった。

雪の中に血まみれ座頭

——旦那、鈴をかえして下さい——

いやな話だ。

いっそこんな話は、聞かなかったほうがよかったと、悔やむしたからこみあげてくるのは、やっぱり好奇心なので。

「で、その座頭、なにかいいのこしましたか」

「どうして、どうして、虫の息で口もきけやアしません。鈴を握らせるのがやっとでした」

「なんのために、鈴をあなたにわたしたのでしょう」

「さあ、わたくしにもよくわかりません」

「で、そのこと、お届けしましたか」

「なんの、なんの」

藤兵衛はあわてて手をふりながら、

「なにしろ、旅の空で係かり合いになっちゃつまりません。いずれだれかがみつけて、届けてくれるだろうと、わたしはまあ、ねんごろに回向して逃げ出しましたが、あとできくと座頭の名は紋弥(もんや)といって、小金をもっていたところから、悪者につけられ、あそこで、バッサリやられたらしいということです。さて、この鈴ですが、わたしもなんとなく薄気味悪い。それにどうしたものかその当座、この鈴はちっとも鳴らないんです。で、箪笥(たんす)の抽斗(ひきだし)にしまいこんだまま、忘れるともなく忘れていましたが、先日ふと、思い出して取り出してみると、ほら、ごらんのとおり、よく鳴るじゃありませんか」

藤兵衛がリーンリーンと、鈴を鳴らせてみせたが、もう、だれも口をきく気力もない。係かり合いになるのを恐れるように、たがいにジロジロ顔を見合わせるばかり。

そのうちにひとりが、

「いや、伊丹屋さん、おもしろい話を聞きました。しかし、夜もだいぶ更けたようす。それにどうやら、表は雪になったらしいから、どれ、ここらでわたしはおいとまといたしましょう」

と、こそこそと立ち上がると、それを機会にほかのものもバラバラ立って、あとには藤兵衛ただひとり。

こいつすこし薬がききすぎたかと、藤兵衛もなんだかいやな気持ちになった。

ついうかうかと調子にのって、つまらないお喋舌りをしたのが、いまさらのように悔やまれてくる。

「姐さん、わたしにひとつ舟を誂えておくれ」

「はい、さっきよりお支度ができております」

「おや、そうかえ、そいつはよく気がついたね。どれ、雪でも見ながらかえりましょうか」

柳光亭のうらから出ると、河のうえにはまっしろな雪が、くるめくように舞っている。

「おお、寒い、船頭さん、ご苦労さま」

「どういたしまして」

「おや、おまえはついぞ見慣れぬわかい衆だが、ちかごろ伊豆由さんへきなすったのかえ」

「へえ、ことしの秋から、やっかいになっております。吉蔵と申します。なにぶんよろしくお願いいたします」

「おお、そうかえ、それじゃまた、ちょくちょくとお世話になりますよ」

渡板をわたって舟へはいると、炬燵の用意もあたたかく、手酌でいっぱいやれるように、杯盤の支度もできている。

「それじゃ、旦那、出しますよ」

と、ちかごろ伊豆由へ住みこんだという、若い、いなせな船頭の吉蔵、年のころは三十前後、どこやらに、彫物でもありそうな凄みな男だが、これがうんと棹を突っ張ろうとしたときだ。

「あれ、吉つぁん、ちょっと待って」

と、柳光亭の裏口から、息せききって駆けつけてきた女がある。さっき藤兵衛の話のうちに、みょうな素振りをみせた芸者だ。

「おや、駒代姐さん、旦那になにかご用かえ」

「ええ」

と、駒代は屋形のなかをのぞきこみ、

「伊丹屋の旦那、送らせてくださいな」

「おや、お前が送ってくれるのかい」

「ええ」

「でも、外はひどい雪だぜ」

「かまいません。わたしなんだか頭痛がしてなりませんの。少し川風に吹かれたいとおもいますから、よかったら送らせて下さいな」

「はて、そいつは豪気だ。しかし、あとでだれかに叱られやアしないか」

「あれ、まあ、いやな旦那」

駒代はやさしくにらむ真似をしながら、藤兵衛のそばに坐ると、

「ひとつ、お酌させてくださいな」

と、猪口の水を切ってわたしたから、藤兵衛もすっかり気をよくしてしまった。

柳橋の駒代は、去年の春この里へでたばかりだが、もちまえの勝気と美貌がものをいって、またたくまに売り出して、いまでは、押しもおされもせぬ流行っ児。そいつがむこうから味に水をむけるのだから、色気はないにしてもまんざら藤兵衛、わるい気持ちじゃない。

「これはありがたい。おまえさんのような、きれいなひとがそばにいてくれると、酒もひとしおうまい。どれ、雪見酒としゃれようか。船頭さん、やっておくれ。祝儀はうんとはずみますよ」

「へへへ、旦那、お楽しみで」

吉蔵が棹を突っぱると、舟はするする岸をはなれて、やがてギイギイと櫓臍のきしる音。

吹雪のくるめく隅田川を、ぬくぬく炬燵にあたたまりながら、芸者の酌で一杯機嫌、小唄まじりでくだるなんて、まことに洒落たものだった。

「駒代、おまえもひとつおやり」

「ええ、でも、頭がいたくって」

「いいじゃないか、ひとつぐらい。かえって頭痛がなおるかもしれないよ。それからひとつ、おまえの心意気でも聞きたいな」

「ええ」

駒代はさされた盃をうけると、きゅうに思い出したように、

「旦那、さっきはこわい話でしたことね」

と、じっと藤兵衛の顔をみる。

「なんだい、ああ、鈴の話かい」

「ええ、そう、旦那、あれはほんとの話ですか。鈴にかけて鈴ヶ森、わたしゃ旦那の、洒落じゃないかと思ったんですけれど」

「はっはっは、なるほど、鈴と鈴ヶ森か。しかし、わたしゃそこまで気がつかなかった。ほんともほんと、正真正銘、まちがいなしの話さ」

「まあ、こわいこと。それで、下手人はまだわからないんですねえ」

と、襟に顎をうずめた思案顔が、尋常でないことに、藤兵衛もはじめて気がついた。

「おや、どうかしたかえ。おめえ、まさか、紋弥という座頭を、しっているんじゃあるまいな」

「ほっほっほ、旦那、いやですよ、気味の悪い」

と、笑ったものの駒代の声には、なんとなく力がなかった。

「わたしはまだ、人殺しなど見たことはありませんが、ずいぶん怖いことでしょうね」

「そうさ、いいもンじゃないな。わかい座頭だったが顔半分、こう血だらけになって……」

と、藤兵衛が調子にのって、またもや仕方噺のさいちゅうだった。

屋形の外でドスンと音がして、舟がクルクル揺れたから、駒代はびっくり。

「あれ、吉つぁん、どうしたのよ」

「すんません。櫓臍が滑りゃがって。——なにしろ、こう寒くちゃやりきれませんや」

寒いのか、それとも、いまの話をきいていたのではあるまいか、声がブルブルふるえている。

「なんだね、船頭衆らしくもない。船頭というものは、どんな川風に身を切られたって、寒いなんてぐちをこぼすものじゃない」

「すんません」

と、吉蔵がコトコトと櫓をなおしているときである。

駒代がふいにおびえたような目付きをして、

「おや、旦那、あの音は？——」

と、きっと藤兵衛の顔をみた。その目つきが尋常でないので、藤兵衛もついつりこまれて、

「なんだ、どうしたンだえ」

「ほら、あの音、リーン、リーンという音、あれ、鈴の音じゃありませんか」

「なに、鈴の音？」

と、藤兵衛も、ぎょっとしたように耳かたむけたが、なるほど、サラサラと障子をうつ雪の音にまじって、どこからかリーンリーンと、冴えわたった鈴の音がきこえる。

「船頭さん、どこかちかくに舟がいるのかえ」

「さあて、なんしろこの雪で、とんと見当がつきませんが」

「あの鈴の音はなんだろうね。だんだんこっちへ近づいて来るようだが」

「へ、へえ、ど、どうもうすっ気味の悪い」

吉蔵もガタガタふるえているらしかったが、ふいに、

「あっ」

というただならぬ声。

「ど、どうしたの、吉つぁん」

駒代があわてて、ガラリと障子をひらいてみると、そのときだ。

降りしきる雪のなかから、ぬっと出てきた一艘の屋形船。それが障子の外を、流れるように通りすぎていったが、二艘の船がすれすれに、舷を接したそのせつな、むこうの屋形の障子がひらいて、ヌーッとこちらをのぞいたのは、顔半分、血まみれになっためくらの座頭。

「旦那、鈴をかえしておくんなさい」

と、おがらのような手をのばしたから、藤兵衛も駒代も吉蔵も、わっとさけんで舟底にしがみついてしまった。

その晩から藤兵衛は、どっと寝ついてしまったのである。

救いのぬしは芸者駒代

——鈴の中からポロリと指が——

「と、いうようなわけで親分さん、親爺さまはそれいらい寝ついたきり、いまでもときどき、やれ、鈴の音がきこえるの、座頭の顔がみえるのと、暴れ出すしまつで、ほとほと弱りきっております」

神田お玉が池は佐七の住居、あおざめた顔をして坐っているのは、伊丹屋藤兵衛のひとり息子で与吉という。

年は二十四、石町かいわいでは、業平息子といわれるくらいのいい男だが、わかいにあわずこれが堅物、親爺がわかい妾をおいたり、へんなゲテ物を掘り出して、喜んでいるのとははんたいに、もっぱら商法第一と、お店をひとりで切りまわしている。

　されば嫁の口は降るほどあるが、どういうものか、どれもこれも気にいらず、いまだ独身でとおしているという変わり者。

　根がいたっての孝行息子だから、あの柳光亭のかえりいらい、藤兵衛が半気違いになったのを気に病んで、きょうはわざわざ、佐七のところへ相談にきたのである。

「そいつはちょっとみょうな話ですね。しかし、あいてが幽霊じゃ、いかにあっしだって、手のつけようがありません」

　佐七はなんとなく、わりきれない表情だ。

「ごもっともで。しかし親分さん、幽霊だとしたら、親爺さまの目だけにうつるはず、それを縁もゆかりもない駒代や、船頭の吉蔵の目にも、ちゃんと見えたというのですから、わたしはどうも腑におちません」

「そうさ、そこンところがちょっと妙だ。なんにしても、その場で幽霊を、とっておさえなかったのが手抜りでしたね」

「駒代という妓も、そういって、くやしがっているんですが、なにしろ、親爺さまも船頭も、すっかり怖気づいているうちに、舟はスルスルと雪のなかに、見えなくなってしまったそうで」

「べらぼうめ、吉蔵というやつも、意気地のねえやつじゃありませんか。いいわかいものが、座頭の幽霊ぐらいに腰を抜かしゃがって、へん、いい恥っさらしだあな」

　俄然、がなり出したのは、お馴染みの巾着の辰、およそ江戸っ児をもって、人類最高の人種と、こころえている男のことだから、こんな話を聞くと、とても黙ってはいられない。

　この時分、まだ豆六はいなかった。

「辰、おまえは黙ってろ」

と、佐七にきめつけられても、

「これが黙っておられますかい。ネタはちゃんとわかってまさ。柳光亭で、旦那の話をきいたやつらのなかに、だれか悪戯ものがいて、ちょいと旦那を、からかやアがったにちがいねえ。それにしても、こんなことを気に病むなんて、旦那もすこし、気が狭すぎやアしませんか」

「いえ、わたしも最初(はな)はそう思いましたが、それが、おかしいのでございます」

与吉はいよいよ顔をくもらせた。

「座頭の幽霊があらわれたのは、そのときばかりじゃございません。家(うち)のほうへも、ちょいちょい現われますんで」

「家のほうというと、石町のお店ですか」

「いえ、店のほうは女手がないので、親爺さまはちかごろずっと、鐘撞新道(かねつきしんみち)のほうにいるのでございますが」

「ああ、旦那がお世話をしていらっしゃる……、そうそう、お米さんとかいいましたね。へえ、そこへ幽霊が出るンですか」

「はい、このあいだも、お店の小僧で石松(いしまつ)というのが、夜おそく、そこへ使いにまいったところが、裏庭の塀のうえから、ヌーッと座頭の顔がのぞいたというので、大騒ぎをいたしました。柳光亭におあつまりのかたがたが、いかに悪戯ずきとはもうせ、まさか、こんなあくどい真似まで、いたされようとは思われません」

「なるほど、こいつは道理だ。じゃ、まあ、とにかく、当たるだけあたってみましょう。で、この鈴はおあずかりしておいても、よろしゅうございますか」

そういって、佐七が取りあげたのは、問題の鈴である。与吉がなにかの参考にもとおもって、藤兵衛のところから借りてきたのだった。

「はい、どうぞ」

「もし座頭の怨念(おんねん)が、しんじつ、この鈴にのこっているのなら、こんどは、あっしのところへ化けて出る番ですね」

佐七はおもしろそうに笑ったが、与吉は笑わなかった。なんとなく気の毒そうに、

「申し訳ございません。もしそんなことがあったら、こんどこそ、手篤(てあつ)く回向をしなければなりますまい」

「なあに、ようがすよ。うちにゃ、辰五郎という豪傑(ごうけつ)がおりますから、たまにゃ幽霊くらい、出てくれたほうが張りあいがあります」

「まったくだ。ひっ捕まえて奥山の見世物にしまさ」

威勢のいい辰のことばに、与吉もいくらか安心したよ

うに、

「師走の気ぜわしいところ、恐れいりますが、それでは、なにぶんよろしくお願いいたします」

と、かえっていったが、そのあとで黙然（もくねん）と、腕こまぬいて考えこんでいた人形佐七、思い出したように鈴の音色をきいていたが、ふいにハテナというように首をかしげた。

「お粂、ちょっとその火箸をとってくれ」

「あいよ」

お粂が火箸をとってわたすと、佐七はそれで、鈴の割れ目をこじあけていたが、するとなかから、ポロリと落ちてきたものがある。

それを見ると、三人はおもわずあっと息をのんだ。

「辰、わかったかい。伊丹屋の旦那が、この鈴を手に入れなすった当座、すこしも鳴らなかったというのは、こいつがなかにつかえていたからだ」

「あ、なある、すると、座頭が伊丹屋の旦那に鈴をわたしたというのも、これを証拠に、下手人を捕えてくれという謎（なぞ）だったんですね」

「えらい、てめえもどうやら一人前になってきたな。ところでちょっと、若旦那に訊ねたいことがある。てめえ、ひとっ走り追っかけてくれ」

「ようがす。遠くはいくめえ。じきつれてきまさあ」

辰は尻端折（しりはしょ）ってとび出したが、これがなかなか帰ってこないのである。

「チョッ、あの野郎、いってえどこまで行きゃがったんだろう」

しびれを切らして人形佐七が、立ったり坐ったり、しきりに舌を鳴らしているところへ、

「親分、た、大変だ」

泡をくってとびこんできた巾着の辰、

「若旦那がやられた」

「ナ、なんだと、若旦那が殺された？」

佐七がスックと立ち上がるのを、

「親分、ま、まあ、落ち着きなさい。やられたはやられたが、さいわい傷は浅傷（あさで）だ。いま、すぐここへきますから、まあじかに話を聞きなせえ」

いっているところへ、

「ごめんくださいまし」

と、なまめかしい女の声がして、はいってきたのは意

外にも、柳橋の駒代だった。

「辰五郎さんのおことばにしたがって、若旦那をおつれいたしました。さあ、若旦那、親分さんのところへきたからは、もう大丈夫でございますよ」

と、駕籠のなかの与吉に手をかすと、かいがいしくたすけ起こして、佐七の家へ遠慮がちにあがってくる。

お粂もこれを見ちゃ黙ってはいられない。

床をのべるやら医者をよびに走るやら、ひとしきり大騒動だったが、さいわい与吉の傷は浅かったので、まもなく気力も回復した。

「いったい、これはどうしたことですね」

佐七にはまだ、なにがなにやらわけがわからない。

目をパチクリさせているのをみて、勝気な駒代が膝をすすめた。

「ほんにふしぎなご縁でした。いえ、なに、わたしが所用あって、お濠端を通りかかりますと、にわかに人殺しという叫び声。おどろいて駆けつけてみますと、このおかたが倒れていらっしゃるのでございます。悪者はわたしの姿をみて、いちはやく逃げてしまいました。それで、わたしが取りあえず、ご介抱申し上げているところへ、辰五郎さんがおみえになって、はじめてこちらが伊丹屋さんの、若旦那だということを知ったのでございます。申しおくれましたが、わたしはかねがね、伊丹屋さんの親旦那さんに、ごひいきになっております、駒代というものでございます」

佐七はあっとおどろいた。なるほどこいつはふしぎな縁である。

「若旦那、それで悪者というやつは、どんな男でございましたえ」

「さあ」

与吉はいたいたしく、あおざめた顔をあげ、

「なにせ、とっさのことですからよくわかりません。お濠端を通りかかりますと、いきなり暗闇の中からとび出して、斬りつけてまいりましたので。なにやら、鈴のことをいっていたようでございました」

「あ、すると、あの座頭の鈴を手にいれようと、おまえさんに斬りつけたンですね。それについて若旦那、おまえさんを迎えにやったのはほかでもない、これを見てもらいたいンだが」

と、白紙にのせて差し出したものをみて、与吉と駒代

はあっとおもてをそむけた。

「あれ、こわい、親分さん、これは人間の指の骨じゃありませんか」

「そうですよ、こいつが鈴のなかから出てきたんです。若旦那、わかりますかえ。こいつはさいしょから骨じゃない。さいしょはりっぱな小指だったが、お宅の簞笥のなかにあるうちに、肉がくさって、骨ばっかりになっちまったんです」

「でも、どうして、そのようなものが鈴のなかに？」

「座頭が喰いきったんですよ、殺されるときに下手人の小指をね。そして、後日の証拠にもとおもって、鈴のなかへ捩じこんどいたンです。だから、親旦那にこの鈴をわたしたというのも、これを証拠に、下手人を探してくれという謎だったンですよ」

「まあ、すると、親分さん、紋弥、――いいえ、あの座頭殺しの下手人は、小指がいっぽん、欠けているんですねえ」

駒代はさっと土色になると、なぜかことばをふるわせて、憑かれたような目付きであった。

焼酎火を焚く幽霊

――怪談噺の名人　林家三治を知らねえか――


「辰、てめえ、駒代という女をどう思う？」

「へえ」

「ありゃすこし妙だぜ。柳光亭で伊丹屋さんの話があってから、舟までついてきたところといい、またゆうべの一件だ。ああ、うまく、お濠端を通りかかるなんて、少しひょうそくがあいすぎる。ありゃア、だれかの後をつけてきたンだぜ」

「親分、ひょっとすると、伊丹屋の若旦那に斬りつけたやつと、共謀じゃありますまいか」

「そんなことかもしれねえな。いちどよく身許を洗わにゃならねえが、とにかくいちおう、鐘撞新道のほうへいってみよう」

伊丹屋藤兵衛の妾宅は、さすがに、大店のお妾の住居だけあって、なかなかこったものである。

おあつらえむきの船板塀に見越しの松、それに藤兵衛が茶人だけあって、庭なども、このへんとしてはひろいほうで、よく手入れがゆきとどいている。

与吉があああいう災難にあった、その翌日のこと。

巾着の辰をつれて、佐七がブラブラと、この妾宅のまえを通りかかると、なかからとび出してきたのは件の与吉だ。

「親分さん、よいところへきてくださいました。じつは、また、ゆうべ一件もンが出ましたそうで」

「なに、ゆうべ出た？」

「はい、それで、親爺さまはもう、気違いのようになっております。けさはやく迎えがきましたので、わたしは石町から駆けつけてきましたが、こんなことがかさなると、親爺さまはとても生きちゃいますまい」

そうでなくても、ゆうべの怪我で弱りきっている与吉は、すっかり当惑したかたちだった。

話をきいてみると、ゆうべ、夜中に藤兵衛が厠におきると、庭のほうでボーッとあやしい火が燃えた。

おどろいて、瞳をすえてよくよくみると、その火のなかにありありと、浮びあがったのが、れいの血まみれ座頭の顔なので、藤兵衛はそのままウーンと、気を失ってしまったというのである。

「なるほど、それじゃ、とても親旦那にはお目にかかれませんね」

「はい、いましばらく、気がおちつくまでは、静かにしておいたほうがよかろうと、お医者さんもおっしゃいました」

「そうですか、仕方がありません。ときに、お米さんはいらっしゃいますかえ」

「はい、でも、父のそばにつきっきりで、とても手がはなせませんので」

「ほかに奉公人はいないのですか」

「いえ、婆あやがいるにはいるんですが、ゆうべは浅草にいるひとり息子が、急病だとかいうので、帰ってしまって、まだこっちへきておりません」

「そいつはおこまりでしょう。ときに、若旦那、旦那はともかくとして、ひとつ、その幽霊が出たという、お庭のほうを見せていただけませんかえ」

「はい、どうぞ。いま、裏へまわって木戸をあけますから、どうぞ、ご遠慮なくみてください」

与吉に裏木戸をひらいてもらった人形佐七が、なかへはいると、なるほど、噂にたがわぬりっぱな庭だ。むら消えの雪がところどころに残っていて、霜よけをした植木の刈(か)り込(こ)みも、よくいきとどき、小さな瓢簞(ひょうたん)池には、風雅な橋さえかかっている。

「して、幽霊が出たというのは、どのへんでございますかえ」

「はい、あの」

与吉もそこまでは知らぬとみえて、口籠(くちご)っているところへ、縁側(えんがわ)から声がきこえた。

「はい、それは、その池のそばにある、松の根方(ねかた)でございます」

ふりかえってみると、二十七八のあだっぽい年増が、あおい顔をして縁側に立っている。すらりと背のたかい、小股(こまた)の切れあがった女だ。

「あ、これはお米さんですね」

「はい、お玉が池の親分さんですね、ご苦労さまでございます。よくよくお調べくださいまし。ほんに、きょうこのごろの幽霊騒ぎで、くさくさしてしまいます」

「ごもっともで。しかし、なアに、いまに埒(らち)をあけてお目にかけますよ」

おしえられた松の根方を、しきりに見まわしていた佐七は、ふと地面に落ちている、黒いものに目をつけた。

それから、ヒクヒクと小鼻をうごめかして、そのへんを嗅ぎまわっているようすに、お米は下駄をつっかけてそばへくると、

「親分さん、なにかございましたか」

「いえ、なに、ときに、お米さん、けさ、だれかこのへんを掃(は)きましたか」

「あら、いいえ、それどころじゃございませんわ。あの取りこみのうえに、婆あやがまだかえってまいりませんもの」

「そうですか。いや、べつになんの手掛かりもないようです。もっともあいてが幽霊じゃ、手掛かりのないのがほんとうでしょう。ときに、若旦那」

「はい」

「なんにしても、親旦那がご病気とあれば、あとは女ばかり、はなはだ不用心です。お店からだれか若いものをよこして、泊まらせるようにしたらよろしゅうございましょう」

「はい、そういうことにいたしましょう」

なんとなく、不安そうな与吉とお米をあとにのこして、佐七はふたたび、裏木戸から外へでたが、すると、巾着

の辰が声をひそめ、

「親分、なにかわかりましたかえ」

「ふむ」

「あれ、いやだな。あっしにまで、隠さなくてもいいじゃありませんか。いやに小鼻をヒクヒクさせてましたが、あの黒いものはなんですね」

「はっはっは、見ていたか。そう知られちゃ仕方がねえ。じつは妙なことに気がついたんだが、辰、ゆうべ真夜中にもえた幽霊火というなア、ありゃおめえ、焼酎火だぜ」

「え？　焼酎火？」

「そうさ、あの黒いものは、焼酎火のもえかすさ。べらぼうめ、芝居のお化けじゃあるめえし、どこの世界に、幽霊が焼酎火など焚いて、出てくるやつがあるもンか。たいてえこの狂言はよめてらあ。なあ、辰、てめえ、林家三治という落語家を知っているかえ？」

「林家三治？　知ってますよ。しかし、親分、それがどうかしましたかえ？」

「こん畜生、まだ気がつかねえのか。林家三治というやつは、落語家にゃにあわねえいい男でよ、とんだ女たらしだという話だ。おまけに頭はくりくり坊主でよ、ヒュードロドロの、怪談噺はあいつの十八番だ」

「あっ、そいじゃあいつが」

と、辰もおもわず息をのんだ。

文化から文政へかけては、大南北の出現でもわかるとおり、江戸の世界は怪談の大流行、そういう時世に乗じてあらわれたのが、高座の怪談噺で、林家三治というのはとしは若いが、その名人だった。

「三治はたしか、いま、神田の紅梅亭へでているはずだ。ひとつこれからいってみよう」

「しかし、親分、三治がなんだって、座頭の幽霊の真似なんかするンです」

「いや、これはおれの当て推量だけどな。若いいい男の芸人と、縹緻よしのお妾だ。そこになにかあってもふしぎはあるめえ」

「なるほど、それじゃお米は旦那の目をかすめて、三治とよろしくやってると……？」

「そこがそれ、当て推量だから、はっきりとはいいきれねえが、あの焼酎火が気にかかる。おれの当て推量があたっていれゃア、この幽霊さわぎの作者はお米だぜ。おおかた旦那から座頭の話をきいて、じぶんの情人(いろ)にいいふくめ、座頭の幽霊をやらせているンだ」

「旦那をそれで、怯えて、怯えて、怯え死にさそうというわけですかえ」

「おおかたそんなことだろう。旦那が死にゃお米のやつに、あの家屋敷のほかに、たんまり手切れ金が、もらえることになってるンだろう。そうなりゃ、はれて三治を引っぱりこもうというさんだん。あの家屋敷だけだって、どうして、たいした値打ちもンだあな」

だが、その三治は紅梅亭にもいなかった。本所の裏店(うらだな)にある三治のうちにも、巾着の辰を走らせたが、三治はゆうべからかえってこぬという。

佐七はなぜか、いやな胸騒ぎがしてならなかった。

芸者駒代と船頭吉蔵
——屋形のなかへきておくれ——

柳橋、みよし野と書いたご神燈のあがった軒先、みがきこんだ格子をひらいて、

「今晩は、駒代さんはうちかえ」

「おや」

と、内箱(うちばこ)らしい中年増が佐七の顔をみて、

「これはお玉が池の親分さん、あいにく、駒代さんはいませんが」

「お座敷ですか」

「いいえ、それがね、なんだか頭痛がするから、川風にでも吹かれてこようって、舟を誂えて出ていきました」

「はてね、この師走の寒空に、そいつは風流なことだが、そして、その舟というのは？」

「代地河岸の伊豆由さんの舟でございます」

「おお、そうかえ、そいつはありがとう」

みよし野をとび出した人形佐七、なんだか気になってたまらない。

きょういちにち、足を擂粉木(すりこぎ)にして探してまわったが、林家三治のいどころはわからない。

しかし、だいたい、佐七の読んだとおりではないかと思われるのは、三治はちかごろ、えろう金のくめんがよいそうである。

いずれどこかに、金蔓(かねづる)でもめっけたらしいが、三治が

それを、ひたかくしにかくしているところをみると、あいては人妻か、ぬしあるお囲いものかなんかにちがいないと、そこは芸人仲間の岡焼きもまじって、べらべら喋舌るのをきいたから、佐七の当て推量も、まんざら、当て推量でもなさそうになってきた。

しかし、かんじんの当の本人が、つかまらないのでは話にならない。困じはてたあげく、ふと思いついたのが駒代のこと。

じつは佐七にも、駒代がいったいこの事件と、どんな関係があるのか見当もつかない。しかし、三治のいどころがわからぬいま、とにかくいちおう当たってみようと、みよし野へやってきたところが、駒代は舟を仕立てて川へ出たという。

「辰、どう思う。こいつは少々おかしいぜ。この師走の忙しいなかを、とんだ風流だ。これにゃなにかわけがなくちゃなるめえ」

「親分、伊豆由の舟といやア、ひょっとするとこのあいだ、座頭の幽霊に出会った舟じゃありますまいか」

「ふうむ、いいところへ気がついたな。とにかく、伊豆由へいってみよう」

伊豆由できいてみると、はたして、このあいだとおなじ、吉蔵の舟だという。

「辰、こりゃいけねえ。おれゃ妙に胸騒ぎがしてきた。おかみさん、すまねえが一艘仕立てておくんなさい。ひとつあとを追ってみてえが、舟はどっちの方角へいったえ」

「たしか、上へのぼったと思います」

「よし、それじゃ辰、てめえもきねえ」

日はもちろん暮れはてていた。

舟を仕立てた人形佐七、伊豆由から借りてきた、提灯をたかくふりかざして、くまなく河のうえに目をくばっている。

さいわいきょうは星月夜、ひろい河面は冴えかえって、凍りついた銀色に光っている。

おまけに季節が季節だから、たいして舟も出ていないのが好都合だ。

「おい、若い衆さん、おまえさん、じぶんンちの舟だから、ひとめ見たらわかるだろうね」

「へえ、そりゃ如才ございません。おおかた、首尾の松あたりにいるンじゃないかと思います」

「おお、そうか、じゃ、急いでやってくんねえ」

「ところがねえ、親分」

「なんだ」

「仲間の棚下ろしをするのもなんだと思ったから、あっしゃいままで控えていたンですが、あの吉蔵というのは喰わせもんですぜ」

「喰わせもんというと」

「あいつは入れ墨もんですぜ」

「入れ墨もん……？」

「へえ、そうなんで。あいついつも右の腕に、布を巻いておりますが、いつか、その布が解けたところをちらとみたら、墨が二本はいってましたよ」

佐七は辰と顔見合わせた。

「どうせこちとらの仲間にゃ、いろんなやつがまぎれこんでます。あっしだって大きな口は叩けませんが、入れ墨もんは困ります。それにもうひとつ、あっしの気にくわねえのは、野郎、左の小指が一本欠けてるンです」

「な、な、なんだとう？　左の小指が欠けてる……？」

「そうなんです。それについて、いつかあっしが訊ねたときの、野郎の顔色ったらなかったンです。おや、親分、どうかなさいましたか」

「いや、いいんだ、いいんだ。しかし、若い衆さん、その小指のねえ、入れ墨もんの吉蔵と、駒代となにかわけでもあるのか」

「まさか、そんなことおっしゃると、駒代姐さんがかわいそうですよ」

「どっちにしても大急ぎで、吉蔵の舟を探してくれ、大急ぎだ、大急ぎだ」

佐七にもまだ、ハッキリ事情はのみこめないが、なにかしら、容易ならぬ事態が、切迫しているような気がして、いても立ってもいたたまらない。

辰もおなじ気持ちだろう。

きっと舷に片脚かけ、油断なくあたりを見まわしている。

話かわって、こちらは駒代をのせた吉蔵の舟だ。首尾の松へんまでやってくると、

「ちょいと、船頭さん、こちらへはいってきておくれな」

と、屋形のなかから駒代が声をかけたから、

「姐さん、なにかご用ですかえ」

「なんでもいいから、こっちへはいってきておくれな。

おまえさんにちょっと聞きたいことがある」

「ご冗談でしょう、姐さん、あっしがいま漕ぐのをやめて屋形へはいりゃ、舟はどんどん流れてしまいますぜ」

「流れたってかまわない。あたしゃおまえさんに話があるから、ちょっとこっちへはいってきておくれな」

「姐さん、あっしを口説こうてえンですかえ。そんならこんな舟の一艘や二艘、流したってかまいませんが」

「なにをばかなことをいってるンだねえ。自惚(うぬぼ)れるのもいいかげんにおし、とにかく話があるから、こっちへはいってきておくれよ」

ぐずぐずしてると、立って、こっちへ出てきそうな気配に、

「へっへっへ、そんなにまでおっしゃって下さるなら……」

流れないように櫂を櫓臍(ろべそ)へおくとき、船頭の吉蔵は、すばやく河のあちこちを見まわしたが、さいわいあたりに舟のすがたは見当たらない。

吉蔵はにやっと笑って舌なめずり、いや、その目つきの凄(するど)いこと。

菰の中は血まみれ死体

——こいつは弟の敵でございます——


「姐さん、なにかご用ですかえ」

吉蔵が屋形のなかへはいってくると、そこには炬燵(こたつ)がおいてあるが、駒代は炬燵へもはいらず、きちんと端坐した膝に両手をおいて、きっと吉蔵を見すえる目は、針(はり)のようにとがっている。

「ちょっとおまえさんに、聞きたいことがあるンだがね、そこへまあお坐(すわ)りよ」

「へえ、お聞きになりてえこととおっしゃいますと……？」

吉蔵は屋形のすみに膝をつくと、神妙に両手を膝においているが、その目は舐めるように、駒代のふくよかな胸のふくらみから、少しすべって、腰のあたりを眺めている。

舌なめずりをするような目つきだった。

「聞きたいというのはほかでもないンだがね、おまえさん、その左の小指はどうおしだえ」

「へえ、これでございますかえ」

おどろくかと思いのほか、吉蔵は平気で、小指のいっぽん欠けた左手を突き出すと、

「姐さん、そんなことをきいて、おまえさん、どうなさるおつもりでございますえ」

「どうでもいい、あたしゃただ、その小指をどうしたのか、それをおまえさんに聞きたいのさ」

吉蔵はうわめ使いで、駒代の気負いこんだ顔をみていたが、にやりと薄気味わるいわらいをもらすと、

「まあ、よしましょう。これは姐さんと、なんの係かり合いもないことでございますからねえ」

「いえないとおいいかえ」

「悪く思わねえで。これはあっしの秘密でさあ」

「ああ、そうなの。それじゃその指のことは聞かないかわり、ほかのことを聞かせてもらうよ。おまえさん、いつか伊丹屋の旦那を送っていくとき、すれちがった舟のなかから、血まみれ座頭が顔を出して、旦那に鈴かなんかのことをいったとき、たいそう怯えておいでだったが、おまえさん、なにか血まみれ座頭について、知ってるンじゃないか」

吉蔵は答えないで、ただじろじろと駒代のからだを、舐めるような目でみつめている。

気のつよい駒代はしかし、じぶんのいまおかれている、危険な立場も忘れてしまって、

「そればっかりじゃない。あれいらい、あたしゃおまえさんに目をつけて、それとなくあとを付けまわしていたンだよ。そしたら、おまえ濠端で、伊丹屋の若旦那をおそったね。そのときおまえ若旦那に、鈴をどうしたとか、こうしたとかいったそうじゃないか。その鈴とはなんのことだえ」

吉蔵はあいかわらず無言である。舐めるようなかれの視線は、しだいに下へすべっていって熱を増す。

「いえないのかい、いえなきゃあたしがいってあげるよ。おまえさん柳光亭の会へ出た旦那衆から、鈴ヶ森の座頭殺しをきいたンだろう。そして、そのとき伊丹屋の旦那が座頭から、鈴をひとつあずかったということをきいて、その鈴をとりもどそうとしてるンだろう。吉蔵さん」

と、駒代の声が巽あがりにかん走って、

「あの鈴のなかからは、喰いちぎられた小指の骨が出たんだよ。吉蔵さん、座頭の紋弥を殺したのはおまえだね」

吉蔵の視線がうえへすべって、ふしぎそうに駒代の顔

をみると、

「姐さん、おまえ、えろう気をたかぶらさせているようだが、よしんばおれが紋弥とやらを、殺した下手人だとしても、それがおまえさんと、いってえどういう係かり合いがあるンだえ」

「紋弥は……紋弥はあたしの弟だよ……」

さすがに吉蔵も、これにはギョッとしたふうで、しばらく、穴のあくほど駒代の顔を見ていたが、やがてにやりとホロ苦く笑うと、

「なるほど、それで弟の敵討ちをしようというわけか。しかし、それにしちゃ姐さん、いやさ、駒代さん、おまえも無鉄砲な女じゃねえか。ひとけもねえこの水の上、おれがおまえをこの舟で、殺してしまえばどうするンだ」

「ほっほっほ、そんなことできるもンか」

「どうしてさあ」

「だって、あたしがおまえの舟で出たことは伊豆由さんでは知ってるよ。あたしを殺せばすぐ足がつくじゃないか」

「おまえの死骸におもりをつけ、海中ふかく沈めたら……？　それに、おらアもう伊豆由へはけえらねえつもりだ」

「えっ？」

「駒代、おまえもうかつな女だな。おまえのうしろにある菰包み、そりゃアいったいなんだえ」

駒代ははっとうしろをふりかえった。

なるほど、そこには大きな菰包みがころんでいる。

屋形船にはふにあいな代物で、駒代もこの舟へはいってきたときから気がついていた。

しかし、ひとつことを思いつめていた駒代は、いままで深くも気にとめていなかったのだ。

「ひとつ、その菰包みのなかをのぞいてみろ。いいから、のぞいてみろというンだ」

つよいあいての気魄に圧倒されて、駒代はギョッと息をのんだ。すこし膝をにじらせて、菰包みのはしに手をかけ、そっとめくってみたとたん、

「あれえッ！」

と、叫んで、ひしとばかりに袂を顔におしあてた。

菰包みのなかには、世にもおそろしいものがくるんであった。そのとたん、船頭の吉蔵が、炬燵をまたいでひとっ跳び、駒代のそばへやってくると、やにわにそのか

らだを抱きすくめた。

「どうだ、駒代、わかったか。おれはゆうべ人殺しをしてきたのよ。その死体におもしをつけて、これから沖へ沈めにいくところよ。それをおまえに見られたからにゃ、生かしちゃおけぬと思いねえ」

「悪党、悪党、それじゃ紋弥を殺したのも……」

「そうさ、おれさ。これもなにかの因縁だろう、弟を殺したそのうえで、姉まで殺そうとは思わなかった。とんで灯にいる夏の虫たアおまえのことよ」

「弟の敵、覚悟おし……」

懐中深くかくし持った匕首を、抜こうとしたが、その手はいちはやく吉蔵に、さかてにとられて匕首は、鞘ごと駒代の手をはなれて、吉蔵の手にもぎとられてしまった。

「女だてらに刃物三昧、しゃらくせえ真似は止したがいい。それより死んでいくまえに、ここでいちばんおれに振舞いねえ」

「あれ、なにをするンだよう」

渾身の力をふりしぼって抵抗したが、しょせんは男と女の力である。

駒代は仰向けにおしころがされ、うえから、餓狼のような吉蔵の顔がおっかぶさってくる。

「殺せ、殺せ、ひとおもいに殺しておくれ」

「いわなくたって殺してやるさ。だが、そのまえにこってり楽しませてもらうよ」

鹿を追う猟師山をみずというが、いまの吉蔵がそれだった。

やわらかい駒代の肌をしたに抱きすくめて、吉蔵はカーッと逆上していた。

そのこと以外、なにを考える余裕もうしなっていた。

匕首をとりあげてしまえば、こっちのものだと思いこんでいたが、あにはからんや、女には簪という武器があった。

吉蔵が炬燵をふみこえてきて、駒代のからだを抱きすくめたとたん、銀の平打ちが髪からぬけて床に落ちていた。うれしや、その簪が駒代の手にさわった。

うえから女を抱きすくめ、女の裾に手をやった吉蔵は、それ以外のことは考えなかった。

とうとう女の下半身はむきだしにされてしまった。

えたりとばかりに吉蔵が、思いをとげようとしたとたん、やにわに下から手をのばした駒代が、左の腕で男の首を抱きすくめた。と、同時に、右手に銀の平打ちをさか手にもって、骨をもとおれと男の盆の窪めがけてふりおろした。……

こちらは佐七を乗せた舟である。

待乳山がくろぐろ見えて、川風はのぼるにしたがって肌につめたい。

行き交う舟のかずもすくなく、ギイギイと櫓臍のきしる音だけが淋しい。

まもなく首尾の松がむこうにみえてきた。

「親分、むこうにいるのが、そうじゃないかと思いますがね。変ですね、灯もつけねえで吉の野郎、どうしゃアがったンだろう」

「どれどれ」

すかしてみると、なるほどむこうに一艘の舟が、プカプカ水に浮んでいるが、船頭のすがたは見えなかった。

「はてな、あの舟は流れっぱなしじゃねえのか」

呟いたときだった。ふいに屋形のなかからヒーッという男の悲鳴、つづいて、男と女のわめく声がきこえたかと思うと、とたんに屋形船の障子をやぶって、だれかがざぶんと水にとびこんだ。

「それ、辰」

佐七のことばをきくまでもなく、辰はくるくると帯を解くと、ふんどし一本の素裸、ざんぶとばかり水のなかへとびこんでいた。

それを尻目に人形佐七が、むこうの舟へとびこむと、屋形のなかはあたりいちめん唐紅、そのなかに吉蔵が七転八倒の苦しみだった。

吉蔵は盆の窪をえぐられて、あっとばかりにのけぞるところを、むき出しになった下っ腹を、ところかまわず抉られたのである。

まったくこうなると、簪もさか手にもてばおそろしい。

「吉蔵、どうした、どうした」

と、いっているところへ巾着の辰が、水にぬれた駒代を抱いてきた。駒代は案外気がしっかりしていて、

「親分さん、弟の敵でございます。鈴ヶ森で殺された、弟紋弥の敵でございます。そいつの左手の小指をごらんくださいまし。それから、そいつはゆうべもどこかで、人殺しをしてきたらしく、親分さん、その菰包みのなかをごらんください」

駒代のことばにおどろいて、佐七がそこにころがっている、菰包みをひらいてみると、なんとなかから出てきたのは、一個の死体ではないか。

しかも、それこそきょう一日、佐七と辰が足を擂粉木（すりこぎ）にして、探しまわった林家三治。

顔半面、紅（べに）でいろどった座頭の幽霊は、もののみごとに、土手っ腹をえぐられて死んでいるのであった。

木乃伊取りが木乃伊に

——柳橋の駒代という牝狐が——

「いや、もう、とんだこみいった事件でしたねぇ」

一件すっかり落着したのち、親子づれで礼にきた伊丹屋藤兵衛に、佐七はうつくしい靨（えくぼ）をみせて笑った。

「つまりお米は以前から、林家三治と情（じょう）を通じていたンですね。ところが去年もちあがった紋弥殺し、旦那がその場にいきあわせ、鈴をおあずかりになったのはよかったが、なんとなくそのことを、苦に病んでいらっしゃるのにつけこんで、三治を座頭の幽霊に仕立てたンです。そこは三治も商売ですからね、旦那が怯えなすったのもむりはございません」

「いや、親分、面目しだいもない」

きょうばかりは伊丹屋藤兵衛、肩をすぼめて小さくなっている。

「ところがそこへ妙なやつがとびこんできた。妙なやつというのがあの吉蔵で……」

吉蔵は以前にも悪事をはたらいて、島送りになっていたが、文化十二年は権現様の二百年忌、大赦があって島からゆるされた吉蔵は、そのかえりがけ、鈴ヶ森で紋弥に出会った。

いったい、座頭というのは盲人の官位で、盲人の官位には四階級あって、うえから順に検校（けんぎょう）、別当（べっとう）、勾当（こうとう）、座頭（ざとう）となっていた。ところが泰平の御代（みよ）もながくつづくと、世の中万事金しだいで、盲人の官位なども金で買えたものだそうである。

ひとくちに検校千両といったもので、いちばん低い座頭の官位でも、百両はしたものだそうな。紋弥は姉の駒代が身を売った百両をもって、京都へ官位をうけにいく途中、鈴ヶ森で吉蔵にあって殺された。

そのとき、吉蔵は左手で紋弥の口をふさぎ、右手で紋弥をえぐったのだが、苦しまぎれに、紋弥があいての小指を食いちぎった。

吉蔵はいたさにたえかね、金をうばうといったんはその場を逃げ去ったが、あとで気になったのが小指である。

紋弥の口にのこった小指から、足がついてはならないと、しばらくして引きかえしてきたが、そのときにはもうすでに、紋弥の口に小指はなかった。

その直前に藤兵衛がいきあわせて、鈴をあずかったというわけである。

だから、吉蔵として小指の行方が、しじゅう気になっていたにちがいない。

「ところが、いっぽう駒代ですが、柳橋で芸者をしながら、弟の敵をさがしていたが、いつぞや柳光亭のかえりがけ、座頭の幽霊を見たときの、吉蔵のおどろきかたが、ただごととは思えなかったので、それいらい、ひそかにあいつを尾けていたンですね」

「そのおかげで、わたしが危いところを、助かったというわけですね」

「そうです、そうです。それで駒代の疑いは、いっそう深くなってきました。そこへもってあっしの口から、紋弥殺しの下手人は、小指を喰い切られているにちがいないと聞いたから、とうとう、ああして舟でつれだしたンです」

ところが、そのまえの晩、吉蔵の身にもたいへんなことがあった。

与吉をおそって失敗した晩、かれはお米の妾宅へしのびこんだ。

かれはまだ鈴のなかから、小指が発見されたことを知らなかったので、あくまでそれを取りかえすつもりであった。

ところでそこで出会ったのが三治のにせ幽霊、悪いやつでも幽霊はこわかったとみえ、前後のふんべつもなく、夢中で、どてッ腹をえぐってしまったのである。

ここで困ったのはお米だ。幽霊の正体がわかれば、じぶんの狂言もばれてしまう。

そこで脛に傷もつ男と女、その場で妥協が成立した。

どうせ男と女の妥協といえば相場がきまっている。

しかも、あいてはまむしのような吉蔵だ。こんなやつに弱身を握られたらただではすまない。

さいわい、藤兵衛は気をうしなっている。
吉蔵はいやおうなしに、お米を抱いて自由にした。
その交換条件として、三治の死体をひとしれず、海の底へしずめてしまおうというのだから、林家三治こそいい面の皮だった。

「ですから、この一件の殊勲甲は、なんといっても駒代ですよ。駒代がいなきゃ三治殺しの一件は、闇から闇へほうむられたかもしれませんからね」

「いや、親分、面目しだいもございません。これに凝りてこののちは、伜を見習い、固いいっぽうになるつもりです」

と、伊丹屋藤兵衛、すっかり閉口頓首の顔色で、かえって、そばから堅蔵の与吉が、

「親爺さま、そう老いこまれても困ります。なにも世間には、お米みたいな女とばかりは限りますまいに」

と、口をきわめてなぐさめたという。
そのお米は牢にいるあいだに病死した。吉蔵は駒代にえぐられた傷のいえるを待って、あらためて引き回しのうえ獄門になった。
駒代は弟の敵討ち神妙なりとあって、なんのお構いもないどころか、これがためにパッと人気が立ったが、それから三月ほどのちのこと。
ある席で、佐七が伊丹屋藤兵衛にあうと、

「親分、また困ったことができました」

「困ったこととおっしゃいますと……?」

「いや、わたしはあれいらい、ほら、このとおり珠数を片手に行ないすましてるンですが、木乃伊取りが木乃伊になりましたので」

「と、おっしゃいますと……?」

「いや、なに、こんどは伜めが極道をはじめましてな。なにせはじめて女の味をしったもンですから、家を外の放蕩三昧、いや、困ったもンでございます」

「あのお堅い若旦那が……? そして、あいてはどういう女で?」

「それがな、親分もご存じだろうが、柳橋の駒代という牝狐、あの牝狐にすっかり鼻毛をよまれてしまいましてな。また、牝狐も牝狐で、あの朴念仁のどこがようてか、若旦那、若旦那と鼻を鳴らしてもてなすもンだから、いや、石が流れて、木の葉が沈むとはこのことでございます」

伊丹屋の大旦那の藤兵衛さん、困っているのか、よろこんでいるのか、珠数つまぐって、にたアりにたアりとご機嫌だったという。

花見の仮面

人形佐七捕物帳

花の飛鳥山

――おまえさん、思い出すわねえ――

花曇り鐘は上野か浅草か――。

花時ともなれば、いずこもおなじほこりっぽさ、しかしそのなかでも、わけて飛鳥山(あすかやま)のにぎわいときたら、昔からそれはたいへんなもの。いまの言葉でいおうなら、さしずめ殺人的風景というやつだ。

芸づくし、踊りづくし、江戸中の遊芸の師匠という師匠が、これ見よがしに社中のものをひきつれて、わっとばかりに押し出すのだから、あちらでもこちらでも、どんちゃんかどんちゃんか大騒ぎ。そこをまたねらって、八笑人もどきの茶番も出ようというわけ。気の弱いものなら、たちまち頭痛のしそうな景色だが、そのなかにあって、

「まあ、思い出すわねえ」

と、にっこり佐七の顔をふり仰いだのは、ほかならぬ女房のお粂。

「ふっふっふ」

と、佐七もまんざらではない顔で、にやにやと顎をなでているから、おさまらないのは乾分の巾着辰五郎。

「これこれ、姐(あね)さん、そばにゃ生身の男がいっぴきひかえているんですから、ちとお手柔らかに願いとうございますねえ」

と、プッと面(つら)をふくらませたから、お粂ははじめて気がついたように、

「おや、辰つぁん、おまえそこにいたのかえ」

「そこにいたかは情けないね。はい、おりますよ、おじゃまになっていけませんでしたね。ヘン、くそおもしろくもねえ、雪達磨じゃあるめえし、消えてなくなるわけにもいきませんのさ」

「おまえ、なにもそうつんけんいわなくてもいいじゃないか。なにかきょうのお花見に気に入らぬことでもあるのかえ」

「大ありでさ。そりゃおまえさんがたは楽しかろう。去年のことを思えばね。しかし、このあっしゃどうしてくれるんで。ねえ、親分、あのじぶんには、おまえさんとおいらとふたり、仲よく膝っ小僧を抱いていたもんだが、いまじゃおまえさんにゃれっきとした姐さんがある。それにひきかえこの辰五郎、かわいやいまだに独(ひと)りもの、

——と、そう考えりゃア、ちっとばっかり遠慮ぐらいしたって損はいきますめえ」

「辰、おつにからんできたな」

「からみもしまさあ。思い出しますわねえ、ふっふっふっ、ここまで聞かされちゃ、おいらだってこう、胸がもやもやしてきますぜ。ああ、どこかに姐さんみてえな女はおちていねえもんかしら」

　このじぶんはまだ豆六は弟子入りしていなかったので、さっきからひとりちびちびやっていた辰五郎、酒がそろそろまわったか、しきりにくだらない愚痴をこぼしているが、これにはひとつわけがある。

　佐七がはじめてお粂を見染めたのは、やはりこの飛鳥山のお花見どき、指をくって勘定すると、ちょうどきょうでまる一年（「歎きの遊女」参照）、まさかそのじぶんのことを思い出すためでもあるまいが、きょうは夫婦づれでなれ初めの飛鳥山へと花見にきたんだが、なるほどこれでは巾着の辰、いたって損な役回りで、はなっから中っ腹でいたところへ、

「思い出しますわねえ」

「ふっふっふ」

　ときたもんだから、にわかに業が煮えてきたというわけだ。

「辰、まあ、そういうな。いまにおまえだって、どのようなべっぴんが惚れてこねえでもねえ。そのときにゃ、おれがおおいに取りもちの役をかって出るから、きょうのところは不承しろ」

「ほんに、辰つぁん、おまえさんらしくもない野暮な沙汰だよ。年にいちどの楽しみじゃないか。気にさわったら、目をつむっていておくれ。ねえ、おまえさん」

　と、お粂はいよいよご亭主により添ったから、これには辰五郎も兜をぬいだ。

「いや、こいつはたまらぬ。あいてのほうが役者が上ときてやアがら。ええい、どうとでも勝手になさいまし。おいらの情人は、これだこれだ」

　と辰五郎はひとりで瓢簞をかたむけていたが、

「それにしても思い出しますねえ。あんとき、親分とあっしとはここで詰まらなく花をみていたもんだが、するとそんとき、姐さんは、ほら、むこうで幕を張ってよ、ひと待ちがおに桜をみていなすったが、あのじぶん姐さんはきれいだったねえ」

「おや、辰つぁん、いやなことをおいいだよ。すると、近ごろはきたなくなったかえ」

「ほい、しまった。いえさ、いまでもおきれいでいらっしゃいますよ。だけど、あのころはまたかくべつ。親分がね、ここから姐さんの顔を、こうじいっとにらんでさ。涎をたらたら……」

「バカ、なにをいやがる」

「いいじゃありませんか。嘘じゃねえもの」

「ほっほっほ、辰つぁん、それからどうしたの」

お粂はうれしそうに膝をのり出した。

「それからどうもこうもありませんやね。よだれを一升五ン合もたらしたあげく、ほっと溜息をついていうことにゃ、ああ、世の中にゃいい女もあればあるもの、おれも男と生まれたからにゃ、たといひと晩でも、ああいう女としみじみ話がしてみたい、なあ、辰――」

とんだところですっぱ抜かれて、佐七はすっかり亭主のこけんを落としてしまったから、おもわずプッとふくれあがった。

「紺屋高尾の文句じゃあるめえし、だれがそんなことをいうもんか。こんなお多福としみじみ話がしてみてえ。フン、臍が茶をわかすぜ」

「おや、おまえさん、変なことをいうわねえ。お多福でわるかったね。そんなにおまえさんの気に入らぬなら、どこかのお面屋へいって、もっときれいなお面でも買ってこようか。ええ、くやしい」

と、売りことばに買いことば、いままで蝶々喃々たるご両人のあいだが、にわかに荒れ模様になってきたから、驚いたのは巾着の辰。

「おっと、待ったり、待ったり、ご両人。面といえば、あのときも、へんなひょっとこの面をかぶったやつがあらわれて、とんだ修羅場とあいなったが、思い出せば、おお、それよ」

「なにをいやアがる」

佐七がおもわずぷっと噴き出せば、お粂もあのときのことを思い出したか、

「そうそう、あのときはほんとに怖かった。おまえさんがきてくれたからよかったものの、あのお面にはおどろいたよ。――おや」

やっと機嫌の直ったお粂が、そのときふいに佐七の袖をひいた。

「おまえさん、あのひとどうしたんだろう」

「なんだえ」

「ほら、むこうの幕のなかから、お面をかぶった男が、ひょろひょろ出てきたよ。酔っているのかしら、妙に足元があぶないよ」

お粂のことばに瞳を転じてながむれば、なるほど、おどけた面をかぶった男がひとり、おどるような歩調で三人のまえを駆けぬけていったが、と、それからまもなく。

「あれえ、だれかきてえ」

とただならぬ男女の悲鳴。しかも、いまお面をかぶった男がとび出したあの幔幕のなかからだ。

すわこそとばかり立ちあがった佐七は、草履もはかずに莚のうえからとび出すと、たたたとむこうの幕へかけよって、ぐいとそいつをまくりあげたが、とたんにあっと立ちすくんだ。

幕のなかには大店の旦那とおぼしく、五十がらみの品のいい男がひとり、血嘔吐をはいてのたうち廻っている。そして、そばには、いずれ劣らぬきれいな娘がふたり、いずれも土色になって、左右からしっかり抱きついていたが、やがて男はがっぷりと、またもや大きな血の塊を吐いて、そのままぐったりと息絶えた。

お面の男はこのわたし
——ふたりとも信心が過ぎるんです——

「親分、どうも妙ですね。去年人殺しのあったのも、ちょうどこのへんでございましたが、してみると、この場所にゃなにか因縁でもついているんですかねえ」

「そういうわけでもあるまいが、これもなにかの廻りあわせであろう。それにしても、さっき面をかぶって逃げた男、あいつをうっかりやり過ごしたなあ大しくじりだったなあ」

騒ぎをききつけて町廻りがくる。このへんをなわ張りにしている岡っ引きの、滝野川の忠太というのも駆けつけてくる。そこでとりあえずかんたんなお取り調べがあったが、それによるとこうなのだ。

そこに血嘔吐をはいて死んでいるのは、王子へんに穀物問屋をひらいている越後屋の治右衛門といって、近所でもひとにしられた資産家で、そばにくっついて泣いている娘のひとりは、治右衛門のひと粒種で名はお藤、もうひとりのほうは亡くなった女房の姪でお玉という。

お玉は両親に死にわかれてまったくの孤児となったところから、治右衛門があわれんで引きとってやったものだが、年はお藤よりふたつうえの、どちらも負けず劣らずの美人ぞろい。王子のふたり小町といえば、だれひとり知らぬものもないくらいだ。

さて、この三人がきょうしも飛鳥山の花見としゃれこんで、朝から例の場所へ陣取っているうちに、さきほどの面をかぶった男が、ふらふらと瓢簞片手にあらわれたのである。

「よお、こいつは越後屋の旦那じゃありませんか。これはめずらしい。ひとついかがです」

面をかぶった男は、よろよろしながら、朱塗りの盃を治右衛門にさしだした。

「はて、おまえさんはどなたでしたかねえ」

「だれでもいいじゃありませんか。どうせこういう場所だ。無礼講と願って、ひとつきゅっと干していただきやしょう」

花の山にはよくある慣いだ。

面をかぶっているのでだれだかわからないが、おおかたご近所の衆ででもあろうと、治右衛門はふかくも怪しまず、さされるままに盃をうけたのだが、それがわるかったのか、面をかぶった男がひょろひょろと立ち去ってまもなく、にわかにキリキリ横腹がいたんで、やがてカーっと血を吐いたのである。

「なるほど。して、その男というのを、おまえたちはだれだか見当がつかねえのか」

「はい、なにしろ面をかぶっていましたから、いっこうだれやらわかりませぬ。なあ、お藤さん」

「はい」

と、お藤のほうはとつぜんのできことに、ただおろおろと泣くばかり、返事もろくにできなかった。

「しかし、声や言葉つきで、およそだれだかわかりそうなもの。だれかこのひとに怨みをふくんでいる人間があるんじゃアありませんか」

「めっそうな、伯父さまにかぎってそんなことがあってよいものですか。ご近所でもきいてくださいまし。仏とあだ名をとった越後屋の治右衛門伯父さま、これはきっとなにかのまちがいでございます。はい、まちがって殺されたのにちがいございませぬ」

姪のお玉は年ににあわぬ気丈者、きっとかたちを改めて、取り調べの定廻りのものにも食ってかかるように反抗するのだ。

で、けっきょくはこの一件、例によって迷宮入りである。


あの怪しい面をかぶった男でもつかまればともかく、なにせこの花かひとかの飛鳥山。まして、あいてにうしろ暗いところでもあるとしたら、どうしていまごろまごまごしていよう。

けっきょく、治右衛門はなにものともしれぬ人物の、毒酒の詭計であたら命を落として殺され損、あとにのこされたお藤がただよよと泣くばかり。

佐七も気まぐれなお花見からまたぞろ奇怪な殺人事件に足をふみこんだものの、考えてみればここは滝野川の忠太のなわ張り、あまり深入りしても悪かろうと、その日はそのまま立ちかえったが、しかし、事件はそのまま佐七の手からはなれはしなかった。


その日からかぞえて三日目の夕刻、佐七が近所のさくら湯からブラリと外へ出ると、むこうの角に立っていた男が、ハッとしたように顔をそむけたから、

「おや、野郎、変なまねをするぜ」

佐七はちょっといやな気がしたが、そのまましらぬ顔をして行きすぎると、男はなにかしらおどおどしながら、見え隠れに佐七のあとからつけてくる。

「チョッ、こいつあ妙だ。岡っ引きのあとをつけるなんて、世のなかにゃ気まぐれなやつがあるもんじゃねえか」

さっきちらと見たところでは、めくら縞に黒前垂れ、どうみてもお店者というかっこうだ。佐七はそしらぬ顔でお玉が池のわが家へかえると、がらりと格子をひらいて、

「お粂、いまもどったぜ」

「あい、お帰りなさい」

と、手拭いを取ろうとするお粂へ、

「お粂、表にお客人がおいでだ。ご遠慮なさらず、こちらへお入りなさいましと言いねえな」

その声がきこえたのか、表ではあっという叫びがきこえたが、やがておどおどと格子のまえに現れたのは、さっきのお店者である。

「恐れ入りました、親分さん。けっして悪気があってあ

とをつけてきたわけじゃございません。親分さんにお願いの筋がございますんですが、つい気おくれがいたしまして」

「はっはっは、おおかたそんなことだろうと思った。なにもそう怖がることはございません。岡っ引きだって鬼じゃあるまいし、取って喰おうたあいいやしません。むさ苦しいところですが、まあお上がんなさいまし。お粂、座蒲団をあげねえか。で、あっしに御用とおっしゃるのは」

「はい、親分さん、どうぞあたしを助けてください」

「なに、助けろ」

あまりだしぬけだから、さすがの佐七も驚いた。

「それはまた、いったいどういうことでございます」

「親分さん、わたしは越後屋の旦那に毒を盛ったおぼえはございません。それに、なんぞや世間の噂では、このわたしがしたことのように。――わたし、恐ろしゅうて恐ろしゅうて」

と、お店者はいかにも恐ろしそうに青白んだ顔をふるわせる。佐七はいよいよ驚いて、

「チョ、ちょっと待ってください。いったい、おまえさんはどういうおひとだね」

「はい、わたくしは越後屋の親類筋、やはり王子に金物店をひらいております山加(やまか)の手代で弥吉(やきち)と申しますもの、そして、親分さん」

弥吉はきゅうに声をおとすと、

「あのとき、越後屋の旦那にお酒をすすめたお面の男というのは、じつを申すとこのわたしでございます」

聞いて佐七はびっくりした。いや、佐七ばかりではない。そばで聞いていたお粂まで、おもわず弥吉の顔をみなおした。なるほど、そういえば顔こそみえなかったが、姿かたち背かっこう、どうやらこのあいだの酔漢に似ている。

「それじゃ、おまえさんが……しかし、それならなぜいままで黙っていなすったんだ。身にうしろ暗いことがないならなおのこと、すなおに名乗って出ればよいじゃないか」

「はい、わたしもそう思いましたが、世間には親分さんのような目明きばかりはおりませぬ。名乗って出て、つまらぬ疑いをうけるのもおそろしく、きょうまでひかえておりましたが、それではやっぱり気がすみませんので、

きょうはこうして親分さんにお縋りにまいりました」

一心こめて語るおもてには、微塵もうそいつわりがあろうとは思えぬ。

「なるほど、それでも、まあ、よくきてくんなすった。しかし、弥吉さん、おまえさん、じぶんでは気がつかなくとも、だれかしらぬ間に、おまえさんの瓢簞のなかへ毒をほうりこんでおいたやつがあるんじゃないかえ」

「はい、それもわたし考えました。しかし、あのときのことをよくよく考えてみるに、越後屋の旦那に盃をさしたあと、わたしもおなじ瓢簞からお酒をいただきましたから、もしあのなかに毒が仕込んであるとすれば、わたしもやっぱり生きていられぬ道理でございます」

「なるほど、そいつは理屈だ。してみると、毒を盛ったやつはほかにあるにちがいねえが」

佐七も困じ果てたように、腕こまぬいて考えていたが、にわかに思い出したように、

「そうそう、いまおまえさんのいった言葉によると、おまえさんの勤めていなさる山加さんとやらは越後屋さんと親類筋とか。とすれば、おまえさんも越後屋さんの内幕を少しはご存じであろうが、いったいどういうお家ですえ」

「さあ、べつにどうといって――」

「なにかうちにいざこざのあったような噂は、耳にしたことはありませんかえ」

「はい」

と、膝に手をおいた弥吉はしばらく言いよどんでいるふうだったが、やがて思い決めたように、

「じつは、それについて、ちょっと話がございます」

「ほほう、すると、思い当たるふしがあるんだね」

「はい、しかし、それがこんどの事件に係かり合いがあるかないかはわかりませんが、じつは半月ほどまえ、越後屋の旦那が、うちの旦那のところへ、娘を追い出してしまおうかと、相談にみえたことがございます」

「なに、娘さんを追い出す？　してして、それはどっちの娘さんだえ、お藤さんか、それとも姪のお玉さんか」

「はい、おふたりともでございます」

「ふたりとも……？　ふうん、それはまたどういうわけだえ。なにかふたりが男狂いでもするというのかえ」

「いいえ、おふたりさまの信心がすぎるとおっしゃいますので」

「信心がすぎる？　そいつは妙だ。神信心ならこんな結構なことはねえはずだが、なんでそれがまた気に入らねえのかな」

　といいかけて、佐七ははっと気がついたように、

「おまえさん、それじゃもしや、その信心というのは、いま評判のたかいあのはだら教では」

「はい、さようでございます」

　いいにくそうな弥吉の言葉に、佐七はおもわずウームとうなった。

女房お粂のにわか信心

——いい男にゃゲップが出るんだよ——

　そのころ王子名主の滝あたりに、みずから高貴のご落胤(らくいん)としょうして、怪しげな加持祈禱(かじきとう)をこととする男があるという噂は、いつか佐七の耳にもはいっている。

　名前は芝園梅渓(しばぞのばいけい)といって、みずからはだら教教祖としょうしているそうだが、これが三十二、三の、それこそふるいつきたいほどのいい男とやら。したがって、新造や娘のなかには、この怪しげな祈禱に血道をあげているものも少なくないという話だ。

　江戸時代でも、やはり邪教のとりしまりはきびしかったから、このはだら教とやらも二、三度手入れがおこなわれたが、かくべつとがむべき筋合いもなかったかして、ちかごろではいよいよ信者もふえ、ますます盛んになっていった。

「なるほど。それじゃ、越後屋のふたりの娘は、そのはだら教の信者なんだね。いや、ちかごろは信心ごとも色ずくでないとはやらぬとみえる。はっはっは、ところで、弥吉さん、越後屋から相談をうけたとき、おまえさんところのご主人はなんといいなすったえ」

「それが……」

　と弥吉はいいにくそうに口ごもりながら、

「うちの旦那と申しますのが、これまたやっぱり信者の口でございまして」

「なんだ、おまえさんのご主人もか。それじゃ、ひょっとすると、おまえさんもそうじゃねえのか」

「わたしでございますか。めっそうもない、わたしゃあんなもの大きらいでございます」

弥吉の言葉には思いがけない強さがあったので、佐七はおもわずあいての顔を見直した。

弥吉はそれからもくどくどと念を押して、どうかじぶんが係かり合いにならぬようにと頼んでかえったが、そのあとで、ぼんやり腕こまぬいて考えこんでいた佐七は、なにを思ったのかポンと手をうつと、お粂のほうを振りかえり、

「お粂、おめえいくつになる」

と、妙なことをきき出したから、驚いたのはお粂だ。

「あらいやだ。どうしたのさ、おまえさん」

「あらいやだという年はあるめえ。これ、おかみさん、当年とっておいくつにおなりですかえ」

「プッ、バカにおしでないよ。丑(うし)だからもうずいぶんの婆あさんだわ」

「丑というと三十六か」

「あれ、かわいそうに、ひとまわり下ですよ」

「そうか、婆あさんだというから、おれア三十六かと思った。ひとまわり下というと二十四だね。いや、さすがはおいらの恋女房、四とはどうしてもみえねえ。まあ、せいぜい二か三かだな。それでいて、眉を落として白歯を染めたところなんざ、岡っ引きの女房にゃもってえねえくらいだ」

「あれ、気味の悪い。して、あたしに頼みというのはえ」

「おっと、凄(すげ)え。さすが鬼の女房に鬼神だ。よくも見破ったりな、でかした女房。で、お粂、おめえひとつ信心をしねえか」

「はだら様かえ」

「いよいよ凄(すご)い。どうだ、ひとつ信心してみる気はねえか。なんしろ、むこうは役者にもねえほどの美男だというから、御用にしても損はいくめえぜ」

「そうねえ。そりゃおまえさんの言葉ならやってみないこともないけれど、あたしゃちかごろ、いい男にゃゲップが出てるんだよ」

と、きゅっと佐七の太股(ふともも)をつねったから、

「あ、痛(いて)っ、て、て」

と、佐七が驚いてとびあがった拍子に、表に声あり、

「ハックショイ、いまいましい、野中の一軒家じゃあるめえし、親分も姐さんも、ちとたしなまっしゃい」

仏頂面ではいってきたのは巾着の辰。

「おお辰か。それじゃおまえ、いまのをきいていたか」

「聞いていたかじゃありませんぜ。姐さん、いい男にゃゲップが出るそうですが、それじゃひとつ胸すかしに、おいらのようなまずいのと浮気をしてみようじゃありませんか」

「お気の毒さま、わたしゃまだ虫はかぶっておりませんからね。ねえ、おまえさん」

ときたから、これじゃ辰五郎も手がつけられない。

佐七は笑って、

「辰、まあ勘弁しろ。なにしろ、陽気が暖かすぎるからな。しかし、お粂、いまいったのは冗談じゃねえぜ。おめえほんとにやってくれるか」

「あいよ、あたしも岡っ引きの女房さ。きっと、尻尾はつかんでお目にかけます」

「姐さん、ぎゃくに尻尾を出さねえように頼んますぜ」

「お黙り、おまえさんじゃあるまいし」

一年ちかくも佐七に連れ添ってきたが、まだおおっぴらに亭主の御用を助けたことのないお粂は、時節到来とばかりに、あたるべからざる鼻息だ。

さて、こういうわけで、その翌日から、お粂はどこのご大家のお内儀かと見まごうばかり、磨きをかけて王子へ日参ということになったが、べつにその当座はなんということもない。

「お粂、まだ当たりはつかねえか」

「そうさね。まだ新入りだから、なにがなんだかわけがわからないが、ご教祖の梅渓というのが、おりおり変な目つきをするよ」

「変な目つきってどういうんだ」

「ご祈禱するときにね、あたしの手を握って、じっとこう変な目でみるんですよ」

「ふうん、そろそろおいでなすったな。なんしろ、あいてはいい男だというから、おまえ、まんざらいやな気じゃァあるめえ」

「そうさ、とても胸がワクワクしてね。あたしゃうれしくてたまらない。そうそう、きのうだっけ、ご信心なとでござる、いつか夜分にお運びねがいたいなんていったよ」

「夜分にどうする気だろう」

「どうする気かはしらないけれど、なんだかうれしいことがあるらしいのさ。あたしいちど、夜分いってみようかしら」

と、妙にソワソワしてみせるから、佐七よりまずさきに、辰のほうが気をもみだした。

「姐さん、大丈夫ですかえ。木乃伊とりが木乃伊になるようなことはありますまいな」

「さあね。なんしろ、むこうはあんないい男だから、こればっかりは請け合えないね」

お粂はしゃあしゃあしていたが、その翌日かえってきたときには、

「おまえさん、きょうは、あたし、越後屋の姪のお玉という娘にあってきたよ」

「ふん、それじゃあの娘、まだ出入りをしているのか」

「ええ、それもなかなかあそこじゃ幅がきくらしい。きょうあたしの顔をみると、いきなり、ご信心なことで、いつもとくべつごていねいなご祈禱をいただいて、さぞおうれしゅうございましょうなんて、へんないやみをならべたよ。どうしてどうしておまえさん、あの娘は食わせもんだよ」

「お藤のほうはどうだ。やってきねえか」

「ええ、あの娘もくるけど、なんだか妙におどおどしててねえ。それでいて、あたしをみると、へんに怖いかおつきをするから妙さ」

「はっはっは、みんなやいているんだぜ。おめえがあんまりご教祖様にかわいがられるからだ」

「ほっほっほ、バカにしている。しかし、おまえさん」

お粂はふいに真剣な表情になって、

「あすの晩、いよいよなにかあるらしいよ。あたしのような新入りにはよくわからないが、お玉もお藤も妙にソワソワしていたっけが、あたしゃあした晩、かまうことはないから乗り込んでやろうと思う」

と、お粂はいよいよいきおいこんだが、さてその翌晩、とくべつきれいにめかしこんだお粂は、出ていったきり鼬の道、翌朝になってもかえってこない。佐七が胸をいためているところへ、ゆうべどこかへしけ込んだ巾着の辰が、血相かえておどり込んできた。

「親分、姐さんはかえりましたか」

「それがまだかえらねえんだが、辰、どうかしたのか」

「じつは、親分、けさがた滝野川に行李づめの死体があがったそうです。あっしゃひょっとすると姐さんじゃねえかと思って――」

と聞くより佐七は、真っ蒼になって立ちあがった。

美男教祖に駕籠一梃

——死体が握ったはお粂の櫛——

「おお、お玉が池の兄哥、ずいぶん耳が早いな。もうあの一件が神田まできこえたかな」

　王子の番所でにこにこしながら、あおざめた佐七を迎えたのは、滝野川の忠太だった。

「うむ、滝野川の、じつは少々心当たりがあってやってきたんだが、行李づめの一件な、女の身分は分かったかい」

「おお、わかったよ。いや、わかったもわからぬも、このへんじゃだれしらぬものねえ娘さね」

「娘？」

　佐七はやっと胸なでおろし、

「してして、どこの娘だ」

「それがよ、兄哥、少しおかしいんだが、おめえもしってるだろう、ほら、飛鳥山の一件な。あのとき殺された越後屋の姪で、お玉という娘さ」

「え？　それじゃお玉が……？　してして、下手人の目星はついたか」

「いや、そこまではまだわからねえが、なあにわけはねえ、すぐわかるさ。というのは、兄哥、お玉の死体というのが、れっきとした証拠を握っていたのさ」

「ほほう、そいつは好都合だったな。そして、その証拠というのは、いってえなんだえ」

「櫛さ、鼈甲の櫛さ。おおかた、殺されるときあいての頭からむしりとったものだろうが、こいつを手繰っていきゃア、すぐに下手人はわかる道理だ。みねえ、兄哥、この櫛だ」

　忠太が懐中から出した櫛をみて、佐七はあっと仰天した。その櫛こそは、まぎれもなく、ゆうべお粂がさして出たものではないか。

「兄哥、どうかしなすったか。この櫛に見おぼえでもありますかえ」

「いやなに、そういうわけじゃねえが、おまえもたいへんだな。飛鳥山の一件がまだ片もつかねえのに、またぞろこんなことが起こっちゃ、さぞいそがしいことだろう。まあ、せいぜい、働いて手柄にしねえ。ときに、滝野川の、越後屋はその後どうなっているんだえ」

「ああ、あそこもとんだ災難つづきだが、さいわい、近所に山形屋加兵衛といって、死んだ治右衛門と縁つづきの家があるから、そこでいっさい切り盛りをやってるんだ。なんでも、山加の手代の弥吉というのを娘の婿にしてあとをつがせるという話もあったが、なんしろ治右衛門がああいうことになったので、いまだにのびのびになっているようだ」

「ああ、そうか。それじゃ、あの男、そんなうまい話があったのか」

なるほど、それで、はだら教をあのように目の敵にしたわけもわかるというものである。おおかた、お藤が梅渓とやらに血道をあげ、じぶんを構いつけぬところから業が煮えてたまらないのだろう。

「したが、滝野川の、ちかごろこのへんじゃ妙なものがはやるというじゃねえか。ほら、はだら教とやらいって、めっぽういい男のご教祖さまが、若い娘を信者にあつめているとやら」

「ああ、あれか、あいつはべつに悪いことをするようでもねえというんで、お上からお目こぼしにあずかっているんだが、どうも世も末になると、おりおり妙なやつがとび出すものさ。おっと、噂をすれば影とやら、むこうから、はだら教祖の梅渓というのがやってきたぜ」

忠太の言葉に自身番からのぞいてみれば、なるほど、一梃の駕籠をあとにしたがえて、総髪のいい男が、しずしずとこちらのほうへやってくる。

噂にたがわずいい男だ。年は三十二、三であろう。色が白くて、目もと涼しく、にっこりと微笑をたたえた唇になんともいえぬ愛嬌があって、なるほどこれでは蓮っ葉な娘が血道をあげて騒ぐのもむりはない。

梅渓はゆきずりに、ジロリと自身番のなかをにらんだが、べつに顔色をかえるでもなく、そのままゆうゆうと行きすぎる。そのあとから豪勢な黒塗りの駕籠がつづいたが、思いなしか駕籠舁きのあしぶみが自身番のまえでいささか乱れた。

「はてな、駕籠のなかにゃアいったいだれが乗っているのかな。いつもなら、梅渓のやつが乗る駕籠だが……」

なにげなくつぶやく忠太の言葉をきくと、佐七はなんとなくはっとした。もしや、あの駕籠にのっているのはお粂じゃあるまいか。

「滝野川の、いずれまたくるぜ。まあ、せいぜい働きなせえ」

佐七はパッと外へとび出すと、みえがくれにまえの駕籠をつけていく。怪しの駕籠は、それと知ってかしらずか、ゆうゆうと横町へまがると、やがて黒板塀（くろいたべい）のくぐり戸から、とある家のなかへズイと通った。

（はてな、この家はいったいなんだろう）

佐七はそばへ寄って塀越しに家のなかをうかがうと、忍び返しのむこうの土蔵には、山形屋の紋所、それはまぎれもなく、山形屋加兵衛の宅の裏木戸だった。

くらやみ祭りの秘密
——恋を取り戻すとんだ魂胆——

佐七はもう気が狂いそうだ。

かわいい女房は夜にいたるもかえらない。てっきり梅渓の罠におちたにちがいないが、いったいどこにいるのだろう。ひょっとすると、すでに梅渓の毒手にかかって、殺されてしまったのではないだろうか。

それにしても、お玉の死体がお粂の櫛（くし）を握っていたというのが気にかかる。

まさかお粂がそんなことするとは思えないが、なにをいっても心のせまい女のこと、どんなはずみで大それたことをせぬとも限らぬ。お玉を殺したその弱みで、梅渓の言いなりになってしまったのではあるまいか。

どちらにしても、佐七にとっては骨のずいまで焼かれる思い。いっそお粂が殺されたときまっていたら、構うことはない、梅渓の祈禱所（きとうしょ）へふみこんでみるのだが、もしまだ生きているとしたら、あまり早まったまねもできぬというものである。

佐七はほとほと困（こう）じ果てたが、こうなると頼みに思うのは巾着の辰ひとり。

「辰、すまねえが、おめえ今晩ひと晩、梅渓の祈禱所へ張りこんでくれないか」

「親分、水臭いことといいっこなしにしましょうよ。親分にとっちゃかわいいおかみさんかもしれませんが、あっしにだってだいじな姐さんだ。いっそ思いきって踏みこんだらどうです」

いつも冗談口のおおい辰も、きょうばかりはしんみりしている。

「辰、そういってくれるのはありがたいが、おれアまだお粂が死んでいるたア思えねえ。もし、とらわれの身になっているなら、あんまり手荒なまねはできねえのさ。辰、未練だとわらってくれるなよ」

「だれがわらうもんですか。それが夫婦の情愛というもんでさ。ようがす。胸をさすってようすをうかがってきますが、親分はどうなさるんで」

「おれか、おれア山加のほうへ張りこんでみる。どうもきょうの駕籠が怪しく思われてならねえのさ」

そこでふたりは手分けをして、べつべつに張りこみをつづけることになったが、さて、その晩の丑満時、山加の裏木戸をギイとひらいて、なかから出てきた男がある。黒鴨仕立ての折助姿、おまけに豆しぼりの手拭いで頬冠りをしているので、人相のところはわからないが、怪しいのは背に負うた葛籠だ。

佐七ははっと息をのみこんだが、胸をさすってやりすごすと、あとからこっそりつけはじめる。

怪しの男は、それと知ってかしらずか、堀船稲荷の横をぬけ、やってきたのは荒川堤。そこまで来ると、にわかにきょろきょろあたりを見回し、背に負った葛籠をどっこいしょとおろしたのは、どうやら堤から川に沈めるつもりとみえる。

ここまでみれば佐七も猶予はできない。

「御用だ！」

いきなり声をかけたから、おどろいたのは曲者だ。あっと叫んであとずさりするはずみに、パラリととけた頬冠り、その顔を見て佐七はあっと驚いた。

曲者は山形屋加兵衛！

「やあ、てめえは山形屋の親爺だな」

「ええっ、それを知られては」

加兵衛はいきなりドスを抜いて、さっとばかりに突いてかかったが、そんな痩腕に料理をされるような佐七ではない。

「御用だ、神妙にしろ」

ひらりとからだをひらいて、あいてがよろめくそのすきに、どんと弱腰蹴ったからたまらない。

はずみをくらってよろよろと土堤のうえをつんのめった山形屋加兵衛、なにを思ったのか、にわかに踵をかえすと、さっとばかりに川の中へとび込んだ。

「しまった！」

佐七はおもわず歯ぎしりしたが、気になるのはさっきの葛籠、いそいで綱をといて蓋をとれば、中から出たのはまぎれもなく女房のお粂だ。

「おお、お粂」

あわててさるぐつわといましめの綱を解いてやれば、

「あれ、おまえさんかえ」

うれしやお粂は死んではいなかった。ひしとばかりに佐七に抱きついたが、いやもう、佐七にとってはこんなうれしいことは二度となかった。

「お粂、すまねえ、とんだ思いをさせたなあ」

「おまえさん、なにをおいいだね。そんなことより、一刻もはやく、あの梅渓というやつをつかまえておくれ。あいつがお玉さんを殺したんだよ」

「よし、こうなりゃ百人力だ。あいつを捕らえずにおくものか」

お粂の手をとった佐七は韋駄天走り、ふたたび王子へとって返したが、途中までくると、むこうにボーッと火の手がみえる。

「お粂、ありゃ梅渓の祈禱所じゃねえか」

「あら、ほんとだよ。ちくしょう、火をかけてずらかるつもりにちがいないよ」

近づくにつれて、いよいよ火元は祈禱所としれた。あたりいちめん野次馬でたいへんな騒ぎ。その野次馬をかきわけて、祈禱所のそばまでくると、いきなりむこうからドンと佐七にぶつかったものがある。

「あ、親分さん」

という声に、すかしてみればあいては弥吉だ。片手にお藤の手をひいていたが、ふたりとも火事場から抜け出してきたとみえて、髪も着物もボロボロに焼けて、おまけに弥吉は胸から腹へと、いっぱいに血を浴びている。

さすがの佐七もぎょっとして、

「おお、弥吉さん、いったい、そのなりはどうしたんだえ」

「親分さん、しばってくださいまし」

「え?」

「わたしは人殺しをいたしました。梅渓のやつを殺してしまいました」

そういったかと思うと、弥吉はわっと地上に泣き伏した。

弥吉の言葉によるとこうである。

その晩、梅渓はお藤をそそのかし、祈禱所に火をつけ、いっしょに逃げようとはかったのだが、そこへいきあわせたのがお藤におもいをかけている弥吉だ。これを見るとかっとして、おもわず梅渓を殺してしまったのだという。

「ふふん、それじゃあ、あの悪党も死んでしまったのか」

　さすがの佐七も、張りつめた心がゆるんだか、おもわずがっかりしたように長大息をしたのである。

　かんじんの梅渓は、弥吉に殺されたあげく、灰になってしまったが、さいわいお粂という生き証人がいたので、梅渓の悪事のかずかずはすっかり露顕したが、それによるとこうである
　梅渓というやつは悪いやつで、出入りの女とかたっぱしから関係をつけていたが、なかでもいちばん深間になったのは越後屋のお玉、末は夫婦と約束までできたが、そのうち梅渓はお藤のほうへ目をつけ出した。

「いいじゃアねえか。治右衛門はどうせ長いことはねえ。お藤と夫婦になって、あの財産を手に入れたら、あんな女は追い出して、おめえと晴れて夫婦にならあ」

　そんなことをいってお玉の嫉妬を封じていたが、困ったことに治右衛門が大の梅渓ぎらいときている。

　二度とあんなところへ足踏みすれば、家へはおかぬというきつい託宣。そこで、お玉がいっぷく盛って、飛鳥山で伯父を殺してしまったのだ。

　ところが、これほどまでに心中立てをしたその男は、ちかごろ出入りをはじめたお粂にうつつを抜かして、てんでお玉を相手にしなくなったから、さあ、こうなるとお玉は業が煮えてたまらない。

　ところが、このはだら教には、おりおりくらやみ祭りというのがある。このくらやみ祭りにはひとりの犠牲がいるのである。犠牲といってもべつに殺すわけではなく、女を神の祭壇に供えるのだが、あの晩、お玉はみずからその犠牲を志願したのだ。

「ほんに、思い出してもゾッとする。お玉さんは女だてらに大きな祭壇のうえに横になったんですよ。するとどうでしょう、梅渓のやつ、なにかしら怪しげな呪文を唱えていたが、やがてぐさっとお玉さんを殺してしまったんですの。そして、立ち騒ぐひとびとをおさえつけるように、もしこのことが外へもれたら、ここにいる人間はみんな同罪だとおどしつけたんですよ。ほんにふしぎな男で、そんな悪いことをしながら、なにかしら妙にひと

をおさえつけるところがあるもんですから、いあわせたひとびとはぐうの音（ね）も出ません。でも、あたしゃ違います。あたしゃくらやみにまぎれて隠れていたんですが、あまりの恐ろしさにきゃっと叫んだものだから、とうとうばれてしまって……いまから思えば、どうして梅渓のやつがあたしを殺さなかったのかふしぎでならないのさ」

「ふふふ、おおかた梅渓のやつ、おめえにぞっこん惚れこんでいたんだろうよ」

「あらいやだ、いけすかないこと」

「しかし、お粂、お玉のやつがおめえの櫛（くし）を持っていたなあ、ありゃどういうわけだい」

「ああ、あれ」

　お粂はポッと頬を染め、

「なんでもね、ああして犠牲になると、いったんはなれた男の心が、ふたたびじぶんに戻ってくるんですとさ。そして、もし、この男がほかの女に心を移しているとしたら、あいての女の持ち物を身につけていると、その女の力がじぶんに乗り移り、男をひきつける力ができるというんですから、ほんとにバカバカしいじゃありませんか」

　お粂はいやらしそうに肩をすくめたが、急に思い出したように、

「あたしゃいっとき、ずいぶん怖い思いもさせられたが、けっして落胆はしなかった。だって、おまえさんというひとがついているんですものねえ」

　と、ぴったり佐七により添ったから、巾着の辰め、

「ハックショイ」

　と、やけに大きなくしゃみをしたものである。

　山形屋加兵衛はその後、死体となって荒川の下流からあがった。大して悪い男でもなかったが、くらやみ祭りに立ちあったのが運のつき、お粂の始末を頼まれて、ついああした大それたことをやってのけたのである。

　弥吉はひと殺しの下手人ではあったが、あいてがあいて、場合が場合だったので、なんのおとがめもなく、その後、心を入れかえたお藤と、めでたく夫婦になって越後屋の家をついだということである。

音羽の猫

当てられ辰五郎

——やれやれまたもや毒気に当てられた——

古いことばにも、春眠あかつきをおぼえず、なんどといって、桜の花の咲くじぶんから、若葉のころへかけての朝寝坊というやつは、また、かくべつ味のあるもので。

おなじみの人形佐七、きょうもきょうとて、日当たりのいい縁側で、ごろりと手枕で、ポカポカと尻をあたためながら、うつらうつらとやっているところなんどは、いかさま天下泰平、いい気持ちそうだ。

時刻は朝の四つ時（十時）。

いったい佐七は癇性（かんしょう）だから、いつも六つ半（七時）になると、顔をあらって、飯を食ってしまうのだが、さて、そのあとが、ポカポカの、うつらうつらというわけで、岡っ引きが朝寝をしていられりゃ、いかさま天下泰平、五穀豊穣の瑞象（ずいしょう）にちがいない。

そばでは女房のお粂が、

「ちょいと、おまえさん、寝入っちまっちゃだめよ。そら、風邪をひくじゃありませんか」

などといいながら、器用に針をうごかしている。

このお粂というのは、もとは新吉原（しんよしわら）で、全盛をうたわれたほどの女だが、佐七と家をもってからは、がらりと素っ堅気になって、いまじゃ裁縫もするし、すすぎ洗濯にも、いやな顔はしないという、あっぱれな女房ぶり。

もっとも近所の噂によると、いささか、悋気（りんき）ぶかいのが玉にきずだというが、こうやって、縁側に夫婦ふたりが、甲羅（こうら）をほしているところは、くどいようだが天下泰平、せまいながらも、庭の垣根には、お粂の丹精になる朝顔の苗がはや一、二寸、表をとおる定斎屋（じょうさいや）の荷の音も、どうやら、夏のちかいのをおもわせる。

「ちょいと、おまえさん、おまえさんたらよ。しょうがないわねえ。寝入っちまっちゃだめだというのに。ちょいと、起きなさいよ」

と、お粂につつき起こされて、

「あ、あーあ」

と、色気のない大欠伸（おおあくび）をした佐七は、ごろりと寝返りをうって、

「お粂、辰の野郎はまだ起きてこねえか」

「あい、まだ寝ていますよ」

「あん畜生、しょうのねえ野郎だ。いま、なんどきだと

思ってやがるンだろう。おてんとう様が、そろそろ、頭のうえまでお上がりなさるじぶんだなあ。いい若えもんのくせにだらしがねえ」

　と、佐七がぶつぶつ叱言（こごと）をならべると、お粂もそのあとについて、

「ほんとだよ、おまえさん、たまには意見（いけん）をしたらどうだねえ、辰つぁんのちかごろの行状ときたら、なんぼなんでも、少し目にあまりますよ。毎晩々々、かえりがおそくて、あたしゃうるさくてしようがない」

「野郎、なにかできたかな。まあ、いいや。あいつも若（わけ）えもんのことだから、しようがあるめえ。それになあ、お粂、まいにちまいにち、こう見せつけられちゃ、あいつも家（うち）に居辛（いづら）かろうよ」

「ほっほっほ」

　と、お粂は皮肉にわらって、

「それもそうだけれど、おまえさんも、遊びの意見だけは、よっぽどしにくいとみえますね。勇将（ゆうしょう）のもとに弱（じゃく）卒（そつ）なしというけれど、ほんに、おまえさんと辰つぁんのことだよ」

「おや、お粂、変なことをいうぜ。するとなにかえ。このおれに、なにか尻こそばゆいところがあって、それで、辰の野郎に意見ができねえというのかえ」

「おおかた、その見当でしょうよ」

「こん畜生、ふざけちゃいけねえ、ようし、それじゃ辰の野郎をたたき起こしてこい。おめえのまえで、うんと油をしぼってやる」

「ほっほっほ、いまさら、そんなことをいったって、付け焼き刃はだめですとさ」

「なにを」

　売りことばに、買いことばというやつである。

　佐七がどうでも、みっちり、辰に意見せずにはおかぬと、子どものように意気込むのを、お粂は柳に風とふきながしながら、

「まあ、いいから、寝かしておいておやンなさいよ。おや、まあ、おまえさん、ひどい爪だこと。じっとしていらっしゃい。あたしがつんであげよう」

　と、あおむきに寝ころんだ、佐七の足を膝にのせ、括（くく）り猿（ざる）のついた手鋏で、チョキン、チョキン。

　佐七は目をほそくして、

「おお、いてえ。お粂、肉を斬りゃしねえか」

「大丈夫よぅ。動くとあぶないから、じっとしていらっしゃいよ」

と、これでどうやら、風雲はおさまったらしいが、おさまらないのは、さっきから、一伍一什をきいていた、二階の辰だ。

ことわっておくが、このじぶんは、まだうらなりの豆六は、弟子入りをしていなかったから、二階には、巾着の辰がただひとり、権八をきめこんでいたのである。

「ハークショイ。やれやれ、またもや毒気にあてられたらしいわい」

と、きこえよがしに、辰がどなるのを、きいて佐七とお粂は顔を見合わせ、おもわずくすりと忍び笑い。

「辰つぁん、目がさめているんなら、さっさと降りておいでなさいよ。いつまで、寝ているんだろう。目の玉がとろけてしまうよ」

と、お粂が二階にむかって呼ばわれば、

「寝てやしませんや、さっきから、ちゃんとお目覚めですよう」

と、これはまた、やけに情けない声だった。

「起きているんなら、世話をやかせないで、さっさと、降りてきたらいいじゃないか」

「さあ、そこでがす。あっしもさっきから、もう、降りようか、さあ、降りようか、と、寝床ンなかで、むずむずしているんですが、いやもう、なにやかやとごちゃごちゃ、ごちゃごちゃ。こう、親分も姐さんも、二階にはひとりもんがかわいそうに、膝小僧を抱いてねてるんですぜ。すこしゃ、お手柔らかにねがいたいね」

と、やけにどんどん、梯子段をふみならして降りてきたが、縁側における、てんめんたる情景をひとめ見ると、

「やっ、こいつはいけねえ。タハハハ、またもや毒気にあてられたか」

と、手拭いつかんで井戸端へとびだした。

猫の爪剪る色男
——ニャンともいわずに逃げました——

やがて、車井戸をやけにならしながら、烏の行水というやつである。つめたい水で、ブルブルッと顔をなでた辰は、手拭いを腰にちょいとはさんで、庭から縁側の

ほうへまわってくると。

「親分、お早うござい。姐さん、おはようございます」

と、縁ばなに腰をおろして、ことわりもなしに、佐七の煙管（きせる）をひきよせると、かってに萩原（おぎわら）をつめて、プカリプカリとすましたもので、

「姐さん、いいお天気ですねえ」

「なにをいってるんだよ、馬鹿々々しい。はい、おまえさん、すみましたよ」

「おっと、姐さん、親分のがすんだら、こんどはあっしの爪を、剪（き）ってもらえませんかね」

「ご冗談もんでしょう。おまえさんの爪なんか剪るのも……」

「鋏のけがれというわけですかえ。いや、ごもっともさまで」

と、巾着の辰め、なにに感心したものか、しきりに小首をかしげながら、煙草をつめかえて佐七にわたすと、

「ときに、親分、おまえさんが爪を剪っていなさるんで、思いだしましたが、ここにひとつ、ふしぎな奇談（きだん）がありやす」

「なんだ、妙にあらたまりゃがったな。おれが爪を剪ったら、どうしたというんだ」

「じつはあっしもゆうべ、さるところで、爪を剪りました」

と、いう辰の指をみてお粂が、

「馬鹿をおいいでないよ。辰つぁん、おまえさんの爪は垢（あか）だらけじゃないか。それがゆうべつんだ爪かえ」

「いや、ごもっとも。姐さん、こいつはあっしの、いいかたが拙（まず）うござんした。じぶんの爪を剪ったんじゃねえんで、じつはあっしが爪を剪ってやったんで」

「おや、まあ、辰つぁん、さっきの敵（かたき）討ちかえ。朝っぱらから、手離しはおそれいるわねえ。おまえさんが女の子の爪でも、剪っておやりかえ」

と、お粂がそこらにちらかった、佐七の爪を片付けながら、からかい顔にそういえば、辰はケロリとしたもので、

「さよう、雌は雌でござんしたが、あいては人間じゃねえんで、これが、じつは猫でげす」

と、すましていったものである。

「なにをいやアがる」

寝転んだまま、なにをいうかと聞いていた佐七は、こ

いつはまんまといっぱいかつがれたかと、起きあがるなり、とんと煙管で灰吹きをはたいた。

　四坪ばかりのせまい庭ながら、植込みの枝ぶりもおもしろく、石の配置にもよく気がくばってあって、すみにお祀りした成田様は、先代以来の信仰とやら。毎日、お粂がお灯明に切り火をわすれないのは、商売繁昌という縁起であろうが、岡っ引きの商売が繁昌するようじゃ、あんまり、ありがたい世のなかというわけにはいくまい。

　ところで、辰はすましたもので、

「いえ、まったくの話なんで、いままで申しそびれておりましたが、ちかごろ、あっしのなじみを重ねている女があります。じつはその女のところで、猫の爪をきってやりましたンで」

　と、ヌケヌケと、またいったものだから、佐七はなかば呆れながらも、いい機会だとばかりに、

「おお、そうそう、それでいまもお粂のやつと、ひとも め揉めたところだが、おめえもいい加減にしねえか。いってえ、あいての女というのはどこの女だえ、北廓かえ深川かえ」

「いいえ、それが音羽なんで」

　と、きたから、佐七もいよいよおどろいた。

　江戸時代には、ずいぶんほうぼうに、岡場所があったものだが、そのなかでも、根津だの、鮫ヶ橋だの、音羽だのときたひにゃ、いちばん下等な場所だったから、これは佐七が、呆れるのもむりではなかった。

　いったい、この巾着の辰というのは、寛政八年丙辰どしのうまれで、それで名前も辰五郎。佐七より二つ年下だが、文化十二年佐七が二十二で売り出したとしに、縁あって親分乾分の契りを結んだものだが、それ以前は柳橋で小舟乗りなんかやっていたというだけあって、ご面相は平家蟹が泡をふいてるみたいで、お世辞にもいい男とはいいにくいが、それはそれなりに、どこか垢抜けたところのある兄哥だが、それがよりによって、音羽とおいでなすったから、佐七が呆れかえって、ツラを見なおすのもむりはない。

　しかし、巾着の辰にしてみれば、なかなかどうして、たいしたいきおいで、

「親分、ひとくちに、音羽といいやすが、なかにゃずいぶん、ほりだし物がありますぜ。あっしのなんざ、親分にも、お目にかけたいくらいのもンだ。ふるいつきたい

ほどいい女でさ」

「ふるえがでるほど、おっかないのじゃないかえ」

「混ぜっかえしちゃいけません、おまえさんじゃあるめえし。ねえ、姐さん、親分はこうみえても、とんだいかもの食いでしてねえ。右の脚と左の脚と、ながさがちがうところが、気にいったなんて、ほら、いつぞやなんども……」

「叱っ、叱っ、エヘン、エヘン」

と、佐七もとんだところで、煙草の煙にむせたものである。お粂はそれをジロリと見やって、フフンと鼻のさきで笑うと、

「だから言わないことじゃない、勇将のもとに弱卒なしってね。右の脚と左の脚のながさがちがったひにゃ、跛じゃないか。すると、辰つぁん、おまえさんのいい女というのは、おおかた、めっかちか兎口じゃないかえ」

「ご冗談でしょう。あんなのは一枚絵にだって、滅多にあるもんじゃありません。しかも、そいつがゾッコンなんで」

「おまえさんのほうが?」

「なにさ。向こうのほうがでさ。あっしもちかごろ、しみじみと辛いと思うことがありまさ」

と、空うそぶいたのだから、こいつ、すくなからず心臓ものである。

「おやまあ、たいした鼻息だこと。だけど、猫の話というのはどうしたのさ」

「おっと、そのこと、そのこと。姐さんが混ぜかえすからいけません。で、まあ、ゆうべも顔をみせてやったと思いなさい。ところで、宵のうちはやつもいそがしいから、あっしゃ部屋でひとり、絵草紙かなんか見ていたんで、いや、通人はこうありたきものですな。なにしろ、万事が鷹揚でさあね」

「いちいち注釈はつけねえで、早くしゃべっちまいねえな」

佐七はじれったそうに苦笑いしながら、やけにトントン、灰吹きをたたいている。

「はい、はい、それじゃ、かいつまんで申し上げましょう。つまり、そこへ入ってきたんで」

「女がか」

「いいえ、猫でさ」

「なんだ、つまらない。いってえその猫というなあ、女が飼っている猫かい」

「いえ、それがね。あっしのいくうちは、吉野というんですが、その吉野から、ほど遠からぬところに、ごうせいな寮がありやす。あっしゃまだ、お目にかかったことはありませんが、寮のあるじというのは、院号でももっていそうな、切り髪の、凄いようにいい女だそうです。猫というのは、その切り髪のご後室さまかなんかの飼い猫なんで、そいつがちょくちょく、屋根づたいに、女の部屋へあそびにくるんです。あっしの女というのが、また、ばかに猫好きときていましてね、いつも飯に、おかかなんか、ぶっかけておくもんですから、そいつを食いにくるんです。畜生のあさましさですね。家にはたんまり、ご馳走があるンだろうに、ときどき、つまらないてんや物が、食いたくなるとみえます。いや、こりゃ猫にかぎったことはない。どこやらそのへんにも、猫に似た御仁がいなさるようだ」

　と、ことばを切ってニタリニタリ。これじゃどちらが意見をしているのか、されているのか、さっぱりわからない。

　お粂はせっせと針をうごかしながら、おもしろそうにくすくす笑っている。佐七はすっかり翻弄されたかたちで、

「ばか野郎、つまらないことをいわねえで、早くさきをいっちまえ」

「おっと、閑話休題、あっしも退屈なもンだから、玉よ、玉よって、しばらく猫とふざけておりやしたが、そのうちに、ふらふらッとして、ちょうどさいわい、そこに手鋏があったもんだから、そいつですっかり剪っちまったんです」

「猫の爪をか」

「へえ」

「また、つまらないことをしたもんだな。猫め、おこったろう」

「いえ、ニャンともいわずに、逃げちまいました」

　冗談なのか、正気なのかわからない。辰め、佐七の煙管を横奪りすると、スパリ、スパリといい気になって吹かしている。

二日月金色の爪

――親分のような駄爪じゃねえンで――

佐七はじっと、その顔をみつめていたが、これにはなにか、もっと、ふかい仔細があるにちがいないと、

「辰、それで話はおしまいか」

「いえ、それが前編のおわりで、あとはつぎの巻にて読みねかし」

と、気取ってトンと、灰吹きをたたくはずみに、雁首がスポリととんでしまった。

「こん畜生、柄にもなく、いやに気取っていやアがるから、こんなことになるんだ。辰、てめえの煙草入れはどうしたンだ」

「それがね、ゆうべどこかへ失くしちまったんで。これも、猫の祟りかもしれませんや。いえね、あっしもついできごころで、そんなことをしたものの、あとで考えると、ああ、罪なことをした、猫というやつは魔物というから、なにか祟りがなければよいがと、にわかにゾッとしたと思いなさい。そこでついゲラゲラと笑ってしまいました」

「おやおや、てめえはゾクゾクすると、ゲラゲラ笑うのか」

「へえ、これが病いで。ところがそこへ、やっとあっしの女がやってきました。そいつがなにをそんなにゲラゲラ、笑っているのかと聞くもんだから、これこれこうだと、さっきのいきさつを話したところが、いや、女が憤ったのおこらないの、たいへんな剣幕なんで」

「そりゃ、そうだろう、同類だもの」

「そうかもしれません。しかし、その女の憤りようというのが、尋常じゃありません。しなしたりな、残念なり、わが生涯の目的も、ここに終わったりなんてことをいって、よよとばかりに泣きむせぶんで」

「なにをいやアがる。たかが猫の爪をきったぐらいで、大袈裟なことをほざくな」

「と、思うでしょう、そこが凡人のあさましさ。まあ、この爪をごらんなさい」

「なんだ、猫の爪を、ごしょうだいじに持ってかえったのか」

「なんでもいいから、ひとつ、こいつを拝んでいただきましょうか。文句があったら、そのあとで伺いたいもン

で。爪は爪でも、親分の爪みてえな、はばかりながら、駄爪じゃありませんぜ」

　と、得意の鼻をうごめかしながら、ごしょうだいじに、肌護符のなかにしまってあった猫の爪を、ざらりと縁側にぶちまけたのをみて、佐七もお粂も、おもわずあっと呼吸をのんだ。

　二日の月をちらしたように、ざらりと縁側にちった猫の爪は、全部が全部とも、あたたかい陽をすって、茶の新芽のように、金色にひかっているのである。

「辰、こ、こりゃどうしたンだ」

「どうもこうもありゃしません。初手からこうして光っているんで。ねえ、親分、音羽の猫は、みんな黄金の爪をもっているんでしょうかねえ。そうだとすりゃ、あっしゃ一手に猫を買いしめて、ひと儲け、してみてえと思うんですがどうでしょう」

　どこまで人をくっているのか、巾着の辰め、ケロリとして、そんなことをいっている。きょうはさすがの佐七も、すっかり、乾分のために翻弄されているかたちである。

　佐七はちらばった爪のなかから、二、三本取りあげて掌にのせると、じっとみつめていたが、にわかにギロリと目を光らせると、

「辰、で、その猫の飼い主というのは、なんという女だえ。切り髪の、すごいようにいい女の、ご後室さまとかいったなあ」

「へえ、なんでもそういう話です。名前のところはよく知りませんがねえ」

「ばか野郎、せっかくネタをあげてくるなら、なぜそこまで探ってこねえ。だが、まあ、いいや。どうせすぐわかることだ。ときにおめえの女というのは、どういう女だえ」

「へへへ、お咲というんですがね。つい、さきごろ、深川から住み替えてきたという話です。深川を食いつめてきたんだろうって？　め、めっそうもない。向こうでも一といって、二とさがらない売れっ妓だったそうです。まったく、あんないい女が、なにを好きこのんで、音羽あたりへ、住み替えたんだろうと、みんながふしぎがっているくらいでさ」

　と、みなまで聞かずに人形佐七、すっくとばかりに起きなおると、

「お粂、着物をだしてくれ」

「おや、おまえさん、お出かけかえ」

「おお、少し気になるから出かけてみよう。さいわい音羽にゃ、このしろ親分がいなさるから、なにかのことは、あそこへ行きゃわかるだろう。辰、おめえもきな」

「おっと、合点だ。姐さん、すみませんが、ちょっと茶漬っていきますから。なに、ようがす、じぶんで勝手にやりますよ」

　出かけるときくと、辰は人間がかわったように、いきいきとしてくる。お粂も佐七の着更えを手伝ってやりながら、

「おまえさん、しっかりしておくれよ。ちかごろ鳥越の茂平次が、あのへんまで、羽根をのばしているという話だから、だしぬかれないように頼みますよ」

「べら棒め、女子供の出る幕じゃねえ」

　と、辰をつれて人形佐七が、それからまもなく手土産さげて、やってきたのは、音羽の、このしろ親分吉兵衛の住居。

　辰も、じぶんの拾ったネタだと思うから、いい気になってやってきたが、いずくんぞしらん、ゆうべの猫が、はやおそろしい祟りをしていようとは。

殺されたお咲と猫

——そろそろ猫の祟りが現われたか——


「こんにちは、親分はおいででござんすかえ」

　護国寺わきに、清元延千代という、ご神灯をかかげた細目格子、これが、このしろ親分でしられた吉兵衛の住居だった。

　あるじのこのしろ吉兵衛というのは、佐七の亡父伝次と、盃の飲みわけをしたという兄弟分、佐七にはさしずめ、伯父筋にあたるわけだが、寄る年波で、ちかごろでは、十手をふりまわすより、珠数をつまぐっているほうが、似合おうという結構人。

　それをまたいいことにして、ちかごろでは、浅草の鳥越へんに住んでいる、海坊主の茂平次という憎まれ役が、このへんまでのさばっているのを、見てみぬふりをしていようというさばけ加減、岡っ引きというより、ご大家のご隠居といったふうな人品だった。

「おや、だれかと思えば佐七つぁん、めずらしいねえ。辰つぁんもいっしょかえ」

と、出迎えたのは吉兵衛の女房で、清元の師匠をしている延千代のお千代。

「これは、姐さん、ひさしく、ごぶさたをいたしました。親分にもお変わりはありませんかえ」

「ごぶさたはおたがいですよ、だが、佐七つぁん、おまえさんも地獄耳だねえ。もう、あの一件が神田まできこえましたかえ」

「えッ、なんのことです。姐さん、なにかこのへんに、かわったことがありましたかえ」

と、押し問答をしているところへ、おくからでてきたのはこのしろ吉兵衛、みると、ご用のまをぬけて、飯でもかきこみにかえってきたのか、身ごしらえも厳重に、腰に十手をたばさんでいるから、佐七は、いよいよおどろいた。

「おお、佐七か、いいところへきたな。ちょうどさいわい、ひとつ、おまえにも助けてもらおうか」

「親分、なにかあったんですかえ」

「人殺しよ、殺されたのはそのへんの白首、どうせ痴話のはてだろうが、これもなにかの因縁だ、ひとつ片棒かついでくれ」

「へえ、それはもうお安いご用ですが、いったいなんという女ですえ。殺されたのは……」

「吉野屋のお咲といってな。このへんじゃ、ちょっと踏めるしろものだが、そいつがゆうべ、だれかに殺されたんだ」

と、きいて佐七と辰、おもわずギックリ顔を見合わせた。そら、そろそろ、猫の祟りがあらわれたらしいとばっかりに……。

「おめえたち、なにか、その女に心当たりがあるのかい」

「へえ、そのことなら、いずれのちほどお話をいたしますが、いってえその女がどうしてまた……」

「どうのこうのと口でいうより、これからいっしょに出かけようじゃないか。むこうには鳥越の茂平次もきている。そうそう、鳥越とおめえとは、肌合いがあわねえという話だったな。まあ、御用に熱心なのはいいが、朋輩は朋輩だ。なるべく仲よくやったがいい」

と、どこまでも、粋にさばけたこのしろ吉兵衛、その足で佐七といっしょに、やってきたのは、鼠坂(ねずみざか)ちかくにある音羽稲荷。

「お咲はここで殺されていたのよ」

　みると、おおぜいたかった野次馬のなかに、菰(こも)をかぶったお咲の死骸(しがい)が、ころがっていたが、そのそばに、海坊主のような男が、ひとり突っ立っている。いわずとしれた鳥越の茂平次、一名これを海坊主の茂平次という。

　佐七の顔をみると、海坊主の茂平次は、まっくろな顔のなかから、ニヤリと白い歯をだして、薄気味(うすきみ)悪い微笑(びしょう)をうかべた。

「おや、おや、お天気のぐあいが妙だとおもったら、お玉が池のがやってきたな。神田くんだりから、いやもう、ご苦労千万なことだ」

　そういうじぶんだって、浅草から、出向(でむ)いたことを棚にあげている。

「おお、鳥越の兄哥(あにい)、なに、きょうきたのは、御用の筋じゃねえんで。ひさしぶりにこのしろの親分のところへ顔をだしたら、つきあえというわけで、引っ張りだされたわけだ。まあ、不承してくんねえ。おや、辰、どうしたんだえ」

　辰がうしろから袖をひくので、なにげなくふりかえると、辰め、なにやら妙な顔をして、しきりに菰のしたを指さしている。

　佐七がそのほうへ目をやると、菰のしたからはみだした、お咲の脚のすぐそばに、猫がいっぴき、朱(あけ)にそまって死んでいるのである。

「辰、てめえの話はこの猫かえ」

　佐七もおもわずぎょっとした。

「へえ、ちがいございません。爪を見ておくんなさい」

　菰をあげて調べてみると、なるほど、その猫にはいっぽんも爪がなかった。ついでにお咲のほうを調べてみると、ぐさりと胸をひと突き。下手人はよっぽど、手練(てだれ)のものとみえるのである。いかさま、辰が自慢(じまん)するだけあって、このへんには惜しいような縹緻(きりょう)だった。

　海坊主の茂平次はにくにくしげに、

「お玉が池の、言っておくがな、おめえ、この事件から手をひいたほうがいいぜ。下手人はちゃんとあたりがついているんだ」

「おお、そいつはけっこうだ。なにか証拠(しょうこ)でも見つかったのかえ」

「そうよ。その下手人というのはな、ゆうべ、夜中の九つ半（一時）ごろお咲のところからかえった客よ。そいつがかえりがけに、なんとか口実をもうけて、お咲を、ここまでおびきだしたにちがいねえ。そしてここで待ちぶせしていて、ぐさりとひと突きよ。下手人の名もわかっている」

「ほほう。そして、その下手人の名というのは？」

「そうか、その名というのはな」

と、海坊主の茂平次はにやりと笑って、

「巾着の辰五郎というのよ」

「え、な、なんですって」

と、おどろいたのは巾着の辰だ。

「鳥越の親分、冗談もいいかげんにしておくんなさい。あっしがなんで、お咲を殺すもんですか」

「兄哥、そいつはなにか、間違いじゃありませんかえ。辰にかぎって、そんなことをするような、男じゃありません。それとも、なにか、証拠あってのことでござんすかえ」

おもわずつめよる佐七を、フフンと、鼻のさきでせせら笑った海坊主の茂平次、

「おお、証拠がなくて、かりにもこんなことをいうもンか。おい、辰、てめえ、この莨入れに、おぼえがあるだろうなあ」

いきなり、辰のまえにつきだしたのは、ゆうべ、辰がなくしたという、印伝皮の莨入れ。みると、べっとりと血がついているから、辰はみるみる、まっさおになった。

爪をきられた猫の祟りが、いよいよ事実となってあらわれたらしい。

錺職人茂兵衛の行く方
——猫の鈴から手紙がポロリと——

「親分、このしろの親分、あっしもいままで、海坊主のやりくちにゃ、ずいぶん、胸をさすってまいりましたが、きょうというきょうは、我慢ができません。なるほど女が辰の莨入れをにぎって、死んでいたとありゃ、いちおうの詮議はしかたがねえが、海坊主のさっきのやりかたはありゃなんだ。素人衆の大勢みていなさるまえで、いきなりの下手人扱い。あっしもかわいい乾分を、あん

な目にあわされちゃ、このまま、引っこんではいられません。親分、お願いだ。この事件はあっしに譲っておくんなさい。どうでも真実の下手人をあげて、海坊主の鼻をあかしてやらにゃ、このまま、お玉が池へはかえれません」

　海坊主の茂平次がむりやりに、辰を引っ張っていったあとのこと、吉兵衛の家へ、いったんとってかえした人形佐七は、男泣きに泣いていた。

「おお、もっともだ。海坊主のきょうのやりくちは、没義道だったな。だが、まあ、いいや。辰が人殺しをするような男でないことは、おてんとうさまもお見通しだ。海坊主だって、そのくらいのことは知っているはず、知っていながら、いやがらせをしてるのよ」

「それだから、あっしはいっそうくやしいンです。親分、それじゃこの一件は貰いましたぜ」

　と、吉兵衛の宅をでた佐七が、お玉が池の家へもよらず、その足でやってきたのは深川だ。辰もいったとおり、あれほどの女が深川をぬけて、音羽のようなところへ住み替えたには、なにかふかい事情がなければならぬはずだった。佐七はまず、そこに目をつけたのである。

　二、三軒たずねてあるくと、お咲がまえにいた家はすぐにわかった。釜屋といって、そういう種類のうちでは深川でも一流だった。亭主の与兵衛というのは、こういう商売にも、似合わぬ仏性とみえ、佐七にきかれると、はや鼻をつまらせながら、

「お咲もかわいそうなことをいたしました。ここにいたら、あんなことにはなるまいにと、いまも話していたところでございます」

「それについて聞きたいのだが、お咲はなんだって、音羽なんぞへ住み替えたのだえ」

「さあ、それでございます。あれはごく、おとなしい女でございましたが、難といえば、男がひとりついておりましたので。いえ、べつに悪い男というわけではなく、六間堀の釘抜き長屋に住んでいた、錺職の茂兵衛というのでございますが、これがふた月ほどまえに、きゅうに、姿をくらましてしまいましたので」

「はてな。姿をくらましたというと」

「はい、家財道具一式おっぽりだして、どっかへいってしまったんです。その当座、お咲は泣きの涙でつとめをしていましたが、きゅうに、音羽へ住みかえるといいだ

したのです。わたしも、口を酸っぱくしてとめましたが、どうしても思いとまりません。やむなく、思いどおりにさせてやったようなわけで……」

「だが、なんだってまた、選りによって音羽なんどへ住みかえたろう。あの縹緻なら、どこへだってゆけそうなものじゃないか」

「さあ、おおかた、茂兵衛の思いののこっている深川が、いちずにいやになって、場所をえらぶひまも、なかったのかと思われます」

「そうかもしれねえが、ひょっとすると、茂兵衛というのが音羽へんにいるというような、話でもきいたのじゃあるまいか」

「さあ」

　釜屋の亭主与兵衛も、それ以上のことは知らないらしかった。佐七はいくらか失望したが、気を取りなおして、

「いや、大きにお喧ましゅう。そのうちに、なにかまたわかったら、ご苦労でも、お玉が池まで知らせてくんなせえ」

　と、釜屋をあとに、それからまもなく、やってきたのは、六間堀の釘抜き長屋、かどに糊屋があって、そこの婆あさんが、おあつらえむきの金棒曳き。

「おや、茂兵衛さんのことですかえ。ほんに、あのひとはどうしたんでしょうねえ。なにもかもそのままにして、世間じゃ神隠しだといっていますが、大家さんは大困りですよ。店賃はともかく、茂兵衛さんの道具がのこっていちゃ、ほかに貸すわけにもまいりませず、仕方がないから、そのまま放ってあるようですよ」

　と、聞かれもしないことまでべらべらと。

「で、その茂兵衛というのは、いったいどういう男だ。他人に怨みをうけるような男か。それとも、うしろ暗いことがあって、にわかに、身をかくしたのじゃないかえ」

「滅相な。あの人にかぎって、そんなことはありません。それはもう、いたっておとなしい人でした」

「ふふふ、だいぶひょうばんがいいようだが、そのおとなしい男が、女を夢中にさせるのはどういうわけだえ」

「ああ、お咲さんのことでしょう。あれは、親分さん、幼なじみですよ。それに、おとなしいといったって若い者のことですもの、それぐらいはねえ」

　と、婆あさんはいたって、同情にとんだ口っぷりだっ

たが、それでも、佐七に問いつめられて、

「そうですねえ、おまえさんがそうおっしゃるから、思いだしましたが、姿をくらます少しまえのこと、茂兵衛さん、にわかに金まわりがよくなったとみえて、身の周りなど、たいへん凝ってお りましたよ。なんでも、いい仕事をひきうけたと、申しておりましたが、さあ、どんな仕事ですかねえ、そのほうのことはいっこうに……」

糊屋の婆あさんは、そこで口をつぐんでしまった。

それ以上はどんなに叩いても、なにも聞けそうになかったので、そこであっさりあきらめた佐七は、それからすぐに家主に案内させて、茂兵衛の家というのをのぞいてみる。

茂兵衛のうちは露地のおくから三軒目。なるほど、ふた月あまりもしめ切った家のなかには、かび臭いにおいがただよっていて、戸をひらくと、いちじに薄埃が舞いあがった。

「茂兵衛がいなくなってから、だれもこのうちに、手をつけた者はありませんかえ」

「はい。親戚のものでもあればと思うんですが、それもございませんので、まったく、途方にくれております。もうしばらく、このまゝまにしておいて、それでも、茂兵衛さんがかえってこぬようだと、お上にとどけて、なんとか、埒をあけたいと思っております」

家主もすっかり、当惑しているところだった。

「いや、まもなくその埒もあきましょう」

佐七は注意ぶかい目で、家のなかを調べてみる。六畳と、四畳半のふた間きりの、その四畳半が、仕事場になっていた。

大きな仕事台のうえには、いろんな道具が散らかっていたが、佐七がふと目をつけたのは、そういう道具のなかに転がっている、三つの鈴。ちょうど、猫の首っ玉へつけるような、小さな鈴なのである。

「もし、おまえさん、茂兵衛は猫を飼っていましたかえ」

「猫？　いいえ、どうしてでございますか」

「だって、ここに猫の鈴がありますもの」

と、いいながら、佐七はひとつずつ、鈴をふっていたが、やがておやと首をかしげた。ほかのふたつがチロチロと、かわいい音をたてるのに、ひとつだけ鳴らない鈴があるのである。佐七ははてなと、鈴のなかをすかしていたが、やがて錐のさきで、鈴の割れ目をこじあけると、なかからポロリと落ちたのは、小さくまるめた紙片だ。

ようすありげなこの紙片を、佐七がいそいで皺をのばすと、

今宵五つ半（九時）いつもの場所にて

茂兵衛より

佐七はおもわず、どきりと目をすぼめたのである。

輿の中のお銀様
――松の枝には若い男がブラリッと――

これで佐七のあたまには、ようすがあらかたわかったのだから、すぐその足で、音羽へとってかえせばよかったのである。

だが、まだもうひとつ、頷けぬふしがあったので、あすのことでもよかろうと、その晩いったんお玉が池へ、ひきあげたのが悪かった。

その翌日の朝まだき、表をたたく物音に、佐七夫婦は、はっとばかりに目をさました。

「親分、親分、はやく起きておくんなさい。音羽からまいりました。急用だから、ここをあけておくんなさい」

「なに、音羽から？」

がばとはねおきた佐七が、表の格子をがらりとひらくと、男がひとり、息せき切ってとび込んだ。

「なんだ。おまえは莨屋の源助じゃねえか。朝っぱらからどうしたんだ」

莨屋の源助というのは、音羽のこのしろ吉兵衛についている下っ引きだ。

「どうもこうもありません、また事件が持ちあがったんです。はやくきてくれと、このしろ親分からのおことづけでございます」

「よし、お粂、支度しろ」

「あいよ、ご飯は？」

「いらねえ。腹がへったら、音羽の親分のところでご馳走にならあ。源助、さあ、いこう」

「それじゃ、姐さん、ご免くださいまし。親分はたしかに、おあずかりしましたぜ」

と、宙をとぶように、やってきたのは音羽の通り。佐七がそのまま、護国寺わきへ抜けようとするのを、

「親分、こっちだ、こっちだ」

と、莨屋の源助が、ひっぱっていったのは、なんと、きのう、お咲が殺されていた、音羽稲荷の境内ではないか。みると朝霧のなかに、はや、バラバラと人立ちがしていて、そのなかに、このしろ吉兵衛の屈託顔も見えた。

「親分、ただいまは、お使いをありがとうございました。してして、なにかまたここで、おっぱじまりましたかえ」

「佐七、あれをみろ」

「へえ」

と、吉兵衛の指さす祠のうらがわをみて、佐七はおもわずどきりとした。

おあつらえむきの松の枝に紐をかけて、だらりと首をくくっている、ひとりの男。佐七はそれをみるなり、おもわずはっとしてそばへかけ寄った。

「親分、こ、これは……」

「ふむ、ただの首くくりかもしれねえが、きのうのきょうだ。ひょっとすると、お咲殺しに、ひっかかりがあるかもしれねえと、それで、おまえを迎えにやったンだ」

「いったい、これゃどこの男です」

「さあ、それがわからねえンでな。ついぞ、この近所でみかけたことのねえ男だ」

みればその男というのは、年頃二十六、七の、色白の、どこか小粋なところのある若者だった。佐七はしばらく、その顔をみつめていたが、なにかはっと思い当たったふうで、

「親分、あの屍骸をおろしても、よろしゅうございますかえ」

「ふむ、おまえのよいようにしろ。おい、源助、おまえも、ぼんやりしてねえで、手伝ってやれ」

「おっと、合点です」

佐七は源助に手伝わせて、死体を松の木から引きおろすと、紐をとって首筋を眺めていたが、

「親分、やっぱり、あっしの思っていたとおりです。こいつは首をくくって、死んだのじゃありませんぜ。この紐はこんなに細いのに、首筋にゃ、ほら、こんな太い痣がついております」

「なに？　それじゃ縊り殺されたというのか」

「そうです。おおかた、手拭いかなにかで縊り殺しておいて、そのあとで、ここへぶら下げていきやアがったにちがいねえ。おい、源助、おまえすまねえが、もういち

ど使いやっこになってくれ」

「へえ」

「深川へいってな、釜屋という岡場所の亭主と、六間堀の、釘抜き長屋の家主をつれてくるんだ。おおいそぎで頼むぜ。ほら、こいつが駕籠賃」

「おっと、合点です」

御用聞きは尻がかるくなくては、つとまらぬ商売だ。源助は尻端折って、すぐさま駕籠でとんでいったが、やがて、釜屋の亭主与兵衛と、釘抜き長屋の家主をつれてもどってきたのは、それからおよそ、二刻（四時間）あまりのちのこと。日はすでにたかだかとのぼって、音羽稲荷の境内は、野次馬で、十重二十重と取りかこまれていた。

「おお、ご苦労、ご苦労、おまえさんがたに、きてもらったのはほかでもねえ。ここにいるこの男に、おまえさんたち、見覚えはありませんかえ」

かぶせてあった莚をとると、与兵衛も家主も、死体の顔を見るよりはやく、

「あっ、こ、こりゃ錺職の茂兵衛！」

「まちがいありませんね」

「はい、まちがいはございません。たしかに、茂兵衛さんにちがいございません」

ふたりのことばに佐七はにっこり、

「親分、お聞きのとおりでございます。ここに死んでいるのは、きのう殺されたお咲の情人で、錺職の茂兵衛という男でございますよ。お咲が音羽へ住みかえたのは、この茂兵衛のあとを追ってきたんです。茂兵衛はどっかこの近所に、住んでいたにちがいございません」

と、佐七が話しているときだった。

鼠坂のうえから、ソロソロとおりてきたのは、一挺の女乗り物、音羽稲荷のまえまでくると、輿の戸をなかからひらいて、女がそっと顔をだしたが、いや、そのうつくしいこと。としは二十六、七だろう。花ならば咲きくずれた白牡丹、それがぷっつり、緑の黒髪を切ったところが、艶めかしくもみずみずしい。

女はこのしろ吉兵衛と視線があうと、にっこり会釈して、そのまますまして行きすぎる。佐七はしばし呆然として、そのうしろ姿を見送っていたが、

「親分、あれは……」

「ふむ、あれか、あれはお銀さまといってな。番町で

千五百石取りのご大身、丹波主膳さまという、お旗本のご愛妾だったが、主膳さまがお亡くなりになったので、お暇がでて、いまじゃこのうえに、住んでいなさるのだ」

「親分とは、だいぶ、ご昵懇のようで」

「なに、昵懇というわけじゃないが、茶の湯をするからというので、おりおり、招かれることがある。ご家人衆もだいぶ、出入りをするようだが、おれよりは、海坊主のほうがまえからのなじみで、やっこさん、だいぶ、お銀様にござっているようだ」

吉兵衛は、てれかくしにつるりと頬をなでたが、佐七は、それを聞くと、はっとばかりに顔色かえて、

「親分、こいつはいけねえ。お咲殺しの一件は、やっぱり親分と、鳥越の兄哥に返上いたします。あっしも助けさせてもらいますが、親分、どうかふたりの手柄にしておくんなさい。でないと親分も兄哥も、とんだ係かり合いになりますぜ」

と、佐七の真剣な顔色に、吉兵衛はあきれたように目をみはった。

鼠坂深夜の捕物
——長持ちの中には小判がザクザク——

その夜——おあつらえむきの五月闇。月も星もみえぬ鼠坂から、護国寺へかけてのいったいは、ふしぎな忍びで、ひしひしと取りかこまれていた。

辻々のくらやみには黒衣の捕手が、三々五々とむらがって、もし、そのみちの心得があるものがみたら、すぐなにか、大捕物があることに気付いたろう。やがて忍びの網は、しだいにしぼられていった。そしてその中心は、いわずとしれたお銀様の寮。

「佐七、そのほうのもうすことに間違いないか」

鼠坂のうす暗がりで、半信半疑の声をかけたのは、おなじみの与力神崎甚五郎。吉兵衛と佐七の差し紙によって急遽、八丁堀から捕手をひきつれ、出張してきたのである。

「へえ、もう、この佐七が睨んだからにゃ、こんりんざい、間違いはございません」

「そのことばにあやまりがなくば、これは近来にない大物だが、悪くすると相手があいて、どういうことになろ

うもしれぬぞ」

「わかっております。千五百石取りのお部屋様、間違いがあらばこの佐七が、腹かき切って、お詫びするばかりです」

「よし、そのほうが、それだけいうならたしかであろう。吉兵衛、手筈はよいか」

「へえ、もう、あらかたととのっております」

このしろ吉兵衛も白髪頭に十字の襷、ひさしぶりの大捕物に胴顫いをしている。

ただこのさい、佐七が気になるのは、海坊主の茂平次のこと。茂平次にも手柄をさせようと、宵から二度三度、鳥越の茂平次のもとへ使いをだしたが、茂平次は昼間から出たきり、まだかえってこぬという。

日頃からお銀様のもとへ、しげしげ出入りをしていた茂平次、あとになって、どんな係かり合いにならぬでもないと、佐七はそれが気がかりだったが、いないものは仕方がない。

「佐七、それではそろそろまいろうか」

「合点です」

と、佐七は尻端折っていきかけたが、

「待て！」

「へえ、なにかまだ御用で？」

「みろ、寮の裏門からだれか出てくるぞ」

みるとなるほど、鼠坂の中腹から、提灯の灯がスタスタこちらへおりてくる。足音はどうやら二、三人らしい。

「旦那、しばらくそのへんに、隠れていておくんなさい。あっしがひとつ当たってみましょう」

「よし」

三人が音羽稲荷の暗がりに、身をかくすとまもなく、提灯は鼠坂をおりてきた。見るとふたりの男がさしにないに、大きな長持ちをかついでいて、うしろにひとり、男がついている。佐七はバラバラと、そのまえに立ちはだかった。

「こう、待ちねえ、待ちねえ。その長持ちに不審がある。ちょっと、そこへおろして貰おうか」

「なんだと」

「お上の御用で、長持ちのなかをあらためるんだ。四の五のいわずに、器用にこちらへ渡しねえ」

「おや、いやに利いたふうな口をきくと思ったら、うぬやお玉が池の佐七じゃねえか」

長持ちのうしろから、ズイと出てきた男に、佐七はあっとおどろいた。

「おお、おまえは鳥越の兄哥」

「そうよ、茂平次だ。おい、佐七、おれがついてりゃ言い分はあるめえ。通してもらおうぜ」

「おっと、待った、鳥越の、そいつはいけねえ。その長持ちに不審があるんだ。後生だからおまえからさきに立って、たしかめてくんねえ」

佐七はあくまで、茂平次に花をもたせるつもりだが、根性のまがった海坊主に、そんなまごころが通じるはずはない。茂平次はせせら笑って、

「佐七、てめえ、血迷ったな。フフン、巾着の辰をあげられて、かわいや、佐七は逆上せたそうな。おお、いいからやってしまえ」

「合点だ」

行きすぎようとする長持ちのまえへ、ズイと立ちはだかったのは、いままでくらがりに隠れていた、神崎甚五郎とこのしろ吉兵衛、

「茂平次、この長持ちはだれに頼まれてきた」

「あっ、あなたは神崎の旦那」

茂平次も、ぎょっとたじろいだ。

「いかにも拙者は神崎甚五郎だが、茂平次、貴様はだれにこれを頼まれた」

「へえへえ、じつはむこうの、お銀さまという、ご後室様にたのまれて、牛込の萩原様まで持ってまいりますんで。べつに怪しいものじゃございません、たいせつな茶の湯の道具だそうで、途中間違いがあってはならぬと、付き添いをたのまれたのでございます」

甚五郎の顔色といい、吉兵衛や佐七の身ごしらえといい、茂平次もはじめて、容易ならぬ気配をかんじた。

「佐七、開けてみろ」

「へっ」

佐七は錠をぶちやぶって、長持ちの蓋をとったが、とたんにあっと一同胆をつぶした。茶の湯の道具と思いきや、なかは山吹色の小判が一杯。

佐七は二、三枚手にとって、チャリンチャリンと鳴らしてみたが、

「やっぱりそうです。旦那、この小判はみんな、銅脈の贋金ですぜ」

「よし、佐七、呼笛を吹け」

呼笛が夜の闇にひびきわたるとみるや、いままでかくれていた御用提灯が、あちらの藪かげ、こちらの軒下から、螢火のようにワラワラと飛びちがった。

「御用だ、御用だ！」

と、お銀様の寮は大騒動。

「鳥越の兄哥、わけはあとで話をする。お銀という女は、どうでもおまえの手で捕えなきゃいけねえぜ。そして、いままでおまえが、あすこへ出入りしていたなァ、屋敷のようすを探っていたと申し立てるんだ」

「佐七、すまねえ」

茂平次は佐七の手を握りしめると、まっしぐらに、寮のほうへととって返したのである。

岡っ引きの用心棒
――お粂がべた惚れなのも無理はない――

その夜の捕物は近来にない大物で、翌朝になると、さっそく、瓦版になって町々へくばられたから、いや、江戸じゅうはよるとさわるとこの噂。


お銀というのは、山猫という異名をもったしたたか者で、こいつが采配をふるって、ご家人の萩原十太夫、そのほか一味十数名が、音羽の寮で、贋金造りをやっていたのである。いわゆる、銅脈というやつだが、これは、手先の器用なものでないとやれないから、錺職の茂兵衛が、仲間にひきこまれた。

茂兵衛も遊びの金につまるところから、ついうかうかと、仲間にひきこまれたが、根がおとなしい男のことゆえ、だんだん空恐ろしくなってくる。で、それとなく、お咲にじぶんの罪を打ち明けたのだが、それからまもなく、茂兵衛の行方がわからなくなった。

お咲はてっきり、音羽の寮へ押しこめられたのだとさとったが、おもてだって訴えれば、恋人の身にもかかわることである。

そこで、寮のすぐとなりの吉野屋へ住み替えて、それとなく、ようすをさぐっているうちに、迷いこんだのがお銀の飼猫。お咲はこの猫の鈴に目をつけた。

まえに、茂兵衛と逢う瀬をせかれたとき、飼猫の鈴のなかに手紙を封じて、文のやりとりをしたことがある。この猫の鈴のなかへ、じぶんがここにいることを、書いて封じておいたら、いつか、茂兵衛の目にふれることがあるかもしれない。

　そんなはかない空頼みだったが、これがまんまと成功して、とうとう茂兵衛が手紙を見つけた。

　猫は遠慮をしないから、土蔵のなかの職場へも平気で出入りをする。そのうちに、金粉が爪にまみれて、いつか金鍍金の、猫の爪ができたというわけだが、こうして猫をなかだちに二度、三度、手紙の往復をしているうちに、あの晩のことだ。

　巾着の辰が、猫の爪をきってはなしたから、まずいちばんに怪しんだのはお銀。そこで、いろいろ猫のからだを調べているうちに、とうとう、鈴のなかにある手紙を発見したのである。

　お銀はいよいよおどろいたが、そこは奸智にたけた女のことである。鈴のなかに贋手紙を封じこんで、ふたたびお咲の部屋へ追いやった。

　お咲はむろん、そんなことはしらない。今夜はぬけだせそうだから、音羽稲荷のところで、待っていてくれという文面に、辰のかえったあとで、飛びたつようにやってきたのが運のつきだった。

　ご家人の萩原十太夫が、一刀のもとに刺し殺し、落ちていた莨入れを、握らせておいたのである。

　しかし、こうなっては一味のものも、枕をたかくしてはねられない。

　贋金造りはいちじ中止ときまって、さて、そうなるとじゃまになるのは錺職の茂兵衛だ。そこでこれを絞め殺し、音羽稲荷の松の枝に、ぶら下げておいたのである。

　こうしておけば、茂兵衛がお咲を殺し、じぶんは覚悟の自殺をとげたものと、世間をごまかすことができるだろうと、たかをくくっていたのだが、どっこい、佐七はさいしょから、贋金造りの陰謀が、この事件の背後にあることを、睨んでいたのである。

　そして、贋金造りの道具をいっさい、長持ちにつめて、ほかへ移そうとするところを、あやうく取りおさえたというわけだ。

　一味のものはお銀をはじめ、萩原十太夫その他、おおかた取りおさえたが、なかにただひとり、お銀の妹で、花歌留多のお勝というのが、風をくらって逃げてしまった。こいつがのちにまたひと騒動起こそうというのだが、それはまたあとのお話。

「いや、佐七、おめえがいなけりゃ、すんでのことで、おれもお銀の一味にされるところだった」

と、一件落着の後日にいたって、吉兵衛は頭をかいてにが笑いをしていた。

「ほっほっほ、いい気味ですよ。いい年をして、鼻のしたを長くしているから、こんなことになるんですよ。ねえ、佐七つぁん」

吉兵衛の女房お千代はわらっている。

「いや、なんといわれても一言もない。しかし、あん畜生うまく考えやアがった。なるほど、岡っ引きがしじゅう出入りをしていりゃ、だれも怪しむ者はないからな。おれはまだいいが、茂平次のやつこそ、いい面の皮だ。一件物の証拠をかくす用心棒にされやアがった。まったく岡っ引きが付きそっていりゃ、いかな夜よなか、長持ちを運びだしても言い訳がたたあ。あいつこそ、鼻毛をのばしすぎやアがったよ」

吉兵衛は笑って、

「しかし、佐七、おめえあのとき、よく茂平次のやつをかばってやってくれたな。ほかの者なら、ああいうことのあったあと、なかなか、ああきれいにゃいかねえものだ」

「親分、そりゃあっしだって、鳥越の兄哥にゃいいたいことがあります。しかし、それとこれとは話がちがう。もし鳥越の兄哥に、へんなことがあってごらんなさい、江戸中の岡っ引きの名にかかわります。でも、まあ、旦那が神崎さんでよござんした。ほかの旦那なら、ちょっと面倒なことに、なったかもしれませんからねえ」

と、なんでもなくいってのけたから、あとで吉兵衛がお千代にむかい、

「あれだ、なあ、お千代。あの気性だから、人間が少々うわ気者でも、お粂がべた惚れなのもむりはないて」

と、感嘆これをひさしゅうしたという話である。

二枚短冊

鬼女の腕

――片腕進上、長く家宝になし候え――

神田お玉が池の人形佐七の住居の二階に居候の権八をきめこんでいる辰と豆六は、ある晩、なんとも申しようのないほど恐ろしい経験をした。

それは両国の川開きがあってから十日ほどのちのことだから、六月八日の晩のことである。

江戸時代の両国の川開きは、毎年五月二十八日にきまっていた。当時の五月は現今の六月だから、梅雨の明けるのを待って、川開きが行われるのが通例になっていたが、それから八月二十八日、すなわち現今の九月下旬までが、隅田川の舟遊びの季節とされていた。

その晩、辰と豆六は、お粂佐七のご両人のお供をして隅田川の舟遊び。たっぷり涼を楽しんだのち、お玉が池へかえってきたのが四つ半（十一時）ごろ。それから半刻（一時間）ばかり下の茶の間でだべったあと、ふたりが二階へあがってきたのが九つ（十二時）ごろ。

さっそく床についたというものの、なにせ現今の七月上旬といえば暑いさかり。おまけにことしは空梅雨だったせいか、暑さもまたひとしお。おまけに、狭い二階の四畳半に大の男がふたり寝るのだから、その寝苦しいことといったらお話にならない。

さんざん寝返りをうったのち、やっとふたりがトロトロとまどろみかけたのは九つ半（一時）ごろのこと。ところが、それからまもなく、巾着の辰が、妙なけはいにふと目をさました。

なにやらミシリミシリと屋根をふむ音、それにどこから吹きこむのか、なまぬるい風のけはい。きょうこのごろの江戸の町は、この時刻になっても気温が落ちないのである。

辰はおやとばかりにかま首をもたげたが、そのとたん、思わずドキッと目をみはった。

表の雨戸が二、三寸こじあけられていて、そこからヌーッといっぽんの腕がのぞいている。暗がりのことだからよくわからないが、どうやら雨戸のこざるを探っているらしい。しきりにそのへんをがりがりとひっ掻いている。

てっきり泥棒と、辰は蒲団のなかで目を丸くした。

それゃそうだろう。ひともあろうにいま売り出しの岡っ引き人形佐七の家に忍びこもうというのだから、こいつよくよく素頓狂なやつにちがいない。知ってうせたか、知らずにうせたか、どちらにしてもこのままじゃすまされない。

そばをみると、豆六はいぎたなく眠っている。それが豆六の癖なのだが、キリキリ、キリキリ、しきりに奥歯をかみならす音をさせている。

よっぽどたたき起こそうかと思ったが、豆六に寝ぼけ声でもだされたら泥棒に逃げられてしまうおそれがある。となると、辰の責任や重大である。

たとえ一寸二寸でも家のなかへふみこまれたとあっては、二階をあずかるこの辰五郎兄哥の顔にかかわるとばかり、ソッと寝床をぬけ出した巾着の辰、抜き足差し足しのび足、猫のように雨戸のそばへ忍びよると、

「こん畜生！」

と、いきなりその腕へとびついて、

「泥棒！　泥棒！」

と、胴間声をはりあげたから、雨戸のそとでは驚いたらしい。

あっとかすかな叫び声とともに、どたどたと屋根をふみ鳴らし、必死となって手をひっこめようとするが、辰のほうでもこんりんざいこの腕をはなすことじゃない。

「こん畜生！　この手をはなしてたまるもんか。この頓馬泥棒め、ウーン、ウーン」

と、足を踏んばり両手で腕をひっぱったところは、とんと、こけが大根でも引き抜くようなかっこうだ。

騒ぎをきいて豆六も目をさまし、むっくり寝床のうえに起きなおると、

「兄哥、あんたそこでなにしてはりまんねん。寝ぼけやはったんとちがいまっか」

と、これはいたってのんびりとして、

「もっと静かにしておくれやすな。わて寝られしまへんがな。あ、あ、あああア」

と、大欠伸。

「この野郎、欠伸なんかしてる場合じゃねえ。泥棒だ、泥棒だ、泥棒がしのびこんだんだ」

「泥棒……？」

と、豆六はあたりを見まわしながら、

「泥棒なんかどこにもおらしまへんやないか。しょうもない。あんた夢でも見て、寝ぼけやはったんとちがい

まっか。なんや、そないなへっぴり腰して、みっともないやおまへんか。ああ、あほくさ」

「バ、バ、バカ野郎！　お、おれの手を見ろ！　おれの手の先をよく見てみろ！　コン畜生ッ！　ウーン、ウーン」

「あんたの手の先がどないしましてん。なにをまたあんた、そないに気張って……わっ、こ、こ、こ、こら泥棒や！」

「だからいわねえことじゃねえ。はやく手をかせ。こいつ、いやに力の強い泥棒だ」

「よっしゃ、兄哥、しっかりイ……」

と、豆六は辰のへっぴり腰にむしゃぶりついて、ワッショイ、ワッショイ。

いや、もうたいへんな騒ぎとなったが、これを聞きつけて下の部屋でも佐七夫婦が目をさましたらしく、

「辰、どうした、どうした。なにがおっぱじまったんだ」

「あ、親分、来ておくんなさい。泥棒なんで、泥棒なんで」

「兄哥とわてとがその泥棒をひっとらまえて……ウーン、ウーン」

と呼ばわる声に、雨戸の外ではいよいよあわをくったらしい。

しゃにむに腕を引き抜こうと、しきりにじたばたもがいているふうだった。そのうちに、

「きゃあっ！」

と、たまぎるようなひと声。とたんに、辰と豆六のふたアりは、仰向けざまの重ねもち、うしろへずでんとひっくりかえった。

「辰、いってえどうしたというんだ。いまの騒ぎはありゃなんだ」

と、おりからそこへ人形佐七が、寝間着の帯をしめながらあがって来る。あとから女房のお粂も、行燈さげてついてくると、

「あらまあ、辰つぁんも豆さんもかさねもちになって、なにをもがもがしてるのよう。この真夜中に、ご近所がご迷惑なさるじゃないか」

「そやかて、そやかて……姐さん……」

豆六はまだ辰の下敷きになったまま、しっかりあいての腰を抱いている。

「そやかて、そやかてどうしたんだ。辰、いってえどうしたというんだ」

「お、親分、ど、泥棒なんで……」

「なに、泥棒だと……？」

佐七はすぐにがらりと雨戸をひらいたが、夜露にぬれた屋根のうえには、すでに人影はみられなかった。

「辰、泥棒のやつ、ここからはいってきたのか」

「いいえ、はいってきやアしません。豆六、もういいから腰をはなせ」

と、やっと起きなおった巾着の辰。

「ただ雨戸を二、三寸こじあけて、そこから片手を突っこみやアがったんで。そこで、あっしがその腕をやにわにこうとひっつかんで……」

といいながら、おのが両手に目をおとした辰は、とたんにわっと叫んで尻餅ついた。

「兄哥、どないしやはりましてん。あんたもまあおぎょうさんな……」

と、辰の手の先に目をやった豆六も、キャッと叫んで尻餅ついた。

「わっ、ぬ、ぬ、抜けたア……」

なるほど、夢中でつかんだ辰の両手のあいだには、血まみれになった腕がいっぽんブランとぶらさがっているではないか。

お粂、佐七のご両人、これにはあっと肝をつぶした。

「辰、そ、その腕はどうしたんだ」

「だから、親分、抜けたんで……」

「バカ野郎、腕いっぽん引きぬくなんて、てめえなんぞの力でできるものか」

「そらそや、兄哥ひとりの力じゃむりや。わてという力持ちが兄哥のうしろから金剛力だして引っぱったもんやさかい……」

「バカなことをいうもんじゃねえ。お粂、ちょっとその行燈をこちらへかしねえ」

「あい」

と答えてお粂のもってきた行燈のあかりに、くだんの腕をあらためてみて、四人はまたもや息をのんだ。

「おまえさん、それゃ女だね」

「ふむ、女らしいな。しかも、このふっくらとした肉づきや、肌の色つやからみれば、まだうら若い娘だぜ」

「ほんなら、親分、さっきの泥棒は娘だったんかいな。

やれまあ、こら殺生なことしてしもた」

「おまえさん、女だてらにこの家へ泥棒に押し入ろうとしたのかえ」

「そういうことになってきたが、辰も豆六もよく見ろ、この腕は肩のつけ根からスッパリと斬り落とされているぜ」

「あ、なあるほど。すると、いまの娘泥棒め、おいらの金剛力にとっつかまって、かなわぬところと観念し、じぶんでじぶんの腕をきれいサッパリ斬り捨てていきやアがったか」

「兄哥、そらあんたの金剛力やおまへん、わての金剛力だすがな」

「そういうことをいうから、てめえたちの目は節穴同然というんだ」

「とおっしゃいますと……？」

「いま斬り落としたばかりなら、もっとどんどん血が流れているはずだ」

「そういえばそうだんな。この切り口はもうソロソロ固まりかけてまんな」

「そうよ。これだけ固まるにゃ、はやく見つもっても一刻や二刻はたっていよう。どちらにしても、この切り口からみれば、斬り手はよほどの手練のものとみえるぜ」

「まあ、かわいそうに。どんな事情かしらないが、若い娘にこんなむごいことをして……」

「親分、これゃ左腕ですね」

「そやそや、そやけど、親分、そこになんや、入れ墨みたいなもんがしておまっしゃないか」

　みると、女の左の腕には、くっきりと一枚の花札がうきあがっている。梅の短冊が色うつくしく、ほんものそっくりに彫られているのである。

「おまえさん、梅の赤よろしだね」

「おお、これゃよい目印だ。この入れ墨をたぐっていきゃ、おおかた身もとがわかるだろう」

「親分、この腕、なにか握っているじゃアありませんか」

「おお、なるほど、どれどれ」

　と、握りしめた女の指をいっぽんいっぽんひらいていくと、なかからポロリとまるめた紙がころがり落ちた。

「はてな」

　と、佐七が行燈の灯影でひらいてみると、

戻橋で斬り落した鬼女の片腕、一本進上、長く家宝になし候へ

渡辺綱より

人形佐七どの

「野郎、ふざけやアがって」

「ほんまや、ほんまや、ひとをバカにさらしくさって」

「おまえさん、だれがこんないたずらを……?」

佐七はだまってひとを食った達筆のこの走り書きを見つめていたが、なに思ったのか、ふいにからからと笑い出した。

お高祖頭巾の女
——橋の欄干をひらりひらりと——

神田お玉が池の裏長屋、佐七の住居と背中合わせの路地のおくに、立花靭負という浪人がすんでいる。

年は四十二、三だが、蛆のわきそうなやもめぐらし。近所の鼻たれ小僧をあつめて、手習いの師匠かなにかやっているが、いたって酒好きときているので、金がはいると稽古もそっちのけで二、三日は酒びたり。

しかし、根はいたって剛腹磊落な人物で、佐七とは日ごろからよくうまがあっている。

到来物などがあると、うらの先生のところへもおすそわけをしねえというほどの仲だが、その靭負の浪宅へ、翌日早く、ブラリとやってきたのは人形佐七だ。うしろにはれいによって、辰と豆六がついている。

「先生、おうちですかえ」

と、佐七ががらりとやぶれ障子をひらくと、ひとめで見渡せる家のなかでは、ひとりものの気やすさ、靭負はまだはらわたのはみだした蒲団のなかに寝ていたが、声をきくとむっくりと髭だらけの顔をあげてにやりとわらった。

ゆうべまたしたたか喰らい酔ったのだろう、両眼がまっかに濁っている。

「やあ、だれかと思ったら表の親分か。滅法早えな。おんや、辰と豆六もいっしょか。どうしたい、ふたりともいやに不景気な面をしているが、またおかみさんにしぼられたんじゃねえか。まあ、こちらへ上がんねえ」

と、夜具のうえにどっかとあぐらをかくと、にやにや

しながら煙管の筒をスポンと抜いた。

「なにね、ゆうべちょっと変なめにあったもんだから、野郎たちまだ目がさめねえんですよ。したが、先生、ゆうべはとんだごちそうさま」

「はっはっは」

　靭負は腹をかかえて笑うと、

「佐七、その礼をいいに来たのか」

「そうですよ。とんだお土産をいただいて、辰も豆六ももうすこしで目をまわすところでした。辰、豆六、てめえたちからもよく礼をいわねえか」

「へえ」

　と、辰も豆六も狐につままれたような顔つきだ。

「いってえ、なんの礼を申しますんで。おいらまだいちどもこの先生におごって貰ったことはありませんぜ」

「そやそや、この先生貧乏たれやさかい、いっつもうちから貰うばっかりやおまへんか」

「こいつら、血のめぐりの悪いやつらだ。ゆうべの片腕は、こちらの先生のお土産だよ」

「げえっ！」

「なんやてえ！」

「はっはっは、辰、豆六も、まあ勘弁しろ。表から持参しようとおもったが、なにしろあの夜更けのこと、若夫婦の寝入りばなをおこすのも殺生と、ちょっと狂言かいてみたのさ」

「ちょっ、それならそうといってくだされアいいのに、こちとらこそいい面の皮だ。おかげで、あやうく肝っ玉を台なしにするところでさあ」

「そやそや、こっちのほうがよっぽど殺生や」

　うらめしそうに面ふくらせている辰と豆六へ、靭負は遠慮のない高笑いをあびせながら、

「まあ、まあ、勘弁しろ、いずれそのうちに埋め合わせをするからの。したが、佐七、さすがに目がたかいな。拙者の悪戯とどうしてわかった」

「それゃわかりまさあ。先生、この近辺に、あれくらいみごとな字を書くひとは、先生よりほかにありませんからね。しかし、先生、いってえ、あの片腕はどこで手においれになったんでございますえ。まさか、道に落ちていたわけじゃございますまい」

「おお、それよ、佐七、拙者もそれについて、いささか後悔しているところだが、聞いてくれ、こうだ」

と、そこで靱負が話したところによると――

ゆうべのことだ。川向こうの貸席で、涼みがてらの発句の会があった。

靱負もいくらか発句をひねるところから、その会に連なったが、さて、そのかえりがけのことである。

仲間にわかれてただひとり、いくらか涼しくなった川風に吹かれながらぶらぶらと両国橋のうえまでやってくると、ふいにタタタとむこうからやってきたお高祖頭巾の女が、やにわにどんと靱負につきあたると、いきなり懐中へ片手をつっこんだ。

「無礼者、なにをいたす」

勃然として怒鳴りつけると、女はあっとひくい叫びをあげ、そのままくるりと踵をかえして逃げようとする。

靱負はいよいよ立腹して、追いすがりざま袂をとらえた。

「女、待て、ひとの懐中へ手を入れるとはうろんなやつ。掏摸か、物取りか、顔を見せろ」

「お許しくださいませ。人違いでございます。お許しくだされませ」

「なに、人違い？　人違いでことがすむとおもいおるか。頭巾をとって顔をみせろ」

小豆色のお高祖頭巾に手をかけると、やにわに女はかくし持った匕首をぬいて、さっとばかり突いてきたから、さあ、靱負はいよいよ勃然として猛りたった。

「おのれ、無礼者、手むかいいたすか」

女を突きはなして身構えすると、とたんに女はひらりと身をひるがえして、橋の欄干にとびあがると、タタタとそのうえをつたって逃げていく。

いや、その身軽なことはおどろくばかり、まるで胡蝶のような身のこなしだ。

これには靱負もあっと肝をつぶしたが、すぐ気をとりなおすと、

「おのれ」

と叫びざま、そのあとを追っかけた。

と、そのときだ、欄干のうえでくるりとこちらをふりかえった怪しい女は、片手をあげると、手にした匕首をさっと靱負のほうへ投げつけた。

もし、靱負にして武芸のたしなみがなかったら、おそらく匕首はぐさっと咽喉に突っ立っていたことだろう。

ここにおいて、靱負の激怒は絶頂にたっした。

「おのれ、慮外者め！」

追いすがって橋のうえからさっとひと太刀斬りおろしたとたん、女はあっとさけんで欄干のうえから川のなかへまっさかさまに躍りこんだのである。

「そのとき斬り落としたのが、佐七、ゆうべの片腕よ」

「へえ」

佐七は目をまるくして、

「それでその女はどういたしましたえ。まさか、片腕斬り落とされて泳ぎもできますまい」

「それがな、橋の下にはどうやら相棒が待っていたらしい。女がとびこむと、すぐ舟のうえへ助けあげて、そのままいずくともなく漕ぎ去ったが、いや、いまになってみればいささかふびんな気がせんでもない。なにしろ酩酊(めいてい)しておったものだから、つい手荒なことをしてのけたて」

根が好人物の立花靱負、酔いがさめるとともに、ゆうべの所業がくやまれるらしい。顔をしかめてかるい溜息を漏らしている。

「なるほど、ようすを伺ってみると、ただの掏摸とは思われませんが、して、して、どういう女でございましたえ」

「それがな、夜のことでもあり、おまけにお高祖頭巾(こそずきん)でおもてをつつんでおったことゆえ、しかとはみわけはつかなんだが、欄干をわたる身のこなしといい、匕首をなげた手練といい、女ながらもよほどできるものと思われる」

「さてね」

佐七はなにやらうち案じていたが、

「それで、先生をつかまえて人違いだと申したのでござんすね」

「おお、それだて」

靱負はにわかに膝をすすめると、

「拙者も寝ながらつくづくとかんがえたが、人違いをした原因(もと)といえば、あの提灯ではないかと思われるのだ」

と、靱負が指したのは、上がりがまちにかけてある小提灯、白地に抱き柏の紋所が染めだしてある。

「貴公も知ってのとおり、拙者の紋は下がり藤、あの提灯はゆうべ貸席をでるさい、だれかほかのものの提灯とまちがえて持ってきたとみえる。女はこの提灯の紋をめあてに、拙者の懐中物をねらったと思われるが、どんなものだろうな」

「なるほど、そんなところかもしれませんね」

と、佐七が腕組みをしてかんがえているところへ、泥溝板を踏みならして、女房のお粂があわただしくはいってきた。

評判娘花札お梅
——はて面妖な、お梅には左腕がある——

「おや、お粂じゃねえか。なにか用事かえ」

「あい、おまえさんに会いたいといって、いまお客さんが見えているから、すぐかえってきておくんなさい」

「おお、そうか」

佐七はそれを機会に立ちあがると、

「先生、こいつは一番、あっしにまかせておくんなさい。まんざら心当たりのねえこともございません。なんだかおもしろいことになりそうな気がしますから、ひとつ働いてみましょう」

「さようか。なにぶんよろしく頼む」

「それじゃ、辰、豆六、いこうぜ」

と、路地をまわってわが家へかえってきたが、おどろいたことに、待っているはずの客の姿がみえなかった。

「おや、お粂、お客様はどうしたんだ。だれもいやアしねえじゃねえか」

「おや、まあ、どうなすったのだろう。あれほどおまえさんに会いたがっていたくせに」

上がりぐちを調べたが、履物もなくなっている。佐七ははっと気がついて、がらりと押し入れをひらいてみると、果たしてさっきそこへしまっておいた片腕がなくなっている。

お粂はさっと顔色をかえて、

「あれ、おまえさん！」

「はっはっは、腕をとりかえしにくるとは、こいつはとんだ茨木だ」

「すみません。わたしがついうっかりしていたばっかりに、だいじなものを取りあげられて」

「なに、いいってことよ。腕はなくとも、ちゃんとあたりはついているんだ。ときに、その客というのはどんな風体だったえ」

「あい、それがまだわかいお武家様で、ものしずかな、ちょっといい男でござんした」

「いい男とだけじゃわからねえ。おまえも岡っ引きの女房だ、なにか目印に気がつかなかったかえ」

いわれてお粂はポンと膝をうち、

「そうそう、そういえば右の目じりに、小さなほくろがありましたっけ」

「色ぼくろというやつだ。危ねえ、危ねえ、姐さん、これからそういうほくろのやつに会ったら用心しなせえ。そういうやつにかぎって、とんだ女たらしさね」

「そやそや、姐さん、あんたはん、そいつに色仕掛けで……」

「辰、豆六、つまらねえことをいわずと、さっさと飯を食ってしまえ。これからちょっと遠っ走りだ」

「おっと合点だ」

なにかあたりのついているらしい佐七のようすに、勇みたって飯をかきこんだ辰と豆六、それからまもなくやってきたのは東両国。

「おやおや、遠っ走りだというから、京大阪、あるいは長崎くんだりまで出掛けるのかと思ったら、親分、おめあては両国ですかえ」

「兄哥、黙っておいでやす。このへんで鰻でも食べていこちゅう趣向だすがな」

「ちっ、あいかわらず食い意地のはった野郎だ。いま飯を食ってきたばかりだというのに、あんなことをいやアがる。まあ、なんでもいいからついてこい」

と、佐七が雑踏をかきわけてズイと入っていったのは、そのころ東両国の見世物のなかでもひときわめだって人気をよんでいる女軽業。

「おやおや、これは女軽業じゃありませんか」

「親分、親分、あんたええんでっか。こないなもんにうつつをぬかしてると、また姐さんに胸ぐらとられまっせ」

「なにをいやアがる。辰、豆六、てめえたちはまだ気がつかねえのか。ここでいちばん人気をよんでいる太夫はなんというんだ」

「ヘン、それくらいのことを知らずにどうします。ここの太夫はいま江戸中の人気をかっさらっている花札お梅……」

といいかけて、辰と豆六、あっとばかりに息をのんだ。

「ほんなら、親分、ゆんべの女ちゅうのんは……？」

「じゃアなかったか。橋の欄干をわたったり、白刃をきように投げたりする女は、そうたくさんはいねえはず。それに、花札お梅という異名がどこから出たのか知らねえが、腕に彫った梅の短冊、どうやら平仄があいそうじゃねえか」

「なあるほど。親分、恐れ入りました。しかし、親分、それだとすると、お梅はきょうとても舞台は勤まりませんぜ」

「だからよ、こうしてようすを見にきたんだ」

だが、佐七の期待はみごとにはずれた。

九分九厘まで間違いないと思っていたそのお梅が、それからまもなく万雷の拍手にむかえられて舞台にあがったから、これにはさすがの佐七もあっとばかりにおどろいた。

「親分、お梅はピンピンしてるやおまへんか。あの左腕はまさか贋物(にせもん)やおまへんやろな」

お梅の左腕がつくりものでないことはすぐわかった。

紫繻子(むらさきじゅす)の肩衣(かたぎぬ)に、黄色の袴(はかま)をつけた花札お梅、としは十九か二十だろう。

素敵な縹緻(きりょう)だ。こぼれるような愛嬌のなかに、どこか凛(りん)とした気品があって、なるほど東両国の人気を一身にあつめているのもむりはないと思われる艶(あで)やかさ。

そいつがながい振袖をひるがえして、綱渡り、白刃のあやどり、その手つきの鮮かさは、どうしてどうして、作りものの手などでできるものではない。

「親分、あれゃアやっぱり本物の手ですぜ」

「ウーン」

佐七はおもわずじぶんの目を疑ったが、こんどばかりはうちの親分も目星がくるったかと、そばでみている辰と豆六は気が気でない。

松の短冊

——こら、粂寺左仲さまさまやがな——

「辰、豆六、こっちへこい」

「へえ、どこへ参りますんで」

「楽屋へいってお梅にあってみるんだ。おれゃアどうしてもあきらめがつかねえ。あの女にあたってみれゃ、なにかまたわかるかもしれねえ」

「親分、そないなことしてよろしおまんのかいな。あとで姐さんがまたニューッと角を……」

「いいから、黙ってついてこい」

辰と豆六をひきつれた人形佐七が楽屋へまわると、なにしろいま評判の御用聞きだから、一座のものも疎略にはせぬ。

頭取がでてきて、

「親分、なにかうちのものが不始末をいたしましたか。少しのことなら、どうぞわたしにめんじてお目こぼしのほどをねがいます」

佐七はわらって、

「なあに、きょうきたのは御用じゃねえ。お梅さんという太夫があんまりきれいだから、ちょっと会って話したくなったのさ」

「さようで。お梅ならすぐ舞台からさがります。どうぞこちらでお待ちなすって。おい、だれかお茶をさしあげねえか」

「まあ、そうかまわずにおいてください。ときに、頭取」

「へえ、へえ」

「つかぬことをたずねるようだが、お梅さんのことを世間では花札お梅と呼んでいるようだが、あれゃどういうわけだえ。お梅さんは手なぐさみでもするのかえ」

「め、滅相もない。あれにかぎってそんなことは大きらいでございます。じつは」

と、頭取はいい渋りながら、

「あれの左腕に、花札の入れ墨がしてあるのだと申しますことで、それからああいう異名ができたのでございます」

「あ、なるほど」

佐七は辰や豆六と目を見かわしながら、

「しかし、頭取、花札といってもいろいろあるが、お梅さんのはどの札だえ」

「さあ、そこまでは存じません。お梅はそういう入れ墨をしていることをひどく恥じて、いつも紅い布でかくしておりますので、だれも見たものはございませんので。しかし、親分、その入れ墨になにかご不審でも……」

「なあに、あまり評判が高いものだから、ちょっと気になっただけのことさ。しかし、頭取、ついでのことにお梅さんのその入れ墨を見せてもらうわけにはいかないかね」

「さあ」

と、これには頭取も当惑したらしく首をかしげたが、

「なんといいますか、ほかならぬ親分さんのことですから、ひとつお梅にそう申してみましょう」

そんな話をしているところへ、お梅が舞台からおりてきた。

頭取がさっそくそのお梅を呼びいれて、佐七にひきあわせたうえ、さっきの意向をつたえると、お梅はじっとうつくしい目で佐七を見ていたが、ものもいわず肩衣（かたぎぬ）ぬいで、袖を肩までまくりあげると、惜しげもなく雪の腕をあらわしながら、

「ほっほっほ、親分さんの物好きなこと。さあ、たんと見ておくんなさいまし」

艶やかに笑いながら、羞（はじ）らうようにべったりと佐七のそばへ寄りそうのをみたときには、辰と豆六、おもわず生唾（なまつば）をのみこみやアがった。

みると、お梅の腕には、なまめかしい紅裂（もみぎれ）がまきつけてある。佐七がそっとその裂をとりのけると、下から出たのは松の短冊。

「おや、これは松の短冊だね」

「あい、親分はなんとお思いでしたえ」

「おおかた、おまえの名にちなんで、梅の短冊だろうと思っていたのさ」

といいながらも、じっとあいての顔色に目をつけていたが、お梅もさるもの、

「ほっほっほ、ほんにそうでした。わたしも梅にしておけばよかった。それとも、これから花札お松と名を変えましょうか」

「まあ、どちらともしれねえ。したが、お松さん」

「え？」

「いや、これはちがった、お梅さん。大きにお邪魔をいたしましたね。まあ、せいぜい繁盛しなせえ」

なんとなく首尾のわるい面持ちで、佐七が楽屋口へ出たとたん、すれちがいにズイとなかへ通った侍がある。四十五、六の顔にみにくい黒菊石（あばた）のある、底意地のわるそうな男だが、佐七はその侍のうしろすがたを見送って、なにやらドキリとしたように目をすぼめた。

「姐（ねえ）さん、姐さん」

そばにいた娘をつかまえて、

「いま、なかへはいったお侍は、なにかこの一座に関係のあるおかたかえ」

「あれ、あのお侍ですかえ」

娘は虫がすかぬらしく舌打ちして、

「いいえ、そういうわけじゃありませんが、ああして毎日お梅さんを訪ねてくるんですよ」

「すると、お梅さんのレコかい」

「だれがあんなやつを。お梅さんは、きらって、きらって、きらいぬいているんですけれど、むこうのほうで勝手につけまわしているんです。しつこいったらありゃアしない」

「いったい、なんというおかただえ」

「名前は粂寺左仲というんです。根岸のお行の松へんにすんでいるというんですけれど、ほんに虫の好かない男ったらありゃしない」

と、粂寺左仲さんざんだ。

「いや、どうもありがとう」

表へでると、辰がふしぎそうに、

「親分、親分、あの侍がどうかしたんですかえ」

「辰、それだからてめえの目は節穴同然というんだ。左仲の羽織についていた紋所が、てめえの目にはいらなかったのか」

「紋所ちいますと……？」

「豆六、てめえもチョボチョボだな。抱き柏の五つ紋、ゆうべうらの先生がまちがえて持ってかえった提灯とおなじ紋よ。こいつ、だいぶんおもしろくなってきたぜ。辰、豆六、どこかで鰻でもくいながら、左仲の出てくるのを待ってみようぜ」

「親分、待ってました」

「こら粂寺左仲さままさまや」

辰と豆六、あいかわらず食い意地がはっている。

鎧櫃と槍

——十三から十二引くは一のこる——

それからおよそ一刻（二時間）あまり、川ぶちの鰻屋の二階からしびれをきらして小屋の周囲を見張っていた佐七たち三人は、閉場まぎわになってやっと出てきた左仲をみると、こっそりあとをつけはじめた。

「畜生、いやにねばっていると思ったら、やっこさん、楽屋で酒を飲んでいやアがったんだ」

なるほど、左仲の足は少しふらついている。

左仲はいいご機嫌で、謡かなんかうなりながら橋をわたったが、そこで辻駕籠をひろうと、

「駕籠屋、根岸までやってくれ。お行の松のすぐちかくだ」

と命じているところをみると、どうやらまっすぐに宅へかえるつもりらしい。

佐七と辰と豆六は、ともかくそのあとをつけていったが、はたして左仲はお行の松のすぐそばで駕籠をおりた。見ると、その松の下にお菰がひとりうずくまっている。左仲は駕籠をやりすごし、すばやくあたりを見まわすと、お菰のそばへたちよって、

「どうだ、だれかきたか」

と、あたりをはばかる小声で訊ねた。

「へえ、まいりました、覆面のお侍が十三人」

「十三人だな。まだいるか」

「へえ、まだいます」

「よし」

にやりと気味悪い微笑をもらした左仲は、そのままぴったりとものかげに吸いついて、じっと向こうのほうをうかがっている。

おや、おや、妙な真似をするぜと、佐七もおなじくものかげに身をひそめながら、ようすをうかがっていると、むこうにみえる茅葺門のなかから、黒い頭巾をかぶった侍が、あたりを見まわしながらゾロゾロと出てくると、そのままいそぎ足に散っていく。

「ひとり、ふたり、三人、四人——」

と、左仲はその人数をかぞえていたが、武士の数はつごう十二人。左仲はニヤリと笑うと、やがて、つとものかげから出て、平然といま武士のでてきた茅葺門のなかへ入っていった。

「辰、豆六」

「へえ」

「おまえたち、いま出ていった武士をつけていけ。おれゃもう少しあとにのこってようすをみる」

「おっと、合点や」

辰と豆六がすぐさま武士のあとをつけていくのを見送って、佐七はたくみに茅葺門のなかへ忍びこんだ。

表の名札を見ると、どうやらこの家が左仲の住居(すまい)らしいが、なんとも合点のいかぬのはさっきの武士の一隊、それに左仲の怪しい素振りだ。

左仲は留守中にあの一隊が忍びこんでくるのを知っていて、お孤のやつに見張りをさせているらしい。

ようやく夕闇がこくなってきた庭に忍んで、佐七が座敷のようすをうかがっていると、それともしらぬ左仲のやつは、しきりになにか呟きながら、ぐるぐると座敷のなかを歩きまわっている。

「忍んできたのは十三人、出ていったのは十二人、十三から十二引くと一残るか。はっはっは、さて、その一匹はどこにいるかな」

左仲はおもしろそうに高笑いをしながら、座敷のなかを見まわしていたが、やがてにやりと笑うと、長押(なげし)の槍(やり)をとって、つかつかと床の間の鎧櫃(よろいびつ)へとちかづいた。

「おい、出ろ、出ないか。そんなところへかくれていても、この左仲さまの目は誤魔化(ごまか)されやしねえ。出ぬとぐさっと芋刺しだ。はっはっは、おもしろいな、人間の芋刺しとはちょっとおつだて」

ニヤリニヤリと気味悪く笑いながらりゅうりゅうと槍をしごく顔色は、すさまじいともなんともいいようがない。

ほんとに鎧櫃をつきとおすつもりらしく、やがてきっと身構えて、

「さあ、数をよむぞ。七つよむまでに出てこずば、かわいそうだが芋刺しだ。わかったかえ、ほら、ひイ、ふウ、みイ、よオ、いツ、むゥ！」

とたんに、パッと鎧櫃の蓋をひらいて、なかからひとりの侍がまっさおな顔をしてとびだして来た。

「はっはっはっ、出た、出た、やっぱりいのちは惜しいとみえる。おや、貴様は犬塚春之丞(いぬづかはるのじょう)だな」

春之丞とよばれた侍は、それに答えようともしない。

恥辱と憤怒に、ブルブル唇をふるわせながら、さもにくにくしげに左仲の黒菊石をにらんでいる。

まだ若年のいい男だ。

「ふっふっふ、貴様のような青二才が、いかに鯱鉾(しゃちほこ)立ちをしたところで、してやられる左仲さまとはわけがちがうぞよ。かえったらご家老はじめ一同によくいっておけ。これからさきも、ひょんな真似をすると、気の毒だが石見(いわみ)五万石のお家(いえ)をとりつぶしてしまうぞとな。はっ

はっは、口惜しいか。残念か。いかに口惜しくとも、あの連判状が手に入らぬうちは、この左仲さまに指一本させまいが。ええい、ぐずぐずせずと、さっさと立ちかえりゃアがれ」

猫をつかむように春之丞の襟首つかむと、縁側からポンと庭に蹴落して、うえからペッと青痰をひっかけた。

「おのれ」

たまりかねた春之丞、おもわず刀の柄に手をかけたが、よくよく相手にひけめがあるとみえる。

思いなおしたように悲憤の涙をぬぐいながら、ものをもいわず、佐七のかくれている植え込みのまえをとおって足早にその場を立ち去ったが、その春之丞の横顔をまぢかにながめた人形佐七、おもわずふっといきをのんだ。

春之丞の右の目尻に、まぎれもなくほくろがひとつ――。

左仲は春之丞のあとからしばらく罵声を浴びせかけていたが、やがて高笑いをすると、そのままごろりと横になって、はや前後もしらぬ高いびき。

どこまで図太くできているのか、奥底しれぬ男なのである。

暴君の死

――民百姓は赤飯たいて祝ったという――

佐七はなにがなんだかわけがわからなくなった。

片腕を斬りおとされた女と花札お梅、その片腕を取りかえしていった犬塚春之丞と条寺左仲、それから覆面の十二人。

辰と豆六がつけていったところによると、この十二人の武士はどうやら石見のご家中らしいが、なにかしらわけのわからぬものが、それらの人物を取りまいて渦をえがいている。

そして、その渦の中心にあるのが石見五万石。左仲はなにか石見五万石の安危にかかわるような、たいせつな品を所持しているらしい。

そして、片腕を斬られた女も、犬塚春之丞も、覆面の武士も、その品をねらっているらしいが、そのたいせつな品とはいったいなんであろう。左仲はたしか連判状といったが、いったいなんの連判状だろう。

その晩、佐七はうかぬ顔でうらの靭負を訪れた。靭負はあいかわらずぐびりぐびりと飲んでいたが、佐七の顔

をみると、

「おお、佐七か、なにかあたりはついたかい」

「へえ、まんざらつかねえこともありませんが、ときに先生、先生は条寺左仲という男をご存じじゃありませんか」

「おお、知っている。いやな野郎だ」

「もしや、その男もゆうべの発句の会へ出やアしませんでしたかえ」

「おお、出た、出た。そういえば、あの男の紋はたしか抱き柏であったな。佐七、するとあいつにまちがえられたのか」

「へえ、それについて少しお伺いしたいんで。いってえ、左仲というのはどういう男ですかえ」

「あれか。あれはたしか石見五万石、竜造寺大和守どのの浪人だが、どこに金蔓を持っているのか、なかなか内福らしいが、なににしても虫のすかぬ男だて」

「先生、その竜造寺大和守さまというのは、いったいどういうご家中なんですえ。なにかちかごろ、そのご家中で騒動でもあったという話はおききになりませんか」

きかれて靱負はポンと膝をうった。

「そうそう、そう訊かれれば思い出す。当主大和守どのというのはたしか妾腹だが、これがお世継ぎをするとき、ひとつの騒動があった」

「へえ、へえ、どういう騒動で?」

と、佐七もにわかに膝をのりだした。

「さればさ、先代の大和守どのというのは当主の異母兄、つまり本妻の腹にうまれた嫡男だが、これが言語道断な暴君、民百姓の膏血をしぼって、日夜酒池肉林の栄耀ざんまいだ」

「なるほど、なるほど。それで……?」

佐七はいよいよ膝をのりだす。

「みめよい女があると、娘であろうが、人妻であろうが、かたっぱしから召しあげて妾にする。うっかり諫言するとすぐお手討ちだ」

「なるほど、そうすると、さしずめ、昔の桀紂にもたとえられそうな暴君ですね」

「まあ、そういうところだな」

「それで、その暴君はどうしました」

「それがな、その暴君がもう少し生きていたら、石見五万石、お取りつぶしはまぬがれぬところであった。ご公儀でもだいぶ隠密を入れたり、内々そういう下心があったらしい」

「なるほど、それが……」

「それがよ、いいあんばいといいっちゃなんだが、その暴君がころりと死んでしまったのよ。いまから五年ほどまえのことだったな」

「へえ」

と、佐七はおもわず息をのむ。

「どうしてまた、そう急に亡くなったんで」

「表むきは病死ということになっているが、そこには底もあれば蓋もあるだろうじゃないか」

「ああ、なるほど」

「ほんとにお家のためを思うなら、一服ころりと盛るのもやむをえまい」

「なるほど、大義親を滅すというわけですか」

「あっはっは、佐七、貴公、なかなかうまいことをいうじゃないか。なんでも、そのとき石見藩の民百姓は、赤飯たいて祝ったという話を聞いている」

「なるほど、それでいまの殿様があとをお継ぎになったんですね」

「そうだ。ところが、これがまた先代とはうってかわった名君でな、なかなか偉いひとらしい。柳営でもだいぶ評判がよいようだ」

「なるほど。しかし、先生、もし先代が毒殺されたというようなことが公になったとしたら、石見藩はどうなるでしょう」

「なに、ご公儀でもうすうすは知っているんだ。知っていて、素知らぬふりで見のがしているんだ」

「しかし、先生、なにびとかがれっきとした証拠をもって、恐れながらとご公儀へ訴えて出たとしたらどうなりましょうねえ」

「いや、そうなると話はおのずからちがってくるだろう。ほかへの手前、以後の見せしめということもあるからな」

「お取りつぶしというところですか」

「よくても半知というところだろう。しかし、佐七、ゆうべの片腕の一件が、なにか石見五万石と関係があるのかな」

「へえ、あるんです。あの左仲という男が、先殿毒害のれっきとした証拠を握っているらしいんです。ゆうべの女は、それを取りかえそうとかかっていたんでさ」

「あ、なるほど。さようか、そうと知ったらあのような不愍(ふびん)なことをいたすのではなかったな」

靱負はいまさら臍(ほぞ)を噛むように呟いた。

達磨の一軸

――あれ、姉さんと飛びこんだのは――

こうして事件の真相はほぼわかったが、わかってみると、佐七にもうっかり手は出せない。

へたをすると、藪をつついて蛇をだすもおなじで、石見五万石にどのような傷がつこうもしれぬ。佐七はべつに竜造寺家に恩も怨みもないが、きいてみると、当主大和守というのはことごとく評判がいい。

あっぱれ名君という噂だ。

なるべくなら、そのお家に傷をつけたくないと思うのが人情。佐七はそれきり手を引いたような、引かぬような、中途半端な態度でようすをうかがっていたが、すると、それからひと月ほどのちのこと。


「親分、親分」。

と、辰と豆六が泡をくって外からかえってきた。

「なんだ、騒々しい。なにか変わったことでもあったのか」

「あったどころじゃございません。あの花札お梅が、いよいよ婚礼するという話ですぜ」

「なに、お梅が嫁にいく？　あいては左仲か」

「ありゃりゃ、親分はようご存じや。こいつ少々眉唾もんだっせ」

「なにをいやアがる。そして、その婚礼の日取りというのはいつだ」

「それが、今夜のことなんで」

「なに今夜だと。そいつは捨てておけねえ。辰、ちょっとうらの先生を呼んでこい」

「へえ、合点だ」

辰がすぐさま靱負を呼んでくると、そこで豆六もまじえて四人額をあつめひそひそと密談にふけっていたが、やがてその夜のこと。

お行の松の左仲の家では、柄にもなく、黒菊石をてらてらと磨き立てた左仲のやつが、しきりににやにや悦にいっている。

そのそばには花札お梅が、じっと観念の目をとじているのだ。

祝言の盃がいますんだところで、もっとも祝言といっても、左仲の家には耳の遠い老婢(ろうひ)がいるだけ、ほかに親戚(みより)とてない男だから、お梅の一座のものが五、六人その席につらなったばかりで、その連中がかえっていくと、いよいよあとはふたりきりだ。

「お梅、そう固くならずと、もそっとこっちへよったがよいぞ。はっはっは、なにがはずかしいことがあるものか。盃ごとがすめばりっぱな夫婦(めおと)だ。それ、こちらへ寄らぬか」

虫酸の走るような猫撫で声で、やにわにお梅をひきよせた左仲は、ふいにあっと目をみはった。

「お梅、そちゃ片腕をどうしたのじゃ」

左仲が驚いたのもむりはない、今宵(こよい)のお梅には左手がなかった。

「左仲さん、おまえ、片腕の女はおいやかえ」

「なにを」

なんとやら異様なけはいをかんじた左仲が、やにわに刀をひきよせたときだ。

表にあたって
「火事だ、火事だ!」

「ほら、焼けよる、焼けよる」

と叫ぶ声。

と、みれば縁の障子がまっかに染まっているから、左仲はにわかに狼狽(ろうばい)して、

「や、や、しまった!」

と叫ぶとともに、お梅の体をつきのけてとびあがったのは床の間である。そこにかかった達磨(だるま)の一軸を外しにかかったから、お梅はあっけにとられて、ぼんやりとそのようすをながめていたが、ふいにはっと気がついて、

「おお、さては連判状はその中に……」

「ええい、それ知られては……」

左仲はズラリと刀を抜きはなって、ダーッとばかりにふりおろしたが、そのときどこからとんできたのか、一本の小柄(こづか)がぐさっと眉間(みけん)にあたったからたまらない。

左仲はあっと叫んでのけぞってしまった。

おりからそこへおどりこんできたのは、人形佐七をはじめてとして、靫負と辰と豆六だ。いまの小柄は、どう

やら勝負がはなったものらしい。

「お梅さん、傷は浅い。しっかりしなせえ」

佐七がお梅を抱き起しているところへ、騒ぎをききつけたのか、おっとり刀でかけつけたのは、犬塚春之丞をはじめとして、覆面の武士が十二名、いや、そのほかにもうひとりいる。手傷をおうたお梅を見ると、

「あれ、お姉さん」

と叫びながらあわててかけよったが、その顔を見たときには、さすがの佐七も開いた口がふさがらなかった。

似たりや似たり、花あやめとはまったくこのこと、ふたりはまるでふたつの豆をならべたように、顔かたちから身のこなしまでソックリそのままだったのである。

佐七はしばらく呆気(あっけ)にとられて、ふたりの顔を見くらべていたが、やがて春之丞や覆面の侍をズラリを見廻し、

「いや、みなさん、ご心配はいりません。みなさんのおさがしになっている品は、その達磨の軸のなかにかくしてあることがわかりました。いまの火事騒ぎは、そいつを知るための狂言でございます。さあ、先生、いきましょうぜ。これでおまえさんも罪ほろぼしができたというもんでさ。はい、さようなら」

呆気にとられている一同をあとにのこして四人はすたこら表へとびだすと、天を仰いで、

「これで石見五万石も枕をたかくして寝られるというもの。先生、いい気持ちですねえ」

「佐七、拙者もやっと胸のつかえがおりたわい」

顔見合わせて、ふたりは哄笑(こうしょう)したものである。

左仲のかくしていた連判状というのは、先代大和守を毒害した一味の誓約書。お家(いえ)のためとはいえ、主君を毒害したのだから、これが公になると、どんな騒ぎになろうもしれぬ。

それを知っていて、左仲は長年、一味のものを脅迫しつづけてきたのだ。

お梅と妹のお松というのは、この連判状を左仲にうばわれた責任をおうて切腹した白木勘兵衛(かんべえ)というものの娘である。ふたりは一卵性双生児だったが、あまりにもよく似ていて、親でも見分けがつけにくかったので、それぞれの左腕に目印の入れ墨をほどこしておいたのである。しかも、双生児(ふたご)をいむ当時の習慣から、まったくべつべつに育てられたので、世間ではだれも知らない。

それをさいわいに、お梅とお松がひとりになって両国

の小屋へ出ていたので、小屋のものさえお梅とお松がかわるがわる太夫(たゆう)をつとめていたことは知らぬくらいだったから、左仲がふたりをひとりだと思いこんでいたのもむりはない。

姉のお梅は、父の敵(かたき)、お家の敵、どうしても連判状を取りかえそうと悲壮な決心のもとに、左仲のまえに貞操を投げだしたのだが、あやうい瀬戸際で佐七や靱負に救われたのだ。

こうなると、腕の一本ぐらい斬り落とされても、むしろ幸福だったといわねばなるまい。

離魂病

人の悪い辰と豆六

——煙の中から佐七がふらふらと——

「姐さん、姐さん」

「なんだよ、辰つぁん」

「姐さんは、ちかごろ親分のようすを、どうお考えですかね」

「さあてね、どう考えるって辰つぁん、そりゃなんのことだえ」

「いやな、親分、ちかごろ、妙にうかぬ表情して、ぼんやり考えこんでばっかり、いやはるやおまヘンか」

「そうかね、辰つぁんや豆さんがそういえば、そんな気もするねえ」

「そんな気もするねえ、じゃありませんぜ。親分、なにかまた、できたんじゃありませんかえ」

「なにかって、辰つぁん、なんのことさ」

「あれ？　こいつはおどろいた、姐さんらしくもねえ。ほらまた、どこかにいいのでも、できたんじゃねえかっていうんですよ。なにしろ、うちの親分ほど、達者な人は、ちょっと世間にゃありませんからね」

「そや、そや姐さん、油断したらあきまヘンで」

「あら、いやだ辰つぁんも、豆さんも、そんなことい って、おまえさんたちの性悪なのにゃ、しみじみあきれてしまうねえ」

　いつもなら、こんな話を聞けば、たちまち、柳眉を逆立てるはずのお粂が、きょうはまた、案外おっとり構えているから、あきれるのは、お粂より辰五郎と豆六のほうだ。ありゃりゃとばかり、目を丸くして、

「姐さん、おまえさん、どうかしたンじゃありませんか、おつに澄ましていて、それで、いいんですか。親分のようすが、ふだんと変わっていなすっても、姐さんはちっとも気にならねえンですかえ」

「そりゃ、気になることはなるね」

「それでいて、あんた、そないにすましていられまンのンか」

「あら、いやだよ、辰つぁん、豆さん、おまえたちの剣幕じゃ、あたしゃどうしても、やきもちを焼かなきゃ、ならないみたいじゃないか」

　お粂が、いよいよすましているので、辰と豆六は当てがはずれて、こうなると、悪気じゃないが、業が煮えて

たまらない。どうでもいいちど、まっくろ焦げに、焼かせてみなきゃおさまらぬとばかり、ふたりとも肱をいからせて、膝をすすめ、

「こいつはあきれた。姐さんはいつからそう、宗旨を入れかえなすったんですえ。そんなことをいっていて、ほかに好い女でもできてるとしたら、姐さん、いってえ、どうなさるおつもりですえ」

「そや、そや、姐さん、しっかりしておくれやす」

「そうさね、そうときまりゃ、あたしだってただじゃおかないさ。だけどね、辰つぁんも豆さんも、あたしゃもう、これまでさんざん早まって、恥ばかりかいてきたから、今後はれっきとした証拠をおさえるまでは、むやみに妬き立てないことにきめたのさ。ほっほっほ、ふたりとも、お気の毒だったねえ」

まんまとはぐらかされて、ふたりはますます不平でたまらない。辰と豆六が、こんなことを切り出したのは、かならずしも、お粂を妬かせて楽しもうという悪戯っ気ばかりではなかった。

まったく、ちかごろの佐七の態度ときたら、だれの目にも、変わっているのである。

いつも、ぼんやりと、夢見るような目つきをしている。ときどき、ひとり合点にうなずいたり、ブツブツとわけのわからぬことを呟いてみたり、そうかと思うと、だしぬけに、ニヤニヤと思い出し笑いをしてみたり、どう見たって、ただごととは思えないのだ。

「ヘン、なんとでもおっしゃいまし。なにね、あっしゃなにも、姐さんを焚きつけようというつもりはねえんだが、気の毒だと思うから、ちょっと注意してみたんでさ。きょうだって、神崎の旦那のところへ、お盆のご挨拶だって、出かけなすったが、ほんとのところは、どうだかわかるもンですか。なあ、豆六」

「そうとも、そうとも、親分、いまごろ、どこかでうつくしい姐さんと……ああ、気の毒なこっちゃなあ」

辰と豆六は、やけに、団扇をばたつかせて煽ぎ立てる。

「おや、そうかえ。そいつはおおきにありがとう」

お粂はわざと取りあわずに、しばらく無言で、針を動かしていたが、やがてふと、

「辰つぁん、豆さん」

と、呼んだ。

「へえ、なにか用ですかえ」

「いまの話ね、ほんとはあたしだって、おおきに気になっているのさ。じつはあたしのほうから、おまえさんたちに、相談しようと思っていたところなのさ。だけど、おまえさんたちが、いきなり焚きつけるようにいうから、あたしだって、ちょっとはぐらかしてみたくなるじゃないか。まあ、かんべんしておくれ」

お条にそう出られると、根がひとのいい辰と豆六、たちまち、相好をくずして機嫌をなおした。

「おや、そうですかえ。なにね、あっしゃ別に、おこってるってわけじゃありませんが、で、姐さん、なにか、心当たりがありますかえ」

「ないこともないのさ。だけどそれが色事とは、まったく係かり合いのないことなので、あたしゃ妬かないことにしているんだが、辰つぁん、豆さん、おまえさんたち、離魂病って知っているかえ」

「リコンビョウ――？　リコンビョウちゅったら、なんだすねン」

「ほら、人間の魂がフラフラと、からだから抜け出して、じぶんの知らぬまに、ほかでいろんなことをしてるって、あれさ、よく草双紙や怪談にあるじゃないか、豆さんは知っているだろう」

「へえ、なるほど、そやけど、姐さん、そ、それがどないしましてン」

話が意外な方面にとんだから、辰と豆六は、気味わるそうに顔を見合わせ、座敷中を見まわした。

きょうはお盆の十三日、お玉が池の佐七の家でも、ささやかながら精霊棚をおまつりして、縁側には牡丹燈籠、なるほど、こんな話をするには、うってつけの晩だ。

「どうしたのか、あたしにだってわからないのさ。だけどね、このあいだ、うちの親分が、離魂病ってほんとにあるもンかねえって、ひとりごとをいいながら、しきりに首をかしげていなすったから、親分のちかごろの物思いのたねは、それじゃないかと思うのさ。辰つぁん、ちかごろ、親分の手がけていなさる一件に、そんなのを患っている人間が、係かり合っているのじゃないのかねえ」

「さあてね。あっしゃにゃいっこう、心当たりはありませんがねえ、でえいち、ちかごろは夏枯れで、とんと事件にも、突きあたらねえんですよ」

「そうかねえ。そうすると、あのひとりごとはどういうわけだったのかねえ。おや豆さん、牡丹燈籠の灯が消えたから、おまえさん、ちょっとつけておくれよ」

「へえ」

と、立ちあがった豆六が、縁側に吊した燈籠をおろして、カチカチと燧石(ひうちいし)を鳴らしていると、そのときとつぜん、蚊いぶしの煙のむこうに、ぼんやりと白い人影がみえた。

おりがおり、ときがときだけに、豆六はぎょっとしてみると、庭に立っているのは、いま噂をしている人形佐七だ。

「あれ、親分やおまヘンか。いややなあ、いつのまに帰ってきやはったンや、だしぬけでびっくりしたやおまヘンか」

「あれ、ほんとうに親分だ」

「え、親分がかえってきなすったのかえ」

お粂と辰が、あわてて立ち上がったところへ、佐七はふらふら縁側へ近付いてくると、

「はっはっは」

と沈んだ声でわらって、

「ひとの蔭口をきいてやがるから、ちょっと驚(おどろ)かしてやったのさ。お粂、金を出してくれ」

「金? おまえさん、お金をどうするのさ。それより、ちょっと上がったらいいじゃないか」

「なに、そうしてはいられねえ。よんどころない、物要りができたから、二両ばかり出してくんねえ」

「あい、それはおやすいご用だが」

と、お粂が簞笥(たんす)の小抽斗(こひきだし)から、いわれただけの金を出してわたすと、佐七はそれを懐中(ふところ)にねじこんで、ものもいわず、庭の木戸から、フラフラ外へ出てしまった。

お粂黒焦げの巻
――佐七は女と差し向かいになって――


「姐さん、姐さん」

あと見送った辰と豆六、顔見合わせてごくりと唾をのみこむと、おもわずゾッと首をすくめて、

「こいつはいよいよ、ただごとじゃありませんぜ。いまの親分の目つきを見ましたか。なんだかこう、物につかれたようなかっこうで、ああ、思い出しても気味が悪い

や」

「ほんまにけったいやなあ。煙の中から、ふらふらと出てきなはったときには、わて、幽霊かと思いましたがな」

「ほんとにねえ」

と、お粂もなんとなく腑におちず、

「それに声だって、いつもの調子じゃなかったねえ。辰つぁん、離魂病ってのは、あんなんじゃないかしら」

「ば、ばかな！」

と辰五郎は一言のもとに打ち消したが、なにかしら、ゾッと冷い水を浴びせられた心持ち。

「そんなばかなことはありませんが、親分のあとを、つけていけばよござんしたねえ」

「あたしもそう思ったのだけど、さっきは妙に体がしびれるような気がして、……ほっほっほ、ばかだよ、お盆だからってんで、頭が少しどうかしたのね。おや、豆さん、そこに落ちてるのは、そりゃなんだえ」

お粂のことばに、豆六がふと庭さきをみると、手紙のようなものが、一通落ちている。はてなと拾いあげて読んでみた豆六、にわかににやにや笑い出した。

「おや、豆さん、なんの手紙だえ」

「姐さん姐さん、だからわてがいうたやおまへンか。まあ、これを読んでみなはれ」

渡された手紙を読んで、お粂はさっと血相をかえた。


今宵、神田川ひさご屋にてお待ち申しあげ候あひだ、必ず、必ずお運び下さいまし——御存じより、お玉が池の親分さま——


水茎のあともうるわしく、みごとな女の筆蹟だから、さあ、お粂がおこったのおこらぬの。

「畜生！　そ、それじゃやっぱり……」

「はっはっは、姐さん、だからいわないことじゃない。親分、さすがに気がさして、さてこそ、あんな妙な顔をしていたんですぜ」

「そや、そや、そうと知ったら、なにもあない、びくびくせえでもよかったンや」

「それじゃ、いまわたした金で、この女と逢っているんだね。ええい、くやしい」

きりりと柳眉を逆立てたお粂、

「辰つぁん、豆さん、おまえさんたちもきておくれ」

　と、血相かえて、バラバラと表へとび出したから、さあ、おいでなすったとばかり、辰と豆六め、喜び勇んでついてゆく。神田川のひさご屋というのは、つい目と鼻のあいだにある、逢い曳きなどには、かっこうの小料理屋。

　お粂はまるで、悪鬼のごとき形相で、バタバタと、そのひさご屋へ駆けこんだ。

「おや、あなたはお玉が池のおかみさん」

　出合いがしらに、バッタリ顔をあわせたのは、近所だから、顔なじみのある新どんという男衆、悪いところへきたといわんばかりに、まえへ立ちはだかったから、お粂はいよいよかっとした。

「新どん、そこを退いとくれ、うちの親分がきているだろう。ちょっと話があるンだから、おまえ、その座敷まで案内しておくれな」

「いえ、あの、それが……」

「ええ、まあ、それがもこれがもあるもンかねえ、いいよ、おまえがいやなら頼みゃしない。辰つぁん、豆さん、いいからいっしょにきておくれ」

　とめる男衆を突きはなして、お粂はかまわず上へあがる。

　帳場のなかから、これを見ていた女中のひとりが、これはたいへんとばかり、バタバタと奥へ駆けこんだが、これじゃまるで、座敷をおしえるのも同然だ。

　お粂と辰と豆六が、そのあとからついていくと、女中は川に面した、はなれ座敷へとびこんだ。

「親分さん、た、たいへん、おかみさんが……」

「なに、女房がきたと？」

　と、佐七がさっと顔色かえたところへ、おどりこんできたのは、お粂と辰と豆六だ。

　みると、佐七と差しむかいに坐っているのは、四十五、六の、こんな女の、どこがいいのかと思われるような姥桜も姥桜、とんだ年増だ。

　もっとも衣裳はいい。地味ながら、金目なもので、つくりから見ると、どっか大家のおかみさんといったかっこう。女はお粂の剣幕に、びっくりしたように目をまるくしている。その落ち着きはらったようすに、お粂はいよいよかっとして、

「おまえさん！」

と、さけぶと、お粂はいきなり、佐七に武者ぶりついた。

「な、なにをしやアがる。離せ、みっともない真似をするんじゃねえ」

「なにがみっともないンですよ。おまえさんこそ、ひとにかくれてこんなところで、よっぽど、みっともないじゃありませんか、ええい、くやしいッ」

「あ、もし、おかみさん」

これをみて、あいての女は驚いたらしく、

「あなたえ、それは勘違いです。ばからしい、親分と、あたしと、……ほっほっほ、そんなばかなことが、……これにはわけのあること」

「しっ、お絹さん、そんなことをいったところで、このあまにわかるもんですか。お絹さん、きょうは日が悪い。おまえさん、さきに帰っておくンなさい」

それを聞くと、女も面倒と思ったのか、つと立ち上がると、ジロリとお粂をながし目にみて、座敷の外へ出てしまった。

「おまえさん」

お粂は、女には委細かまわず、佐七の胸ぐらとらえて、二、三度、左右に小突きまわしていたが、そのうちなにを見たのか、あっと叫んで手をはなす。とたんに、

「ばか野郎！」

佐七はパッと立ちあがると、

「待って」

と、すがるお粂のからだを、足をけあげてどんと蹴倒すと、そのまま、バラバラと廊下へとび出してしまった。

「親分、親分」

「まあ、待っておくれやす」

辰と豆六はおどろいて、あと追っかけたが、佐七はその声を耳にも入れず、一目散に、ひさご屋から外へとび出したから、やむなくふたりが、もとの座敷へひき返してくると、お粂はぼんやりした顔で立っている。

「姐さん」

「おや、辰つぁん」

お粂は、なんだか憑かれたような目つきをして、

「いまのは？」

「女だすか、女はひと足さきにかえりましたがな」

「そう、で、男は？」

「親分ですかえ、親分も外へとび出しましたぜ。姐さん、

みっともねえから、さあ、かえりましょうよ」

「あい、かえりましょう」

　案外すなおにお粂は身づくろいをすると、騒ぎをききつけて、駆けつけてきた女中たちに、

「ほっほっほ、とんだところを見せて、すみませんでしたわねえ。また、いずれご挨拶にあがりますよ」

と、愛嬌を振りまきながら、さて、辰と豆六をつれてかえってきたが、おどろいた、家には佐七が、さっきの騒ぎも忘れたかのように、ケロリとした顔で、毛抜きで顎鬚かなんかを抜いている。

ふたりいる人形佐七

——三人はゾッとばかりに首をちぢめた——

「お粂、どこへいっていた」

　これが佐七の挨拶だから、おどろいたのは辰と豆六、あまりのいい度胸に、えっとばかりに、佐七の顔を見直したが、あいてはすましたもの、顎鬚を抜いては手の甲へ植えつけている。いや、色男のするわざじゃない。

「おまえさん」

　お粂はべったり、佐七のまえへ坐ると、じっと、亭主の顔を見つめながら、

「おまえさん、話しておくれな」

「え？　話せって、なんのことだえ」

「ほら、離魂病の一件さ。あたしゃたったいま、おまえさんの幽霊に会ってきたよ」

「な、なんだと、お粂、それじゃおめえ……？」

「あい、この手紙をごらんなさい」

　佐七はいそいで、さっきの手紙をひろげて見たが、とたんにあっと顔色をかえた。

「それで、おめえ、ひさご屋へいってきたのか」

「あい、そしたら、そこにおまえさんが女とふたりで、しけこんでいましたよ」

　佐七はぎくりと息をのみこむと、じっとお粂と辰と豆六を見較べている。

　なんだか妙な雲行きだ。

　さっき、あれだけの騒動があったあとだから、かならずここで、続篇が見られるものと、楽しんでいたふたりは、あてが外れてぼんやりした。いや、ぼんやりするよ

りゾッとした。顔見合わせたお粂と佐七の顔色が、よっぽど変わっていたからだ。

佐七はやがて、ほっとため息ついて、

「それじゃ、やっぱり、そんなやつがいるンだな」

「あい、だからおまえさん話しておくれ。おまえさんこのあいだから、しきりに離魂病のことを気にしていなすったねえ」

「よし、話そう、辰も豆六もききねえ」

と、佐七はそこで、妙にあたりを見廻すと、居ずまいを直して、

「こんな妙なことが起こったのは七日ほどまえからのことなんだ。おまえたちも知っているだろう、雉子町の藪蕎麦、あそこへ蕎麦を食いに入ったとおもいねえ。蕎麦を食っちまって、さて、このまえの借りを払おうとすると、親分、それは、ゆうべいただきましたといやアがる。おや、だれにと聞くと、親分、とぼけちゃいけません。ゆうべおまえさんが、女とふたりづれでやってきて、そのときいっしょに、お払いになったじゃありませんかと、にやにやしやがる。ところで、おいらには、まったくそんなおぼえはねえンだ。でえいち、おまえとならいざしらず、ほかの女と蕎麦なんか喰うおれじゃねえ」

「はて、それはどうかな」

「黙ってろ、辰、きょうの話は真剣なんだから、よく聞いてろ」

「へえ、へえ」

「ところで、蕎麦屋の話はそれっきりで、おれゃアあいてがどうかしてると思って、ふかくも気にとめずにいたが、さて、そのつぎの日だ」

「そのつぎの日になにかあったのかえ」

「八丁堀で滝野川の忠太に会ったンだ。そしたら忠太のやつめ、にやにやしながら、兄哥、ゆうべはご機嫌だったねといやアがる。え？　と、おどろいて聞きなおすと、まえの晩、おれが酔っ払って、忠太のうちへとび込んで、さんざん管をまいたんだそうな。ばかな、そんなことがと、いくら打ち消しても忠太のやつ承知しねえ。おまえ酔っていたので忘れたんだろう。嘘だと思うンなら、こんどうちへきたとき、女房に聞いてみねえ。さんざん、世話をやかせやアがってと笑っているンだ」

「それで、親分はおぼえがねえンで？」

「ぜんぜん」

「けったいな話やなあ」

と、豆六は気味悪そうに、頰っぺたをつねっている。

「おれも少し妙な気がした。いちどならず二度までだから、なんだか変な気になっているところへ、こんどは音羽のこのしろ親分だ」

「音羽の親分がどうかおしかえ」

「いきなりおれをつかまえて、佐七、また浮気をはじめやアがったな……と、こうなんだ」

「おまえさん、それ、どういうことなんだえ」

「どうもこうも、身におぼえのねえおれは、すっかり面喰っちまったが、親分の話をきくと、なんでも、二、三日まえ、葭町で女をつれて歩いているおれに、バッタリ出会ったとおっしゃるんンだ。ひとちがいでしょうというと、そんなことはねえ、げんにてめえ、このことは、女房や辰や豆六にゃ内分でと、手を合わせて拝んだじゃねえか。いってえあの女は素人か商売人かと、てんでおれの言葉を、受け入れちゃアくださらねえンだ」

「まあ」

「おれはいよいよ変な気持ちだ。まさか音羽の親分や滝野川のが共謀になって、おれをからかっているとも思えねえ。そうすると、おれゃ離魂病というやつかなと、そう考えるとゾーッとした。それで、きのうもおまえに、そんなことをちょっと洩らしたンだが、きょうになるといよいよいけねえ」

「いよいよいけないって、おまえさん、きょうなにかあったのかえ」

「お盆のご挨拶に、神崎の旦那のところへお伺いしたら、佐七、なにか忘れものかとおっしゃるんだ。聞いてみると、たったいま、おれが挨拶をすませて、帰ったばかりだとおっしゃるンだ。おれゃそれを聞くと、にわかにいやアな気になって、挨拶もそこそこに、たったいま帰ってきたばかりよ。お粂、どうだろう。おれゃアほんとに離魂病だろうか」

さすがの佐七も、これぱっかりは当惑したらしく、首をかしげてため息ついた。

おどろいたのは辰と豆六だ。

あたりをみれば縁側には、牡丹燈籠がブラブラしている。精霊棚にはお蠟燭が明滅している。おりもおり、ゾーッと首をすくめて、

「お、親分、そ、それやほんとうですかえ」

「そんなことというて、あんた、誤魔化すのンやおまへンか」

「ほんとうだとも、げんにてめえもたったいま、ひさご屋で、おれの姿を見たというじゃねえか。ところでおれゃ、ひさご屋なんかへ出向いたおぼえはねえぜ」

「親分、だってそりゃ……」

「おまえさん」

黙って、佐七の話をきいていたお粂は、おもわずブルブルと身顫いすると、

「あたしゃ、おまえさんが、離魂病だとかえってうれしいよ」

「え？　姐さん、な、なにをいうんだ」

「辰つぁん、おまえは黙っておいで。ねえ、おまえさん、だけど、おまえさんは離魂病じゃない。だれかおまえさんに生き写しの男がいて、そんな狂言書いているんだよ」

「お粂、おまえにそれがどうしてわかる」

「たったいま、ひさご屋でそれに気がついたのさ。おまえさんだと思って、武者振りついた拍子に、ちらっと肌の刺青が目についた。はっとして見なおすと、なるほど、おまえさんに生き写しだが、どこかちがったところがある。そこは女房、口ではいえないが、こう、肌に手を触れて見るとすぐわかる。とたんに、あたしゃゾーッとしたよ。だって、似たりも似たり、おまえさんそっくりなんだから」

「え、そんなら姐さん、さっきの男は、あら、親分やおまへなンだンか」

「ああ　違っていたよ」

「畜生ッ、それじゃあのとき、なぜそれをいいなさらねえンだ。そうと知ったら、逃がすンじゃなかったのに」

「そうも思ったが、あんまり親分に生き写しゆえ、もし、ことを荒だてて、こちらの体面に、かかわるようなことがあってはと、つい、見逃してしまったが、ねえ、おまえさん、考えるとわたしゃゾーッとする。この世のなかに、おまえさんと瓜二つの男があるなんて。しかも、そいつが、なにやらおまえさんに対して、よくないことを企んでいると思うと、わたしゃ、気味が悪くてならないよ」

「そうよ、おれもそいつを案じているところだ」

佐七もほっとため息をつき、

「どちらにしても、こいつ、ひと筋縄でいくめえぜ。いまにきっと、おれが人殺しでも、しでかしたってえことになるのさ」

佐七はなにげなく呟いたが、わるい予感はあたるもの、はたしてその翌日、人形佐七の人殺しという、前代未聞の大珍事が突発した。

縛られた人形佐七

――不届き者、それ佐七に縄を打て――

浅草蔵前に、伊豆屋という大きな質店がある。蔵が三棟もあろうという大身代だが、あるじの与兵衛というのは昨年亡くなって、いまでは、店は、甥の金蔵というのが切りまわしている。

与兵衛夫婦には、子どもがなかったので、はやくから甥の金蔵が養子として、むかえられていたのだが、この金蔵がお奉行所へ、ゆうべ、養母のお絹というのが、お玉が池の、人形佐七親分に殺されましたから、お取り調べをねがいますと訴え出たので、さあ、奉行所はうえをしたへの大騒ぎだ。

わけてもおどろいたのは、かねて佐七をひいきにする、与力の神崎甚五郎、金蔵を呼びよせて、人殺しの件はさっそくひとをやって取り調べさせるが、下手人が人形佐七とは、思いちがいであろうと訊すと、いやけっして違いございません。たしかな証拠はこれなる品と、取り出したのが莨入れ。

金蔵の話によるとこうなのだ。

養母お絹は与兵衛の死後、店はすっかり金蔵に譲って、じぶんは近所で、女中をふたりつかって暮らしていたが、どうしたわけか、ちかごろそのうちに、若い男がちょくちょく出入りをする。連れあいを失ったばかりの女のこと、もしものことがあってはと、金蔵がないないで男の身許をさぐってみると、驚いた。

これがいま売り出しの岡っ引き、お玉が池の人形佐七だ。

相手が岡っ引きとあっては、うかつなことはできない。そこでお絹についている、お杉、お由というふたりの女中を、呼び出して聞いてみると、佐七が、その家へ泊まり込むようなことはないが、くるといつでも酒がでる。

なにしろ、あいては人形のようにいい男、どうもようすがおかしい。

それにちかごろ、ちょくちょく、おかみさんがひとり歩きをするのも、どうやら外で、佐七に会っているらしいという、お杉の話。

いよいよ、ただごとでないと、胸を痛めているところへ、けさはまたどうしたものか、養母の家が開かぬという噂。

金蔵が妙に胸さわぎを感じて、番頭といっしょに出向いて、表の戸をこじあけて入ってみると、さあたいへん。

お絹は手拭いで首をしめられ、虚空をつかんで倒れているのだ。そして、つぎの間には女中のお杉とお由が、猿ぐつわをはめられ、たかてこてにしばられてふるえている。調べてみると、床の間の文庫がやぶられ、そこにあった、三百両という金が紛失しているのだ。

さて、お杉とお由の話を聞くとこうなのだ。

ゆうべおそく、表の戸をたたく音がして、

「本家からのお使いでございます。ちょっと、ここをおあけなすって下さいまし」

と、そういう声に、なにげなく、お由が戸をひらいたとたん、覆面をした壮漢が、ヌーと入ってきた。

「声を立てるとこれだ。静かにしろ！」

みると壮漢の手には、ギラギラするような短刀が握られている。お由とお杉はそれだけで、もう腰を抜かしてしまった。

曲者は手早くこのふたりを縛りあげ、猿ぐつわをはめると、そのまま奥へ踏みこんだが、しばらくするとふたたび奥からとび出して、ものをもいわずに逃げてしまった。けさみると、奥の部屋ではお絹がしめ殺されている。

そして、その枕もとに落ちていたのがこの莨入れ、お杉もお由も、この莨入れはたしかに、人形佐七のものにちがいないというので、かくお訴えにあがりましたという金蔵の口上、さすがの神崎甚五郎も、肝をつぶしてしまった。

「金蔵、それにちがいないのか。そのほう、人形佐七という男を知っておるか」

甚五郎が訊ねると、

「は、わたくし、名前は存じておりますが、まだ、お目にかかったことはございません。しかし、養母のもとへ出入りをするのは、たしかに、人形佐七にちがいないと、養母もじぶんで申したことがあります」

「さようか。そして、本日はお杉とお由ふたりを召し連れまいったか」

「はい、つぎに控(ひか)えさせてございます」

「よろしい。では、佐七を呼び出すほどに、暫時(ざんじ)それに控えておるがよい」

　なんにしても、とんだことが起こったものだ。神崎甚五郎、むろん頭から、こんなことを信用する気はなかったが、捨てておけない。

　さっそく、使いを走らせると、人形佐七を呼び出した。

「は、お使いをいただきましたので、さっそく参上いたしました。なにか御用でございますか」

　なにも知らぬ人形佐七、なにかまた、事件でも起こったのであろうと手をつかえる。そのようすをじっと見守っていた甚五郎、ほっとしたように、

「佐七、そのほうに会わせる者がある。これよ、つぎにひかえた、三人のものを呼び入れよ」

「はっ」

と、答えて近習の者が、金蔵とお杉とお由を迎えたが三人は佐七の顔を見ると、おびえたように呼吸(いき)をのんだ。

「佐七、そのほうはこれなる三人を存じおるか」

「いいえ、いっこうに」

「これ、お杉、お由、そのほうたちは、この男を見知っておるか」

「はい、よく存じております」

「どこで相知った」

「ちかごろ、たびたび、おかみさんのところへ、おみえになりましたゆえ、よく知っております」

「それでは、隠居所(いんきょじょ)へ出入りをした佐七と申すは、たしかに、この男にちがいないと申すか」

「はい、たしかにちがいございませぬ」

　神崎甚五郎はいっしゅん、さっと顔色(かおいろ)をかえたが、

「これ、だれかある、佐七に縄打て」

と、命じたから、おどろいたのは人形佐七だ。

「あ、もし、旦那、あっしに縄打てとおっしゃいましたが、そ、それはいったい、どういうわけでございます」

「いうな、佐七、そのほう、かねて蔵前の伊豆屋与兵衛が後家、お絹に取り入り、しばしば、その隠居所へ出入りをするうち、家のようすをおぼえこみ、昨夜ついに忍

び入って、後家を殺害、金子三百両を奪いとったであろうが。ええい、見損うたぞ、佐七。それ、縄打て」

「あっ!」

両手をついた人形佐七は、おもわず、まっ蒼になってしまった。とうとう、やってきた——そういう感じなのである。

抜け出す留守居三人
——お粂、辰と豆六もやぼな声出すな——


さあ、たいへんだ。

江戸一番の御用聞き、いま評判の人形佐七が、人殺しをしたというのだから、江戸中、寄るとさわるとこの噂。

「ひとは見かけに、よらぬ者じゃありませんか。あの佐七親分が人殺しをしたって、そりゃほんとうのことですかえ」

「ほんともほんと。なんでもね、神崎の旦那に、のっぴきならぬ証拠をつきつけられ、恐れ入って白状したそうですぜ」

「へい、怖いことですね。岡っ引きがそんなことをするようじゃ、うっかり枕を高くして寝られませんね。しかし、また人形佐七ともあろうものが、なんだってまた、人殺しなんかやったんでしょうな」

「そこが、天魔に魅入られたんですな」

「いやいや、聞けば佐七はちかごろ、離魂病とやらに、悩まされていたといいますぜ。つまり本人は知らぬまに、魂が抜け出して、人殺しをしたんでさあね」

「へえ、離魂病? いや、夏場とはいえ、怖い話ですな。おおかたこれも、あんまりひとを縛ったんで、だれかの祟りでございましょうねえ」

噂は噂をうむとやら、こんな話が耳にはいるから、お玉が池の佐七の家では、辰五郎がきょうも男泣きに泣いている。

「なんでえ、なんでえ、べらぼうめ、うちの親分が人殺しだと? そ、そんなばかな話があるもんか。神崎様もあんまりだ、吟味もせずに揚がり屋入りとは、あんまりひどい仕打ちだ。姐さん、おれはくやしい、ざんねんだ」

「もっともや、もっともや、兄哥が口惜しがるのもむりはない。わてかて、このはらわたがひきちぎられるようや」

お粂のくやしさはそれ以上だった。

むろん、間違いにきまっている。ひと言、会って話をすれば、すぐ疑いがとけることと、みずからもお願いをし、また江戸中の岡っ引きが連名で、お願いにあがったが、こんどばかりは、奉行所でもきついご立腹、願いの筋は、ことごとくはねつけられて、このしろ親分でさえ、佐七に会うことはかなわなんだ。

おまけにお粂と辰と豆六まで禁足命令、一歩たりとも外へ出ることはかなわぬという、きついお達しだから、これにはふたりが拳をにぎって、口惜しがるのもむりはなかった。

佐七が捕えられて、きょうで七日目。

「辰つぁん、豆さん」

お粂は決心したように、蒼褪めた顔をきっとあげた。その思い入ったようすに、

「へえ」

「姐さん、なんだす」

と、辰と豆六も、おもわずお粂の顔をみる。

「むろん、こんどのことは、間違いにきまっている。そして、うちのひとさえ自由の身なら、きっとほんとの下手人を捕えて、身のあかしを立てるだろうが、ああして、揚がり屋入りをしていてはそれもかなわぬ。そこでわたしは考えた」

「へえ、なにを考えたンで」

「うちのひとのできぬことなら、この女房が、かわってせねばなりませぬ。そこで、わたしは、じぶんの手で、下手人を捕えるつもりさ」

「そやかて、姐さん」

と、豆六は息をのみ、

「こうして逼塞を仰せつかっていちゃ、指一本出せへんやおまへんか」

「そりゃそうさ。だからわたしはこの家を、抜け出す気だよ」

「えっ、それじゃ、お上のお沙汰を破るんですかえ、姐さん。それや大罪ですぜ」

「構うもンか。お上のほうで間違っているンだもの。そんな間違ったお沙汰に、いちいち従っていた日にゃ、うちのひとは斬られてしまう。あたしゃたとえおとがめを

こうむっても、この家を抜け出して、きっと下手人を捕えてみせるよ」

「偉い！　姐さん、よくいってくだすった。それでこそ姐さんだ。なあ、豆六、おまえどう思う」

「どう思うもこう思うも、あらヘン。こら姐さんのいうのがもっともや。そやけど、姐さん、あんたなにか目当てがおまっか」

「そうさね、殺された伊豆屋の後家の名はお絹さんとやら。お絹さんといえば、このあいだ、ひさご屋の奥座敷で、うちのひとの贋者と、あっていたあの女にちがいない。あたしゃともかく、伊豆屋の隠居所から、手をつけようと思う」

「ようがす。それじゃ、あっしもお供しましょう」

「おまえもいっておくれかえ」

「いかねえでどうするもンか。なあ、豆六」

「だいじな親分のこっちゃ、どんなおとがめ喰うてもかましまへン」

「辰つぁん、豆さん、礼をいうよ」

その夜更け、おりから降り出した雨をさいわい、見張り役人の目をくぐって、二階の屋根づたいに、裏露地へ抜けだした、お粂に辰にうらなりの豆六、おりからの闇をついて浅草は蔵前、お絹の隠居所までやってきたが、と、そのときだ。

隠居所の裏木戸をひらいて、そっと忍び出た男がある。黒装束に黒頭巾、おまけに、背には大きな葛籠を背負っている。お粂は辰や豆六と、おもわずぎょっと顔見合わせたが、男はそれとも知らずに、隅田川の川っぷちへおりてゆくと、もやってあった舟の纜を解くようす。

「お待ち」

「待て、待て」

「こら、待ちくされ」

お粂と辰と豆六は、いきなり、男のあとから呼びとめた。

「おまえの背負っている、その葛籠こっちへお渡し、渡さぬと、辰つぁん、豆さん、声を出してひとを呼ぶんだよ」

「チェッ」

男はかるく舌打ちすると、

「とんだところへ出てきやアがった。お粂、辰、豆六もやぼな声を出すな、おれだ、おれだ」

「え？」

と、おどろく三人のまえで、スッポリ頭巾をぬいだのは、なんと、これが人形佐七ではないか。

恋と思案の舟の中
――ああ、違った、間違った、騙された――

「あら、おまえさん」

お粂はとびたつような声を立てたが、すぐまた、警戒するような目差しになって、

「いいや、おまえさんは、うちのひとじゃない。うちのひとは、いま揚がり屋にいるはず、おまえはテッキリ……」

「これ、大きな声をするなってことよ。そうさ、おめえがそう思うのもむりはねえがな。おれが揚がり屋入りをしてるなんてのは、みんな神崎様の狂言よ。そうして下手人に油断させておいて、こっそりおれが探りを入れているところだ」

「だって、親分、それじゃなぜそのことを、姐さんにひと言知らさねえのだ」

「それを知らせてみねえ、すぐあいてに知られちまわあ。なに、おめえたちがしゃべらずとも、顔色で、すぐそれとわかってしまう。それにな、お粂、おめえに逼塞を命じたのも、じつは、おれが神崎様にお願いしたからよ」

「まあ、そりゃまたなぜに？」

「なにしろあいては、おれに生き写しの曲者だ。どんなことで、おまえを騙して連れ出さねえでもねえ。そこで、一歩も外へ出られねえようにと、お役人に見張りを頼んでおいたンだが、なんだってまた、こんなところへやってきたんだ」

そこまで聞くと、いままで、半信半疑だった三人の心も晴れてしまった。

「ああ、それじゃおまえは、やっぱりうちのひとかえ」

「しっ、大きな声を出すなってことよ。お粂今夜のおれは佐七じゃねえ、お役者紋三というもンだから、そのつもりでいねえよ」

「お役者紋三ってなんのことだえ」

「おれに生き写しの男の名前さ。見ねえ、こうやって刺青までこしらえてきた。なに絵の具でかいてあるのさ」

さし出した右腕をみれば、なるほど、いつかお粂が見たとおなじ刺青がある。

「はっはっは、あいてがあいてなら、こっちもこっちさ。狸と狐の化かしあい、今夜はおれのほうがあいてに化けて、ひと狂言書くところだ、どっこいしょ」

と、舟のうえに葛籠をおくと、

「おまえたちもくるかえ。いまにおもしろい狂言が見られるぜ」

「親分、おもしろい狂言たあなんです」

「いまにわからあ。しかし、怖けりゃこなくてもいいぜ」

「親分、なに、水臭いことをいやはんねン。姐さん、兄哥、いこうやおまヘンか」

「当たりめえよ、親分、どこまでもお供をしますぜ」

「よし、それじゃ舟に乗んねえ。だが、大きな声を出すんじゃねえぞ」

「あい、でも、おまえさん、なんだか気味が悪いねえ。その葛籠にゃ、なにが入っているのさ」

「この葛籠のなかにゃな、後家殺しの下手人が入っているんだ。さあ、舟を出すぜ」


一同が舟に乗り込むと、佐七がギイと竿を押した。

おりから雨はいよいよ激しく、川のうえは、墨を流したように真っ暗である。

お粂は寒さに、ガチガチと歯を鳴らしている。いや、お粂が身顫いをしているのは、寒さのせいばかりではなかった。

なんだかもやもやした不安が、胸の底にわだかまっているのである。

うっかりこの舟に乗ったものの、この男は、ほんとうにうちのひとだろうか。ひょっとすると、この男、いつぞや神田川のひさご屋であった、あの贋者ではあるまいか。

お粂の眼配せで、辰と豆六も、だんだん不安がつのってくる。

「姐さん、しっかりなさいまし」

「大丈夫や。いざというときには、ふたりがついてまっせ」

小声でささやくと、ふたりはぴたりとお粂に寄りそった。いざといえば、いつでもお粂をかばうつもりである。

男はそれと知ってか知らずか、無言のまま舟を漕いでいく。

つめたい雨はいよいよはげしく、両岸の灯も朦朧としてにじんでいる。往き交う舟もめったになく、舟のへさきを打つ波の音ばかり、なんだか気が滅入るようだ。

やがてむこうに百本杭が見えてきた。と、思うと、雨のなかからスルスルと、こちらへ近付いてきたのは数艘の舟。

佐七が火縄をふって合図をするると、ずらりとこちらの舟を取り巻いて、なかの一艘から、パッと龕燈の光を浴びせかけた。

「紋三さんかえ」

「おお、お杉、首尾は？」

「上首尾だよ。おまえのほうは」

「こちらも上々吉だ。お由のあまを葛籠のなかに詰めてきた。だが、ほかにもっといいお土産を持ってきたぜ」

「なんだえ、いい土産というのは？」

そういうのは、お絹の女中のお杉らしい。そして葛籠のなかの一件は、もうひとりの女中のお由らしいが、それにしてもこの男、ほんとうに佐七であろうかと、三人が固唾をのんでひかえていると、

「はっはっは、よく見ねえ。そこにいるのが佐七の女房のお粂だ。そしてあとのふたりの間抜けづらは、巾着の辰に、うらなりの豆六という、佐七にとっちゃだいじな乾分よ。お杉、あとで存分に怨みを晴らしてやるがいいぜ」

がらりとかわった男の声音に、お粂をはじめ辰と豆六はおもわずあっと悲鳴をあげた。

ちがった、ちがった、まんまとだまされたのである。これは人形佐七ではない。あのおそろしい贋者だった。

貞女お粂の心意気
――姐さんは茶断ち塩断ち泣きの涙で――


それと見るやお粂はいきなり、川のなかへとび込もうとしたが、それをしっかとうしろから、捕えたお役者紋三。

「おっと、待ったり」

と、帯をとらえてひき戻しながら、

「待て、待て、おい、辰に豆六、てむかいすると生命が

ねえぞ」

ぐっと睨んだその眼付きは、佐七に似て男振りがいいだけに、いっそう凄味が利くのだった。辰と豆六は、いったん、たじたじ、たじろいだが、ここでまいってしまっては、親分に申し訳がない。

「なにをこの野郎、神妙にしろ」

「お役者紋三、御用や、御用や」

ふたりは屁っぴり腰をして詰め寄ったが、紋三はびくりともしない。凄い笑いをうかべながら、

「なにをいやアがる。おまえたちがいくら怒鳴ったとて、さけんだとて、この大川の雨のなか、だれがきくもンか」

「おのれ、神妙にしないか」

「ばか野郎、静かにしろい」

怒鳴ると同時に懐中から、紋三はぎらりと引き抜くと、その匕首をぴったりお粂の咽喉にかざし、

「四の五の吐かすとぷっつりやるぞ」

「あっ、姐さん」

「どうだ、これでも手出しをする気か。人殺しのできねえおれと思うか。お役者紋三にゃ血も涙もねえ。ぐずぐず吐かすとほんとにやるぞ」

紋三はせせら笑って、お粂を舟底に突きはなして、

「はっはっは、しかしまあ、こんな雀おどしを振りまわすまでもねえ」

と、匕首を白鞘におさめると、

「どうで、袋のなかの鼠も同然のおまえたちだ。冥途の土産に、おれの悪事を話してやろうか」

どっかと葛籠に腰をおろして、片胡坐をかくと憎態らしく、顎鬚を抜きながら、

「みろ、あそこにいるお杉というのはな、ほんとうの名前は花歌留多のお勝といって、いつぞや音羽の猫の一件で、おまえたちの親分、佐七に捕えられた、贋金造りお銀の妹よ」(「音羽の猫」参照)

「あっ」

と、いう声がどこからかきこえた。

おやと紋三はおどろいて、葛籠から立って、きょろきょろあたりを見廻しながら、

「だれだ、いま叫んだのは？　辰か、豆六か、はっはっは、まあいいや、どうで、おまえたちが胆をつぶすのは、はじめからわかっていらあ。さてと……」

と、紋三は舷(ふなべり)に腰をおろすと、

「お勝にとっちゃ、佐七はいわば姉の敵(かたき)だ。そこで仕組んだのがこんどの一件よ。おれはお役者紋三という入墨者(いれずみもの)だが、なんの因果か佐七のやつと爪二つ、そこでお勝にたのまれ、片棒かつぐことになったのよ」

　紋三はせせら笑いながら、

「なに、伊豆屋の後家のお絹にゃ、お勝もおれもなんのうらみもねえ。こりゃ伊豆屋の金蔵がやった仕事よ。あの後家め、店は金蔵に譲ったものの、土蔵の鍵を、しっかりつかんではなしやがらねえ。おまけに金蔵とお勝が、共謀(ぐる)になってやっている、抜け荷買いを感付きやァがってお上へ訴えるという。訴えられちゃつまらねえから、佐七に似ているのをさいわいに、おれが岡っ引きになりすまし、後家の訴えをきいていたのさ。はっはっは、どうだ。わかったかえ」

「おお、わかった」

「え?」

「わかった、わかった。紋三、よく白状してくれたなあ」

「な、なんだと?」

　当の紋三はいうにおよばず、お粂も辰も豆六も、あっとばかりに仰天(ぎょうてん)した。それもそのはず、葛籠の蓋をすっぽり開いて、なかからすっくと立ちあがったのは、これこそ、正真正銘(しょうしんしょうめい)の人形佐七だ。

「あっ、おまえさん」

「おお、親分」

「や、や、わりゃいつの間に?」

「紋三、おどろいたか。さっきおまえが、表のようすを見にいったすきに、ちょいと、お由と入れ替わったこの手品はどうだ。はっはっは、紋三、よく神妙に悪事のかずかず、申し立ててくれたなあ」

「おのれ、こうなったら破(やぶ)れかぶれだ」

　お役者紋三が匕首抜いて、さっとばかりに突いてかかるのを、二、三合やりすごしておいて、ぴしゃりと小手を叩くと、

「あっ」

　と、叫んで紋三は匕首を取り落とした。

「辰、豆六、それ!」

「おっと合点だ。この野郎」

「ようもさっきはおどかしよった。これでも喰らいさら

せ」

おりかさなって、辰と豆六が縄をかけると、ポカポカポカ、さっきの腹癒せである。佐七はそれを尻目にかけると、ピリピリピリと、合図の呼笛を吹くとみるや、霧しぶく隅田川のあちこちから、無数の御用提灯があらわれて、

「抜け荷買いの一味御用だ」

と、ひとしきり、雨の大川のうえは大騒動だった――

「いや、辰も豆六も、ご苦労だったな」

一件落着ののち、佐七は颯爽としてお玉が池へかえってきた。

「親分、おめでとうございます」

「いや、ありがとう、礼をいうぜ。しかし、なんだな、葛籠のなかにいて、おまえたちの声を聞いたときにゃ、ぞっとして冷や汗が出たぜ」

「だって親分もおひとが悪いじゃありませんか。揚がり屋を出たなら出たで、ちょっとでも知らせてくださりゃいいのに。おかげでこちとらは、痩せるような思いをしました」

「そや、そや、ことに姐さんなんか、茶断ち塩断ち、毎日毎日泣きの涙だしたがな」

「それよ、知らせたいのはやまやまだが、このあいだ、お役者紋三がいったとおり、うっかりおまえたちに知らせると、こちらの狂言が、むこうにつつ抜けになってしまわあ。それにしても、紋三というやつは抜け目のねえ野郎だ。佐七の揚がり屋入りは狂言だの、おまえたちの町内預けは、おまえたちの身を守るためだのと、いちいち、掌をさすようにいやアがる。葛籠のなかにいるおれは、それを聞いて気が気じゃなかった。ひょっとすると、おれが葛籠のなかにいることも、知ってるんじゃねえかと思ってな」

「でも、おまえさん、なんだって、おまえさんは葛籠のなかにいたのさ」

「さあ、それよ。あいつらが、抜け荷買いをしていることはわかっていたが、隠居殺しがだれの仕業かわからねえ。それにまた、お杉という女中が、どういう関係があるのかはっきりしなかったから、あの晩、隠居所へ忍び込んだ。すると、そこに葛籠がある。開いてみると女中のお由が、猿ぐつわをはめられ、たかてこてに縛られて、

押しこまれているンだ。お由はなんの関係もなかったんだが、どうやらお杉を、怪しんでいるようすなので、葛籠につめて、川へ沈めようとしやがったンだな」

「なるほど、悪いやつやなあ」

「そうよ、そこを危うくおれがたすけて、身代わりに葛籠のなかへ入ったンだが、いや、あぶない橋を渡ってみるもンだ。おかげで長年探していた花歌留多のお勝がつかまったばっかりか、貞女お粂の心意気(こころいき)もわかろうというもの。まあ、お粂、こっちへ寄んねえな」

と、佐七が目を細くしてお粂を引き寄せたから、

「わっ、こりゃ耐らねえ」

「お役者紋三より、わてはこのほうがよっぽど怖い」

と、ばっかり、辰と豆六は、尻に帆(ほ)をかけて逃げ出したという。

名月一夜狂言

月を砕く乗合舟

——音羽屋の親方さんにこの文を——

名月や畳のうえに松の影。——

まことに、さわやかな感じなもので、これは其角の名句だが、これから、お話しようというのは、その名月の晩にもちあがった怪事件を、おりよくその場にいあわせた、おなじみの人形佐七が、れいの炯眼をはたらかせて、みごと即座に解決してのけたという、れいによっての手柄噺。

江戸時代の人間は、根がゆうちょうに出来ているせいか、年中行事などにかんしても、まことに律儀なもので、八月の十五夜は、中秋名月、ぞくに豆名月といわれる、九月十三夜の月にたいしても、これを芋名月、芋のお供えなんかして、多少とも心得のある人間なら、名月や、とかなんとか、一句ひねろうという寸法。

さてその年の中秋名月、八月十五日の晩には、人形佐七、向島木母寺付近にある、結城閑斎という、旗本の隠居のところへまねかれていた。

この閑斎というご隠居は、もとは、幕府の勘定方かなにかつとめた、そうとう大身のお旗本だが、先年、家督を伜にゆずってからは、もっぱら、向島の下屋敷にあって、風流三昧、根がいたっての、物数奇ときているので、役者芸人衆にもひいきの筋がおおく、こよいはそういう連中をあつめて、ひと晩、飲みあかそうという寸法。

佐七はひいきにあずかる神崎甚五郎のことばぞえで、お供はれいの腰巾着の辰五郎。このじぶんには、まだ豆六は弟子入りしていなかった。さて、ふたりが少しおくれてやってきたのは、竹屋の渡し。

みるとおりから舟が出ようとするところなので、ふたりは急いで飛びのった。

「親分、お約束の刻限には、だいぶ遅れましたが、閑斎さまのお屋敷では、もうお集まりでございましょうねえ」

「さようさ。おもわぬ野暮用で、すっかりおくれちまったが、神崎の旦那も、そろそろお見えになっているじぶんだ。おお、見ねえ、辰、向こうの杜蔭から、きれいな月がのぼってきたぜ」

なるほど見れば、そのときあたかも、向島の森かげから、洗いあげたような満月が、するするとのぼって来て、そのさわやかなことは、筆にも、言葉にもいいつくせない。

しばらくはがやがやと、口々にはなつほめ言葉のうちに、ギイギイと、舟は艪臍をきしらして、中流へとすすんでいく。

その艪のさきに、月影が千々にくだけて、なるほどこれでは、どんな野暮な人間でも、一句ひねりたくなるのもむりはない。

辰は、しかし、そんな事にはおかまいなし、

「親分、今夜は、よっぽどおれきれきが、お集まりなさるという話だが、いったいどういう顔触れなんですえ」

「さようなア。おれきれきといったところが、みんな芸人衆ばかりよ。まず役者では尾上新助に、瀬川あやめ、立役と女形のちがいこそあれ、いま江戸一番の人気者だ。それから狂言作者の並木治助」

「おお、並木治助といやア、この盆狂言で、尾上新助が大当たりをとった、小幡小平次の、狂言の作者でございますね」

「そうよ、怪談狂言じゃ、南北と、どっちがどっちというほどの名人よ。そのほかに、画家の歌川国富に幇間の桜川孝平、それに神崎の旦那とこちらという、つごう客は七人のはずだったな」

「なるほど、そいつは妙な取りあわせですねえ。神崎の旦那は、それでもまあ、結城のご隠居とご懇意だから、話はわかりますが、なんだって、親分をそんな連中のなかに、加えたンでしょうねえ」

「そこよ」

と、佐七はいささか、鼻白んだきみで、

「なんでも、こちとらは、捕物にかけちゃ当時、江戸きっての人気者なんだそうだ。そこで、一役持たせようという趣向だというが、いやはや、ご大身の隠居などというものは、金とひまがありあまるものだから、いろんなことを考えるものさ」

と、水にうつった月影を、手ですくいながら、佐七は詰まらなそうにつぶやいたが、こういう話をさっきから、乗合舟のかたすみで、さりげなく、しかし、いとも熱心にぬすみ聞いている、ひとりの女があった。

秋風が、身にしみるきょうこのごろ、洗いざらしの浴衣を着て、朝顔しぼりの手拭いを、吹き流しにかむっ

ている肩のやつれ、腰の細さ、はっきり顔は見えないが、細面(ほそおもて)の色の白さ、どことなく、あだっぽい身のこなし、恋には身も心も細るものぞ、と、いいたげなかっこうだ。

女はひとめを忍ぶように、さしうつむいたまま、さっきから熱心にふたりの話に耳をすましていたが、そんなこととは気づかぬ、佐七と巾着の辰。

「おお、どうやら舟がついたようだ。すこしおくれたから、辰、いそいで行こうぜ」

その言葉もおわらぬうちに、舟はどんと岸につく。乗合の衆が、バラバラと陸(おか)にとびあがる。佐七と辰もそのあとにつづいた。れいの女も、いちばんあとからつづく。

結城閑斎の下屋敷は、そこからあまり遠くないところにあった。なにしろ閑静なところで、屋敷の外はすぐ大きな竹藪につづいていて、夏中は寝ながらにして、藪うぐいすのさえずり、さてはまた、おりおりは、ほととぎすの声も、聞かれようという住居(すまい)。

佐七と辰のふたりが、この竹藪の下道へさしかかったときである。

それまで無言のままついて来たれいの女が、ふいにスタスタと足をはやめると、

「あの、もし、親分さん」

と、だしぬけに、うしろから声をかけたから、佐七がおどろいてふりかえると、女は月影から顔をそむけて、妙にしょんぼりとしたかっこうで立っている。

「お玉が池の親分さんと知ってお呼びとめもうしました。親分さんはこれから、結城閑斎さまのところへ、お越しでございますねえ」

吹流しの手拭いの両はじを、玉虫色の唇でくわえて、手拭いのおくから、ふたつの眼が、じいっとこちらを覗いている。

妙に沈んだ眼の色だ。

「いかにも、あっしゃこれから、閑斎さまのところへめえるつもりだが、そういう姐(ねえ)さんは、いったいだれだえ」

女はそれには答えずに、

「閑斎さまのお屋敷へ、いらっしゃるならばお願いがございます。これを――」

と、帯のあいだにはさんだ封じ文(ふうじぶみ)を手にとって、

「この文を、音羽屋(おとわや)の親方さん、尾上新助さんにお渡しくださいまし」

と、あっけにとられている佐七の懐中へ、いきなりその文をねじ込むと、あなや、女はたまゆらのごとく、ゆらり、身をひるがえして、たちまちどこかへ消えてしまった。

とたんに、どっと吹きおろしてきた涼風が、ざあーっと竹藪をならして、露にぬれた葉先葉先に、月影が千々にくだけて。――

鼓散らしの浴衣にぎくり
――鼓の音がポンポンと――

「辰、いまのはなんだえ」

「さあ、なんでしょうねえ。みょうに陰気な女でしたねえ。ここらあたりは淋しいところだから、畜生、出やアがったかな」

「出たって、なんのことよ」

「お稲荷さまのお使いさまで」

「馬鹿なことをいうな。狐や狸が、手紙を書いてたまるものか。見ろ、音羽屋の親方さんにって、こいつを懐中へ、ねじ込んでいきやァがったぜ」

「ああ、なるほど、音羽屋といやァ名代の色事師だ、おおかた係かり合いのある女が、怨みつらみでも、書きつらねているんですぜ。いまのようすは、どう見ても捨てられた女、と、いうかっこうでございましたよ」

佐七は、なにやらまだ思案顔に、小首をかしげていたが、

「いや、どちらにしても、とんだ文使いだ。辰、急いでいこうぜ」

と、やってきたのは閑斎の下屋敷、約束の刻限にはだいぶおくれているので、むろん、客人の顔もそろって、障子をあけはなった座敷の正面には、あるじの結城閑斎、品のいい白髪頭で、いかにも風流な旗本のご隠居というこしらえ。

そのつぎにはおなじみの神崎甚五郎、そしてほどよいところに、役者の尾上新助、四十二、三の脂ののりきったいい男。

そのそばにいるのが、いま売り出しの狂言作者並木治助、としはまだ三十五、六だが、いかにも怪談作者らしく、どこか陰気なところのある男だ。さて、その向いに

は、浮世絵師の歌川国富、これは五十五、六の、ちょっと、町医者といったかんじのする老人。

そして、そのとなりに陣取っている、酒ぶとりのした中年の男が、幇間の桜川孝平。と、主客をまじえてつごう六人、すでに酒もまわっているらしく、しきりに話がはずんでいた。

そこへ佐七が顔を出すと、

「おお、佐七か、おそかったではないか。閑斎翁をはじめとして、みなの衆、お待ちかねのところだ」

と、甚五郎が開きなおるのを、あるじの閑斎はよこから打ち消し、

「これこれ、神崎、翁はひどいな。わしはまだ、これでも若いつもりじゃて。翁は失言じゃぞ、取りけしてもらいたいわ。はっはっは」

と、機嫌よく笑いながら、佐七のほうへ向きなおり、

「いや、佐七、こよいはわざわざ、お運びをねがって恐縮、そちの手柄話はしじゅう、この神崎甚五郎よりきかされているので、いちどちかづきになっておきたいと思うての。こよいは無礼講じゃ、気のおけるものはひとりもおらぬ。ぞんぶんに飲んで気焔をあげてもらいたいものじゃな」

「恐れいります。たってのお招きゆえ、参上いたしましたが、根がいたっての武骨者。どうぞ、そのおつもりで、お見知りおきくださいまし」

「おや、親分、お玉が池の親分さん、それはちと、ご謙遜がすぎやしょう」

と、盃片手に、しゃしゃり出たのは桜川孝平。

「ま、ひとつ、ねえ、歌川の師匠、こういっちゃ、おさしさわりがあるかもしれませんが、そのお玉が池の親分ときたら、役者衆もはだしの男ぶり、おまけに酸いも甘いも、かみわけた苦労人だとは、江戸中でだれもしらぬものもない評判。それを、風流に縁のない武骨者とは、それはちとご謙遜でげしょう」

「さようさ。わしも役者衆の似顔絵は、ちとかきあきましたから、こんどはひとつ、親分の一枚絵でも、かかせて貰おうかと思っているところですて。ちょうどいい工合におちかづきになれて、こんな嬉しいことはございません。ねえ、並木の先生、先生もひとつ、親分の手柄話でも、狂言にお仕組みなすっちゃ」

国富の言葉に、治助はただ渋い笑いをうかべただけで、

なんとも答えなかったが、よこから尾上新助がひきとって、

「いや、そうなると、わたしが親分の役を、やらせてもらいましょうか」

「ご冗談でげしょう、音羽屋の親方の柄じゃ、親分にふんづかまえられて、小塚っ原で、おしおきになるって役どころですぜ」

遠慮のない桜川孝平のことばに、

「いや、これは孝平のいうとおりだ。音羽屋に御用聞きはちとむりだな」

と、一同大笑いになったが、佐七はこのとき、いまひとつあいている席に眼をつけ、

「ときに、浜村屋の太夫のすがたが見えませんが、どうかなさいましたかえ」

「おお、太夫はさっき、厠へまいると出ていったが、そういえばすこし長いな」

「さてはご難産とあいみえる。女形の腹下しとは色消しな、どれ、この桜川が、お見舞いにさんじましょう」

と、孝平がふらふら腰をあげたところへ、

「いいえ、それにはおよびません。親分さん、ようおいでなされました」

と、月影に肩をすべらせ、障子のきわにひらり、袖をおどらせて手をつかえたは、いま売り出しの人気女形、瀬川あやめが、女形の形という字を、とってしまいたいほどの匂やかな姿だった。

これですっかり、顔ぶれはそろったのである。そしてしばらくは無礼講の、罪のない、軽口をたたきあっていたが、そのうちふと佐七が思い出したように、

「おお、そうそう、話がはずんですっかり忘れておりました。音羽屋の親方、おまえさんにちと妙なことづかりものがあります」

「はて、わたしにことづかりものとは」

「なんだか、艶めかしい封じ文、こんなところで失礼かもしれませんが、思い出したところで、頼まれごとを果しておきましょう」

新助はわたされた封じ文を、けげんそうにひらいてみたが、文面を読むなり、さっと顔色をかえて、わなわなと、唇をふるわせながら、

「親分、この手紙を、おまえさんがどうして……」

「いや、じつはいま、表であった女に頼まれたのですが、

音羽屋の親方、なにか心当たりがありますか」

「はい」

と、新助はなんとなく落ちつかぬ面持ちで、

「その女というのは、いったいどんなようすでございました え」

「さあ、どんなようすといって、顔はよくみえませんでしたが、朝顔絞りの手拭いをかぶって、そうそう、鼓をちらした浴衣を着ておりました」

「え? 鼓散らしの浴衣でございますって」

と、新助の声が、あまりたかかったので、いままでてんでに話していた一同は、驚いたように、ピタリと話をやめてこちらを振りかえった。

新助はそれをみると、にわかにうつろな笑いをあげて、

「いや、なんでもございません、こちらのことで。はっはっは、皆さま、ちょっと失礼いたします。いえ、なに、浜村屋の太夫じゃないが、あの、それ、ちょっと厠まで」

と、笑いにまぎらせて、こそこそ立ちあがると、縁側づたいに姿を消したが、そのとき、どこからかかすかな鼓の音。——

尾上新助はそれきり、生きてかえって来なかったのである。

名月や井戸から覗く首一つ
——陽炎のような女がふらふら——

「音羽屋さんは、いったい、どうなすったんでしょうねえ」

「はい、あの、わたくしはすこし、お頭がふらふらいたしましたゆえ、風に吹かれておりました。でも、音羽屋の親方さんには、会いはいたしませんので」

「こいつは奇妙、親方いったい、どこへお消えなすったろう」

桜川がピシャリとひとつ、頭をたたいたが、だれもそれに合わせて笑うものはいない。なんとなく、妙にそぐわぬ気分が一座を支配している。

佐七はすぐになにかあるなとピンときたが、そのとき神崎甚五郎が、

「佐七、そのほうさきほど、音羽屋になにか渡したよう

だが、あれはなんだな」

「いえ、なに、つまらぬものでございますが、こうして、音羽屋の姿が見えぬとあれば、どうも気になります。まさか、だんまりで帰るわけでもありますまい。おおかた、お庭で風にでも、吹かれているんでしょう。ようがす、あっしがひとつ、探してまいりましょう」

佐七が立ち上がると、わしもまいろう、わたしもいきますというわけで、てんでに座敷をとび出した。

庭——と、ひとくちにいっても、なにせ、ご大身の旗本が、贅をつくしてこさえた下屋敷のことだ。小さな公園くらいはある。

佐七はいつしか、他のひとたちにもはぐれて、ふかい木立のなかを、ただひとり、うろうろとさまよっていたが、と、そのとき、どこやらで、ポ、ポ、ポ、ポ、ポン、ポ、ポ、ポ、ポ、ポン、と乱調子の鼓の音。

さっき新助が座敷を出ていくとき、聞えたとおなじあの鼓の音だ。佐七はおもわず、はっと胸をとどろかせる。あのときはただ、月下の風流とばかり聞きながしていたが、いま、聞くと、なんとやら意味ありげに思われる。
ポ、ポ、ポ、ポン、ポ、ポ、ポ、ポン。鼓の音は、どうやらおなじ庭のなからしい。佐七は音をたよりに、月影を踏んですすんでいったが、と、そのとき、ふいに木立のなかから、躍り出したひとりの女——手にした鼓を乱調子に打ちながら、佐七のすぐまえを、さあーっと風のようにいきすぎる。
「待てえ！」

佐七はおもわず声をかけた。とたんに女は振りかえったが、その顔のあおさ、また、もの凄いまでに、宙にすわったその眼差し、あきらかに正気のものとはみえぬ。

そして、さっき佐七に封じ文を、ことづけた女ともちがっているのだ。

気こそちがっているが、その髪形、身のこなし、町方のものとはみえぬ。どうみても、お屋敷ふうの、二十二、三のいい娘だ。

「待ちねえ、姐さん、待ちねえよ」

娘を追ったとたん、佐七は足のほうがおるすになった。われにもなく、木の根につまづいたからたまらない。ずでんどうと、庭草のうえに投げ出されたが、そのあいだに、娘はふかいしげみを抜けて、名月のなかを陽炎のように——。

いずこともなく消えてしまって、あとには鼓の音もきこえない。

「チェッ、つまらねえところに、木の根が出ていやアがった」

しばらくあたりを見廻したが、娘の姿がみえないので、いまいましそうに呟いた人形佐七、ごそごそと、楓の枝をかきわけていくと、出会頭にバッタリと、顔をあわせたのは瀬川あやめだ。

「おや、太夫さん、おめえこんなところで、なにをぼんやりとしていなさるのだ」

「あら、親分さん、あんなところになにやら白いものが――」

「なに？　白いもの？　どれどれ」

指されたところをみると、なるほど、楓の枝に白い布がひっかかって、ふらふら風に吹かれている。佐七はちかよって、それを手にとってみて、おもわずドキリと、あやめの顔を見なおした。

白い布というのは、まぎれもなく女の片袖、しかも、鼓散らしの浴衣の袖は、さっき尾上新助に封じ文をことづけた、女のものにちがいなかった。

おまけにその片袖には、べっとりと黒い汚点がついている。

「浜村屋の太夫さん」

「はい」

「この片袖は――」

と、佐七はなにかいいかけたが、なにおもったか、そのまま言葉を切ってしまった。ちょうどそのとき、下草を踏んで、狂言作者の並木治助がちかづいて来たからである。

「おや、これはお玉が池の親分に、浜村屋の太夫、そこになにかありましたか」

「なあに、師匠、つまらぬものでございます。ほら、こんなものがここにありましたので」

佐七が出してみせた片袖を見ると、治助はゾクリと肩をふるわせて、

「鼓散らしの浴衣でございますね」

「さようさ、師匠、おまえさん、なにかこれに心当たりがありますか」

「さあ」

治助とあやめは眼を見交わしていたが、

「こうなっては隠してもおけませぬ。どうせ知れることゆえ、お話いたしましょう」

「あれ、まあ、師匠」

あやめがなにかいいかけるのを、

「太夫は黙っておいでなさい。じつはかようでございます。音羽屋の親方にだまされて捨てられた娘に、それこそ鼓気違いといってもいいほど、鼓のすきな娘がひとりございました。鼓の好きなところから、持ちものから、着物から、なんでも鼓ずくめ、仔細あって名前のところははばかりますが、これが親方に捨てられてからというもの、気が変になって、親方を殺す殺すといいながら、どこかへすがたを消してしまったのでございます。もとは、身分のあるところの娘分でございましたが――」

「なるほど」

佐七はするどい眼で、じっと治助とあやめの表情を読みながら、

「すると、その娘が音羽屋さんを今夜――」

「いいえ、そんな恐ろしいことが――。でも、ここについております、みょうな汚点が気になってなりません」

「さようさ、あっしもこの汚点についいちゃ、気がかりなところがあるンだ。あっしゃこうみえても、めくらじゃありませんからね」

グサリと一本、釘をさすような口調で、佐七はみょうなことを言ったが、そのとたん、ふたりはさっと顔色をかえて、さしうつむいてしまった。

佐七はあざわらうように、ジロリとふたりの顔を見ながら、

「はっはっは、まあ、なんでもようがす。そろそろむこうへ、いこうじゃありませんか。ひょっとすると、いまごろ、音羽屋さん、涼しい顔をして、酒でも飲んでいるかもしれませんぜ」

佐七はさきに立って、そこの繁みを出たが、するとむこうのほうに、石のように立っている、ふたつの影がみえた。歌川国富に桜川孝平だ。

「おや、おふたりさん、そこでなにしてござる」

だが、ふたりともそれには答えなかった。

国富は申すにおよばず、あの陽気な幇間の桜川孝平まで、月のかげんか幽霊のように、真白な顔をして立っているのだ。

「歌川の師匠、いったい、どうしたンで――」

国富が指さしたのは、ふたりのあいだにある古井戸の中。

「並木先生、こ、ここを――」

それと聞くと、佐七は申すにおよばず、あやめと治助のふたりも、ひとっ跳びのはやさで井戸へとびつき、中をのぞいたが、そのとたん、

「ああ、あれは音羽屋の親方さん――」

あやめはそれこそ、女のように、わっと泣き出したのである。むりもない、井戸のなかには、月明かりをまともにうけて、白い首がユラユラと浮んでいた。ちょうど立ち泳ぎでもしているように、まっすぐに水のなかに立って、そして、首だけががっくり仰向いているのは、まぎれもなく尾上新助。

そのときまたもや、どこかで、ポン、ポン、ポンと乱調子の鼓の音。それをきくと一同は、背筋に夜露をうけたように、ゾクリと首をちぢめた。

揃いすぎた証拠の数々
――矢立に手拭、手紙に片袖――

「佐七、とんだことが出来(しゅったい)いたしたな」

「へえ、いや、趣向も凝り過ぎると、こんなことになるので」

「なに、それはなんのことだ」

「いや、なに、こちらのことでございます。それより旦那、この死骸をよくご覧くださいまし。こいつはこの手拭いで、首をしめられたものでございます。ほかにどこにも怪我はございません」

驚きさわぐ一同を、もとの座敷へおいやって、辰とただふたりで、新助の死骸を井戸からひきあげてからまもなくのこと、ここは閑斎の下屋敷のひと間、人払いしたその一室では、むざんに絞殺(しめころ)された新助の死骸をなかにおいて、佐七と甚五郎が、しきりに額をあつめて談合している。

「いかにも、この手拭いで首をしめられ、井戸のなかに叩きこまれたものじゃな」

「さようで。よくこの手拭いの、結びめにお眼をとめら

れて。では、ひとつ、手拭いを解いてみましょう」

無気味に咽喉に巻きついた手拭いをとって、パッとひろげると、中央に染めだしたのは桜川の二字。それをみると、甚五郎と辰はおもわず、

「あっ」

と、声をあげた。

「や、や、こ、こ、こりゃ桜川孝平の手拭いだ」

「さようで。あっしゃさっき、あいつが鉢巻していたところを、ちらと見ておいたのですが、それがたしかにこの手拭いなんで。旦那。ご覧くださいまし。この手拭いにはべっとりと、黒い汚点がついております」

「いかさま、血じゃな」

「どうも、そうらしゅうございます。しかし、この血はいったい、どこから出たんでございましょう。ご覧のとおり、新助の体には、かすり傷ひとつございません」

「いや、ひょっとすると、孝平のやつめ、どこか怪我をしているのかもしれぬぞ。この血は新助の血ではなく、下手人の血にちがいあるまい」

「そうでございましょうか。ま、そういうことにしておきましょう。ところで、もっとほかに証拠は――と、おやおや、新助のやつめ、なにやら手に、握っているじゃありませんか」

なるほど袖にかくれた音羽屋の、掌をひらいてみると、いっぽんの矢立を握っている。しかも、その矢立も、べっとり血にまみれて――。

「おお、佐七、この矢立には見覚えがある。これはたしかに歌川国富の矢立だ。見ろ、この筆はふつうの筆ではないぞ。絵師のつかう水筆というものだ」

「あゝ畜生、すると、下手人は国富の野郎かな。そうだ、首をしめられるときに、尾上新助、苦しまぎれに、あいての腰の矢立を抜きとったのだ」

「辰、てめえは黙ってろ。旦那、まだひとつ証拠があるはずでございますよ」

佐七はなぜかニヤニヤしながら、死骸の袂をさぐっていたが、やがて、探りだしたのはさっきの封じ文。水にビッショリ濡れてはいたが、さいわい文字はまだ散っていない。ていねいにひろげて見ると、
音羽屋の親方さんへ。今宵是非とも、お話申上げたきことこれあり候まま、閑斎様お屋敷、裏庭の井戸端まで、お越し下され度、必ず〳〵相ひ待ちそろ。

「旦那、みごとなお家流ですが、どうみても、女の筆蹟とはみえません。旦那はこの筆に、見覚えはありませんかえ」

いわれて、手紙を見なおした甚五郎は、おもわず困惑のていで眉をひそめた。

「佐七、これはどうしたものじゃ、この手はたしかに、並木治助の筆とおぼゆるが――」

「はっはっは！　旦那、さあ、これで、すっかり証拠はそろいました。これでもまだ、足りないとおっしゃるんですかえ。桜川の手拭いに、歌川の矢立、治助の手紙に、それにもうひとつこの片袖。いやはや揃いすぎた証拠の数々。どれ、これからむこうへいって、下手人に、泥を吐かせてまいりやしょう。おっと、辰、てめえにゃちょっと頼みがある。ひとつ、働いてくれ」

佐七がなにかささやくと、辰はすぐ合点だとばかり、縁側から外へとび出した。あと見送って佐七はにんまり、

「旦那、それではまいりましょうか」

神崎甚五郎はあっけにとられた表情(かお)だった。

封じ文の女の正体は？
――太夫、本当のことをいって下さい――

さてこちらの座敷では、あるじの閑斎をはじめとして、歌川国富、並木治助、桜川孝平、瀬川あやめの五人が、おたがいにまっさおな顔を見合わせていた。なかでも気のよわい瀬川あやめは、眼をいたいたしく泣きはらしていて、どうなることかと、唇の色もない。

「おお、神崎、尾上新助殺害の下手人について、なにか心当たりがあったか」

さすがに旗本のご隠居だ。閑斎はこのさいにのぞむと、かえって日頃の、権威をとりもどしたかと思われる。

「いや、ご隠居、とんだことで。しかし、ここにおります佐七に、なにか心当たりがあるようすで」

「おお、さようか。さすがは、江戸一番とうたわれた人形佐七だ。してして、下手人はどこにいるぞ」

「へえ、この席におりますので」

「なに、この席にいると申すか、それはおもしろい。してして、そやつはなにやつだ」

と、隠居は一同をズラリと見渡して、

「下手人は並木治助か。はっはっは、こいつは狂言でこそ、むごたらしいことを書きおるが、根はいたっての善人、虫も殺さぬ男じゃぞ。それとも、歌川国富と申すか。この老爺、酒にそすきだが、いたって涙もろい人間。それとも、このたいこもちが、人殺しをしたとでも申しおるのか。まさか、あの女のようなあやめが、下手人じゃと申すのではあるまいな」

「いえ、まあ、ちょっとお待ちくださいまし。そう畳みかけられるようにおっしゃられては、この佐七も、いちいちお答えは出来かねます。ひとつ、この佐七の申すことを聞いてくださいまし」

「おお、それももっともじゃ。ではそのほうの思うところを申してみよ」

「さればでございます。さきほど、尾上新助さんがこの座敷を出ていってから、まもなく、並木治助さんが厠へいくといって、席をおはずしなされました。そして、それと入れちがいに、こんどは桜川の師匠が立ちましたねえ、そうでしたねえ」

「おお、そうそう、そう申せば、この閑斎も厠へまいった。たしか孝平がもどってから、まもなくのことであったわい。そしてわしのあとから、歌川国富がまいったはずだの」

「へえ、さようで。そして歌川先生のあとから、また瀬川の太夫も、頭痛がするとおっしゃって、座をおはずしなされました。あっしゃそのときから、どうもおかしいと思っていたので。と、申すのは、厠へいくにしては、すこし時間がかかりすぎるので。つまり、みなさま、音羽屋の親方を殺す時刻が、たっぷりとおありなされたわけで」

「なるほど――だが、佐七、それだけのことで、下手人がこの場にいると申すのは、少しそのほうのいいすぎではないか」

「へえ、まあ、もう少しおききくださいまし。じつはご隠居さま、ここに、このような手紙がございますンで。これは音羽屋の親方の、死骸の袂のなかにあったものでございます」

「どれどれ、なるほど、これは呼び出し状じゃ。いったい、いつだれが、このようなものを手渡しおったか」

「それは、この佐七なんで」

「なに、そのほうとな」

「さようで、ここへくる途中、出逢った女にことづかりましたので、そして、その女の片袖というのを、さきほど庭で見つけました」

佐七が手渡す片袖を、手にとって見ながら、

「おお、それでわかったわい。佐七、するとそのほうの目星ははずれたぞ。下手人はその女じゃ。その女がこの呼び出し状で、新助をあの井戸端へ呼び出し、手拭いで咽喉をしめたのじゃ」

佐七はそれを聞くと、ニッと笑いながら、

「御隠居はそうお思いですか。すると、下手人はやっぱりこの席におりますんで」

「なにを申す。佐七、たわけたことを申すな。ここには女など、ひとりもおらんぞ」

「女はおらぬが、女形がひとりおります。もし、浜村屋の太夫、なんとかおっしゃって下さいまし。あっしの眼は、節穴じゃございません。たとい手拭いで頬冠りはしていても、今宵の月、あっしゃちゃんと、おまえさんの顔を見覚えておりますぜ」

あやめはそれを聞くなり、わっとその場に泣き伏したのである。

意外なる殺人狂言
——手拭で咽喉をしめたと仰有った——

甚五郎もそれを聞くとおどろいた。

「これこれ、佐七、なにを申す。浜村屋はそのほうより、よほどまえから、このお屋敷へまいっていたのじゃ。それをきさまに、手紙など、渡すはずがないではないか」

「いえ、神崎さまのお言葉ですが、あっしがこの座敷へ入ったときにゃ、太夫の姿は見えませんでしたぜ」

「ああ、あれはたしかに厠へ——」

「さようで、とんだながい厠入り、それもそのはず、着物を着更え、あっしを竹屋の渡しまで、迎えに出たんでございますからねえ」

あやめはそれを聞くと、いよいよ激しく泣きいった。

「佐七、すると音羽屋を殺したのは、この浜村屋だと申すのか、この女のような浜村屋が——」

「なんですって、ご隠居さま、太夫が人殺しですって、と、とんでもない、だれがそんなことを申しました。いえ、あっしの申しましたのは、手紙をあっしにことづけた女は、とりもなおさず、この、浜村屋の太夫だと申し

たばかりで、下手人とまでは申しませぬ」

　佐七はケロリとして、

「それより、ご隠居さま、その手紙の文字というのを、ようくご覧くださいまし。神崎さまのお話では、その筆蹟は、たしかに、並木治助さんにちがいないとおっしゃいます」

「なに、それでは治助が――」

「いえ、いえ、おはやりなすっちゃいけません。まだまだ、びっくりすることが沢山あるんで。ほら、これが歌川の先生の矢立、音羽屋の親方は、この矢立をにぎって死んでおりましたので。それから、この手拭いは、桜川の師匠の手拭い、音羽屋さんは、この手拭いで首をしめられたンで」

「さ、佐七、これはいったい、どうしたと申すのじゃ」

「なんでもよろしゅうございます。その矢立を手にとってご覧くださいまし。それからそれをそばへおいて、そうそう、そしてこんどは、手拭いをようくおあらためを。おっと有難うございました。ところで並木の師匠、いや、おまえさんばかりじゃない、皆さん、ここらでひとつ、泥を吐いたらどうでございます」

　ふいにぐるりと睨みまわされ、にわかに変わった風向きに、甚五郎も閑斎の隠居も、怪訝そうな面持ちで、

「これこれ、佐七、するとこの一件は、四人共謀でいた した仕事と申すのか」

「へえ、さようで。さしずめ作者は治助さん、おまえさんにちがいありますまい。さあ、ここらでいさぎよく泥を吐いておくンなさいな」

「恐れいりました。しかし、親分、音羽屋の親方を殺したのは、決してわたしではございません。いや、国富も、桜川も、太夫さんもみんな知らぬと申します。しかし、こういうことになったのも、われわれの趣向が凝りすぎましたせいで。ご隠居さんも、神崎の旦那もお聞きくださいまし。こんやは人殺しの、真似ごとをするつもりでございました」

「なに、人殺しの真似事?」

「さようでございます。この名月のお招きにあずかりましたとき、われわれ四人、いや、音羽屋の親方も加えて五人、なにかおもしろい趣向をたてて、皆さんを、あっといわせようと相談いたしました。そのあげく、思いついたのが、ちょうどさいわい、いま江戸一番といわれる、

お玉が池の親分もおみえになることゆえ、ひとつ、人殺しの狂言を書こうということになりました。作者はもちろんわたしで、殺される役が音羽屋の親方さん。むろん、ほんとうに殺されるのではなく、血みどろの羽織かなにかを、井戸端にのこしておいて、いちじ姿をくらませる。そして、わたしども四人がみんな、下手人と疑われそうな品を、その羽織のそばにのこしておくはずで、それらの品を、音羽屋の親方さんにあずけておきました。そうして、さんざんお玉が池の親分を悩ませておいて、そこへひょっこり、音羽屋さんが顔を出し、種をわって、もういちど飲み直そうという趣向、それがこういうことになったので、さっきからわれわれ四人、生きたそらもございませんでした」

「いや、よく打ち明けてくンなすった。佐七の眼は節穴じゃございません。証拠の品についた汚点は、あれはみんな芝居の血のり、おおかた、そんなことであろうと睨んでおりましたが、ただ、ひとつ解せぬ点がございました。と、いうのはほかでもない。あの封じ文をわたしたときの、音羽屋さんの驚きようが、どうも狂言とは思われませんでしたので。もっともあいては千両役者、あっしがまんまと、騙されたのかもしれませんが」

あやめと治助はそれを聞くと、ハッと眼を見交わしたが、治助はすなおに手をついて、

「いや、恐れいりました。親分の眼は、なにからなにまでお見通しでございます。じつは、ああいう文を、音羽屋さんに渡していただくてはずは、音羽屋さん自身も、よく知っていなすったが、そのなかみが鼓の女よりとある、そこまでは、親方も知らなかったので、親方には、それがいたかったのでございます」

「へえ、するとなにか鼓の女に――」

「さようで。その娘ごと申しますのは、さるご大身のご隠居さまに、幼いころから引きとられ、しんじつの娘同然に、かわいがられておりましたが、これがいつしか隠居の眼をしのび、音羽屋さんと出来てしまいました。そしてあげくの果ては、邪慳に捨てられ、気が狂ったのでございます。しかし、根がうちきな娘ごのことゆえ、ご隠居にはひとこともそのことを喋舌らず、したがってご隠居さまも、かわいい養女の気の狂った原因を、すこしもご存じではございません。それを知っているのは、太夫とこの治助ばかり。そこでひとつには、ご隠居の眼を

さましてあげたいのと、もうひとつには、音羽屋さんをからかうつもりで、ついよけいな筋をくわえたのでございます。その娘ごともうしますのが、幼いときからご隠居さまのお仕込みで、それはそれは鼓の名手――」

と、いいもおわらぬうちに、あれよ、庭にあたって鼓の音。――つづけて、けたたましい男の声。

「やあ、たいへんだ、たいへんだ。娘がひとり井戸へとび込んだぞ」

と、叫んだのはまさしく巾着の辰。

声を聞くなり、閑斎はいきなりよろよろと立ちあがった。

「千里(ちさと)が――。千里が――」

手にした手拭いをむちゅうでつかみ、よろよろ立ちあがる閑斎を、佐七はうしろより抱きとめて、

「ご隠居さま、ご隠居さま、まあお静かになさいまし、あれは偽りでございます」

「なに、偽りと申すか」

「はい、まっかな嘘なんで。あっしが乾児(こぶん)のものに命じて、わざとああ言わせましたので。それよりご隠居さま、その手拭いをちょっとお見せくださいまし」

「この手拭い?」

夢からさめたように、手拭いに眼を落とした隠居は、ふいにはっと皺ばんだ顔をしかめた。

「ご隠居さま、さっき、あっしがこの手拭いを、お渡しいたしましたときには、こう結ばれていませんでした。これをなにげなく、お結びなされたのは、あなた様でございましたね。しかも、この結びかたはたしかに左利き。さっき音羽屋の首をしめたのも、これとおなじ結びかたでございました。いえいえ、なにもおっしゃらずとも、よろしゅうございます。あなた様は、さきほど、白状なさったのも同然」

「なに、わしが白状いたしたと」

「はい、さようで。さっき、あなたさまはなんとおっしゃった。下手人はその女じゃ。その女がこの呼び出し状で新助を、あの井戸端へ呼び出し、手拭いで咽喉をしめたのじゃとおっしゃいましたね。ところで、音羽屋の死骸を、井戸から上げたときには、神崎の旦那と、あっしと、辰五郎の三人がその場にいたきり、だれも縊(くび)り殺されたことを、知っているはずはございません。ましてや手拭いなどと、だれが申しましたろう。それを知って

いるあなた様こそ、取りもなおさず、下手人でございます」

一瞬シーンとした沈黙が、座敷のなかにおちてきた。

一同は息をころして老人のおもてを眺めている。

閑斎はふいによろよろと立ち上がると、

「佐七、よくぞ申したな。そちは聞きしにまさる名人じゃ。いかにも、音羽屋はわしが手にかけた。こよいはじめて、千里との仲をあいしって、としよりの一徹、おもわずかっといたしたのが、面目ない。孝平、許せ、そのほうの手拭いとは知らなんだぞ」

閑斎はそれだけいうと、しっかりとした足どりで座敷を出ていった。

が、そのあとを、追っていった神崎甚五郎、まもなく、悲痛な面持ちをしてかえってくると、固唾を呑んでひかえている一同に、こう申し渡したのである。

「皆のもの、よっくきけ。隠居は急病でお果てなされたぞ。また、音羽屋は酒のうえから、あやまって井戸へ落ちて亡くなった。よいか、わかったか」

「はっ」

と、手をつかえた一同のうえに、月影が悄然とおちて、どこやらで月夜鴉が二声三声。

螢屋敷

佐七のもとへ贅六の新弟子
——御用や御用！　と屁っぴり腰で——

「ひとくちに岡っ引きなどというがな、これがまたなみたいていの修業じゃねえぜ。おれなんぞもいまでこそ、ひとかどの岡っ引きといわれ、世間から兄哥とかなんとか立てられてはいるが、こうなるまでにゃずいぶんと年期をいれたものさ。まずだいいちに、御用を聞くにゃ眼がきかなくちゃいけねえ。つまり、目はしがはしこくなくちゃいけねえ。人間てやつは、だれだってわたしは悪人でございってつらはしてやアしねえ。どいつもこいつも、虫も殺さぬ顔をしていて、それでかげへ廻るとだいそれたことをしやがる。そこをぐいと睨んで、ひと目でこいつが悪人だと、当てるぐらい眼がきいてこなくちゃ、ひとかどの岡っ引きとはいわれねえ。おれなんぞもこうなるまでにゃ、へっへっへ、はばかりながら、ずいぶんと人のしらねえ苦労をしたものさ。おめえも、どうしてもこの道で立っていきてえというなら、おれを見習って、みっちりと修業しなけりゃならねえぜ」

　とくいになって滔々と、岡っ引き哲学をといている男をだれかとみれば、なんとこれがおなじみの、巾着の辰五郎だからおどろいたはなしである。

　巾着の辰、ちかごろはなはだ威勢がいいが、それにはこういうわけがある。お玉が池の佐七のもとへ、ちかごろあたらしく弟子入りした男がひとりある。

　名前は豆六といって大阪者だが、御用聞きが志望とやらで、音羽のこのしろ吉兵衛をたよって、はるばる上方からのぼってきたのを、吉兵衛から、いま羽振りのいい佐七のもとへあずけられたのだ。

　つまり、辰五郎は一躍して兄哥になったのだから、とくいになって吹くわ、吹くわ。——きょうもきょうとて、御用聞きになるには、江戸の地理にあかるくなくちゃいけないというので、浅草から山谷、山谷から吉原と、どうせろくなところへは案内しない、さんざほうぼうをひっぱりまわしたあげくの帰りみち、通りかかったのが池の端のうすくらがり、時刻はすでに四つ（十時）をすぎて、人通りとてないところから、みちみち、さかんに先輩風を吹かせているところである。

「それから第二に、岡っ引きというやつは機転がきかなくちゃいけねえな。どうで世間からけむたがられる稼業だ。まともにぶつかっていったんじゃ、なかなかネタはあげられねえのさ。おれなんぞは、おかげでうまれつきすこしばかり機転がきくほうだから、これでいままで、ずいぶん、親分に手柄を立てさせたものよ。それから、第三に度胸だが、こいつはおれの口からあらためていうまでもあるめえ。つまり一に眼、二に機転、三に度胸というわけだが……」

と、ここにおいて辰、心細そうにこのあたらしい弟子の顔をつくづく眺め、

「おめえ、どうでもこの稼業で身をたてる気かえ。おれの見たところじゃ、どうもこの仕事は、おめえの柄にあわねえような気がするがなあ。音羽の大親分がなんとおっしゃったかしらねえが、悪いことはいわねえ。いまのうち、なんとか考えなおしてみたらどうだえ」

と、無遠慮にも大溜め息をついたものだが、なるほど、豆六の顔をみれば、辰五郎ならずとも、いちおう、意見をしてみたくなるのもむりはなかった。

うらなり。――とは、口の悪い辰がお目見得の日、ひとめ見るや即座にたてまつったあだなだが、いみじくもいったり、細く、長く、のっぺりと黄色い顔は、うらなりの糸瓜そっくり、鼻だけつんとたかいが、目尻がさがって、口もとがだらしなく、いつも涎の垂れそうな口のききようがとんと、馬鹿か悧巧かわからないしろものだ。

どちらかというと、横に平たい巾着の辰とはいい対照で、さてこそ、

「こいつはいい。おい、お粂、ちょっと見ねえ。これでうちはお菜には困らねえぜ。かぼちゃと胡瓜とそろいやアがった」

と、お目見得の日、佐七は膝をうってよろこんだが、それを思うと辰五郎は、この弟分のうらなりづらが、いまだに怨みのたねである。

だが、豆六はもとよりそんなことはご存じなく、

「それがなあ、兄さん」

と、例によって、涎の垂れそうな甘ったるい口のききようなのである。

「おいおい、うらなり、兄さんだけはよしてくれよ。兄貴とか兄哥とか、ひとつ威勢よくやってもらいたいな」

「すんまへン。やっぱり口癖になってまンねん。これから気をつけまっさかいに、どうぞ堪忍しておくれやす。

それでは巾着の兄哥」

「ほい来た、なんだえ」

「わてはな、なんの因果か小さい時分から、この稼業が好きで好きでたまりまヘンねン。わてのうちは自慢やないが、大阪では代々つづいた商売（あきない）で、ちょっと知られたしにせだす。藍玉問屋（あいだまどんや）でしてな。わてはその藍玉問屋の六男にうまれたんやが、どういうもんか、うまれつき堅気の稼業がきらいで、そらもう小さいときから、御用聞き、岡っ引きになるちゅうてな、もうずいぶん親を泣かせたり、親類をてこずらしたりしたもンや、因果な性分だンなあ」

　いったい、御用聞きという稼業を、讃美しているのかけなしているのかわからない。辰五郎は目を白黒させながら、

「ふうん、そんなもんかなあ、おまえもよほど風変わりな人間だなあ。だが、うらなり、そんならおめえ、なぜうまれ故郷の大阪で、御用聞きにならねえンだ。そのほうが勝手がわかっていて、よっぽど都合がいいと思うがなあ」

「さあ、そこだす。わてかてよっぽどそのほうが、都合がよろしおまんねンけンど親が承知せえしまヘン。そんな極道（ごくどう）なもんになるのやったら、七生まで勘当や！　と、こないいよりまンねン、しかたおまヘンがな。そこで思いついたのがこのしろの親分や。あのおかたがお若い時分、草鞋（わらじ）をおはきやして、しばらくうちでお世話申し上げたことがございます。その親分が、いま江戸の御用聞きでも、頭株（あたまかぶ）やちゅう噂をきいたもんやさかいたまりまヘン。矢も楯もたまらず、飛んでできましてン。わてもう覚悟はきめてます。たとえ火のなか水の底、手鍋さげても岡っ引きにならずにはおられまヘン。そういうわけやさかい、兄さん――やなかった、兄哥、ひとつよろしゅうお頼み申します」

　なにしろ、いうことが上方もんだけに派手なのである。やれやれ、親分もとんだ者を背負いこんだものだと、辰五郎はじれったいやらおかしいやら、それでからかいはんぶんに、

「しかし、うらなり、おまえとしはたしか二十（はたち）とかいったな」

「さよさよ、寛政十年午（うま）どしうまれやさかい、兄さんより二つ年下、ひとつ可愛がっておくれやすな」

「わっ、薄っ気味のわりい声を出すない。しかし、なあ、うらなりよ、おめえまた、どうしてそうこの稼業が気に入ったのだい」

と、聞いてみると、豆六たちまち反り身になり、

「そやかて、ずいぶんええ稼業やおまへンか。あんさんそうお思いやおまへンか。銀の十手かなにかひらめかしながら、御用！　御用！」

と、だしぬけに屁っぴり腰をして、妙な声を突っぱしらせたから、辰五郎はわっと頭をかかえて、二、三歩横へすっ飛んだ。

「ま、ま、まあ、待ってくれ。いいよ、いいよ、わかったよ」

「そうだっしゃろ。ほんまにええもんやな。もういちどやってみまほか」

豆六はケロリとしている。

「いいよ、いいよ、もうたくさんだ」

「なにもそないに遠慮しやらでもよろしおますがな。あんさんとわてとの仲や、景気ようもいちどやってみまほか」

と、とくいになったうらなりの豆六が、池の端のくらがりで、屁っぴり腰をいよいよ突き出し、十手をかまえる真似をしながら、

「こうだんな。あんさん、見てておくれやすや。これでよろしおますかいな。ええと——御用！　御用！　そこを動きなはんなや。神妙にしくされや！」

と、頭のてっぺんから素っ頓狂な声をほとばしらせたその瞬間、半丁ほど行く手のくらやみで、とつぜんあっという叫び声がきこえたかと思うと、ドボーンと、なにやら池のなかへ落ちた物音、つづいてたたたたと大地を蹴って、むこうのほうへ逃げてゆく黒い人影があった。

そこはさすがに兄哥風を吹かせるだけあって、怪しいと睨んだ巾着の辰、すぐさまあとを追っかけたが、逃げ足の早いやつで、はやそのへんにすがたは見えない。

「チョッ！」

と、舌打ちをした辰五郎が、さっき水音のした池のそばへ近寄ってみると、水面いっぱいにしげった蓮のあいだに、大葛籠がひとつ、ぷかりぷかりと浮いている。

葛籠の中から螢がフワリ
――なに、これも修業のうちだすがな――

「どないしなはってん。だしぬけに何事だす」

　あとから駆けつけたうらなりの豆六、これまたいっこう物に動じない、しごくのんびりと、長い顔をいよいよ長くしてみせた。

「何事だスもへちまもあるもんか。あれを見ねえ。おまえにゃ、あそこにぷかぷか浮かんでいるものが目にはいらねえのか」

「葛籠だんな。だれがあんなところへ捨てていきよったんやろ。大阪にいるときからお江戸のお人は気が大きいと、かねてから聞いとりましたけれど、ほんまやな。葛籠をあんなところへ捨てるとは、もったいないことしよったもんや」

「ちょっ、なにをいやアがる。どこまでのんびりしてやがるんだろ。いま逃げた男がよ、この葛籠をかついでやって来たんだ。そこをおまえがだしぬけに、妙な声をあげやアがるもんだから、野郎びっくりして、葛籠だけおっぽり出して逃げやアがったンだ。どうで曰くのある葛籠にちがいねえ。おめえちょっとあの葛籠をあげてみろ」

「へえ、わてがあの葛籠をあげまンのンで」

「そうよ、てめえがあげなくてだれがあげるんだ」

「そやかて兄さん――やなかった兄哥、あの葛籠をあげるのには、水のなかに入らんなりまへンがな。すこし殺生やな」

「べらぼうめ、さっきてめえなんと吐かした。たとい火のなか水の底といったじゃねえか。こんなところで骨惜しみをするようじゃ、いい御用聞きになれねえぞ」

「よろしおま、そういわれてはあとへはひけまへン。ええ、これも修業や、清水の舞台から飛びおりたつもりで、入ってみまほ」

　口のききかたは甘ったるいが、この豆六という男、なかなか小取りまわしのきく男で、すばやく帯をといて裸になると、ざぶざぶと池のなかへはいって、問題の大葛籠をかきよせた。

「やあ、こいつは重い、なにがはいってンねンやろ。開けてうれしや宝の葛籠か。ほら、兄哥、わたしまっせ。どっこいしょ」

と、鼻唄まじりにかかえあげた大葛籠、見るとがんじがらめにふとい綱で結ばれているのが、いよいよ尋常とは思えない。

「おお、ご苦労々々、冷たかったろう。体を拭いてはやく着物を着ねえ」

いい気なもので辰五郎、いまはもうすっかり兄哥になったつもりだ。豆六をいたわりながら、すばやく綱の結び目を解いて、スポッと葛籠の蓋をとったが、とたんにふたりはあっとばかりに呼吸をのんだ。

蓋をとったとたん、葛籠のなかから、フワリフワリと二つ三つ、――小さな光りものが宙にまいあがったのである。

「な、なんだ、螢じゃねえか」

「ほ、ほんまにいな！」

いかにも、それは螢だった。

葛籠のなかからまいあがった螢は、呆れ顔のふたりを尻目に、ほのかな光を闇のなかにまき散らしながら、すうい、すういと池の蓮へととんでいく。

あっけにとられて、そのあとを見送っていたふたりは、気がついたように、ふたたび葛籠のなかへ目をおとしたが、こんどこそふたりとも、ぎゃあーっとばかり、たまげるような悲鳴をあげたのである。

無理もない、葛籠のなかは、うじゃうじゃするほどの螢なのである。そいつがごそごそ、もぞもぞと、ほのかな光を明滅させながら、そこらじゅうを這いまわっている気味悪さ。――だが、気味悪いのはそれのみではなかった。

そこにはもっと恐ろしいものがあった。

ボーッと螢の光に照らされて、白い女の顔がみえる。くわっと目を見開き、鬢のほつれ毛をきっと口にくわえた、恐ろしい女の顔が、なにやらうすぎぬのような、薄物のなかからのぞいている。螢もやっぱりその薄物につつまれていて、さてこそ飛びたつこともかなわず、無数にもぞもぞ、もじゃもじゃと、女の顔のあたりを這いまわっている。

「な、なんだっしゃろ。あのうすい布みたいなもんは……」

「うらなり、てめえ怖くはねえか」

「そら、怖いことは怖おます。だけどここでこわがったら岡っ引きにはなれまへン。なに、これも修業や。ちよっとあの布とって見まほか」

「ふむ。てめえ案外いい度胸だ、とって見ねえ」

豆六は女をつつんだ薄物に手をかけたが、

「やあ、こらあかん」

「どうした、どうした」

「兄哥、こら蚊帳やで、麻の蚊帳や。見て見なはれ、蚊帳で女の体をぐるぐるまきにしてあるンや。えらいことをしよったもんやな。ほら、この血——」

と、真っ紅に染まった手を見せながら、

「蚊帳のなかで女を殺したンかしら。それにしてもおかしおまンなあ、螢がどうして蚊帳のなかにいよったんやろ?」

「豆六!」

とつぜん、辰五郎が胴顫いをした。

「なんだす」

豆六はたいして驚いたふうもない。ケロリとしたところは、どうして、どうして、巾着の辰などより、二、三枚がた役者が上手だ。

「こりゃこちとらなどの手にあう一件じゃねえ。そこいらに自身番があるだろう、ひとつそこへかつぎ込もう。それからおれはひとっ走り、お玉が池へかえって親分をたたきおこして来らあ。そのあいだおめえ、気味が悪かろうが、自身番の親爺といっしょに、この葛籠を見張っていてくれ」

「へえ、よろしおま。なに、これも修業や」

うらなりの豆六、およそ怖いなんて神経は持ちあわさぬとみえて、ケロリとしている。

和泉屋の隠居殺し

——こちらの兄哥より気が利くようで——

寝入りばなをたたき起こされた人形佐七、いささか中っ腹だったが、話をきいてみると面白そうだ。

池の端とあらば、下谷の伝吉の縄張りだが、発見者がおのれの身うちだから、いちおう、顔を出しておくのも無駄ではあるまいと、辰を案内にとるものもとりあえず駆けつけてきたのは、それからおよそ一刻半ほどのちのこと、むろん、伝吉もすでに自身番へ顔をだしていた。

「おお、下谷の、お互いに寝入りばなを叩きおこされていい面の皮だな」

「これはお玉が池の兄哥か、こいつはおまえさんの身うちのものが、最初に見付けたんだというが、これもなにかの因縁だろう。ひとつ手をかしておくんなさい」

「なに、おれなどが出しゃばったところで、なんの足しにもならねえが、おまえさえよかったら、片棒かつがせてもらうぜ」

　いちおう仁義を通じておいて人形佐七、あらためて死骸というのを見せてもらうと、なるほど二十三、四の水の垂れそうなうつくしい女、水色縮緬の長襦袢に、細い伊達巻きをきりりとしめて、見たところ玄人とも見えず、そうかといって、まんざらの素っ堅気らしくもない。

　いくらかはだけた胸のあたりに、ぐさりとひと突き、するどい突き傷があって、どうやらこれが致命傷。

「なるほど、で、これが問題の蚊帳だな」

　死骸のそばにひろげてある蚊帳をみれば、八畳づりの近江蚊帳、おさだまりの藍の裾濃にすすきがあしらってあって、そうとうの上物だが、これにべっとりと血がついているのが気味悪い。

「で、螢は？」

「へえ、螢ならこちらにとってございます」

　自身番の親爺がさしだした紙袋のなかを見ると、まだひと握りほどの螢が、ぼーっとひそやかな光を明滅させている。

「なんだ、こんなにたくさんはいっていたのか」

「そうなんで。いえ、もっとたくさんおりましたが、蚊帳をほどくはずみに逃げたやつもおりますし、死んだやつもかなりたくさんありました」

「兄哥、どう思う、いかに池の端の夏場とはいえ、蚊帳のなかにどうしてこう、たくさんの螢がはいっていやアがったんだろうなあ」

「さあてね」

　そいつは佐七にもわからない。首をかしげながら人形佐七が、紙袋からつまみ出してみると、どれもこれも源氏螢の大きなやつである。ちょっと江戸の近辺では見られぬ螢である。

　佐七はしばらく首をかしげていたが、

「ときに、下谷の、女の身もとについてなにかあたりがついたかね」

「兄哥、そいつはぞうさねえのよ。この近辺のものなら、だれだってこの女を知らぬものはねえ。なにしろこれほどのいい女だ。こいつはむこうの池の端に住んでいるおかこい者で、名はたしかお俊とかいったっけ。なあ、じいさん、そうだったな」

「へえ、へえ、さようでございます。みなさんもご承知でしょうが、黒門町にある和泉屋さんという、生薬屋の旦那のお妾なんで」

「なに、黒門町の和泉屋？」

と、聞いて佐七がおもわず、眼を光らせたのにはわけがある。

下谷の伝吉もうなずいて、

「そうよ、兄哥はものおぼえがいいなあ。おれも去年のあの一件から、尾をひいているんじゃねえかと思っていたところだ。しかも場所もおんなじだ。この女のかこわれていた家というのが、ほら、去年隠居殺しのあった家よ」

「ふむ、こいつよっぽどこみいっているな」

佐七がおもわず唸ったのもむりはない。

和泉屋の隠居殺し、これには佐七は直接あずからなかったが、当時評判の事件だったから、いまだに記憶になまなましい。

黒門町にある和泉屋という生薬問屋、奉公人が十五、六人もいようという大身代だが、先代の喜兵衛というのが数年まえに亡くなって、あとには後家のお源と、先代の甥にあたる、京造という若者のただふたり。

京造は二十五、六で、喜兵衛夫婦に子どもがないところから、幼少のころより、養子分として育てあげられたのだが、さいわい気性もよし、商売にも熱心だし、それに金兵衛という、しっかりした番頭もついているので、お源もすっかり安心して、喜兵衛がみまかったのちは、店はふたりにまかせっきりで、じぶんはこの池の端に気に入った家を建て、亡くなった良人の念仏三昧に日をおくっていた。

ところが去年のちょうどいまごろのことである。ある日お源が隠居所で、むざんにも手拭いでしめ殺されているのが発見されたのである。

お源はしっかり者だから、店は養子の京造にゆずったとはいうものの、身のまわりの用意として、かなりの大金を隠居所にたくわえていた。

おそらくその高は千両をくだるまいといわれていたが、その金がお源の死と同時に消えてしまったのである。

ところがそのじぶん、京造の身持ちについて、ちょっとよからぬ噂が立っていた。

律義なようでもそこは若者、ましてや京造はひとり身のこととて、養母が隠居所へ引きうつってからというもの、いつしか遊びの味をおぼえそめて、そのじぶん、柳橋あたりで、だいぶ羽根をのばしていたという評判だった。

これがお源の耳にはいったからたまらない。そのじぶんとかくふたりの仲がしっくりいかない。おまけに遊びの金にはつまるならい、店をゆずられたとはいうものの、そこには先代ゆずりの石部金吉、四十男の金兵衛が、がっちりと土蔵の鍵をおさえている。それやこれやで、京造がひょっとすると――と、口さがないは人の常、そんな噂がそのころとんだ。

むろん、その噂はお上の耳にもはいったから、当時、京造はきびしい吟味をうけたがうまいぐあいにちょうどそのとき、べつに犯人があがったのである。まったく危ない瀬戸際だった。この犯人のあがるのがもうすこしおそかったら、京造はあやうく養母殺しの大罪におちるところだった。

さて犯人だが、これは信州辰野うまれの小間物屋で、彦三郎というしがない行商人、お源の隠居所へしげしげ出入りをするうちに、いつしかお源に目をかけられ、ときどき、商売の資本の融通をうけることなどもあった。

お源が殺された日なども、例によって融通をたのみにいったということだが、捕えられたとき、五十両という大金を彦三郎が身に持っていた。かれの言葉によると、ご隠居さまから借りたのだということだが、なにがなんでも請け人なしに、しがない行商人風情に五十両という大金を用達てようとはおもわれない。

それに、のがれぬ証拠というのが、お源の首をしめた手拭いだが、これが彦三郎のものとあっては、もうどんなに弁解しても追いつかなかった。

ふつうならばむろん打ち首だが、幸か不幸かそのとき、御公儀に御慶事があったので、死一等を減じられ、八丈島へ島送りになった。

こうして、この一件は片がついたのである。

池の端の隠居所は、それきりしばらく住み手もなく、無住の家として近所から恐れられていたが、そこへこの夏のはじめころからかこわれたのが、いま自身番の床に、つめたい死骸となってよこたわっているこのお倹という女。

京造も京造だが、女も女――まんざら知らぬわけもあるまいに、よくもあんなおそろしい家に住んでいられると、この界隈ではもっぱら評判だったが、はたして今夜のこの仕儀だ。

「これでなにかえ、女の前身は芸者かえ。まさかずぶのしろうとじゃあるめえな」

「ところが兄哥、こいつはこの春頃、和泉屋へ住みこんだ女中ということだぜ。見らるるとおり、ちょっと渋皮のむけているところから、住みこむとすぐ、京造のやつが手をだしやアがって、ほかの奉公人のてまえもあるところから、因果をふくめて隠居所へうつしたということだ。むろん、京造のやつがときどきあいにくるようだが……」

「よし」

と、立ちあがった人形佐七、

「とにかく、夜の明けねえうちに、その隠居所というのをのぞいてみようじゃないか。なにかまた見つかるかもしれねえ。辰、てめえも来い」

と、いってから、にわかに思いだしたように、

「ときに、辰や、豆六のやつはどうした。ここで待っているはずじゃなかったかな」

訊ねられて、辰五郎もきょときょとしながら、

「親分、あっしもさっきから、気にしていたところですが。ちょっとじいさん、おれといっしょに葛籠をかつぎこんだ、うらなりみてえな男はどうしたえ」

「へえ、あのひとなら、ひと足さきへ隠居所へいきましたぜ」

「なんだと、隠居所へ?」

「へえ、なにね、あっしがこの女の身許をおしえてやったら、そんならすぐに探ってくるといって出ていきやした。ことばつきは悠長だが、へっへっへ、あれでこちらの兄さんより、よほど体が動くようでございますねえ」

ぐいと辰五郎のほうへ顎をしゃくってみせたから、いや、辰五郎め、おこったのおこらぬの。――まだ駆け出

しのほやほやの、豆六よりも劣るといわれちゃ男が立たぬ。

おのれこんど豆六をつかまえたら、小っぴどくやっつけてやらねばならぬと、むしゃくしゃ腹で隠居所までやってきたが、意外や、目当ての隠居所にも豆六の姿は見えなかった。

帰って来ない豆六
——腹が減って目がまいそうにござ候——

いや、その晩のみならず、それから二日たっても三日たっても、梨のつぶてで、豆六はお玉が池へかえって来ないのである。

佐七と下谷の伝吉、巾着の辰五郎の三人は、その晩、池の端の隠居所へ手を入れてみたが、犯行がそこでおこなわれたということをつきとめただけで、べつに大した獲物はなかった。

お俊はいつもの部屋で、蚊帳を釣って寝ていたところを、なにものかに殺されたのだろう。座敷のなかにもべっとりと血のりの跡がのこっていたが、あいにくその晩は、女中のお辻（つじ）というのが宿下がりをしていたので、下手人の目星のつけようもない。

むろん、京造も呼びだされたが、これはその晩、黒門町の本宅から、一歩も外へ出なかったのがわかったので、すぐかえされた。

京造も犯人の心当たりがないという。ましてあのおびただしい螢だが、それがどうして、お俊の蚊帳のなかにあったのか考えようもないという。

こうしてはや、あの晩からかぞえて三日目。——

「おまえさん、それにしても豆さんはどうしたんだろうねえ。音羽の親分さんから、あれほどこんこんと頼まれているのに、もしものことがあっちゃ、あたし親分にあわせる顔がないわ」

と、お粂がしきりに気をもむのもむりはない。

「てめえにいわれなくたってわかってるよ。あん畜生、ろくすっぽ江戸の方角もわからねえのに、いったいどこへ行きやがったんだろ」

と、佐七も額（ひたい）にふかいしわをきざんだ。

「ねえ、親分、ひょっとするとあの野郎、ひょっとするとひょっとして、ひょっとすると、ひょっとじゃありませんかえ」

　辰五郎、しきりにわけのわからぬことをいっている。

「ひょっとすると、どうしたというんだ」

「なにね、わけもわからねえのに踏み込みやアがって、反対にバッサリ――いまごろはどこかで、目をつむっているンじゃありますまいかえ」

「まあ、辰さん、なにをおいいだえ、鶴亀鶴亀、縁起でもないこと、いわずとおいておくれ。それでなくてさえ、あたしゃ夢見がわるいのに」

「あっしだってこんなことはいいたくねえが、ああ、ああ、しまったなあ、あんとき、あっしがあとへ残りゃよかったのに――」

　と、人のいい辰五郎、このあいだの怨みも忘れて、目に涙をにじませていたが、と、このとき、がらりと格子をひらいて、とびこんできた男がある。

「人形佐七親分さんのお宅はこちらでしたっけ。手紙をことづかってまいりました。へえ、豆六さんとかおっしゃるかたからなんで――」

「な、な、なに、ま、ま、豆六！」

　とんで出た辰五郎が、ひったくるようにして受けとった手紙を、開く手もおそしと、額をあつめて三人が読んでみると、

　一筆しめしまひらせ候。私ことこの間の晩より飲まず食はずで、ひとりの女のあとをつけ申しをり候。腹がへつていまにも倒れさうにござ候。この文お読みのうへは、使ひの者といつしよにすぐ来て下されたく候。ここがどこやら私には一向分り申さず、使ひの者にお聞き下され度く、必ず必ず相待ち申しあげ候。

　　　　　いまやう千松こと豆六より

　人形佐七親分さま

　いや、まことにあっぱれ名文だが、三人はそれを読むなり、あっとばかりに胆をつぶした。

「よし」

　佐七はきっと立ち上がり、

「お粂、支度をしろ。それからおまえさん、おまえさんはどこからおいでなすった」

「へえ。あっしゃ堀の伊豆長という舟宿の若いものでございますが、さきほど、その豆六さんというかたが、ころげるように入ってきなすって、親分さんにこのお手

紙をことづけてくれとおっしゃいまして。――もしや、あのかた、あのまま死ぬのではございますまいか」

「なに、それほど弱っているのかえ。まあ、そんなことはあるめえが。お待ち遠さま、じゃすぐ案内しておくんなさい。おい、辰、おめえも来い」

　支度もそこそこに飛びだしたふたりが、やって来たのは堀の伊豆長、なるほど見ればそこの帳場わきに、豆六がうらなりの顔をいよいよあおく、長くして、目さえすっかり落ちくぼませ、まるで虫の息のていたらくだ。

「おお、豆六、達者でいたか」

「ああ、親分さん、兄さんもよう来とくれなはッた。わてはもう、わてはもう……」

　と、豆六は手ばなしで泣きだしたのである。

　聞いてみると豆六は、あの晩池の端の隠居所へようすをさぐりにいったが、と、そのときこっそり、なかから忍びでた女があるという。豆六、これこそ、くっきょうの獲物なれとばかり、それからあとをつけ出して、二日二晩、ほとんど飲むものも飲まずに、あとをつけていたというのだ。

「べらぼうめ」

　辰五郎はいきなり怒鳴りつけた。

「子どもじゃあるめえし、てめえもよっぽどどじじゃねえか。それならそうと、なぜひとこと知らせてよこさねえのだ」

「そやかて、そやかて、わてには江戸のようすがかいもくわからしまへン。うっかりしていて、逃げられたらどもならんと、わてはもう一生けんめいで夢中になってつけてましてん。ああ、しんどかった。安心したら、きゅうに腹がへって来よった」

　豆六、いうだけのことをいってしまうと、重荷をおろしたようにケロリとしている。よっぽどこの男、神経の太いたちにちがいない。

「いや、無理もねえ。わかった、わかった、よくやった。で、てめえのつけている女というのはいったいどこにいるんだ」

「へえ、その女ならむこうの舟宿にかくれてまんねン。あ、あそこへ出て来よった。親分、あの女だす」

　豆六が夢中になって叫びだすのを、しっ、とおさえた人形佐七が、きっと瞳（ひとめ）をさだめてみると、伊豆長の真向かいにある舟宿三吉屋（みよしや）から、いましもひとりの女がすたすたと河のほうへおりていく。

どうやら舟に乗るつもりらしい。

としは二十(はたち)よりすこしまえだろう、顔かたちはなかなかととのっているが、着物の着こなし、物腰(ものごし)かっこう、どうみても、舟宿から舟をだす柄じゃない。きのうかおといい、田舎から出てきたばかりといった山出しである。

「あの女かえ、豆六、ちがいあるめえな」

「ちがいおまへン。あいつのためにわては二日二晩、飲まず食わずでひっぱりまわされましてン。ても恨めしいあの女め、どうして忘れるもんですか」

「よし、若い衆、すまねえが、こちらでもひとつおおいそぎで舟の支度をしておくんなさい。当たって砕(くだ)けろだ。辰、あの舟をつけてみようじゃねえか」

と、すばやく舟にとび乗れば、そのとき、向こうの舟宿でも、いましも怪しい女をのせた舟がギィと漕いで出るところだ。

「親分はん、待っておくれやす、わてもいきます。なに、かまえしまへん。なんの二日か三日食べえでも、死ぬようなこの豆六やあらしまへんわ。いよいよ、捕物やな、見てておくれやすや。御用、御用、へっへっへ、どんなもんや」

と、豆六はたいした張りきりようである。

やがてこちらの支度もできた。二艘の舟は約小半丁ほどおいて水のうえをすべっていく。やがて船は堀から大川へ出た。ふしぎな田舎娘は、じっと首をうなだれたまま、舟底へべったりと坐っている。

どこか淋しげな、憂わしそうな表情(かお)で、船頭がおりおり言葉をかけるらしいが、それにもろくろく答えない。

「なるほどなあ、兄(あん)さん、いつかあんさんおっしゃったとおりやなあ、あんな虫も殺さぬ顔をしていて、人殺しなんて恐ろしいことがよう出来たもんやな。わてもよっぽど修業せんと、眼(がん)とやらが利くようにはなれまへんわ」

と、豆六しきりに感歎している。

「辰、てめえ、豆六に何かおしえたのかい」

「いえ、なに、へっへっへ」

辰五郎、いまさら極まり悪そうに首をすくめて笑っている。

そのうちに、まえの舟は代地河岸(だいちがし)のへんで、しだいに岸へよっていくから、さてはあそこからあがるのかと、なにげなく岸を見て、佐七と辰五郎のふたりはおもわずあっと驚いた。

近付く舟を待つように、おりからの夕闇の岸に立っているひとりの男――それはまぎれもなく、和泉屋の主人京造ではないか。

「辰、顔を伏せろ！」

ふたりはさっと舟底に身をふせたが、そんなこととは知らぬ京造、舟が近付くと、なにやら女とふたこと三こと交わしていたが、やがてひらりと岸へあがる船頭と交替に、京造が舟のなかへ跳びうつった。

「おやおや、船頭を陸へあげてどうするつもりだろう」

と、見ているうちに、京造と女はなおふたこと三こと押し問答をしていたが、やがて京造が竿をおすと、舟はギイと岸をはなれて、ゆらゆらと河心へと流れていく。

「おや、こいつはお安くねえぞ。あの女とんだ食わせものだ。水の上のあいびきとは大したものだ。船頭さん、たのむ、なるべくあの舟のそばから離れねえようにな」

「合点です」

と、船頭も心得たもの、むこうの舟からつかず離れず、たくみにそのへんを流している。だがこれは大してむずかしいことじゃなかった。女の舟は河心にとまったきり、水の流れにまかせて動いているだけなのだ。

見ると京造と女とは、舟底でむかいあって、しきりになにか話している。だいぶ複雑な話とみえて、おりおり、争うような身振りがはいる。あたりはだんだん暗くなってきた。

と、このときだ、なにやら女が叫んだとみるや、いきなりさっと手を振ったが、とたんに、

「あ、あ――人殺しだあ！」

と、京造の声。

「しまった。それ、船頭、やってくれ」

見ると、舟のなかにすっくと立ちあがった女の手には、きらりと白い刃が光っている。この白刃がふたたびさっと虚空におどれば、

「ち、違う、お町さん、そ、それはおまえの勘違いだ、これ、お町さん、疑い晴らして。――あ、あ、だれかきてえ」

よろよろと舟底によろめく京造、これを見るや、豆六のやつがとたんにまた、胴間声を振りしぼった。

「御用や！　御用や！　そこを動くな！　神妙にしてくされや」

女はそれを聞くとギクリとこちらを振りかえったが、もう駄目だと観念したのか、いきなりさっと水のなかへ体を躍らせた。と、京造、急所の手傷にめげず、舷(ふなべり)から身を乗り出して、

「あ、その女を助けてえ——。こ、こちらは大丈夫、その女を助けてやってください」

聞くなり辰五郎は、ざんぶとばかり、水のなかへ躍りこんだのである。以前このへんの舟宿で、船頭をやっていた巾着の辰、泳ぎはとくいちゅうのとくいである。

彦三郎とお俊とお町

——このお娘ごはお俊の妹じゃそうで——


女はかなりの水を飲んでいたが、さいわい手当てがはやかったので、生命(いのち)にはべつじょうないようすだった。また、京造もふた太刀ほど、脇腹をえぐられていたが、どうせ女の細腕のこと、これまた生命にかかわるようなことはなかった。

「親分さん、お、お願いです、このこと、だれにも内証(ないしょ)で……、その女がかわいそうです。お町は勘違いしているのです。いまにわかります。はい、いまにわかります」

京造は若いに似あわぬ気丈者で、救われると、みずから指図(さしず)して、お町もろとも、池の端の隠居所へかつぎこまれた。

「いいえ、黒門町へ報(し)らせてはいけません。騒ぎが大きくなれば、この女がどのようなおとがめを受けようも知れず、そ、それがふびんとおぼしめしたら、どうぞ内証で……」

どうもわからない。

京造はあやうく殺されかけながら、あくまで、女をかばおうとするようす。女といえば、いまはもうすっかり水を吐いて、ただ、さめざめと泣くばかり。

「和泉屋さん、それゃ黙っていろとおっしゃれば、黙っていましょうが、しかし、それはいったいどういうわけです。あっしも十手をあずかっている身の上、これだけの大騒ぎをさせながら、ただ黙っていろとだけじゃどうにもねえ」

「ごもっともでございます」

京造は苦しい呼吸(いき)のうちにも、礼儀正しく手をつかえ、

「お玉が池の親分さんは、おなじ御用聞きのお仲間でも、人情にあつい、よくもののわかったおかたとやら、そこを見込んで、わたしの知っているだけのことはお話しいたします。足らないところは、あのお町さんからお聞きくださいまし」

　京造はじっと女の横顔を、あわれむように眺めながら、

「親分さん、嘘とおぼしめすかも知れませんが、わたしもついさきほどまで、この人を知りませんでした。いいえ、会ったこともなければ聞いたこともないまったくの他人。ところがさきほど、これ、このような、お俊のことでぜひ話したいことがあるという手紙を堀の舟宿からくれまして、それでわたし、ふしぎに思いながらも、ふびんなお俊のこと、なにか手懸かりがあろうも知れずと、手紙の指図どおり代地河岸で待っていたのです。この人に会ったのはそのときがはじめてでしたが、でも、舟のなかで話をきいて、すぐにわかりました。親分さん、この娘はついせんだって殺された、あのかわいそうな、お俊の妹じゃそうにございます」

「え？　お俊の妹……」

「はい、お町というのだそうで」

「そのお町さんが、なぜまたおまえさんを殺そうとしたンだ」

「それが、お町さんは勘違いしているのでございます。お俊を殺したのはかくいうわたしだとばかり思いこんで、いいえ、お俊ばかりではない、昨年殺されたわたしの養母お源、あれを殺したのもやっぱりわたしだと思いこみ、姉と兄の敵を討つつもりだったのでございます」

「なに、兄とは」

「はい、わたしでさえちっとも知りませんでしたが、お俊は去年、わたしの養母を殺したかどで、八丈島へ送られた、彦三郎さんの妹だそうでございます」

　ほっと溜め息つくようにいう京造のことばに、お町はとつぜん泣きくずれた。この意外な事実に、さすがの佐七もおもわずあっと舌を捲いたのである。

　京造さえも知らなかった、お俊にそんなかくしごとがあることを。

　――お町の話によるとこうである。

　彦三郎、お俊、お町の三人は信州辰野のうまれ、彦三郎はお六櫛の行商で江戸へ出たのが縁になり、その後しだいに得意もふえ、江戸にいくつもりで、こまかいなが

らもしだいに手をひろげていたが、そのうち、起こったのが去年のあの災難。

　彦三郎はあわれにも、お源殺しの下手人として八丈島へ送られた。故郷にいてそれを聞いたお俊とお町、どのように歎き悲しんだろう。

　ふたりはどう考えても、兄がそんな恐ろしいことをするひととは思えなかった。そこで姉のお俊がことしの春、ようすをきくつもりで江戸へ出てきたが、人づてにきくとどうも京造があやしい。そこで近寄って気長に詮議するつもりで、つてを求めてうまいぐあいに和泉屋へ住みこんだが、敵とねらう男は意外にもやさしい人だった。

　お俊は兄に悪い、妹に悪いと、心に責められながらも、いつしか京造とわりない仲になってしまったが、そのうち、朋輩の口がうるさいので、池の端の隠居所へかこわれることになった。

　ふつうの女ならば、怯じ毛をふるっていやがるところだが、お俊にはこれこそもっけのさいわい、なにか人目につかぬ手がかりが、この家のなかに残っておりはせぬかと、ひそかに探索していたらしい。

「それが、それが、あんなことになってしまって……」

と、お町はよよとばかり泣きむせぶのだ。

「なるほど、それは気の毒な話だ。兄といい、妹といい、よっぽど不運なまわりあわせだが、しかし、お町さん、おまえさんはいつ江戸へ出てきなすった」

「はい、姉が殺されたあの夕方でございます。姉ではらちがあかぬので、業を煮やして出て来たのでございますが、旅のつかれでぐっすり寝込んでしまったのがわたしの不覚、おなじ家のなかで、姉さんが殺されたのも知らずして……」

　夜中にお町が目をさますと、姉がいない。しかもそこは血だらけである。恐ろしくなってお町は夢中でとび出したのだが、そこを豆六に見付けられ、後をつけられたというわけだ。

　なるほどお町も江戸ははじめてだった。どちらも江戸になじみのうすいお町と豆六、このふたりが追いつ追われつしていたのだから、これではふたりとも、飲むひまも食うひまもなかったにちがいない。お町は逃げまわっているうちに、読売りの瓦版で姉の殺されたことを知り、それを京造のしわざと思いこんだのである。あとで聞くとお町は、豆六をいちずに京造のかたわれと思いこみ、夢中で逃げ廻ったあげく、わけもわからずに舟宿へとびこんだというのである。

「ほほう、するとあの晩、おまえさんはこの隠居所にいなすったのか。それではおまえさんに聞けばわかるだろうが、お俊さんの蚊帳のなかにあったあの螢、ありゃいったいどうしたのですえ」

「はい、あの螢なら、わたしが土産に、故郷から持ってきたものでございます」

「なに、故郷から」

「はい、わたしの故郷の辰野というのは、むかしから螢の名所。姉がかねがね螢を懐しがっておりましたゆえ、土産に持参したのでございます。姉はたいそう喜んで、寝るときも、それを蚊帳のなかにはなって興じておりました」

なんだ、そんなことだったのかと、さすがの人形佐七も、すくなからず拍子抜けのていだったが、いやいや、そうではない。

この螢こそ、お俊殺し——ひいてはお源を殺した下手人を、白日のもとに照らし出すみちしるべになったのだから、因果はあらそわれないものだった。

と、いうのは、一同がこんな話をしているおりしもあれ、一陣の風がフーッと吹きこんで行燈の灯をふき消した。が、そのとたん、一同はあっと呼吸をのみこんだ。真っ暗になった部屋の一隅から、なにやらチラチラ、ほのかな光が洩れてくる。

おやと、瞳をこらしてみれば、床の間の壁のすきから、二つ、三つ、四つ、チラリフワリと洩れてくるのは、まぎれもなく飛び交う螢火。

どうやらこの床のむこうに隙間があって、そこへ螢がまぎれこんでいるらしい。

だが、それにしても気味悪く、一同は幽霊でも見たように、このほのかに明滅する光を見ていたが、とつぜん佐七が立ち上がって、つかつかと床の間へかけのぼった。

「みなさん、みなせえ、この床の間の壁は動きますぜ。ほら、ほら、この壁になにやら仕掛けがあるらしい。あっ！」

と、佐七がとびのいたとたん、がらりと壁がどんでん返し、横へさっと開いたと見るや、そのとたん、壁の背後から、思いがけなく、

「うわっ！」

と、いう人の悲鳴だ。

「辰、灯だ。灯を持って来い」

言下に辰がふたたびともした行燈の灯を、さげてつかつか近付いてみれば、床の間のうしろは二畳敷きぐらいの空間になっていて、そこに盗まれたはずのお源の小判に埋もれて、ひくひくと断末魔の痙攣をしているのは、まがうかたなき番頭金兵衛、舌噛み切って、顎のあたりに血がいっぱい。

――その物凄い顔のうえを、螢が二つ三つとんでいるのである。――

魔がさした石部金吉

――一に眼、二に機転とはほんまやな――


お俊殺し、ひいてはお源殺しの下手人も金兵衛だった。お源がこういうかくし場所をしつらえて、金をたくわえていることをひそかに知った金兵衛は、彦三郎の手拭いでお源を殺し、まんまと首尾よくその罪を、彦三郎におっかぶせたばっかりか、さいわいだれもこの床の間のおくの、秘密に気がつかぬのをよいことにして、ときどきやってきては、小出しに金を引き出していたのだが、そこへお俊が住み込むにおよんで、金兵衛の計算は大きく狂ってきた。

お俊も殺され、金兵衛も舌噛み切って死んでしまったいまとなっては、お俊殺しの真相は知るよしもないが、あの晩、金兵衛はお俊を口説いて仲間にひっぱり込もうとしたのか、それとも、はじめからお俊を殺そうとして忍んでいったのか……。

いや、いや、ああして葛籠を用意していっているところをみると、金兵衛ははじめから、お俊を殺すつもりだったのだろう。お俊を殺して葛籠づめにして、不忍池の底深く沈めてしまえば、世間ではお俊が情夫でもつくって、出奔したのだろうと思い込むだろう。そうしたらあの隠居所ももういちど空き家となり、おのれの出入りも自由自在。そこが、金兵衛の狙いだったのではないかといわれている。

ただここに不思議なのは、あの秘密の金のかくし場所に、螢が二、三匹迷いこんでいたことである。

佐七はそれについてこう解釈をくだしている。

まんまと首尾よくお俊を殺したものの、そのお俊もここにいるあいだに、あのかくし場所を発見して、少しは金を持ち出しているのではないかと、そこが下素(げす)の根性で、いちおう秘密のかくし場所をひらいて、なかを調べてみたのではないか。そのとき蚊帳からぬけだした螢が二、三匹迷いこみ、それがけっきょく命取りになったのではないかと。

金兵衛もお俊の蚊帳におびただしい螢がいたのには、おどろいたにちがいないが、そんなことを、ふかく考えているひまはなかったにちがいない。と、いって、その螢を放ってしまうわけにはいかなかった。そんなことをすれば近所の疑惑をまねくは必定(ひつじょう)。そこで螢ごと池の底へ沈めるつもりだったのだろうが、ここに哀れをとどめたのはお俊である。

久しぶりに訪ねてくれた妹のお町を、お俊はせめてつぎの間へでも、寝かせておけばよかったのである。しかし、ひょっとすると夜おそく、旦那が逢いにきてくださるまいものでもないと思ったお俊は、そのときのことをおもんばかって、お町を遠くはなれた、女中のお辻の部屋へ寝かせたのである。

そこならば、京造とのあいだに繰りひろげられる、どのようなあられもない睦語(むつごと)から発する女の絶叫や男女の合唱も、とどかぬことになっているはずなのだ。そこいらにも、男に惚れた女の心の哀れさを物語っており、ひそかにその間の事情を察した佐七は、お俊をふびんと思わずにはいられなかった。

京造はのちに佐七に打ち明けたというが、先代の歿後帳面にそうとう穴があいていた。それが金兵衛の仕業(しわざ)だと知ったとき、お源は激怒して暇を出すの、縁を切るのという騒ぎがあった。そのときは金兵衛も平謝まりに謝まり、京造もあいだへ入って詫びをいれ、お源はお源で金兵衛の、白雲頭(しらくもあたま)時代いらいの忠勤にめで、一時の出来心といったんは許し、こういう騒ぎのあったことも、この三人以外に知らなかったという。

その後、さすがに金兵衛もお店の勘定に手ちがいはなかったが、そのかわりにお源の溜め込んだ老後のための臍繰り(へそくり)に、目をつけたのではないかといわれている。

こういうことは、よくよく綿密に調査してみないとわからないもので、一見石部金吉みたいな金兵衛だったが、家にいる女房子供のほかに、親子ほどとしのちがうかくし女があったらしいといわれている。しかし、そこを追求していくと下谷の伝吉の名折れになるので、佐七がよいかげんに探索を打ち切ったのをよいことにして、その女は金兵衛から搾り取った有金（ありがね）さらって、ドロンをきめこんだというが、いや、金兵衛こそ中年にして身をあやまった男の見本といえよう。

　手負いの京造とお町がかつぎこまれたとき、おりからそこへ、金をとり出しに忍びこんでいた金兵衛、出るに出られず、あげくの果てに秘密の場所をかぎあてられ、進退ここにきわまって、舌嚙み切って死んだのだろう。

　こうしてお源殺しの下手人がわかってみれば、彦三郎はむろんのこと無罪放免、その後京造の出資で江戸で小間物店をひらくことになったが、ふしぎなのはお町と京造で、お町もいったんは京造を、兄姉のかたきとして殺そうとしたほどだったが、縁は異なもの味なもの、一件落着（らくちゃく）後まもなく、和泉屋の嫁にむかえられたという話である。

「ほんまやなあ、兄さん、親分があの壁のうしろに目をつけなはったンはえらい眼（がん）や。一に眼、二に機転、三に度胸――ほんまにえらいもんだンなあ」

　これでどうやらお玉が池に、役者が四人そろったようである。

　豆六入門が文化（ぶんか）十四年の夏五月。その翌年の四月二十二日に文政（ぶんせい）と改元（かいげん）されて、これが天保（てんぽう）と名前があらたまるまで約十三年、これが世にいう文化文政時代である。

　上（かみ）には五十余人の子女をつくったという、無類の好色将軍家斉（いえなり）をいただき、江戸文化も爛熟期をとおりこして、そろそろ頽廃（たいはい）期にむかいつつあった時代のことだから、したがって世相百般も百鬼夜行（やぎょう）。腕のある岡っ引きならいくらでも、腕の見せ場のあった時代だ。

　このときに当たって神田お玉が池の人形佐七が、いささか悋気ぶかいが玉に瑕（きず）だが、そのかわり貞淑なことにかけてはこのうえもないといううえに、いたって機転のきくお粂というよき女房と、そそっかしいことはそそっかしいが、根気のよいことにかけては無類といわれる巾着の辰と、顔も長いが気もながい、それでいて妙に目端（めはし）の利く豆六という三人をあいてに、繰りひろげていく奇妙奇天烈（きみょうきてれつ）、奇々怪々な捕物噺のかずかずを、秋の夜長のつれづれのお慰みのよすがにもと、こういうことをヌケヌケとホザくもんだから、ちかごろの作者は作はへタになったが、宣伝だけはウマくなったと、悪口をきかれるゆえんかもしれぬから、まずは代は見てのおかえりということにしておこう。

黒蝶呪縛

人形佐七捕物帳

草双紙を読む佐七

——ことしのベストセラーやがな——

「もし、親分、いったいどうしたものでござんすえ。朝っぱらから、草双紙ばかり読んでいるンじや、お天道さまにたいしても、申しわけありますめえ。親分、チョッ、いやんなっちまうなあ。読みだしたら、ひとのことばも耳に入らねえンだから——。ちょいと姐さん、なんとかいっておくんなさいな」

　朝湯のかえりとみえ、濡れ手拭いをぶらさげたまま、いましも表からとび込んできたのは、おなじみの巾着の辰。格子をひらくか、ひらかぬうちから、例の早口でがなりだしたから、お粂はちょっと眉をひそめて、

「おや、辰つぁん、どうおしだえ。いやに逆上せてるじゃないか。お湯でも熱すぎたかえ」

「べら棒め、豆六じゃあるめえし、熱湯にゃ不死身のこちとらでさあ。そんなことじゃねえンで、一大事なんですよ。一大事出来」

「また、一大事かえ」

　と、お粂はいっこうおどろかない。

「おまえさんの一大事は、当てにならないからねえ。きのうなんかも、一大事って騒ぎたてるから、なにかとおもったら、おとなりの猫が仔を産んだが、いったい、どこのだれが産ましたんだろう……なんて、ばかばかしくてお話にならないよ」

「うっふっふ、いや、あれは冗談でげしたが、きょうのは正真正銘の一大事、まったくもって一大事なんで」

「どうだかねえ。とにかくここ当分はだめだろうよ。なにしろ親分ときたら、あの本に夢中で、あたしが、いくら話しかけても、まるで馬の耳に念仏なんだから」

　と、お粂もじれったそうに、物尺でがりがりと、やけに頭をかいてみせる。

　じつはお粂も、ふたりっきりの差しむかい、このときとばかりにさきほどから、さんざ鼻声で甘えてみたのだが、本に気をとられた亭主の佐七が、いっこうあいてになろうとしないから、業が煮えて、たまらぬところなのだ。

「あれ、ごらんな、ああして読みながら、ひとりでにゃにや、悦にいってるんだから始末におえない」

　と、あてつけがましいお粂のことば。

なるほど、みれば人形佐七、縁側で、十月の陽(ひ)にぬくぬくと、尻をあたためながら、草双紙のページをめくっては、しきりに、にやにやほくそ笑んでいる。

お粂ならずとも、あんまりいい図とは申されない。

「チョッ、いやンなっちまうなあ、親分、もし、親分え、あれ、まだきこえねえのかな。ええっ、じれってえ、女子供じゃあるめえし、だいの男の、しかも十手捕縄をあずかろうてえ身で、草双紙にうつつを抜かすなんて、みっともねえ話だ。もし、親分――こいつはいけねえ、まるで夢中だ。おい、うらなり、てめえもすこしなんとかいいねえな」

「へえ」

と、まのぬけた返事をしたのは、大阪うまれの豆六という男。あおくて、長くて、しなびた色をしているところから、口のわるい巾着の辰が、うらなりなる異名を奉(たてまつ)ったが、これもいま辰五郎といっしょに、朝湯につかってきたとみえ、のっぺりとした顔を、てらてらと光らせている。

「へえ、わてがなにか、いわんなりまヘンか」

と、辰五郎とちがって、これはまた、いたってのんびりとした性分だ。

「そうよ、あんなに夢中になってちゃ、御用にも差し障(さわ)りがあらあ。いいからおめえ、あの本を取りあげてしまいねえ」

「そらいけまヘン、そら殺生(せっしょう)だす」

「殺生？　なに、いいってことよ、親分がおこったら、おれがかわりに謝まってやらあ」

「いや、いややおまヘン。わてが叱られることは、なんでもおまヘンが、せっかく、おもしろそうに読んでいやはるもンを、横奪(よこど)りするなんて、そら殺生だすわ」

「なにをいやアがる。てめえやに親分の肩を持つじゃアねえか」

「いや、そういうわけやおまヘンけどな。まあ、姐さんも、兄(あん)さん――やなかった、兄哥(あにい)も聞いておくれやす」

豆六め、濡れ手拭いをわしづかみにして、にわかにひらきなおったものだ。

「あんさんがたは、どうも、趣味ちゅうもんがのうていけまヘンな。趣味のあるおかたやったら、そないな無茶なことといやはらしまヘン。草双紙ちゅうたら、そらアおもろいもんだっせ。親分さんが、あないに夢中にならはるのも、むりおまへン。だいいち、あの「胡蝶御前化粧鏡」と、きたら、いま大人気の本や。つまりことしのベストセラーやな。読みだしたらしまいまで、いっきに読まんと、おられんちゅう傑作だすねン」

「な、な、なんだと？」

豆六の逆襲に、辰は鳩が豆鉄砲をくらったみたいにおどろいたが、そばできいていたお粂も、目をまるくしてあきれた。

「おや、豆さん、おまえさん、いやに詳しいねえ。どうしてそんなこと知っているのさ」

「どうしてちゅうて、あの本はわてがこのあいだ貸本屋から、借りてきたもんだッさかいにな」

豆六がすましていったもんだから、これにはお粂も辰五郎も、あっとばかりに二の句がつげない。

「そら、おもろい本だっせ。胡蝶御前ちゅうのンは、大名のお姫さんだすが、可哀そうに、とてもみっともない顔をしてはりますのンや。その胡蝶御前に、求女とやらいう恋人がおますのンやが、この求女はまた、胡蝶御前の腰元で、雛鳥ちゅう女子に惚れてます。それがつまり、騒動の原因だしてな、さて、それから……」

と、豆六は、ほっておけば「胡蝶御前化粧鏡」全三篇を、あますところなく、語ってのけかねまじき気色だったが、幸か不幸か、ちょうどそのとき、

「ご免くだされ。人形佐七どののお宅は、こちらでござろうか」

と、格子のそとからおとなう声がした。

「あい」

と、お粂がたって出迎えれば、表にたったのは、宗十郎頭巾に、顔をかくしたりっぱなお武家。

「おお、これはお内儀でござったか。佐七どのご在宿ならば、ちと御意えたいことがござって……拙者は麻布市兵衛町に住居いたす、服部十太夫と申すもの」

と、きくなり家のなかでは巾着の辰、にわかにはっと顔色かえると、

「親分、あの一件ですせ」

「しっ！　黙ってろ！」

と、草双紙をズイとかたわらにおしやった人形佐七、辰と豆六に目配せしながら、

「お粂、お客さまを、こちらへおとおししねえ」

石になった花嫁

——おお、三蔵かえとふるえ声で——

　さて、服部十太夫という名をきいて、辰が、にわかに顔色かえたのは、ひとつのわけがある。

　ちかごろ江戸中で、大評判の花嫁紛失事件、それが、この服部十太夫という名に、おおいに関係があるのだ。

　ところで、その花嫁紛失事件というのは——

　牛込矢来町にすむ、白井弁之助というお旗本、これが業平のようにいい男で、弓衆をつとめて、お上のお覚えもめでたく、将来は亡父の跡目をついで、組頭にも昇進しようという、前途有為な若侍だが、これに良縁があって、婚礼というだんどりになった。

　あいての花嫁というのは、山吹町にある老舗、山吹屋善吉というものの娘お綾といって、近所でもなだいの小町娘だが、しかし、なにしろお綾は町家の娘だ。

　町家の娘が旗本へ、じかに輿入れをするわけにはいかない。そこでお綾の仮親となったのが、白井の家と、縁つづきになっている服部十太夫。

　お綾は十太夫の養女になって、麻布市兵衛町から牛込まで、輿入れをすることになったが、その途中、どこでどうまちがったのか、駕籠のなかから煙のように、消えてしまったのだから、さあ、大騒ぎだ。

「なにしろ、娘がひとりみえなくなったが、そのまま捨ておくわけにもまいらぬ。佐七どの、なにかよい思案はござるまいか」

　と、十太夫は、佐七に相談にきたのだった。

「へえ、あっしもその話なら、耳にしないでもありませんが、それにしてもみょうな話で。いったい、また、どういうふうにして、花嫁が消えてしまったンで？」

「さあ、それだ。それからして拙者には、とんと合点がいかんのだが——」

　と、ため息まじりに、十太夫が説明したところによると——

　輿入れの一行が、市衛兵町をでたのは暮れの六つ半（七時）ごろ、そのとき、花嫁が駕籠のなかにいたことはまちがいなかった。げんに十太夫が手をとって、お綾を駕籠にたすけ乗せたのだから。

　さて、その花嫁の駕籠をなかにはさんで、仮親の十太夫に仲人夫婦、四挺の駕籠をつらねて、牛込矢来町は白井屋敷へとついたのが五つ（八時）過ぎ。

　玄関の式台までかつぎこんで、さて花嫁の駕籠をひらいてみると、おどろいたことには、なかはもぬけのから、――いや、ちょうど手頃のつけもの石と、白無垢の裲襠が、ふうわりと脱ぎすててあるばかり。

　かんじんかなめの花嫁のすがたは、煙のように、消えてなくなっているのだった。

「なるほど、それは妙ですねえ。花嫁が石に化けるなんて、きいたこともありませんが、で、途中、変わったことはありませんでしたかえ」

「ふむ、それがじつはあるのだ」

と、白髪まじりの小鬢に、ふかい憂色をただよわせながら、十太夫がかたった話は――

　輿入れの一行は矢来へたどりつくまえに、築土八幡のそばを通りかかったが、あいにく、その晩が築土八幡の秋祭りで、付近いったい、ごったがえすような大混雑。

　そういうなかへ、いっけん、輿入れとしれる駕籠をかつぎこんだのが、不覚のいたりだった。

「やあ、嫁入りだ、嫁入りだぞ！」
　二、三人がよべば、それにわっと野次馬が雷同する。
　なにしろ、祭りの酒に、気がたっている連中だからたまらない。駕籠をたたきこわして、花嫁を引きずりだしかねまじきいきおいに、おどろいたのは駕籠舁き連だ。駕籠ひっかついだまま、てんでの方向に逃げまどう。

　そのなかで、いちばん逃げ足のはやかったのが、花嫁の駕籠で、これは三蔵、吉助といって、服部家のお陸尺がかついでいたのだが、すわ一大事とばかり、ほかの連中をおっぽりだして逃げだしたが、野次馬のなかにしつこいのが二、三人いて、どこまでもあとを追っかけてくる。

　やむなくいちじ、駕籠を小暗いものかげにかくしておいて、三蔵と吉助のふたりは、たくみに野次馬をまいてしまったが、さてそれからまもなく、もとの駕籠のそばへかえってくると、ちょうどそこへ、服部十太夫、仲人夫婦も血相かえて、かけつけてきたところだった。

「おお、ふたりともここにいたか。してして、花嫁の駕籠はいかがいたした」

　十太夫が息せききってたずねると、

「なに、大丈夫でございますよ。ほら、お嬢さまは、あそこにおいでござんす」

と、三蔵が指さしたところをみれば、なるほど、小暗いものかげにおいた駕籠のなかから、白無垢の晴れ着の袖が、すこしばかりはみだしている。

三蔵は駕籠のまえに手をつかえると、

「お嬢さん、お嬢さん」

と、呼んでみた。

するとなかから、

「おお、三蔵かえ」

と、すこしふるえをおびたひくい声で、

「気分がわるうてなりませぬゆえ、すこしもはやくやっておくれ」

「ようがす、それじゃすぐに参りましょう」

と、そこでまた、間違いがあってはならぬと、こんどは服部十太夫と仲人夫妻が、駕籠にものらず、花嫁の駕籠のまわりにつきそって、矢来の白井屋敷へたどりついたのだが、なんとまえにもいったとおり、花嫁は煙のように消失していたのである。

貞寿院様と腰元お綾

——お綾に艶書をつけた息子の武平——

「なるほど、それであらかたようすはわかりました。花嫁が抜けだしたとすれば、その騒ぎの最中より、ほかにありませんねえ。そのときあなたは、駕籠の戸を、ひらいてごらんになりませんでしたので？」

「いや、駕籠はひらいてみなんだが、花嫁がなかにいたことはたしかじゃ。げんに拙者はこの耳で、花嫁の声をきいたのだからな。いや、拙者ばかりではない。三蔵も吉助も仲人夫妻も、たしかにきいたと申している」

「旦那、ひょっとすると、お嫁さん、駕籠から抜けだし、どこか近所にかくれていて、声だけきかしたのじゃありませんかえ」

と、巾着の辰が膝をのりだしたが、それは辰ならずとも、だれしも、いちばんに考えつきそうなことだった。

「いや、そのようなことはない。そのとき拙者と仲人夫婦は、駕籠の両側に立っていたのだから、外で声がしたとすれば、すぐにも気がつかねばならぬはず」

佐七はしきりに小首をかしげていたが、なにおもった

かにやりと笑うと、

「ときに、そのときお嬢さんが、駕籠のなかからおっしゃったおことばというのを、もういちど、いってみてくださいませんか」

「おお、それはなんでもないこと。『おお、三蔵かえ』とはじめにいって、『あたしは気分がわるうてなりませぬゆえ、このままはやくやっておくれ』と、たしかにそう申したようであった」

「なるほど『おお、三蔵かえ』ですな。それから、『気分がわるうてなりませぬゆえ、このままはやくやっておくれ』でしたね。いや、わかりました。ときに、旦那はどういうご縁で、お綾さんの、仮親ということにおなりでございますえ」

「ふむ、それを話すには、この縁談のなりたちから、打ち明けねばならぬが……」

と、そこで十太夫の話したところによると、花婿白井弁之助には、貞寿院さまという叔母がある。

この貞寿院さまは、かつて大奥につかえて、なかなか羽振りをきかせたかたで、ご先代さまのお手がついたとか、つかぬとかいう噂もあったくらい、たいした権勢家で、先将軍が他界と同時に、大奥をさがって、いままでは染井に隠居している。

お綾はその貞寿院さまのもとへ、行儀見習いとしてご奉公にあがっていたが、そこへちょくちょく遊びにくるのが、甥の白井弁之助。

どちらも美男美女だから、いつしか想いおもわれるようになった。そこで、弁之助が叔母の貞寿院さまに、この恋をうちあけて袖にすがった。

貞寿院さまは、さっそくそのことを引き受けると、縁のはしにつながる服部十太夫を呼びよせて、お綾の仮親になるよう頼みこんだ。

「なるほど、それでお綾さんは、ながらくお宅においでございましたか」

「いや、いや、お綾にもりっぱな親元のあることゆえ、貞寿院さまのお膝もとをはなれるとすぐ、そのほうへさがったので、拙者の屋敷へまいったのは、婚礼の日の朝のことであった。仮親とは申せ、それは、もう、ほんの形式だけのことでの」

「なに、それじゃたった一日きりで？　……それまでいちどもお屋敷のほうへ、おみえになったことはございませんので」

「ふむ、ない。じつはそれにも、ひとつのわけがあるのだが……」

と、十太夫はにがいものを噛みくだすように、顔をしかめて、

「じつは、拙者に武平と申すひとりの息子がある。はなはだ申しにくいことながら、この武平めが、貞寿院さまお住居へ、ちょくちょくお伺いするうちに、いつしかお綾に懸想して、あろうことかあるまいことか、付け文までいたしおったと申すこと。そういうことがあってみれば、武平めに疑いのかかるのも理の当然……それに」

十太夫は首うなだれ、

「じつはだれにも語らなんだが、あの騒ぎのさいにも、ちらりと息子の姿をみかけたので、もしや武平めが恋に目がくらんで、だいそれたことを、いたしおったのではあるまいかと、そればっかりが心配のたね……佐七どの、お察しくだされ」

なるほど、服部十太夫がわざわざ、佐七をたずねてきたには、そういうふかい仔細があったのだ。

「いや、よくわかりました。それでは、さぞご心痛のことでございましょう。しかし、旦那、あなたにおたずねするのもどうかと思いますが、武平さんとおっしゃるかたは、そういうことを、なさりそうなおかたでございますか」

「されば」

と、十太夫はきっと眉をあげ、

「親の口からこのようなこと、まことに話しにくいが、あれにかぎってと拙者はかんがえている。武平めは元来、気性あらく一徹者じゃが、根は竹をわったような性分、よもやとはおもえど、しかし、これも、親の慾目といわれてみればいたしかたがない。じつは、鳥越の茂平次とやらもうす御用聞きが、お綾の親御から、付け文のいきさつを聞いたとみえて、どうでも武平めが、誘拐したものにちがいないと睨んでいるようだ」

と、十太夫は老いの目に涙をうかべ、しわばんだ頬に、さびしい微笑をきざんだ。

佐七はじっとその顔を眺めていたが、

「いや、ようがす。そういうことなら、ひとつあっしが働いてみましょう。あっしゃべつに、鳥越のにたてつくつもりはねえが、どうもすこし腑におちないところがあ

ります。ひとつ、およばずながら、探りを入れてみますから、まあ、安心していておくんなさい」

と、力強くも引きうけたものである。

草双紙読めとの忠告

――「胡蝶御前化粧鏡」を読んでみろ――


「親分、親分、あんなことをいって大丈夫ですかえ。この勝負は海坊主の勝ちのようにおもえますがねえ。チョッ、くそおもしろくもねえ、これもみんなおめえのせいだぞ」

これがほかの御用聞きならともかくも、鳥越の茂平次にせんを越されたとあっては、辰も肚の虫がおさまらない。

鳥越の茂平次、色が黒くて大あばた、一名海坊主とよばれていて、この捕物帳の憎まれ役であることは、みなさま先刻よりご承知である。

「あれ、兄さん……やなかった。兄哥、それはまたどういうわけだす」

「わけもへちまもあるもンか、このうらなりめ、てめえがつまらねえ本を借りてくるもンだから、親分も御用がおるすにならあ。海坊主みてえな鳶に油揚げをさらわれてよ、ヘン、いいざまだアな」

「そやかて、兄さん、わてはなにも親分に、読まそおもて借りてきたンやおまヘンで。読まはったンは、そら、親分の勝手や。それにまだ海坊主に、負けたときまったわけやあるまいし。あほらしい、あんまりつんつんいわんとおくれやす」

「なによ、このうらなりめ、ああいやこうと、だから贅六はきれえよ」

「これ、静かにしねえか、みっともねえ。歩きながら喧嘩をするやつもねえもンだ」

佐七は、服部十太夫を送りだしてから数刻後、にわかにおもうことあって外へでたが、このままじゃ、どこまで嚙み合うかしれぬふたりに、どうやら思案を変えねばならなかった。

「辰、こうして金魚のうんこみてえに、三人つながって歩いていても仕方がねえ。ひとつ、手分けしていくことにしようじゃねえか」

「へえ、それがようがす。で、あっしはどっちへいくんで」

「てめえはこれから、麻布市兵衛町へいって、服部屋敷の、三蔵という野郎の素性を洗ってこい」

「え、三蔵？　あのお陸尺のですかい。あいつがどうかしましたかえ」

「辰、それだからてめえは、いつになっても、一人前になれねえンだ。さっきの服部さまの話をなんときいた。お綾は駕籠のなかから、『おお、三蔵かえ』といったというじゃねえか」

「ええ、そうですよ。三蔵だから、三蔵かえというのにふしぎはありますめえ」

「チョッ、てめえはどこまで勘がわるいんだ。お綾という娘はあとにもさきにも、あの日、服部の屋敷へいったのがはじめてだぜ。それも用人か若党ならともかく、お陸尺、仲間などの名をどうして知っているンだ。それが、駕籠舁きふぜいの名をしっているばかりか、『おお、三蔵かえ』と、したしそうに呼んだのにゃ、それだけのわけがなくちゃならねえ」

「ああ、なるほど」

「へん、やっぱりちがいまンな。いくら兄さんが威張っても、そう血のめぐりがわるうてはどもならん。やっぱり草双紙でも読もうというおかたは、おツムの働きがちがいまンな」

「おい、豆六、ずいぶんつべこべいうじゃねえか。喧嘩はあとにして、てめえにもひとつ、やってもらいてえことがある」

「よろしおます。で、わての役目はどういうことだす」

「そうよ、てめえにゃ築土八幡へいって、あの晩、騒ぎだした、発頭人というやつを探りだしてもらいてえ」

「へえ、そらまた、どういうわけで？」

「豆六、てめえも辰とちょぼちょぼだな。あの晩、築土八幡でああいう騒ぎがあったのは、みんな初手から筋書きがかいてあったのよ。だから、あの晩、騒ぎたてたやつをたたいてみれば、張本人もわかろうというもの。さあ、いってきな」

「はっはっは、ざまあみやアがれ。いくら草双紙を読んでいたって、血のめぐりのわるいのはなおらねえとよ」

「ええい、もう、うるせえ。喧嘩はあとのことにして、ふたりともはやくいきねえ。おれはこれから、白井屋敷へ探りを入れて、それから矢来の藪蕎麦で待っているから、御用がすんだらふたりともきねえ」

と、こうして三人三方へとんだが、それからまもなく、矢来の白井屋敷のほとりまで、やってきたのは人形佐七、近所でたずねるまでもなく、すぐそれとわかるりっぱなお屋敷は、さすがに貞寿院様という権勢者を、叔母に持っているだけのことはあるとうなずける。

なにしろあいては、町方の手のとどかぬ旗本屋敷、しばらく、塀外をうろついていると、そのとき、門のなかから、早足にでてきたひとりの若侍がある。

年のころは二十五、六、眉のふとい、月代の濃い、骨太の、いかにも武骨いっぽうの若侍だが、ふしぎなことにこの若侍、目にただならぬ怯えのいろをうかべ、逃げるように立ち去っていく。

と、このとき、つとものかげからでてきたひとりの男――鳥越の茂平次なのである。

茂平次も佐七のすがたに気がついていたとみえ、海坊主のように黒光りのする顔で、にやりと嘲笑うような、視線をこちらに投げると、それからすたすたと、あの若侍のあとを追いはじめた。

してみると、あの若侍こそ、服部十太夫の一子、武平にちがいない。

佐七が、どうしようかと思案しているところへ、仲間がひとりそばへ寄ってきて、

「もしもし、お玉が池の親分じゃありませんか」

と、呼びかけたから、佐七もちょっとおどろいて、

「おお、いかにもあっしゃ佐七だが、そういうおまえさんは」

「わたしはこちらのお屋敷に、ご奉公しているものでございますが、ちょうどよい都合でございました。旦那さまがぜひ親分さんに、お目にかかりたいとの仰せでございまして」

「旦那さまというと、弁之助さまですかえ?」

「さようで。わたしが親分さんのことを申し上げると、それはぜひ、お目にかかりたいとおっしゃいますンで、……ちょうど貞寿院さまもごいっしょでございます」

佐七にとって、こんなありがたいことはない。

これこそ渡りに舟、おまけに貞寿院様もいっしょというのだ。

佐七が案内されたひと間には、弁之助と貞寿院が、妙

にしらけた表情をしていた。

　貞寿院様のおとしは四十ちかいのだろうが、みたところ、三十そこそこにしかみえぬ若々しさ、切り髪にして、豊満なからだは肉付きもゆたかに、白綸子の着物に、紫色の被布をかさねて、ふるいつきたいくらい色っぽい。

「おお、そちがお玉が池の佐七か、噂はかねてより聞きおよぶが、当屋敷のちかくへ姿をみせたは、おおかた、綾のことであろうな」

「恐れいりましてございます」

「なにか手がかりがありましたか」

「それが無調法でございまして、なかなか――」

「手がかりがないと申すか、困ったことよの」

　弁之助はうつくしい眉をひそめて、ふかいため息をついた。

「それについて佐七、そちにちとみせたいものがあっての、それでわざわざ呼びいれたわけだが……じつはさきほど、なにびとともしれず、このようなものを、お屋敷に投げこんでいったものがある」

　と、弁之助が懐中をさぐって、取りだしたかみきれに、書かれてある文字を読んだ佐七は、おもわずピクリと眉をうごかした。


一筆しめしまゐらせ候、わたしこと言ふに言はれぬ深い仔細あり、このまま姿をかくし申し候まま、必ず行方お訊ね下さるまじく、わたしこと所詮お嫁になれぬ悲しき身のうへ、不愍とおぼしめし候はば、何卒お見過ごし被下度願ひあげまゐらせ候

　　　　　　　　　　　　あや

弁之助さま　まゐる

「ほほう、こりゃお綾さんからですね。いったい、だれがこのようなものを持ってきたので」

「さあ、それがわからぬ。気がつかぬまに、屋敷のなかへ投げこんであったのだが、佐七、そのほうこれをどうおもうぞ」

「はて、わたくしにも、いっこう見当がつきませぬが、これはしんじつ、お綾さんの手蹟でございますか。そういたしますと、お綾さんは、じぶんで身をかくしたということになりますが、それほど深い仔細とはいったい、なんでございましょう。また嫁になれぬ身というのは、どういうことでしょうねえ」

「さあ、それがわたしも合点がいきませぬ。綾にかぎっ

て……」

と、さすがの貞寿院様も、ぽっと頬にくれないをちらした。

佐七はそこで、弁之助のほうへむきなおると、

「ときに、つかぬことをお伺いいたしますが、さきほど、このお屋敷からでていかれたのは、あれはたしかに服部さまのご子息、武平さんでございましたね」

貞寿院様は武平ときくと、すぐひらきなおって、

「おや、武平がこちらへきましたか。弁之助、そなたはなぜ、それをわたしにかくしていやる」

「いや、かくすというわけではありませんが、武平が内密にいたしてくれと申しましたので」

「ほっほっほ」

貞寿院様はあでやかに打ち笑うと、

「武平も気の弱い、いつぞやの付け文のとき、わたくしがうんといいこらしめてやったのが、いまだに腹にあるとみえる。して、武平がいったいどのようなことを申しました」

「綾を想いきれ。想いきらねば、かならずお身に不祥のことがおこるだろうと、真面目になっていうかとおもえば、だしぬけに草双紙を読んでみろなどと申します」

「草双紙？　はてな、いったい、どんな草双紙なんで」

佐七はおもわず膝をすすめた。

「そう、なんとか申しおったな。おお、そうそう、『胡蝶御前化粧鏡』とか申して、いま売り出しの草双紙じゃそうな。いや、もうたわいのないことばかり申しおったが……」

だが、それを聞いたしゅんかん、貞寿院様の顔色がさあっと朽ちていくのを、佐七はみのがさなかったのである。

手紙の中から黒い蝶
——とたんにお綾は真っ蒼になった——

「おお、豆六、首尾はどうだったえ」

それから半刻ほどのち、約束の藪で待っていた人形佐七、意気揚々とはいってきた豆六に、いきなりそう問いかけた。

「おや、親分さん、お早いおこしで。なあに、この豆六

にまかせておかはったら、親舟に乗ったンもおんなじや。首尾は上首尾、親分さんのいうとおりだす。あの晩、騒ぎをおこした張本人ちゅうのを二、三人すぐみつけましたが、そいつらのいうのには、博奕場で知りあった、三蔵ちゅう男にたのまれて、あんな騒ぎを、おっぱじめたンやちゅう話だす」

「ふむ、やっぱり三蔵だな」

「そうだす、そうだす。それでわて、さっそくその三蔵ちゅう男の、身許も調べてきましたンやが、なんでも、もと寄席へでてたことがある、芸人の成れのはてやちゅう話だっせ」

「ほほう、そいつはおおきに機転がきいたな」

「へえ、そらもう」

と、豆六はとくいの鼻をうごめかし、

「それが、飲む、打つ、買うと、三拍子そろった極道のはてが、からだに墨が入り、それから、このかた江戸じゅうの寄席はおかまい、仕方なしに渡り仲間だの、お陸尺だのと、ほうぼうを渡り歩いてる、なかなか悪のきいたやつやちゅう話だす」

「なるほど、で、寄席にいるときの芸名というのを、聞いてこなかったかえ」

「そこに抜かりがおまッかいな。風羅坊三蔵ちゅうてな、けったいな芸名が売りもンやったちゅう話だっせ」

あっと、佐七はおもわず呼吸をのんだ。

風羅坊三蔵――その男なら、佐七もたしかに知っている。
五、六年まえまで、どくとくの芸がうりもので、人気のあった芸人だ。
「ふむ、わかった。豆六、てめえなかなか如才がねえから、いまにきっと、いい岡っ引きになるぜ」

「へえ、わてもそうおもてまンねン」

と、豆六め、しゃあしゃあとして、反っくりかえったものだが、おりからそこへ、泡をくったように、おどりこんできたのは巾着の辰。

「親分、親分、一大事出来、はやく、はやく」

と、これまた、あいかわらず忙がしい男だ。

「なんやねン。兄さん、すこし落ちついたらどや」

「なにを吐かしゃアがる。これが落ちついていられるもンか。いま三蔵の野郎が、このさきを通るところなんで、はやくきておくんなさい」

「ほほう、三蔵が？」

「そうなんで。音羽に山猫お角といって、海千山千の女衒がありますが、これが三蔵の情人だという話で、あっしゃてっきりお綾さんは、このお角の手にかかって、どこかへ売りとばされたに、ちがいねえとおもうンで」

「よし」

と、きくなり佐七はさっと立ち上がった。

山猫お角のすまいは、音羽のはし、小さな銘酒屋と銘酒屋とのあいだで、そのうらがわの油障子のかげに、こっそり忍んだのは、佐七をはじめふたりの乾分。

なかでは、ぼそぼそとひくい話し声がきこえていたが、やがて、その声がしだいに高くなってくる。どうやら、ふたりの間にいさかいがはじまったらしい。

「知らないよ、知らないったらしらないよ。ばからしい、ひとを疑ぐるもいいかげんにおしよ」

と、甲走った声はお角、なにかよっぽど、腹にすえかねることがあるとみえる。

「わたしがなにかえ、あの娘をかってに売りとばして、しらぬ顔の半兵衛をきめこんでいるとでもおいいかえ。ばかも休みやすみおいいなね。わたしゃあの晩、八幡下の約束の場所で、足を擂粉木にしてあの娘を待っていたんだよ。ところが四つになっても、四つ半（十一時）になっても、娘はおろか、犬の仔一匹みえやしない。ほんとに、ねえ、三蔵さん、わたしこそおまえを疑ってみたいよ。おまえさん、いざとなって、きゅうにあの娘を、わたしにわたすのが惜しくなり、どこかへこっそり、かくしているのじゃないかえ。なにしろ山吹小町といやア、たいしたしろもンだからねえ」

ここまできけば十分だった。

佐七はがらりと油障子をひらくと、

「おい、風羅坊三蔵、どうも派手なことだな」

「ああ、お玉が池の親分」

三蔵とお角は悪党らしくもなく、たちまち真っ蒼になってしまった。

「はっはっは、むかしなじみだ、いやな顔をすることはあるめえ。おい、三蔵、あのころはずいぶん手を焼かせたもンだが、その後、噂を耳にしねえから、いいあんばいだとおもっていたが、またぞろ持病がでてきたとみえるな。それもよ、むかしとった杵柄で、腹話術の茶番狂言たあ、よく考えたなあ」

「げっ！」

　と、三蔵はみるみる唇まで真っ蒼になる。

「はっはっは、図星だろう。おれやいまでも、おめえの高座をおぼえているぜ。おめえは口をつぐんで、腹のなかで話ができるんだ。それもいろいろな声でな。舞台に人形をかざってよ、そのそばでおめえが口をつぐんでよ、腹のなかから声をだす。すると、まるで人形が口を利いたようにみえたもンだが、そいつを使って、からの駕籠のなかから、お綾さんの声をきかせるなんざどうしてどうして、考えたもンさね」

「親分、いや、恐れ入りました」

　こうまであざやかに、図星をさされては、もはやどんな言い抜けも、だめだと観念したのか、三蔵はそこに手をつくと、

「いかにも、親分のおっしゃるとおり、腹話術をつかって、みなさまの目を誤魔化したのは、かくいうあっしでございますが、けっしてわるい考えからじゃございません。みんなお綾さんからたのまれたので、やむなくやったことでございます」

「はっはっは、さっきあんな喧嘩をきかせながら、いまさらわるい考えが、なかったもねえもンだぜ。お綾さんにたのまれた、てなアほんとうかも知れねえが、そこを付け込んでお角と共謀で、あの娘をどこかへ、売りとばそうとしやアがったんだろう」

　三蔵もお角も一言もない。

「まあ、いいや、しかし、三蔵、おめえどうして、お綾さんを知っていたのだ。まえからの馴染みかえ」

「いいえ、そうじゃございません。親分、こうなったらなにもかも、お話しいたしますから、どうかきいておくんなさいまし」

　と、そこで三蔵が語った一条とは——

　あの日の朝、三蔵がお屋敷の表を掃いていると、見知らぬ子どもがやってきて、これをお嬢さんにと、ことづかったのが一通の手紙。

　三蔵はなんの気もなく、それを奥庭にいたお綾に手渡したが、お綾はふしぎそうにそれをひらいて、とたんに真っ蒼になったのである。

「はい、そのおどろきようというのが、尋常ではございません。疫病にでもとりつかれたように、唇まで真っ蒼になって、しばらく、わなわなとふるえていなさいま

したが、やがてあっしのいるのに気がつくと、このこと、かならず、だれにも内緒にしていてくれとの頼み、それからだんだんと話しているうちに、わたしはどうしても今夜の祝言はできぬ、といって、このお屋敷から逃げたのでは、服部さまにご迷惑がかかろうもしれず、なにかよい工夫はないかと持ちかけられ……」

「これさいわいと、あんな狂言を書いたんだな。するとお綾さんは、あの騒ぎに、じぶんでそっと駕籠を抜けだしたのか」

「はい、あっしが吉助をひっぱって、逃げているあいだに、抜けだす手はずでございました。しかし、それからあとどうなすったか、いっこうに存じませんので」

「ふむ。――ところで問題はその手紙だが、なにかよっぽど、こみいったことが書いてあったにちがいないな。三蔵、てめえ、それを知りゃしないかえ」

「ところが、親分、その手紙というのは白紙なんで、いえ、まったくの話が。お綾さんがおどろきのあまり、その手紙を取りおとしたところを、あっしが拾ってわたしましたので、よく存じております。紙にはなにも書いてありませんでしたが、なかに妙なものが包んでありましたンで」

「はて、妙なものというと?」

「それが親分、まっくろな蝶の死骸なんで」

「はてな、黒い蝶?」

佐七はおもわず目をそばだてたが、そのときふいに、いままでだんまりでひかえていた豆六が、頭のてっぺんから、奇妙な声をだしたものである。

「黒い蝶やて? 親分、黒い蝶におびえるなんて、『胡蝶御前化粧鏡』の趣向と、まったくおんなじやおまヘンか」

とたんに佐七もぎっくり、おもわず豆六の顔を、世にもふしぎなもののようにみなおした。

女の執着黒蝶縛り

――「胡蝶御前化粧鏡」が解いた謎――

「――と、こういうわけでございますから、この事件ばかりはせっかくながら、この佐七の手にもおいかねるかと存じます」

と、ことばすくなに語っているのは人形佐七。

あれから三日後のことで、ここは佐七がかねてひいきにあずかっている、与力神崎甚五郎のお役宅、座敷には甚五郎のほかに、招きによって服部十太夫もつらなっていた。

しばらくはふたりとも無言、いま佐七の話した物語のあまりの意外さに、ことばのつぎほも切れたかたちだったが、やがて、やっと口を切ったのは十太夫。

「お綾は貞寿院さまお屋敷にいると申すのだな」

「はい、大地をたたく槌ははずれても、あっしの睨んだ目に、間違いはないつもり。貞寿院さまお屋敷へ、踏みこむことさえできれば、なんにもいうことはありませんが、なにしろ、あいてはご先代さまのお手がついたという、噂さえあるくらいのおかたですから、これはどうしても大目付さまか若年寄さまのご支配、この佐七ごときが逆立ちしたところで、およぶことじゃございません」

佐七はべつにくやしげもなくいった。

「しかし、佐七、いまそのほうの語ったところによれば、貞寿院さまとて、べつにわるいことをなされたわけじゃなし、これは大目付としても、どうにもなりかねるともうの」

と、神崎甚五郎も思案にくれた面持ちだ。

「さようでございます。この事件には、罪とか罰とかいうものは、なにひとつないのでございます。しかし、あっしにゃ、世間ふつういうような罪より、もっとおそろしく、いやな気持ちがいたします。これこそ、人道にはずれた仕儀で」

「ふむ」

と、甚五郎と十太夫も、おもわずいまわしそうに眉をひそめた。

「しかし、考えてみればむりもないことで、貞寿院さまは大奥に、十何年というながいあいだ、住んでおられたおかた。大奥と申せば、男子禁制の女護ヶ島で、そこには、あっしなどの考えもおよばぬような、いろいろな習慣があるとやら」

「ふむ」

と、服部十太夫と神崎甚五郎は、ため息まじりに顔を見合わせた。

「なんでも聞くところによると、女同士で抱きついたり、吸いついたりなさるとやら」

と、佐七もほろ苦くわらうと、

「貞寿院さまはそういういまわしい風習が、平気でまかり通っている大奥から、お退りになったばかりのおかたでございます。そこへとび込んできたのが、小鳥のようにかわいい、だれでも抱きしめて、撫でさすってやらずにはいられないような、可愛い、いじらしいお綾さん……」

「それじゃ、貞寿院さまとお綾とのあいだに、いまわしい関係が……?」

「あったと考えちゃおかしいでしょうか。ふとどきでしょうか」

佐七につよく念を押されて、十太夫が、

「ウーム」

と、唸ったきり返事がなかったのは、かれにもなにか、おもい当たるところがあったにちがいない。

「こうして妹のように、いや、妹よりももっとちかしい、いってみれば恋人のように、愛でいつくしんでいるところへ、甥の弁之助さんがあらわれて、いとしいものを攫っていこうとする。貞寿院さまもいちじはやむないことと諦められたが、さて、お綾さんがいなくなると、きゅうに淋しさがこみあげてくる。充ち足りないものが身に迫ってくる。そこで、とうとう、祝言の日に、黒い蝶を送ったンです」

「いったい、その黒い蝶というのは、なんのまじないだの」

神崎甚五郎がふしぎそうに訊ねた。

「さあ、それでございますよ。旦那がたは、ご存じかどうかしりませんが、ちかごろ柳下亭が著わした、三冊本の合巻本に、『胡蝶御前化粧鏡』というのがございます。筋をお話しすると、胡蝶御前というのは、さる大名の姫君だが、容貌がみにくいために、縁組みがなく、髪をきって行ないすましているが、これがふと求女という色若衆を見染めてくるいだす。ところがこの求女は、胡蝶御前の腰元雛鳥といいなかで、とどふたりが、手に手をとって道行きとしゃれこみます」

「なるほど、それで……?」

「さあ、おさまらないのは胡蝶御前で、もろもろの悪鬼魔神に願をかけて、しまいには、じぶんの名にちなんだ、黒い蝶となって舞いあがり、これがふたりにつきまとって、さまざまな障碍をなすという、いわば芝居の女鳴神を、合巻本でいったような筋立てなんです」

「なるほど、そういえば貞寿院さまは、大奥にいられたころから、草双紙がお好きでいられたそうじゃ」

と、十太夫はにがにがしげに眉をひそめた。

「しかも、その貞寿院さまに、草双紙を読んでおきかせするのが、お綾さんの役だったというじゃありませんか。だから、ことのついでに、『お綾、おまえもわたしを捨てて逃げると、この胡蝶御前みたいに、黒い蝶になって、おまえをとり殺すよ』ぐらいのことは、おっしゃったにちがいありませんや。これが胸にあったもンだから、お綾さん、黒い蝶をみるとまっさおになった。じぶんもじぶんだが、いとしい弁之助さんの身に、もしものことがあってはとおもうと、矢も循もたまらない。とうとう生贄になる気で、ひそかに、貞寿院さまのところへかえっていったんです」

まったく、それはいまわしい執着、人道にはずれた、罪ならぬ罪だった。

いや罪以上の罪だった。しかもこればかりは、ご公儀の手もとどかない。

お綾は誘拐されたのではなく、みずから、黒い蝶の縛りにかけられて、身をかくしたのだから。

それにしても、牛込の築土八幡付近から、染井まではそうとうの距離、女の足ではむりである。

それにあの日の夕刻染井から、貞寿院様のおそばにつかえる、老女江浪というものがやってきて、お綾としばらく話していったというから、そのとき打ち合わせがしてあって、築土八幡のちかくのどこかに、乗り物が待たせてあったのだろう。

その乗り物に身をまかせ、お綾がかつぎこまれた屋敷の奥には、いったいなにが待っていたのだろうか。

おそらく貞寿院様のあの豊満な肉体が、肌もあらわに、道ならぬ慾望に血をたぎらせて、褥のうえで身を熱くしていたにちがいない。可憐なお綾は、この貞寿院様にいざなわれると、抵抗するすべをしらないのだろう。

彼女は蛇に魅込まれた蛙、鷲につかまれた小雀のように、貞寿院様のみだらな慾望の、餌食にされてしまうのだろう。

あわれなお綾はおそらく貞寿院様に、身につけているものすべてを、剝ぎとられてしまうだろう。そして、貞寿院様もみずからお脱ぎになると、その豊満な肉体のなかに、可憐なお綾のからだをつつんでしまうのだろう。

　こうしてお綾はいつか、貞寿院様の術中におちいっていき、われにもなく乱れにみだれ、のたうちまわり、そして、そして。……

　そこまで想像すると三人は、ふうっとふかいため息をつき、いたましそうに顔見合わせたが、しかし、世のなかには、ときにはふしぎな運命の手がはたらいて、それがどうかすると、人の世の、掟のかわりを勤めることがある。

　それから四日のちのこと、染井の貞寿院様お屋敷に、たいへんなことが起こった。

　火事が起こってお屋敷は全焼する。貞寿院様はじめ老女の江浪、女中の三人が焼死体となって発見されるで、染井のあたりはたいへんな騒ぎだったが、おなじ夜の明け方ごろ、服部十太夫の市兵衛町の屋敷では、伜の武平がもののみごとに腹掻っさばき、みずから咽喉笛を掻ききって、自害しているのが発見された。

　そして、ふしぎなことには、その離れ座敷のひと間には、憔悴しきったお綾が、昏々として眠りつづけていた。窶れはてたその顔色をみると、この三日間を、彼女が貞寿院様と、どのような暮らしをしていたか、想像されるようであった。

　おもうに武平は愛する女を、黒蝶の呪縛から解放するために、貞寿院様をころして屋敷に火をはなち、みずからはいさぎよく、割腹してはてたのだろう。

　ここに哀れをとどめたのは、海坊主の茂平次である。貞寿院様お屋敷が焼けおちて、付近を大騒ぎさせた夜の引き明けごろ、あとから思えば武平が割腹してはてたとおなじころ、貞寿院様お屋敷から、一丁ほどはなれた林のなかで、猿ぐつわをはめられ、両手をうしろにしばりあげられ、欅の大木につながれて、目を白黒させているのが発見された。

　しかし、さすがに茂平次もばかではない。かれは武平が火を放ち、お綾を扶けだすところを、縛られたまま見ていたのだが、ここにいたって、やっとことの重大さを覚ったとみえ、だれにも真相をはなさなかったから、そのころ海坊主が狸に化かされたと、江戸中もっぱら評判だった。

　お綾はまもなく、飄然として親元へかえって、そこからあらためて服部十太夫を仮親として弁之助のもとへ輿入れしたが、りこうな彼女は、身をかくしていらいのことを、ひとこともひとに語らなかったから、このいまわしい秘密を知るものは、世間に絶えてなかったという。

稚児地蔵

後ろ向きになるお地蔵様

——真夜中に石の地蔵が動くンです——

神田鎌倉河岸の横町で、伊勢海老がいせいよく、ぴんと跳ねているところを、大きく表の油障子に描いてあるところから、ぞくにいう海老床。

その海老床の腰高障子をがらりと開いて、いましも、いせいよくとびこんできたわかい男がある。

「おお、寒い、寒い。親方、まだ九月だというのに、滅法ひえるじゃアねえか」

「おや、だれかと思えば重さん、これはおひさしぶり」

「おひさしぶりもねえもンだ。どうしてまあ、こう、毎日毎日よく降りゃアがるンだろう。後の月もとっくのむかしに拝んだというのに、こうジケジケと降られちゃ、骨の髄までくさっちまわあ。それにまあ、この寒いこと……」

「あっはっは、重さん、きょうはいやに愚痴っぽいじゃアないか。なにもこちらの親方が、降らせてるわけじゃアあるめえし。まあま、こっちへきておあたりよ。親方が手焙りに、火をついでおいてくれたからさ」

「おや、だれかと思えば源さんじゃないか。あいかわらずだね」

「さようさ。烏の啼かぬ日はあっても、この源さんの海老床に、顔のみえぬ日はありませんのさ。さあさ、こっちへきてあたっていきなせえ」

いつかもいったように、江戸時代では髪結い床というのが、町内の野郎どものよい集会所みたいになっていて、横町の隠居もくれば、表通りの若旦那もやってくる。意気な鳶頭もくれば、野暮な大家の薬罐頭もやってくるというあんばいで、どこの髪結い床もご町内の男連中の、一種のクラブみたいになっていたものだが、ことにこの海老床の亭主の清七というのが、ひとをそらさぬ愛嬌者だから、いつ覗いてもふたりや三人、だれかとぐろをまいていないということはない。

ましてや、ちかごろみたいに数日まえに、九月十三夜の月、いわゆる後の月を見たというのに、いっこう天気がさだまらず、いうところの秋黴雨、連日のごとくビショビショと降りつづく秋雨に、肌寒さをおぼえること初冬のごとしという不順な天候。

こういうときに繁昌するのがご町内の髪結い床だが、

ましてやこの源さんという男、海老床にとってはご常連中のご常連、また町内の金棒曳きとしても有名な人物である。

「ときに、重さん、おまえひさしく顔を見せなかったが、どっか遠っ走りでもしていたのかえ」

「なにさ、ちょっと野暮用で巣鴨のほうでくすぶってたのさ。ときに、親方、早幕に顔をあたってもらいてえのだが、やってもらえるかえ」

「ええ、ようがすとも。こちらさんがすみしだい、やらせて貰いましょう。まあ、一服お喫いなさいまし」

「おお、そうかえ。それじゃ待たせて貰おうか。源さん、ご免よ。おまえさん、ご免なせえよ」

と、重さんは腰の莨入れをポンと抜くと、源さんの座をゆずった手焙りのそばへにじりよったが、するとそこにもうひとり先客があり、さっきから手焙りにしがみつくようにして、一生けんめいに草双紙を読んでいる、いやに顔の長い男が、その長い面をあげようともせず、

「へえへえ、どうぞお喫いやして」

と、頭のてっぺんから奇妙な声をしぼり出したから、重さん、おもわず目をまるくした。

「おや、おまえさんは上方のおかたですね」

「へえ、さいだす、さいだす」

「上方はどちらのほうで？　京ですか、大阪ですかえ」

「へえ、さいだす、さいだす」

なにを聞いても、さいだす、さいだすの一点張りに、源さんはそばでニヤニヤ笑っているが、重さんは目をまるくした。

「あっはっは、重さん、重さん」

そのときそばから吹き出しそうに声をかけたのは、いましもせっせと親方に、髪を結わせている男。

「その男になにを聞いてもむだだよ。この野郎、草双紙を読みだしたがさいご、ひとのことばもからっきし耳に入らねえンだから」

と、そういう客の顔をふりかえって、

「おや、だれかと思えばお玉が池の辰兄哥、これはお見それいたしやしたが、ときに、こちらは兄哥のおなじみさんで？」

「そうそう、重さんは半年ばかりいなかったから知るめえが、その野郎はこの春、大阪からはるばると、御用聞き修業にくだってきた、いわばあっしの弟分で、うらな

りの豆六といいますのさ」

「へへえ、このかたが……？　御用聞きに……？　それはまあ物好きな……いえさ、それはまあ、殊勝なお心掛けで」

　と、重さんは感にたえたように首をふっていたが、そんなことばが耳にはいる豆六じゃない。手焙りのうえに背中をまるくして、鼻糞をほじりながら、いやもう草双紙に無我夢中。

　巾着の辰はわらいながら、

「ほら、あのとおりだから、重さん、そいつに係かり合うのは止しなせえ。それよりおめえ、ひさしく姿を見せなかったが、どこかにいいのでもできたのかえ」

「ご冗談で。そんな粋な沙汰じゃありませんのさ。巣鴨で一膳飯屋をやっている、兄貴のところでコキ使われて、いやもう、いい男がさんざんでさ」

　と、重さんはとんと煙管をたたいたが、そこで、ふと思い出したように、

「そうそう、それで思い出しましたが、兄哥や源さんは、ちかごろの巣鴨の騒ぎを知っていなさるかえ」

「巣鴨の騒ぎ？　はて、なんのことだえ」

　と、膝乗り出したのは、町内の金棒曳きでもって知られる源さん。この源さん、一名地獄耳の源さんともいわれるくらいだから、こういう情報蒐集については、いとも熱心にして、かつ真剣である。

「あれ、源さんも知らねえのかえ、ほら、裏向き地蔵のさわぎでさ」

「裏向き地蔵？　はて、きかねえな。巣鴨に裏向き地蔵というのがあったかえ」

「いえ、そうじゃねえンで。ふだんは子育て地蔵といって、ふつうの地蔵さんですが、こいつがちかごろ、ちょくちょく、後ろむきにおなり遊ばすンで」

「うしろむきに？　じぶん勝手にかい？」

「まさか。石の地蔵がうごくはずはありませんから、だれかの悪戯でしょうが、それがあまりたびたびだから、ちかごろじゃ、裏向き地蔵だの、お化け地蔵だのって、あのへんじゃ大変な騒ぎでさ。源さん、知らなかったのかえ」

「重さん」

　辰もにわかにそのほうへ向きなおると、

「おまえもう少しくわしく、その話をしてくれねえか。

なんだか、曰くがありそうじゃないか」

「へえ、ようがすとも。あっしもどうも、ただの悪戯じゃねえような気がするんです」

と、そこで重さんの話すところによると。――

巣鴨庚申塚のほとりに、内藤伊賀守のお下屋敷がある。そのお下屋敷の塀外に、子育て地蔵とて、むかしから有名なお地蔵様がおまつりしてあるが、先月二十七日朝のこと、このお地蔵様がうしろむきになっていたので大騒ぎになった。

いったいだれがこんな悪戯をしたのかと、詮議をしたがわからない。

ともかくもったいないというので、近所の若い衆があつまって、やっこらさと元通りになおしたが、すると今月の五日の朝、またぞろこのお地蔵さんがうしろむきになっているのだ。若い衆はかんかんに憤ったが、そのままにしておくわけにもいかないので、もいちど元通りにしておいたが、するとなか七日をおいたきのうの朝、またぞろお地蔵様が裏向きになっていたから、さあ騒ぎはきゅうに大きくなった。

「悪戯にしちゃ度がすぎます。それにそのお地蔵さんというのがひとりやふたりの力で動かせるようなしろものじゃないので、いっそう気味が悪いのです。ひょっとするとお地蔵さん、真夜中になると、のこのこ動きだして、じぶん勝手にこうなるンじゃないかって、さてこそ裏向き地蔵だの、お化け地蔵だのって、あのへんじゃきのうから大騒ぎでさあ」

「へへえ、そいつは妙な話だな」

と、ようやく髪を結いあげた巾着の辰も、手焙りのそばへよって来て、

「それでなにかい、お地蔵さんがうしろ向きになるということのほかに、べつに変わったことはねえのかい」

「さあ、そんな話は聞きませんねえ」

「それでなんだっか、だれの仕業やとも、いまのところ皆目わかりまヘンのンかいな」

だしぬけに豆六が声をかけたから、重さんはわっと腰を浮かして、

「おお、おどろいた。なんだ、おまえさんは草双紙を、読んでいなすったンじゃねえのかい」

「へへへ、草双紙を読んでたかて、耳のほうはちゃんと御用を勤めてまっせ。憚りながら、さっきの悪口もみ

んな聞いてましたさかいにな」

と、豆六がいや味をならべているところへ、がらりと腰高障子をひらいて、顔をだしたのは余人ならぬ佐七の女房お粂。

「辰つぁんも豆さんも、いつまで油を売ってるんだね。御用だから早くおかえりな」

「ほい、きた。そして姐(あね)さん、事件というのはどんな事ですえ」

「さあ、くわしいことは知らないが、なんでも、巣鴨の子育て地蔵とやらのそばで、人殺しがあったそうだよ」

きいてびっくり、巾着の辰もうらなりの豆六も、さては重さんも源さんも、床屋の親方の清七も、あっとさけんで顔見合わせた。

お稚児に化けた地蔵尊

——血でほどこした死に化粧だと——

さて、その朝、巣鴨庚申塚におこった事件というのはこうなのだ。

このあいだから、へんなことのつづく子育て地蔵というのは、内藤伊賀守様お下屋敷の地つづきにある、おおきな竹藪のかげに立っているのだが、付近にはお下屋敷のほかに、たえて人家とてはなく、まことにさびしい場所(とこ)だが、その朝早く、この藪蔭をとおりかかったひとりの馬子(まご)。

馬をひいて通りながら、なにげなくひょいと例の地蔵尊を見たが、いや、おどろいたのおどろかぬの。——お地蔵さんがすっかり、お稚児(ちご)さんに化けていらっしゃるのだ。

頭にすっぽり、稚児輪(わ)に結ったかつらをかぶり、唇には紅をさし、額にはちょん、ちょんとふたつ稚児眉をいれ、いや、あっぱれな稚児さんぶり、馬子はすっかり肝をつぶした。

なにしろ、このあいだから、へんな噂のあるお地蔵さんだ。

ましてや夜の明けきらぬ藪の下道、馬子はにわかに気味悪くなり、あわててその場をいきすぎようとしたが、そのときふと目についたのが、お地蔵さんの台座のしたに、草に埋もれてたおれている男の姿。

馬子はおっかなびっくりで、

「もしもし、どうかしなすったかえ」

と、屁っぴり腰で訊ねてみたが、あいては、うんともすんともいわぬ。

馬子は小首をかたむけて、

「もしえ、お休でも悪いのですかえ」

と、草をわけて男のほうへ、二、三歩ちかづいていきかけたが、そのとたん、わっと叫んでとびのくと、さあ、もう夢中だ。

馬の尻を滅茶々々にひっぱたいて、いや、走ることはしること。――

むりもない、男はもののみごとに斬り殺されて、あたりいちめん唐紅。

やがて馬子の注進によって、村役人や野次馬が、血相かえてどやどやと駆けつけてくる。なにしろ裏向き地蔵が化けたというのだから大騒ぎ。

おまけに、そのお化け地蔵のまえでひとが殺されているというのだから、収穫まえの忙がしい季節にもかかわらず、付近のお百姓にとっては、これほどかっこうの話題はなかった。お化け地蔵のまわりはたちまち、押すなおすなのひとだかりである。

さて、村役人がしらべてみると、殺されている男というのは、ちかごろこのへんへよく廻ってくる、猿廻しで桐十郎という男。

年は四十二、三だろうが、猿廻しなどにはにあわない、おっとりした人柄の男で、めくら縞の裾を端折って、腰には竹の笞をさし、懐中には拍子木だの、でんでん太鼓だのをもっていたが、かんじんの猿はどこへいったのか、姿がみえない。

いずれにしても、ゆきずりにバッサリやられたものらしく、右の肩から左へかけて、袈裟がけに斬っておとされ、そのかえり血が、地蔵尊の蓮座から、お膝へかけていちめんにはねかえっている気味悪さ。

「それにしても変だねえ、だれがいったい、お地蔵さんにこんな悪戯をしやアがったンだろう」

と、村役人は当惑したように小首をかしげたが、すると、若い衆のなかで気のきいたのが、

「旦那、お地蔵さんのこの隈取りは、みんな血でかいたもんですぜ。ごらんなさい」

「なるほど、そうらしいな」

「それに、桐十郎という男の右手のひとさし指をごらんなすって、血がべっとりと着いておりやしょう。だからあっしゃ思うんですが、この悪戯は桐十郎のやつのしわざじゃねえかと」

「なに、それじゃこの男が、死にぎわに自分の血で、こんな悪戯をしたというのかい」

「へえ、まあ、さようで。というのはほかでもありません。あっしゃ、その稚児輪のかつらに見おぼえがあるんですが、そいつアたしかに、桐十郎のものにちがいありませんぜ」

「なんだ、このかつらも桐十郎のものか」

「そうなんで。あいつのつかう猿というのが、ほら石童丸(いしどうまる)が十八番(おはこ)なんで、よくそのかつらをかぶって踊ってたもんです」

　さあ、わからなくなった。

　してみると、ここに殺されている猿廻しの桐十郎は、下手人が立ちさったのち、いまわの際(きわ)の苦しみのうちに、お地蔵さんに血化粧をほどこし、猿のかつらをかぶせたと見えるのだが、なぜまた、ごていねいに、そんなことをしたのかさっぱりわからぬ。


　そこで村役人はじめ一同は、狐につままれたような表情(かお)をしたことだが、それからまもなく。

　庚申塚のそばにある、いたち屋という飯屋へ、

「ごめんよ、爺(とっ)つぁん、いるかえ」

　と、のれんをわけてはいって来た男がある。

　亭主の惣兵衛(そうべえ)は釣り好きとみえて、いましも、しきりに釣り竿の手入れをしていたが、あいての姿を見ると、ふしぎそうに顔をあげ、

「へえ、あっしが亭主の惣兵衛というもンですが」

「おお、おまえが御亭主か。あっしゃ神田お玉が池の佐七というもんだが、おまえさんの弟の重さんから聞いてきた。御用があればなんでも兄貴に訊いてくれというので、それでちょっと寄ってみたのさ」

「おお、それはそれは、お玉が池の親分さんでしたか。そいつはおみそれ致しました。それで御用というのは、あの裏向き地蔵の人殺しで？　いや、遠路のところご苦労さんで」

　と、惣兵衛はあわてて茶を入れながら、

「いや、どうもこのあいだから、変なことがつづきますんで、なにかいやなことが起こるんじゃないかと思って

いたら、はたしてけさのあの騒ぎで」

「そうだってねえ。お地蔵さんが、ときどき裏向きになりなすったとやら。いや、世のなかにゃとんだ悪戯をするやつがあるものさね」

「さようで、それもいちどや二度ではございません。先月の二十七日と、今月の五日ときのうの十三日とつごう三遍までやりやがるんで、悪戯にしても、どうも気味が悪うございます」

「それはそうだ。ことにけさみたいなことが起こってみればなあ。ときに父つぁん、おまえさんとこみてえな商売をしていれば、よく世間のことがわかるもんだが、おまえさん、あの桐十郎という猿廻し、あの男をよく知ってるンだろうね」

「へえへえ、知ってるというわけじゃありませんが、こちらへくるたンびに、あっしのところで飯を食っていきますンで、なじみにはなっておりました。しかし、親分、あの男が、お地蔵さんへあのような悪戯をした張本人とはおもえません。あれは猿廻しこそしておりましたが、いたってものやわらかな男で、それにあのお地蔵さんですが、ああみえてもなかなか重いんで、とても桐十郎の力で、うごかせようとはおもえません」

「それもそうだな。しかし、あの桐十郎というのは、いってえどういう男だえ。それに根城はどこにあるんだ」

「さあ、どういう男かさっぱり知りませんが、なんでも深川のほうの旅籠にいるとかで、もとはよく十四、五の、そうそうお力とか申しましたな、かわいい娘といっしょでしたが、ちかごろ、その娘が患っているとやらで、桐十郎もだいぶ力をおとしておりました」

「ほほう、するとあの男、娘があるのか」

「へえ、なかなか縹緻のよい娘でございましたが、それについて親分、あっしゃ少々、腑におちないことがございますんで」

と、惣兵衛が、にわかにあたりを見廻して、声を落としたから、佐七はおもわずギクリとする。

「腑におちねえことというのは？」

「親分、こんなこと、ひとに言ってくだすっちゃ困りますが、このさきに内藤伊賀守様のお下屋敷がございます」

「ふむ、ふむ、それはおいらも知っている」

「そのお下屋敷に、ちかごろお殿様のご愛妾で、お艶様といって、年はそう、二十七、八、いや、縹緻がいいから、ほんとはもっと年をとっているかも知れませんが、それはそれはきれいなお部屋様が、出養生にきていらっしゃる。ところがそのお艶様というのが――」

「お艶様というのが――」

「猿廻しの娘、お力とまったく瓜ふたつなんで」

聞いた佐七は、あっとばかりに息をのんだが、そのときだ、表からあわただしくとび込んできたのはうらなりの豆六で。

「親分、えらいこっちゃ、えらいこっちゃ、はよ来とくれやす」

「なんだ、豆六、騒々しい」

「騒々しいちゅうたかて、これが黙っていられますもンかいな。あの猿が見つかりましてン」

「なに、猿が！」

佐七は、はっと樽牀几から神輿をあげる。

「さいだす、さいだす。それがあんた、竹藪のなかをあっちゃこっちゃ逃げ廻る。それをまた、巾着の兄哥や村の衆がおいまわす。いや、もう、どえらい騒ぎや。ああ、しんど」

きくより佐七は、惣兵衛の釣り竿をつと手にとって、

「父つぁん、すまねえが、しばらくこれを借りるぜ」

と、釣り竿片手に、はやのれんをかきわけて、まっしぐらに外へとびだしていた。

押し絵の羽子板

――陰にこもったお部屋さまの目――


豆六の注進に嘘はなかった。

竹藪のなかではいまやえらい捕物騒ぎだ。

赤いちゃんちゃんこを着た猿が、竹のてっぺんからてっぺんへと、たくみに渡って逃げるのを、村の衆が喊声をあげて追いまわす。騒ぎがあまり大きいものだから、猿はいよいよ面食らって、たかいところで目をパチクリ。

それをまた下のほうから、

「こん畜生、すばしっこい野郎だ。猿公や、おりてこいよう。甘酒進上、畜生、これでもおりてきやがらねえか。ええ、焦れってえ！」

と、バサバサと竹をゆすぶっているのは巾着の辰、顔

中すりむいて、歯を剝きだしたところは、どちらが猿だかわからない。

そこへ駆けつけてきたのが人形佐七だ。

「辰、てめえ、そこを退いてろ」

と、覘いをさだめて、ツーッと手にした釣り竿を投げつければ、みごとに竿が猿の足にひっからんで、キーッと叫んだ猿公が、もんどりうって落ちたのはよかったが、なんとそれがお下屋敷の塀のなか。

これには佐七も弱った。

なにしろあいてはお大名の下屋敷、むやみに踏み込むことはできない。といって、猿をあのままにしておくわけにもいかないので、とにかくいちおう挨拶してみようと、その意をつうずると、あいては案外さばけていて、中へはいってかってに探せとのご返事。

そこで佐七が、巾着の辰とうらなりの豆六をしたがえて、裏木戸からなかへ入っていくと、はるかかなたの奥御殿では、白綸子の小袖に、紫色の被布をきたお部屋様が、あまたの腰元をしたがえて、めずらしそうにこちらを見ている。

佐七はそのほうへ挨拶して、塀のうちを探してみたが、そこには釣り竿が落ちているばかり、さんざんあちこち探したが、猿の姿はどこにもみえなかった。

「チョッ、親分がいらねえ真似をするから、猿に逃げられちまったじゃありませんか。あっしにまかせときゃ、みンごとひっとらえてやったものを」

と、辰は面をふくらしたが、佐七もこれには一言もない。頭をかいて引きあげてくると、そこへ近づいてきたのはひとりの腰元。

「あの、佐七どのとはおまえのことかえ」

と、だしぬけに声をかけたから、よろこんだのは佐七より、辰と豆六だ。

「へえへえ、佐七というのはそこにおります、それ、そのいい男。そしてあっしゃ一の乾分で巾着の辰と申しやす。どうぞお見識りなすって」

「それから、このわてはな、うらなりの豆六ちゅうて上方育ちのやさ男、なんぞわてにご用だすかいな」

と、ふたりがまえへしゃしゃり出れば、腰元は袂で顔をおおうて笑いながら、

「はい、ご用というのは、ほかでもございません。お部屋様が佐七どのにちょっと、お目にかかりたいとのお言

葉でございます」

「しめたッ、それじゃおいらもいっしょに」

「わてもいきまひょ」

と、目の色かえてふたりがいきおいこめば、腰元は腹をおさえて笑いこけながら、

「いえいえ、お部屋様がご用とおっしゃるのは、佐七どのおひとり、おまえ様がたは、ここで待っていてくださいませ」

と、聞いてたちまちふたりはふくれあがった。

「なんだ、つまらねえ」

「そら、殺生（せっしょう）や、あほらし」

佐七は、にが笑いしながら、

「ばか野郎、お女中が笑っていなさるじゃねえか。おまえたちはここで待っていねえ。ええ、お女中さんえ、どういうご用か存じませんが、それじゃどうぞ、ご案内をお願い申します」

「はい、ではこちらへおいでくださいまし」

と、腰元にみちびかれた人形佐七が、奥御殿のまえの蹲石（つくばい）に手をつかえれば、お艶様は座敷のなかから、にんまり意味ぶかい微笑を投げる。

なるほど、伊賀守の寵を一身にあつめているだけあって、顫（ふる）いつきたいほどいい女だ。

白魚のように光る肌、情をふくんだ瞳の色、男をさそうように濡れた唇、まるで熟れきった果物のようなみずみずしさ。

お艶様はいましも、腰元あいてに羽子板の押し絵をしていたところだが、右手に小さい鋏を持ったまま、佐七のほうへ艶（えん）ながしめをくれ、

「佐七とはおまえかえ」

「はい、佐七はあっしでございますが、なにかご用がございますそうで」

あいてが大名のお部屋様だろうが、そんなことに驚く佐七じゃない。まともにあいての顔を視詰（みつ）めれば、お部屋様のほうで鼻白んで、

「噂はかねて聞いておりました。そして猿は見つかりましたかえ」

「へえ、お騒がせして申し訳ありません。しかし猿は残念ながら逃がしてしまいました」

「そう、それは残念なことでありましたな。そして、あの猿は、けさ殺された猿廻しの猿でありますかえ」

「へえ、おおかたそうだろうと思います」

「ほんにちかごろは物騒な」

と、お艶様はよこをむいて、小裂を切りながら眉をひそめて、

「そなたも、裏向き地蔵のことは、聞いていやるであろうな」

「へえ、存じております」

「先月の二十七日と、今月の五日ときのうの朝、三度までお地蔵様が裏向きになっておいでになったとやら、おまえその謎が解けますかえ」

意味ありげなお部屋様のことばに、佐七は無言のまンま、あいての顔を視詰めている。

お部屋様はあいかわらずよこを向いたまま、

「先月の二十六日の夜、当屋敷へ押し込みがはいりました」

と、呟くようにポツリという。

「え?」

「それから、四日の晩にもまたやって参りました。そして、一昨日の夜更けにも。——押し込みはいつも三人、腰元どもをしばりあげ、屋敷中をひっかきまわしてかえっていきます。女ばかりの屋敷ゆえ、ほんに物騒でなりません」

聞いて佐七はおどろいた。

「もし、お部屋様、それはほんとの事でござんすかえ」

「だれが嘘を申しましょう」

「そして、そのことをご公儀にお届けになりましたか」

「いいえ、お屋敷の名にかかわることゆえ、腰元どもにもかたく口止めしてあります。女ばかりの屋敷へ、押し込みがはいったとあっては、どのような噂がたとうもしれず、また、お殿様の思惑もありますことゆえ」

「そしてお部屋様、あの石地蔵の、裏向きになっている前の晩にかぎって、押し込みが入るとおっしゃるンでございますね」

「はい、佐七、この謎をどうお解きやるえ」

お艶様はそこで、佐七のほうへ向きなおったが、佐七ははにわかにハタと膝をうち、

「もし、お艶様、ひょっとすると当お屋敷に、押し込みの一味の者がいるのではございますまいか」

「なんといやる」

「そして、その一味のものが、お屋敷の警固のてうすな

夜をみて、あの地蔵尊を裏向きにいたします。それが合図で押し込みが、忍びこんでくるのではございませんか」

お艶様はじっと佐七のおもてに目をそそいだが、佐七はなおもことばをつぎ、

「その一味というのは、男であれ、女であれ、きっと大力の者にちがいございません。なぜと申して、あの石地蔵を自由に、うごかすことができるのでございますから」

とつぜん、お艶様の手から、チリリンと音をたてて鋏がおちたが、そのせつな、佐七はこのうつくしい女の瞳に、なんともいえぬ恐ろしい、殺気のほとばしるのを見たのである。

藪を渡る小猿の影

——飛んで火にいる侍二人——


その夜更け——。

裏向き地蔵のうしろの竹藪で、黙々とうごめいている三つの人影があった。

時刻はすでに九つ（十二時）過ぎ、ちぎれちぎれにとぶ雲の間を、つめたい月があわただしく走って、おりおり寒い北風がさっと藪をならしていく。

三つの影は肩をすくめて、うずたかくつもった落葉のなかに蹲（うずくま）っていたが、そのうちにひとりが、

「親分、親分」

と、おし殺したように声をかける。

「なんだえ、辰、あまり口を利かねえようにしろ」

「へえへえ、ですが、親分、今夜あの地蔵がうしろを向くというのは、そりゃほんとのことでござんすかえ」

いうまでもなくこの二人は、人形佐七と巾着の辰、それからもうひとりはうらなりの豆六だ。

「そうさな、今夜とはっきり言いきることはできねえが、そのうちにきっと、うしろを向く晩があるにちがいねえんだ」

「すると、なんでッか、お地蔵さんがうしろを向かはるまで、わてら毎晩こうやって張り込んでな、なりまへンのンかいな。やれやれ」

「そうよ、これも御用だ、辛抱しろ」

と、佐七がたしなめているおりしもあれ、お下屋敷の裏木戸がギイとひらくと、なかから出てきたのは数名の

武士。

　足音をしのばせて地蔵尊のまえまでくると、そこでヒソヒソなにやら囁き交わしていたが、やがて一同力をあわせて、やっこらさとお地蔵さんをうしろ向きにしたから、藪のなかの三人は、固唾（かたず）をのんで手に汗握った。

　そんなこととは知らぬ侍たち、

「どうだ、これでよかろう」

「ふん、まさかわれわれがやったとは思うまいな」

「これでやってきたら、こっちのものさ。はっはっは、飛んで灯にいる夏の虫とはこのことよ」

　侍たちはてんでに語りながら、またこそこそ下屋敷へかえっていく。

　そのあとで唖然と顔見合わせたのは辰と豆六だ。

「親分、地蔵がうしろ向くとはこのことですかえ」

「そうよ。しかし芝居はこれでおわりじゃねえ。もうすこし辛抱してろ」

　あとは無言で小半刻（こはんとき）、寒いのをがまんして待っていると、藪のむこうからやってきたのは六十六部、裏向き地蔵のまえまでくると、ぎょっとして足をとめたが、やがてうしろを振りむいて手をふれば、すたすたと近づいてきたのは、乞食のような浪人とひとりの虚無僧（こむそう）。

　三人はしばらく、裏向き地蔵を指さして、なにやらヒソヒソと囁いていたが、やがてなかのひとりが、

「よし、やっつけよう」

と、力強くうなずけば、すぐさま三人は荷物を投げだし、黒頭巾で覆面をすると、抜き身をさげて、スルスルとお下屋敷のほうへしのびよったが、やがてひらりと塀を乗りこえ、あっというまもない、姿は塀のむこうへ消えた。

　これをみて、いよいよ肝をつぶしたのは、うらなりの豆六、目をパチクリとさせながら、

「親分、こらいったいどういうわけだす」

「さあ、おれにもよくはわからねえが、いまにひと騒動おこるにちがいねえ。辰」

「へえ」

「てめえは身が軽いから、どこかへのぼって屋敷のなかを見ていねえ。なにか変わったことがあったら、いちいちおれに報（し）らせるんだ。だが、けっして大きな声を出しちゃならねえぞ」

「おっと、合点だ」

スルスルと手頃な竹によじのぼった巾着の辰、小手をかざして塀の中をうかがっている。

「なにか見えるか」

「いえ、もう、真っ暗で、なにがなにやらわかりません」

だが、そのことばもおわらぬうちに、ガラガラと戸のあく音がした。と、おもうと、とつぜん、けたたましい叫び声、つづいてチャリンチャリンと剣のふれあう物音。

　佐七は気をいらって、

「辰、どうしたんだ、なにも見えねえのか」

「お、親分、た、たいへんだ。いましのびこんだ三人が、大勢の侍にとりかこまれて大乱闘だ」

　闇をつんざく雄叫び、剣戟の音、辰はむちゅうになって竹のうえから、

「ああ、やってる、やってる。三人もなかなかの使い手だが、あいてはああ大勢じゃかないっこねえ。あっ、虚無僧がやられた」

　うわっと闇をひきさく断末魔の悲鳴。

「あっ、畜生、大勢かかって、ズタズタに斬りつけやアがる。卑怯なやつらだ。あっ、こんどは浪人が危ねえ。しまった！」

　辰がさけんだ拍子にまたもや悲鳴、おそらく浪人がやられたのだろう。

「畜生！　いまいましいな。大勢かかって膾にしやがる。のこるは六十六部ただひとり。ああ、これは強いな。ひとり、ふたり、三人、またたくまに五人斬りふせた。えらいぞ、六部、しっかりやれ。あっ、こいつはいけねえ」

「辰や、どうした、どうした」

「お部屋様め、半弓を持ってきやアがった。六部の胸板ねらっている。あっ、残念！」

　ううむという悲鳴がきこえてきたかとおもうと、ふいに屋敷のなかは、ピッタリと静かになった。

「辰、辰、どうした、なんとかいわねえか」

「お、親分、ざ、残念だ。六部の大将、お部屋様のはなった矢に、胸板をつらぬかれて死んでしまった。ああ、畜生、なんてひでえあまだろう。死んだ三人を足蹴にしてやアがる。外面女菩薩、内心如夜叉とはあのあまのことだ。畜生々々！」

　と、辰五郎、むちゅうになってくやしがっていたが、そのうちにどうしたのか、

「うわっ！」

と、叫ぶと、竹のてっぺんから真っ逆さまにおちてきたから、おどろいたのは佐七と豆六。

「こら、辰、どうしたんだ」

「なんだかしらねえが、くろい生き物が塀のなかからとびだしてきて、いきなりあっしの顔にとびつきやがったんで、ああ痛え」

「なに、くろい生き物？」

佐七はぎよっと藪の梢を見あげたが、そのとき、月光をあびた藪のうえを、ひらりひらりと渡っていくのは、まぎれもなく一匹の猿だ。

「ほんまや、ほんまや、昼間の猿やでえ、いままでこのお屋敷のなかに隠れていよったンやな。そやけど、親分、あの猿、なんや持ってるやおまへンか」

いかさま、猿は小脇に妙なものを持っている。

羽子板なのだ。

昼間お部屋様が、押し絵をしていたとおなじ羽子板なのだ。

猿はそれをかかえたまま、藪をわたってみるみるうちに姿をかくしたが、そのときだ。

屋敷のなかから、お部屋様の絹をさくような叫び声――

「あっ、羽子板――羽子板がない！」

それをきくと人形佐七、おもわずぎょっと瞳をすぼめたが、すぐはっとしたように、

「辰も豆六もはやく逃げろ、つかまるといのちがねえぞ」

と、そこで三人、竹藪のなかからとび出すと、雲を霞と逃げ出した。

うしろのほうに、けたたましい追っ手の跫音をききながら――。

内藤藩のお家騒動
――お三方の修羅の妄執晴らして――


その夜、佐七はまんじりともしなかった。

あの裏向き地蔵の謎を、お部屋様に解きあかしたのはかくいうじぶん。そして、お部屋様はその謎をぎゃくに利用して、あの三人をおびき寄せ、ずたずたに斬り殺したらしい。

いずれが善、いずれが悪と知らないが、こんやの事件の責任が、おのれにあるとおもえば佐七はなんだか寝覚めが悪い。夜中うなされつづけたが、翌日、午近くなって起きでると、すぐ呼びよせたのは巾着の辰と豆六だ。

「ちょっと、おめえたちに頼みてえことがある」

「へえ、へえ、どういうご用で」

「じつは、深川の旅籠をかたっぱしから洗って、お力という女の子を探しだして貰いてえんだ」

「へえ、お力というと？」

「殺された猿廻しの娘。年のころは十三か四、顔はお艶様にいきうつしだそうだ」

「へへえ」

「それからこれはあて推量だが、ゆうべの猿がその娘のもとへ、かえってやアしねえかとおもうんだ。もしかえっていたら猿もいっしょに、そうさ、おいらはこれから八丁堀の旦那のところへお伺いするから、そこへつれてきてくれ、わかったな」

「おっと、合点だ」

と、ふたりがとび出したあとで、衣服をあらためた人形佐七が、やってきたのはおなじみの与力、神崎甚五郎のお役宅。

甚五郎はそのとき、あたかも人品のいい若侍と密談の最中だったが、佐七がきたときくと若侍と相談して、すぐさまその場へ呼びよせた。

「佐七か、よいところへ参ったの。みれば顔色がすぐれぬようすだが、どうかいたしたか」

「へえ、そのことについて、じつは旦那に、お伺いいたしたいことがございますので」

「なんじゃ、申してみよ」

「はなはだつかぬことをお伺いいたしますが、内藤伊賀守様ご家中のことについて――」

と、きくなり若侍ははっと顔色かえたが、甚五郎もおどろいて膝をすすめると、

「佐七、どうしたのじゃ。内藤藩のご家中になにか不審なことでもあったのか」

「へえ、じつはこういうわけで」

と、きのうからのいきさつを、つぶさに語れば、そばにひかえた若侍は、みるみる顔色あおざめて、

「なんと申す。それでは、お三かたには非業のご最期、ああ、非業のご最期とな」

と、あまりひどい剣幕にこんどは佐七がおどろいた。

「へえ、そうですが、しかしあなたさまは？」

「佐七、よくきけ、なにを隠そうこのかたは、鵜殿源八郎どのと申して拙者の朋友。内藤家のお国家老、鵜殿頼母さまのご嫡子じゃ」

「ええっ？」

「きょうここへみえられたは、いまそのほうの申した、お三かたの行方捜索のため。しかしきけばそのお三かたは、昨夜あえないご最期とやら」

甚五郎もしばらく暗涙をのんでいたが、やがて源八郎と相談のうえ、佐七にうちあけた内藤藩の内情とは、およそつぎのとおりである。

内藤家の当主伊賀守には、年来子供がいなかったので、数年まえ舎弟大学を世嗣とさだめ、その後見を鵜殿頼母にまかせてあった。

ところが昨年の春ご奉公にあがった、お艶という素性もあやしい女に手がつき、そこに産まれたのが菊千代君。さあ、これが騒動の原因で、菊千代には江戸家老、斑鳩玄蕃があとおしして、目下家中はふた派にわかれてやっさもっさの大騒ぎ。

「われらとても、菊千代君がまこと殿のお胤とあらば、なんでいなやを申そう。しかし……」

と、源八郎も語りかねる事情というのは、菊千代の出生にはすくなからぬ疑惑がある。悪家老とご愛妾、よくあるやつだ、どうやら菊千代は玄蕃の胤らしいのだが、しかも家中にはそれと知って、玄蕃に味方するものもすくなくない。

その一味徒党の連判状を、お艶のかたが所持しているという噂。

そこで前島、後藤、井上という三人がわざと主家を浪人して、連判状をうばう機会をねらっていたのだが、ここに都合のいいことにあのお下屋敷の用心棒に、鳴神為右衛門という角力くずれの男がある。

これがお部屋様の味方とみせて、じつは鵜殿がたの間者だが、その手引きで、下屋敷へしのびこむことになった。

その合図が裏向き地蔵。

じつはじめからあんなことをするつもりではなく、さいしょはお地蔵様の涎掛けをうらがえしにするだけだったが、それだと、どうかすると通りがかりの村人が、もとどおりに直してしまって、うまくいかぬことがある。

そこでだれにも手がつけられぬようにと、鳴神の大力で裏向き地蔵。なるほど、これじゃめったに動かせない。

こうして三度まで、警固の手薄なおりをねらってしのびこんだが、ことごとく失敗、連判状のありかはわからぬ。

そこへもってきて佐七の明察だ。

お艶様もはじめて、裏向き地蔵と押し込みとの因果関係をさとると、すぐさま鳴神を殺してしまい、その合図をぎゃくに利用して、三人を誘いよせると、むざんにもなぶり殺しにしてしまったのだ。

こうして事情がはっきりわかると、佐七ははっと胸をつかれるおもい。知らぬこととはいいながら、じぶんがうっかり喋舌ったばっかりに、忠義な武士が三人まで、悪人の術中におちいったのだ。

とりもなおさず、あの三人を殺したは佐七も同然。かれはしばしきっと唇をかんでいたが、やがて決然とおもてをあげると、

「鵜殿さま、なんとも申し訳ないことをいたしました。しかし、この埋め合わせはきっとつけます。悪人ばらの連判状、かならず手にいれ、お三方の修羅の妄執きっとはらしてお目にかけます」

と、きっぱりといいきったが、そのときだ。

草履もぬがずにこの座敷へ、泡をくってとびこんできたのはうらなりの豆六。

「親分、えらいこっちゃ、えらいこっちゃ」

「ひかえろ、旦那のまえだぞ。なんという態だ」

「そやかて、そやかて、兄哥とお力ちゅう娘が、お部屋様の一味にかこまれ、いのちが危い、いのちが危い」

と、あとは手放しで泣きだしたから、佐七は顔色かえてすっくとばかりに立ち上がる。

隅田川白昼の乱闘

——お玉が池の親分、やあれ、日本一——


泣きじゃくる豆六をさきに立て、それからすぐさま、八丁堀をとび出したのは、佐七をはじめ神崎甚五郎に鵜殿源八郎。

みちみち、豆六の語るところによるとこうなのだ。

ふたりはなんなくお力の居所(いどころ)つきとめて、さいわいかえっていた猿もろとも、八丁堀へかけつけようとしていたが、一歩、旅籠をでたときだ。バラバラと三人を取りかこんだのは数名の武士。

娘と猿をこちらへわたせという、いやだという、二、三度押し問答をしているうちに、侍がいっせいに刀を抜きはなったから、おどろいたのは豆六だ。とっさの機転の砂礫(すなつぶて)、こいつが目にはいったからたまらない。

侍たちがまごまごしているそのすきに、

「豆六、逃げろ、逃げて親分を呼んでこい」

という、辰のことば。心得たりとばかりに、宙をとんで駆けつけてきた豆六なのである。

「そいでも、もうあきまへンわ。兄哥はきっといまごろ、膾(なます)みたいに斬られて死んでるにちがいおまへン。こんなことなら、わてもいっしょ死んだらよかった。ああ、兄哥、兄哥」

と、おろおろ声の豆六が、さきにたってやって来たのは永代橋(えいたいばし)、見ればそのへんいったい、黒山のひとだかりだ。

みんな河の中を指さして、あれよあれよと騒いでいるから、なにごとだろうと豆六は、ひょいと河のなかを見おろしたが、とたんにあっと佐七にしがみついた。

「親分、親分、あそこや、あそこや、兄哥があそこにおりまんが。兄哥やあい、兄哥！」

その声に、一同が橋の欄干から下をみれば、いましも上手のほうから片肌ぬいで、えいや、えいや、と、死にもの狂いで舟を漕いでくるのは、まぎれもなく巾着の辰。

みれば髪振りみだし、小鬢はさけ、唇のはしから血が流れているのは、よほど暴れまわったものらしい。その舟のなかで、小猿を抱いてふるえているのが、お力という娘であろう。

娘がふるえるのもむりではない。すぐうしろから抜き身をさげた侍が三艘の舟で追ってくる。

佐七はたちまち血相かえて、永代橋をひとっとび、あとへ戻るとタタタタと河岸をおり、つないであった舟にとびこんだが、むろん、神崎甚五郎も鵜殿源八郎もおくれはしなかった。

豆六もさっとあとからとび移る。

「辰、しっかりしろ。いま助けにいくぜ」

大音声(だいおんじょう)に呼ばわると、橋のうえやら河岸をうめてい

た野次馬連中、

「あれあれ、あれゃお玉が池の親分だぜ」

「ほんにちがいない。親分、たのンまっせ」

「やあれ、日本一！」

などと、いい気なもの、桟敷（さじき）に坐って芝居でも見ているつもりらしい。

巾着の辰もその声に、ようやく佐七に気がついたが、なにしろ精も根もつきはてているから、心ばかりはあせっても、思うように櫂（かい）があやつれない。

追っ手の舟はみるみるうちに近づいてくる。

やがて舟と舟とがすれすれになる。

と、太刀ふりかぶったひとりの侍が、ひらりとこちらへ飛びうつったから、佐七も野次馬もあっと息をのんだが、そのとたん、侍の顔をめがけておどりかかったくろい生き物。ふいをくらった侍は、きゃっと叫んであおむけざまに水のなかへひっくりかえったから、さあ、野次馬は大喜び。

「態（ざま）ア見やがれ」

「水でもくらって往生（おうじょう）しろ」

こういう騒ぎのうちに、佐七の舟は、スルスルと三艘の舟へちかづいていったが、その艫（へさき）に突っ立っている鵜殿源八郎の姿をみると、追っ手の侍はにわかにはっと顔色をかえた。

「おのおのがたはこの娘をなんといたさるる。お望みなれば鵜殿源八郎がおあいて申す。参られよ」

と、ズラリと長いのを抜きはなてば、言いがいもなく、三艘の舟は、たちまちくるりとあともどり、雲を霞と逃げさったから、いよいよこれからと楽しみにしていた見物は、すっかり拍子ぬけの態（てい）。

稚児猿塚の由来記

——桐十郎はなぜ地蔵に稚児化粧を——


「お力ちゃん、おまえたしかにお力ちゃんだな。おお、いい子だ。おまえの身のうえ話をきいてえのだが、さあ、みんなの前で話してごらん」

ここは八丁堀のお役宅。

あれからすぐ引き返してきた一同は、お力をなかに固唾をのんでひかえている。なるほどお力はお艶様にいきうつし。可愛い手で、しっかと小猿を抱きしめていたが、それでも、佐七に問われるままに、ポツリポツリと語りだした。

お力の父、あの猿廻しの桐十郎は、もと桑名の廻船問屋、いかり屋という大店の主人だったが、妖婦お艶にひっかかったのが運のつき、すっかり身代をたたきつぶして、はては乞食のような境涯に落ちてしまったが、ひどいやつはお艶で、店がつぶれると同時に、亭主と娘をほうりだして姿をかくした。

それがいまから八年まえ。

それからのちの桐十郎こそあわれだった。

幼い娘をかかえて猿廻し、津々浦々、お艶の行方を求めてさまよい歩いたが、はからずも江戸であったその女は、あろうことかあるまいことかお大名のおもいもの。

しかし、それでもまだ、お艶のことを思いきれなかった桐十郎は、ついにあの夜お下屋敷へ忍びこんで、お艶に会ったのだが、そこでどういう話があったのか、ともかくそのかえり、お部屋様の一味のものに、バッサリ斬られて死んでしまったのである。

「なるほど、それでこの娘が、お艶の方の娘と、あいわかったが、しかし、これぐらいのことで、殿の寵愛あつきあの女を、とっちめることはよもやできまい。お艶の方の容色におぼれきったわが君、過去にどのようなことがあったとて、とても手離さるることはあるまい。やはり連判状がないときは――」

と、鵜殿源八郎は期待がはずれてふかいため息。

佐七もそれを聞くとなるほどと、当惑したように膝をなでていたが、ふと目についたのはいちまいの羽子板、

佐七はそれを手にとり、

「お力ちゃん、猿がもってかえったのはこの羽子板かえ」

「はい、そうです、小父さん」

と、お力は目をうるませて、

「この猿は石童丸がとくいでしたが、石童丸はご存じのとおり稚児姿、そこでこの猿は稚児姿さえみればわが影かとなつかしがって、手離さぬのでございます」

みればなるほど、その羽子板の押し絵は、この春、坂東しうかがあてた五条橋の牛若丸。さてはお艶様はしうかがごひいきとみえる。

佐七はしばし、牛若丸のうつくしい稚児髷や、紅い唇、さては霞のように匂やかな稚児眉を見つめていたが、に

わかにハタと膝をたたいて、

「ああ、わかった、わかった」

と、叫んだから、おどろいたのは一同だ。

なにごとかと佐七の顔を見かえれば、

「わかりました、なにもかもわかりました。桐十郎が死ぬまぎわに、なぜ地蔵尊に稚児化粧をしたのか、また、お艶様がゆうべ、この羽子板を盗まれて、なぜあのように大騒ぎしたのか、さてはまた、さきほどの侍たちのすごい剣幕、白昼をもおそれぬあのふるまい、なにもかもわかりました」

と、よろこびを瞳にたたえた人形佐七、源八郎から甚五郎、さては辰五郎や豆六まで、見かえりながら、

「みなさん、よくお聞きなさいまし。お艶様はあの晩、桐十郎にむかって、あいそづかしのことばのついでに、お家横領のわるだくみや、さてはまた連判状のありかまで、とくいになって、喋舌(しゃべ)ってしまったにちがいありません」

「なるほど、それで……?」

「どうせ、あとで殺すのだもの、大丈夫と思ったのが運のつき。かわいさあまって憎さが百倍の桐十郎は、死のまぎわに、忠義なひとに連判状のありかを、教えようとしてやったのがあの地蔵尊の稚児化粧、つまり連判状は、牛若丸の羽子板に、かくしてあるとの謎でございます」

と、ベリベリと押し絵をさけば、なかからあらわれたのは連判状のみならず、お艶と玄蕃がとりかわした艶書のかずかず。

それを読むと菊千代が、ふたりの仲の子供だということまで、一目瞭然だったから鵜殿源八郎、ハラハラと泪をながして、佐七のまえに手をついた。

こうまで証拠がそろってはたまらない。

さすがの伊賀守様もほんぜんと目がさめたが、ことの破れをさとったお艶と玄蕃は討手(うって)のものが、くるまで待ってはいなかった。

菊千代を刺し殺しておのれらも、みごとに自害してはてたという。

お力はそののち、鵜殿源八郎にやしなわれ、のちに剃髪(ていはつ)して、ささやかな庵室をいとなんだが、その庵室のうらに一基の塚あり、銘して、
稚児猿之塚――

人形佐七は横溝家（わがや）の天使

野本瑠美

わが家のピンチの時にやってきて、苦境を救ってくれるのは、人情味あふれて、ちょっと惚れっぽい人形のようにいい男、神田はお玉が池の腕利き御用聞きこと人形佐七。

わが家のピンチを察すると、天からか、江戸からか、翼ならぬ辰と豆六を従え駆けつけて、ピンチをチャンスに変えて去ってゆく。

ピンチとピンチがぶつかって

異なるピンチがぶつかったら、いったいどんなことが起こるのでしょうか……?

娘からすれば、まさにドラマ。本人の父は、生来のオッチョコチョイのなせるわざ……などと、後々言っておりましたが、どう見ても、背に腹かえられないピンチだったと思うのですが。いえいえ、おおどかな時代だったのでしょうか……、友情の結晶とでもいうのでしょうか……、人形佐七の誕生は!!

時は昭和十年。当時死病と恐れられていた肺結核患者の父は、江戸川乱歩氏、水谷準氏をはじめ、「新青年」編集に携わっていた時代の友人知人から、驚くべき好意と忠告をうけて、富士見高原療養所へ入所。厳しい療養期間をおえた後、更なる皆さまのご助言とご好意をいただいて、信州の上諏訪で、家族まじえての療養生活をはじめる。家を借り、家族四人の生活費一切もご援助いただいての転地療養生活。なんと素晴らしい友情に支えられた、幸せな人であること!!

ようよう病状も安定して、書きたい気持ちいっぱい。皆さまのご恩に報いたい思いいっぱい。そこで、医師の忠告に従って、一日三十分、一枚二枚と書き綴ったのが「鬼火」。絶対安静の間、頭に溜まりにたまったのが噴出してのことだろう。やっと、「新青年」に掲載までこぎつけて、新聞には大広告! 父と母は、涙して喜んだという。

ところが喜びも束の間。世の中、モダンボーイ振りの編集長時代とは大違い。戦争への機運高まり、国は国民の自由な発言や表現に厳しい取り締まりをはじめていた。目をつけられたのが「鬼火」のある表現部分。削除せよとのお達し。父本人のショックはいかばかりか。更に父を苦しめたのは、掲載された「新青年」を全部回収して、頁を破りとるという事態。博文館には勿論、当時編集長だった恩ある水谷準氏に、多大な損失とご迷惑をかけたという重荷で、心身喪失におちいった。その果て、母に迫ったという。

「一緒に、湖水に身を投げよう」と。

後々、その時のつらさ悲しさを、母は幾度となくもらした。どのように母が諌めたのか聞いていないが、立ち直った父は、挑むように書き続けた様子だ。

ここで、是非とも記しておきたいことがある。父の創作の仕方の原点がこの時期にあると、末っ子娘は思っているから。

父は、一字一句全てを頭の中で構築して書きあげていく。この頭の中での構築作業が、一瞬の物音で崩れる危うさを防ぐために、静寂を保つのが、我が家の自然に身についた生活の仕方であった。阻まれた時の怒りの爆発は、相当なものであった。たとえ、子どもの友だちであれ、母の友人であれ。今では、みなさん笑い話にしてくれるけれど。

当時の肺結核治療法は、栄養を取り、新鮮な空気を吸い、絶対安静を続けるのみ。ひたすら横臥している父の頭が、ぼーっとしているわけもなく、頭脳はフル回転。ペンを持てなければ、頭の中で作り上げるぞと、練りに練って、宙で完全に作り上げていったにちがいない。一字一句おろそかにせずに。その身に着いたテクニックは、生涯、驚異的に続いた。あの複雑なトリック、複雑な人間関係、複雑なストーリーを書き上げるのに、メモをとったり、ノートを作ったりしている父を見たことがない。実際、残されてもいない。よく、驚異的な記憶力の持ち主といわれるけれど、それは、絶対安静の折にも消えることのなかった創作意欲のなせる技ではなかったかと、およそ父の頭脳を譲り受けていない末っ子娘は思っている。

さて、昭和十一年、こんな父のもとに、一通の手紙が届いた。父から水谷準氏へとバトンが渡された「新青年」編集長の座は、乾信一郎氏に継がれていた。その乾氏からの手紙であった。

手紙の内容はこんな感じ。

捕物帳を書いてみないか。病気回復期に書くには軽くてよいのではないか。当局からも睨まれていないから……と。小包の中身は、佐々木味津三「右門捕物帳」、岡本綺堂「半七捕物帳」、野村胡堂「銭形平次捕物帳」に加えて、江戸研究第一人者である三田村鳶魚「捕物の話」など数冊。

なんと行き届いたお誘いであること！

時代物などとても書けないと思いながら、次々読んでいるうちに、自称、生来オッチョコチョイの父の心はムクムクと動いて、早速、博文館に勤めている弟に、古本屋で江戸地図をみつけて、至急送れと言い出している。

こんな経緯で書き始めたのが、「不知火捕物双紙」であるらしい。やがて、興が乗って登場するのが、わが人形佐七。

ここで面白いというか、愉快というか、身につまされるというか、乾氏もまた、最大のピンチに陥っていたらしいということだ。

ことの次第はこんな具合。

「新青年」編集長として腕を振るっておられた乾氏に、同社の別の雑誌「講談雑誌」の編集長となって、落ち目の雑誌を救うよう、上司からの命令が下った。さあ、乾氏は頭をかかえた。「新青年」と「講談雑誌」の性格は水と油。

乾氏の言うところによると、洋服屋に着物を仕立てろ、と言われたようなものとのこと。

父と若くして急逝なさった親友渡辺温氏とで変身した超モダンな「新青年」から和風の雑誌への異動命令は、乾氏にとって、相当なショックだったらしい。もともと乾氏は、斬新な「新青年」の愛読者で、翻訳投稿をしていた、自称不良大学生であったとのこと。この時編集長をしていた父と意気投合して、いつの間にやら入社してしまっていた、というのだから。

ここで乾氏は、徹底的に純然たる和物で勝負しようと大決心。あれこれやってみた挙句思いついたのが捕物帳。探偵小説の髷物版でいこうと。さて、ここで困ったのが書き手は誰に……思いあぐねた末が、探偵小説を書いたり翻訳をしたり、その上歌舞伎好きな父であった。興味をもってくれたらいいなあ、と送ったのが前述の手紙と小包だったわけ。

なんと、返事は「オーケー」。

これを機会に、父は書く喜びも満たせ、収入も得られた。ピンチとは言え、控えめで心行き届いた作戦勝ちの乾氏も、アイデアが次々に当たって、「講談雑誌」の部数を増やしに増やしたというのだから、アッパレ、ピンチとピンチが大反応を起こしたという美談。

この時、一番胸をなでおろしたのは母だっただろう。いいえ、幼い兄の心もまた。なぜなら、幼い兄は、家でぶらぶらしている父に、駅員をしているお友達のお父さんに、何か仕事を見つけてもらうよう頼んであげようかなどと言う、親孝行息子だったらしいのだから。

乾氏も父も、テレ屋さん同士。終生あの時は……なんて言いあったこともないだろう。会えばニコニコ楽し気で何気ない様子。戦後成城に落ち着いて以来、出不精の父のために、度々、大勢の方々がお集り下さった。

その中で、乾氏は、いつも静かに座していらっしゃった。お若い頃を知らない子どもの目から見ても、控えめで静かなスマートおじさまでいらっしゃった。この頃の楽し気なお集り風景のことは、またいずれ。

父が捕物帳を書きはじめたことに、乾氏が、何らかの関係を持っていたことは、ぼんやりと聞き知っていたけれど、まさか、乾氏の大ピンチのなせる結果であったとは！

このことを知ったのは、父が亡くなって後、母に送られてきた、氏のご著書「新青年の頃」を拝読してからのこと。

父も、どこかで、捕物帳のおかげで、戦時中も不自由しなかったと、書き残している。

おかげで、戦時中のわが家のピンチも、人形佐七に救われたというわけである。

人形佐七のお告げか……？

時は昭和十三年〇月△日のこと。「羽子板娘」の事件を見事解決して、世に躍り出たのが、神田はお玉が池の御用聞き人形佐七。今で言うイケメンの二十二歳。そして、わたしこと末っ子娘が生れたのが、翌年昭和十四年の六月。この年、捕物帳の始祖岡本綺堂が亡くなっている。このあたり何か因縁めいていると、勝手に思っているのだけれど。時を経ること十年、この末っ子娘は、日本捕物帳作家クラブ結成記念に建立した「半七塚」の除幕の役をつとめているのだから。浅草は花屋敷でのこと。

このいきさつはのちほど。

人形佐七が誕生して、やがてシリーズ化した様子。そこで勢いづいたのか、「鬼火」後編、「蔵の中」「かいやぐら物語」などを書いたのもこの頃のような……。おかげで懐も少々暖かくなったらしい。そんな時おこるのが、チョッピリの贅沢心らしく、人さまのお世話になっているにしては、気ままな暮らしをしている。

当時、結核患者が、忌み嫌われていた事情もあってのことらしいけれど、気楽な花街の真ん中に、粋で立派な家を借り、芝居見物、キレイどころを呼んで麻雀などなど、優雅な楽しい暮らしをしていた、そんなある日のこと。父が母に言ったのは、「どうしても、もう一人子どもが欲しい」と。

やれやれ、やっと皆さまにご恩返しもできるかと、心やすらかな日々をおくっていた矢先のこと。二人の子どもの手を引いて潜り抜けてきた母は、もう一人子どもなどとんでもない、という心境であったらしい。ここのところは、長命だった母が、最晩年にもらした言葉で立証される。

「……でも（デモである）あなたを生んでおいてよかった。パパは、こうなることがわかっていたのかしらねえ……。あなたに面倒をみてもらうようになるってことが……」

父の願いかなってか、大天使ガブリエルならぬ人形佐七のお告げか、母は身ごもり、生れたのがわたし。父が、チョッピリの贅沢心をおこしてくれて生れたのがわたし、というわけだ。

姉や兄が生れた当時のモダンボーイ振りは一変。オムツをかえるわ、離乳食を作るわの、今で言うイクメンパパとなったそうだ。おかげで、姉や兄から、あんたはいい目にあって……といびられること甚だしい。

さて、この末娘は、人形佐七には程遠い色黒のやせっぽちで牛蒡のような女の子に育っていく。

半七塚除幕式のこと

昭和二十四年十一月六日、浅草花屋敷で、岡本綺堂半七塚の除幕式が行われた。その除幕の綱を引いたのが、小学四年生のゴンボウムスメこと末っ子娘だった。

これに先立って、昭和二十四年七月に、捕物作家クラブが結成され、野村胡堂氏が会長になられた。この結成式がおこなわれたのは、当時父が缶詰になっていた登戸の柏屋旅館。

捕物作家クラブが結成されて、最初の行事が半七塚建立だった。

さて、除幕式をするに当たって、除幕をする人選に頭をなやませていた江戸川乱歩氏、野村胡堂氏と父との三者会談がおこなわれたのは、末っ子娘の寝室の隣。夜も更けて、小学生の末っ子娘は床についていた。襖を通して聞こえてくる話声。

「ところで、除幕はどうするかね…。」

「そりゃあ、きれいな着物を着た小さな女の子がいいねえ…」

「わたし、やる！」と、とびこんだ末っ子娘を、笑顔の乱歩氏が抱き留めて下さった。

除幕式当日、念願の着物を着て、大きなリボンを結んで、母と兄に付き添われて出かけて行った。父は、血痰を吐いたために出席していない。笑顔で迎えて下さったのが、江戸川乱歩、野村胡堂、城昌幸のお三方だった。

式が盛んとなり、除幕となったが、綱を引くだけでやんやの喝采。これでおしまい。

ここで、事件が…。母が、スリにやられたというお粗末。岡っ引きのご先祖様の碑の前で、しかも、なみいる岡っ引き、御用聞き創作者のみなさんの中でのこと。今から思うと、何と大胆で粋なスリさんだったことか。

この後、出席できなかった父のもとへ、「見事、瑠美嬢の……」の手紙やはがきが届いて、父は、満足の様子だった。

着物は風をとおして、しまわれてしまったけれど、末っ子娘は、満ち足りていた。

着物は、娘へ、孫娘へと継がれている。

（児童文学作家、横溝正史次女）

解題・解説

解題

浜田知明

補訂　本多正一

横溝正史の『人形佐七捕物帳』は近年の調査により全一八〇篇であることが確定し、『定本人形佐七読本』（創元推理倶楽部秋田分科会、二〇〇〇年）および『横溝正史全小説案内』（洋泉社、二〇一二年）に作品リストが掲載された。

本全集『完本　人形佐七捕物帳』はその成果に基づき初めて全作品を集成する試みとなる。「完本」を称する由縁でもある。

一、底本について

『人形佐七捕物帳』は単行本化、作品集成のたびごとに著者によって幾度も加筆、訂正、改稿など大きく手が加えられてきた。

横溝正史自身も、「今は新送り仮名になったから、そのように原稿を書いているよ」（中島河太郎、松長昭雄との座談会「横溝正史——わが道をゆく——」）と述べていたように、仮名書きへの変更は講談社新書版『人形佐七捕物帳シリーズ』から行われている。

本全集のため参考にした代表的な作品集成を以下に掲げる。■の下部（〜版）は本稿においての略称。

■講談社新書版『人形佐七捕物帳シリーズ』全一〇巻（講談社、昭和四〇年四月〜八月、一〇〇篇）

■金鈴社新書版『新編人形佐七捕物文庫』全一〇巻（金鈴社、昭和四三年一月〜一〇月、一〇六篇）

■講談社定本版『定本人形佐七捕物帳全集』全八巻（講談社、昭和四六年三月〜一〇月、一〇四篇）

■廣済堂版『人形佐七捕物帳』天の巻、地の巻（廣済堂出版、昭和四七年八月、十二月、二四篇）＊定本全集、未収録の補巻。

■春陽文庫全集版『人形佐七捕物帳全集』全一四巻（春陽堂書店、昭和四八年三月〜昭和五〇年一〇月、一五〇篇）

■出版芸術社版『横溝正史時代小説コレクション』捕物篇、全三巻（出版芸術社、平成一五年一二月、平成一六年二月、三〇篇）＊春陽文庫全集版の補巻。

著者生前の最終校閲本は春陽文庫全集版となるが、春陽文庫は昭和三〇年代中ごろから本文を当用漢字へ機械的に置き換えることを通則としており、原文尊重主義を主流とする今日においては、本全集の底本とすることを控えた。

本全集では、その直前の集成となる講談社定本版（一〇四篇）と廣済堂版（二四篇）を底本とし、そこに春陽文庫全集版での加筆・改稿点を組み入れることで、著者本来の文字遣いを極力活かすことに努めた。横溝正史による最終的な文字遣いとしてご理解をいただきたい。

春陽文庫全集版にのみ収められた作品（二五篇）については行き過ぎた文字遣いの書き換えをもとに戻した。その際、初出、初刊、講談社新書版、金鈴社新書版などを参照しつつ、講談社定本版、廣済堂版の文字遣いに近づけるよう努めている。

講談社定本版、廣済堂版、春陽文庫全集版のいずれにも未収録だった出版芸術社版の二七篇については、その最終形の刊行時期がまちまちで文字遣いにも大きく相違点が見られるが、主として出版芸術社版に従った。結果として、作品によっては作者旧来の文字遣いが忠実に再現されている。また出版芸術社版は、人名に限って旧字を用いているが、本全集では他の底本と同じく新字とした。作中の時刻には「午前」「午後」の補記もあるが、そのまま残した。「岡っ引」↓「岡っ引き」などは統一をはかっている。

以下は作品集成というより初刊本的性格が強いので、底本とはせず、校訂に際して参照した。

■八紘社版『人形佐七捕物帳』（八紘社、昭和一四年三月、一一篇。八紘社杉山書店の大陸版では九篇）
＊初めての作品集。

■春陽堂版『人形佐七捕物帳』全五巻（春陽堂書店、昭和一六年三月～七月、四九篇）
＊一編は単発の伝奇時代小説で、佐七の既発表五篇が未収録であるものの、この時期までの作品のほとんどがまとめられた。初の作品集成ながら、今日的視点としては初刊本としての性格が強い。

■杉山書店版『人形佐七捕物百話』全三巻（杉山書店、昭和一七年二月～三月、九月、二四篇）
＊書き下ろしを主体とした叢書で、春陽堂版から漏れた三編の改稿版以外はすべて書下ろし。第三巻のみ八紘社杉山書店の刊行。

■春陽堂捕物小説全集版『人形佐七捕物帖』（春陽堂書店、昭和二五年三月）、『新篇人形佐七捕物帖』（春陽堂書店版、昭和二七年二月）
＊「捕物小説全集」としての二冊。自社既刊本に関係なく、戦前・戦後作を選出。三五篇（一篇は緋牡丹銀次、二篇は単発の伝奇時代小説の短篇）。集成ではなく傑作選。

■八こう社版『人形佐七捕物文庫』全六巻（八こう社、昭和三〇年一月～三月、五〇篇）
＊戦後作の初刊（に戦前の旧作を織りまぜて一書とした）杉山書店とその後継・八興社の「人形佐七捕物文庫」（昭和二二年三月～昭和二六年一月）八冊分の紙型を用いた再編集書。

■春陽文庫版『人形佐七捕物帖』全五巻（春陽文庫、昭和三

二年四月〜六月、三五篇）

＊春陽堂捕物小説全集版の再編集文庫。のちに第一巻と第四巻を『座頭の鈴』、第二巻と第三巻を『雪女郎』として合本している。

■第一文芸社版『人形佐七捕物控』全六巻（第一文芸社、昭和三三年一月〜昭和三四年一月、三月、五〇篇）

＊八こう社版の紙型を用いた改装・改題書。

一、校訂にあたって

これまでの作品集成の配列は、いずれも著者自身が「ご趣向本位にならべた」（「続・途切れ途切れの記8」）と述べているように、順不同でその都度並べ替えられている（講談社定本版、春陽文庫全集版は、一巻ごとに一年の季節を追うような配慮が見られる）。

そこに改稿、加筆がなされた結果、最終形の作品を発表順に並べ直すとかえって齟齬が生じる場合が少なからずある。具体的に述べると、佐七物語の進展の初期設定は、

① 佐七初手柄。（「羽子板娘」）
② 佐七単独での捕物。（「謎坊主」）
③ 巾着の辰が乾分になる。（「歎きの遊女」）
④ 佐七と辰での捕物。
⑤ お粂と出会い夫婦となる。（「歎きの遊女」）
⑥ 辰が佐七一家の二階での居候となる。（「屠蘇機嫌女夫捕物」）
⑦ 豆六が乾分になる。（「螢屋敷」）

となっていたのだが、②や③の該当作が後々になって新たに書き起こされ、もともと豆六不在であった時期の④〜⑥に対しても「豆六が人気者になってきたので、それ以前に書いたものに手を加えて、豆六を登場させているのがそうとうある」（「続・途切れ途切れの記6」）。このため、話のつながり具合に不都合が生じてしまっているのだ（新たに書かれた④〜⑥の該当作にさえ、後に豆六が登場する形に書き改められたものがあったりする）。それについては各篇の解題で触れた。

一方、春陽堂版での「結末に謎解きにとくに入念であるべきところ、つい枚数の制約などから説明不足になっているような部分を、このとき全部筆を加えた」（「続・途切れ途切れの記8」「探偵小説の秘訣」）箇所や（これは戦後の初出から初刊の間でもしばしば行われた）、昭和四〇年代以降の性的表現の規制緩和にもとづく男女間描写の濃密さなどは、煩雑さを避けるため最小限の註記にとどめた。

各章の小見出しも初出、初刊では一行書きだったものが、春陽堂版で副題つきの二行に改められ、それが『人形佐七捕物帳』の大きな特長ともなった（戦後も初出では一行、初刊

の際に二行にしたものが多々ある）。その小見出しもさらに集成のたびに書き替えられ、変遷の途中にはそれ自体の存在意義があるものもあるが、その過程を追うことも最小限にとどめ、顕著な例のみを挙げた。

頻出する「俺」について著者は、初出、初刊では「おれ」「わし」「あっし」「おいら」などとルビを振り分けているが、戦後にルビが取り払われ、集成時に仮名書きにされた関係で、不自然な表記になっている箇所もある。これらについては初出、初刊にまで遡って改めた。

春陽文庫全集版で漢字に書き戻されている箇所、たとえば「しる」→「知る」、「からくれない」→「唐紅」などは漢字を用いた。その際、「じんじょう」→「尋常」、「いちぶしじゅう」→「一部始終」となっている箇所については初出、初刊にまで遡って、「尋常（ただごと）」「尋常（なみ）」「尋常（ただ）」、「一伍一什（いちぶしじゅう）」などと改め直している。その他、ルビについては、再録雑誌まで含めた諸本にあたり、訓読みの側に寄せた。

句点、読点の判別は諸本に当たったものの異同が激しく判然としないため、原則は底本に従いながら明らかな誤りを訂し、そこから見えてくる傾向に寄せた。

作品名は、文字遣いの変遷の埒外と考え、金鈴社新書版刊行時に作成されたと思しき作者自身による題名一覧表（世田谷文学館所蔵）を参考にして文字遣いをもとに戻した。初出、初刊にまでは遡っておらず、結果としておおむね昭和三〇年代のものと合致することになる。

近年の刊本では、コスミック・時代文庫が春陽文庫全集版、角川文庫が講談社定本版をもとにしているので（昭和五二年に発行された、角川文庫の自選集三巻本は春陽文庫全集版による）、興味のある方は読み比べてみていただきたい。

＊

一、各篇の主な校訂

全一八〇篇、［］内に便宜上の通し番号をふった。佐七には雑誌再録や集成収録時の改題など、異題が多いので、それも併せて記し、原題と初出誌紙、初刊本、底本は明示した。当用漢字仕様による置き換え（「嘆きの遊女」や仮名書き、送り仮名の増）は別題から排した。

［一］**「羽子板娘」**　原題「羽子板三人娘」

初出：『講談雑誌』昭和一三年一月号

初刊：『人形佐七捕物帳』（八紘社、昭和一四年三月）

底本：『定本人形佐七捕物帳全集』第一巻（講談社）

二章における佐七の生年や年齢、末尾の作中年代などは、講談社定本版第一巻でようやく書き加えられたもので、それまでは単に「年のころはまだ二十七八」とされていた。母親の名も当初は「お由」で、同時に「お仙」に改められている。

二章の「ていねいに裾をはらって佐七があがると」が戦後

版では「ていねいに佐七があがると」と脱漏が生じ、講談社定本版第一巻でもそのままだったが、春陽文庫全集版第一巻で「ていねいにあいさつして佐七があがると」と補記された。
三章の小見出しの副題は春陽文庫全集版において「もう一人の～」から「残りの～」に変更されている。
末尾の犯行説明の部分には春陽堂捕物小説全集版で脱漏が生じ、最後の春陽文庫全集版第一巻でもそのままだった。今回、戦後版を参照して復元した。

［二］「**謎坊主**」　別題「二枚の絵馬」
初出：『講談雑誌』昭和一三年二月号
初刊：『人形佐七捕物帳』（八紘社、昭和一四年三月）
底本：『人形佐七捕物帳』天の巻（廣済堂出版）
初出、初刊では「羽子板娘」を「文化八年」、本作を「文化十二年」のこととしてあったがこれは春陽堂版第一巻では削られ、代わって叢書全体の巻頭作となった関係で、シリーズ全体の紹介文が書き加えられ、以後（一部の雑誌再録を除いて）順不同での刊本、集成の中においても、そのまま残され、現在に至っている。そこで改めて「この佐七が俄かにぱっと売出したのは、文化十二年春のこと」とされ、これが後々シリーズ全体の年代設定の基点となった。
春陽文庫全集版第一二巻収録時には、（他作とのバランスを考慮してか）小見出しが簡略化されているので、底本に用いた廣済堂版天の巻での小見出しを参考までに挙げておく。

かければ解ける春雪坊主
——盲目坊主が頓智の生業——
女房の相手は春雪坊主
——年齢のちがう夫婦の葛藤——
井戸のなかから首無し死体
——運びこまれた葛籠のぬしは——
春雪坊の不思議な告白
——娘お玉の心意気——
哀れ春雪の身上噺
——解ける謎絵馬佐七の明察——
兇悪無残下手人の正体
——橋のうえから河へざんぶり——

［三］「**歎きの遊女**」
初出：『講談雑誌』昭和一三年三月号
初刊：『人形佐七捕物帳』（八紘社、昭和一四年三月）

底本：『定本人形佐七捕物帳全集』第一巻（講談社）

初刊までは「近頃俄かにパッと売出した佐七には、今では巾着の辰という乾分もある」といういきなりの紹介はなく、これは、その後に附されたものだった。それを講談社定本版第一巻では（佐七の年代記に余裕を持たせるためか）「羽子板娘」を「去年」と設定したが、春陽文庫全集版第一巻では（お粂との年齢差を考慮してだろう）そこが「ことし」に改められている。

末尾にあるお粂の悋気にまつわる紹介予告めいた文も初刊にはなく、後に加えられたもの。講談社定本版第一巻でさらに生年や佐七との年齢差が書き足された。「このしろ吉兵衛」の「このしろ」を「鰶」とした版も存在するが、そこは底本に従った。

［四］「**山雀供養**」

初出：『講談雑誌』昭和一三年四月号

初刊：『人形佐七捕物帳』（八紘社、昭和一四年三月）

底本：『横溝正史時代小説コレクション』捕物篇、第一巻（出版芸術社）

辰が登場しないのは前述のとおり、この時点では佐七夫婦の家に同居する前だったからで、以後「幽霊山伏」までは、辰には自分の住居があって、そこから佐七の家にやって来る設定だった。

初刊からの大きな変動は人名の変更以外には見られない。こうした人名変更は作者の語感によるもの以外にも、順不同での集成が行われた際、同じ名が並ぶのを嫌ったためと考えられるが、逐一詳細に記すことはしていない。

［五］「**山形屋騒動**」

初出：『講談雑誌』昭和一三年五月号

初刊：『人形佐七捕物帳』（八紘社、昭和一四年三月）

底本：『横溝正史時代小説コレクション』捕物篇、第一巻（出版芸術社）

辰がいないのは、前作と同様の事情だが、その理由づけとして、金鈴社新書版第三巻で佐七単独の時期の捕物と設定し直された。「背虫」という表記は当初からのものであるので（当時は「背蟲」）、そのまま残した。戦中のアンソロジー『捕物傑作全集』（博文館・名作文庫、昭和一五年一二月）とも校合して、「世之助」のルビは「よのすけ」を採った。

終章における人物二人の情交は金鈴社新書版第三巻で加えられたもので、昭和四〇年代の集成以降は、こうした加筆が多々見られるようになる。

［六］「**非人の仇討**」別題「水色頭巾」「振袖変化」「宮芝居」

初出：『講談雑誌』昭和一三年六月号

初刊：『人形佐七捕物帳』（八紘社、昭和一四年三月）

底本：『人形佐七捕物帳全集』第一一巻（春陽堂書店）

昭和四〇年の前記集成に採られることなく、最後の春陽文庫全集版第一一巻にようやく収められ、同時に豆六が加えられた。もともとは（辰が同居していない時期なので）、佐七を訪ねて来る際に客人を伴ってきたのが物語の発端で、もちろん朝帰りに対する説教という場面などなかった。章分けにも大きな変更がある。

豆六が登場しない最終形は『小説と読物』昭和三〇年一月号の改題再録「振袖変化」で、若干の加筆がされていたが、その部分も春陽文庫全集版第一一巻での加筆に上書きされる形で呑み込まれている。春陽文庫全集版第一一巻では三章の役者名が本文の初現箇所のみ「片岡」から「嵐」へと訂されていたので、今回その前後も含めて統一した。

［七］「三本の矢」

初出：『講談雑誌』昭和一三年七月号〜八月号
初刊：『人形佐七捕物帳』（八紘社、昭和一四年三月）
底本：『横溝正史時代小説コレクション』捕物篇、第一巻（出版芸術社）

春陽堂版第三巻収録時に小見出しが二行書きになったのは前述したとおりだが、なぜか戦後は一行書きの初刊の形で流布し続けて、出版芸術社版でようやく春陽堂版第三巻の形に戻された。春陽堂版第三巻では四章での作中の季節も「七月」から（江戸時代の川開きに合わせて、正しく）「五月」に改められている（なお終章の「秋風」などはそのまま）。

今回、初出、初刊、『新選捕物傑作集』（アカツキ書店・慰問文庫、昭和一六年六月。戦後に紙型を流用した改題版二種がある）と校合したが、他には最終章を独立させて小見出しを附した以外、大きな変更はなく、作中年代（「文化八年」の翌年）を改めた版も見当たらなかった。

［八］「犬娘」　原題「謎の生葬礼」

初出：『講談雑誌』昭和一三年九月号〜十月号
初刊：『人形佐七捕物帳』（八紘社、昭和一四年三月）
底本：『横溝正史時代小説コレクション』捕物篇、第一巻（出版芸術社）

「三本の矢」同様、初刊からは最終章を独立させて小見出しを附したのみで、（「謎坊主」の初出、初刊時にのみ合致する）「文化八年」の設定が改め直された版は見当たらない。諸本を当たって、出版芸術社版第一巻がもとにした春陽堂捕物小説全集版で生じた「旦那寺」→「檀那寺」、「竹藪」→「竹」といった誤植・脱漏を訂し、訓読ルビを増やしている。

二松学舎大学には横溝正史旧蔵資料として、文字遣いに手を加えた切り抜きが保管されている。

［九］「幽霊山伏」　原題「山伏幽霊」

初出：『講談雑誌』昭和一三年一一月号〜一二月号
初刊：『人形佐七捕物帳』（八紘社、昭和一四年三月）
底本：『横溝正史時代小説コレクション』捕物篇、第一巻（出版芸術社）

春陽堂版第二巻では、戦中の残虐表現規制を受けてか末尾の真相解明部分の説明が和らげられ曖昧になっており、それが戦後版にも引き継がれている。本全集では初出にまで戻さないことを原則としているが、二松学舎大学の横溝正史旧蔵資料では、初刊をもとにした再録『小説倶楽部』昭和三〇年一〇月増刊号の切り抜きに（次回使用のためと思しい）書き入れがなされていたことも考慮し、この部分のみ初刊の形に戻した。

［一〇］「**屠蘇機嫌女夫捕物**」別題「謎の折鶴」「黄色の折鶴」
初出：『講談雑誌』昭和一四年一月号別冊附録『江戸捕物帳』
初刊：『人形佐七捕物帳』（八紘社、昭和一四年三月）
底本：『定本人形佐七捕物帳全集』第二巻（講談社）

敵役・鳥越の（海坊主の、へのへの）茂平次の初登場作、と書きたいところだが、初出、初刊ではこの人物は山吹町の（鬼瓦の）千太となっていた。それが杉山書店版第一巻に収録の際に、鳥越の（海坊主の）嘉平次と改められ（同時に豆六が加えられた）、さらに講談社定本版第二巻で茂平次となったもの（千太版は他に初出の紙型を用いた博文館文庫『江戸捕物帖』および後出の博文館・名作小説版で読むことができる）。

一時は新年とは無関係の物語となっていたが、講談社定本版第二巻で正月情緒が書き加えられた。折鶴乱舞の仕掛けはその際に改められたもので講談社新書版第三巻までは「折鶴の中へ蝿を入れて飛ばして見せた」「折鶴のなかへ蝿をいっぱい詰めこんで飛ばしてみせた」だった。

［一一］「**仮面の若殿**」原題「仮面の囚人」
初出：『講談雑誌』昭和一四年二月号
初刊：『人形佐七捕物帳』（八紘社、昭和一四年三月）
底本：『人形佐七捕物帳』地の巻（廣済堂出版）

初刊までの「如月」が春陽堂版第二巻で「師走に近い」（四章）と改められている。金鈴社新書版第三巻までは乾分は辰ひとり、廣済堂版地の巻で辰と豆六に書き改められた。さらに「十一月なかば」（一章）が加えられている（「ことしはなんて年まわりが」はそのまま）。

春陽文庫全集版第二巻では、小見出しが（「謎坊主」と同じく）簡略化されている。廣済堂版地の巻では、

ても面妖な掏摸騒ぎ
——股ぐらからブラブラ財布が——

蹤けてみれば河豚騒ぎ
——娘は血相変えて路地から飛びだして——

思いがけなく事件は飛んだ
——若殿は去年の春から行方不明——

取り囲んだのは覆面の武士
——辰は峰打ち喰って引っ繰り返った——

千五百石相手の勝負
——おれの生命なんかひと山いくらで——

若殿は窖蔵の中
——白い仮面が幽霊か幻のように——

果報つたなき若殿様
——河豚鍋だけは、およしなさいまし——

六章での病因に関する説明の補足は金鈴社新書版第三巻の際に加えられたもの。

戦中のアンソロジー『名作捕物集』（教材社、昭和一六年四月）とも校合して、「藤之助」のルビは「とうすけ」を採った。

初期作には縄張ごとにさまざまな岡っ引きが登場するが、本作の黒門町の弥吉は、海坊主の茂平次とは違い、よきライバルとしてこの後も姿を見せることになる。

［一二］「**座頭の鈴**」
初出：『講談雑誌』昭和一四年三月号
初刊：『人形佐七捕物帳』（博文館・名作小説、昭和一四年一二月）
底本：『人形佐七捕物帳』天の巻（廣済堂出版）

初出から金鈴社新書版第四巻までは「文化十三年三月」と明記されていたが、（講談社定本版で「羽子板娘」と「歎きの遊女」のあいだに一年を置いたのを受けて）廣済堂版天の巻では削られた。「この時分、まだ豆六はいなかった」などと、あらずもがなの説明があるのは、再三述べるように順不同での集成がされてきた際、書き加えられたためのものであるから。

［一三］「**花見の仮面**」　原題「越後屋騒動」
初出：『講談雑誌』昭和一四年四月号
初刊：『人形佐七捕物帳』（博文館・名作小説、昭和一四年一二月）
底本：『人形佐七捕物帳全集』第一四巻（春陽堂書店）

春陽堂版からは漏れたため、小見出しが二行書きになったのは、『緋牡丹銀次捕物帳』（春陽堂書店、昭和一六年八月）収録時から。

前記「謎坊主」や「歎きの遊女」における作中年代の揺らぎを受けて、お粂の生年が「戌」になったり「酉」になったりしていたが、春陽文庫全集版第一四巻でさらに変更された。

その他では講談社新書版第一〇巻から大きな変更はなく、一年前の事件が「歎きの遊女」だとの註記が外され（この部分を今回復元した）、一章の小見出しが「思いでの花見にまた人殺し」から「花の飛鳥山」になった程度。本書では講談社新書版第一〇巻を参考に文字遣いを戻した。

［一四］**「音羽の猫」**　別題「金色の猫」「金色の爪」
初出：『講談雑誌』昭和一四年五月号
初刊：『人形佐七捕物帳』（博文館・名作小説、昭和一四年一二月）
底本：『定本人形佐七捕物帳全集』第一巻（講談社）

敵役は初出、初刊ではやはり鬼瓦の千太（他では、今日の問題社『紫甚左捕物帳』、『小説と読物』昭和三〇年三月増刊号が千太版）。杉山書店版第一巻収録の際に小見出しが二行書きになった。

春陽文庫全集版第一巻では、六章末の「海坊主の茂平次」を「鳥越の兄い」に改めるという、佐七の心情に寄り添った手直しがされている。

［一五］**「二枚短冊」**　別題「双生児（ふたご）短冊」
初出：『講談雑誌』昭和一四年六月号
初刊：『人形佐七捕物帳』（博文館・名作小説、昭和一四年一二月）
底本：『人形佐七捕物帳全集』第一三巻（春陽堂書店）

講談社新書版第三巻までは辰のみ。春陽文庫全集版第一三巻で豆六が加えられ、大幅に加筆された。「入れ墨」の表記は当初からのものであるため（当時は「入墨」）、そのまま残した。

［一六］**「離魂病」**　原題「佐七離魂病」　別題「二人佐七」「幻の佐七」「佐七ふたり」「ふたつ面影」
初出：『講談雑誌』昭和一四年七月号
初刊：『人形佐七捕物帳』（博文館・名作小説、昭和一四年一二月）
底本：『定本人形佐七捕物帳全集』第三巻（講談社）

豆六が加えられたのは杉山書店版第一巻から。

春陽堂版第六巻では、末尾のお粂の功績に先行事件の犯人がらみの件が加えられている。

［一七］**「名月一夜狂言」**　原題「一夜狂言」

初出：「講談雑誌」昭和一四年八月号
初刊：『人形佐七捕物帳』（博文館・名作小説、昭和一四年一二月）
底本：『横溝正史時代小説コレクション』捕物篇、第一巻（出版芸術社）

諸本と校合したが、金鈴社新書版第六巻で「このじぶんには、豆六は弟子入りしていなかった」が加えられた程度で、春陽堂版第四巻から大きな改変はなかった。本全集では、四章の封じ文の書き手の名が、出版芸術社版第一巻がもとにした金鈴社新書版第六巻で脱漏していた箇所ほかを戻し、訓読ルビを増やしている。

［一八］「**螢屋敷**」　別題「小判屋敷」
初出：『講談雑誌』昭和一四年九月号
初刊：『人形佐七捕物帳』（博文館・名作小説、昭和一四年一二月）
底本：『定本人形佐七捕物帳全集』第一巻（講談社）

末尾は「豆六はその後しきりに修業をしているから、いまに相当なものになるかも知れぬ」から「これが豆六入門のいきさつである」を経て、講談社定本版第一巻で現在の形に改められた。一章の豆六の年齢もその際に加えられた。その際の最終的な作中年代「文化十四年」は講談社定本版で「羽子板娘」と「歎きの遊女」とのあいだに一年の余裕を持たせたための設定で、それが春陽文庫全集版でもそのまま残されたため、逆に「花見の仮面」と本作とのあいだに一年間の空白が生じることとなった。

［一九］「**黒蝶呪縛**」　原題「胡蝶御前」
初出：『講談雑誌』昭和一四年一〇月号
初刊：『人形佐七捕物帳』（博文館・名作小説、昭和一四年一二月）
底本：『定本人形佐七捕物帳全集』第四巻（講談社）

敵役は初出、初刊ではやはり鬼瓦の千太（他では、春陽堂書店『緋牡丹銀次捕物帳』、春陽堂捕物小説全集版、春陽文庫版、金鈴社新書版第五巻、『小説の泉』昭和三〇年四月号の原題での再録が千太版）。『緋牡丹銀次捕物帳』収録時に小見出しが二行書きに、講談社定本版第四巻で敵役が茂平次に変更された。末尾の茂平次の失態もその際に書き加えられたもの。終章での犠牲者への仕打ちに、佐七ら三人が思いをはせる箇所も講談社定本版第四巻での加筆。

［二〇］「**稚児地蔵**」
初出：『講談雑誌』昭和一四年一一月号
初刊：『人形佐七捕物帳』一巻（春陽堂書店、昭和一六年三月）
底本：『定本人形佐七捕物帳全集』第三巻（講談社）

「海老床」が初登場。以後この髪結い床が佐七一家の情報源の一つとなっていく。一章の説明で「いつかもいったように」とあるのは例によって順不同での集成のゆえ。本全集では『新時代捕物帳』(興亜日本社、昭和一五年七月)とも校合した。

参照文献(○は収録書)

・「続・途切れ途切れの記」講談社『定本人形佐七捕物帳全集』月報昭和四六年三月~一〇月
　＊全八回なのに一一節あるのは、第七回が二節、第八回が三節あるため
○講談社『探偵小説五十年』昭和四七年、同・改装版昭和五二年
・「探偵小説の秘訣」「朝日新聞」昭和五一年四月一四日
　＊連載コラム「日記から」第九回
・中島河太郎、松長昭雄との座談会「横溝正史――わが道をゆく――」「本の本」昭和五一年六月号

解説

末國善己

横溝正史の自伝的エッセイ「続・書かでもの記」（『幻影城』一九七六年八月号～一九七七年十一月号）によると、尋常小学校の四年だった一九一二年、級友から借りては講談本の立川文庫を読み、「読み本仕立て」（『推理文学』一九七〇年四月号）には、旧制中学の頃は、亡くなった友人の兄の西田政治から「明治三十年代の初期」に博文館が発行していた叢書「帝国文学」に収められた「江戸時代の読み本」を「読みあさった」とある。また「続・途切れ途切れの記」（『定本人形佐七捕物帳全集』月報、講談社、一九七一年三月～十月）には、「かぞえどし二十で夭折した同父同母の兄」が「文学青年であると同時に芝居好きで岡本綺堂先生の戯曲の愛読者」だった影響もあり、探偵小説が好きだった横溝は「『半七捕物帳』を愛読をこえて熟読」していたようだ。

一九二四年に大阪薬学専門学校（現・大阪大学薬学部）を卒業し、薬剤師として実家の生薬屋「春秋堂」で働いていた横溝は、一九二六年に上京して博文館に入社、翌年には戦前を代表する探偵小説雑誌「新青年」の編集長になり、同誌をモダン趣味路線に変えた。「文藝倶楽部」の編集長時代は、大佛次郎、佐々木味津三、林不忘、吉川英治ら著名な歴史時代作家の作品を掲載するが、一九三二年に退社し専業作家になっている。

一九三四年、横溝は肺結核の悪化により、長野県での転地療養を余儀なくされる。「続・途切れ途切れの記」によると、療養中の横溝に「捕物帳をシリーズ」で書くことを勧め、「春陽堂文庫にはいっていた『半七捕物帳』と『右門捕物帳（ママ）』それから『銭形平次捕物控』をそれぞれ数冊ずつ、ほかに当時、江戸の研究家として有名だった三田村鳶魚（えんぎょ）さんの『捕物の話』」を送ってくれたのが、博文館時代の同僚で、後に作家、翻訳家になる乾信一郎だった。

横溝は、この依頼は「『右門捕物帳（ママ）』や『銭形平次捕物控』の前例もあり、捕物帳ならば半永久的に私に仕事をさせることができる。これをもっとハッキリいえば、病弱で遠隔地に住んでいる私にでも、半永久的に稼がせることができる」という乾の配慮だったと考えていたようだ。横溝は、乾にもらった資料に加え、弟の武夫に頼んで「神田へんの古本屋から、江戸時代の地図を一葉」探して送ってもらい、捕物帳を書き始める。

こうして「講談雑誌」で連載が始まったのが、「『半七捕物帳』に対するコンプレックス」から「あえて御用聞き」（いわゆる岡っ引き）を使わず、旗本の不知火甚左を主人公にした『不知火捕物双紙』（一九三七年四月号～十二月号）だった。わずかな資料で捕物帳が執筆できたのは、少年時代から立川文庫や江戸の読本を読んだ蓄積があったからだろう。

一九三七年、博文館で人事異動があり、「講談雑誌」の編集長が、乾からやはり旧知の吉沢四郎に代わった。新旧二人の編集長は、「おまえは探偵作家なのだから、捕物帳ももう少し本格的探偵小説の意気でいったらどうか」（乾）、「主人公はやはり、岡っ引きにしたほうがよいのではないか」（吉沢）という助言と忠告をしてくれた。

これに奮起した横溝は、主人公を半七と同じ「岡っ引きにするならば、いっそのこと半七の乾分格」にしようと思い立つ。そして「半七捕物帳のなかでも私のとくに好きな話に『津の国屋』というのがある。そのなかに人形常といういい男の若い御用聞きが登場して、これが半七のうしろ楯で津の国屋の一件を解決する」ことから「綽名」を「人形」とした。「佐七という名」は、まだ神戸にいた頃に観たマキノ映画の『佐平次捕物帳』の大ファンだったので、「佐平次の佐と半七の七を組み合わせ」で「佐七」という名を作ったという。

こうして誕生した『人形佐七捕物帳』は、岡本綺堂『半七捕物帳』、佐々木味津三『右門捕物帖』、野村胡堂『銭形平次捕物控』、城昌幸『若さま侍捕物手帖』と並び質量を兼ね備える〝五大捕物帳〟の一つに数えられるようになり、乾の言葉通り、佐七の活躍は一九六八年まで書き継がれるロングシリーズになっていくのである。

『完本　人形佐七捕物帳』（全十巻）は、史上初めて『人形佐七捕物帳』の全作品を発表順に掲載する画期的な集成である。第一巻には、佐七が初登場した「羽子板娘」から「稚児地蔵」までの初期作品二十作を収めた。この時期は、先行する『半七捕物帳』『右門捕物帖』『銭形平次捕物控』を意識した事件が多かったり、人物の入れ替え、葛籠に押し込められた死体、鳴らない鈴といった似たシチュエーションで異なるトリックを作ったりと、横溝の試行錯誤もうかがえ、シリーズ開幕直後ならではの初々しさも感じられるはずだ。

本解説では、ミステリの趣向や物語の結末に言及している作品もあるので、未読の方はご注意いただきたい。

押絵の羽子板のモデルになった美少女三人が、順に殺されていく「羽子板娘」は、佐七が初登場した作品で、横溝が「続・途切れ途切れの記」に書いている通り、「アガサ・クリスチー『ＡＢＣ殺人事件』のトリック」を江戸時代でも成立するようにアレンジした作品である。

「謎坊主」は、謎かけが得意なことから、「謎坊主」の異名を持つ実在の人物・春雪がからむ事件が描かれる。

作中には、江戸後期の考証家・石塚豊芥子が、春雪について書いたとされる一節が紹介されているが、これは『豊芥子日記』『街談文々集要』などをまとめたものである。一八一四年十月（旧暦）頃から「十八九」で「其の容貌色白くうるわし」(『街談文々集要』)かった春雪が人気を集めたのは史実だが、「婦女小娘の客が多くなりしが、目につきたり」に該当する記述がないので、これは伏線に説得力を持たせるための横溝の創作と思われる。横溝は、本書収録の「幽霊山伏」でも『街談文々集要』を使っており、『人形佐七捕物帳』を書き始めた頃には、江戸時代の文献を揃えていたことがうかがえる。

また江戸後期には、矢が刺さった看板で「弓射る」→「湯入る」→「湯屋」を表現するなどの判じ物が盛んだった。本作には判じ物を使った一種の暗号があり、これは時代考証を使ったトリックとしても興味深い。

「歎きの遊女」は、佐七とお粂の結婚秘話である。衆人環視下での殺人が描かれるが、論理的に謎を解くというよりも、殺された中間風の男と、被害者が殺される前に何かささやいた美女の周辺を調べると、複雑な過去の因縁が浮かび上がるので、伝奇色が強くなっている。

「山雀供養」は、佐七と盗賊との戦いが描かれる。

櫛、笄、簪など女性の所持品を盗んでいく紫頭巾から、旗本の近江喬四郎の妻が所有する珊瑚の根付けを頂戴するとの予告状が届く。佐七は、かねてから紫頭巾ではないかと疑っていた山雀お万を監視するが、お万は曲芸師として広大な近江邸に入っていた。喬四郎の妻を殺し、根付けを盗んだ盗賊は土蔵に逃げ込み、佐七が中に入るとお万がいた。だが密室状態の土蔵からは、根付けが発見できなかったのである。佐七の推理が偶然に助けられているとの印象は拭えないが、誰も傷つけない落としどころを模索するラストは、謎解きと人情が見事に融合している。

「山形屋騒動」は、大川に浮かんだ葛籠から、体に障害がある金物問屋・山形屋の娘お鶴が瀕死の状態で見つかる場面から始まる。これは明らかに、耳が聞こえず、話もできない男が持っていた「籠」の中から「十九か廿歳」の「絶世の美人」の「死骸」が見つかる黒岩涙香『死美人』(「都新聞」一八九一年十一月八日〜一八九二年四月)を意識している。涙香『死美人』は、ボアゴベ『ルコックの晩年』の翻案。原著の刊行は一八七八年。

横溝は『不知火捕物双紙』の「南京人形」(「講談雑誌」一九三七年十月号)や本書所収の「螢屋敷」でも同じ発端を使っており、お気に入りだったことが分かる。

事情を聞くため、佐七が山形屋を訪ねると、主人の藤蔵が剃刀のような鋭い刃物で喉を切られ殺されていた。お鶴の妹お雛の扱帯が、お鶴の首に巻き付いていたことから、お雛への容疑が強くなる。

最も犯人らしくない人物を犯人にするのはミステリの常道だが、本作は、江戸を舞台にし、現代の作家では絶対に発想できないトリックを作っており、(現在の人権意識からすれば、賛否は分かれるかもしれないが)衝撃は大きいはずだ。

捕物帳には、岡本綺堂『半七捕物帳』の「勘平の死」(「文芸倶楽部」一九一七年三月号)、佐々木味津三『右門捕物帖』の「南蛮幽霊」(「冨士」一九二八年三月号)、野村胡堂『銭形平次捕物控』の「花見の仇討ち」(「オール讀物」一九三七年五月号)など、芝居の最中に、小道具の刀槍が本物と入れ替えられて起こる殺人を描く作品の系譜がある。捕物帳の定番ともいえる事件を描いた「非人の仇討ち」だが、多くの作品が芝居の場面から始まるのに対し、殺人の前に奇妙な事件を描くことで、物語をより複雑にしている。

宮芝居の役者・金子雪之丞が、目隠しをされた駕籠で謎の美女が暮らす屋敷に運ばれ、歓待を受けたことがすべての発端となる。この冒頭部は、女装をして街を徘徊するようになった男が、かつて関係を持った女と再会し、目隠しをされたまま人力車に乗せられ、女の家に運ばれるようになる谷崎潤一郎『秘密』(「中央公論」一九一一年十一月号)へのオマージュだろう。

横溝は『谷崎潤一郎全集』二十六巻(中央公論社、一九五九年五月)の「月報」に、「現在探偵作家と呼ばれているひとびとのうち、戦前派に属する作家たちの大部分が、いろいろな意味で谷崎先生の文学の影響を、ひじょうに大きく受けていることは否定できない」「じっさい『金と銀』『途上』『秘密』『白昼鬼語』などが日本の探偵小説壇にあたえた影響は大きい」と書いており、谷崎への尊敬がうかがえる。

日置流弓術の高弟三人が、師匠の娘との結婚を賭け、不安定な船上から矢を射る競技を行う「三本の矢」は、サンフランシスコの郊外、タホ湖に臨む邸宅に世界的なオペラ歌手と四人の元夫が一堂に会すも、オペラ歌手が殺されてしまうアール・デア・ビガーズ『チャーリー・チャン最後の事件』(一九三二年)の設定を換骨奪胎している。

横溝は、本作と同じ設定を金田一耕助シリーズの「死神の矢」(「面白倶楽部」一九五六年三月号。同年五月に東京文芸社から刊行された単行本で長編化)でも用いているが、花婿候補三人が一人の美女を争い、それに「静馬」なる第四の男がからむ本作の人物配置は、金田一耕助シリーズの『犬神家の一族』(「キング」一九五〇年一月号~一九五一年五月号)も想起させる。

谷中感光院の日照から、娘のお君が神隠しにあったのは死霊の祟りなので、死んで罪業を消せといわれた鼈甲問屋の重兵衛が、生前葬を行い、棺桶に入って感光院に運ばれるも、その途中で棺桶の中から消え、代わりに殺害されたお君の死体が見つかる「犬娘」は、事件の随所に顔を出す犬を連れた娘が、不気味さを増している。

日照は、谷中延命院の僧で、隠し部屋に美男を集め、大奥の女中、大身の武家や大店の妻、娘などを接待したとして、一八〇三年、寺社奉行の脇坂安董に女犯の罪で捕縛された日潤がモデルと思われる。この事件は、河竹黙阿弥の狂言『日月星享和政談』(一八七八年初演)で取り上げられており、広く知られていたと思われる。

佐七は終盤、犬に衣の臭いをかがせ、日照が隠れた場所を探そうとする。犯罪捜査で活躍する犬は、現代ではよく知られている。日本では一九一三年にイギリスから警察犬二頭を購入し警察犬制度が始まったが、戦前は防犯広報が主な役目で、本格的に捜査に利用されるようになったのは太平洋戦争後である。

三津木春影が、オースティン・フリーマンの〈ソーンダイク〉シリーズとコナン・ドイル〈シャーロック・ホームズ〉シリーズを翻案した〈呉田博士〉シリーズの一編「破獄の紳士」(「少年」一九一二年九月号~十一月号。一九一二年にフリーマンが発表した「計画殺人」の翻案。『探偵奇譚　呉田博士　第三篇』所収、中興館書店、一九一二年十一月)は、犯人が警察犬を欺く方法を考える倒叙ミステリである。

横溝は「途切れ途切れの記」(『横溝正史全集』全十巻月報、一九七〇年一月~十月、講談社)に、「当時『小学生』という雑誌があり、それに三津木春影が『呉田博士』というのを毎号読切りで連載していた。これはのちに単行本になって、私もそれを所持し愛蔵していた」と書いているので、佐七が犬を捜査に使うシーンには、〈呉田博士〉を読んだ経験が活かされている可能性もある。なお、横溝は〈呉田博士〉の掲載誌を「小学生」としているが、管見に入った限り同誌には〈呉田博士〉は掲載されていないので、「少年」を誤って記憶したものと思われる。

岡本綺堂『半七捕物帳』の「槍突き」(「文芸倶楽部」一九一九年二月号)は、槍を使った連続無差別通り魔殺人を描いていた。石塚豊芥子『街談文々集要』には、「文化三丙寅正月末より夜分往来の盲人乞食ゐざりの類を槍にて突殺す事ありて二月中頃より甚しく三月初の頃少し此沙汰やみたる」とある。四月に「あやしき侍」が召し捕られ、「引廻し」の上「獄門」となるも事件は終わらず、後に「元剣術の師匠」が捕まったという。この実際の事件をモデルに、綺堂は「元剣術の師匠」とは違う犯人を作った。「幽霊山伏」も同じ槍突き事件を題材にしているが、実際の事件よりも、綺堂の物語よりも、複雑に入り組み、怪談趣味も濃厚になっている。

横溝が「続・途切れ途切れの記」で「お粂のヤキモチという、オアソビがはじまっている」と書いた「屠蘇機嫌女夫捕物」は、佐七とお粂が夫婦で難事件に挑む異色作だ。

正月早々、佐七が水茶屋の女お亀の手紙を持っていると知ったお粂は、佐七の後見役ともいえる音羽の親分の家に向かう。その途中、お粂は越後獅子に抱きつかれ、真っ赤な折り鶴をお亀に届けて欲しいと頼まれる。お亀は、夫婦喧嘩の原因になった女だった。その直後、越後獅子は絶命、通りかかった医者の代脈・玄骨によると毒殺されたらしい。佐七がお亀に話を聞くと、殺された越後獅子は兄で、今夜、人殺しがあるという。その言葉通り、玄骨の師の沢井玄徳と妾のお夏が殺されてしまう。

　本作には、謎あり、活劇あり、過去の因縁ありと娯楽時代小説のあらゆるエッセンスが詰め込まれており、大量の折鶴が舞うなかでの捕物は、圧巻である。

　本作から、佐七の敵役として「海坊主の茂平次」や「へのへの茂平次」などの二つ名を持つ鳥越の茂平次が登場する。茂平次が「色が黒くて大あばた」なのは、佐々木味津三『右門捕物帖』の「生首の進物」（「冨士」一九二八年四月号）から登場する主人公の近藤右門の敵役が、「顔の面にふた目とは見られぬあばた芋」がある「あばたの敬四郎」なのを踏まえた設定と思われる。

　国枝史郎の伝奇小説『神州纐纈城』（「苦楽」一九二五年一月号～一九二六年十月号）は、架空の病気「奔馬性癩患」に罹ったため仮面をつけ、人間を攫って生き血で布を染める纐纈城主が強烈な印象を残す。横溝は『国枝史郎伝奇文庫6　神州纐纈城（下）』（講談社、一九七六年三月）の「解説」に、西田政治が「纐纈城仮面の城主が纐纈城を抜け出して、甲府へ帰るところから起こる酸鼻をきわめた騒動の件」を激賞し、その言葉に刺激されて読んでみると「たちまち物に憑かれたようにこの小説の虜」になった、「これほど面白い、そしてまたこれほど恐ろしい小説はまたとなかった」と書いている。「仮面の若殿」の終盤には、横溝も絶賛した『神州纐纈城』の影響が見て取れる。


　江戸の文人は、当時の風俗や流行、珍しい文物を収集、分類、考察する考証趣味を持つ者が多かった。山東京伝がまとめた『骨董集』（一八一四年～一八一五年）、曲亭馬琴ら十二名の文人が結成した珍談、奇談を披露する会「兎園会」がまとめた『兎園小説』（一八二五年）などは考証趣味の成果といえる。大店の旦那衆が集まる「ゲテ物趣味の会」で、藤兵衛が語った恐ろしい体験談が発端となる「座頭の鈴」は、江戸の考証趣味を背景にしている。

　湯治の帰りに鈴ケ森の刑場近くを通った藤兵衛は、腹をえぐられ瀕死の座頭から鈴を託された。この鈴は鳴らなかったのだが、先日、取り出してみるといい音がしたといい、この話をしている時、一人の芸者が怪しい動きをしていた。本作は、鈴が鳴り出した謎、殺された座頭の幽霊が現れるなど怪奇趣味が満載で、探偵しか知らない情報や推測といったアンフェアな要素も散見されるが、提示された手掛かりを使って因縁話を浮かび上がらせる佐七の推理は読ませる。

「花見の仮面」は、佐七とお粂が出会った花見から一年後、場所も同じ飛鳥山で再びお面をかぶった男が関係する殺人事件が起こる。被害者の越後屋治右衛門は、娘二人が、役者のような美男の教祖が怪しげな加持祈禱をする「はだに教」の熱心な信者であることに悩んでいたという。佐七が、お粂に「はだに教」への潜入捜査を頼む展開は、銭形平次が、恋人のお静に将軍暗殺を目論む邪教集団の拠点を調べて欲しいと頼む野村胡堂『銭形平次捕物控』の「金色の処女」（「オール讀物」一九三一年四月号）を意識したように思える。

昭和初期は、恐慌による格差の広がり、軍の発言力拡大などの社会不安などを背景にして、大本教、生長の家、ほんみち、ひとのみち（現パーフェクトリバティー教団）、霊友会など近代に入って誕生した新宗教が、勢力を拡大した。本作が宗教がらみの事件を取り上げているのは、作品が発表された当時の世相が関係しているのではないか。

「音羽の猫」は、一見すると無関係に思えたエピソードが繋がり、意外な絵を浮かび上がらせるプロット重視のミステリで、猫の爪が金色だったことが巨大な陰謀へと繋がるスケールの大きさも面白い。

本作は、佐七に弟子入りした豆六が、初めて活躍した事件である。豆六は、大坂では有名な藍玉問屋の六男だが、「どういうもんか、うまれつき堅気の稼業がきらい」で、「小さいときから、御用聞き、岡っ引きになる」と考えていて、ついに夢をかなえたとされている。これは、綺堂が「石灯籠」（「文藝倶楽部」一九一七年二月号）に、「日本橋の木綿店の通い番頭のせがれ」だったが、十三歳で父と死別、母は父の後を継がせて「もとのお店に奉公させよう」としたが、「道楽肌」ゆえに家を飛び出し、「神田の吉五郎という岡っ引の子分」になったと書いた半七の前半生に重ねられている。

作中には、被害者の首筋の痕から、辰が首吊り自殺ではなく、絞殺された後に自殺に偽装されたと見抜くシーンがある。元の王与が一三〇八年に編述した法医学書を、河合甚兵衛が『無冤録述』として抄訳、同書は一七八六年に刊行され広く読まれていたので、辰が基礎的な検視の技術を持っていたのは不思議ではない。

「二枚短冊」は、佐七の家の二階で寝ていた辰と豆六の部屋に、肩のところから切り落とされた女の腕が投げ入れられ、すぐに浪人の立花靭負が女掏摸の腕を断ったことが判明するも、佐七が掏摸の容疑者と睨んだ女軽業師のお梅には両腕があるという奇怪な謎が描かれる。

この謎は佐七によって論理的に解明されるが、鮮やかなトリックや緻密な推理というよりも、物語が意外な方向へと進む伝奇性に主眼が置かれた作品となっている。

佐七と瓜二つの男が現れる「離魂病」は、瓜二つの男が怪異なのか、誰かが化けているのか判然とせず、お粂、辰、豆六にも本物か否かが判断できない状況が、サスペンスを盛り上げている。自分と同じ人間を見る現象は、江戸時代には「離魂病」「かげの病」などと呼ばれ、百物語怪談の先駆けとされる『諸国百物語』（一六七七年）巻一の十一「出羽の国杉山兵部が妻かげの煩の事」、山東京伝の読本『桜姫全伝曙草紙』（一八〇五年）といった物語にも使われていた。

近代に入ると同じ現象がドッペルゲンガーと名付けられ、大正末から昭和初期にかけて、梶井基次郎『Kの昇天』（「青空」一九二六年十月号）、芥川龍之介『歯車』（「文藝春秋」一九二七年十月号）、江戸川乱歩『猟奇の果』（「文芸倶楽部」一九三〇年一月号〜十二月号）、夢野久作『ビルヂング』（「探偵クラブ」一九三二年十月号）など、ドッペルゲンガーものが次々と書かれた。「離魂病」が重要な役割を果たす本作は、江戸の時代考証と発表当時の最新流行が融合して生まれたのである。

　佐七が、隠居して文人や役者と語り合うことが楽しみになった元大身の旗本・結城閑斎の集まりに招かれる「名月一夜狂言」は、閑斎の屋敷に到着する前に謎の女から同じ招待客の役者・尾上新助宛の文を託され、その新助が殺されるものの、佐七に謎を解いてくれといわんばかりに、手掛かりが次々と見つかる不可思議な状況になる。佐七が、伏線とは思えない何気ない一言から真相を看破する終盤は鮮やかで、短編らしい切れ味がある。

　本作のタイトルは、佐々木味津三『右門捕物帖』の「明月一夜騒動」（「冨士」一九二九年八月号）を意識しているが、内容は別物である。

　横溝の戦前を代表するミステリ『真珠郎』（「新青年」一九三六年十一月号〜一九三七年二月号）には、謎の美少年・真珠郎が、蛍が乱舞する中に佇み、そのうちの一匹を捕まえ口に入れる印象的なシーンがある。辰と豆六が、川に浮かぶ葛籠を引き上げ開けたところ、大量の蛍が蠢き、さらに奥に女の死体を見つけ、この蛍が佐七を事件解決に導いてくれる「螢屋敷」は、『真珠郎』のセルフパロディとも読める。

　「黒蝶呪縛」には、腹話術を用いたトリックが使われている。江戸時代には、一人で八人分の鳴り物や声色などを使う「八人芸」があり、これが日本における腹話術の起源とされる。ただ近代に入ると「八人芸」は下火になり、現代に近い腹話術が広まるのは、コメディアンの川田義雄（晴久）、古川ロッパらが演じ人気を集めた一九三〇年代後半以降である。

　そのことは『古川ロッパ昭和日記　戦前篇』（晶文社、一九八七年七月）の一九三九年七月十八日に「川田義雄来り、腹話術を今やってるとてその話」、同年十二月二十九日に「『初春大放送』を音楽入総ざらへする、この方はまあ〳〵自信あり。心配なのは、腹話術ぐらゐのもの」とあることからもうかがえる。その意味で本作は、時代考証よりも、執筆当時の最新流行を優先した作品といえるのである。

　何人もの手がないと回せない大きな地蔵が、なぜか何度も後ろ向きにされ、さらに血でお稚児風の化粧をされてしまう「稚児地蔵」は、地蔵の表面が人肌のように温かくなり、その前に銭を置くと、翌日には大金に変わるという奇妙な噂から始まる野村胡堂『銭形平次捕物控』の「人肌地蔵」（「オール讀物」一九三一年十二月号）を彷彿させる。地蔵に仕掛けを施す方法や理由には似通った要素もあるので、二作を読み比べるのも一興だ。

今日の人権意識において不当、不適切と考えられる人種、身分、職業、地域、身体障害、精神障害などに関する語句や表現については、作者が故人であり、差別助長の意図がなく、時代的背景と作品の文学的価値に鑑み、そのままとしました。

今日においても、その差別語、差別表現があらたな差別を助長する可能性はあります。この点に留意され、ご理解のほどよろしくお願いいたします。

完本 人形佐七捕物帳 一

2019年12月20日 初版第1刷発行
2022年2月22日 2版第1刷発行

著者 横溝正史

発行者 伊藤良則
発行所 株式会社春陽堂書店
〒104-0061 東京都中央区銀座3丁目10-9 KEC銀座ビル
TEL 03-6264-0855（代表）
https://www.shunyodo.co.jp/

印刷・製本 惠友印刷株式会社

ISBN 978-4-394-19010-3 C0393 Printed in Japan

校訂・校正：浜田知明、佐藤健太
協力：二松学舎大学

完本 人形佐七捕物帳

収録作品一覧

一

「羽子板娘」
「謎坊主」
「歎きの遊女」
「山雀供養」
「山形屋騒動」
「非人の仇討」
「三本の矢」
「犬娘」
「幽霊山伏」
「屠蘇機嫌女夫捕物」
「仮面の若殿」
「座頭の鈴」
「花見の仮面」
「音羽の猫」
「二枚短冊」
「離魂病」
「名月一夜狂言」
「螢屋敷」
「黒蝶呪縛」
「稚児地蔵」

二

「敵討人形噺」
「恩愛の凧」
「まぼろし役者」
「いなり娘」
「括猿の秘密」
「戯作地獄」
「佐七の青春」
「振袖幻之丞」
「幽霊姉妹」
「二人亀之助」
「風流六歌仙」
「生きている自来也」
「血染め表紙」
「怪談五色猫」
「本所七不思議」
「紅梅屋敷」
「からくり御殿」
「お化小姓」
「嵐の修験者」

三

四

五

六

七

八

九

十

刊行のことば

横溝正史は大正十年、「恐ろしき四月馬鹿」でデビュー。江戸川乱歩の紹介で「新青年」編集長を務めながら創作を続けた。初期は綺譚やユーモア、ペーソスあふれる短篇を得意としたが、作家専業ののち、昭和九年、肺結核のため上諏訪に転地療養。「鬼火」「かいやぐら物語」などの耽美的作品に新境地を示す。昭和十二年に着手したのが捕物帳で、十三年「羽子板娘」(発表時は「羽子板三人娘」)により人形佐七を初登場させ、好評を博した。太平洋戦争下、探偵小説の執筆が困難になるなか、捕物帳単行本による収入が横溝家を支えたという。

戦後、横溝正史は長篇本格探偵小説の名作「本陣殺人事件」「蝶々殺人事件」「獄門島」「八つ墓村」「犬神家の一族」「悪魔が来りて笛を吹く」「悪魔の手毬唄」などを矢継ぎばやに発表。昭和四十年代からの大ブームは、横溝正史と名探偵・金田一耕助の名を日本全国に知らしめたが、一方、横溝正史は「人形佐七捕物帳」に格別の愛着を示し、別シリーズ捕物帳を佐七に改作改稿し、生前に定本全集を刊行するなど、手を入れることをやめなかった。

春陽堂書店が初めての「人形佐七捕物帳」全五巻を刊行したのは、昭和十六年のことで、最初の作品集成である。昭和四十八年には春陽文庫より「人形佐七捕物帳全集」全十四巻を刊行。一五〇篇の作品を収録し好評裡に版を重ねたが、近年、研究者たちにより、横溝正史が書き遺した「人形佐七捕物帳」は全一八〇篇と確定した。

ここに全作品を発表順に初めて集成、綿密な校訂を施し、詳細な解題・解説を附し、面目を一新した「完本 人形佐七捕物帳」全十巻をお届けする。昭和を代表する国民作家・横溝正史が愛惜を持って描いた江戸の世と人形佐七の活躍を余すところなくご味読いただきたい。

(文責・本多正一)

編集委員　浜田知明　本多正一　山口直孝